東亞文學場

台灣、朝鮮、滿洲的殖民主義與文化交涉

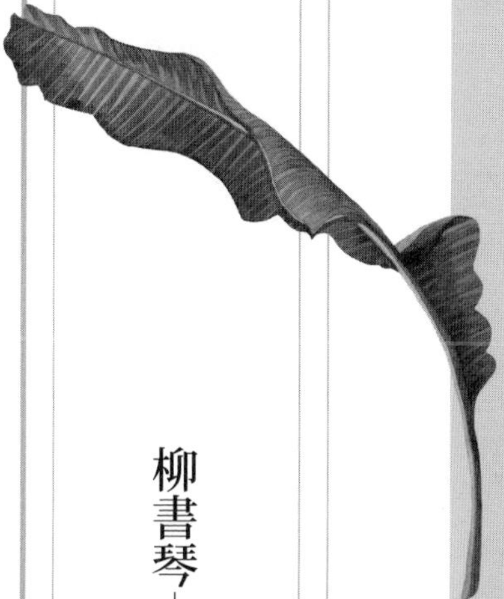

柳書琴——主編

本書的籌劃獲得行政院科技部、台灣文學館、清華大學研究發展處、清華大學人社中心、清華大學台灣文學研究所、台灣聯合大學系統文化研究國際中心的資助。
謹此致謝。

目次

世變、文化媒介與記憶 339

序一　東亞殖民地文學跨國研究的基石

陳萬益／國立清華大學台灣文學研究所退休教授

本次國際研討會以「東亞文學場：台灣／滿洲／朝鮮的殖民主義與文化交涉」為主題，橫跨韓、日、台、中等國的學者，利用十年時間共同面對東亞殖民主義與文學間的影響與連動之研究的具體成果。同團隊在進行研究的同時，也編纂了第一部以東亞「殖民地」文學為範疇的辭典，展現了其兩大豐碩的研究效益。

日本在脫亞入歐、明治維新以後，成為亞洲近代化的強國，一八九四年日清戰爭，打敗清廷，獲取第一個殖民地台灣；一九一〇年強迫朝鮮簽約合併；一九三二年軍國主義者扶持中國東北成立傀儡政權滿洲國。二十世紀東亞「大日本帝國」的殖民地，就是上述地區或國家以不同的背景、不同的方式與名稱淪陷被統治；再擴大來說，還可包括一九三七年中日戰爭以後先後占領的地區。迄至一九四五年八月十五日昭和天皇裕仁宣布無條件投降，放棄所有日本領土以外統轄或占領的土地，「殖民地」因此擺脫了被殖民的情境。

一九四〇年代前期太平洋戰爭熾烈，日本帝國以「大東亞共榮圈」為號召，日本文學報國會聲援所謂「聖戰」，從一九四二年至一九四四年分別在東京、南京召開三次「大東亞文學者大會」，來自不同殖民地的文學者齊聚一堂交流，當然，事後來看，在戰爭陰影和法西斯脅迫下，交流不是喊口號，就是言不由衷，虛情假意。不過，客觀說來，在「大東亞文學者」名義下，來自不同殖民地的文學者卻開啟了當今所謂的跨文化交流，雖然參與大會的殖民地文學者當時或事後多不齒或避免言及此一輝煌。

二戰結束以後，冷戰結構的對立，以及台、中、日、韓等國家自身政經形勢的發展，「殖民地」的歷史都成為禁忌和恥辱，在各自國家政治宰制與言論控制下，長期湮沒不彰。大概是二十世紀後期，對帝國和殖民主義的反思和批判成為舉世文化研究的重大課題，而前述「殖民地」也先後獲得民主化的言論空間，殖民地的文學文獻才得以陸續出土，得到研究，也因此在自身歷史的考察之下，深深覺得東亞跨國、跨文化、跨語和跨種族連結研究的必要。

前述的研究團隊成員，從二〇〇五年五月十日在首爾延世大學「殖民主義與文學」國際論壇，中經上海華東師大，至二〇一六年在台灣清華大學召開的「東亞文學場」國際學術研討會，十幾年不斷對話、深化此一學術領域，同時進行《東亞殖民地文學事典》的編纂作為具體而微的跨國研究成果，與學術新領域的極具參考性的工具書，供後進奠基以超越研究，主事者的堅持與宏圖，不能不令人佩服，而跨國團隊長期合作的模式亦大可垂範來者，可以效倣。

此會議論文集的台灣主事者柳書琴教授希望我寫篇序文共襄盛舉，並且希望我對日本時代台灣新文學在戰後長期沉埋以至復活的歷程稍作陳述，以供參照比較。茲再費筆墨簡述如下：

總體說來，戰後台灣由國民黨來台接收統治，長期在戒嚴體制（一九四九—一九八七）「去日本化」、「再中國化」的類殖民式的文化教育，尤其「二二八事件」（一九四七）和一九五〇年代反共的「白色恐怖」，將「台灣」污名化，幾乎所有的台灣歷史文化都成為禁忌，日本殖民統治五十年的歷史文獻多數被禁毀，在深仇大恨的抗日情結下，日本殖民統治時期的台灣文學，長期從台灣土地上消失。

大概可以從三個時段來考察日本時代台灣新文學在戰後的復活歷程：

首先是戰後初期，從一九四五年到一九四九年國府戒嚴之前，雖然中間曾發生二二八流血事變，相對來說，言論比較寬鬆，台灣作家以光復的心情迎接新時代的到來。賴和（一八九四—一九四三）雖已去世，其「台灣新文學之父」的榮寵地位得到肯定，報紙雜誌重登舊作，發表〈獄中日記〉等，此一現象可與魯迅作品的翻譯出版互相輝映；楊逵（一九〇五—一九八五）在戰後更活躍一時，由於他的小說〈送報伕〉戰前被譯成中文在中國出版，因而得與戰後來台文化人交往，編輯報刊雜誌，譯介魯迅、沈從文等人作品、參與「台灣新文學重建問題」的論爭，最後，在一九四九年因為〈和平宣言〉事件成為政治受難者，送綠島管訓十二年；另外一位曾經擁有文學版圖的是龍瑛宗（一九一一—一九九九），一九四六年任職《中華日報》日文版，介紹世界文學名著，可惜只有短暫的十個月，即在政府廢止日文報刊後噤默；呂赫若（一九一四—一九五〇）戰後即拒絕用日語創作，積極學習中文，陸續發表中文小說四篇，卻於二二八事件後從事反政府行動，一九五〇年代被毒蛇咬死；張文環（一九〇八—一九七八）作為戰前《台灣文學》雜誌的主導者，一九四四年在時局艱難下即離開台北文壇，戰後初期捲入二二八事件而逃亡半年，雖倖免於難，也無法創作。

戰後台灣新文學復活的契機在一九七〇年代，美國將釣魚台移交日本及中華人民共和國取得聯合國代表權，重挫了國府的外交及其治台的國策，後來的台日、台美的斷交，以至一九七九年發生「美麗島事件」，十年間，政治的孤立、經濟的繁榮，台灣受歐美反戰及保釣學生運動影響，呈現一波左翼的回歸現實的鄉土思潮與民族主義論爭，以一九七〇年代中期為代表「鄉土文學論戰」和校園民歌流行為具體標識，日據時代台灣新文學乃乘勢復活。

首先揭開序幕的是楊逵，一九六一年服刑完畢返台的他，隱居躬耕於台中東海大學對面，經營花園，遺世獨立，十年無人聞問。東海大學的學生無意間接觸老農，發現他竟然是一九三四年以日文小說〈新聞配達夫〉（中譯〈送報伕〉）在東京獲獎的普羅文學作家與社會運動者，這一頁傳奇既經揭開，台灣的作家、學生、甚至政治人物，從南北各地前來參訪，也鼓舞作家復出，一九七五年首度結集出版中文小說集《鵝媽媽出嫁》，也開始參與各類社會活動，其老而彌堅、不屈不撓的精神以「壓不扁的玫瑰」（同名作品被選為中學教材的範文）的意象成為典範，校園民歌則傳唱他作詞的〈愚公移山〉，並以〈老鼓手〉之名歌頌他；在此一氛圍底下，戰後出生的台灣青年開始探問「賴和是誰？」爭取言論自由的黨外雜誌之一的《夏潮》雜誌陸續重刊賴和、呂赫若、吳新榮等作家作品；葉石濤、鍾肇政則持續譯介、評論戰前日文作家作品；《大學雜誌》舉辦「日據時代台灣新文學與抗日運動座談會」，更於鄉土文學論戰正酣時出版《臺灣新文學運動簡史》，這股熱潮延續到一九七〇年代後期，在鍾理和、吳濁流、吳新榮等作家全集之後，一九七九年《日據下台灣新文學》和《光復前台灣文學全集》兩大套書的出版集其大成，卻也隨著年底「美麗島事件」的大逮捕和隨後的司法審判，因社會氛圍改變而偃旗息鼓。

第三個時段在一九八七年台灣解嚴後的一九九〇年代，政治的民主化和本土化，大大解放了言論的空間，左翼歷史和統獨議題，不再成為禁忌；而中國大陸在文革之後的開放改革、引介台港澳及海外華文文學、兩岸交流以至於「六四事件」和隨後的「蘇東波」共產主義的解體，這個大背景提供了台灣人反思自身主體的歷史文化的契機，一九八七年葉石濤的《台灣文學史綱》，雖然只是輪廓性的敘述，他所強調的台灣文學發展歷史的「自主意願」和「台灣性格」的史觀，則強烈導引了一九九〇年代台灣文學的發展，改變了戰後台灣學院中文系教研「只有中國，沒有台灣；只有古典，沒有現代」的體制。而這一波被稱為「台灣文學體制化」的運動，主要還是以日本時代台灣新文學的復活為表徵：先是以左翼和武裝反叛政府至終以遭蛇咬傳聞消失四十年的呂赫若的復活，他的日文小說由林至潔逐篇翻譯，於報紙副刊發表，一九九五年結集《呂赫若小說全集》，被冠以「台灣第一才子」的美名，隨後更在台北和北京舉辦兩場以其生平和文學為主題的研討會，更促成他僅有的遺物《呂赫若日記（1942-1944）》的出版，這一股研讀呂赫若的熱情貫穿一九九〇年代，可與前述楊逵現象相互比美。

但是，日本時代台灣新文學在戰後全面復活，並促成台灣文學體制化的最大關鍵是一九九四年十一月由官方委託清華大學舉辦的「賴和及其同時代作家——日據時代台灣文學國際學術會議」，這是戰後台灣政府首度舉辦以「台灣文學」為名主辦的國際會議，會議的成功，也使百年冥誕的賴和在一九二〇年代所開啟的台灣新文學，得到正視與研究。隨後，各類主題和大小不同的學術會議，蓬勃發展，一時被稱為顯學；而中文系的師生走出學院的藩籬，走入地方，走到民間，從事台灣文學史料的田野調查、搜集、整理和出版的工作乃蔚成風氣，從各縣市的文化中心到二〇〇三年成立的國立台灣文學館，都先後投入許多資源，陸續出版了張文環、張深切、楊逵、龍瑛宗、賴和……等作家全集，可以說：日本時代台灣新文學作家作品全面復活，重新回歸土地與人民的懷抱。

柳書琴教授就是在一九九〇年代開始研究日本時期台灣文學，並於就讀清華大學中文系博士班時期參與本人主編《張文環全集》的工作，並以此撰寫博士論文，即二〇〇九年修訂增補的《荊棘之道：臺灣旅日青年的文學活動與文化抗爭》，此一鉅著的出版，奠定了台灣作為東亞殖民地文學一環的學術研究基礎，隨後展開視野更開闊的台灣文學與東亞文學之互涉性研究，與韓國金在湧教授、日本岡田英樹教授、大久保明男教授、中國張泉教授、劉曉麗教授等人共同合作，長期耕耘「東亞殖民地文學」新學術領域，《東亞文學場：台灣、朝鮮、滿洲的殖民主義與文化交涉》會議論文專書的出版，是其學術生涯的新境界，作為她昔日的師長，本人深感榮幸，特此為序以致意焉！

序二 正確歷史認識的共享

岡田英樹／日本立命館大學名譽教授

這次的國際學術研討會「東亞殖民主義與文學研究」，是以二〇〇五年十月在首爾的延世大學舉辦的「殖民主義與文學」國際論壇為出發點。在韓國圓光大學金在湧教授的努力下，這個論壇十年間持續不間斷。以這作為基礎，去年在上海華東師範大學、今年在台灣清華大學以更加發展的形式展開。「東亞的殖民主義與文學」作為研究題目，就算放眼世界，也是從八〇、九〇年代開始的吧。這個領域的研究歷史還很短暫，能夠集結台灣、韓國、中國、日本的研究者，在這十數年間，每年持續舉辦國際學術研討會是很令人驚嘆的事情吧。

日本的亞洲侵略戰爭與殖民地化、再加上戰後的冷戰結構，讓東亞的國家與地域留下深深的傷痕，直到現在也未能確保這個區域的和平與安定。再加上以日本人的立場來說，安倍政權之下的四年半，政治急速地右傾、且將過去的侵略戰爭粉飾成為解放亞洲的歷史、強辯說過去的殖民地是因著日本才能現代化，橫行著這樣的歷史修正主義。應對這個風潮，殖民地、占領地實際情況的正確歷史認識能夠被明辨，是我們所期望的。

這次的研討會裡，加入了無產階級文學中的國際主義、抵抗文學與親日文學、童話文學、民族比較文學、台灣原住民文學、滿洲國的抗日地下文學、雜誌、新聞、廣播等媒體、殖民地的語言問題、書畫博覽會、萬國博覽會、台灣的媽祖信仰等多樣的主題，成為充實的研究發表場。超越各式各樣的國家與地域的框架，成為共享「正確的歷史認識」的珍貴機會。

向負責準備研討會的清華大學與各關係人、再加上為這本論文集的出版盡力的各位獻上感謝。

序三　東亞殖民場文學研究的跨度思維

張泉／北京市社科院研究員

二〇一六年十一月二十五、二十六日，「東亞文學場：台灣／滿洲／朝鮮的殖民主義與文化交涉」國際學術研討會，在台灣清華大學人文社會學院的大會議室舉行。會議策劃人柳書琴教授的學術視野與智慧，從會議架構，發表人、評論人、參會者間的互動，以及這部會議論文選集中，可略見一斑。此次會議的淵源，以及韓國圓光大學金在湧教授、上海華東師範大學劉曉麗教授對於「東亞殖民主義與文學」跨域研究共同體的開創與接續的貢獻，想必本書主編已有交代。那麼，藉此機會，略談推進近代日本對外擴張期的東亞文學研究中的一、兩個具體問題。比如語言。比如學術研究共同體。

東亞殖民場文學的學術研究發展到今天，我覺得有關語言的問題，值得引起進一步的重視。主要的原因在於，在近代東亞日本統治區的不同區域，「語言」議題有著不同的發展形態。

日本東方殖民主義構想的「大東亞共榮圈」的地理／文化疆域，細分為「自主圈」、「共榮圈」和「文化圈」三個層面（參見拙著《殖民主義與離散文學——「滿洲國」、「滿系」作家

／文學的跨域流動》第一章〈日據區文學跨域流動政治研究關鍵詞〉中的第三節〈「大東亞共榮圈」〉，二〇一七），其中的自主圈界定為中、日、滿，是日本經營有年的體制殖民核心區：中，即中國內地汪精衛偽政權名義上的轄地（淪陷區）；日，包括被割據被侵占的台灣、朝鮮半島；滿，中國東北淪陷區「滿洲國」。語言殖民（同化）是強化和維繫外來殖民統治的基礎之一。台灣和朝鮮半島被殖民的歷史漫長，宗主國的語言殖民得以實現。比如台灣，從一八九五年開始，在經歷了四十二年的殖民教化之後，得以在一九三七—一九三八年間廢止報刊上的漢文欄，日語成為官方語言，日語成為台灣作家的通行創作語言。「滿洲國」一九三二年成立，到一九三七年才開始實行與殖民主日本統一的「新學制」，到一九四一年才顧及到日語在東北的推廣，發文要求官吏修習日語並開展群眾性的普及日語的活動。由於時間短，日語未能累積起能夠改變東北淪陷區文學生態的足夠的比重，倒是大量在滿日本人、朝鮮人、俄羅斯人等僑民、移民文學，形成了殖民期東北獨特的多語言文學生態景觀。至於廣袤的蒙疆、華北、南京、廣州、上海等中國內地，這些地區完全淪陷期大多不超過八年，日語語言殖民的累積遠為不夠，其效果微乎其微。但宗主國語言對殖民地在地語言的影響和滲透，在各地都有程度不同的表現。總之，語言殖民在不同日據區所呈現出來的差異性，是由各地所累積的殖民教化的程度所決定的。殖民地台灣／「滿洲國」／淪陷區三種統治模式間的共時殖民體制差異維度，是我近年來反覆申說的東亞殖民研究中的四個宏觀背景或方法中的一個，它或可作為考察語言殖民差異化的原因或依據之一。

　　語言是殖民文化統制的基礎內容。文學又是語言的藝術。因此，在東亞殖民場研究領域，文學曾長期遭冷落、被誤解，就是現在，全盤污名化殖民期在地民族文學的認知，也時有所見。因此，作為語言藝術研究的東亞殖民場文學研究，值得我們堅持不懈地持續投入。

從本質上看，「文學」不同於政論時評和大眾傳媒，是一種很獨立、很奇特的反映外在現實世界和內在主觀感受的樣式。文學在本體上是反抗的、自在的。通過研究，有可能將那些看似沒有明確目的的文學文本中隱藏的目的彰顯出來。從這個意義上說，文學比歷史更真實。而這正是從事殖民地文學研究的價值所在。比如「滿洲國」的古丁。他一向被認為是與日本政權合作的作家，但透過作品細讀和分析，卻能夠發現與殖民體制相對的社會發展面向和民心所向，是文學研究能夠發掘出與政治表象不同的價值取向和判斷的個案。又如朝鮮親日作家張赫宙。他曾撰文表達這樣的心跡：自己無論如何要進入日本中央文壇，因為只有用日文才能夠將悲慘的朝鮮民族的命運展現給世界。從中，我們再次看到，作家利用文學的特殊性來達到自身目的與追求的敏感度與可能性。

這樣的個案所展現的意義與價值，顯現了殖民地語言和文學研究的進一步的拓展空間。雖然政治環境對作家的影響巨大，但通過文學研究，卻能夠發掘出與政治研究結論完全不同的取向。進入這樣的研究空間，需要奠基於對語言與文學之特殊性的理解與把握，以及對殖民地文學及文學生產的時間、地點等場域關係的縝密追蹤與客觀查考。這也是我一直呼籲在相關研究中必須謹慎、用心的原因所在。也是我反覆申說東亞文學研究中的四個與殖民相關的宏觀維度背景或方法的原因所在。

另一個較為深刻的感觸是，現代學術研究，門類細密紛繁，以個人的一己之力，很難在一個領域裡面面俱到、宏觀把握。這樣，研究團隊就顯得極為重要。二〇〇八年八月，我曾與我們的東亞殖民主義與文學研究共同體中的岡田英樹、柳書琴、大久保明男教授一起，參加王德威、廖炳惠、黃英哲在名古屋舉辦的「帝國主義與文學——殖民地・淪陷區・滿洲國國際學術研討會」，一次非常重要的整合東亞殖民地文學的大型會議。那次議程三天半，會場空調太冷，我沒有帶長衣，十分狼狽。大久保見狀特意抽空買了一件長袖襯衫，使我溫暖至今。這件事讓我體會到，一個研究共同體，他們只要是志同道合，有共同的興趣，經過時間的淘汰，堅守下來的人，就不光在學術上是夥伴，在生活上也會是朋友，有助於研究過程中的合作互動，不斷推進、提升。同樣，在這次「東亞殖民主義研究會」第二次年度大會上，團隊間合拍的互動、友誼與熱情，給我留下非常深刻的印象。

衷心希望通過這樣的學術會議的舉辦以及研究專書的出版，能夠引領我們在東亞語境中，重新全面思考殖民地文學的特質和價值。我也期待，除了繼續深化跨文化、跨國度、跨語言、跨種族的「滿洲國」與殖民地研究之外，在不久的將來，能有更多的研究者投入到文化總量最大，文化機構、出版機構更發達的北京文壇、華北淪陷區研究領域，以最終均衡和完善東亞殖民文學場地圖。

序四　滿洲國的研究新視野

施淑／淡江大學中文系榮譽教授

過去由於政治與文化因素，戰後以降由日本學界率先開啟的滿洲國文學研究曾經相當冷門，然而最近我們看見滿洲國文學研究有日益發展和擴張的趨勢。上個月（二〇一六年十月十四—十五日）哈佛大學召開的「華語語系研究：新方向國際研討會」（SINOPHONE STUDIES:NEW DIRECTIONS）中，也有兩篇論文以滿洲國為研究對象，分別是謝瓊的〈滿洲邊疆文學〉（*Frontier Literature in the Cast of Manchuria*）與Marten Soderblom Saarela的〈滿文文化史的若干例子〉（*A Culture History of Manchu*）。由此我們可以確信滿洲國研究作為東亞殖民地文學研究的一個範疇，未來將會持續開展。而它的開展會在前述華語語系，或在劉曉麗教授提出的「中國的異態時空文學」的觀念下，對滿洲國文學的定位有新的研究視野和思考方向。

這次會議中我講評的三篇論文，都有突出表現。首先是岡田英樹教授的大作。岡田教授在滿洲國文學研究中，無論是在日本、中國、台灣等東亞地區，或是英美、歐洲等西方世界，都屬於先驅性人物。這次發表的有關中國東北老作家馬尋的長篇小說《風雨關東》的論文，讓我們重返及認識滿洲國當日情境。透過對小說中人物原型的探索比對，文學社團活動，小說中出現的詩文、歌曲來源的發掘，不僅使馬尋這部由記憶和回憶構成的小說可以有具體的歷史事實可尋，還去除這部自傳性小說的主觀設計疑慮。讓小說中呈現的愛恨並存的日、滿人民關係，政治暴力下的人性、道德危機及抗爭行為，都可聯繫到當日的生存實境。就文學社會學的角度來看，這篇以成長敘事為探討焦點的論文，可說是了解滿洲國殖民史和文學生態史的重要文獻。

這便牽涉到劉曉麗教授論文中提到的，今日我們必須從滿系、日系、朝鮮系、俄系分別探討滿洲國文學，以交互觀點構築出一個多民族的文壇全景。同時，她也討論了古丁的《新生》，指出它明顯為戰爭協力文學，是在滿洲國民族諧和的口號之下的奉命文學。然古丁也是一個與東亞殖民文化有著千絲萬縷關係的作家，其身分經歷多次轉換，如九一八後他到北京，成為魯迅文學的追隨者，且可能加入過左聯；後來回到東北辦文藝雜誌，與殖民文藝政策掛勾。一九四二年他出席大東亞文學者大會時，曾撰寫〈日本是太陽〉，以法西斯的太陽歌頌崇拜日本精神，但解放後的他進入滿映改成的東北電影公司、成為東北的中蘇友好協會會長、主導東北作家聯盟，且講毛澤東的新民族主義，相較於馬尋《風雨關東》中非刻板化的滿洲國青年成長故事，古丁具指標性意義的生命歷程，一樣值得我們從東亞現代歷史進程及殖民現代化意義進行深入研究。

大久保明男教授關於滿洲國國語問題的討論，觸及殖民文化政策的一個根本難題。如所周知，所謂「國語」的概念是隨近代民族國家的建立而誕生，不言而喻受政治意識形態所左右。大久保明男教授根據《滿洲國語》雜誌的原始資料，詳盡梳理滿洲國的語言政策，官方和地方的語言使用情況及有關國語建設的論述。指出歷史上占優勢的日語陣營內部，在確定日語為國語時理論觀念與實踐上的歧異，屈居政治弱勢而又占絕大使用比例的滿（中）文論者，面對現代性的「國語」觀念的無所適從，以及來自民族文化自覺的虛與委蛇。這篇論文讓我們在語言問題的層次上，看到作為滿洲國建國工程的重要支柱的國語問題，在面對多民族、多文化的客觀現實下的難以克服的困境。在有關滿洲國的研究中，大久保教授的論述，可說是在滿洲國「協和語」現象的討論之外，開發了一個新的探索領域，同時對一般殖民主義的語言文化政策的思考分析具有可貴的參證意義。

序五 前進的台灣文學

林瑞明／國立成功大學名譽教授

喜聞《東亞文學場》一書出版，看見台灣文學研究幾十年來持續向前湧進，十分欣慰。這也使我不禁懷念一九七〇年代研究艱困的年代，和朋友們做的一些工作，特別是啟發我從事台灣文學研究的恩師——台大歷史系教授、詩人楊雲萍先生。

楊雲萍老師（一九〇六—二〇〇〇）出生於日治初期，是一九二〇年代台灣新文學運動的先驅，一九二六年就率先以白話文發表了〈光臨〉、〈黃昏的蔗園〉等小說，描寫殖民地封建社會、性別壓迫與糖業資本主義等等。戰後他在台大歷史系任教、以一名歷史學者聞名，但是在台灣史的第一堂課都會自稱：「老師是一名詩人」。當時學生們都不當一回事，聽過即忘，但一位老教授反覆自豪地自詡自己是詩人，卻意外地勾起了我的好奇心。有一天，我跑到當時位於台北市八德路的國立中央圖書館台灣分館，借出那本出版於一九四三年戰火煙硝之中的日文詩集《山河》。靠著大學修過兩年的微薄日文能力，努力翻查字典，終於讀完了這本詩集。我的第一個感覺是，老師的日文詩歌充滿了現代感。

一九七〇年代當時，台灣的現代詩盛行引用中國古典詩詞，詩壇祭酒余光中先生在現代詩中嵌入古典修辭與意象，更風靡一時。然而我卻偏好楊老師那種不復古亦沒有典故的詩歌。他描寫生活，新鮮、簡練而真實，富含情感，也充滿詩性。譬如，他曾這樣讚美妻子：「你用彈鋼琴的手，洗了尿布，拔了蘿蔔」。簡單幾句話便把一位日本時代受過高女教育的優雅少女之手，因婚後操持家計、張羅生活的變化浮現出來。我想，師母讀到這首詩時，也會為所愛之人的疼惜而感動吧？楊師母確實是我見過的人們當中，對自己先生最悅服的一位，而老師一生也非常信靠她、倚賴她。

我研究生時期接觸的，就是這樣一位老教授與日語詩人。楊老師其人其詩其學問視野，都在當時主流的中國感覺、中國意象之外，非常有世界性。實際歷經台灣新文學運動從萌芽期、成熟期到戰爭期多種進程的楊老師，經常告訴我們：一九二〇年代台灣新文學運動啟動之後，納進各種海外文藝潮流，形成本地獨特個性，絕對不是中國文學的支流或亞流。我牢牢記住了這句話。從一九七〇年代開始，懷抱印證這句話的好奇心，一個人到各地圖書館尋找日治時期的舊雜誌與舊作品，依憑著粗淺的日文程度一點一滴走入那個時代，靠向不為人知的作家。在這樣極度缺乏外部支援的克難情況下，時代的魅影把我帶向往後數十年的台灣新文學研究。

一九八〇年我到成功大學任教。我花了很多工夫出土與考證，但所寫的台灣文學研究論文不被承認為正規學術論文，申請國科會計畫也經常被拒在門外。所幸，一九八四年我申請到哈佛大學燕京學社的一個計畫，開始進行有關作家賴和的研究。一年後，這篇論文將發表時，系主任仍有疑慮，認為我研究了一個被認為是左派、共產黨且被趕出忠烈祠的台灣作家，這樣的論文可以發表嗎？我肯定地答道「沒有問題」。因為賴和絕非共產黨，為什麼呢？因為賴和很明白，若參與了共產黨便會變成總督府逮捕的對象，他何必轉入地下呢？賴和終其一生，一方面透過醫生本業，懸壺濟世，爭取大眾的信賴敬重；一方面累積財力，支持各派的社會文化運動。他是這樣一位在廣大基層為民眾與社會運動努力的台灣作家。

我對這位台灣第一代作家的研究歷時約十年，期間整理了賴和的詩文，並出版作家全集，雖然今日看來仍有諸多缺點，但已是窮盡我當時的洪荒之力、盡我所能了！在資源和人力有限的情況下，只能做到這樣的程度，這是我命，我心甘情願，因為在我心裡只有一個聲音：我要為台灣死去的文學前輩發出聲音。這個信念支持著我在當時完全排斥台灣文學的社會環境下，堅持從事台灣文學這個被認為須冒極大政治風險而又非常寂寞的學術工作。

數十年來，台灣社會發生了天翻地覆的變化。很幸運地，從前我認為在我有生之年不可能達成的目標，現在都一一達到了，包括成立國立台灣文學館及促進大專院校設立台灣文學系所。迄今台灣文學系所甚至已成為衡量一間大學是否與台灣社會隔離的指標之一。能達到這樣的成果，不只是我一人的努力，而是許許多多志同道合的朋友共同奮鬥而來的，譬如陳萬益、呂興昌……等人。

時至今日，台灣文學研究的議題已深廣展開。欣見書琴學棣主辦的「東亞殖民主義與文學研究會第二次年度大會」，集結各地學者共同探討二十世紀上半葉東亞現代文學場域的諸種藝文發展與跨越現象。今日我們能透過不同地域的交互參照開啟新課題，應勿忘賴和、楊雲萍等眾多前賢，在殖民統治下的努力與戰後的傳續堅持。本書將告訴我們台灣文學與文化的創造，與周邊鄰國共同在大時代中激盪相生。我衷心期待台灣文學的創作與研究，隨著時代前進更加奔騰發展。

導言 東亞文學場的跨境交流與研究動能

柳書琴／國立清華大學台灣文學研究所教授

東亞研究不是一種學術流行。它是後冷戰時期東亞新秩序下文化轉向的產物，也是其動力和場域。被日本殖民過的土地，其現代文學多半經歷了從帝國體制到單一國家體制、再進入全球化社會的歷程。東亞視角的出現不只為殖民地相關的人文學研究提供新刺激，也為深陷歐洲中心主義的西方人文學提供靈感。在一九八〇年以後猛進於東北亞的各國學院式研究中，文學作為轉型文化的一翼，在深掘民族主義史觀又超越其盲點，朝向建構批判性的亞際史觀方面都有不少斬獲。

在區域政經及全球化發展牽動的文化轉向中，反帝國、去殖民、後戰爭、後冷戰是千潮競湧的流域，而後民族、跨國家更是新詮釋共同體追逐的灘頭。儘管各種知識場域與議題浮沉生滅，卻有其趨向。我們看見學術巨靈將其長廣之舌，逐漸從民族國家文學想像，投向其外，諸如地理的邊陲、歷史的異態、體制內的他者；投向其他，譬如族裔、階級、性別、離散、移工、世界主義等。以戰前的現代文學研究為例，除了研究人員越境交流，文獻和文本也從碎裂的疆域、遺忘的角落、不同語言體系之中，紛紛被出土、被召回、被交換、被歸返。透過多語與迻譯，互補互勘、互證互詰，多國學人大量時間與精力的投入，使殖民地、租界、偽滿洲國、淪陷區、離散者、弱勢族裔、跨國社群的文學，一一被打開。不同學科訓練、文化背景和意識形態的參與者，共同對新史料、新方法、新問題進行詮釋商榷，其所形成的行動與能量儼然已成為西方中心國族文學史觀或後殖民理論的溶劑。我在工作中經常可以感受到：在東北亞，東亞現代文學研究是一種運動、是一個場域，是從現實情境中產生的思潮。

然而，洪潮中的我們如何突破民族國家觀念的諸種束縛，重構跨國文學連帶的軌跡，探尋其作為當代資源的意義？每當我們克制不在駕輕就熟的文學體系中做封閉性的慣性思考時；每當我們嘗試以東亞為範疇或以亞際交涉為目標，又不希望失去地方知識肌理時，我們往往發現——即使所知夠多夠廣，因為大家側重的維度不同，基礎工具太少，對話的效率還是很低。

因此，韓國圓光大學金在湧教授獨力爭取經費，召開為期十年的「殖民主義與文學論壇」，筆者有幸在恩師陳萬益教授的推薦下，參與其中大部分的會議，在師友的共議共學中完成了後博士時期的自我訓練。二〇一五年十二月二十七—二十八日，在上海華東師範大學中文系劉曉麗教授召開的會議上，以「殖民主義與文學論壇」為基礎，不願這個珍貴的平台就此熄燈的我們，基於二〇一四年大家在濟州島前期會議圓滿之際所做決議，正式啟動了「第二個黃金十年」。當日以出席的骨幹分子金在湧教授、日本立命館大學岡田英樹名譽教授、首都大學東京大久保明男教授、華東師範大學劉曉麗教授、中國海洋大學李海英教授及筆者等人為發起代表人，諸人結合在《地球的世界文學》（韓國）、殖民地文化研究會（日本）、滿洲國文學研究會（日本）、偽滿洲國文學研究中心（上海）、中國海洋大學韓國研究中心（青島）、清華大學台灣文學研究所／台灣文學研究會（台灣）的資源和網絡，共同創立了「東亞殖民主義與文學研究會」。成立大會當天，便獲得來自美國及東亞各地從事殖民地文學與文化研究的學者約三十餘人參加。

東亞殖民主義與文學研究會，沒有登記法人組織，也沒有制度性的運作。它自由卻不鬆散。成員們個個有學術熱情，豐富網絡，生氣勃勃，活動多元而頻繁，同時也掌握了一定的學術社群與出版工具。更重要的是，我們互動密切，合作愉快，共享機會與資訊。空間與語言沒有構成阻礙，我們對彼此的教研工作、興趣或關懷都有一定的理解和支持。這就是東亞殖民主義與文學研究會最大的資產。

成立大會中決議推動的年度固定工作，包含以下五項：一、成員輪流組織與舉辦「東亞殖民主義與文學研究會」年度大會與國際學術會議，交流各地前沿議題、方法、文獻與發現。二、成員合作編撰《東亞殖民地文學事典》韓文版、簡體中文版、繁體中文版，提升學術交流與共同研究基礎。三、成員共同促進文獻史料的出土、翻譯及共用。四、透過校際或系所合作，促進教授、青年學者、研究生及大學生的交換與合作。五、出版「東亞殖民主義與文學研究叢書」或其他數位資源。

項目的擬定來自於共同研究現場中一點一滴的共識，這些工作也都是交流十餘年的我們實質的需求。五大項目迄今都順利開展中，譬如：二〇一五（上海：華東師範大學，劉曉麗主辦）、二〇一六（新竹：清華大學，柳書琴主辦）、二〇一七（東京：首都大學東京，波田野節子、大久保明男主辦）盛大召開的學術大會；二〇一八年《東亞殖民主義文學事典》台灣篇、「滿洲國」篇、韓國篇全數定稿，進行韓文翻譯，即將出版。二〇一七年清華大學台灣文學所師生學術訪問團拜會華東師範大學中國語言文學系，舉行學術會議，之後兩校系所簽署「學術交流合作備忘錄」及「學生短期研修實施細則」，二〇一八年二月兩名華東師大學生前來清華大學台文所進行一學期的研修。二〇一八年一月韓國圓光大學金在湧教授率領「國際東亞文學研究中心」十二名大學生進行八天的台灣移地學習與田野調查，拜訪清華大學台文所，並舉辦「反殖、解殖與後戰爭的台灣文學：東亞現代文學青年研究者工作坊」。研究叢書方面，繼劉曉麗、葉祝弟主編的第一彈《創傷：東亞殖民主義與文學》（上海：三聯書店，二〇一七年二月）佳評如潮之後，本書將再接再厲成為第二彈。

在文學的實證研究方面有著數年到二、三十年不等經驗的我們，對新歷史主義、後殖民理論與文本研究絲毫不曾放鬆；但是我們也贊同更多方法論的必要，以及與西方殖民地及後殖民論述對話的迫切。因此，研究會的骨幹會員們，義不容辭地以接力賽跑的精神分頭尋找資源，籌劃一場場專屬「東亞殖民主義與文學」議題的學術年會。二〇一六年十一月在新竹清華大學舉辦的「東亞文學場：台灣／朝鮮／滿洲的殖民主義與文化交涉」國際學術研討會，就是我們自許的「黃金第二周期」的第二屆年會。台灣擔當東道主的這次會議，同樣是在系所師生及其他協力機構同心同願下完勝。我們在兩天會議中密集論學，也在兩天文化參訪中，前往宜蘭、花蓮進行傳統寺廟、殖民史蹟、移民村與文學地景的踏查。各國朋友們一起在木瓜樹下懷念龍瑛宗，也於往昔為「理蕃」開鑿的八通關古道上攀爬而滴下汗水。

身為策劃者，我以「東亞是一個文學場」或「東亞是互為場域的文學場」為研究假設，邀請論文發表人為「東亞文學場」（East-Asia Literature Field）提出帶有亞際特色的資料詮釋或方法論芻議。學者們隨即熱烈地從共時性觀點，對同屬日本帝國勢力影響、又為東亞現代化前沿地帶的各地，進行現代文學樣態的比較與交涉研究。我們既考察了殖民主義壓抑與激發的地方文藝或跨界交流，勾勒犬牙交錯的時代精神與感覺結構；也考察了戰後的新文化秩序與文學跨時代與歷史記憶清理等情境。雖然跳脫國族史觀、單一地方史、斷代史或純文學角度並不容易，但是在複線系統的東亞文學史中思考與商榷，已經是我們的共識。

方法論，堪稱本次會議最亮眼的收穫。我們最關注的是，殖民主義如何制約文學，文學又怎樣溶滲殖民話語？對東亞殖民主義與文學關係的考察，在現有的民族主義理論和後殖民主義理論之外，是否可以發現其他解讀的可能性？輯一「反帝國主義國際主義與解殖文學」中，金在湧、張泉、劉曉麗、蔣蕾的四篇論文，充分展現致力於東亞殖民地比較文學研究社群之創建連結，以及促使中國淪陷區和「滿洲國」文學研究從被遺忘的繆斯，到開顯其文化能動的幾位資深學者們的觀點。

現任韓國圓光大學韓國語文學部教授的金在湧，專長為韓國近現代文學、殖民地比較文學、「滿洲國」文學。主要著作有《民族文學的歷史及其理論（二卷）》、《朝鮮文學的歷史性理解》、《韓國近代民族文學史》、《分斷結構及朝鮮文學》、《合作和抵抗：日本帝國主義統治末期之韓國社會與文學》、《世界文學中的亞洲文學》等。現主持韓國《地球的世界文學》雜誌，同時擔任《實踐文學》、《滿洲研究》等學術期刊編委，也是「東亞殖民主義與文學研究會」、「亞非及拉丁美洲文學論壇」等國際社群的創立人、靈魂人物。

金在湧〈全球非殖民化論與東亞殖民地文學研究展望〉一文，首先指出東亞殖民地文學研究在「全球非殖民化論述」上的價值。他指出西方中心的後殖民主義有兩個明顯缺陷：一是，未對西方殖民地人民抵抗運動的多樣性加以正視，一味偏頗地將其歸結為民族主義；二是，迄今日本帝國主義及其殖民地之歷史經驗仍未被納入東方學的研究範圍。未考量非西歐經驗、未分辨殖民地反帝運動多元指向的結果，導致後殖民理論對殖民地反抗運動的評價失於簡單和片面。根據他的個人觀察，有關東亞殖民地文學、特別是抵抗文學、抵抗運動的多種樣態的揭示，遠超過後殖民主義批判的範疇，可望為全球非殖民化理論提供新的觀點。其次，他強調台韓比較研究在跨國視域下的東亞殖民地文學研究中的關鍵地位。他認為，在跨國研究中，比起探究日本文學界與東亞被殖民地區文學界的關聯，相對而言，闡明被殖民地區文學之間彼此的橫向連帶關係更形迫切，因為從戰前到戰後，它們的交流不斷遭到帝國體制和民族國家體制阻礙。其中，同受總督體制治理的朝鮮、台灣性質相近，與沖繩、偽滿洲國等其他殖民地差異較大，因此朝鮮與台灣文學界的比較研究最適合作為東亞被殖民地區比較研究的核心。第三，他以金史良與台灣作家的交往為例，舉出反帝國主義的國際主義之反抗模式。他一方面不滿足迄今為止對鮮台作家的比較，主要圍繞於龍瑛宗和金史良兩人的情況；另一方面，不滿足「反帝國主義的國際主義」與「無產階級國際主義」被混為一談。他發掘新史料，指出金史良與吳坤煌、張文環的交往更早、更饒富意味。他推測，一九三〇年代中期金史良與吳坤煌在各自開始思考被「無產階級國際主義」所忽略的殖民地問題，試圖超越民族主義與無產階級國際主義，摸索新的反帝國主義的國際主義時相遇了，也曾一起繫獄。此後兩人往來不輟，一九三九年還在天津偶遇。金史良在致龍瑛宗的那則著名書信中也提及張文環，但他與張在日治末期皆企圖以鄉土書寫超越「內鮮一體」或「內台一體」的皇民化論述之事實卻未被闡明。鮮台作家在轉向年代中的提攜轉進，此種非民族主義、亦非典型社會主義的抵抗模式與合作，正是西方後殖民主義尚未掌握的多樣反抗模式存在於東亞的一個證明。金在湧教授的精闢論文，讓我們明瞭建構全球非殖民化理論而非踵繼後殖民主義，是東亞學人未來可以貢獻的方向。他同時刺激我們思考——以東亞為文本，以東亞殖民地文學研究為方法，可以如何填補西方後殖民主義研究的空白，找出解構歐洲中心後殖民理論的根據？我們看見，這些疑惑也正是支持他堅持十年「殖民主義與文學論壇」、同時舉辦「亞非及拉丁美洲文學論壇」的背後動力與終極追問。無論是否追隨他的宏大思辨，我們都不該忘記他的提醒：東亞文本與東亞經驗有其獨特意義，但僅僅進行孤立的東亞殖民地文學研究無法實現建立全球非殖民化理論的可能，必須時刻不忘關注有關歐美帝國主義及世界其餘殖民地的研究進展。

劉曉麗以《異態時空中的精神世界：偽滿洲國文學研究》一書馳名中西，近期更完成了策劃與主編《偽滿時期文學資料整理與研究叢書》三十四卷大帙（二〇一七）的艱鉅任務。在她不畏辛勞的統籌下，各國學者共同付出積累，已使「滿洲國」文學研究被推向一個全新世紀，她的熱情與研究動能令人讚嘆。收錄在本書中的〈解殖性內在於殖民地文學：以偽滿洲國文壇為中心的考察〉一文，提出了不容忽視的主張，那就是「解殖文學」、「反殖文學」、「抗日文學」的三重分析框架及其定義。她指出：日本在中國東北炮製的傀儡國，是其在東亞地區製造的特殊類型的殖民地。該殖民地的文學不僅有日本殖民者和被殖民者本土中國人的文學，還有在此殖民構架中謀生的朝鮮人和俄羅斯人的文學，其國家身分、民族認同、語言等方面呈重層多元狀態，與東亞殖民主義以非常複雜的樣態糾纏在一起。各個語族的文學都有反殖民主義的訴求和表現；因為其在殖民地的位置不同，抵抗的目的、方式和強度都不一樣，有直接的反殖文學，有迂迴的解殖文學，還有欲利用殖民政策與之周旋協作的迎合文學。無論何者，在這抵抗與迎合中，殖民傷痕都深深地刻印在殖民地人們的精神深處。因此，有必要提出「解殖文學」、「反殖文學」、「抗日文學」三重分析框架給予區分和闡述。反殖文學和抗日文學借用民族主義思想資源和左翼文學傳統，在中國現代文學史上獨樹一幟；解殖文學指居住在殖民地或者在殖民地成長起來的作家，他們在殖民歷史現場創作並發表，隱去作者情緒溫度的零度寫作、無評估義務的旁觀，是其常見特徵。解殖文學與殖民統治共在，承接著龐雜的文學傳統和思想資源，憑靠文化資源形成隱蔽性，猶如腐蝕劑般慢慢地消解、溶解、拆解著殖民統治。劉曉麗特別重視這塊過去欠缺洞察的領域，她鏗鏘有力地宣告：解殖文學，不僅是一種殖民地文學類型，也是一種方法論。我們盼望從今以後，湧現更多有關殖民地深層文化的闡述。

張泉，中國淪陷區文學研究的開創者。著有《淪陷時期北京文學八年》等多部影響性深遠的巨帙，另有多種編著，備受矚目的《梅娘文集》十一卷本，在其嚴謹編纂下即將由人民文學出版社隆重推出。〈中國淪陷區文藝研究的方法問題：以杜贊奇的「滿洲國」想像為中心〉一文，從二十世紀八〇年代「重寫文學史」等影響巨大的命題談起，提出中國淪陷區研究方法論的商榷。他認為，新編中國現代文學史擺脫了政治史桎梏，回歸文學，淪陷區文學得以納入其中。進入二十一世紀，現代主義、後殖民主義、民族國家想像等思潮、理論的引入，對淪陷區文藝研究產生不小影響，但以負面影響居多。究其原因，乃因使用者未能有機契合中國在世界殖民史上的在地特點，以及淪陷區文學的歧義性語言與複雜隱喻所致。而最為根本的，還是西方學術脈絡中的方法或模式自身存在缺陷、甚至謬誤。美國中國學家杜贊奇的《主權與本真性：「滿洲國」與東亞式現代》（二〇〇三）具有代表性。這項以抽象概念和生造術語為中心形成別具一格的「滿洲史」研究，使用若干碎片化的敘事話語構建複線歷史，試圖藉此來打破線性的民族歷史敘事對於歷史的遮蔽，還原歷史的多樣性真相。《綠色的谷》是其方法論的重要資源之一，同時這部長篇小說的接受史也被用來探明「滿洲國」的「本真性狀態顯現的真實作用」。不過，其建構的過程和結果均表明，《綠色的谷》實在承擔不起重新書寫「滿洲國」複線歷史、建構「滿洲國」獨立「民族國家」新定位之重擔。張泉透過這個案例亦再次反證他的一貫主張：為研究獨具中國特色的被殖民地區的文學，需要以「四重殖民維度方法」進行觀察。維度一，世界範圍內的體制殖民／新殖民／後殖民三個殖民階段歷時演化維度；維度二，日本侵華七七事變造成的中國近現代文學史中的戰前／戰時／戰後三個階段的歷時轉換維度；維度三，中國全國抗戰時期國統區／共產黨抗日民主根據地／淪陷區三大區劃間的共時體制差異維度；以及維度四，日據時期殖民地台灣／偽滿洲國／淪陷區三種統治模式間的共時殖民體制差異維度。

蔣蕾為東北淪陷區報紙文學副刊研究、偽滿洲國新聞統制研究的專家。著有《精神抵抗：東北淪陷區報紙文學副刊的政治身分與文化身分：以《大同報》為樣本的歷史考察》（吉林人民，二〇一四）。〈偽滿洲國抵抗文學的「地下書寫」〉一文，憑藉她長期投入「滿洲國」文獻調查、建築調查、文化人口述史及紀錄影像等工作，所形成的獨特時代敏銳度而提出。她以大量東北現地具體文本案例，明確界定了「抵抗文學」與「地下書寫」兩個概念，為被打壓、刪削、潛行、不見的作家與作品進行呼籲、造像與研究方法示範。這篇論文以《東北文學》雜誌及地下油印小報作者訪談等確實論據，為讀者揭示偽滿時期東北知識分子所進行的大量具有抵抗意識的寫作活動。文中詳細道出，這些作品如何因政府審查等原因未能公開發表，構成了一種「地下書寫」；又如何以地下方式傳播（油印小報或手抄本方式），甚至有的作品直至光復後才獲得發表或出版。蔣蕾對「地下書寫」流通樣態與藝術形式的考察，既實證又富有啟示。她不只歷歷如繪地幫助讀者看見地下書寫各種鮮明的淪陷區寫作印跡，指出這種規模不小的書寫表達方式與非淪陷區寫作的明顯差異；還考掘了地下書寫者的複雜政治背景，闡明地下傳播對作品形構產生的影響及其與眾不同的藝術表現方式。上述四位先進的方法論，是本書的定音鼓，也是東亞殖民主義文學研究的指針。

輯二「話語與抵抗」中，郭誌光、劉恆興、大久保明男、代珂四篇論文，則透過對殖民地文學口號、文藝論爭、國語政策、電影廣播劇的分析，帶領我們思考在帝國言論壓制下，文學運動、語言意識、創作策略及媒體大眾文化的迂迴與複雜。

郭誌光〈從鄉土文學到殖民地文學：本格期台灣新文學運動的文化轉向與文藝創新主軸〉一文，為其榮獲「台灣文學館二〇一七年台灣文學傑出博士論文獎」之博士論文（《為人生？為藝術？——本格期台灣新文學運動的文化轉向》，二〇一六）的精彩篇章之一。他前所未有地具體闡明了第三國際人民戰線運動對台灣左翼殖民地文學論述的催生。首先，描繪隨著戰雲密布，一九三五年七月第三國際第七全會提出人民戰線以抗法西斯，正式擎起殖民地內部統一戰線與外部跨域聯合陣線的鮮明旗幟，更宣告了左翼所宗的世界主義不得不向民族主義靠攏以與軍國主義鬥爭的務實修正的背景。接著，分析台灣的殖民地文學概念如何在這種全球氛圍下熟成。他認為：

一九三五年十二月楊逵創刊《台灣新文學》，編輯團隊於創刊號企劃了殖民地文學專題，等同正式宣告台灣的殖民地文學之誕生。此時台灣的殖民地文學，大抵是依第三國際標舉的左翼世界主義與民族主義兩者結合之反法西斯、反殖民主義運動的修正方針，修正以往過度強調左翼世界主義，重新調整台灣新文學運動的方向，將其導向本土的即世界的之普羅文學新義。此一企圖超克台灣內部左右路線之爭，進而連線國際反法西斯反殖運動，嘗試將鄉土文學進一步轉化推升至殖民地文學境地的努力，實已為台灣文學增添了新的精神向度、拓寬了內涵。郭誌光這篇論文不只對台灣左翼文學的方向轉換提出了理論根據，也對「多樣性反抗」作為日治時期台灣文學史發展動力的事實，給予東亞文學場角度乃至世界視野的解釋；而他的實證研究又恰好是理解金在湧所強調的一九三〇年代東亞作家、文化人從「無產階級國際主義」轉向「反帝國主義的國際主義」最有說服力的——Taiwan case。

劉恆興為台灣文學與中國現代文學研究方面的專家，曾發表有關張我軍、蕭紅的研究論文，亦曾進行台灣與「滿洲國」鄉土文學論述的比較。現專注於「滿洲國」十四年統治期間文化、社會、性別、階級與文學生產關係的探討，最新成果〈文學、主體與社會：「滿洲國」文壇建設論爭的起源與發展（一九三五—一九三六）〉登載於《文與哲》（二〇一七年六月），可見他梳理文藝體制與社會思想之千絲萬縷關係的能力。〈超越意識與新京文壇：以《大同報》副刊為中心的考察〉一文，以新京（今長春）社團與文藝創作於一九三五—一九三六年的發展情況為中心，思考在同時期大連與瀋陽爆發文壇建設論爭的期間，新京文壇的反應與發展脈絡。他透過詳考《大同報》副刊中孫陵等人的言論，指出在政治、文教等社會資源充沛的情況下，新京文學者具有較明顯的政治甚至黨派色彩，但他們透過對現實時空環境的綜合反省與感受，認為單純暴露社會黑暗的文學作品，恐怕並沒有真正思考到「滿洲國」的現實環境，基於這樣的考量，新京文學者嘗試了更多超越特殊意識形態的作品創作。他認為，以此觀點重新觀察戈禾、楊薩寰等人之作品，也將更能解釋他們歌頌「王道樂土」背後的政治陰影與精神抵抗。劉恆興跳脫意識形態中心、多方面評估影響文藝生產的社會因素、心理壓力與抵抗策略之做法，無異是繼續推進殖民地文學研究時重要的態度和方向。本文與蔣蕾、大久保的論文相互交輝。

大久保明男以二十世紀上半葉中國東北地區文學史、文化史為其研究領域，長期關注日中文化交流及「中國殘留孤兒」問題，是日本「殖民地文化學會」理事、「滿洲國」文學研究會創會者之一，也是「日本中國學會」活躍成員。他對待學術工作與社會問題的真誠，已使首都大學東京在近十年堪稱日本培育「滿洲國」文學與文化研究人才首屈一指的大學。二〇一七年出版的《偽滿洲國的漢語作家與漢語文學》（偽滿時期文學資料整理與研究　研究卷）（哈爾濱：北方文藝出版社，二〇一七），收錄了他的代表性著述。〈何謂「滿洲國語」？：考察雜誌《滿洲國語》的創刊及其言說〉一文，透過考察「滿洲國」時期唯一一份有關語言問題的刊物《滿洲國語》，探討在中國人、日本人各自有其想像之「國語」的「滿洲國」，政府如何建立「國語」的概念，「國語」在「滿洲國」具有的地位，以及《滿洲國語》雜誌中呈現的語言意識形態、政策及相關規劃。以此為比對基礎，大久保進一步為讀者解答——在文學創作上擺脫不了語言困惑／困境的作家（特別是漢語作家）的「國語」對應之策，以及他們另類的語言意識。

代珂為青年學者，其學術專長為新興的殖民主義與傳媒關係的研究，成果建立於大量新出史料與田野調查之上，另曾翻譯出版東野圭吾、伊坂幸太郎、京極夏彥等作家小說多部。〈聲與光的短暫交匯：「滿洲國」的電影廣播劇〉一文指出：滿洲映畫協會（滿映）和滿洲電信電話株式會社（電電），兩大「國策會社」分別掌控了「滿洲國」的電影和電信傳播事業。關於兩者的研究積累側重在影像與聲音等媒體研究方面，在內容及議題上鮮有參照。固然電影廣播劇藉由電波傳遞，但其腳本卻改編自「滿映」的作品，甚至劇目演出及播出亦由電影參演人員親自擔當，實應視為「滿映」與「電電」合作之特殊產物。代珂以此發現為根基，在論文中分析兩大「國策會社」的出現原因、內容、形式，追溯二者合作背後的政策轉變、人員流動等具體脈絡，最後更在此認識上梳理了廣播、電影和新聞三大媒體在「滿洲國」的合作關係及共性特點，相當有開拓性。代珂關注的媒體議題和陳實博士論文《偽滿洲國童話研究》關注的口傳敘事與特殊文類問題，都是這兩、三年新出博士論文中的創新之作。

輯三「原住民、少數者與帝國」中，簡中昊、柳書琴、蔡佩均、金昌鎬四篇論文，以日本作家關注的帝國底層原住民議題、白俄作家的生態殖民主義批判、以及在「滿洲國」知名礦場開啟普羅文學道路的朝鮮作家為對象，剖析作家對邊緣性議題的敏銳挖掘與關注。

簡中昊為青年學者，京都「國際日本文化研究中心」劉建輝教授的高足，曾獲「中國日本學研究優秀碩士論文文學專業一等賞」。〈「蕃婦」形象中的二元對立與殖民地問題：以真杉靜枝的台灣原住民族關係作品為主〉一文，指出如何解釋、超克殖民者／被殖民者的關係，為日人作家在「原住民書寫」中的重要主題。自佐藤春夫以降的男性作家，多以旅人視點勾勒出「日本人男性／原住民女性」的圖式，而其中描繪的「蕃婦」形象以及與霧社事件連動的「蕃婦問題」，成為作家們所共有的問題意識。真杉靜枝於戰時發表的作品雖屬國策文學，但也繼承此一問題意識，並以其獨特的觀點將之更加推進。此外，雖然日本官方以「親子理論」來形塑日／原之間的二元關係，但是「蕃婦問題」凸顯出官方論述的破綻。以「師生關係」為基調的「莎韻神話」，便是為了彌補破綻應運而生。然而，由於真杉在性別與殖民地經驗上都有異於此前的男性作家，使得真杉的「莎韻作品」不僅顛覆原先的二元圖式，也有異於「莎韻神話」基調之處，故而在近代日本的原住民書寫中，據有獨特的一席之地。

柳書琴，台灣文學學會常務監事。〈沉默之境：佐藤春夫未竟之行與王家祥小說中的布農族傳統領域〉一文，分析日本作家佐藤春夫的隨筆〈霧社〉（一九二五），以及台灣當代小說家王家祥的歷史小說〈關於拉馬達仙仙與拉荷阿雷：一本被遺忘的人類學筆記〉（一九九二），同時比對日本人類學家森丑之助（一八七七－一九二六）的高山紀行文獻，試圖指出三者間的互文與辯證關係。藉此說明「森丑之助」在佐藤春夫的台灣紀行作品中，如何形成殖民主義批判的文化符號，台灣當代文本又是如何對理蕃調查文獻與新研究成果重新翻譯、詮釋、再次脈絡化，將帝國文本變異為後殖民文本資源。本文探討了布農抵抗史的文學再現，希望藉此與簡中昊探討的被真杉靜枝改寫為鄒族的泰雅族抗日議題相互參照。此外，筆者的母親為布農族，但是直到去年「台大醫學院挖掘布農遺骨事件」被揭露，激發我加入祖先遺骨返還運動後，才開啟了我的原住民元年。今年，我預計將出版以兩年時間編修的二十三萬餘字《台灣現代文學辭典（日治篇）》、進行「一九三〇年代布農族丹社群馬侯宛移住史耆老口述及親屬表調查計畫」，也將以稚拙的文字創作日治時期布農族丹社群的移住史小說。

蔡佩均著有《想像大眾讀者：《風月報》、《南方》中的白話小說與大眾文化建構》一書，該書部分成果曾獲「全國台灣文學研究生研討會優等獎」，另曾以其他論文獲「全國原住民研究論文發表會」佳作。〈「發現」滿洲：拜闊夫小說中的密林與虎王意象〉一文，以白俄作家拜闊夫最具代表性的小說《大王》、《牝虎》進行分析，指出作家如何以「去政治化」的風土書寫，揭示殖民主義計畫性經濟開發的不正當性，張泉曾於《瀋陽師範大學學報》中稱讚此文研究詳實。台灣讀者可能對於白俄人（或猶太人）出現於中國東北或上海等地的歷史背景、政治處境、文化意識及其文藝作品不熟悉，但它卻是世界性的左翼文學、離散文學和族裔文學的重要課題，並與同時代的俄、中、鮮、日文學相互交織。蔡佩均準確地注意到流亡滿洲的拜闊夫，其作品是「滿洲國」文壇中以曲筆批判帝國主義資本剝削，卻仍暢銷風行的異數。她通過梳理作品中的「密林」與「虎王」兩個多義性意象在不同語境中產生的歧義解讀，提出以下發現：第一、密林世界是拜闊夫小說的「擬鄉愁」裝置，藉此再現一種「消失的風景」，讀者通過閱讀作品「發現」滿洲。第二，對失去祖國的拜闊夫和滿系作家來說，小說中的密林封存了他們真實生活過且尚未變易的風土。第三，日本軍國主義者挪用上述意象，鼓吹皇道精神與大東亞文學理想，導致密林成了履踐「滿洲國」建國精神的「王道樂土」，拜闊夫的創作理念及其東亞傳播最終難逃一場同床異夢的各自表述。將本文與金昌鎬的論文併讀，當有更多啟發。

金昌鎬為中國東北文學及文化、中韓現代比較文學的專家。在宣讀論文前，特意前往舊台北州煤礦地踏查，到會後與陳令洋一起揮毫，分享漢字文化圈書法藝術之美。〈撫順煤礦與韓中小說：以韓雪野的〈合宿所的夜〉和王秋螢的〈礦坑〉為中心〉一文，將韓國作家韓雪野〈合宿所的夜〉（一九二七）與中國作家王秋螢〈礦坑〉（一九四一），兩部以撫順煤礦為題材的小說進行比較。他敏銳地注意到日俄戰爭後日本占據撫順，「滿洲國」成立後，更為滿洲經濟掠奪的第一場所，成為東亞殖民主義近代化明暗對照的城市。論文開宗明義指出：在有「應該說的話」或「能夠說的話」而「卻不能夠說」的形勢下，殖民地作家們除了絕筆和流亡之外，若不願協力，就只能追求純文學或迂迴式的寫作。他注意到：迂迴式的寫作，在韓國和「滿洲國」的文學家筆下，大多通過鄉土文學表現出來。在近代東亞的作家中，最先關注撫順煤礦的是韓雪野，而他也是通過迂迴式寫作批判日本帝國主義的代表人物。〈合宿所的夜〉以小說揭發撫順煤礦的現實，而這段經驗對韓雪野確立普羅文學路線也絕對重要。朝鮮無產階級藝術聯盟（KAPF）的作家，多半在首爾或日本形成普羅文學意識，唯獨韓雪野在撫順產生，其中有不容忽略的意義。王秋螢的〈礦坑〉是中國現代文學史中，反映礦工生活的第一部作品，同樣以側面烘托手法間接暴露了日本法西斯的罪惡行徑，有明顯的可比性。透過比較，金昌鎬發現：在滿洲事變前開始普羅文學活動的韓雪野，可以大膽書寫無產階級鬥爭，以異國煤礦問題對祖國的黑暗殖民統治進行迂迴批評。與此相反，淪陷之後才活躍的王秋螢雖然也有強烈的民族主義和現實主義傾向，卻沒有開展普羅文學活動的餘地，只能更曲折微弱地描寫闇黑的社會。

輯四「世變、文化媒介與記憶」中，徐淑賢、王惠珍、岡田英樹、崔末順、李海英五篇論文，以一九二〇—三〇年代的文化資本、出版媒介及二戰前後的歷史意識、戰爭記憶為主軸。探討在重大世變中，生活於摩登年代的台灣古典文人、普羅作家，戰後回憶「滿洲國」文化界的馬尋，追記戰爭期台、韓青年友誼的蕭金堆，以及解放前後在「滿洲」敘事中思考民族關係的安壽吉。藉此觀察文化人和作家在面對新藝術、新媒介、新東亞關係及跨時代震盪時，如何再構與重敘自己的文化資本與民族國家認同。

徐淑賢曾以《台灣士紳的三京書寫：以1930-1940年代《風月報》、《南方》、《詩報》為中心》，榮獲「國立台灣圖書館台灣學碩博士論文研究獎助」。收錄在本書中的〈台灣古典文人的文化經營：新竹北門鄭氏家族與一九二九年全島書畫展覽會〉一文，為其獲得「二〇一五年黃彰健院士學術研究獎金」補助的研究成果之一。全文以新竹北門鄭氏家族及其傳統書畫同好，在一九二九年舉辦的全島書畫大會為考察對象，探討政經社會主導權受到衝擊，甚至連傳統教養所累積的美學標準都備受動搖的台灣古典文人們，如何透過整合家族與文人間的文化資本，建立一個獨立於詩社之外的書畫交流平台。徐淑賢這篇議題新穎的論文，在於指出竹塹文人經營此交流平台時，不僅透過本地書畫家與日本書畫家、鑑賞者攜手，更援引了上海書畫水墨界面對傳統書畫現代轉型的經驗，營造出與殖民官方新式美術相異的藝術美學認知。這種援引中國書畫資源，提升台灣書畫典範競爭力，並增加地方家族文化介入機會的策略，應該是漢字文化圈面對殖民時期西方中心主義的審美觀與藝術品味時都曾面臨的挑戰。讀者可將她的論文與後述另外投稿發表的陳令洋的論文相互參看。

王惠珍，現任清華大學台灣文學研究所「台灣文學研究會」會長。代表作《戰鼓聲中的殖民地書寫：作家龍瑛宗的文學軌跡》（二〇一四）一書，為台灣日語作家研究領域重量級著作，新書《譯者再現：台灣作家在東亞跨語越境的翻譯實踐》已通過審查即將問世，近期又專心致志執筆新竹縣政府委託編纂的《續修新竹縣志．文學篇》。〈三〇年代日本雜誌媒體與殖民地作家的關係：以台灣／普羅作家楊逵為例〉一文，以三〇年代楊逵與日本雜誌媒體的關係為考察範疇，釐清在殖民地作家的文化生產過程中，帝國的雜誌媒體究竟扮演怎樣的角色，「作者」楊逵自身在日本普羅文學運動衰退之際，如何分飾「台灣作家」、「普羅作家」、「殖民地讀者」等多重角色，進行台灣文化知識的跨域輸出。論者將本文分節探討：楊逵如何吸收這些雜誌的內容，將它們轉化成為論述的材料，建立與東亞作家交流的平台，藉由《台灣新文學》的發行如何與日本媒體建立連帶合作關係。其次，楊逵又透過「普羅作家／讀者」的身分轉換，如何介入日本文壇議題的參與，最後，探討楊逵如何利用日本的媒體版面進行殖民批判。王惠珍藉由楊逵的個案研究，描繪出一九三〇年代台灣作家如何利用日本雜誌媒體形構東亞知識文化交流網絡。她與郭誌光不約而同地從「東亞是一個文學場」、「東亞是互為場域的文學場」之角度，將台灣最有戰鬥力的左翼作家楊逵的研究再次推向高峰。此外，後述彭雨新〈戰時日本知識階層與穆時英的交流〉一文，則以中日文學場中的現代主義作家交流，揭示同樣具有啟示性的經驗。

岡田英樹，日本「滿洲國」文學研究的權威。鑽研中國近代文學，曾長年與東北老作家保持通信，陪伴他們抒解一些精神苦悶與現實問題。岡田老師半生精勤於「滿洲國」時期文學史料的挖掘、出版、翻譯、校勘、研究、教學，論著及編著眾多，嚴謹深刻，批判殖民主義，讀之令人動容。此外，他與張泉老師媲美，兩人皆誠心分享，扶掖後學不遺餘力，學術貢獻巨大。岡田老師兩部日文代表作，在翻譯為華語出版《偽滿洲國文學》（長春：吉林大學，二〇〇一）、《偽滿洲國文學・續》（哈爾濱：北方文藝出版社，二〇一七）之後，迴響更形擴大，如今已是「滿洲國」文學研究中影響最深遠的經典之一。從未停下促進中日和平與理解的腳步的他，二〇一六年又不辭勞苦編譯了《血の報復——「在滿」中国人作家短篇集》（東京：ゆまに書房，二〇一六）一書。〈歷史記憶與成長敘事——論馬尋的《風雨關東》〉一文，以跨時代作家馬尋將自身於「滿洲國」時期之親身經歷為素材所撰寫而成的長篇小說《風雨關東》為主要對象，分析看似虛構的作品中保留的滿洲文化界過往陳跡，包括滿洲文壇與「滿映」的具體情況和人物群像。他指出，老作家的這些回顧與評價，蘊含時代精神、文化樣態及權力關係等細部資訊，是寶貴的證言，有助後續研究者對於「滿洲國」文學與滿映構築立體的認識。岡田老師和其下崔末順、李海英、乃至筆者的論文，都嘗試突破殖民／後殖民之斷代史框架，希望將殖民主義清理與創傷回復的工作扣合當代，進入人們記憶與心理的層次。

崔末順以其跨文化素養長年關懷台韓文學教育與研究交流，曾獲「政治大學學術研究特優獎」，二〇一七年更以新書《海島與半島：日據臺韓文學比較》榮獲「巫永福文學評論獎」。〈心的戰爭：蕭金堆〈命運的洋娃娃〉中的戰爭記憶與台韓友誼〉一文，以蕭金堆一九五五出版的小說〈命運的洋娃娃〉為對象，追索故事裡台、韓友誼所引起主人公的心理狀態和精神面貌、對民族認同和「祖國」想像的轉移過程，進而思考被動員的殖民地台灣青年的戰爭經驗及其記憶的歷史意義。她發現：台灣青年的志願從軍，並非出於單純的皇民化運動，日本建構的從西方帝國主義手中奪回主權、保衛亞洲的戰爭論述，亦是重要推力。然而，社會或學校遍存的差別待遇和蔑視激起青年憤怒，也成為一股逆向牽制戰爭論述的無形力量。從軍後一再遭受不平等待遇並面臨死亡恐懼，逐漸讓台灣青年對帝國的戰爭理念產生懷疑，作者將此一機轉稱為「心的戰爭」。崔末順認為，作家透過主題設計突出了他的歷史認識（亞洲和平）是通過實際的戰爭經驗才理解到的。戰爭世代被迫在巨大代價中獲得的體會，時至今日我們仍應警惕在心。

李海英為偽滿洲國朝鮮系文學與中國朝鮮族文學研究的重要推動者，也是該領域傑出的學者。她以中國海洋大學韓國研究中心為陣地，推動多種朝鮮族文學的大型研究與人才培育計畫，譬如主編偽滿鮮系文學相關研究著作三部等。現正主持韓國教育部及韓國學中央研究院（韓國學振興事業團）「海外韓國學重點研究基地項目」（二〇一四—二〇一九）專案，並擔當《東亞殖民地文學事典》國際編纂計畫策劃人與執行單位的重責大任。〈安壽吉解放前後「滿洲」敘事中的民族認識：以與其他民族的關係為中心〉一文，通過對偽滿時期朝鮮作家安壽吉跨時代作品的分析，研究其「滿洲」敘事所體現之網絡式民族認識。李海英指出，安壽吉從一九五九年到一九六七年，歷時八年創作的長篇小說〈北間島〉，使他從偽滿洲國的朝鮮作家、「越南者」作家、「戰爭受害者」作家，成功轉型為韓國民族主義作家。〈北間島〉與他在偽滿時期所創作的小說，雖同是偽滿地區朝鮮民族的受難史的敘事化，但二者之間卻有極大斷裂。對此現有研究多將其歸結為「生存法則之日常理念」與「民族國家之歷史理念」間的衝突及抗衡，李海英卻不滿足於這樣的解釋。她認為這些民族主義角度的解釋，其實忽視了安壽吉對地域現場多元民族關係的複線理解。她通過對安壽吉小說中民族關係的細緻分析，證明安壽吉解放前發表的「滿洲」敘事呈顯了朝鮮人與清朝人的紐帶思想、與日本人的乖離感；解放後作品卻展現朝鮮人與清朝人的原則性對抗、對日本的抗爭和不得不然的妥協。眾所周知，偽滿洲國文學由滿系、日系、鮮系、俄系等文學交互構成，然而目前研究成果仍偏重前兩者，導致不少盲點。李海英教授引領的鮮系文學研究，系統性針對各類型朝鮮作家的滿洲體驗文學、移民文學進行析論，正欲改變這種現況。

本文具有她論著的一貫特色，即以偽滿鮮系文學的特殊內涵與經驗，顛覆學界以滿系、日系或以中、日、韓等國家框架，思考國家身分、民族認同、信仰、階層、語言、性別、跨時代情境等問題時的固定假設與架構。我們盼望更多的類似研究，為多元民族／族裔觀點的東亞文學研究帶來契機。

本論文集的出版為多元議題設計及其他考量，除了辛勞作者們忍痛壓縮扎實的長論之外，也不免有遺珠之憾。譬如，北京社會科學院研究員陳玲玲（陳言）教授，甫於二〇一六年推出大作《忽值山河改：戰時下的文化觸變與異質文化中間人的見證敘事（1931-1945）》，又馬不停蹄地開始新寫作計畫「淪陷區博覽會研究」，此次會中以〈日本博覽會的「眼目之教」與帝國視線——兼論《滿洲摩登》〉初試啼聲，煥然一新，隨即登載於《探索與爭鳴》二〇一七年第十一期。陳令洋〈美術浪潮衝擊下的職業書法家——以日治時期曹秋圃的生平、結盟與書道觀為中心〉，以出生台北的一代書法名家之藝術行旅敘說東亞文化的交涉，獲得《臺北文獻》（第一九九期：二〇一七年三月）刊載，可喜可賀。彭雨新〈戰時日本知識階層與穆時英的交流：從《文學界》追悼特輯到夭折的文藝團體「中日文藝家聯盟」〉，獲得中國國家重點學術期刊《漢語言文學研究》（二〇一七年〇四期：二〇一七年十二月）刊載，亦為其在日本大阪大學提交的博士論文相關成果。任秋樂〈萬寶山事件與中日韓作家的文學應對〉，已成為其二〇一七年六月取得中國海洋大學韓文系碩士的精彩同名碩士論文中的一部分。上海第二工業大學陳實講師於二〇一七年三月完成博士論文《偽滿洲國童話研究》，內容橫跨童話文學與不同媒體之童話傳播，調查多種地區與族裔的文本，分析了中西不同童話敘事之間的競爭與對話，論述有力，史料出土量驚人，不久可望以專書與史料搭配的方式出版。修平科技大學金尚浩教授為華語與韓語現代詩研究學者，目前擔任「東亞人文學會」副會長、學術期刊《中國學論叢》（高麗大學）編輯委員、季刊《台灣現代詩》編輯顧問等職，近年在台灣文學史、台灣文學經典作品的韓譯方面也有驚人成果。他本次宣讀的〈日據與現代的記憶：韓國對親日詩人的受容與批判〉一文，將與其系列論稿集結在下一本新書中，敬請期待。陳俊益〈日治女作家的「新路徑」：論張碧淵〈羅曼史〉及其「新心理主義」的在地生產〉，從現代主義文藝傳播的角度重新分析台灣文學史上被冷落的繆斯張碧淵，是殖民地時期台灣女性文學的重要補白，刻正投稿期刊中。石廷宇〈雙面媽祖：戰爭期前後皇民化下台灣媽祖形象的同體異心研究〉，以民俗學的角度分析台灣的媽祖信仰與形象在皇民化期間於西川滿和張文環筆下的雙面性，也是其博士論文的先導性研究。敬請讀者們持續追蹤上述學人們的專書出版及博士論文完成。

最後，衷心感謝補助單位行政院科技部、清華大學研究發展處、人文社會研究中心、台灣文學研究所、國立台灣文學館、台灣聯合大學系統文化研究國際中心的大力支持。感謝聯經出版公司發行人林載爵教授、總編輯胡金倫先生給予動力，編輯張擎先生縝密執行。感謝計畫助理洪麗娟在學術大會籌備、徐淑賢博士生在初稿收整編校上的專業投入。感謝青年書法家陳令洋揮毫，為活動海報及本書封面增光。感謝施淑教授、波田野節子教授、蔡英俊院長、李癸雲所長、林瑞明教授、陳萬益教授、黃惠禎教授、金尚浩教授、黃毓婷教授、林以衡教授、白春燕博士、辛莉莉老師，以及會議期間諸多貴賓蒞臨交流及點評，使議題討論深化。感謝義務擔任口譯的李海英教授、大久保明男教授、白春燕博士、彭雨新博士，及工作人員徐淑賢、陳令洋、蔡佩均、陳俊益、石廷宇、胡明、許容展、葉慧萱、李鴻駿、金瑾、張郁璟、汪維嘉、劉姵均、向泰儒、黃勝群、蔡寬義、陳子彤等，以及台文所陳素主助理。感謝所有促使本書學術宗旨獲得彰顯的認真學者與幕後英雄，能與您們一起學習與工作真是榮幸而難忘的時光。

・反帝國主義國際主義與解殖文學・

全球非殖民化論與東亞殖民地文學研究展望

金在湧／韓國圓光大學

一、從後殖民主義到全球非殖民化

二十世紀八〇年代以後，後殖民主義在國際人文學界盛極一時，肯定其貢獻的同時，也不能忽視它所遺留的課題。首先是以日本帝國主義及其殖民地為對象的東亞殖民地研究尚屬薄弱環節。後殖民主義是一套基於歐洲帝國主義及其殖民地的理論話語。由於德國在第一次世界大戰期間喪失了全部殖民地，後殖民研究在歐洲主要侷限於英法兩國，也有學者涉及美西戰爭結束後美國實行的新帝國主義，但僅停留於表面，缺乏深入研究。然而值得注意的一點，日本帝國主義及其殖民地的問題卻未被納入研究範圍。日本是在向近代國家轉型的同時，迅速擴張成為東亞帝國主義國家，之後經歷甲午戰爭、日俄戰爭，到一戰時與英、法、美三國一同確立了世界帝國主義列強的地位，沖繩、台灣、朝鮮、偽滿洲國先後淪為其殖民地。但出乎意料的是，後殖民主義理論絲毫未提及日本帝國主義，甚至還把日本視為西歐的「他者」。後殖民主義代表人物愛德華・薩依德（Edward Wadie Said）的著作《東方主義》也不例外，開篇即指出東方是歐洲的他者。日本反倒成了西歐東方主義的犧牲品，因為作為東方國家，日本帝國主義及其殖民地若被納入東方學的研究範圍，這個理論本身就無法自圓其說。

其次是對殖民地人民反抗的片面評價。後殖民主義關心的首要問題是歐洲帝國主義國家英國和法國的殖民統治方式，其次是殖民地人民的抵抗運動。儘管如此，後殖民主義並未對殖民地人民抵抗運動的多樣性加以探究，而是將其簡單地歸結為民族主義，但這也並非空穴來風。一戰以後，非西歐殖民地內部爆發抵抗運動，究其原因民族主義確是其中之一。而在二戰結束後的民族獨立和解放過程中，舊殖民地國家的抵抗運動也逐漸過渡為新型民族主義。弗朗茲・法農（Frantz Omar Fanon）曾提出「民族文化的盲點」這一說法，指責民族主義在過去是抵抗帝國主義的理念，但卻在獲得獨立的社會內部成為壓制少數人和民主主義的機制，之後更是暴露出愈來愈多的問題。後殖民主義研究正是從這些問題著手，對二戰後非西歐社會內部廣為流傳的第三世界民族主義提出質疑。由此看來，後殖民主義把殖民地人民的抵抗運動歸結為民族主義也不失妥當。史碧娃克（Gayatri C. Spivak）所說的「崩潰中重現」可謂是對它的高度概括。但是後殖民主義忽略了很重要的一點，那就是非西歐殖民地抵抗運動的發生既有民族主義的因素，也有其他因素。而後殖民主義未對非西歐殖民地反帝運動的多元指向多加留意，只是將其歸結為民族主義，導致了對殖民地反抗運動評價的片面性。儘管過去帝國主義國家的知識分子對殖民地抵抗運動有意迴避，但從人類未來發展的角度來看，將其一味歸結為民族主義不免有失偏頗。因此，更需要對抵抗運動的多種可能性做出正確解讀，分析其現實意義。而東亞殖民地與其他深受歐洲近代文明影響的地區不同，並不甘於接受日本帝國主義的支配，可以說東亞殖民地的抵抗運動具有特殊意義。依筆者淺見，有關東亞殖民地文學，特別是抵抗文學多樣性的研究應當超越後殖民主義批判的範疇，並有望為全球非殖民化理論提供新的觀點。

二、跨國視域下的東亞殖民地文學研究

二十世紀八〇年代，日本帝國主義統治下的東亞殖民地文學研究在台灣、中國大陸、韓國漸次興起，這並非偶然。因為從當時的客觀條件來講，各國學界之間根本無法掌握互相動態。筆者亦從此時開始專注於日帝強占期朝鮮文學的研究，當時對台灣以及中國大陸的研究進展雖有好奇，但也無從得到任何消息，其他地區也大抵如此。之後，各地區的研究成果通過日本得到傳播與交流。以此為契機，日帝統治下東亞殖民地文學研究獲得了更多關注，也開始超越單一國家的範疇，轉向跨國界研究。

暫且不論跨國視域下的東亞殖民地文學研究是否合理，單就研究本身而言也非易事。各地區的學者匯聚一堂，介紹本國文學的同時也傾聽其他地區學者的發言，在此過程中可能會受到啟發。也可以借鑑其他地區的文學及文學現象，重新闡釋本國的文學。但若要與他國文學進行比較研究，則要求對對方文學有充分的理解。對此，可以借助相關的研究成果。但由於問題意識的側

重點存在差異，涉獵的研究成果即使數量夠多、範圍夠廣，比較研究也未必容易實現。從事東亞殖民地文學研究的台灣、中國大陸、韓國的學者們對此估計已早有體會。

提到跨國視域下的東亞殖民地文學研究，首先想到的應該是「大東亞文學者大會」。由於當時吸引了來自台灣、朝鮮、偽滿洲國以及中國大陸的作家共同出席，該會議貌似可以成為比較文學研究的突破口，但實際並非如此。與偽滿洲國和中國不同，台灣和朝鮮同受日本總督府的管轄，性質相近，因此很多人認為台灣文學和朝鮮文學可以進行比較。但由於各地區文學史的發展進程不同，出席「大東亞文學者大會」的作家文壇地位也不同，比較的結果並不一定理想。對單個國家文學場的細緻研究是得出客觀判斷的前提，因此跨國視域下的東亞殖民地文學研究是一項十分艱苦的課題。

但學者們並不能因此望而卻步，因為跨國視域下的東亞殖民地文學研究刻不容緩。當時，日本的殖民統治雖分而治之，但全基於日本帝國主義的總體目標及框架之下，因此對單個國家或地區的研究本身就存在侷限性，必須拓寬視野，開展跨國界研究。本文從上述問題意識出發，旨在探究日帝統治下朝鮮文學與台灣文學的連帶關係，以填補後殖民主義研究的空白。

三、金史良與台灣文人的連帶關係，以及反帝國主義的國際主義

很長一段時間內，金史良在韓國和朝鮮都是被遺忘的作家。在韓國，金史良因解放後曾在朝

鮮平壤開展活動而遭到封殺，直到一九八八年韓國對越北作家解禁，金史良的作品才走入大家視野。而在朝鮮，由於金史良曾加入朝鮮義勇軍，在中國華北地區和八路軍並肩奮戰，與在偽滿活動的金日成路線不同，也遭到封殺。因此，金史良與台灣文學界的來往不可能得到關注。二十世紀七〇年代，金史良全集在日本出版，雖篇幅龐大，但有關台灣的言論裡面卻隻字未提，也未能引起足夠重視。直到最近，隨著金史良全集在韓國出版，作家的真實面貌逐漸呈現，作家與台灣文學界的來往也顯露端倪。此前，除了金史良寫給龍瑛宗的書信之外，並無其他文獻資料可供參考，因此金史良與台灣文壇關係的研究也主要侷限於龍瑛宗一人。本文將在此基礎上，重新審視金史良與台灣文學的關聯。

談及朝鮮文學與台灣文學的關係，張赫宙的名字不得不提。首先，台灣的日語作家在進軍日本文壇時都把張赫宙當作進階目標，因為張赫宙使他們確信，如果用日語創作完全可以在日本文壇站穩腳跟。其次，張赫宙的初期作品中主要描寫殖民地朝鮮的悲慘生活，引起了台灣作家的共鳴。所以，台灣作家經常談及張赫宙，台灣雜誌也經常刊載張赫宙的文章。由此說來，研究張赫宙與台灣文學的關係確有必要。但張赫宙在一九三八年武漢三鎮淪陷之後迅速走上親日道路，不再關心階級問題和殖民地民族問題，也放棄了同台灣及台灣文學結成的連帶關係。反觀金史良，雖然起步較晚，但直至日本戰敗也始終堅持自己的主張，保持與台灣文學的聯繫。這也是筆者選擇金史良而非張赫宙的原因。

（一）金史良與吳坤煌

可以表明金史良關注台灣文壇的線索，最早可追溯至一九三六年與吳坤煌在東京警察局的會面。在東京帝國大學求學時期，金史良一直參與「朝鮮藝術座」的活動，「朝鮮藝術座」可以說是在日朝鮮人的根據地。在九州私立高等學校期間，由於距離東京和大阪較遠，金史良只是和日本學生有來往，未曾參與在日朝鮮人運動。隨著一九三六年四月升入東京帝國大學，金史良可謂如魚得水般融入到在日朝鮮人知識分子的群體當中，積極參與在日朝鮮人運動。與此同時，也維持著與日本人的交往，和日本朋友一起創辦了文學同人雜誌《堤防》。同年十月，金史良參與的「朝鮮藝術座」受到日本政府的檢舉，相關人員全被逮捕，金史良也牽涉其中被關押在本富警察局。然而此時，吳坤煌也因崔承喜的台灣公演問題收監於此，因而促成了兩人的會面。

金史良與吳坤煌在本富警察局的初次見面並非偶然。早在此前，東京的朝鮮人知識分子與台灣知識分子便有往來。一九三〇年一國一黨原則宣布之後，朝鮮人和台灣人無法再獨立開展運動，只能依靠日本的共產黨組織。朝鮮人內部雖然爭論激烈，但迫於莫斯科權威於一九三二年改組為委員會，與台灣委員會一同受日本共產黨領導。兩個組織間的接觸也隨之日益頻繁。因此，被關押的「朝鮮藝術座」成員對吳坤煌必不陌生，金斗鎔便是其中之一。他在組織朝鮮委員會的同時，還在自己主編的《我們的同志》中介紹了台灣的消息，可見此時朝鮮和台灣之間已經取得了初步聯繫。而收押人員中年齡最小的金史良，若想通過前輩引見認識吳坤煌並不困難。在此過程中，金史良對台灣也有了更進一步的了解。

一九三九年春天，金史良在天津火車站第二次見到了吳坤煌。這次會面雖實屬偶然，但卻意味深長。畢業前夕，金史良沒有參加畢業典禮，而是前往北京拜訪了周作人等多位中朝文人。所有安排結束以後，金史良從北京乘坐火車到天津看望朋友，在天津站下車的時候碰到了吳坤煌。據金史良回憶，吳坤煌當時正在天津站等待乘坐從天津到北京的火車，因此兩人未能長談便匆匆告別。但有趣的是，這段回憶錄只出現在韓語版的全集中，日語版中則被刪掉了，大概是由於日本書籍檢閱制度的緣故。而金史良在此時前往北京是為了親自確認東亞的局勢。眾所周知，武漢三鎮淪陷之後日本信心大增，提出建設所謂的東亞新秩序。許多朝鮮的知識分子和文人認為民族獨立已無希望，開始積極迎合「內鮮一體」政策。金史良通過北京之行了解到，國民黨雖撤退到重慶但反日活動仍持續開展，共產黨則在延安地區進行根據地的建設。日本尚未完全占領中國，中國人民還在堅持抗戰。雖然沒能與吳坤煌深入交談，但從金史良的記錄來看，吳坤煌從台灣來到大陸開展活動這件事應該給他留下了深刻的印象。他確信大陸和台灣並沒有向日本屈服，回到日本後，以此為基礎創作了多部作品。

其實在第二次照面之前，金史良曾通過日本戲劇界人士村山知義與吳坤煌有過間接的接觸。一九三八年，由村山知義經營的新協劇團對朝鮮的板索里《春香傳》進行了改編，並在東京和朝鮮各地進行了巡迴演出，這應當歸因於村山知義對朝鮮的獨到見解。當時，日本的無產階級藝術家分兩類：一類像中野重治信奉無產階級國際主義，一類像村山知義尊崇反帝國主義的國際主義。如果說前者追求的是兩地工人階級的聯合，那麼後者則是希望在以反殖民主義為前提的民族主義基礎上實現聯合。屬於後者的村山知義想要更進一步地了解朝鮮，於是對歌頌朝鮮時代人民反抗鬥爭的《春香傳》做了全新的詮釋。吳坤煌也觀看了《春香傳》的演出，並寫下觀後感刊登在《テアトロ》一九三八年六月號上。而對戲劇有濃厚興趣的金史良，為村山知義在朝鮮的公演提供了或直接或間接的幫助。可以說，金史良與吳坤煌通過村山知義產生了許多共鳴。

（二）金史良與龍瑛宗

相比之下，金史良與龍瑛宗的關係比較為大家所熟知。在下村作次郎教授對兩人的書信進行解讀之後，相關領域的研究人員每每討論朝鮮文學與台灣文學都會提及此事，因此台灣的文學研究者對此也不陌生。而龍瑛宗的書信首先在台灣被發現，對闡明朝鮮文學與台灣文學之間的關聯可以說是至關重要。細讀兩人的信件，內容並不單純只是簡單的問候，從中還可以看出日據時期朝鮮與台灣之間的文學關聯。

龍瑛宗在給金史良的信中指責其作品〈走向光明〉投日本人所好。對此金史良並沒有否認且進行了自我批判。依筆者淺見，通讀金史良其他的作品不難看出，龍瑛宗的指責可謂恰如其分。

金史良參與東京帝國大學的文學同人雜誌《堤防》活動的期間，發表了許多描寫故鄉和祖國淒涼景象的作品，其中以著名的〈土城廊〉為代表。雖然作品用日語寫作，大部分讀者也是日本的同人，但作品並沒有特意迎合日本人的喜好，生動地描繪了朝鮮現實。〈土城廊〉的故事發生在金史良的故鄉——朝鮮平壤，如果是不熟悉這裡的朝鮮人，尚且對作品把握起來不太容易，更不用提當時《堤防》的同人。由此來看，〈走向光明〉可以說是與以往完全不同性質的作品。

首先，小說〈走向光明〉的背景發生在日本，而非朝鮮。此外，人物形象與其他作品相比也大相逕庭。喜愛主人公南老師的小孩是一名混血兒，父親是日本人，母親是朝鮮人。從這樣的設定可以看出，金史良想要通過於《文藝首都》上發表的這部作品在日語文壇上嶄露頭角。只有在日本文壇上取得一席之地，才能夠按自己的意願寫作。借用解放後金史良的話就是，後退是為了更好地前進。事實表明，這種策略的確取得了成效。金史良憑藉〈走向光明〉入圍了芥川獎，由此引發日本文壇的關注，這也是金史良後來可以自由創作的原因。

〈走向光明〉之後，金史良未再創作過這類傾向的作品。大部分雖然還是以朝鮮和日本為背景，但刻畫的主要是合作／抵抗兩極分化愈發嚴重的社會現實，日朝混血問題也未再提及。不得不說，龍瑛宗對金史良這部作品的指責可謂一針見血，但這並非是讓金史良做出改變的直接原因。登上日本文壇以後，金史良自身已有意警惕並且迴避日本傾向，並將大學期間發表的〈土城廊〉按照自己的真實意願重新進行了改寫。所以金史良才會對龍瑛宗的指責深有同感。

但有趣的是兩位作家日後的文學經歷。金史良在接受龍瑛宗的指責以後，不再迎合日本人的傾向，而是通過作品間接、迂迴地批判內鮮一體政策。一九四五年春天，金史良認為在朝鮮已無法繼續展開活動，於是逃到中國華北地區並在那裡迎來了解放。相反，告誡金史良警惕日本傾向的龍瑛宗卻隨著時間的流逝，逐漸向內台一體政策靠攏。正如王惠珍教授所言，龍瑛宗雖未積極迎合，但也被圈進了日本帝國主義提出的「大東亞共榮圈」話語當中，這實在是諷刺。

（三）金史良與張文環

談及金史良與台灣文學界，張文環的名字不得不提，但卻經常被人們忽略。與吳坤煌和龍瑛宗不同，金史良與張文環既未曾謀面，也未有書信往來。即便如此，對於金史良與台灣文學的關係，張文環發揮的作用舉足輕重。金史良在寫給龍瑛宗的書信中曾提及張文環，但順便詢問的語氣未讓大多數研究者有所重視。但是考慮到武漢三鎮淪陷以後，日本在台灣和朝鮮兩地推行的皇民化運動，金史良與張文環的關係可謂至關重要。

當時，金史良對台灣不僅是關心，更是時刻關注著它的動態。他曾在自己的隨筆中談及日本人對朝鮮人和台灣人的稱呼問題，便是最佳的佐證。文章中，金史良只是婉轉地對日本人稱呼朝鮮人為半島人表示反感，但他最終想要表達的是，雖然對「朝鮮人」這一稱呼也並不滿意，但也比「半島人」更容易讓人接受。因為「半島人」這一稱謂背後隱含的，是「皇民化」政策與「內鮮一體」論的推行，是朝鮮已被納入日本帝國的版圖。而「朝鮮人」這個稱謂至少還能保留朝鮮的鄉土特性，象徵朝鮮是一個獨立國家。而事實上，金史良從日本回到故鄉平壤之後，也確實創作了許多帶有濃厚朝鮮鄉土色彩的作品。

在這篇隨筆中，金史良還直接提到了台灣的問題。他譴責日本把台灣人稱為本島人，這與他指責朝鮮人被稱為半島人如出一轍。他還寫道，台灣人應該更願意被稱作台灣人，而不是本島人。這一想法也直接反映出，金史良是以相同的視角看待朝鮮和台灣的。研究表明，日本於一九三九年全面實施「內鮮一體」的皇民化政策，之後下令要求改稱朝鮮人為半島人。由於金史良平時就十分關注台灣，自不必說會留意對台灣日本會採取何種措施。當了解到台灣人也被日本下令改稱本島人時，便寫了這篇隨筆。金史良對台灣的連帶意識由此可見一斑。

那麼對於「內鮮一體」皇民化政策的推行，台灣作家張文環又是如何應對的呢？張文環的作品多描寫台灣風土，這未嘗不是他為了躲避日本皇民化政策所做出的選擇。而金史良在返回朝鮮之前，認為朝鮮鄉土再現是應對「內鮮一體」皇民化政策的根本出路，並創作了一系列的作品。因此，金史良才會對張文環的創作產生濃厚興趣。雖然至今沒有證據表明金史良和張文環曾有過會面，但張文環應該知道一九三六年金史良曾和吳坤煌一同被關押在東京的本富警察局。而金史良應該也是讀了張文環的作品，才會在信中向龍瑛宗問起張文環。至於張文環作品中的鄉土書寫是為了躲避皇民化的迫不得已之舉還是其他原因，現在無法做出判斷，因此對作品本身也很難做出客觀評價。而筆者所能做的，也只是探究金史良對張文環關注的原因。

如上文所說，金史良在東京帝國大學求學時期是在日朝鮮人文化運動團體——「朝鮮藝術座」的成員之一。「朝鮮藝術座」對世界的認識與之前時期不同，認為資本主義已走到第三階段，瀕臨崩潰，為此應該加快結成世界社會主義者的國際統一戰線。首先應切實貫徹一黨一國，也就是以莫斯科為中心的無產階級國際主義。但是法西斯勢力愈發猖獗，世界社會主義者不得不轉變想法。建立反法西斯人民統一戰線就是這時提出來的。為適應新的局勢，在日朝鮮人知識分子針對當時朝鮮的實際情況提出了反帝國主義的國際主義。此次轉向由朝鮮藝術座的領導人金斗鎔主導，作為青年活動家的金史良也積極參與其中。他們對過去的無產階級國際主義進行了批判，開始標榜反帝國主義的國際主義。在過去民族是個禁忌詞語，只要一提起就會被批判成資產階級民族主義。反帝國主義也可以被理解成民族主義，所以不能隨便亂用。但隨著局勢改變，在日朝鮮人知識分子也開始嘗試新的方式與日本進步文人實現聯合。即，不再把朝鮮單純看作是日本無產階級的延伸，而是在獨立認識和解決朝鮮問題的實踐過程中，與日本的進步運動實現聯合。提出這種問題意識的代表人物便是金史良，所以他才能夠和台灣文人結成連帶關係。但金史良並不是民族主義者，他批判的只是無產階級國際主義。而他訴求的新的連帶方式即反帝國主義的國際主義。

四、東亞殖民地文學研究的難點

金史良對台灣作家的特別關心以及他為兩國文學連帶所做出的努力，在過去並未得到重視。究其原因，是研究日帝統治下殖民地文學的學者們把重點都只侷限於各自國家，而忽視了其他地區。日帝統治東亞殖民地的時期，被殖民地的文人從多個方面嘗試了橫向聯合，但研究者的視角卻被單一國家的框架所束縛。二十世紀八〇年代中後期，對殖民地文學的全面研究在各國興起，二〇〇〇年以後研究東亞殖民地文學的各國研究者開始有了相互接觸和交流，也開始打破原有的研究方法。從此時開始，東亞殖民地文學研究逐漸超越單一國家的範疇，開始關注東亞殖民地文人的聯合和抵抗。

通過各國學者間的合作，東亞殖民地研究正蓬勃發展。當研究發展到一定程度，自然可以與英、法等歐洲帝國主義國家的殖民地進行比較，在此過程中也會有新的理論產生。如果能夠對英、法、日實行的殖民統治以及被殖民地人民的反抗實現全面多元的解讀，便可以超越後殖民主義的界限，向全球非殖民化理論更邁進一步。孤立的東亞殖民地文學研究無法實現這種可能。此前東亞殖民地文學研究一直不太活躍，在未來很長的一段時間內可能需要致力於自身研究。但把研究的目標僅侷限於東亞時又會面臨其他的危險。因此，東亞殖民地文學研究若想超越現有的後殖民主義，為世界人文學做出積極貢獻，則要時刻不忘關注有關歐美帝國主義及其殖民地的研究成果。

中國淪陷區文藝研究的方法問題

以杜贊奇的「滿洲國」想像為中心[1]

張泉／北京社會科學院

美國學者杜贊奇的中國現代史研究受到廣泛關注，已有兩部著作被譯成中文[2]。另有一部中英文對照自選文集[3]。他的《主權與本真性：滿洲國與東亞式現代》[4]，被認為「運用他一貫高深的理論體系，在書中建構了『滿洲國』追求主權的方式：建構『滿洲國』獨有的文化領域的『本真性』，以及這種文化本真性所顯示的東亞式現代性，表現了作者別具一格的『滿洲史』研

---

1 本文原刊上海《探索與爭鳴》二〇一七年一期，在篇幅上做了壓縮。「滿洲國」一詞加有引號，旨在表明，中國對其從未予以承認。除引文外，後面的滿洲國一詞不再加引號。

2 Prasenjit Duara. *Culture, Power, and the State: Rural North China, 1900-1942*. Stanford: Stanford University Press,1988. *Rescuing History from the Nation: Questioning Narratives of Modern China*. Chicago: The University of Chicago Press, 1995. 兩書的中譯本於二〇〇三年出版。杜贊奇，印度裔，芝加哥大學歷史學教授。退休後轉任新加坡國立大學。現受聘於美國杜克大學。

3 張頌仁、陳光興、高士明（主編），《杜贊奇讀本》（廣州：南方日報出版社，二〇一〇）。二〇一三年上海人民出版社的重印本增加了一篇文章，書名改作《歷史意識與國族認同：杜贊奇讀本》。

4 Prasenjit Duara. *Sovereignty and Authenticity: Manchukuo and the East Asian Modern*. Lanham: Rowman & Littlefield Publishers, 2003.

究視角和理論追求。」[5]但這本書卻未能實質性地介入中國滿洲國研究的學術視閾。對此，杜贊奇本人頗感不解[6]。

該書強調國家在時間和空間中的變化，將滿洲國置於滿洲、東亞、全球民族國家體系三個層面上加以重新闡釋，意在通過跨學科方法來解構東亞區域研究。不過，由於預設研究模式的失誤，杜贊奇「精心打造的創意」未能實現揭示偽滿歷史真相的預期。

一、杜贊奇的理論譜系及變體

杜贊奇「民族國家」概念的學科理論背景，一是源於歐洲的現代民族史研究的流變，一是西方中國學中的現代史研究的當代轉型。

歐洲學院體制的職業化民族（國家）史研究，萌發於十八世紀後半葉，即前現代向現代的轉折期。此時，民族、民族國家的整合變化開始加速。在這個進程中，歐洲的專業歷史研究也成為「民族敘述」發展的重要因素。十九世紀歐洲的民族歷史編纂理論，側重從語言、歷史和文化方面論證各個民族自身的特殊性。在一八五〇年至一九五〇年間，占主導地位的，是刻意排除或淡化宗教、階級和種族等因素的干擾，編纂旨在維護民族統一性敘述的民族史。第二次世界大戰之後，剛剛成為歷史的野蠻的軍事占領和殘酷的大屠殺，深刻地影響了歐洲各國的民族史書寫。歷史編纂學呈現出多元化，「各種思潮不斷考驗民族歷史框架，把認同與歷史重新民族化的嘗試隨之產生。二十一世紀初，歐洲歷史學家期待歐洲化、全球化的歷史編纂，但民族的歷史編纂框架仍然具有活力。」[7]擴展到世界。二戰後，廣大殖民地以及被新興法西斯主義國家占領幾年到幾十年不等的國家和地區，出現民族要獨立、國家要解放的滾滾洪流，根本改變了現代世界的格局。進入後殖民時期以後，西方後現代史學興起。新史學的代表著作反觀與戰後民族和現代民族國家的形成緊密相連的民族主義，對兩者的關係加以重新界定。蓋爾納提出：「民族主義造就了民族，而不是民族造就了民族主義」[8]。安德森把民族看作「想像的政治共同體——並且，它是被想像成為本質有限的，同時也享有主權的共同體」[9]。兩人的觀點影響廣泛，特別是後者。

安德森的《想像的共同體：民族主義的起源與散布》一書以印尼為坐標系，探討二戰後現代民族國家興起的源頭、形成和發展問題。安德森提出，民族、民族屬性和民族主義，是「現代」

---

5 蘇豐慶、高翠蓮，〈從文化本真到主權獨立——讀杜贊奇《主權與本真性：「滿洲國」與東亞式現代》〉，收入高翠蓮（主編），《國外中國邊疆民族史著譯介》（北京：中央民族大學出版社，二〇一〇），頁三二四。

6 杜贊奇說，他的《主權與本真性》一書「是經過了比較精深的研究，是絞盡腦汁的作品，但它們的影響卻不像《從民族中拯救歷史》那麼大。所以我對此有點莫名其妙，或許一個新鮮、大膽但卻強硬的理念，比一個精心打造的創意，有較為持久的吸引力吧。」張仲民，〈訪問杜贊奇：民族主義已喪失了進步和解放功能〉，《人文與社會》，二〇一〇年十二月十五日。http://wen.org.cn/modules/article/view.article.php/c8/2259。

7 斯坦凡・貝格爾（著），孟鐘捷（譯），〈民族歷史的權力：19—20世紀歐洲的民族歷史編纂〉，上海《學術研究》，二〇一三年六期。

8 Ernest Gellner, *Nations and Nationalism.* Cornell University Press, 1983. Second Edition, 2006. 引文見厄內斯特・蓋爾納（著），韓紅（譯），《民族與民族主義》（北京：中央編譯出版社，二〇〇二），頁七三。厄內斯特・蓋爾納（Ernest Geller），英國劍橋大學社會人類學、倫敦大學政治學教授。

想像以及政治與文化建構的產物，是一種「特殊的文化的人造物」。具體到殖民地民族主義，他認為，殖民地官方民族主義的源頭並非十九世紀歐洲王朝國家，而是殖民地政府對殖民地的想像。這種側重想像的構建歷史敘事的方式，以預設的理論為主導，大量使用非客體的抽樣文獻，不重視系統的地理疆域、行政機制以及政治、經濟、軍事制約等史實依據。這樣，如果用「想像的共同體」方法實際撰寫民族國家通史時，就會帶來許多問題：想像的整齊劃一、突出建構、忽略豐富性、缺乏完整性，因而難以成就脈絡清楚的信史。

作為更為激進的後現代學者，杜贊奇一方面贊同蓋爾納和安德森的「關於民族主義意識形態再生產的觀點」[10]，一方面又質疑其將民族與歷史分割的趨向，更為突出人為建構在民族、民族主義的產生和形成過程中的重要作用。

杜贊奇的另一個民族國家史研究的歐美學術背景，是在戰後的冷戰時期迅速崛起，在後殖民時期發生轉型的西方中國學。

二十世紀八〇年代，柯文的《在中國發現歷史：中國中心觀在美國的興起》[11]一書把美國的中國近代史研究法概括為四種趨向：衝擊／回應；傳統／現代；帝國主義；以及從一九七〇年代開始逐漸成型的以中國為中心的方法。柯文贊同「中國中心觀」方法，即，在考察外部影響因素的同時，承認並更看重中國內部所發生的自身變化的意義。這是對歐洲中心論和革命史範式的反撥。

柯文採用的是注重「空間切割」的還原法即現代科學分析法，實際上是在「以一種方法論上的現代性來消解現實歷史中的現代性」。杜贊奇為進一步完善「中國中心觀」方法，將中國現代史研究的重心從「文化」和「傳統」轉向歷史，突出時間維度，把「過去」與「現在」統合在共時的層面上，形成「複線歷史」。杜贊奇的「複線歷史」建構產生了新的問題：他「通過『復原』眾多的替代性敘述結構來質疑啟蒙歷史敘述結構之合法性」，實際上是在用「一種複數形式的斷裂……來反對單一的線性形式的斷裂」。此外，杜贊奇比柯文更重視外因，更多地把帝國主義侵略對近代中國史的影響置於考察範圍之內。但由於杜贊奇「過於強調社會達爾文主義與民族國家的聯繫，把後者等同於殖民霸權」，客觀上致使其理論批判的對象從宗主國轉向殖民地（半殖民），即「內化為對這些後起的民族國家的批評……殖民帝國與民族國家之間的對立不過是現代化的國家政權建設與拒絕其滲透、抵制其霸權的一切本土的『他者』之對立的另一種影像而已。現代化霸權以及『伴隨現代政體而來的壓制、僵化和破壞性的一面』遠比殖民霸權更值得注意。」[12]這樣的理論構架所存在的偏頗，是顯而易見的。特別是在對一些個案做總體判斷時，難

---

9 Benedict Anderson, *Imagined Communities: Reflections on the Origin and Spread of Nationalism.* First published by Verso 1983. Revised and extended edition published by Verso 1991. 中譯引文見本尼迪克特．安德森（著），吳叡人（譯），《想像的共同體：民族主義的起源與散布》（上海：上海人民出版社，二〇〇三），頁五。本尼迪克特．安德森（Benedict Anderson），美國康乃爾大學教授，東南亞研究專家。

10 杜贊奇（著），王憲明（譯），《從民族國家拯救歷史：民族主義話語與中國現代史研究》（北京：社會科學文獻出版社，二〇〇三），頁四〇。

11 Paul A Cohen. *Discovering History in China: American Historical Writing on the Recent Chinese Past*. New York: Columbia University Press,1984. 中譯本，林同奇（譯），（北京：中華書局，二〇〇二）。柯文（Panl A. Cohen），美國衛斯理大學歷史學教授。

12 詳見夏明方，〈拯救什麼樣的歷史——近代中國研究的「後現代視野」解析〉，梁景和（主編），《西方新文化史與中國社會文化史的理論與實踐：首屆學術研討會論文集》（北京：社會科學文獻出版社，二〇一四），頁四五。

以避免有悖於宏大歷史敘事的失真和失誤。他的《主權與本真性：滿洲國與東亞式現代》就是一例。

二、「本真性」方法及個案研究存在的問題

第一次世界大戰之後，帝國主義、民族主義、東西方文化交會衝突的形式和內涵發生變化。杜贊奇以此為背景，探討滿洲國如何通過建構顯現出東亞式現代性的「文化本真性」，既達成了滿洲國的國家主權訴求，又解構了中國民族國家的「線性歷史」。反過來，借助滿洲國建立主權民族國家的訴求過程個案，杜贊奇進一步印證他的民族國家建構理論，以及他所強調的「複線歷史」在民族國家建構中的作用。因此，儘管該書確認東北是中國的領土、日本帝國主義對東北實施了侵略，但是在他的論證推進的過程之中，無論是繁複玄幻的術語設定，還是以偏概全的抽樣個案，都將滿洲國作為一個獨立的「民族國家」來處理[13]。也就是說，抽象地承認滿洲國被占領的地位，但建構的過程和結果均對滿洲國的殖民地性質加以具體的否定，從而消解了滿洲國是日本卵翼下的傀儡政權這樣一個基本事實。

杜贊奇杜撰的關鍵字本真性（Authenticity），係指每一個民族都認為自己所特有的性狀，它蘊藏在民眾的心理和文化實踐之中，可以從在地原住民的現場言說以及事後的追憶中獲得。這樣，作為個人敘事樣式的文學作品、口述史等主觀的知識遺存，特別是其發生和接受過程所具有的象徵意義，以及與權力互動、博奕的運行方式……等等，對於複線歷史真實具有重要意義。這

與當前流行的研究新趨向沒有太大的區別。該書的問題在於把滿洲國的歷史界定為「呈現出一個把全球話語轉換成民族或文明本真性的話語的空間」[14]，在這個空間中，日本帝國主義營建出「本真性」象徵要素，藉此逐步使占領區原住民對滿洲國形成國家認同。並強調，該書的重點是確認日本控制下的滿洲國的主權訴求「在多大程度上是來自其聲稱代表的地域和人民的文化本真性」的[15]。

利用占領區的物質和精神資源為殖民服務，是所有宗主國在殖民地施政的戰略和策略。也多以拯救處在水深火熱中的在地民眾而標榜，特別是東亞、亞洲語境中的日式東方殖民主義。中國東北是多民族聚居區。日本武裝占領後所實施的具有民族同化意圖的大規模的移民，進一步加劇了在地民族、民族語言、民族文化衝突與融合的複雜性，不存在一個「地域和人民」都認可的自己特有的民族「本真性」。「本真性」概念雲遮霧繞，但無法遮蔽該書存在著的一系列難以修補的現實問題。

第一，誇大了帝國主義殖民方式和殖民形式在第一次世界大戰之前、之後的差別。一戰之後日本後來居上的對外擴展，同樣是世界殖民史上的體制殖民期帝國主義式的開疆拓土殺戮和「赤裸裸的侵略」。並非以弱勢（日本在中國的占領區）代言人（日本帝國）的身分實施隱晦的

---

13 杜贊奇明確說：儘管滿洲國的建立者抱有強烈的帝國主義意圖，但「滿洲國並沒有成為殖民地，而是一個民族國家。」*Sovereignty and Authenticity: Manchukuo and the East Asian Modern.* P.1.

14 *Sovereignty and Authenticity: Manchukuo and the East Asian Modern.* P.4.

15 *Sovereignty and Authenticity: Manchukuo and the East Asian Modern.* P.1.

剝削，而是明火執仗的掠奪[16]。日式東方殖民主義的「反帝國主義的民族主義」，仍然是帝國主義，只是在第一次世界大戰之後，日本與老牌帝國主義的關係逐步從殖民利益均霑轉化為歇斯底里式的獨霸。

第二，滿洲國的軍事、政治、經濟、民族構成以及政權結構、文化統制等，是判斷滿洲國政權性質的剛性要素。而杜贊奇把這些放在了被忽略的位置之上。

第三，由此，有關「本真性」的舉證轉向滿洲國的文化、民俗、社會個案。比如，作為民間會社的個別宗教團體，規訓婦道的政府家庭計畫、宣教活動，日本學界關於日本人與東北少數民族鄂倫春人在人種學上同源同族的研究、從而能夠藉此宣示有義務對其加以保護（邊疆問題），保有本真性文明狀態的東北農村描述（「腹地」問題）。僅依據這四種個案，不足以支撐起把滿洲國建構成一個民族國家的「本真性」的重大使命。

第四，杜贊奇設定，在建構事關中日的「東北」地理空間結構的過程中，認同和情感因素起了重要的作用。為此，他選取山丁的《綠色的谷》，用整章的篇幅分析小說文本、追蹤其在戰時和戰後的命運，從中發掘滿洲國「本真性」的證明材料。儘管杜贊奇也試圖引入日本的文化統制等文學生產的外部制約因素，但由於對滿洲國文學場域的宏觀面及微觀面均缺乏總體把握，相關解讀多有不實，也進一步暴露出「本真性」概念所存在的問題。

三、對山丁《綠色的谷》的誤讀

作為東北新文學萌芽期的資深作家，山丁一直是日偽情報機構監視的對象。導致他流亡北京的直接原因，應正是《綠色的谷》。

小說先是在滿洲國政府機關報《大同報》上連載，一九四三年二月出版單行本（新京文化社）。在單行本中，山丁添加了一節游離於故事主體的〈尾聲〉：「過了幾天，小火車突然斷了，住在下坎的鐵路工人，從南滿站回來，把滿洲事變的消息捎到了狼溝。」意在掩蓋小說影射滿洲國當下現實的初衷。也出現「我們知道支援滿洲生命的是那些農民，作為興亞之基的也是那些農民」等字樣[17]。但即使這樣，仍未通過弘報處的書報檢查：該書「有嚴重問題，不許出廠，不許發售，聽候處理」。後經過協商，降格為「削除處分」，即將指定頁碼撕掉，封面加蓋「削

16 就在被杜贊奇遴選為「本真性」說明案例的小說《綠色的谷》裡，作者山丁大膽地對日本在滿洲國所採取的體制殖民期特有的強取豪奪發聲。見後。山丁（一九一四—一九九七），遼寧人。一九三七年新京大同學院畢業，曾入職新京捐稅局、滿洲映畫協會文藝課。戰後參加中共革命工作。

17 這篇〈後記〉（一九四三）收入《梁山丁研究資料》（一九九八）時，後一句改成「作為社會基礎的也是那些農民」。〈尾聲〉中的日式表述「滿洲事變」，也改為表明中方立場的「九一八事變」。對於戰後的這類修改，不宜戴上「去殖民化」的帽子。這也是需要專題探討的問題。

除濟」紅戳後，允許銷售[18]。七月，日本作家大內隆雄的日文譯本由奉天吐風書房出版。在日譯本的作者〈序〉中，山丁添加了「綠色象徵青春、健壯、活潑，並追求成熟的喜悅」之語，以虛假的歌舞昇平沖淡對真實現實的關注，進一步遮蔽已經被深藏的綠林好漢書寫。去掉這些迎合時政的語句，《綠色的谷》仍可看作中國北地的風俗畫、滿洲國在地民眾的抗爭圖。在兩次「受到日偽員警的搜索」之後[19]，山丁委託朋友辦理了「出國證」，匆忙在一九四三年九月三十日乘夜車逃離滿洲國。

由於對山丁及滿洲國文壇生態的相關背景隔膜，造成杜贊奇判斷的失誤。比如，杜贊奇說，儘管山丁參與了抗日文藝運動，「但是，民族主義並不是這部小說的主要關懷。相反，資本與社區之間的衝突才是小說的中心主題」。理由是，他在《綠色的谷》中沒有找到山丁對「特定的民族的或帝國主義的資本形式」加以專門的批評，以及批評「日本資本」的內容[20]。據此，現實的日中衝突，即滿洲國的殖民反殖民衝突，是次要的，可以忽略不計的。

這要回到日本侵華戰爭現場。日本占領區文學場域政治的常態是，抗日（「民族主義」）表達的空間極其狹小。《綠色的谷》的寫作始於一九四二年夏。山丁本來的計畫，是將農民的（抗日）武裝鬥爭納入四個家族長達半個世紀的動盪變遷史之中。小說一邊寫作一邊在《大同報》上連載（五月一日開始）。發表兩章後，山丁發現，大內隆雄的《綠色的谷》的日譯本，已在日文《哈爾濱日日新聞》上連載。這對山丁的後續寫作形成束縛和威脅。他只得更加隱晦。原來構想的農民武裝領袖，點到為止[21]。買辦背後的日本人後台，南滿站大陸商行的日本經理，最終沒有出場。這是為什麼在小說中沒有直接找到「日本資本」的幕後原因。

杜贊奇解析出《綠色的谷》中的三個地理場景：狼溝谷，南滿洲鐵路的車站之一南滿站，以及滿洲群山峽谷中的原始森林。並將它們分別視為山村、城市、原始林三個空間的代表。「這些空間中的每一個都生成或維持著一種時間關係、一種生產方式、一種生活風格和一種道德，在故事所涵蓋的時間段內（大致從一九一四年直到一九三一年），這三個空間之間的平衡受到了一種即將來臨的崩潰的威脅」[22]。據此，杜贊奇把民族國家想像（階級矛盾），凌駕在抗日反日（民族矛盾）之上，而毫不顧忌，山丁是在借古喻今，是對九一八事變之後被殖民的現況有感而發。顯然，問題出在拘泥於作家本人的表白，以及小說文本的字面意義。

「狼溝」是《綠色的谷》的虛構的場域基點。也是真實世界中實有之地。山丁在四十多年以後回憶說：九一八事變後為避難，「我在狼溝生活了半年，親眼看到那些樸實、堅強的農民，被逼鋌而走險去當『鬍子』，我同情那些貧苦的農民。」[23]九一八事變後的「鬍子」大都與反抗殖

18《綠色的谷》一九四三年單行本跌宕起伏的出版過程，包括添加〈尾聲〉、封面加蓋「削除濟」、撕掉指定部分等，大體上脫胎於梁山丁本人的文章〈萬年松上葉又青——《綠色的谷》瑣記〉，收入山丁，《綠色的谷·東北淪陷時期作品選》（瀋陽：春風文藝出版社，一九八七）。

19 梁山丁，〈萬年松上葉又青〉，《綠色的谷》，頁二一七。

20 杜贊奇（著），褚建芳（譯），〈地方世界：現代中國的鄉土詩學與政治〉，王銘銘（主編），《中國人類學評論》第二輯（北京：世界圖書出版公司，二〇〇七），頁四。

21 梁山丁，〈我與東北的鄉土文學〉，收入陳隄（等編），《梁山丁研究資料》（遼寧：遼寧人民出版社，一九九八），頁二三六。

22 杜贊奇，〈地方世界：現代中國的鄉土詩學與政治〉，《中國人類學評論》第二輯，頁三七。

23 梁山丁，〈萬年松上葉又青〉，《綠色的谷》，頁二一五。

民有關。在寫作《綠色的谷》之前，山丁做了充分的準備，已經發表一些描寫「狼溝」的作品。如散文〈山溝雜記〉（一九三三），寫「九一八」戰火襲來時，仍有一個像世外桃源一樣的安全的山溝。〈山溝〉（一九三四）和〈懷著耐苦心的人們〉（一九三五）等，描寫農民的鬥爭、甚至武裝鬥爭。可以說，《綠色的谷》是這些片斷的匯總與擴展。為了種種的方便和不方便，文學作品有意篡改時間、地點是常有的事情。在非常時期，尤為多見。杜贊奇忽略了這種敘事策略，而他所構建的理論框架，又是倚重時間維度的。這樣，錯解就難以避免。

即使在狹義反日的表象層面上，在《綠色的谷》中，仍有矛頭直接指向滿洲國殖民統治的段落：

> 火車從廣袤的大平原上滾進這個充滿了煙霧的市街，它以怪獸一般的鐵蹄，震碎了這個市街的春夢。
>
> 誰都知道，使這市街繁榮的脈管，便是一年比一年更年輕更喜悅的火車，它從這裡帶走千萬噸土地上收穫的成果和發掘出來的寶藏，回頭捎來「親善」、「合作」、「共榮」、「攜手」……。[24]
>
> 「我不種地了，我去挖煤，去砍木頭，去到南海站當苦力，我不種地了！」
>
> 黃大辮子自己憤慨地說：「我什麼不能幹，忙活一年，什麼也剩不下，我不種地了……」[25]

第一個段落，奚落、反諷的對象直指殖民的本質：用親善、合作、共榮、攜手空話，空手套白狼，換取「千萬噸土地上收穫的成果和發掘出來的寶藏」。而支持這宗一本萬利的殖民生意的後盾，是駐紮在東北的百萬日本關東軍。這正是值得冒天下之大不韙而鋌而走險的殖民劫掠邏輯。而後三個段落，有其特定的階段（時間）背景。一九四一年十一月日本在太平洋發動的「大東亞戰爭」，將軍國主義擴張推向頂點，同時，也是開始走向衰敗的起點。日本的軍事、生活物資供給陷入危機。連文學也被要求為發展戰時經濟服務。一九四二年五月，日本成立全國統一的文學組織日本文學報國會時，為保障戰時供給服務的生產文學，赫然與政治性的戰爭文學、大陸開拓文學並列，成為文學為大東亞戰爭服務的專案（題材）之一。日本本土，北京、滿洲國等日本占領區，均開始提倡創作生產文學。鼓吹糧食增產，是在為必然要失敗的不義戰爭的最後一搏做準備。放在這個背景之中，「我不種地了，」「我不種地了！」「我不種地了……」的連續宣洩，顯然是有感而發的。

大內隆雄當年的處理方式，也印證了《綠色的谷》的政治取向。日譯本刪除了上述四個段落。其原因，或許是為了譯作能順利面世，在客觀上也是對山丁的保護。另一方面，一九八七年重印時，一九四三年在出版中文單行本時某些被刪除的部分，又需要根據日譯本還原[26]。《綠色

24 山丁，〈綠色的谷（五一）〉，新京《大同報》，一九四二年七月二日第一版。這一段原樣收入單行本《綠色的谷》第五章（新京：文化社，一九四三年二月），見頁一六六。一九八七年重印時，其中的「廣袤」改為「廣漠」。見《綠色的谷・東北淪陷時期作品選》（瀋陽：春風文藝出版社，一九八七），頁一〇三。

25 山丁，《綠色的谷》（新京：文化社，一九四三年二月），頁二八九。原樣收入《綠色的谷・東北淪陷時期作品選》（瀋陽：春風文藝出版社，一九八七），頁一七九。

的谷》的中文、日文文本的這一錯綜複雜的共時／歷時演化形態，也揭示出作者、譯者對時政的關注與敏感。

有當代書評認為，杜贊奇分析了《綠色的谷》所描繪的「三個時空內民眾的本真性生產、生活」。在對主人公林小彪的解讀中，發現了「滿洲地域不同民眾的這種懷鄉觀念，再現了其間民眾的本真性情感」。而對於小說戰時、戰後接受史的查考，追蹤出「認同和情感因素在『滿洲國』本真性狀態顯現的真實作用」[27]。這樣的評價有些言過其實了。因為，在杜贊奇那裡，與「本真性」勾連的「認同和情感」，是在把日據區滿洲國導向所謂的「民族國家」想像。而這既不是作者山丁的本意，也不是《綠色的谷》的文本闡釋所能建構的言外之意。

在大批中國作家出走、文場凋敝的滿洲國末期，區區一部虛構作品《綠色的谷》沒有多大的社會影響，無法經由它的接受史探明滿洲國「本真性狀態顯現的真實作用」，承擔不起重新書寫滿洲國複線歷史、建構滿洲國「民族國家」之重。不過，《綠色的谷》受到書報檢查機構的處理後，仍順利上市銷售。並有未做任何處理的完整書籍，仍在市面上流通[28]。這說明，滿洲國的新聞檢查是可以通融的；而「削除濟」的做法實在愚蠢，是一個不打自招的標識，會引發閱讀興趣，與新聞檢查消除影響的初衷背道而馳。看來，殖民政權的文化統制原本就混亂無效，遠不及合法的常態政權。經過後世研究者的研究之後，殖民文化統制的作用和威力，往往被人為放大了。

從《綠色的谷》闡釋個案可以見出，杜贊奇的這項以抽象概念和生造術語為中心的別具一格的「滿洲史」研究，使用若干碎片化的敘事話語構建複線歷史，試圖藉此來打破線性的民族歷史敘事對於歷史的遮蔽，的確體現了構建者對於視角和理論創新的執著追求。但失去的，卻是歷史研究的本義——求真。

四、淪陷區研究的一種構想：四重殖民維度方法

近代中國日本統治區，是帝國主義列強發動瓜分世界的侵略戰爭的產物。研究中國淪陷區的文學與藝術，如果將其置於世界範圍內的殖民／反殖民的框架之中，或許可以更為準確地復現獨具中國特色的被殖民地區的文學的歷史。從殖民的視角梳理世界近現代史，與殖民相關的歷時階段可以大致劃分為體制殖民、新殖民和後殖民三個時期。

第一個時期，體制殖民階段[29]。從十五至十六世紀歐洲人的世界地理發現，到一九四五年第二次世界大戰結束。非洲、美洲、亞洲許多國家和地區先後淪為西方帝國主義列強的殖民地。在這些地域，宗主國實施直接的統治，或建立起附屬政權。

---

26 見梁山丁，〈萬年松上葉又青〉，收入《綠色的谷》，頁二二八—二二九。以及岡田英樹（著），靳叢林（譯），《偽滿洲國文學》（長春：吉林大學出版社，二〇〇一），頁一一一—一一四。

27 蘇豐慶、高翠蓮，〈從文化本真到主權獨立〉，收入《國外中國邊疆民族史著譯介》，頁三三六。

28 有學者得到了封面上未見大紅戳印、書頁未被撕掉的一九四三年版《綠色的谷》。見陳思廣，《中國現代長篇小說史話》（武漢：武漢出版社，二〇一四），頁一五七。

29 一般稱作舊殖民主義，我把它界定為體制殖民期。

第二個時期，新殖民階段。從戰後到一九七〇年代。世界體制殖民體系開始土崩瓦解。但原西方殖民列強中的一些二戰時期的戰勝國，採用軍事基地、跨國公司、和平部隊等間接方式，把陸續獲得政治獨立的原殖民地國家，繼續置於它們的政治控制、文化影響和經濟掠奪之下，引起新興國家領導人對於新殖民主義的警覺、揭露、批判和抵制。

第三個時期，後殖民階段。一九七〇年代以後。西方的思想、文化以及藝術的價值與傳統，作為跨文化的普世性標準，居於世界文化的主導地位。西方、特別是美國的文化價值觀和文化產業，對發展中國家的經濟、文化的影響愈來愈大。源於西方學界的「東方主義」學說，與現代、後現代理論結合，試圖通過揭示西學譜系裡的東方學真相，探尋西方的思想文化以及藝術的價值與傳統，在全球居於主導地位的現狀和根源。探尋發現，原殖民地雖已解殖成為自主民族國家，但長期被殖民的歷史和不發達的現況，使得這些第三世界國家的深層文化結構已被植入了西方文明的原始程式碼，西方模式已經化入民族「集體無意識」。發展中國家要改變這種情況，需要展開「文化批判」。

在世界近代殖民史上，與其他遭到殖民入侵的許多國家和地區相比，中國被殖民的歷史和被殖民的形式，具有以下四個特點：

第一，始於一八四〇年鴉片戰爭失敗之後，即世界持續四百餘年的體制殖民期的後期。第二，一直處於半殖民地狀態，即部分領土淪喪、部分主權喪失。主權國家的實體清王朝、中華民國一直存在。第三，在以一九三七年七七事變為起點的全國抗日戰爭時期，形成了相對穩定的中華民國控制區、共產黨抗日民主根據地、日本占領區（淪陷區）三大各自為政的區劃。第四，日本殖民者無力將廣闊的中國占領區納入日本國家體制，不得不因地制宜，實施三種相互分割的殖民模式。第一種，台灣模式，即納入日本本土的割據模式。第二種，滿洲國模式，即啟用清代遜位皇帝，另立貌似復辟前朝的獨立國家模式。第三種，內地偽政權模式，即啟用附逆的前中國政府官員，成立僭越合法中華民國的「新國家」模式。

也就是說，「殖民」不是一個跨歷史化的通用概念。在近代世界殖民／反殖民對立結構中，現代中國的國家發展道路有其自身的特點：共時政權的不同，形成了區域差異；而歷時的階段轉換，造成了時代差異。由於中國被殖民的歷史較短，且局部被殖民，無論是在精神還是在物質的層面上，日本統治區中國民眾的國族認同的基礎都更為堅實、直觀。

將中國的這一特點加以分解，可以細化為作為研究方法或背景的四個宏觀維度：維度一，世界範圍內的體制殖民／新殖民／後殖民三個殖民階段歷時演化維度；維度二，日本侵華七七事變造成的中國近現代文學史中的戰前／戰時／戰後三個階段的歷時轉換維度；維度三，中國全國抗戰時期國統區／共產黨抗日民主根據地／淪陷區三大區劃間的共時體制差異維度；以及維度四，日據時期殖民地台灣／滿洲國／淪陷區三種統治模式間的共時殖民體制差異維度。[30]這四個與殖民語境相關的維度，即是中國殖民地文化以及殖民地文化研究的結構性背景，也是研究中國現代文學史上的殖民地文學，特別是在對不同的日本統治區的區域文學做政治評價時，標準差異化的

30 在戰後新殖民階段，在東西方兩極對立的「冷戰」格局中，中國堅持自主的國家發展道路，與西方相隔絕，沒有受到新殖民主義的影響。在後殖民階段，隨著二十世紀八〇年代開始改革開放，中國大陸重新進入世界一體化，躋身於後殖民文化批判潮流。

原因或依據之一。

在中國淪陷區文學研究中，引入上述四個宏觀維度，確認歷時階段轉換的時代差異，以及共時政權不同的區域差異，有助於形成設身處地的立場或視角，避免一概而論，從而準確還原複雜多樣的日本占領區中國文學樣貌，客觀確認其在現代文學史上的位置及意義。

例如，杜贊奇在《主權與本真性：滿洲國與東亞式現代》的結論中舉證說，日本沒有在滿洲國實施皇民化運動。

而實情是，並非日本不想實施，而是無力實施。引入維度四，即日據時期殖民地台灣／滿洲國／淪陷區三種統治模式間的共時殖民體制差異維度，可以見出，三種相互隔絕的模式之間，殖民統制的強度，依次遞減。台灣是在經過了四十二年的殖民教化之後，到一九三七年四月才得以宣布廢止中文，九月，進一步推行「皇民化運動」。滿洲國僅維持了十三餘年，還不足以累積起能夠實施皇民化的足夠的殖民教化。以北京為中心的華北淪陷區只維持了八年，殖民文化統制的力度最為薄弱。三地間的殖民體制差異，也是台灣、滿洲國的反日作家，在一九三七年和一九四一年之後大批移居北京淪陷區的地緣政治原因。

又如，杜贊奇在結論中提出，他的滿洲國新論，可以進一步拓展到二十世紀文明的全球通行觀念、跨國身分以及民族主義思想間的多維關係研究領域。並且，滿洲國預示了第二次世界大戰之後的冷戰時期，帝國主義強權對託管地實施經濟和軍事控制的方式。滿洲國地域所呈現的各種力量間錯綜複雜的關係，也是戰後以主權國家形式出現的殖民地的先聲。

這樣的結論和引申，有違歷史真實。引入維度一，即世界範圍內的體制殖民／新殖民／後殖民三個殖民階段歷時演化維度，可以見出，戰後冷戰時期即新殖民時期，前帝國主義殖民宗主國在新興國家託管地的經濟、軍事控制方式，並非像杜贊奇所判斷的那樣，是在複製體制殖民期的滿洲國殖民模式。兩者沒有相似之處。杜贊奇做這樣的連接，無非是在為滿洲國非殖民地說、獨立「民族國家」說，追加後世的證據。

回到當下。二十世紀八〇年代以來的淪陷區文學研究，使中國文學史的格局發生變化。新編現代文學史擺脫政治史桎梏，回歸文學，淪陷區文學得以納入其中。進一步深化相關研究，需要觀念更新、方法造構、格局多樣。不過，由於為創新而創新而形成的理論焦慮，也使得某些日據區文學研究，將引入西方學術話語語境中的現代化、現代性、東方主義、殖民主義、後殖民主義、民族國家想像等思潮、理論，以及海外華裔學者的半殖民地中國現代文學敘述，當作創新。至少，被當成創新的捷徑之一。這當然會對日據區文學研究帶來啟示和借鑑。但如果照搬、套用或移用，更多的還是負面影響。究其原因，使用者未能有機契合中國在世界殖民史上的在地特點。而最為根本的，還是西方學術脈絡中的中國敘事方法或模式自身存在缺陷、甚至謬誤。《主權與本真性：滿洲國與東亞式現代》就是一個具有代表性的個案。西方方法的中國化，中國研究方法的在地化（原創），已成為當下中國學界的呼聲。在這個方面，淪陷區文藝研究領域是有可能有所為的領域之一。

解殖性內在於殖民地文學[1]
以偽滿洲國文壇為中心的考察

劉曉麗／上海華東師範大學中文系

一、前言

描述殖民地文學時，借用民族主義思想資源，合作與抵抗是慣常思路，也是合理的思路。據此，殖民地文學被描述成反抗文學和合作文學兩大類，這因掩蓋殖民地文學的複雜性，讓人心生疑惑。本文以日本殖民地——偽滿洲國文學為例，提出解殖文學、反殖文學、抗日文學的分析框架，反殖文學和抗日文學借用民族主義思想資源和左翼文學傳統，在中國現代文學史上獨樹一幟；而殖民地在地文學中的解殖文學，其借用的思想資源和承接的文學傳統龐雜，這些文學在客觀上起到消解、溶解殖民統治的作用。解殖文學，不僅是一種殖民地文學類型，也是一種方法

1　本文曾以同題刊於《探索與爭鳴》二〇一七年第一期，本稿有改動。

論。借助對解殖文學的分析，建立一種出入文本內外的通道，一種詩學和政治學相結合的範型，以此來增加解讀殖民地文學的理論維面。

二、解殖文學的提出

今天我們似乎不再對殖民地文學抱有道德烏托邦式的想像，不管對殖民地文學知道多少，總會有人想像得出那時那地的文學充滿著灰色地帶，僅僅用合作和抵抗這樣的概念很難進行有效闡釋。分析日本殖民地東北偽滿洲國時期的文學時，我提出反殖文學、抗日文學和解殖文學的殖民地文學概念的構想[2]，試圖為解讀偽滿洲國時期文學作品開啟新的解讀和闡釋空間。

反殖文學、抗日文學和解殖文學這組概念意指與偽滿洲國相關的三種文學類型，解殖文學在複雜性和闡述難度上處於核心地位。在偽滿洲國，反殖文學以哈爾濱文壇和「新京」（長春）的《大同報》〈夜哨〉副刊為核心的共產黨作家和熱血文藝青年們，他們在偽國治下的報刊雜誌上刊發揭露日本侵略東北殖民東北的文學作品。這些作者意識明確地要反對殖民統治及其宣傳的意識形態，因他們的作品要刊載在殖民地的官准出版物上，隱微書寫是其主要特徵。抗日文學指直接抨擊日本帝國主義侵略東北、揭露日本侵略者在東北大地的暴行、歌頌中國人民反抗日本侵略為內容的文學作品，以著名的東北作家群文學和東北抗聯文學為代表，直抒胸臆是其主要特徵。解殖文學，指居住在殖民地或者在殖民地成長起來的作家，他們在殖民歷史現場創作並發表在殖民地的多種多樣的文學作品，隱去作者情緒溫度的零度寫作、無評估義務的旁觀是其常見特徵，解殖文學與殖民統治共在，其承接龐雜的文學傳統和思想資源，或專注波瀾不驚的日常瑣碎生活，或書寫歷史故事與傳說，或描寫自己的小小哀傷和微微的喜悅，或關注性別、青年、鄉土、生態等問題……這些作品所呈現的世界和情緒混雜而曖昧，既是殖民地精神生活的掠影，又常常在不經意處與殖民統治意識形態宣傳相左。這些文學作品如雜草般生長在殖民地，卑微而有韌性，只要有適宜的環境便迅速生長，四處蔓延；這些文學作品猶如腐蝕劑般慢慢地消解、溶解、拆解著殖民統治，因此稱之為解殖文學。有一點需要澄清的是，近年有些學者把後殖民理論中 Decolonization 概念翻譯為「解殖」[3]，Decolonization 是殖民過程結束之後對殖民主義、殖民傷痕的去除，筆者認為譯成「去殖民化」更依其本意。本文的「解殖文學」，不是指 Decolonization，而是指殖民地在場的一種文學，這種文學具有消解、溶解、拆解殖民文化、殖民統治的意味和作用，如果譯成英文，可以是 Lyocolonial Literature（Lyo 源自希臘文詞根之意，Lyo: luein-to loose）。

反殖文學、抗日文學和解殖文學這組概念在日本殖民地偽滿洲國並不是並列的三種文學類型，還有其各自的意識向度、時空維度和方法論意義。九一八事變之後，偽滿洲國成立之初，滿洲傀儡國的經營管理模式尚未建立健全之時，覺醒的東北在地知識人或由中國共產黨引導、或

2 參見拙作，〈反殖文學．抗日文學．解殖文學——以偽滿洲國文壇為例〉，《現代中國文化與文學》，二〇一五年第二期。

3 例如許寶強、羅永生（選編），《解殖與民族主義／Decolonization and Nationalism》（北京：中央編譯出版社，二〇〇四）。

由當時的國民政府暗中扶持、或自發地抵抗日本入侵東北殖民東北[4]，在這個時空中形成了反殖文學。而隨著偽政府的監管完備，反殖文學難以為繼，一部分作家逃離日本殖民統治下的偽滿洲國，在關內繼續從事文學創作，形成著名的東北作家群的抗日文學；一部分作家成為一手拿槍一手拿筆的抗聯戰士，形成東北抗日文學的另一個重要組成部分——抗聯文學。從意識向度上看，從事反殖文學、抗日文學的作家，他們具有明確主觀意識——反抗日本侵略東北、殖民東北，借助民族主義思想和左翼文學傳統，由對階級壓迫的批判過渡到民族存亡的鬥爭，或者把階級鬥爭和民族鬥爭結合起來。從時空維度上來看，反殖文學僅僅存於偽滿洲國之初的三、五年時間，隨著蕭軍、蕭紅、羅烽、白朗等流亡關內，《大同報》〈夜哨〉副刊和《國際協報》〈文藝〉週刊被查封，反殖文學在偽滿洲國逐漸消滅；而東北作家群和抗聯戰士的創作，他們的作品無需也沒有可能刊載在偽滿洲國治下的出版物上，抗日文學與偽滿洲國處於空間平行狀態，可以直抒胸臆，把反滿抗日的情懷表現得淋漓盡致。解殖文學與反殖文學、抗日文學不同，其存在時空與殖民地偽滿洲國重疊，是偽滿洲國文學的主體樣態。更重要的是解殖文學的創作主體意識向度模糊而雜多，我們很難從作家的主觀意識去判斷作品的情感傾向，也不能直接從他們公開發表的言論來辨別他們的實際想法，他們在殖民地社會中所處的位置，也只是作為一個參考性指標。帶著各種面具生活，是殖民地生活的一種狀態。有時面具下面還有另一張臉；有時各種面具疊加，很難辨別哪裡是面具，哪裡是真實；有時面具長在臉上，無從掀開；有時深深隱藏的後面，其實無物存在。為此，解殖文學的研究方法，可以先懸置作家層面的分析，而就文學作品的本身進行探討。解殖文學，不僅是一種殖民地文學類型，也是一種方法論，這種方法論，不是要回到英美新批評的文學內部研究，而是要建立一種新的出入文本內外的通道，一種詩學和政治學相結合的範型，以此來增加我們對殖民地文學理解的理論維面。

初看反殖文學、抗日文學和解殖文學這組概念，依然在合作與抵抗的思路上轉圈。的確這些概念，尤其是解殖文學概念，不是為了繞過抵抗和合作的問題，相反，這就是我們必須承擔之事，作為曾經被殖民地區的後裔研究者，面對殖民地文學時，合作和抵抗這樣的概念圖式幾乎是與生俱來獲得的，很難找到出口。當我們中國學者看到杜贊奇（Prasenjit Duara）解讀偽滿洲國作家山丁的小說《綠色的谷》時，說成是「都市的、資本主義的、現代的力量以及那些試圖對（鄉土／地方）真實資源加以保護或保留的力量」的角鬥[5]，我們除了驚奇於這位印度裔的美國學術背景的國際學者的獨特視點，對他這種脫離合作與抵抗、脫離作品隱含的殖民地政治關聯的解讀會產生各種不滿。這其中的原由可以理解，如果我們研究衣索比亞被義大利殖民時期的文學，也會出現讓當地人不理解的吐槽之點吧。處身殖民地之外的觀察者、研究者與身處其間的親歷者及其後代研究者，會有其不同的文本解讀視角和理論進路。這也是殖民地文學研究中應該注

4 「一九三二年，身任哈爾濱市委書記的楊靖宇同志就曾指示黨內作家，團結文學青年，創辦報紙副刊，占領文學陣地。」見解學詩，《偽滿洲國史新編》（修訂本）（北京：人民出版社，二〇一五），頁二六九。

5 Prasenjit Duara, *Local Worlds: The Politics and Poetics of Native Place in modern China*, The South Atlantic Quarterly, 99.1 (2000). 又見Prasenjit Duara, *Sovereignty and Authenticity: Manchukuo and the East Asian Modern*, Oxford: Rowman and Littlefield, 2003. 中譯見王銘銘（主編）；杜贊奇（著）；褚建芳（譯），〈地方世界：現代中國的鄉土詩學與政治〉，《中國人類學評論（第二輯）》（北京：世界圖書出版公司，二〇〇七），頁四二。

意之處，研究者處在不同的位置，從不同的方向加深對殖民地文學的理解，而沒有一個絕對客觀的研究出發之點。

反殖文學、抗日文學和解殖文學這組概念不是讓我們繞開合作和抵抗的維度，也不是讓我們為偽滿洲國文學做出抵抗和協作的清晰兩分，而是讓我們更充分進入殖民地歷史現場的文學細節、社會廣度和歷史深度，即不為殖民地作家當時的合作言論所迷惑，也不無條件地相信殖民地作家在殖民地時代結束後的自我辯護，而是更多地以細節和深度的描述來展示殖民地文學的景觀和存在的意義；進入殖民地文學的內部，細察殖民地意識形態與文學生產的複雜關係，文藝政策與文學的關係，文學以何種姿態應對殖民環境、表徵殖民經驗、介入文學傳統與吸收外來文化；看到文學遠不只僅僅針對日本殖民主義，還是形成人類文明的一種方式，包括性別、鄉土、生態、智力遊戲等內容。由此，能使我們認識到殖民地歷史現場文學創作的力量，並了解其在殖民地存在的意義——只要殖民地允許文學存在，解殖性就會內在於殖民地社會。

三、解殖文學溶解殖民統治的三種方式

抵抗殖民統治的是民族主義思想，這是一個現成的答案，也是一個真理性的答案，但正因為其絕對的正確性，可能會掩蓋其他思想資源的可能性，也有可能蛻變成僵化的意識。民族主義博大複雜，有多重面向，通常意義上是一種力量型、憤怒型思想，尤其在面對異族入侵的時刻，殖

民地的殖民政權很難讓其有存在空間，我們在談論殖民地在場文學時，因為其缺乏這樣一種力量型、憤怒型文學，就會落入指責殖民地文學是合作文學的套路，不願再細察殖民地文學的實際狀態與其內部的差異。我們提出的滿洲傀儡國的解殖文學，區別於早期的反殖文學和持續不斷的抗日文學，反殖文學和抗日文學借用的是民族主義資源，也配得上民族主義的思想力量。不論是早期以哈爾濱的《國際協報》、《大北新報》、《黑龍江民報》和長春的《大同報》為發表陣地的反殖文學，還是後來的東北作家群和抗聯戰士的抗日文學，都可以堪稱紀念碑式的作品，蕭軍《八月的鄉村》、端木蕻良的《大地的海》、駱賓基《邊陲線上》和舒群的短篇小說集《沒有祖國的孩子》等作品都是抗日文學的傑作。而解殖文學無力承擔這種力量，那些因為各種原因生活在偽滿洲國的作家以及在這裡慢慢成長起來的青年寫作者們，殖民制度拿走了他們一半的「男子氣概」，殖民地作家得以另外的一種文學經驗——區別於民族主義文學的經驗與殖民制度相處。那麼解殖文學靠什麼溶解殖民統治呢？溶解的又是哪些殖民者的意志？需要說明的是，本文只是提示分析解殖文學的方法，不是要歸納總結解殖文學的方方面面，這個工作需要殖民地文學研究同仁一起努力。

日本侵略東北的九一八事變後，一九三二年炮製出滿洲傀儡國，曾經劃分關內、關外的長城變成了所謂的「國境線」，不僅是「出入境」的「海關」，還成了一條文化封鎖線，偽滿洲國統治者為了彰顯其「獨立」、「合法」的企圖，要切斷與關內的文化連帶關係。在文化上，偽滿洲國對內加強言論統制，對外封鎖關內文化情報。為此在一九三二年十月頒布《出版法》，「從此，日偽當局便向出版物大開殺戒，或被禁止發行，或被禁止出口，或被禁止輸入。一九三二年上半年，就有六〇〇餘萬冊圖書被焚毀。一九三四年六月一次即有三十餘種報刊被禁止進口。」[6]被焚毀的圖書和禁止進口的報刊多是中華民國的書刊。一九三七年頒布的《映畫法》（電影法），同樣地出現了斷絕關內影片的隱形規定。但是，偽滿洲國並無意要建成文化空白區，恰恰相反，其為了追求某種「現代國家」的效果，需要數量巨大的文化產品來裝飾。一邊在焚毀，一邊在輸入；一邊在禁止，一邊在鼓勵。只不過輸入的是日本文化產品，鼓勵的是與關內中國人文化無關聯的文化產品。暫且不說輸入的日本文化產品未必都是軍國主義的內容，如何創作出與中國文化無關聯的作品，對用漢語來寫作的作家來說，未必是件容易的事兒。寫歷史題材小說，如爵青〈司馬遷〉、古丁〈竹林〉、李季瘋〈在牧場上〉等，我們可以評說這是逃避現實的作品抑或影射現實的作品[7]，在我們無法還原作者們面具之下的真實時，我們可以先接受下來這樣的事實——這些都是中國故事，司馬遷、竹林七賢、蘇武是中國文化符碼，這樣的作品加深中國文化意識，我們可以在懸置作家主觀意願的情況下，看到作品在靜悄悄地消融偽滿洲國的殖民者的意願——切斷與中國文化的連帶關係。歷史題材的作品可以很隨意地達到這樣的效果，那麼現實題材的作品是否也可以在不經意間消解這種殖民意志呢？我們以吳瑛的小說〈新幽靈〉和〈僵花〉為例[8]，兩部小說都以偽滿洲國的女性生活為場景展開，〈新幽靈〉寫舊式鄉村婦女跟隨大學生丈夫在城市裡的「左也不是、右也不是」的生活，〈僵花〉寫一位志得意滿的留日歸來的知識女性回「國」找不到工作的尷尬。且不說這兩部作品沒有彰顯偽滿洲國所謂的「王道樂土」，這裡僅從作品的幾個細節來看其與關內文化的連帶關係。〈新幽靈〉中的大學生丈夫在哄孩子的時候，給孩子跳舞，跳的是《明月之夜》和《葡萄仙子》。《明月之夜》和《葡萄仙子》是黎錦暉在一九二〇年代創作的具有民族風格的兒童歌舞劇[9]，風靡中國，一九三〇年代的中國讀者都知道這兩齣歌舞劇。在小說〈僵花〉中，吳瑛輕描淡寫地提到阿容書架上的《寄小讀者》。兒童被中華民國的歌舞劇哄著，青年讀著中華民國的作品。這些細節也許是作者吳瑛的無意閒筆，也許是她有意為之。如果是閒筆，則更能顯示出偽滿洲國與關內文化之間的密切關聯；如果是有意為之，則可以說明作者是要在偽滿洲國彰顯與中華民國文化的連帶關係。無論哪一種可能，都是在延續中國文化尤其是五四以來的中國文化，溶解日本統轄下的偽滿洲國殖民者意願。吳瑛出身於滿族大家庭，是偽滿洲國的著名作家，參與偽滿洲國多種文化活動，包括作為偽滿洲國作家的代表參加「大東亞文學者大會」，發表了切合場合的言論[10]，但她的個人舉止裡，從來不避諱和關內文化的

---

6 解學詩，《偽滿洲國史新編》（修訂本）（北京：人民出版社，二〇一五），頁二六八。

7 學者鐵峰持有歷史小說是逃避現實的作品的看法，參見鐵峰，〈淪陷時期的東北文學〉，《文學評論叢刊》，一九八五年二月。日本學者岡田英樹認為歷史小說是評判現實的作品，參見〈圍繞東北淪陷區文學的論爭——從文學法庭到文學研究〉，《立命館言語文化研究》，一九九二年三月。近期關於此問題的爭論參見岡田英樹，〈論古而及今——偽滿洲國的歷史小說再檢證〉，《杭州師範大學學報》，二〇一五年第一期。

8 吳瑛，〈新幽靈〉，原刊《斯民》雜誌，後收入小說集《兩極》（奉天：文藝叢刊刊行會，一九三九）；吳瑛，〈僵花〉，《盛京時報》，連載於一九四二年一月二十四日—一九四二年二月二十七日。兩部作品均收入李冉、諾曼．斯密斯（編），《吳瑛作品集》，劉曉麗（主編），《偽滿時期文學資料整理與研究．作品卷》（哈爾濱：北方文藝出版社，二〇一七年）。

9 黎錦暉，是中國近代史上一個重要的音樂家，他創作兒童歌舞劇，目的是要推行國語白話教育，同時傳承中國傳統藝術精華。兒童歌舞劇《明月之夜》借鑑了中國傳統戲曲中「行雲流水、回風流雪」的舞姿和傳統曲牌。新出土的張愛玲〈愛憎表〉（《收穫》二〇一六秋冬卷），裡面有這樣的陳述：「每天黃昏我總是一個人仿照流行的《葡萄仙子》載歌載舞，沿著小徑跳過去……」，頁六。可見《明月之夜》、《葡萄仙子》之流行。

連帶關係。一九四四年，蕭紅和白朗在關內已被稱為著名的抗日作家，吳瑛還撰文表達自己對兩位女作家的深深的敬意，讓偽滿洲國知曉這兩位從東北走出去的女作家，同時信手拈來地提到丁玲和冰心。吳瑛稱蕭紅是「開拓滿洲女性文藝的第一人」，「以女性的犀利的觀察，來描出那現實」；稱白朗的作品「呼應著當時北滿特有的創作氛圍，有著敏銳的豐穎的新的力量」。評價蕭紅作品時，也以冰心和丁玲為座標，稱蕭紅「文藻和詩情的文體，很有點與謝冰心的筆法相似，但其所包含的意識形態的積極性，則又類似丁玲了」。[11]

欲切斷東北與關內文化的連帶關係，只是偽滿洲國殖民統治的一個面向，對於如此不合法的偽現代國家，必要裝備是建構一套引人入勝的意識形態話語，同時需要各種文化資源為這套意識形態話語張目，日本殖民者和偽政權積極提倡「建國文學」和「國策文學」，欲利用文學藝術為其意識形態服務。「五族協和」、「王道樂土」是偽滿洲國意識形態的核心口號，以此作為反對當時被取締的三民主義以及被日本帝國主義聲稱為威脅亞洲的中國軍閥、白色帝國主義和布爾什維克主義。在偽滿洲國，直接表露三民主義和共產主義思想的作品與抗日作品的命運一樣——不可能在偽滿洲國公開發行。但這不等於公開發表的作品都是粉飾社會的無病呻吟的無聊之作，更不能等同於這些作品都是迎合或者宣傳「五族協和」、「王道樂土」意識形態的口號。文學具有其自身的傳統性和自律性，寫作者一旦從事文學創作活動，就要進入一種文學傳統，並且受文學自律性的限制，即便是有意宣傳意識形態的作品，也會有溢出意識形態的內容，這些內容有的與意識形態無關，有的走向意識形態相反的方面，有時這也不受作者主觀意願的控制。在一九三〇年代和一九四〇年代，最重要的文學樣式是現實主義和現代主義。如果介入現實主義文學傳統，會以寫實的方式來表現當下生活，如實呈現的文學作品會自然暴露出偽滿洲國之「暗」；如果介入現代主義文學傳統，會從心理感受出發展示被壓抑和扭曲的人性，內容荒誕，主題絕望。這些都與偽滿洲國所宣稱的昂揚的「新國家」相左。在偽滿洲國，解殖文學不僅僅歸屬於漢語文學，也包括殖民者日本人的日語文學以及朝鮮人的朝鮮語文學、俄羅斯人的俄羅斯語文學[12]。這些來自不同國族的寫作者，當他們從事文學創作時，介入某種文學樣式，有時為追求真實，有時為達到某種敘事效果，時而暴露，時而變形，在殖民地現場記下了殖民地情感、景觀、日常生活，這些文學作品呈現出偽滿洲國官方宣傳與殖民地生存現狀的強烈反差。「日系」作家牛島春子的小說〈祝廉天〉（又譯〈姓祝的男人〉）[13]，講述了「滿人」翻譯官祝廉天與其日本人上司的「友好合作」，而其現實主義手法透露出偽滿洲國日本官吏的生存狀態，這些來滿洲的日本官員，因為語言問題無法與當地人溝通，在偽滿洲國他們好似「聾人」、「啞人」一般，這樣的一個日本官吏要管理三十萬縣民，其空虛和危險可想而知，「勉強施行建立在三十萬縣民之上的政治，……一想起來就後背直冒冷汗。」[14]相比較，沒有到過大陸的日本人，在殖民地偽滿洲國生活的日本

10 吳瑛參加「大東亞文學者大會」的情況，可參見李冉，〈吳瑛與「大東亞文學者大會」〉，《漢語言文學研究》，二〇一五年第二期。

11 吳瑛，〈滿洲女性文學的人與作品〉，《青年文化》第二卷第五期，一九四四年五月，頁二三。

12 關於偽滿洲國的各個語族的文學，參見拙作，〈東亞殖民主義與文學——以偽滿洲國文壇為中心的考察〉，《學術月刊》，二〇一五年第一〇期。

13 牛島春子，〈祝廉天〉，原刊《新滿洲》第三卷六月號，一九四一年。收入大久保明男（等編），《偽滿洲國日本作家作品集》，劉曉麗（主編），《偽滿時期文學資料整理與研究．作品卷》（哈爾濱：北方文藝出版社，二〇一七）。

人，有著更清醒的認識，「滿洲國」毫無根基，「五族協和」只是一套說詞，這樣的清醒認識會在不經意間流露在他們的文學作品中。今村榮治的小說〈同行者〉[15]，從小說題名上看，是迎合「五族協和」觀念，但其實「隔膜」和「絕望」更似作品基調。〈同行者〉介入現代主義文學傳統，心理意識是其主要內容，一心成為日本人的朝鮮知識人申重欽，日語說得與日本人一樣好，但是日本人並不把他看作同類，而是認為他可能是危險的「不逞鮮人」，被壓抑被扭曲處於絕望中的申重欽，「用拳頭橫擦著湧出的淚水，使勁握緊手槍，瞪著那八個不斷靠近的男人。」[16]接著用「喜鵲在楊柳樹的枝頭鳴叫著」一句結束小說，現代主義小說開創了這種「開放式結尾」的寫作手法，申重欽最後選擇的是什麼？是把槍口對準了自己，還是對準了自己的抗日朝鮮族同胞？現代主義小說可以不給讀者一個確定的回答。而且小說一開頭就這樣宣告：「（讀者）會出現『實在搞不明白』這樣的抱怨，但不管怎麼說既然主人公本人這樣深信不疑，那麼對他本人來說就應該確實是走投無路，而身為作者的我，從立場上來說也無法對此妄加詮釋。」[17]這樣的寫作手法、這樣的作者宣言、這樣的意義開放，是現代主義小說的贈與。

文學作為一種人類活動，並不是一門純粹的封閉的藝術活動，文學與各種人類活動相切，愈到近現代，文學與政治結合得愈緊密，以至於近現代文學的研究者在面對近現代文學時，無法剔除政治的維度。但是我們也知道，文學不是政治活動的一個分支，文學整體上增進人類文明。除了政治，文學還關心其他人類活動，比如性別、鄉土、生態、智力遊戲等等。當然如果你持泛政治化觀念，你也可以把性別、鄉土、生態、智力遊戲納入政治範疇，但要知道性別、鄉土、生態、智力遊戲等範疇不同於民族、國家、政黨、殖民等政治範疇。政治的意識形態不是生活的全部，生活在偽滿洲國的作家還有關注其他人類生活。梅娘和吳瑛的作品關心女性性別意識和生存現狀。用俄羅斯語寫作的拜闊夫，關心東北原始密林中的各種動植物的生態問題，他的小說被稱為博物小說。〈大王〉是給拜闊夫帶來世界聲譽的一部博物小說[18]，被翻譯成二十多國語，風靡偽滿洲國、日本和歐洲等地。小說描寫了北滿原始密林大禿頂子山上「大王」（虎）的「生活」，歡樂的幼年期，遊歷的青年期，戀愛的成年期，最後成為原始林的統治者，領導野豬、喜鵲、山鷹等動物與原始林的破壞者——人類鬥爭，最後被殺害。這不是《動物農莊》式的政治隱喻小說，作家拜闊夫在東北密林生活多年，他熟悉、熱愛滿洲原始林，不希望人類再破壞世界所剩不

14 牛島春子，〈祝廉天〉，見大久保明男（等編），《偽滿洲國日本作家作品集》（哈爾濱：北方文藝出版社，二〇一七），頁五七。

15 今村榮治，〈同行者〉，原刊《滿洲行政》第五卷第六期，一九三八年。收入大久保明男（等編），《偽滿洲國日本作家作品集》，劉曉麗（主編），《偽滿時期文學資料整理與研究．作品卷》（哈爾濱：北方文藝出版社，二〇一七）。今村榮治，朝鮮人，原名張喚基，迎合日本在朝鮮半島的「創氏改名」政策改為日本姓名。戰後日本研究者把他歸入「日系」作家，例如日本學者大久保明男等編《偽滿洲國日本作家作品集》時，收入了今村榮治的作品。而韓國研究者把他歸入與殖民主義合作的「親日作家」，例如韓國學者金在湧的著作《韓國近代文學與偽滿洲國》（哈爾濱：北方文藝出版社，二〇一六年）如此闡論。

16 今村榮治，〈同行者〉，見大久保明男（等編），《偽滿洲國日本作家作品集》（哈爾濱：北方文藝出版社，二〇一七），頁四〇。

17 今村榮治，〈同行者〉，見大久保明男（等編），《偽滿洲國日本作家作品集》（哈爾濱：北方文藝出版社，二〇一七），頁五一。

18 〈大王〉，初刊哈爾濱，一九三六年。一九四〇年被翻譯成日文出版。收入李延齡（主編），《中國俄羅斯僑民文學叢書．興安嶺奏鳴曲》（哈爾濱：北方文藝出版社，二〇〇二）。

多的原始林的生態和諧，希望「自然的歸自然、人類的歸人類」。蕭紅的作品〈麥場〉[19]，呈現一種萬物渾然一體的鄉村自然生活，人、植物、動物、土地價值均等，誰也不是誰的「主子」，失去動物的哀傷和失去孩子的哀傷是同一種哀傷，「母親一向是這樣，很愛護女兒，可是當女兒敗壞了菜棵，母親便去愛護菜棵了。農家無論是菜棵，或是一株茅草也要超過人的價值。」蕭紅用她「越軌的筆致」在民族國家敘事語法和修辭之外尋求到鄉土的表達方式及表達空間。人類智力遊戲的偵探小說也是偽滿洲國的一種流行文體，鑑於偽滿洲國的特殊創作環境，偵探推理小說家有意無意地洗去倫理因素，關注智力遊戲本身。李冉的偵探小說〈車廂慘案〉[20]，敘述重點不在為何犯罪，而在偵探對盜賊留下的蛛絲馬跡及案發現場的勘查和分析上，勘查獨特、分析合理，但不在案件的肯綮之處。盜賊不斷地給偵探設計圈套，偵探總是被盜賊牽著走，幾個來回還沒有摸清案情，開始認為是盜竊案，後來方知是凶殺案。偵探小說的趣味性很大一部分來自於智力遊戲，兩個智商高的人相鬥才有看頭。滿洲傀儡國的這些類作品，既不與各種各樣的政治意識形態接壤，也不對抗或反對當權者的某種觀念，他們在殖民敘事、反殖民敘事和民族國家敘事之外抑或縫隙之間，找到了現代文學的其他敘事類型及修辭語法，或關切自身問題——女性身分，或關切人類未來問題——生態，或關切文學的語法和修辭問題，或者致力於人類純粹的智力遊戲，「政治冷漠」是這類作品的表情。正是這些在偽滿洲國看來沒有「營養」也沒有「危害」的作品，允許其創作刊行，這既讓寫作者有了政治之外的人類生活關切和探索的可能，而沒有進入色情低俗的套路，得以文學作為生活方式，同時給生活在偽滿洲國的讀者開闢了雜多的閱讀資源。這類作品帶有長久的韌性，穿越時空，匯入文學傳統之中，給現今的文學以滋養。這類文學作品在一個寬泛的意義上，屬於解殖文學一系，因為這樣的文學存在，這樣的一群以文學作為生活方式的人們，在偽滿洲國，如暗夜螢火，給文學者自己一絲光亮，也帶給閱讀者點點亮光，讓他們的靈魂得以喘息，感到自己與人類文明連在一起。

在偽滿洲國，中國文化，特別是五四以來的文化無斷裂地持續存在，殖民統治的文化壁壘難以樹立，偽意識形態形同虛設，人類精神生活中的智性追求沒有被截斷，其關鍵理由是偽滿洲國允許甚至鼓勵文學存在。欲利用文學者，文學走向了消解利用者。從殖民地文學中，我們也可以看到文學的一種古老秉性——文學與現實關係的不確定性，文學從不保證你放進去的觀念會如你所願地呈現出來，文學一直守護這種不確定性。

四、解殖文學：重思文學和現實的關係

如此描述解殖文學，並不是為殖民地文學解除「殖民性指責」的警報，在我們思考和分析解殖文學時，不是單單考慮其一面——消解、溶解殖民統治，還要注意到其與殖民性相纏繞的一

19〈麥場〉，刊載於《國際協報》「國際公園」專欄，一九三四年四月二十日至五月十七日。後來這部分刊載於偽滿洲國的文字併入蕭紅的小說《生死場》，成為其中的第一章〈麥場〉和第二章〈菜圃〉。蕭紅的小說形式特別，〈麥場〉可以獨立成篇，作為偽滿洲國文學的一種文類；也可以視作小說《生死場》的一部分進行解讀。

20〈車廂慘案〉，《麒麟》二卷六月號，一九四二年六月。

面，絕不是只要解殖性一方存在就可以驅逐出殖民性那一面如此簡單，殖民性同樣滲透在殖民地文學中，與解殖性黏連在一起，不是可以輕易打發掉的。解殖性與殖民性以各種方式結合在一起，在剖析一部作品時，要指出哪些地方具有如此這般的解殖性或殖民性，它們以怎樣的比重、何種方式共處在作品中，不僅如此還要避免僅以解殖和殖民兩個維度分析作品，還要關注殖民地文學作品中有多少種不同成分相互交織著，即關注殖民地文學的特殊性、獨特性。

殖民地文學會有殖民者的意識形態宣傳，而且殖民者有意要把這些宣傳偽飾成文明、進步、流行文化等等，但是殖民地現場生活的人一旦從事文學創作，就要進入某一種文學傳統，進入某種文學與現實的通道，還會依就某種文學傳統開闢新的文學和現實的通道、文學修辭、文學形式，讓自己的周遭世界以多種多樣的方式進入文學作品，甚至是以一種作者沒有覺察到的方式進入作品，這就可能掀開殖民地生活的真相，殖民地本土人和殖民者的生活實際訊息就會得以透露。在殖民地，禁止文學指涉真實生活，鼓勵文學美化現實，也允許文學遠離實際生活。如果作者不想做一個唯命是從的寫作者（其實文學的自律性也難以讓唯命是從的寫作者存在），就得探索另外的文學與現實的關聯。這不僅僅是寫作者的事情，還包括當時的讀者如何看待、如何閱讀當時的文學作品；當然也可能是如此這般的作品培育一種特殊的殖民地文學的閱讀方式。關心自己及理解周遭世界是人類的秉性之一，生活在殖民地的人們也願意就著文學領會現實生活、理解自身。偽滿洲國作家爵青的史材小說〈長安城的憂鬱〉[21]，杜撰了發生在五胡來華的長安城的愛情悲劇，貌似與現實沒有指涉，但是當時的讀者會不會聯想到五胡來華的繁榮長安和「五族協和」、「王道樂土」的關聯，如果這樣，下面的愛情悲劇和詭異故事就會有不同的解讀——「五族協和」又如何？「繁榮」又如何？「我」的生活如此不真實（小說主人公陸顒的魔幻生活），而且憂鬱而荒誕。爵青的實驗文本〈司馬遷〉只有四百字，敘寫司馬遷撰述《史記》時的某一狀態，從「停下始皇本紀的筆，離開案頭」到「走回案前，又握起了始皇本紀的筆」的心理過程。司馬遷不是想通了撰寫《史記》的理由，而是更直面現實：「沒有陽根，說出話來聲音像宮女，這莫可奈何的羞恥和悲痛，自己縱即寫下去，果真能消滅這羞恥和悲痛嗎？」但是「遷如不寫，遷該是什麼呢？」[22]明明是漢代司馬遷的心理活動，與偽滿洲國的現實有何關聯？正因為與現實太沒關聯了，卻常常讓人心生疑惑，疑惑這作品時時在指涉現實，這會不會是作家爵青自己的心理情狀的隱蔽流露——偽滿洲國切斷了自己和漢民族血脈的聯繫，每天說著日語，背負這種莫可奈何的羞辱和悲痛，自己縱使成為大作家又如何？但是不寫，又該是什麼呢？這樣看待文學作品，並非筆者的主觀想像，偽滿洲國的文化檢查官就是這樣看待文學作品的。刊於《青年文化》雜誌的吳瑛小說〈鳴〉[23]，用獨白的形式描寫一位孕婦對薄情寡義丈夫的控訴。偽滿洲國的文化檢查官吏如此解讀這部作品：

原文：「你是一條狗。你奪取和占有了我的一切。你還凌辱了我的肉體。你想用你的慢性

21 爵青，〈長安城的憂鬱〉，《麒麟》二卷八月號，一九四二年二月。後改名為〈長安幻譚〉，收入爵青中文短篇小說集《歸鄉》（新京：「新京」藝文書房，一九四三年十一月）。又收入葉彤（選編），《爵青代表作》（北京：華夏出版社，一九九八年八月）。

22 爵青，〈司馬遷〉，《麒麟》三卷八月號，一九四三年八月，頁一一五。

23 吳瑛，〈鳴〉，《青年文化》第一卷第三期，一九四三年。

殺人手段制服我和剝奪我。我什麼都沒有。我只剩一條生命。我以這條生命與你抗爭。」

分析：暗示了滿系民眾被日本剝奪。

原文：「你想想，你不是對我的一部分小家族的財產也在窺視嗎？你再想想，你為滿足過分的貪婪是何等的殘酷。你是想要消滅我的家族的。」

「有一天，你一旦同我的父親鬧了矛盾，你就會立刻斷絕我同父親的關係。你禁止我同父親會面，禁止通信。把我同我的血族切斷。這是什麼世道啊！」

分析：丈夫指日本，妻子指滿洲，父親暗指中國。文章是說，無比貪婪的日本占領了滿洲，進而侵略中國，企圖滅亡中華民族。[24]

解殖文學讓文學現實與關係高度複雜化，重思、重建文學和現實通道，更重要的是帶來一種特殊的看待文學的方式，讓文學在整體上和現實發生聯繫，似乎殖民地文學整體上具有了寓言和象徵色彩，原本平平常常的憂鬱情感的抒寫，讓讀者和檢查者都認為這是指涉偽滿洲國的黑暗現實。

偽滿洲國時期的作家古丁，在《魯迅著作題解》一書的〈譯後贅記〉中寫道：「我們的文學和文學者只有兩個字：無聲。在『無聲』裡偏要私語，這苦痛是可想而知的，但是好，因為究意是能『私語』，倘連『私語』都不許的時候，那該怎樣呢？」[25] 在殖民地，只要允許文學存在，無論制定多麼嚴格的文學政策，有多麼嚴酷的文化檢查制度，只要允許「私語」，走向消解殖民統治，是早晚之事。

十五世紀開始的近代殖民冒險、殖民侵略、殖民戰爭，到了二十世紀初，殖民國家及殖民地已占全世界八五%的陸地面積，在歐洲人的眼中，世界是由宗主國和殖民地構成的，文學有宗主國文學和殖民地文學。宗主國的文學對自己所持有的帝國主義意識、殖民主義觀念渾然不覺，以為自己在為藝術而藝術，或者是在傳播人道主義，在薩依德（Edward Wadie Said）的《文化與帝國主義》解剖刀下，我們看到西方文化與帝國主義之間的密切關聯，珍．奧斯丁、狄更斯、吉卜林等這些偉大的歐洲文學菁英作品中的帝國主義意識和殖民主義觀念。而在殖民地生活的作家以及在殖民地長期居住過的作家，他們的作品中卻常常透露出解殖的氣息。薩依德對康拉德〈《黑暗之心》的兩個視角〉的精彩分析[26]，同樣讓我們看到在殖民地生活的作家，如何建立新的文學形式、語言範式，構築文本和現實的新通道，讓殖民制度的虛偽和殖民制度裹挾的兩邊的人們——殖民地土著和殖民者——悲慘生活得以被感知。

五、結論

一九三二年對於中國東北來說，是一個節點。雖然之前東北也有各種勢力的滲透，軍閥之外

24 于雷（譯），〈敵偽秘件〉，刊於《東北文學研究史料》，一九八七年六月，頁一五七—一五八。
25 李春燕（編），《古丁作品選》（瀋陽：春風文藝出版社，一九九五），頁五六三。
26 愛德華．薩伊德（著）；李琨（譯），《文化與帝國主義》（北京：三聯書店，二〇〇三），頁二三。

還有俄國、日本、德國以及美國等勢力的入侵；但是一九三二年之後日本帝國的勢力成為主導，並且利用清國舊帝舊臣建立了滿洲傀儡國，制定了一系列的相關法令，對外宣稱「獨立政體」。本文就文學現象來觀察偽滿洲國，偽政府一方面妄圖借助文學構建所謂的「現代民族國家的意識形態」，炮製出：「五族協和」的「新滿洲—新國家」、「新滿洲—新國民」、「新滿洲—新發展」、「新滿洲—新生活」，以及所謂的「繁榮昌盛」的「王道樂土」。為此鼓勵文學創作、輔助文學期刊及出版社，但是他們又深知自己的統治不具合法性，恐懼文學作品誘發「不良行為」，危及「國家基礎」。為此頒布了《出版法》（一九三二）、《思想對策服務要綱》（一九四〇）、《藝文指導要綱》（一九四一）等應對文學事業的法規。短短的十四年統治，偽當局不斷增加相關條例，可以證明他們有限的影響力，同時亦可證明作家和讀者同樣能意識到文學所蘊藏的顛覆性力量。偽滿洲國早期文壇《大同報》、《國際協報》上的反殖文學，逃離「滿洲國」的東北作家群和抗聯戰士的抗日文學，偽滿洲國治下的解殖文學，這些文學作品似湧流似伏泉，在這個異態時空四處流溢，以不同的方式、不同力度回應「滿洲國」這個存在，致使日本殖民統治在文化上成為虛妄。而且解殖文學，作為一種殖民地文學類型，構建了一種新的文學與現實的通道，一種詩學和政治學相結合的範型，豐富文學在人類生活中的意義。

偽滿洲國抵抗文學的地下書寫

蔣蕾／吉林大學新聞與傳播學院

一、何為抵抗文學

（一）抵抗文學的三個必要條件

抵抗文學，指政治意識方面與統治當局存在根本對立的文學。偽滿洲國抵抗文學，必須同時具備以下三個方面特徵：

1. 創作時間：一九三一年至一九四五年戰爭期間

抵抗文學必須是戰爭期間創作的，戰後書寫不是抵抗文學。對於已發表的作品，可以考察到明確的發表時間，而對於未發表作品即「地下書寫」，則要尋找充分證據，需要證明其書寫於戰爭結束前，這是成為「抵抗文學」的重要標誌。

關於創作時間，日本文學研究者王向遠認為：「只有在戰爭中發表的抵抗文學才是真正的抵抗文學，正如只有面對著敵人抵抗才是抵抗一樣。」[1]他提出，抵抗文學「應該是一個歷史的概念，而不是超時空的東西。換句話說，它們應該是對特定歷史時期一種文學現象的概括。」[2]

2. 書寫地域：被占領區（偽滿洲國）

抵抗文學必須是書寫於被占領下地區的，作者一旦進入相對安全的國統區（非占領區），其書寫就不屬於抵抗文學。只有身處偽政權統治之下，在危險中創作的反對殖民統治當局的文學，才是「抵抗文學」。

一九八七年出版的《文學藝術新術語大辭典》中關於「（巴勒斯坦）抵抗文學」詞條說：「抵抗文學」亦名「被占區文學」[3]。這個定位是十分準確的。

3. 作品主題：反殖民、反侵略、反偽政權

抵抗文學表達的是反對殖民侵略的民族國家意識，僅僅表現階級反抗或性別反抗的作品不是抵抗文學。

關於「抵抗文學」，以往有諸多混雜運用，比如《四世同堂》日文譯者之一的實藤惠秀和日本漢學家飯塚朗都稱其為抵抗文學[4]，其實《四世同堂》寫於一九四四年的北碚，不是「被占區

文學」，可稱為「抗日文學」但非抵抗文學。如以嚴謹客觀態度來看，抵抗文學應具有以下「區分」：不同於以階級反抗為主題的普羅文學或左翼文學，不同於表現性別反抗的女性文學，不同於在非占領區書寫和發表的「抗日文學」。

如李輝英發表於一九三三年的小說《萬寶山》，有著反抗日本侵略與階級鬥爭的雙重主題，但它卻不屬於抵抗文學。因為，小說作者雖然是東北人，創作過程中也曾潛回偽滿洲國蒐集素材，但這部小說的書寫與發表都是在上海而非偽滿洲國[5]。因此《萬寶山》是抗日文學，卻不是抵抗文學。

「東北作家群」的創作也不全是抵抗文學。他們在偽滿洲國書寫的作品很多是抵抗文學，但入關後的作品則不是。入關後的創作雖然有更鮮明的抗日色彩，但因為書寫空間的改變，直接影響到語言表述方式的變化，其作品不能與「抵抗文學」畫等號。

很多偽滿洲國時期女性作家表現出反抗意識，但其反抗對象是男權社會而非偽政權。如梅娘作品表達了對性別階層的反抗，楊絮作品表現對個性自由與解放的追求。這些作品雖有反叛意

1 王向遠，《和文漢讀》（北京：中央編譯出版社，二〇一四年五月），頁一七七。
2 王向遠，《筆部隊和侵華戰爭——日本侵華文學的研究與批判》（北京：昆侖出版社，二〇一五年八月），頁二七五。
3 鮑昌等（主編），《文學藝術新術語大辭典》（天津：百花文藝出版社，一九八七），頁二六一。
4 參見重慶市北碚區博物館（編），《老舍《四世同堂》七十年紀念文集》（重慶：西南師範大學出版社，二〇一五年七月），頁一一五；夏康達、王小平（主編），《二十世紀國外中國文學研究》（天津：人民出版社，二〇〇〇年一月），頁五二。
5 李輝英，《萬寶山》（上海：湖風書局，一九三三年三月一日）。

識，但並非從民族國家意識的角度去反抗殖民統治，因此不屬於抵抗文學。

（二）抵抗文學是世界性文學現象

從世界文學的角度上考察，抵抗文學與戰爭、侵略、殖民密不可分。最著名的抵抗文學是二戰時期法國抵抗文學，其次是朝鮮抵抗文學，上世紀八〇年代的巴勒斯坦抵抗文學也具有代表性。其實，一九三一年至一九四五年間中國被日本占領區也存在大量的抵抗文學，其中東北淪陷區（偽滿洲國）就有很多抵抗文學作家與作品。然而，由於以往研究不足，中國抵抗文學未能被世界所了解。

抵抗文學是戰爭中弱勢一方以「文學」進行的反擊。法國文學研究者柳鳴九認為：「從十九世紀後期普法戰爭，直到第一次世界大戰、第二次世界大戰，法國人在實戰中都是一敗塗地，面對敵人從來都沒有什麼像樣的抵抗，倒是在文學中，卻從不缺乏民族抵抗。」[6]戰爭雖然失利，民族抵抗卻通過文學而達成。這種現象不僅存在於法國，也同樣存在於中國、朝鮮。

抵抗文學產生的另一個背景是「文學大國」的存在。法國是文學大國，因此能夠在戰爭中失利時卻在文學中崛起，沙特（Jean-Paul Sartre）也創作過抵抗文學——戲劇《蒼蠅》（*Les Mouches*）[7]。中國也是這樣的「文學大國」，中國知識分子自小接受語言訓練，有深厚的文學創作傳統。「國家不幸詩家幸」，中國知識分子在國破家亡時堅持寫作，以文化方式抵抗外來侵略。

二、從媒介視角，發現偽滿洲國抵抗文學的四種存在方式

二〇一四年，東北師大尚俠教授在〈關於偽滿洲國文學研究的幾個問題〉中說：「可以肯定地說，這（東北抗日文學）顯然不是偽滿文學的全部，」「俄系流亡文學也好，在滿朝鮮人的創作也罷，包括日本文人和偽滿作家的創作，歸根結柢無不是日本文化精神的產物。捨此便會顧左右而言他，最終失卻學術研究的尊嚴。」[8]這種看法是帶有普遍性的。如果僅僅將目光對準偽滿時期公開刊物，這種說法也是成立的。但問題在於，公開發表的作品也不是文學的全部。域外發表、地下書寫都承載著文學作品，公開發表的抵抗文學只是全部抵抗文學書寫的「冰山一角」。

從媒介視角觀察，會發現偽滿洲國抵抗文學至少有以下四種存在方式：公開發表、域外發表、地下傳播和戰後呈現。

6 柳鳴九，《超越荒誕：法國20世紀文學史觀》（上海：文匯出版社，二〇〇五），頁五。
7 柳鳴九，《柳鳴九文集》卷九（深圳：海天出版社，二〇一五年六月），頁二二一。
8 劉洋、尚俠，〈關於偽滿洲國文學研究的幾個問題〉，《社會科學戰線》，二〇一四年第七期，頁二六二。

（一）「冰山一角」的公開發表

公開發表是偽滿洲國抵抗文學呈現的重要方式，也是我們今天研究抵抗文學的重要依據。但如果把抵抗文學視為一個整體來看，公開發表的作品僅為「冰山一角」。

考察偽滿報刊，發現《大同報》、《國際協報》、《盛京時報》、《泰東日報》等報紙的文學副刊普遍存在著具有抵抗意識的文學。一九三三年李文光發表在《大同報》副刊〈夜哨〉上的小說〈路〉和短劇《黎明》，描寫了東北抗聯的鬥爭生活和東北民眾對日本侵略的堅強反抗。小說〈路〉從一九三三年九月至十二月總共連載十三期，講述了兩個戰士一路追尋抗聯的故事，小說中有豐富的東北風貌描寫，情節曲折動人。短劇《黎明》則直接描寫了東北抗聯的戰士在老太太和孩子們幫助下逃脫日本人追蹤，無計可施的日本兵和偽軍對老人孩子施暴。在《黎明》中，作者用只有日本兵才說的「協和語」來表現人物身分。一九四一年七月——法國淪陷一年後，《大同報》副刊編輯、作家李季瘋在〈我們的文學〉副刊的創刊號上發表〈法國敗了〉，讚揚法國作家走出個人小天地而與國家共命運，暗示中國文人應該在大是大非面前抉擇。據統計，僅《大同報》的編輯、作者就有四十九人被捕（被害）或逃亡。陳隄、關沫南、王光逖、王秋螢、也麗、紅蒲等三十餘位作家因文字而坐牢。偽滿警察機關對抵抗文學創作進行嚴密監控和字裡行間的分析。抵抗文學公開發表的後果是副刊停刊、編輯和作者被捕，因此這種發表是「斷崖」式的。

公開發表還包括廣播中的「放送劇」。上世紀三〇年代是「收音機時代」，廣播是重要媒體，偽滿洲國共有二十六座廣播電台，聽眾達到七十萬。抵抗文學在廣播中也有發布。特別是因為廣播具有「流逝性」，沒有錄音事後就很難追查，一些抵抗文學作品被冒險播出。劇作家孟語（田力健）創作的放送劇《鬼》和哈爾濱中央放送局播放的放送劇《新天地》都影射日本侵略，但播出後都逃脫了檢查。

圖書中也有抵抗文學，如李季瘋的雜文集《雜感之感》（新京：益智書店，一九四一年十二月），國民黨員王覺創辦新時代出版社，出版了《朝鮮短篇小說選》、《法國敗了》等具有抵抗寓意的書籍。

（二）「暗度陳倉」的域外發表

當作家在新聞檢查中遭遇撕頁、撤稿等，公開發表「此路不通」，一些作家開始另尋出路——域外發表和地下書寫。作者將偽滿洲國裡寫成的抵抗文學寄送或隨身帶到偽滿以外的地方去發表，這就是抵抗文學的域外發表。

域外發表有兩種情況。偽滿前期（一九三七年以前）的「域外發表」往往是作家逃亡，冒險帶著在偽滿洲國創作的抵抗文學作品逃入關內，作品在關內發表，如蕭軍、蕭紅、孫陵等都曾把作品帶到上海，發表寫作於偽滿洲國的抵抗文學作品。但這些作品需要有所分辨，即使在當時，也有人諷刺孫陵的報導文學《邊聲》是冒充在偽滿洲國時寫的。偽滿中後期（一九三七年以後），由於「祖國」太遠，很多無法逃離的作者則將作品投寄到日本的《華文大阪每日》發表。這份雜誌雖然是專為在日本占領區進行殖民文化宣傳而建立的，但卻成為許多抵抗文學作品的棲身之所，如張烈的長詩〈靜靜的遼河〉、李正中的散文〈丑笑〉等。

前期的「域外發表」主要為「東北作家群」作家的部分創作。如孫陵在長春擔任《大同報》編輯時，曾冒險將表現反抗偽政權的小說〈寶祥哥的勝利〉寄給上海《文學》雜誌上發表（一九三六年六月）。金劍嘯的長詩〈興安嶺的風雪〉曾刊登在《齊齊哈爾民報》的〈蕪田〉副刊上，但無法在偽滿洲國全文發表，他一九三六年被害後，長詩被收入上海出版的《夜哨叢刊》。〈興安嶺的風雪〉這首長詩共八章，寫了三十二名熱血戰士，其中第六章寫了十八名戰士死裡逃生。姜椿芳曾聽作者親自講過，那是從一個戰士口中聽來的故事。

蕭軍、蕭紅等作家初到上海時發表的作品也不全寫於滿洲國，有些作品是部分寫於偽滿、部分寫於逃離之後，如蕭紅的小說《呼蘭河傳》、蕭軍的小說《八月的鄉村》、孫陵的報導文學《邊聲》等。筆者認為，進入安全地帶後撰寫的作品不屬於抵抗文學。

後期的「域外發表」主要指發表於偽滿洲國以外的地方，如華北淪陷區、華南淪陷區或日本的刊物上。《華文大阪每日》在日本出版，許多偽滿文藝青年在這裡打了「擦邊球」，詩人駝子、韋長明、張烈等都在這裡發表過抵抗文學詩篇。張烈在《華文大阪每日》發表一百一十七行的長詩〈靜靜的遼河〉（一九四二年六月十五日），他在詩中寫道：「啊！誰說你默默無言，秋風緊扯著秋煙……將悲傷只送給兩岸荒秋」，「你可是什麼忍耐的聖祖，你可是什麼吞艱的神祇」，「今天，讓我哀悼那三位青年的靈魂」……他的詩雖然不直白，但李季瘋讀懂了其中的抵抗意味，當他在逃亡途中無處可去時，想到這首詩，判斷張烈是可以投奔的。作家山丁在華北淪陷區發表的一部小說以病院為主題，內容晦暗、氣氛恐怖，雖然有意隱去時間、地點，但仍可看出暗指偽滿洲國，推斷是偽滿創作而在華北發表。

（三）「暗流湧動」的地下傳播

地下傳播有地下小報傳播，也有口頭傳播（人際傳播）。地下小報既有文學社團與中學生的油印小報，也有中共地下組織刊物、國民黨地下組織刊物。地下傳播是抵抗運動組織領導下的行為，屬於組織傳播。

1. 中共領導下的地下傳播

《滿洲紅旗》（一九三〇年九月至一九三五年四月，後更名《東北紅旗》、《東北人民革命報》）是中共滿洲省委的祕密刊物，先後在瀋陽和哈爾濱出版，金劍嘯、姜椿芳等都曾是這一刊物的編輯，金劍嘯被捕當天，姜椿芳手裡還拿著這一刊物的版樣。

由於東北抗聯條件艱苦，所辦的地下油印刊物出版十分艱難。中共還採取為詩配曲，以歌傳唱的方式傳播詩歌。如李麟等寫的〈露營之歌〉，李延平的長詩〈游擊隊〉，李門文的〈告於軍兄弟書〉等都以歌曲形式進行傳唱，這是當時紙張油印困難而進行的口頭傳播。

2. 國民黨地下組織的地下刊物傳播

東北通訊社是國民黨地下組織於一九四〇年十一月祕密建立的，在通訊社下設十九個通訊部，每個通訊部都有一種以上的祕密刊物。《大同報》編輯李季瘋被捕越獄後，在逃亡中擔任過國民黨地下刊物《東北公論》的編輯。

3. 校刊、地下油印報等非正式出版物的傳播

作家李正中一九三九年就讀於長春「新京法政大學」，曾負責辦校刊。他將校刊命名為《南風》，取自《詩經》中的「凱風自南」，實際是表示內心向著南方的祖國。他在校刊上發表小說〈華麗的廢墟〉，表面上講一名學生誤入歧途的故事，實際上說「新京」的建築不過是一片「華麗的廢墟」。由於校刊為非公開發行物，不接受檢查，文章順利發表。後來學校將校刊收回，改名《八紘》。

一些中學生自印油印小報，文學青年自印地下文學刊物，也承載著抵抗文學。我們採訪過的「蓋縣文藝事件」的被捕者姜靜芳（一九一八－二〇一七），她撰寫過許多抵抗詩歌，發表在油印小報《大地》、《晨星》上，被捕後受到酷刑。另一位「蓋縣文藝事件」的被捕者魯琪（一九二四－），入獄後還偷偷用鉛筆頭辦了一份《拘留日報》，撰寫抵抗詩歌，冒死傳遞。

一九四四年的遼寧「蓋縣文藝事件」，導火線是日偽員警發現了「男中」地下油印報紙《大地》、《晨星》，隨後搜捕學生作者，最終追捕到作家駝子（本名余家麟，國民黨員）和花喜露（共產黨員）。關於這次事件，日偽檔案中如此記載：

> 從康德五年八月以來，余家麟和花喜露等人，為啟發民眾的民族思想而組織了祕密文藝團

體LS（魯迅）文藝研究會，並祕密刊印《星火》、《行行》作為機關報。從康德七年六月接觸了任《營口新報》編輯的東北黨務專員幹部王覺，在王覺的幫助之下，利用該《營口新報》文藝欄，企圖進行公開活動，並進一步組織範圍更廣的黨的活動。[9]

《星火》、《行行》兩份油印刊物是由駝子、花喜露主編、夕澄編輯的。一九三九年秋，《星火》由地下轉到《營口新報》上公開辦刊約一年多時間。地下刊物《星火》、《行行》和報紙副刊〈星火〉刊發了許多抵抗文學作品。

（四）「浮出水面」的戰後呈現

一些作家在偽滿時期撰寫抵抗文學作品，但未發表，這就是地下書寫地下書寫（地下寫作、地下文學）也是一個普遍性的文學現象，遇到政治環境壓抑就會出現。廣西民族大學文學院教授李運摶說：「所謂『地下寫作』就是不能公開。不能公開，就意味著其思想和當時的官方意志、時代話語是有相牴觸的。」「從文學史來看，作為對抗權力意志及時代流行思潮的文學存在，地下寫作體現的民間立場、獨立思考和批判意識，當然難能可貴。」[10]

9《偽滿保安局所編〈重慶方面之對滿策略〉有關桃園工作的記載》，《東北歷次大慘案》第六五一頁，轉自鄭新衡，《一二三零事件始末．東北青年反滿抗日地下鬥爭史事紀．增訂版》（遼寧：遼寧大學出版社，二〇一〇年一月），頁二〇八－二〇九。

10李運摶，《現代中國文學思潮新論》（廣西：廣西師範大學出版社，二〇一一年十月），頁七六。

地下書寫更為真實地表現人們的精神世界，那是一種不寫不快、不得不寫的「真」寫作。很多地下書寫的作品已經散失，現在很難知曉。但一些地下書寫的作品在戰後發表，這為我們提供可閱讀的文本。最為典型的是一九四五年創刊的《東北文學》及其叢書，刊登很多偽滿時期創作而未能在當時公開發表的抵抗文學。

三、從戰後呈現看偽滿洲國抵抗文學的地下書寫

（一）抵抗文學地下書寫的兩種類型

戰後呈現的抵抗文學地下書寫，又分兩類：一類是被統治當局「遮罩」的作品。這些稿件觸及了統治當局的「底線」，作者本來有發表意圖，但刊物或檢查官不允許作品發表。一類是作者自動隱匿的作品。作者自知不適合發表，主動隱藏，直到戰後才公開。

作家李正中、田琳、滿占鼇、朱媞等的作品多屬於前一類。田琳的小說〈血族〉、韋長明（李正中）的小說〈誘惑〉、朱媞的小說〈小銀子和她的家族〉都是投稿後被撤、被撕頁、被刪的。而女詩人金羽的「地下書寫」則是自我隱匿式的，她主動隱藏了全部詩文作品，直到光復才拿出來發表。金羽的詩集《泥濘》中有大量具有抵抗意識的詞語，這些詩都是一九四三年以前創

作的。據了解，金羽是某大戶人家的少奶奶，平時不出頭露面，私下裡寫作大量詩歌，因為與李正中夫婦是鄰居，一九四六年將詩集在《東北文學》詩叢刊中出版。

這些文本發表於戰後，但實際寫作時間是戰爭結束前。關於這些稿子的寫作時間，除了來自於當時的「證言」外，其濃郁的偽滿洲國陰影也是重要特徵。

（二）如何判斷作品的創作時間

《東北文學》總共五期，共發表小說二十三篇、散文三十一篇、詩二十四首。這些稿件大多由偽滿時期就已經從事寫作的作家們撰寫，作品主題也以控訴日本殖民侵略為主。那麼，在這樣多的作品之中，如何判斷某篇作品寫於偽滿而另一篇不是呢？根據以下因素進行判斷。

1. 從創作時間推理

從創作時間推算，一篇五萬字左右的中篇小說很難在一個月裡寫完。《東北文學》創刊號發行時間雖為一九四五年十二月一日，但印刷時間寫的是一九四五年十月一日，〈編輯後記〉（寫成於一九四五年十一月十日）說：「本來，《東北文學》的創刊號應當在十月一日左右發刊的，但進行途中由於好多不得已的變故，才一再地拖延下來。」[11]也就是說，《東北文學》創刊號稿

11〈編輯後記〉，《東北文學》創刊號，一九四五年十二月一日，頁一〇五。

件在一九四五年十月一日以前就已經完整了，只是因為「變故」才拖到十二月出版。從一九四五年八月十五日光復，到籌辦刊物，再到十月一日，籌集稿件的時間實際上不足一個月。《東北文學》創刊號中那些篇幅較長的小說，如田琳的〈血族〉（長度為二十八頁）約五萬字，韋長明的〈誘惑〉（長度為二十一頁）約四萬字，朱媞的〈小銀子和她的家族〉（長度為九頁）和藍苓的〈泡沫〉（長度為十二頁）約二萬字，它們寫於偽滿的可能性更大些。

2. 根據相關證言推斷

從當時文章及作者自述等，可以推斷作品的創作時間。如關於〈血族〉，其作者但娣（田琳）在《東北文學》第二期發表〈關於奴化思想及偽滿關係——質之余要望先生〉，確切地說：「首先我要解釋的是〈血族〉那篇稿子，確係偽滿時代所寫作的。因為檢閱不通過，所以就沒有出版。所以其中不但發生的故事是偽滿時代的故事，就連我這寫故事的立場，亦站在偽滿的立場上。所有中間有日本人的故事，並且沒有敢深刻的露出反抗的意味來，但在暗暗中自信尚有一種潛在的思想，而針對著當時的政治。」[12]

關於〈誘惑〉，作者韋長明（李正中）在《東北文學》一卷四期的〈現實與態度〉中說：「〈誘惑〉，它的前半部刊出當時便遭受到了被刪除的命運。」「像這樣被斷腰砍頭的作品，似乎在光復之後也沒有什麼不可全盤刊出的理由。」[13]作者在一九八六年再次撰文，提及〈誘惑〉被撕頁的事情：

〈誘惑〉是我一九四四年寫的一個四萬字的中篇，在《新潮》雜誌上發表連載的第一部分時，印刷完了的雜誌被命令撕掉小說的第一頁，這樣的「無頭鬼」真比乾脆禁止出售還難堪。[14]

筆者找到了《新潮》雜誌一九四四年七月號，果然是被撕頁的。在目錄頁中標有「〈誘惑〉……第六二頁」，而雜誌中沒有第六一頁和六二頁，該頁被撕。事件大體經過是：小說前半段寫了作者參加偽滿洲國高等官考試以及「就任」的情形和心態，文中還寫了偽憲警貪贓枉法、買辦資本蹂躪婦女、市場蕭條民不聊生等。書報檢查官大筆一揮，塗掉了前半段，刪成一篇愛情小說。到雜誌已付印，檢查官仍不放心，又做出撕頁處理，並要求下期停發。

關於〈小銀子和她的家族〉的創作時間，主編韋長明（李正中）在一九八六年撰文說：

這篇小說是戰爭結束前三年寫給《新滿洲》雜誌的「婦女作品特輯」的，付印之前被弘報處發現撤稿，雜誌社附著版面設計和插圖退給了作者。[15]

---

12 但娣，〈關於奴化思想及偽滿作家——質之余要望先生〉，《東北文學》一卷二期，一九四六年一月一日，頁六。
13 韋長明，〈現實與態度〉，《東北文學》一卷四期，一九四六年三月，頁二。
14 李正中，〈東北文學發刊前後〉，《東北文學研究史料》第三輯，一九八六年九月，頁一〇九。
15 同上。

（三）晦暗氣氛和特殊詞彙也是偽滿書寫的特徵

偽滿時期抵抗文學，往往蒙著一層特有的晦暗氣氛，彌漫著陰鬱氣息。偽滿洲國陰影，使愛情題材也無法明朗起來。

如〈血族〉開頭即是一片陰天暗地的偽滿景象：

> 隔壁病院的門前，停著一輛汽車。
>
> 哥哥扶著妹妹從病室中走出，妹妹蒼瘦的臉，和一雙無光的眼睛，她病得那麼可憐，不住的在石子路上打著幌。
>
> 哥哥滿面的風塵，因為他是從遙遠的地方趕來的。
>
> 兄妹默默地走向門外，在汽車前停住了腳步。[16]

死裡逃生的妹妹「蒼瘦」、「無光」、「打著幌」，哥哥也「滿面的風塵」，都無快樂可言。整篇〈血族〉都籠罩在飢餓、死亡的陰影裡，有暗無天日之感。

〈小銀子和她的家族〉開頭也是壓抑的：

> 天才黑下來。

隔壁小銀子的娘又在扯著乾枯的嗓子唱起來了。和著低啞的五弦琴，像調動一面破鑼似的，讓人聽著說不出是什麼感覺，只疑惑不是人的聲音，尤其不是女人的音韻。[17]

小說中還出現很多只有偽滿時代才使用的詞彙。如小說〈血族〉中出現「驛」（火車站）、「放送」（廣播）、「會社」（公司）等詞，小說〈泡沫〉中出現「配給」（男主人公買布料是由布店老闆在「配給」時給留的）和「北滿食堂」等。這些詞都是特殊時代的印記，偽滿結束後一些詞就消失了。

四、地下書寫與戰後書寫的主要區別

（一）戰後書寫直白，地下書寫曲折

《東北文學》創刊號中刊登的第一首詩〈祖國〉寫著：「我們的祖國是一個巨漢／所背負的歷

16 但娣，〈血族〉，《東北文學》創刊號，一九四五年十二月，頁四。
17 朱媞，〈小銀子和她的家族〉，《東北文學》創刊號，一九四五年十二月，頁三九。

史有五千年／他身上既不知道疲倦／他的心裡也不曉得厭煩。」[18]另一首〈勝利之歌〉中說：「不必想那過去的酸辛，也不必想那未來的快樂，如今我們戰勝了仇敵，只管高歌著勝利之歌。」[19]而小說〈血族〉則採用了大量的暗喻、隱喻等曲折手法。文中不直接介紹人名，而在相互稱呼中逐漸提及每個人的名字：國棟、鷺荻、玲、小茉莉，並以此來表現知識分子身分。文中地點也沒有直說，而是用「八百壟」、「歡喜嶺」、「柴草市」來暗指吉林市。借用養雞來表現知識分子的潦倒以及「人不如雞」，並用日本人、朝鮮人不同養雞方式的對比來暗指其生存狀態差別。

兩種作品的差別原因在於：寫作環境和寫作心態不同。地下書寫是恐懼中的書寫，作者面臨可能被捕、被殺的命運，因此既要表達又要曲折、間接，暗指較多。「病院」在田琳、藍苓的小說中反覆出現，具有喻意，田琳將其指代監獄。

（二）戰後書寫「先知先覺」，地下書寫充滿「未知」

《東北文學》一卷四期中〈撕破夢境的人〉是寫丈夫被捕後妻子的狀態，其中一個情節：學生說：「沒關係，都打到關島了，小鬼子沒有幾天的活頭了。」[20]這類「先知先覺」情節的出現讓人感到：人是最容易遺忘的動物，僅僅幾個月時間就讓作者無法回到「過去」，完全忘記了偽滿環境下人們的真實言說。相反，小說〈血族〉、〈小銀子和她的家族〉則表現出對未來的「未知」與茫然。

（三）戰後書寫與地下書寫的時空感覺不同

地下書寫中「心理時間」很漫長，如〈血族〉中有暗無天日、壓得人喘不過氣來之感，而戰後書寫則有大量的十四年一瞬的寫法，如〈冬天裡的春天〉裡反覆提「十四年」前與現在。地下書寫中經常出現地點虛化，並出現逃離意象，如小說〈血族〉開頭便是離開「國都」——遠離政治中心。

（四）戰後書寫情節離奇，地下書寫細節真實

《東北文學》創刊號中〈小溪流〉寫了東北農民仇恨日本開拓民，這無疑是具有「本質真實」，但細節上的不真實讓人覺得整個小說的價值都降低了。小說中農民叫日本人丸山為「完蛋」，這種當面挖苦讓人感到不合情理。文章結尾還出現「窗外一片勝利的笑聲」，連當時的評論人都認為這一情節「寫得失掉了這段文章的價值」。[21]一卷四期中另一篇以丈夫被捕為主題的

18 吳桐，〈祖國〉，《東北文學》創刊號，一九四五年十二月，頁二。
19 張文華，〈勝利之歌〉，《東北文學》創刊號，一九四五年十二月，頁三五。
20 秦越，〈撕破夢境的人〉，《東北文學》一卷四期，一九四六年三月，頁三一。
21 公孫度，〈評《東北文學》裏的三篇小說〉，《東北文學》一卷四期，頁一五。

小說〈冬天裡的春天〉中還出現一些違反常理的情節，如說主人公在一九三二年參加紀念九一八國恥日活動而被捕又被釋放等。一卷五期中姚遠的小說〈喜悅〉寫到最後是保姆也走了，全家去工作了，這就誇張了。類似戰後書寫屬「本質真實」而缺少「細節真實」。

（五）地下書寫細節真實，很多細節與作者自身經歷吻合

田琳在小說〈血族〉中將主要情節發生地點設置為遠離權力中心的吉林市，用大量詞彙暗指吉林市。田琳是齊齊哈爾人，後來在長春工作，據了解：她並未在吉林市生活過，為何她要在小說中如此寫，並且對吉林市的地名如此熟悉？據李正中先生介紹，田琳在躲避日本憲兵抓捕時曾去吉林市。另外，〈血族〉中有女主人公從病院出來頭髮脫落的情節，實際生活中，田琳從監獄放出來後曾經脫髮。〈誘惑〉的作者與小說中的主人公一樣「由一處法學專門的大學走出來」，參加了「高等文官考試」，之後有過一次「松花江的行旅」。甚至〈小銀子和她的家族〉中提到「是舊曆四月十七吧，頭一天剛給華過完了誕日。」朱媞的丈夫李正中的生日正是農曆四月十六日。

（六）戰後寫作有一定功利性，地下書寫是「自覺」寫作

戰後寫作帶有一定的表演性和宣傳目的等功利性，因此出現隨意添加情節，以達到主題表達

的目標。姚遠的小說〈喜悅〉為表現戰後知識分子新生活意識，到結尾時主人把保姆也辭了，大家都歡歡喜喜地去投入新生活了。這種結局安排不符合現實生活，人為設計，完全是為了完成某種任務。

五、抵抗文學作者的譜系

偽滿洲國作家，可以根據政治態度分成三類：

第一類是擁護當局的，他們與當局主流意識高度一致，撰寫合作文學，主要有：鄭孝胥、陳蒼虬、裕振民等「遺老遺少」，以及戈禾等受發稿誘惑的文學青年。

偽滿時期撰寫合作文學的人很多，有主動迎合當局者如裕振民創作小說〈元旦〉等，有被動接受「組織」安排如《盛京時報》、《大同報》上「獻納詩」專欄的作者們、疑遲等作家實地考察撰寫「增產」文章等，也有為獎金或出名而撰寫的應徵文章者如李妹等。

第二類是追求純文學表達的文學青年，試圖迴避政治以實現文學理想，但作品又常暗含政治，他們小心保護自己，也常與當局走得很近，其中有「明明派」（「藝文志派」），也有「大同報文藝副刊派」（文叢派），代表人物有古丁、小松、成弦、李冷歌、少虬等。

第三類是有著強烈民族國家意識的青年，如李正中、田琳、李季瘋、駝子等，他們控制情緒，但也會抑制不住發表抵抗文學作品。

第一類作家主要撰寫合作文學，第二類作家迴避政治，但又不與當局對立或者不過度對立，最終被迫或自願與當局合作，第三類作家則屬於不合作者，撰寫抵抗文學。

撰寫抵抗文學的作家，很少有獨自一人的，他們往往從屬於某個組織或形成一個群體。因為抵抗文學的書寫需要內心強大，也需要交流切磋。粗略考察偽滿時期撰寫抵抗文學作者，其中有共產黨員身分者約九人，有國民黨身分者約十四人，共產國際背景一人，無黨派中有左翼思想者六人、參與愛國讀書會等抵抗組織者約二十五人。抵抗文學撰寫與政治組織、思想意識關係密切。

1. 共產黨員作家：舒群、金劍嘯、羅烽、方未艾等九位有共產黨員身分的作家。他們更傾向於公開發表，這也造成共產黨作家在偽滿前期發表一些作品，而中期和後期基本都逃亡了。
2. 左翼作家：蕭軍、蕭紅等六位。他們未加入中國共產黨，但具有左翼傾向。他們也較早逃離了偽滿洲國。
3. 共產國際背景作家：袁犀。
4. 國民黨員作家：王覺、駝子、陳蕪、羅琦、鐵鍵、王天穆、姜學潛等十四位。國民黨作家公開發表不多，但地下書寫、地下傳播較多。
5. 讀書會作家：飛塵、崔束、杲杳等二十五人。這些作家在太平洋戰爭爆發後面臨危險，大部分逃亡關內。
6. 無明確黨派背景：也麗、牢罕、王則、李紅蒲、冰旅等。無黨派者更傾向於地下書寫。

綜上所述，偽滿洲國抵抗文學的地下書寫，主要以隱匿地下或地下傳播等形式而存在。這些地下書寫不只是文人的創作，而是與抵抗運動緊密相連，其作者往往有雙重身分——既是作家又是抵抗運動成員。偽滿洲國時期抵抗文學的地下書寫更為真實地表現了特殊時空裡知識分子的精神世界。

·話語與抵抗·

從鄉土文學到殖民地文學

本格期台灣新文學運動的文化轉向與文藝創新主軸

郭誌光／國立台南大學通識教育中心

一、前言：台灣的殖民地文學概念興起之背景

台灣的殖民地文學概念之形成，必須將其放回一九三〇年代國際左翼無產階級運動的全球脈絡下來加以檢視，才比較能貼近其真貌。質言之，台灣的殖民地文學概念之形成，與當時以列寧、史達林為領導中心的第三國際（一九一九－一九四三）脫離不了關係。

眾所周知，第二國際（一八八九－一九一四）的瓦解是因第一次世界大戰的爆發。當標榜世界主義的社會主義國際遭遇一戰，來自民族的召喚遠大於階級的呼喚，於是乎在「保衛祖國」擊破「工人無祖國」的國際左翼運動原則後，各國左翼取向外戰重於內戰、各為其「祖」各自歸「國」成為大勢所趨，第二國際終告崩解。歷史弔詭的地方，就在於它不會完全複製，但會一再

重演。在一戰之後成立的第三國際雖然極力避免重蹈覆轍，但終究還是步上了第二國際的後塵。不滿一戰中各國左翼背棄世界主義原則的列寧，在其主導下的第三國際一全會（一九一九年三月）、二全會（一九二〇年七—八月）中，認定一戰之後已暴露出資本主義結構的矛盾和危機，無產階級世界革命形勢大好，故特別堅固左派路線，特設「二一條」以驅逐左翼的中派、右派。

但此一堅壁清野的作為到了三全會（一九二一年六—七月）開始有所轉折。原因是此時列寧判斷無產階級世界革命高潮已過，策略路線須由進攻轉為防禦、須盡可能爭取工人階級的大多數。於是，批判此前過於左傾的錯誤，改採聯合左翼的中派、右派之統一戰線策略，以擴大無產階級世界革命的力量與基礎。這樣的反左修正之力度，到了四全會（一九二二年十一—十二月）更是被列寧進一步地予以強化。除了重申統一戰線策略之外，更值得注意的是，該會特別討論了殖民地、半殖民地國家民族解放運動的情況和問題，其策略方針是要求各國左翼把廣大的勞動人民吸引到自己的旗幟底下，建立以工農聯盟為主的反帝國主義統一戰線，把民族資產階級、小資產階級等所有受壓迫的各個階層，團結到反帝國主義鬥爭的陣營裡來。為此，大會決議強化集權領導體制。但此一作為，卻也暴露出列寧的修正路線與季諾維也夫（Grigori Zinovyev, 1883-1936）的維左路線之分裂，前者欲糾正極左的理念僅獲得表面的尊重，實際上由於後者的挑戰與抵制，並未真能落實。待一九二四年一月列寧去世，第三國際在史達林的繼起領導下，即與列寧所規劃的路線愈行愈遠。

第三國際五全會（一九二四年六—七月）為列寧去世後所召開的第一次全會。在會中，季諾維也夫更是放膽公開反對右傾修正，反對與左翼中派、右派結盟，打斷了三、四全會以來的糾左進程，造成第三國際策略路線的再一次逆轉，朝向布爾什維克化、更為左傾的教條主義、關門主義的極左路線發展，這樣的態勢一直延續到六全會（一九二八年七—九月）。六全會雖然極為關注討論帝國主義戰爭的危險、殖民地與半殖民地國家革命運動的問題，認定第三國際的當前任務是制止臨近的帝國主義戰爭，因此決議保衛蘇聯、反對列強瓜分中國。但與此同時，它卻也將反右傾鬥爭提到首要地位，自此這一極左路線成了第三國際的基本路線。但實際上此一路線自一九三一年起在各國實踐上已見鬆動，捷、德、奧、法、英等共黨為抵抗法西斯，跨黨派聯盟的統一戰線修正訴求蔚起，奧共並通過了社會解放與民族解放綱領[1]。事實上一九三三年一月德國希特勒納粹的上台，即顯現出第三國際清理左翼中派、右派的得不償失而標誌著此一路線的失敗。此一嚴峻的現實迫使第三國際不得不重新反思此一路線的正確性，因此於同年三月發表告各國共產黨書，號召各國努力爭取同社會民主黨建立反法西斯主義和反戰的統一戰線[2]。正是因為這樣的時局背景，促成了另一次重大轉折的七全會（一九三五年七—八月）之召開。

第三國際七全會的中心議題是反法西斯的統一戰線鬥爭策略，因此在國際無產階級運動史上具有極其重要的意義。大會決議，為求戰勝法西斯，第三國際必須建立廣泛的統一戰線：在資本主義國家建立工人階級反法西斯的統一戰線，在殖民地、半殖民地國家則建立反帝國主義侵略的民族統一戰線[3]。在大會中，季米特洛夫（Georgiy Mikhailovich Dimitrov, 1882-1949）明白

1 韓佳辰（主編），《國際共產主義運動史大事記》（上海：知識出版社，一九八六年八月），頁二三五—二四一。
2 同前註，頁二四三。
3 高放（等著），《三個國際的歷史》（北京：中國青年出版社，一九九九年十一月），頁三二三。

指出：法西斯今日之所以能夠強大，主要是左翼內部左派排斥中派、右派，使得無產階級運動分裂所致。因此，建立無產階級統一戰線的關鍵就在聯合被斥的中派、右派，必須團結一切可以團結的力量，建立起廣泛的反法西斯人民戰線。因此，過去五全會以來的極左關門主義路線必須被批判，且必須將領導權下放至各國，令其在局勢變化萬千的關鍵時刻，得視本國情況做出因地制宜、獨立自主的正確鬥爭策略。可見，隨著戰爭愈益迫近，史達林愈了然列寧所痛斥但又不得不務實地接受戰時左翼世界主義難敵民族主義的事實。因著這樣的理解，七全會就此改弦更張，轉而令國際無產階級運動立基於各國的民族主義之上，以此聯合全世界受壓迫民族國家來壯大國際無產階級運動。因此，第三國際七全會決議的人民戰線，本質上即是為避免重蹈第二國際遇戰爭即瓦解的修正主義路線，也即在於復歸過去列寧糾左的修正主義路線。第三國際鬥爭路線的再次轉換，廣泛地影響了全世界的無產階級運動[4]，這其中包括了東亞的日本、中國、台灣、朝鮮、滿洲國等地區，使得各該地區的政治、社會、文化、文學運動方針，莫不受此影響而產生調整、變化。

以日本本土文壇而言，由於法西斯政府強力鎮壓無產階級運動，致使普羅文學運動節節敗退，造成一九三四－一九三五年間純文學勢力抬頭，文藝復興運動大興。這樣的形勢，使得殘喘的普羅文學派對於殖民地文學的態度，從原本的只在理念上重視，開始逐漸轉為行動上的落實、開始真正關注跨域聯合陣線的可能性。因為他們知道，日本帝國占領下的台、鮮、滿、中等地的殖民地文學是可以成為反轉本土轉向文學，進而提振普羅文運士氣，延續無產階級運動命脈的槓桿。這樣的戰略方針調整，實與第三國際七全會決議的人民戰線桴鼓相應。當時台灣文壇的發展與日本本土有某種程度的連動，但不全然相同。相對於未受殖民壓迫的宗主國普羅文壇之轉向，殖民地台灣文壇左右兩翼雖然也有所修正，但大抵是軟中透堅，抗力猶存，因此筆者稱之為文化轉向[5]。台灣的殖民地文學概念之生發，實與上述的國際、區域情勢發展、氛圍有著相當密切的關係。然而，這麼一個重要的文學現象，包括一系列的主題：台灣的殖民地文學概念源於何時？其形成發展過程如何？與鄉土文學、台灣新文學運動的發展、台灣新文學的定義有何關係？其內涵為何？在台灣文學史上的意義、影響為何？至今卻未有人對此做一整體的歷史追蹤、考察與評價[6]，這不免是台灣文學界的缺憾。有鑑於此，本文乃嘗試藉文學史料的爬梳，以對前述命題加以回答。

二、台灣的殖民地文學概念之源起、形成

基本上，台灣的殖民地文學概念，從醞釀到形成，必須溯前至日治時期的一九三〇年代。更精確地說，是在一九三一－一九三七年間，也就是學界一般所慣稱的台灣新文學運動本格期。

4 同註一，頁二五一－二六五。

5 郭誌光，《為人生？為藝術？──本格期臺灣新文學運動的文化轉向》（成功大學台灣文學系博士論文，二〇一六年），頁一二。

6 筆者以「殖民地文學」作為「論文名稱」、「關鍵詞」檢索台灣學位論文、期刊論文系統，結果發現迄二〇一七年底為止，雖不乏使用「殖民地文學」一詞者，但尚無一直接探討此一文學現象的專著或專論。

一九三一年六月，台灣文藝作家協會創立。日本納普曾以J・C・B書記局的名義寄來一封賀函，信中傳達了革命文學國際局關切納普對殖民地的關心不足，對此，納普表示將加強反帝鬥爭，尤其是加強以殖民地文學的方式進行鬥爭，並期待台灣的殖民地文學須以自己的藝術團體為主體做強力鬥爭，然後再與日本本土的藝術團體結合起來展開聯合鬥爭，一如已與日本聯合陣線的朝鮮[7]。因此嚴格說來，台灣的殖民地文學概念之初萌，大致是由創刊《台灣文學》的台灣文藝作家協會為起始的，其深受第三國際、革命文學國際局、納普的影響，採聯合陣線反帝、兼具左翼世界主義、右翼民族主義的調和色彩，實不言可喻。

相對於以左翼日人班底為主的台灣文藝作家協會之先驅作為，本土左、右兩翼在起自一九三〇年八月的「鄉土・話文」論戰中，對殖民地文學的概念上亦有所開展。其中較具指標觀察意義的，除了黃石輝在《伍人報》發表〈怎樣不提倡鄉土文學〉，最早提出文藝大眾化一詞，將文學平民化注入左翼階級意識維度，實已觸及了殖民地文學的內涵之外，當屬一九三二年一月莊遂性在《南音》以右翼鄉土主義與賴明弘的左翼世界主義之交鋒[8]。莊、賴兩人對台灣鄉土文學的歧見，主要在於出發點的不同：前者主張從台灣主體性出發，後者則是主張從無產階級的世界性出發，雙方在鄉土與世界的主從邏輯論辯，也都觸及了殖民地文學概念的生發。惟當時台灣本土文學界的「鄉土・話文」論戰還在進行，鄉土文學仍是台灣文學的主流隱喻，台灣的殖民地文學概念在此階段仍處於孕育的時刻。這種蟄伏待變的樣態，直到海外東京《福爾摩沙》發刊第二期後，才終於有了破靜的胎動。

一九三三年十二月，吳坤煌在《福爾摩沙》發表了〈臺灣的鄉土文學論〉一文。觀該文，吳坤煌旨在提出台灣的無產階級鄉土文學論（民族．普羅文學論），主張帶有民族主義色彩的普羅文學，他雖未明白揭出殖民地文學一詞，但已蘊有殖民地文學的意涵。吳坤煌完全領會「民族」的疆域性，以及「階級」的去疆域性，兩者存在著本質上的衝突矛盾，而勢必面臨如何調和的問題。在此，吳坤煌認同藏原惟人的觀點，即遇「民族」的鄉土主義與「階級」的國際主義相衝突時，反對以多數原則、國際主義為由來統一各民族文化；而是主張在民族平等的基礎上，各自發展其民族文化，追求其內部族群、個體的地位平等，化解民族與階級的矛盾、避免主從困擾。

綜觀該文，吳坤煌頗多援引列寧、史達林、藏原惟人之言，其論點尤其較傾向列寧的固本兼且務實開放之修正主義。吳坤煌主張的鄉土文學，是以反殖統攝階級與民族間的矛盾、貫通鄉土性與世界性的一種方案，但實質上更是一「左主右從」、「先左後右」的民族．普羅文學，試圖以反殖的本土普羅文學來重新定義台灣新文學。也就是因著這樣的內涵，讓我們得以判定吳坤煌此時所倡的鄉土文學與後來一九三五年十二月《台灣新文學》創刊號所揭櫫的殖民地文學概念其實相當一致，直可視為台灣的殖民地文學之先聲。而就在吳坤煌此一文化轉向的摸索過程中，我們得以窺見台灣的殖民地文學即將破繭而出。

7 王詩琅（譯），張炎憲、翁佳音（編），《臺灣社會運動史——文化運動》（台北：稻鄉出版社，一九八八年五月），頁五二〇—五二一。因檢閱的查禁與閹割，台灣文藝作家協會與殖民地文學概念的關係，目前多倚賴官方情資的側面佐證，較難從其機關誌《台灣文學》中梳理出完整的意涵；較相關而完整、正式的理念論述，還待後來的吳坤煌〈臺灣的鄉土文學論〉出土。

8 負人（莊遂性），〈台灣話文雜駁（四）：三、異床同夢的四個兄弟（三）〉，《南音》一卷四期，一九三二年二月，頁一一—一三。文後註明一九三一年十二月三十一日脫稿。

從文學團體的正式文論看，台灣的殖民地文學概念之形成，其嚆矢在《福爾摩沙》與吳坤煌〈臺灣的鄉土文學論〉。但此為胚體醞釀期，其進一步的催生，則有賴《臺灣文藝》及文聯東京支部的接續作為。一九三五年二月，文聯東京支部於新宿召開第一次茶會。茶會主持人為曾淡出《福爾摩沙》而於《臺灣文藝》發刊後歸隊的吳坤煌[9]。他在引言中見證了當時台灣文化轉向與文藝創新的現象及其時代背景，並概述台灣新文學運動自一九三〇年代初至中葉的日漸發展趨勢，指出殖民地台灣日語世代作家亟思躍登日本中央文壇的心態[10]。雖然吳坤煌並未進一層說明此一心態究竟為何，但大抵來說，渴望經由日本文壇進而獲得世界認同而確立存在感，應是殖民地文學概念興起的集體心理與背景因素。

值得注意的是，吳坤煌在會中評論楊逵作品時，認為他擅長掌握題目、描寫筆觸一流、具濃厚台灣色彩；而其所具有的濃厚台灣色彩，實足以推翻或彌補技巧不足、「不像小說」的缺點[11]；而畫家顏水龍後來的發言則與吳坤煌的理念不謀而合[12]。由此可知，與日本文學、文化相較，兩人不但毫無相形見絀的自卑感，反而引以為傲，甚且執著，充分流露出具有文化主體性的自信；皆認為無須摹仿或靠攏日本文壇的文學美學標準，而對殖民地文學的主體性、及其單純樸實的特徵已有所堅持[13]。因此，我們得見具文化主體性的殖民地文學，其胎動信息已強，已屆瓜熟蒂落的時間點。

三、殖民地文學的誕生

殖民地文學的概念雛型雖非始自《台灣新文學》，但有意識地將殖民地文學一詞揭出、加以倡導，將其定位為社會主義寫實主義文學[14]，並以它作為隱喻、作為左翼偽裝多元戰略開發方案之一，扣連至全球反法西斯人民戰線者，則非一九三五年十二月創刊的《台灣新文學》莫屬。

如前所述，一九三五年七月第三國際七全會決議反法西斯主義、反民族侵略、殖民地解放等

---

9 吳坤煌、賴明弘兩人在「東京台灣藝術研究會」加入文聯成立「台灣文聯東京分部」時所扮演的角色，可參見柳書琴，《荊棘之道：臺灣旅日青年的文學活動與文化抗爭》（台北：聯經，二〇〇九年五月），頁二六五—二七八；張雅惠，《賴明弘及其作品研究》（台北：台灣師範大學台灣文化及語言文學研究所碩士論文，二〇〇六），頁九八—一〇三。

10 顏水龍等，〈臺灣文聯東京支部第一回茶話會〉，《臺灣文藝》二卷四期，一九三五年四月，頁二四。（〈台灣文聯東京分部第一次茶會〉，《雜誌篇一》，頁二二八）。

11 顏水龍等，〈臺灣文聯東京支部第一回茶話會〉，《臺灣文藝》二卷四期，一九三五年四月，頁二六。（〈台灣文聯東京分部第一次茶會〉，《雜誌篇一》，頁二三〇—二三一）。

12 顏水龍等，〈臺灣文聯東京支部第一回茶話會〉，《臺灣文藝》二卷四期，一九三五年四月，頁三〇。（〈台灣文聯東京分部第一次茶會〉，《雜誌篇一》，頁二三三）。

13 中根隆行謂文藝復興期的殖民地文學特徵：「樸素的精神」、「早期寫實主義真正的樣貌」。見中根隆行，〈文藝復興期的殖民地文學——宗主國文壇中的多元文化主義〉，吳佩珍（主編），《中心到邊陲的重軌與分軌：日本帝國與臺灣文學．文化研究（下）》（台北：國立台灣大學出版中心，二〇一二年六月），頁一七五。

鬥爭路線，即一般所習稱的人民戰線。同年十二月，布施辰治於《台灣新文學》創刊號發表〈有內容的文學漫談——關於生活和文學〉一文，首段即言：「和席捲全世界的文化擁護運動相結合之後，全台灣的新興文學運動氣勢抬頭……」[15]並於文中多次提及「全世界的文化擁護運動」，此即以隱喻的方式暗指第三國際決議的人民戰線。布施辰治認為，楊逵所領導的《台灣新文學》正是結合了普羅文學與殖民地文學的新興文學運動，即是呼應此一全球反法西斯人民戰線的實踐。布施辰治在此處的說法，其實已對楊逵與《台灣新文學》由台灣文壇內部路線之爭到外部跨域聯合陣線的轉折定了調。

（二）來自日、鮮左翼作家的殖民地文學評言

《台灣新文學》創刊號的〈對台灣的新文學之寄望〉一文，係廣邀日本、朝鮮左翼名家如德永直、葉山嘉樹、石川達三、張赫宙等人，針對殖民地文學所應進之道提出看法。觀此而言，此時《台灣新文學》關注的焦點，實已逐漸轉離過往的島內左、右兩翼「為人生？為藝術？」路線之爭，而轉往國際弱小民族反法西斯聯合陣線的路線之超克。

在該文中，幾位作家有關殖民地文學的言論值得注意。首先是前田河廣一郎，他認為基本上文學畢竟就只是文學，並無所謂本質屬於殖民地文學之物；但若文學為了刻畫被扭曲變形的現實，因而背負了不得不背負的宿命，那麼殖民地文學之名就能成立。基此，他以婉轉的隱喻方式期許殖民地台灣的文學須放在世界殖民主義的脈絡下觀照，暗示台灣文學的進路取向與全世界反

法西斯解殖運動聯合陣線的可能性[16]。

藤森成吉則強調，殖民地文學須在創作方法上多講究。他亦隱喻地指出，殖民地文學因為面臨特有的「外在限制」，故必須在描寫手法上「有想法」、多「下功夫」[17]。他認為，照理說殖民地作家應正確描寫現實，但當環境不許可時，則須思量如何創新描寫手法以達到正確描寫現實的目標。此外，力倡普羅大眾文學的貴司山治也以隱喻的方式強調描寫手法之重要性，主張描寫「可感動大多數人的藝術」[18]，暗指其所倡導的普羅大眾文學才是台灣所應由的殖民地文學。

平林泰子則是以直接點名批判朝鮮作家張赫宙的方式，間接提出她對台灣的殖民地文學之主張。她指出張赫宙對於揭示殖民地文學的特殊性，表現得不夠積極，認為他「稍嫌安於現狀」——即指張赫宙未能想方設法力求突圍，正面直接抗爭若不可行，也該嘗試側面間接方

---

14 筆者認為，一方面，因台灣社會的馬克思主義、社會主義等左翼思潮理論辯證洗禮不足，民眾理解不易；另一方面，也因官憲的禁制、檢閱之嚴厲，楊逵在引進左翼新文學概念時，不得不採取因地制宜的方式，規避較難以理解的、較敏感的社會主義現實主義一詞，改以自創的「真實的現實主義」一詞代之。這是楊逵對舶來文學概念的在地化，其真實意涵反而較接近藏原惟人一九二八年所倡的新現實主義（無產階級現實主義）。

15 布施辰治，〈多實文學漫談　生活と文學について〉，《台灣新文學》創刊號，一九三五年十二月，頁五五。（〈有內容的文學漫談——關於生活和文學〉，《雜誌篇一》，頁三三一）。

16 德永直等，〈台灣の新文學に所望する事〉，《台灣新文學》創刊號，一九三五年十二月，頁三三。（〈對台灣的新文學之寄望〉，《雜誌篇一》，頁三〇七）。

17 同前註，頁三五。（《雜誌篇一》，頁三〇九）。

18 貴司山治，〈台灣の作家に望むこと〉，《台灣新文學》創刊號，一九三五年十二月二十八日，頁三六。（〈對台灣作家的期待〉，《雜誌篇一》，頁三一〇—三一一）。

式——呈顯出其努力不足；而「漏網之魚」，則是普羅文學的隱喻，暗示其可以修正，但不能毫無作為；「不希望出現像是日本文學的翻譯版的東西」一語[19]，則是反向勸戒張赫宙勿因襲日本文學的老路，而應深思如何走出殖民地自己的文學路。可見她對台灣的殖民地文學之主張，迂迴蘊藏在對同是殖民地的朝鮮之隱喻式的批判與勸戒之中。

以上作家的殖民地文學說法，相當程度地透顯出支持普羅文學運動朝向多元偽裝、藝術修正的文藝創新潮流。惟同文卻不同文化的殖民地文學，是以普羅文學支系的形式成立於日本文壇[20]，但因它同時具有民族、階級、性別的三重維度，故雖與普羅文學有左翼的親緣關係，但在當時軍國主義氣燄高漲的時代氛圍下，台、日、鮮普羅作家在面對民族向度上，難免會被逼顯出來有些立場的「差異」。只是這樣的「差異」頗多是表面的差異，未必是根本立場的差異，因為在日、鮮普羅作家方面，他們內心深處大多同情台灣的殖民地處境，其話語多有不得明說的苦衷，吞吐之間呈顯出心口不一欲語還休的樣態。

他們有些表面上持多元開放、「收編」殖民地的立場，如德永直、新居格、橋本英吉、葉山嘉樹、石川達三、張赫宙、平田小六等七人的看法。主張殖民地文學應注重殖民地的真實性、特色，但並不必特別區分或強調殖民地與宗主國之間的差別。這樣的主張，似乎對殖民地特殊的殖民性格避而不談，或將差異性淡化。然而，實際上他們雖然強調文學的一般性與共性，但不無暗示將日本文學視為通路，作為迎向世界的橋梁、作為擺脫與日本的從屬關係之踏腳石；不無暗示殖民地文學須重視聯外性、組織跨域反法西斯聯合陣線之意。

除此之外，有些則是明白表態支持台人普羅作家須藉殖民地文學創造文化抵抗空間、路線，將批判殖民主義的精神注入普羅文學之中，不能輕言退卻。這樣的作家有前田河廣一郎、藤森成吉、貴司山治、平林泰子、豐田三郎、槙本楠郎、柾不二夫等七人。他們雖然承認文學的一般性與共性，但卻更強調殖民地的真實性，且不諱言殖民地有其特有的殖民性存在，從而鼓勵政治高壓下的殖民地普羅作家鍛鍊技藝，想方設法寫出這種特性，以此向世界發聲來開顯受壓迫的自我存在[21]。

這兩組作家的理念乍看之下似大不相同，但實際上一外王一內聖，只是策略取徑、姿態不同，其本意初衷未必不同。這可從後來一九三七年一月《台灣新文學》刊出葉山嘉樹、高山望洋、森千的〈台灣作家的任務〉一文中，三人同時指向人民戰線而獲得驗證。在該文中，表面上葉山嘉樹似乎重視世界性甚於本土性，期勉台灣作家以世界性作家為目標：「既是台灣的作家，也應該是世界性的作家。」[22]似乎有意將焦點轉移至強調普遍性的世界文學，淡化殖民地文學的特殊性、及其具有的反殖能量。但實際上這是後轉向期日本普羅作家的一個話術，重點在強調反法西斯人民戰線的跨域聯合陣線。這種迂迴隱晦的話術，可從觀點和葉山嘉樹差異不大，但將話

19 以上隱微數語，見平林たい子，《台灣新文學》創刊號，一九三五年十二月，頁三七。（《雜誌篇一》，頁三一一）。

20 李文茹，〈導讀．中根隆行，文藝復興期的殖民地文學——宗主國文壇中的多元文化主義〉，吳佩珍（主編），《中心到邊陲的重軌與分軌：日本帝國與臺灣文學．文化研究（下）》（台北：國立台灣大學出版中心，二〇一二年八月），頁一五七。

21 洪子偉指出日治時期哲人共同關心的問題是，若台灣在文化上不同於日本，政治上又不歸屬中國，那它到底是什麼？他認為「存在交涉」——透過現實世界與抽象理論之間的反覆辯證來重新認識自己的存在現況，正是早期台灣哲學的時代精神。見洪子偉，〈編序〉，洪子偉（編），《存在交涉：日治時期的臺灣哲學》（台北：聯經，二〇一六），頁九。筆者認為，擴大來看，日治時期作家亦普遍具有深沉的「存在交涉」想望，「殖民地文學」的綻現即此一想望的表露。

說得更清楚明白的高山望洋處得知：

> 法西斯會得逞呢，還是人民將得到最後勝利？這必須是大家都最關切的事才行。作家首先必須以人的立場，與人民同喜、同悲，並肩戰鬥。然後，更進一步，在思想與感性上走在大眾之前才是。
>
> 雖說是台灣作家，也不能例外。[23]

顯然，高山望洋是以一種全球性的反法西斯人民戰線視野，強調作家首先必須以人的立場而非先以階級的立場出發。可見在一九三七年，第三國際、日本左翼文學運動的策略已有所修正，較過去強調對外的聯繫性，側重以共通的人性聯合全世界弱小民族進行反法西斯鬥爭運動，高山望洋因而有此一期待台灣作家須具備世界性的話語。同樣地，森千亦展現了類似的觀點[24]。

葉山嘉樹等三人對〈台灣作家的任務〉的意見，都不約而同地以或顯或隱的方式指向跨域反法西斯主義人民戰線。由此可證一九三五年十二月的《台灣新文學》創刊號上，葉山嘉樹、德永直、張赫宙等七人強調世界性的反殖民地文學傾向，其實也是類此說法的一種話術，彼時實已隱約透顯出第三國際鬥爭策略轉變後的全球左翼文化、文學場的變異。

（二）來自台灣本土作家的殖民地文學辯證

同號刊出的〈反省與志向〉一文，則是《台灣新文學》廣邀台人作家、文學同好針對台灣新文學運動的看法，請其提出書面意見的匯總。此文與前文〈對台灣的新文學之寄望〉的主要差異在於主題設定的不同：前文設定在殖民地文學，寄望能以他者之眼來協助定位台灣新文學的發展方向；此文則設定在台灣新文學運動，著重在內部對新文學的再定義，希望藉此凝聚內部發展新文學運動的共識，兩者確有策略性的區隔。

值得注意的是，雖然主題取向有所區隔，但卻有幾位台人作家猶如日、鮮作家般偏從殖民地文學的角度切入論說。首先是鄭定國，他對台灣文壇迄今未發展出具有主體性的文學理論、批評，甚表不滿，並認為挪用外國理論的文學批評只是一種沒有自己根基的「解說手冊」現象。他強調左、右非重點，重點是必須要發展以台灣現實——殖民性——為基礎的文學理論與批評[25]。

---

22 葉山嘉樹，〈世界的作家たれ！〉，葉山嘉樹、高山望洋、森千，〈台灣作家の任務〉，《台灣新文學》二卷二期，一九三七年一月，頁五九。（葉山嘉樹，〈以世界性作家為目標〉，葉山嘉樹、高山望洋、森千，〈台灣作家的任務〉，《雜誌篇二》，頁二六五）。

23 高山望洋，〈世界を相手に〉，葉山嘉樹、高山望洋、森千，〈台灣作家の任務〉，《台灣新文學》二卷二期，一九三七年一月，頁五九。（高山望洋，〈放眼世界〉，《雜誌篇二》，頁二六五—二六六）。

24 森千，〈台灣的真實の追求〉，葉山嘉樹、高山望洋、森千，〈台灣作家の任務〉，《台灣新文學》二卷二期，一九三七年一月，頁五九。（森千，〈追求真實的台灣〉，《雜誌篇二》，頁二六六）。

顯然鄭定國重視的是本土化的殖民地文學理論，認為所有的文學理論都必須植基於台灣自身的歷史與現實，否則即與台人無涉。鄭定國認為「過去的台灣文學忘了台灣本身」，很多都是「移植文學」，而他之所以如此批評，其實已隱含其對台灣性之高度重視。

那麼鄭定國對台灣性的界定為何？他這麼論述道：

……所謂「台灣的」並不是採用相關的名字和地名，而是要掌握台灣本身和在它背後流動的歷史性，也就是認識殖民地台灣的樣貌。知識分子不追查台灣生產力的發展，卻責弄文筆寫指導性的作品，這是過去台灣文學在內容上所具有的缺陷。[26]

可見在鄭定國看來，台灣性即殖民性，台灣文學不能是表面的文字裝潢，或是淺層的台灣元素之堆砌，而是要能掌握貫穿台灣社會發展的歷史性、殖民地政治經濟的深層結構因素。對他而言，殖民性、本土性、台灣性等話語，其實都具有民族主義、社會主義、反殖的換喻意涵，而其所謂的殖民地文學實含涉民族、階級的雙重構面，直可視為左翼普羅文學吸納右翼民族文學的一種策略。

和鄭定國一樣，林快青亦從殖民地文學的角度切入論述台灣新文學運動。在此，林快青也特別強調台灣的殖民性，希望由此來確立殖民地文學，但他「希望那不是一種佐證，而要更根本地、更濃厚地反映出殖民地的特殊性」[27]。由此可見，林快青盼望台灣文學能有自己的主體性，能更從深層的政經結構上寫出台灣殖民地的特殊性、能從背景走向前景，而非淪為其他領域的旁徵或襯底資料。

文學觀傾向「為藝術而藝術」，而被吳新榮諷為「文學象牙塔之鬼」的灣生作家新垣宏一[28]在此則表示：

> 總之，我的想法也是希望台灣文學趕快穩定下來。雖然最近好像很活絡，但實質上卻沒出現什麼好作品。何謂台灣文學？我希望能早一點釐清它的定義。[29]

楊逵另創《台灣新文學》事件頗具震撼性，頗令當時作家感到台灣文運不穩，「希望台灣文學趕快穩定下來」一語，相當能折射出當時的文壇氛圍。亦可見，面對本格期以來台灣新文學運動的文化轉向，新垣宏一相當期待能有文藝創新後的新主流文學出現來結束紛亂的文壇、指引未

---

25 鄭定國，〈台灣新文學運動についての意見〉，《台灣新文學》創刊號，一九三五年十二月，頁四一。（鄭定國，〈對台灣新文學運動的意見〉，《雜誌篇一》，頁三一六）。

26 鄭定國，〈台灣の文學について〉，《台灣新文學》創刊號，一九三五年十二月，頁四二。（鄭定國，〈對台灣文學的感想〉，《雜誌篇一》，頁三一六）。

27 林快青，〈「植民地文藝」の確立を要望したい〉，《台灣新文學》創刊號，一九三五年十二月，頁四二。（林快青，〈希望確立「殖民地文藝」〉，《雜誌篇一》，頁三一六—三一七）。

28 新垣宏一在此以筆名新垣光一發表言論。新垣宏一即新垣光一，參見新垣宏一（著），張良澤、戴嘉玲（譯），《華麗島的歲月》（台北：前衛，二〇〇二年八月），頁一八。

29 鄭定國等，〈反省と志向〉，《台灣新文學》創刊號，一九三五年十二月二十八日，頁四八。（《雜誌篇一》，頁三二六）。

來台灣新文學的進路。而「沒出現什麼好作品」一語，則意味著他的文學觀與「為人生」的文壇主流文學觀頗有差距。最可注意的是，新垣宏一顯現出對定義台灣（新）文學的企求，似乎不自覺地流露出其灣生身分與台灣作家認定之間的張力。

對於台灣文學的內涵定位與走向，新垣宏一較看重「為藝術而藝術」的技藝本位取向。他雖不完全否定鄉土色彩與本土性的價值，但卻更從藝術的普遍性、技藝無畛域性的角度切入，質疑台人作家是否過於以鄉土色彩與本土性之名來掩飾技藝不足之實？新垣宏一期待台人作家受人青睞、尊敬的是文學的藝術性、技巧性高人一籌，並非是因殖民地出身、異地文化風情題材等的特殊性而讓人「另眼相看」[30]，而這樣的看法實已隱含了其傾向反對殖民地文學之意。

恰與新垣宏一的弱化文學運動性相對，廖漢臣對《台灣新文學》之期待在於特別強調今後該誌從事新文學運動必須就最根本的問題徹底思考清楚：為什麼非振興台灣新文學不可[31]？不容再有模糊曖昧的空間。其振興一詞，詞意接近復興，而非創新。可見廖漢臣傾向認為，台灣新文學的發展歷史雖短，但已薄有反殖的傳統，於今只要追本溯源，振興此一源頭、傳統，即是發展台灣新文學運動的正確路向，不待他求。

這樣的觀點，還可由廖漢臣緊接著從殖民地文學的視角提出何謂台灣文學的定義問題而獲得印證：

> 二、關於台灣的文學，我常想什麼是台灣的文學？在《伍人報》時代，我也發表過一點拙見，現在還是認為台灣的文學必須真實反映出台灣的客觀現實。台灣是殖民地……。因此台

> 灣文學必須翔實描寫出來才行，可是過去的作品可以說很少——不，幾乎都沒有表現出來。所以會被人瞧不起，說「台灣文學沒什麼價值」……[32]

可知廖漢臣應是認為，所謂的台灣文學必須是要能反映殖民地台灣特有的殖民性，台灣文學的內涵若是未能表現出殖民性則是毫無價值可言的。換句話說，殖民地文學即是他為台灣新文學所下的定義，也是他所以為的台灣新文學運動的進路。

由以上〈對台灣的新文學之寄望〉一文可知，德永直、貴司山治、張赫宙等日、鮮作家表面上雖分立為兩個陣營，但實際上支持台灣的殖民地文學則一也，這顯示楊逵與《文學案內》的貴司山治此刻已默默地在搭建著反法西斯的跨界平台。而在〈反省與志向〉一文中，鄭定國、林快青、賴明弘、新垣宏一、廖漢臣、何春喜、李張瑞等本土作家都曾前後不約而同地對台灣文學的定義有所致意，他們或是嘗試提出自己的義界，或是質疑這是個空泛的假議題。如前所述，其中新垣宏一／鄭定國、林快青、廖漢臣這兩組四人對殖民地文學的看法，特別令人矚目。兩相對照之下，我們明顯可以看出前者較傾向從文學的普遍性來定義台灣文學，後者則較傾向從殖民地文學的特殊性來定義。

值此文聯分裂轉折之際，從以上作家對台灣文學定義的追問，或者對殖民地文學的強調，可

30 同前註。
31 同前註，頁四九。（《雜誌篇一》，頁三二七）。
32 同前註，頁四九。（《雜誌篇一》，頁三二七—三二八）。

知回歸台灣文學本質面的深刻思考之氛圍已然形成。也就是說，此時的台灣文壇已經來到必須要直面台灣新文學運動新一階段的文化轉向，同時必須要提出具體可行的文藝創新之道不可的時刻了。我們可以說，經《台灣新文學》篩選而出以上日、鮮、台左翼作家之言，相當程度地代表了台新社與該誌的立場，而殖民地文學之提倡正是敏捷地回應了此一時代的深刻命題。也就是說，楊逵於《台灣新文學》創刊號企劃殖民地文學專題的動機，實頗有媒合台、日、鮮普羅作家共同形構殖民地文學以統攝左右翼文學兩條路線，藉以達成台灣新文學運動新階段聯合陣線目標之意。亦即，以楊逵為代表的本土左翼作家有意以《台灣新文學》為基地，號召「為人生」陣營轉離內部的左右路線之爭，轉往聯外跨域的反法西斯聯合陣線。

這樣的戰略企圖，我們尚可從一九三六年五月《台灣新文學》編輯部刊出〈《台灣新文學》當前的問題〉一文窺知。在此文中，編輯部宣稱提倡「描寫台灣的現實或歷史的文學」——即殖民地文學或歷史文學——引起廣大的迴響、掀起活潑的論爭，並表示倡此方案是應讀者的要求，同時也是該誌的編輯方針與座右銘，希望作家能努力配合此一方針[33]。可見《台灣新文學》在面對一九三五—一九三六年間台灣新文學運動的文化轉向時，其所提倡的殖民地文學其實是既定的編輯政策，其本質係一針對當時台灣文壇多元文藝創新之引領擘畫。這個策略性的文化轉向透顯出繼文聯東京支部與中國左聯東京支盟跨域交流之後[34]，本格期台灣新文學運動的又一文藝創新，令台灣文學的精神內涵又有了踰前的新義。

四、結論：不斷賦予與時俱進新義的台灣文學

台灣的殖民地文學概念大致是由在台左翼日人主導之《台灣文學》．台灣文藝作家協會起始的，此一概念從一開始即受第三國際逐漸修正極左路線改採聯合陣線的影響，兼具左翼世界主義、右翼民族主義的調和色彩，並以此籌劃建構當時的台灣文學意涵。

雖然本土左、右兩翼作家對此亦多有思考，但由於日治時期的台灣是一殖民地而非一獨立國家，因為這一層關係與檢閱制度的壓力，台灣作家在使用台灣文學一詞時甚具敏感性與曖昧性，從而有某些隱喻式的說法，這實是面對帝國的一種低迴文學政治話語，或者說是話術。舉例而言，「鄉土．話文」論戰期間，文學界即習以鄉土文學指代台灣文學一詞。基本上，本文所探討之台灣的殖民地文學概念也是沿此遺緒而因世變的一種創化，是對「鄉土．話文」論戰中隱喻的鄉土文學（台灣文學）之內涵的進一步轉化。

33《台灣新文學》編輯部，〈台灣新文學當面の問題〉，《台灣新文學》一卷四期，一九三六年五月，頁五。（《台灣新文學》編輯部，〈《台灣新文學》當前的問題〉，《雜誌篇二》，頁一九－二〇）。

34 文聯東京支部與中國左聯東京支盟跨域交流，參見柳書琴，〈臺灣文學的邊緣戰鬥：跨域左翼文學運動中的旅日作家〉，《臺灣文學研究集刊》三期，二〇〇七年五月，頁七二－八〇；柳書琴，〈左翼文化走廊與不轉向敘事：臺灣日語作家吳坤煌的詩歌與戲劇游擊〉，李承機、李育霖（主編），《「帝國」在臺灣：殖民地臺灣的時空、知識與情感》（台北：國立台灣大學出版中心，二〇一五年十二月），頁一九六－一九八。

在「鄉土．話文」論戰中，透過台灣話文派與中國話文派兩陣營的辯駁，雖然在文學語言的使用上未有定論，但由近及遠、由台灣而世界之立基於足下的本土性概念卻能逐漸取得共識。在論戰中，此一漸層本土性概念，以莊遂性發揮得最為淋漓盡致。而這一剛站穩的概念，在論戰後期卻因左翼中極少數的極左派作家對右傾修正主義之排斥、對高昂階級意識的強調，因此其內涵受此一衝擊又有了新的萌動，但此一變異新芽還來不及完全抽長，旋因論戰動能趨疲而暫止。但未走完的路，人們終究還是會繼續走下去——文學上的左右傾辯、台灣（新）文學的內涵、定義與動向，終究還是會被台灣文壇持續關注與討論。

時代巨輪緩步驅動，鄉土文學自然會有相應的名實變遷。首先是吳坤煌於一九三三年十二月提出了「無產階級鄉土文學」論——反殖的本土普羅文學主張，此為台灣的殖民地文學概念之胎動。繼之，則是在第三國際七全會前夕，在國際無產階級運動極左路線更見鬆動、殖民地內部統一戰線與外部跨域聯合陣線日受重視的情況下，一九三五年二月文聯東京支部召開了第一次茶會，會中吳坤煌再次展現出具殖民地文壇與中央文壇分庭抗禮的自覺，以及建立具文化主體性的殖民地文學之自信，實對台灣的殖民地文學概念起著令人無法忽視的催生作用。

隨著戰雲日益迫近，一九三五年七月第三國際七全會提出人民戰線以抗法西斯，正式擎起殖民地內部統一戰線與外部跨域聯合陣線的鮮明旗幟，更宣告了左翼所宗的世界主義不得不向民族主義靠攏以與軍國主義鬥爭的務實修正，台灣的殖民地文學概念就在這種全球氛圍下熟成。一九三五年十二月楊逵創刊《台灣新文學》，編輯團隊於創刊號企劃了殖民地文學專題，等同正式宣告台灣的殖民地文學之誕生。該專題內容，不論是來自日、鮮左翼作家的殖民地文學評言，或是來自台灣本土作家的殖民地文學辯證，咸以殖民地文學對台灣（新）文學的定義多所致意。《台灣新文學》正式提出台灣的殖民地文學概念，大抵上是依循第三國際標舉的左翼世界主義與民族主義兩相結合之反法西斯、反殖民主義運動的修正方針，修正了以往過度強調左翼世界主義，重新調整台灣新文學運動的方向，將其導向本土的即世界的之普羅文學意涵。此一企圖超克台灣內部左右路線之爭，進而連線國際反法西斯反殖運動，嘗試將鄉土文學進一步轉化推升至殖民地文學境地的努力，後續雖遭遇風車詩社楊熾昌的質疑、後期《臺灣文藝》劉捷、郭明昆、曾石火等的複調異調回應，並因一九三七年七月爆發的中日戰爭而頓挫，但其功不唐捐，實已為台灣文學增添了新的精神向度、拓寬了內涵。

歷史地看，經由上述本格期前輩作家的戮力與激盪過程，後續才有戰爭期一九三八年一月島田謹二的外地文學論[35]、一九四三年四月的糞寫實主義論戰[36]、一九四三年七月黃得時的台灣文學史範疇論等之接力演現[37]，進一步對台灣新文學的定義深入辯證開展，從而對戰後台灣文學的

35 參見吳叡人，〈重層土著化下的歷史意識：日治後期黃得時與島田謹二的文學史論述之初步比較分析〉，《台灣史研究》一六卷三期，二〇〇九年九月，頁一三三—一六三。

36 參見柳書琴，〈誰的文學？誰的歷史？——論日治末期文壇主體與歷史詮釋之爭〉，「台灣文學史書寫」國際學術研討會論文（成功大學台灣文學系主辦，二〇〇二年十一月）。

37 參見陳萬益，〈黃得時的台灣文學史觀析論〉，《台灣文學論說與記憶》（台南：台南縣政府文化處，二〇一〇年十月），頁七三—八八。（原發表處：陳萬益，〈黃得時的台灣文學史觀及新文學論評析〉，「戰後初期台灣文學與思潮國際學術研討會」論文〔東海大學中國文學系主辦，二〇〇三年十一月〕；陳萬益，〈論台灣文學的「特殊性」與「自主性」——以黃得時和葉石濤的論述為主〉，「台灣文學史書寫」國際學術研討會論文〔成功大學台灣文學系主辦，二〇〇二年十一月〕）。

精神內涵產生了深遠影響。可以說，這一段由鄉土文學到殖民地文學的台灣新文學定義過程，在台灣文學史上的意義重大：它承先啟後，充分展現了面對時艱，具充沛能動性的台灣作家一直不停地努力嘗試賦予台灣文學與時俱進的新義，藉此灌注台灣新文學運動的前進能量，以持續改造台灣社會朝向更美好的未來。而這種固守台灣主體性與壓迫強權周旋拚搏的精神和勇氣，必將源源不絕地昭示來者、範式後人。

超越意識與新京文壇

以《大同報》副刊為中心的考察

劉恆興／國立暨南國際大學中國語文學系

一、前言

本文關注對象為滿洲國一九三五—一九三六年大連與瀋陽爆發文壇建設論爭期間，新京（今長春）社團與文藝創作的發展狀況[1]。對於新京文壇，岡田英樹以為和大連截然不同；前者傾向認同滿洲國當局與日本國內的政治立場，並以其作為文學表達追求目標，和後者則以文學性為基礎，創設具有滿洲文化、甚至是民族特色，「否認滿洲的文學只是日本文學的延長，僅為一地方文學，認為必須創造一種獨立於日本的新的獨自的文學」企圖有明顯區別，甚至呈現彼此對抗的

1「滿洲文壇建設」論爭在議題、參與人數和篇幅方面，規模宏大，對滿洲國文學發展影響深遠，其關鍵議題即如何掙脫現實與意識形態束縛，取得文學超越性精神面價值。而新京文壇正是受政治現實影響最大最深的地區。當地文壇、文學者與該論爭關係，詳見下文。

態勢[2]。

就日本在殖民地解放浪潮後所產生殖民政策的矛盾來說，前述分析和見解相當合理且貼近現實。一九三〇年左右，日本社會階級改革運動在國內軍國主義高漲下趨於緩和，瀰漫著「轉向」氛圍[3]。但這並不代表日本左翼知識分子已經屈從軍國主義，支持帝國主義殖民擴張政策。在「國體」人倫關係系統概念[4]，以及從「日本化」同化政策朝向為尊重殖民地特殊性「分化」政策的調整中[5]，為滿洲國和台灣等地日本知識分子創造出——在不否定殖民政權存在的前提下——爭取殖民地文學特殊性地位的契機，甚至修正日本帝國主義霸權策略的可能性。

這種可能性影響——即殖民地本地知識分子對此發展抱持何種觀感，又怎麼思考回應——確實是十分複雜、深刻而有趣的課題[6]。但若將焦點轉移到滿系文學者，他們是否也是在同樣思維下，以不同態度回應前述殖民壓迫的現實環境？

面對此問題，不能不提到《大同報》。《大同報》為滿洲國成立後，一九三二年三月創立於新京的一家「官辦民營」新聞媒體。作為政府機關報，很快就成為滿洲國第一大報。就文學副刊來說，新京既是東北「天然地理中心」，又是國都所在的有利位置，推動南、北滿文學者以本地為活動中心，並以《大同報》副刊為主要發表園地。因此，當時文學者季守仁（吳郎）在一九四〇年回顧時稱其為「滿洲文壇發祥聖地」，並指出陳華主編的〈夜哨〉和孫陵〈滿洲新文壇〉更值得注意[7]。而陳華與孫陵皆是左翼同情者，後者甚至步上前人之路，成為東北流亡作家一員。

但比較陳華和孫陵主持文藝副刊編輯任務的兩個時期（按：即一九三三—一九三四及一九三五—一九三六），可以發現無論是〈滿洲新文壇〉（一九三五年二月二十七日—一九三五年九月二日）或〈文藝〉（一九三六年二月二十一日—一九三六年九月），若就反抗殖民政策、暴露社會黑暗的角度來說則存在一定落差，前二者皆不如〈夜哨〉。

對此，丘立才以為：「由於原來〈夜哨〉的作者大部分轉移到哈爾濱《國際協報》的副刊〈文藝〉去了。所以《滿洲新文壇》不像〈夜哨〉那樣具有戰鬥力了。」[8]蔣蕾後續又提出兩點補充：一、政治環境的「緊張」。即康德初年社會環境更為險惡。二、「滿洲帝國國民文庫徵文」的衝擊。蔣蕾以為此一徵文活動，使許多歌頌王道主義的「垃圾文學」得以「批量」生產[9]。

可以發現研究者在新京文學者對殖民政權態度認知上，儘管因研究對象而有所不同，卻存

2 岡田英樹（著），靳叢林（譯），《偽滿洲國文學》（長春：吉林大學出版社，二〇〇一），頁二—二〇。

3 鶴見俊輔（著），邱振瑞（譯），《戰爭時期的日本精神史1931-1945》（台北：行人出版社，二〇〇八），頁一二—三一。

4 參見陳瑋芬，《近代日本漢學的關鍵詞研究：儒學及相關概念的嬗變》（上海：華東師範大學出版社，二〇〇八），頁一七七—一八二。

5 參見筆者，〈大道之行也：「滿洲國」大同時期王道思想及文化論述（1932-1934）〉，載《漢學研究》三〇·三，二〇一二年九月，頁二九七—三三九。

6 台灣稍後也爆發類似「外地文學」的討論。參見柳書琴，〈誰的文學？誰的歷史？——日據末期台灣文壇主體與歷史詮釋之爭〉，載石婉舜（等編），《帝國裡的「地方文化」：皇民化時期台灣文化狀況》（台北：新自然主義，二〇〇八），頁一七五—二一八。

7 季守仁，〈滿洲文壇結算與展望〉，《大同報·文藝》，一九四〇年一月十三日。

8 丘立才，〈抗戰時期的孫陵〉，載孫陵（著），《邊聲》（舊金山，台北：〔加州州立大學〕中國現代文學研究中心，一九八六），頁一六〇。

9 見蔣蕾，《精神抵抗：東北淪陷區報紙文學副刊的政治身份與文化身份——以《大同報》為樣本的歷史考察》（吉林大學文學院中國現當代文學專業博士論文，二〇〇八），頁一四〇—一四一。

在類似觀點。即在政治壓力影響下，新京文壇發展受到一定程度的扭曲，至少有反抗精神弱化傾向。文學受到現實環境影響是不爭事實，政治又是現實重要的一環，前述說法以理性思考角度來說，確實有其合理性。

二、新京文壇可能發展脈絡的再思考

然而，新京滿系文學者如何理解文學與政治社會現實的關係呢？從曾任《大同報．文藝》副刊編輯堅矢（弓文才）說法中可以略窺端倪：

> 文藝雖不是生物，也不是動物，但是它卻有生命，也有靈魂。一個人的壽命能以終了，而一個人的文藝生命，是在歷史中能長久存在，何況更有的國家已經不在，而文藝的紀錄還能存在著。[10]

以為文學雖以時代環境現實為基礎，卻不以直接反映現實為主要價值。這種意見代表性如何？是個人還是滿洲國文壇普遍性看法？參照滿洲國其他地區文學者面臨類似問題的反應，或許會有幫助。

以大連和瀋陽文壇為例，此處文學者同樣遭受到政治意識形態壓迫，如響濤社的老命便指出政治是本地文壇無法健全發展的關鍵因素，並以為就現況論，不應強求作家拋棄眼前職業，投入社會去培養所謂「社會意識」，而應使「這些作家們在實社會中探討去、捉摸[琢磨]去。」文學者必須透過人生去捕捉藝術的創作真諦，而非人云亦云地藉理論與口號來創造「宣傳」性的文學[11]。左翼陣營文學者如駱駝生（仲公撰）也認同文壇受政治影響[12]，但為了突破政治壓力路線問題，冷霧、響濤社和左翼漠北文學青年會、飄零社雙方甚至爆發了「（滿洲國）文壇建設論爭」。

雙方言語雖然激烈對立，其實都已不再滿足於「文學為社會鏡像」的文學觀。他們認為，必須把文學當作解剖刀，深入剖析個人與社會意識形態的生成與發展，才是在殖民壓力下健全滿洲國文壇的前提。如渡沙便指出，配合某種意識形態創作，只是滿足作者自己的發表欲，對群眾並沒有幫助[13]。並且以為文學者必須深入理解個人和社會的互動關係，創作才能產生正面意義[14]。

換言之，文學並非單純反對或依附某種社會（統治或被壓迫）階級意識形態立場，而必須經由個人理智和情感，對社會辯證性的發展進行分析、理解並加以超越，創造出精神層面生產的價

10 堅矢（弓文才），〈今日的滿洲文藝界〉，載王秋螢（編），《滿洲新文學史料》（新京：開明圖書公司，一九四三），頁七七。
11 老命，〈望風捕影說〉，《滿洲報・曉潮》，一九三五年二月十五日。
12 駱駝生，〈文藝通訊〉，《滿洲報・曉潮》，一九三五年二月十一日。
13 渡沙，〈文學通訊〉，《滿洲報・曉潮》，一九三五年二月二十二日。按：雙方共識意見，可參見孟素，〈批評與實踐〉一—二，載《滿洲報・曉潮》，一九三五年十一月二十九日；一九三五年十二月六日；編者，〈王孫初度把晤：未談及意識與觀點〉，《滿洲報・曉潮》，一九三六年二月十四日。
14 渡沙，〈北國文壇荒蕪之原因〉，《滿洲報・曉潮》，一九三五年一月二十五日。

值，才有可能擺脫僵化意識形態的束縛。

雖然《大同報》副刊沒有直接涉及論爭的文字，但並不代表新京文壇未受到該論爭影響。兩地文壇產生聯繫的管道之一為孫陵。在成為《大同報》文藝副刊編輯前，孫陵思想交遊已明顯左傾。因此，〈滿洲新文壇〉是回應駱駝生「文壇建設」呼籲，不能說完全沒有可能性。

進一步證據來自孫陵主編大同報〈滿洲新文壇〉與〈文藝〉兩副刊的用心與態度。雖然第一期〈滿洲新文壇〉已無法得見[15]，但在約兩個月後，孫陵為文說明編輯目的和方向：

> 編者熱情地希望我們的作家和讀者，都奮起寫作的精神，在文藝反映現實理論上面，作忠實的有力描述，祇不要失掉意識的平衡，和觀察的錯誤，或僅是一時情感衝動，總要知道從大腦濾過的理智與情感，才能夠存在得住。這是要作者注意的意思。[16]

而在一九三六年九月流亡前夕，孫陵於〈文藝〉副刊發表〈應該「有罪」〉，自認未因人情壓力、社會名聲等因素影響其收稿，拒絕掛上「論辯」金牌進行「潑罵」的文字，更未曾刊登「哥哥我愛你」或「贈書妓」等浪漫消閒及傳統文化糟粕的文字，「希望將來我們的文壇，能有走向繁榮那一天。」[17]就此兩文而論，可以說皆與文壇建設論爭中左翼陣營的立場十分類似。

此外，孫陵受論爭影響更可以從選刊的文章看出[18]。如〈不朽文學作品是有普遍性和永久性的〉一文指出，文學作品是人類思想情感真實自然的表現，能突破時間空間限制，並針對文壇現況提出呼籲：

> 我們要知道文學不是有閒階級的娛樂品，也不是無產階級的鳴冤狀。（中略）我們現在希望從事文學的作家們，少來點宣傳式的文字，多給我們些自然真實流露的文學看看！[19]

顯露出擺脫階級與政治意識形態束縛的渴望。而〈批評的實效工作〉則針對南滿文壇建設論爭的引爆點——創作者與批評者基於個人立場與環境產生見解不同所引起的對立問題，提出抨擊：

> 處於敵對的作家，一旦被拉入了自己的範圍，以前批評他的作品的態度忽然的轉變。他們批評作品，全然是在排斥異己或者抱定彼此相輕的態度。[20]

滿洲文壇建設論爭中文藝不應受單一、僵化意識形態控制的共識，更可以說已然為官方注

15 蔣蕾搜集最早日期是一九三五年三月五日，然該期有文章已刊載至第二部分，而一九三五年一月《大同報》未有此副刊，因此推定最早創刊日期應是一九三五年二月二十七日。筆者所見亦同。

16 孫陵，〈為滿洲新文壇致意〉，《大同報・滿洲新文壇》，一九三五年五月二十八日。

17 編者（孫陵），〈應該「有罪」〉，《大同報・文藝》，一九三六年八月二十九日。

18《大同報》副刊幾乎全以文學創作為主，因此這些零星出現的文學評論性文字特別值得重視。

19 楊惕，〈不朽文學作品是有普遍性和永久性的〉，《大同報・文藝》，一九三六年四月十一日。

20 文蔚，〈批評的實效工作〉，《大同報・文藝》，一九三六年七月十日。

意。〈關於滿洲新文藝之管見〉一文從內容立場來說，存在不少美化殖民統治言論，但仍一定程度反映了論爭共識。文中首先肯定滿洲文壇建設的時代性：

> 思想的突進產生出新文學作品，這並不是靜極的騷動，也不是各處文壇都想在此時展放異彩，環境和時代自然的轉變造成了這必期的事實。然而文學的作品，是自內的思想的表現，它是有傳染性的，有激變性的，作品內容的判斷，也就是決定思想的趨向，它又因為能代表整個的民族，所以它在世界上所占的地位，是非常的重要。[21]

正因為「文學本身蘊藏著極強的潛伏力」，非但爆發時候不能遏阻，甚至影響到國家興衰，文壇思想傳播發展便遭到了「國際」（日本？）間的注意。因此作者以為文壇建設必須從根本建立，否則「縱容了外[國]思想（蘇聯？）的侵入」，使得仍弱小且幼稚的本國文藝受到不良影響。

儘管政治立場鮮明，作者同意文學反映社會意識形態必須重視，但以為目前滿洲文壇居主導地位，暴露社會黑暗的左翼文藝思想，並沒有真正思考到滿洲國環境現實，單純只延續關內文壇特別是左翼文藝思想。而中國文藝思想和創作卻襲自西方和蘇聯，缺乏本國社會現實為基礎；文學者更忽略文學應是打破一切舊習慣、改造社會，領導讀者走向光明，因此群眾「視文學為不值一文，也不為無因了」[22]。

作者因此提出呼籲：「我們所需要的是建立在現實生活根基上的新文學，是要以民眾的實生活的改變為題材的。」但也特別指出此和左翼文學者描寫階級對立作品不同：

我們試看以往的作品，也有描寫勞動階級與地主及資本家的反抗的情形的，（中略）實際說來，自己的國家工業何嘗發展到那樣的地步？社會不安的狀態和所謂勞資的鬥爭，完全是由於政治不良所致。所以一篇作品出來，很難得到大多數的同情，因為沒有絲毫的事實在影射著，作品的內容所給予人的，只是厭惡枯燥和乏味。[23]

作者提出一個左翼陣營至今仍必須思考的問題：若就政治、社會、經濟、法制，甚至是思想與言論等方面安全建設和保障來說，中國當時政治社會環境與日本殖民統治相比如何？作者因此以為，左翼文學者若盲目追求文學流行風潮，停留在暴露社會現實黑暗為文學重心，企圖以此喚起群眾改革熱情，結果恐怕會是緣木求魚[24]。

歸總來說，首先政治、文教等社會資源的豐沛，無疑使新京文學者具有較明顯政治甚至黨派色彩。然而這並未影響他們對於結合情感及理智，透過對現實時空環境的綜合反省、分析及比較，昇華單純描寫或反映現實的文學創造力，反映出超越特定意識形態的認知能力。其次，相較南滿文學者面對相同問題的態度，他們對以特定意識形態為張本，進行文化與社會資源的掠奪與競逐有更清楚的認識，也堅持更為徹底反對的態度。

21 伯甫，〈關於滿洲新文藝之管見（一）〉，《大同報．文藝》，一九三六年三月二十五日。
22 同前註。
23 伯甫，〈關於滿洲新文藝之管見（三）〉，《大同報．文藝》，一九三六年三月二十九日。
24 同前註。

三、新京文壇活動與文學者

駱駝生在一九三五年發表〈文壇建設芻議〉，主要檢討批評為哈爾濱、瀋陽與大連三地文壇，新京不在其中[25]。然而一九三七年初摩西〈一年來滿洲文壇的沒落及史的觀察〉文中，新京文學界已赫然在列：

> 我們如果要對於新京文學界得一幅清算的輪廓時，第一條視線應抛入新聞紙的副刊，以往我們便知道在新京的文藝權威新聞紙便是大同報，因為它能吸收全滿各地作家稿件，每月設有「有獎徵文」，從來這種現象是非常良好的，這實在是有俾於文壇，有益於作家的創舉。[26]

新京左翼文學者確實來自全滿，除孫陵出身哈爾濱外，尚包括原籍開原的梁山丁（筆名小蒨），蓋州田賁（本名花喜露，筆名靈莎），雙城許默語（本名許永剛，筆名魔女）和瀋陽金劍嘯（原名金承栽，筆名巴來）等人。

但有些左翼文學者固然從事文學活動歷程可以前推一九三三年前甚至更早，其實不能與哈爾濱左翼直接畫上等號。以金劍嘯為例，他早於一九三一年春便加入中國共產黨，一九三六年遭到逮捕，八月從容英勇就義，年僅二十六歲。人民共和國成立後，九〇年代被民政部正式追封為抗日英烈。

雖然反抗意識強烈，金劍嘯卻堅決反對執著於單一意識形態。一九三六年初左翼陣營內所爆發創作路線，針對同路人作家轉向問題，圍繞在現實環境產生意識過程所發生爭論中，金劍嘯選擇支持王孟素主張，即文學不應死守僵化保守的無產階級意識形態，無法接納資產階級意識形態文學[27]。並且以此立場，對顧見非主張[28]加以抨擊，為響濤社王文泉小說〈賭徒〉辯護，以為作者缺乏社會意識是無法掩飾的缺點，但對已然轉向的作者來說，倒「情可宥恕」[29]。

一九三六年開始，左翼在滿洲國抗日鬥爭轉為具體行動，右翼文學者紛紛開始轉向[30]。若據史料來看，金劍嘯在一九三六年初回到哈爾濱，開始籌畫新《大北新報畫刊》的出版，宣揚對勞動者的同情，揭露歐陸法西斯主義的黑暗，甚至對關內國共鬥爭都有明確的表態[31]。就此來說，

25 見駱駝生，〈文壇建設芻議〉一—一一，《民聲晚報．文學七日刊》，一九三五年三月十日—一九三五年五月十九日連載。
26 摩西，〈一年來滿洲文壇的沒落及史的觀察〉，原刊《新青年》，此據王秋螢（編），《滿洲新文學史料》引，頁七二。
27 孟素〈批評與實踐〉一—一二，載《滿洲報．曉潮》，一九三五年十一月二十九日；一九三五年十二月六日。
28 顧見非主張試圖包容舊時代過往的矛盾，本身就是一種錯誤，並不能產生「更進步」的結果。見顧見非，〈評「批評與實踐」〉，《滿洲報．曉潮》，一九三五年十二月二十日。
29 原文見金劍嘯，〈如此文學家〉，《滿洲報．曉潮》，一九三六年一月十八日。亦見顧見非，〈答辯二〉，《滿洲報．曉潮》，一九三六年二月二十八日；莫明，〈文壇漫筆〉，《滿洲報．曉潮》，一九三六年四月三日。
30 康德三年，日本掌控東北日久，對北方蘇聯逐漸形成壓力。因此一月中共南滿洲省委發布成立革命政府和革命根據地的指示，並對文學者立場產生影響。如楊園便嘲弄《滿洲報》文藝記者歐陽愚夫提出滿洲國文壇存在南北兩派的說法，並不切實際。見楊園，〈讀「更應該說的」——兼致歐陽愚夫先生〉，《滿洲報．曉潮》，一九三六年一月二十四日。
31 參見溫野（整理），〈金劍嘯與《大北新報畫刊》〉，《哈爾濱文史資料》七，一九八五年，頁一三一—一三九。

金劍嘯的意見應是在社會主義文藝路線下針對文學現實互動方向的堅持。

另一個值得觀察的對象是孫陵。人們所以對孫陵產生類似蕭軍、蕭紅[32]一般抗日愛國作家的印象，主要來自孫陵《邊聲》後記內容。其中作者自陳在創作〈寶祥哥的勝利〉時：「我哥哥的事情一幕幕爭先恐後地在我面前出現了。」並且當時便決定要離開滿洲國，尋找「新的出路」[33]。然而孫陵所以寫「我為什麼寫《邊聲》」的後記，主因卻是來自中國左翼陣營文學者對他質疑、排斥與不友善的態度。如茅盾針對當時東北流亡作家引領上海文壇風騷的現象，冷言冷語地說道：

> 東北作家逃到上海來寫他們親身經歷的生活，這是兩年以來文壇上的一股活力，但這旋即被冒險家諸公認為「生意眼」，東北作品成為「一窩風」，從沒到過東北的人也在寫東北作品，甚至還故意註出自長春寄，或在大連作。[34]

最後一段話顯然是針對孫陵說的。而這讓孫陵覺得「那點追求光明的熱情，幾乎全部成了失望和幻滅。」

茅盾此說的動機先不深究。但孫陵顯然必須面對他是否在「跟風」，玩弄關內讀者愛國情緒的質疑。因此他在後記中不斷進行自我坦白和批判，並持續強調，雖然自己出生地是山東，卻是在東北成長，未來也「的確還要再回東北去」。孫陵對東北土地和人民有無可懷疑深切的情感，但他是不是像自己宣稱那麼「愛國」呢？恐怕未必。而這卻是冷眼旁觀的中國左翼文學者共所心知肚明的事[35]。

孫陵對滿洲國政權確實不滿，但若說孫陵是基於某種民族或政治立場，以政治意識形態進行反抗鬥爭，恐怕需要深思。葛浩文先生指出，《邊聲》中值得思考的地方是標題開頭兩個字是「亡國」，書中末二字是「故鄉」。弔詭的是，中國當時其實並未被日本滅亡，因此作者所謂「亡國」，究竟指的是哪一國？或者「亡國」其實只是亡「故鄉」？基於此，葛先生持續指出：「戰爭期間的通訊一般來說是由國內的前線或後方出發，少是異國來的通訊，《邊聲》之是否為例外，這個問題，必須看立場。」[36]

學者指出：孫陵是一個「血氣方剛」的文人。只要自己想做的，誰也阻攔不了他。他不想做的，誰也勸不了他[37]。終其一生孫陵未曾臣服於任何政治教條或意識形態之下。葛先生因此以為孫陵擔任《大同報》副刊編輯，創作《邊聲》，以及後續逃離滿洲國，所表達是對任何形式「高

32 指出對蕭紅這種印象恐怕是誤解的學者很多。葛浩文（Howard Goldblatt）先生最早提出質疑：「若說這部小說是本『反抗性』的小說是毋庸置疑的。但問題是它反抗的是誰？又為了甚麼？」見葛浩文，《蕭紅新傳》（香港：三聯書店，一九八九），頁四二—四五。

33 孫陵，〈後記：為什麼我要寫邊聲〉，頁一三〇—一三一。

34 茅盾，〈文風與生意眼〉，原載《文學》，一九三七年七月。

35 茅盾後來曾去信向孫陵解釋，但就內容來看，疑心仍在。

36 葛浩文（Howard Goldblatt），〈光明裡的黑暗〉，《邊聲．附錄二》，頁二〇〇。

37 邱丹，〈孫陵：不在的「存在」〉，《鴨綠江文學月刊》（瀋陽），二〇一四年十二月。按：據筆者耳授自葛先生與孫氏交誼，與此說並無違逆。可以補充的是，孫氏在國民黨統治的台灣下場十分悲慘。

壓統治的厭惡」。

活躍於《大同報》文藝副刊的右翼文學者[38]陣營，則有戈禾（張我權），楊葉（楊蔭寰）、成絃（成雪竹）、金音（即驤弟，本名馬家驤）和爵青（劉佩）等。以戈禾和楊葉為例，其崛起於《滿洲新文壇》，特別是《大同報》「國民文庫徵文」活動。兩人不少作品中露骨地顯示出對滿洲國統治的認同。也因此在二戰結束後下場皆十分慘痛。戈禾解放後立即被槍斃，楊葉短暫僥倖逃過一劫，於一九六七年文革期間自殺身亡。

但新京不同立場文學者間其實互動、從往甚密。成絃雖然在文壇建設論爭時持官方文藝政策立場，但此時卻悄然於《滿洲新文壇》發表作品，同時加入還有同屬冷霧社的金音和爵青。這是否代表冷霧社同人們展現對孫陵編輯理念的支持呢？恐怕未必能如此論定。但就金音在成絃《青色詩抄》序中對作者心路歷程所做的回顧中，或許可以一窺此中端倪。

金音指出早年二人：「我們曾經痛感過年輕靈魂的悶氣，在詩裡我們又明白如何處理為『現實』蒸發的『感情』，寫出一些詩。」並承認冷霧社的同人「那時不曾有切視『現實』的理智，卻有一顆歌吟為『現實』蒸發的『感情』的良心。」共同在詩作中追求「熱」與「力」。然而成絃（與姜靈非）其後開始忙於俗務，無力注意「意識」的問題，致使原本追求的情感逐漸凝固、封鎖，成為「固執的感情」。金音因此勸告成絃：

> 有「矛盾」「變動」纔有「進步」或進步的傾向。生活「變」，感覺也「變」，文章也得「變」。因為生活與感覺應當培養我的「意識」，猶如「愛情」也要培養你的「意識」。從

> 「變動」的意識寫出文章，那文章才有進步，至少才有進步的傾向。[39]

此處再度聽到來自右翼陣營對文壇建設論爭共識的迴響。文學表現應超越現實此一共識的產生與接受，有助於不同陣營文學者擺脫階級、政治立場的束縛，能以各自不同的社會關係、職業、家庭等背景經驗作為文學創作根源，並且獲得意識層面相互理解，以及在社會生活中互動的可能性。這對新京文壇發展無疑是有正面幫助的。

然而，對左翼文學者來說，關注焦點是從複雜現實環境中導出社會理念此一發展程序，強調文學者必須廣泛且深入地接觸各種層面的現實，並以此企圖化解意識形態對人們的束縛。其訴求讀者既是一般群眾，因此文本所互動的層次也就集中在一般群眾生活。對右翼文學者來說，現實雖然也同樣重要，但是考慮到時間縱軸和空間橫軸過於寬泛與複雜，想要從此基礎中發掘出尋求文學性妥貼的超越認知，實在所難能，表現的往往是首與體（即思想與現實）無法兼顧的困境。因此該陣營進步文學者習慣將創作重點置於自我分裂性的對話關係，著重於自我生活的體驗層次，與外在世界互動反而並不是那麼重要。在進入二戰之前滿洲國文壇，雙方陣營的立場差異與對立態度始終不能獲得根本性的解決，甚至有愈演愈烈趨勢[40]。

---

38 本文所稱左、右翼，是以法國大革命中平等派與自由派追求概念進行區分，與當時任何政黨民族意識定義無關。

39 金音，〈暗窗回夢錄〉，原載《新青年》九二期（一九三九年），此據陳因（編），《滿洲作家論集》（大連：實業印書館，一九四三）引，改題為〈關於成絃〉，頁一七一－一八二。

40 此就一九三八年「鄉土文藝」與「寫與印主義」論爭時，李文光對爵青創作的批評可以明顯看出來。見李文光，〈論劉爵青的創作〉，載陳因（編），《滿洲作家論集》，頁三三九。

四、《大同報》文藝副刊的創作

本時期《大同報》文藝副刊所刊登的作品，蔣蕾以為可分為三類：其一是所謂愛國抗日的作品，其次是無關政治意識形態的創作，以及為政權服務與配合國策宣傳的文藝。又分別以孫陵、梁山丁，爵青、田賁、許默語、梁冰斐（亦即山丁）等的部分作品，以及戈禾、楊葉為代表[41]。但從文本反映作者對現實環境思考和情感的角度，或許仍能對此標準，做出一些不可謂無益的補充。因主題設定關係，本文將集中在前後二類討論，間或涉及第二類。

（一）愛國抗日的作家、作品

在此時代表作〈寶祥哥的勝利〉中，孫陵陳述一個農民與官吏鬥爭的故事。寶祥哥是平實純樸的鄉下農人，依靠祖傳幾畝薄田，平靜安穩過生活。但在滿洲國官方清剿「胡匪」行動中，兒子被胡巡官誣陷下獄。寶祥哥百般求情、痛哭下跪都無法解救。不得已找仕紳于四先生說項，于四卻趁機勒索祖產。兩下為難時，胡子攻進城裡來了。趁大亂之際，寶祥哥偷溜進獄中，放出兒子一起回家。

魯迅的讀者對此段情節本應不會陌生，因為它結合幾個重要情節母題，包括暴露社會和吏治黑暗，農民對土地感情深厚但無力反抗強加在他們身上的暴虐，以及走投無路並導致最後的反抗。但讀者卻也可以迅速透過比較看出這個故事和魯迅式「民族寓言」的差異。

首先，胡巡官和于四並不如中國類似故事中的惡徒般無法無天。胡巡官雖然貪贓枉法，但不敢明目張膽進行勒索。而于四也不是一個權勢通天的人物，勒索時言行幾乎淪為詐欺，但也正因此，寶祥哥才能保住田契，得到最後「勝利」。其次，最後「勝利」場景對中國讀者而言，也不免感到十分突兀。在放出犯人後，有人提議放火燒掉監獄，但寶祥哥卻只管自顧自帶著兒子逃跑：

> 寶祥哥瞅著憂鬱的天色，嘴角泛出得意的微笑，忽然又看了看他死裡逃生的兒子。「現在需要找你媽去，在那裡有我們等著生存的房契和地照。」[42]

詹明信（Fredric Jameson）藉著魯迅小說的分析，指出「那些看起來好像是關於個人和利比多趨力的文本，總是以民族寓言的形式來投射一種政治：關於個人命運的故事包含著第三世界的大眾文化和社會受到衝擊的寓言。」[43]但若就孫陵作品來看，似乎個人命運又重新回到自身選

41 參見蔣蕾，《精神抵抗：東北淪陷區報紙文學副刊的政治身份與文化身份》，第三章三、四節，頁一二六—一四七；第八章二、三、四節，頁二五六—二七三。

42 小梅（孫陵），〈寶祥哥的勝利〉，《大同報．滿洲新文壇》，一九三五年六月五日、七月二日、七月九日。

43 詹明信（著），張京媛（譯），〈處於跨國資本主義時代中的第三世界文學〉，載《馬克思主義：後冷戰時代的思索》（香港：牛津大學出版社，一九九四）。

擇的問題。這就他早一個月發表〈一個信徒〉可以更明顯看出來，其描寫一個「色盲」患者史漢生，一生努力追求真理，當野犬盜去他的麵包，狐狸占據住宅，神的使者奪去金錢、珍珠和愛人，他都在探索這是不是神的旨意並順從接受，最後一隻耗子問他「你求真理嗎？」撲倒並吃他的血，說「這就是真理」，史漢生終於死了。但神始終沒有聲音[44]。

詹明信以為應由政治與社會來理解個人心理第三世界文本的模式，在此竟似被顛倒過來，必須由個人心理來理解政治與社會。這個角度雖然仍有魯迅對群眾「怒其不爭」的憤慨，但「哀其不幸」感情則幾已消失。這對中國文學者來說無疑較難接受，尤其當群眾能否自覺其不幸，為國家民族是否能得救重生關鍵。

孫陵作品是否是在政治壓力下，不得不進行的隱晦性書寫？對照《邊聲》，可以發現孫陵對滿洲國社會政治固然不滿，但也並不企圖隱瞞其社會文教、經濟各方面不斷發展的事實，滿洲國成為許多周邊地區群眾嚮往的「新世界」。但在看似順利發展的「新國」中，孫陵卻企圖在穩定進步繁榮的現實表面下，發掘出人類精神世界受壓抑的苦悶：

> 若（如）果你向我說：「我去到滿洲之後，定將更覺愉快，更覺樂觀地努力工作。」這便是謊言，這便是你過度驕傲底表面化。你先不要生氣，我的親人：或者讓我居住在像你一樣自由（若是自由這名詞仍然存在著）的地方，說出那樣話來也是不能的事情。

誠如葛先生指出，作者「自憐和自責力透紙背，使得該篇一時成為另一種心理分析的文章」[45]：

當愁傷和失望織就了無縫的憂愁，當抑鬱與黑暗帶來了深沉的苦痛，親愛的，這時候我的心像紡絮車上的絲綿，被分解成縷縷，像輪鐵下的砂石，被碾軋得粉碎了。一到此時，我便會不顧一切，不顧健康，像一頭飢渴的畜生那種飲起酒來。我這無用的、頹廢的人啊，我的愛人：你將因此而冷淡我嗎？你將因此而疏遠我嗎？告訴我，親愛的，你能夠這樣嗎？

這種被壓迫的苦悶究竟從何而來呢？孫陵在《邊聲》中表明這並非直接來自政治或社會如經濟民生，而主要來自於殖民政權建立後，人心淪喪後所呈現的「荒淫和無恥」。就作者看來，這種人心淪喪，要比殖民政權的種族屠殺、政治、經濟剝削來得更加可怕。〈寶祥哥的勝利〉是以兄長冤獄的親身經歷為本寫就的小說：「（哥哥）受盡了一切的酷刑、一切的苦難，在那樣每天只吃一碗發霉的飯並且夾進許多沙土的囚糧生活裡，親歷了許多日本警官們殘害我們國人刑具的試驗。」但僥倖的是他的兄長並沒有死掉，而且生還了。

關於這段情節，孫陵一直沒有詳細交代。若就《邊聲》中相關滿洲國軍憲警逮捕人民的描寫，卻可以發現幾乎清一色都是「胡巡官」一流勒索金錢或垂涎美色造就的種種冤獄。基於這

44 梅陵，〈一個信徒〉，《大同報．滿洲新文壇》，一九三五年六月四日。
45 葛浩文，〈光明裡的黑暗〉，頁二〇七。

點，孫陵對「漢奸」的憎惡，遠勝對日本殖民政權的反感[46]。

孫陵企圖透過自我主體與現實互動的過程，表現超越文字之外超越意義的同時，卻無法放棄理性在現實面的運作；雖然他不斷企圖進行自我控制，轉向表達抑鬱沉痛等語言所無法完整呈現，卻較能為讀者所領略接受並獲得感動的文字。但這種嘗試性努力卻是不成功的，〈寶祥哥的勝利〉矛盾性結局，便反映作者創作思維發展的挫折[47]。

梁山丁作品似乎也不是以暴露黑暗、激起反抗便足以含括。首先就〈歲暮的鎮上〉來看，場景設在一個外有胡（鬍）匪猖獗、內有奸商囤積致使糧價飆漲，百姓發生暴動的小鎮，並透過一位被指派稅務工作青年人的視角，揭露城鎮中資產階級的種種惡行。故事情節本身無什曲折變化，但透過特殊敘述結構及場景描寫，卻達到啟人深思的效果。主人公以「傷逝」式反思下，回顧了整起事件：

> 忘記了是什麼年月，叫人傷逝的年滑回來啦！親愛的，叫人傷逝的年滑回來啦！牠把過去的鉛塊帶給我，牠把過去帶給我，要我傷逝。我不驚奇，也不怕，祇要我們還平安，還能平安的活在那張流著發狂的熱和一團紅的太陽底下的原野。[48]

自此可以理解故事時間應發生在民國時期，軍閥割據、政經混亂，中國青年力圖奮起，卻遭遇來自外在與自我重重阻礙，「傷逝」的一個時代。在青年敘述者眼中，小鎮氣氛是凝滯且沉重的：

> 這鎮是死病狗般的睡了。（中略）這鎮上的江是凝著的，這鎮上的街是嘆息的。我開始在我的範圍裡，嚴肅的工作，我的。也許你知道我是和狗一起活著，你一定知道。
>
> ——汪——汪……他們叫著，為主人，我們也要跟著叫。[49]

藉敘述者記憶流動，表達出無法掌握現實而惶惑難安的情緒。若將此作視為暴露黑暗的抗議作品，或許也是合理詮釋。但其抗議精神卻明顯來自情感記憶，而非針對特定現實環境而發。

另一作品〈懷著耐苦心的人〉描寫一對貧困夫妻在階級壓迫下奮起反抗的故事。題材並不特出，所反映社會現實亦僅差強人意[50]。但其獨特處，便在通篇採取極為嚴格限制觀點的人物敘事，任何發掘作者認同立場和主張的企圖，都因限制敘事到幾至無法進行的地步。主角是否客觀面對現實，以及其解決階級不公的方式是否合理有效，並留待讀者自行判斷。山丁以本篇為本階段自己最滿意作品，並非無因。

---

46 四、五章中激越描繪「中國漢奸」們一連串「荒淫與無恥」的行為，成為本書引人注目的高峰。但作者亦表明日本殖民政權雖是「中國投機者」大量出現主因，卻也是唯一有效的抑制力量。

47 在《邊聲》中也可以看到類似情況。如第七封通訊抒發對「荒淫與無恥」的痛苦時，突然質疑起故鄉（中國）是否有自由，是否「也有荒淫或無恥」，接著就大罵起封建禮教對「我們」的迫害來。見《邊聲》，頁八二—八三。

48 小倩（山丁），〈歲暮的鎮上〉（上），《大同報．滿洲新文壇》，一九三五年六月四日。

49 同前註。

50 若以周山〈不肖的漢子〉對比，則更為明顯。見周山，〈不肖的漢子〉，《大同報．滿洲新文壇》，一九三五年四月三十日—一九三五年五月二十八日連載。

（二）為政權服務與配合國策宣傳的文藝

本時期作家中，戈禾與楊葉以大膽表現對滿洲國策的支持並膺「漢奸文藝寫手」。然而投稿支持國策等標準，是否能證明作家政治立場和道德是非判斷能力呢？恐未盡然。最早將二者做出聯繫的是孫陵，《邊聲》中論及此事：

> （大同報）以每月二百圓稿金徵選「滿洲帝國國民文學」，內容除以新小說為主體外，並采取舊小說詩歌劇本等，每月錄取後在該報副刊上發表（中略），像這樣徵文的辦法，在亡國教育上是很顯著的收到相當效果了，因為在已出的各集中，除新小說外其餘都是「謳歌王道」的東西。[51]

此處所謂「除新小說外」，是否指應排除徵文中新文學類的作品？孫陵當時原意為何，後人已無法做出肯定判斷[52]。

但從韓護對戈禾出身的營口文壇發展的評論中，似乎可以找到答案。作者對營口文壇一九三五年「為稿費而寫作」的創作型態，提出了嚴正的抗議，以為：

> 在這新進的所謂作家的作品，拿出來能不污辱了「作家」名詞的作品，則是有限的，尤其

> 是放擲了文藝地價值，傾向於獻媚的文字。尤堪痛心的，不標著為藝術的藝術，也不作為人生的藝術，卻成為一種畸形的變態「為稿費而寫作」。甚至不知何謂東邊道，也要寫勦匪，不曉得半個英文，也要寫俄國大鼻子，沒到過日本，也要去寫出征。[53]

作者對「為稿費而寫作」不滿，與孫陵對以高額獎金[54]誘惑作者徵文活動態度相同，但更合理將批評矛頭指向文學者對現實的陌生，僅站在附和意識形態基礎上進行創作，爭取利益的做法。

那麼在看似配合國策和為政權服務的作品中，是否也可以找到具有普遍價值意義作品呢？以戈禾〈愉快的故鄉〉為例，該作品獲得「國民文庫當選一等」，後世學者以為其「內容空洞、刻意粉飾」、「抒發思鄉之情後，小說中播入一些不倫不類的描寫。」[55]

但對照當時發表的〈留在心頭底一條影子〉，可以發現戈禾剛新婚，拜訪友人巧遇其岳母。其家本為鄉下地主，因胡匪劫掠侵擾，只能帶著年方十七的女兒丹菊進城投奔女婿。當岳母得知

---

51 孫陵，《邊聲》，頁一九。

52《大同報》上獲選作品，幾乎多數都是新小說詩歌和戲劇，較少見傳統體文學作品。

53 韓護，〈論營口文壇過去與現在〉，原刊《營口日報．每週文學》，一九三六年三月，此據《滿洲新文學史料》引，頁一一八—一一九。

54 一九三七年新年徵文獲獎者李妹指出「為了這筆稿金，家裡的幾口人，都可以安然活下去的希望。」見李伯虞（李妹），〈作家日記抄〉，《大同報．文藝》，一九四一年六月十一日。

55 蔣蕾，《精神抵抗：東北淪陷區報紙文學副刊的政治身份與文化身份》，頁二六四。

戈禾有城市工作，熱心要將丹菊推薦給戈禾為伴，後來自然只能作罷。未料丹菊竟主動向戈禾示愛。更令人意想不到的是，隔日母女旋即離開返回鄉下[56]。

鄉土作家戈禾對弱肉強食，稍有姿色婦女無所逃避淪為豪強性慾發洩對象的中國社會不會一無所知，丹菊走投無路，狗急跳牆，不願將身體交付土豪，面臨隨時會被玩膩拋棄的命運；以及其母為保住女兒貞操，情願賭上女兒一生幸福也有深刻理解和同情。中國社會普遍存在的土豪劣紳、貪官污吏、奸商買辦以國家富強之名橫行魚肉鄉里，群眾百姓追求天下太平、富足康樂願望反倒顯得遙遙無期，是有良心的滿洲國知識分子心知肚明之事[57]。以基本人性論，戈禾對滿洲國發展有些就現今來看並不恰當的期待，應該是可以被原諒的。況且這並非只是右翼文學者的感受與期待。試看田賁的〈牧歌〉：

> 飛飛，玲瓏的雲雀兒飛上了蔚藍天，
> 在白雲深處把醇人的曲子向流風裡播揚！
> 愛人呵——那醉人的地方，
> 現在，正晒著和愛的太陽！[58]

這是否是一首與政治無關的鄉土愛情詩，或許見仁見智。但若以最後兩句在整首詩中重複三次，「和愛的太陽」意象被不斷強化放大，很難不讓人有政治意味的聯想[59]。且戈禾並非只專注頌揚現實，〈愉快的故鄉〉亦存在讀之令人不甚愉快的段落。如鄉村農業生產上軌道、教育開始普及，鄉民道德並沒有提升，反倒呈現弱化無恥的傾向。言及男女，腥羶色竟成為鄉里眾人情緒高昂激動的焦點：

> 「真的，城裡纔亂呢！飯館裡有女招待，電車上有女車掌，都是十八九的姑娘，和爺們在一塊混。嘿！真忘了害臊啦！」二勝故意扯小宗一把「小宗，你看見了吧？」「怎麼沒看見，那天我坐電車，那女車掌，還跌在我懷裡好幾回呢！那胖胖的屁股蛋哪！……哼！真夠味！」[60]

顯然日本殖民統治和中國傳統社會文化，具備既是朋友也是敵人的身分，任何對一方盲目的揭發與對抗，都會掉入另一方陷阱。

---

56 戈禾，〈留在心頭底一條影子〉，《大同報．滿洲新文壇》，一九三五年三月五日—一九三五年四月二日連載。

57 參見周山，〈農夫的女兒〉，《大同報．滿洲新文壇》，一九三五年三月五日—一九三五年三月十二日連載。

58 花靈莎（花喜露），〈牧歌〉，《大同報．滿洲新文壇》，一九三五年三月二十六日。

59 「太陽」在滿洲國文學中是常用意象。如周山〈在太陽變黑的那天〉：「在太陽變黑的那天，世界沒有熱火灼燃，人間沒有今天明天，天地都變成黑暗。（中略）智慧隨著太陽死亡，燬滅了誘人的希望，罪惡、絕望、痛苦、歡悅，都沒有。黑暗是天堂。」《大同報．滿洲新文壇》，一九三五年八月六日。以及魔女（許默語）的〈緋紅的嘴唇〉：「一點火紅燒著她神聖的心苗，她突起的乳房，顫動的肉波。（中略）天底太陽的火線撥弄她的春情，柔化她初嘗愛的滋味的精神。」《大同報．滿洲新文壇》，一九三五年九月三日。皆顯露詩人在現實環境下搖擺情緒。

60 戈禾，〈愉快的故鄉〉（五），《大同報．滿洲新文壇》，一九三五年九月三日。

楊蔭寰在〈超人日記〉中，亦反映一個現實與思想無法統一、徬徨於瞬息萬變現實中，無法找到人生意義青年人抑鬱無助的心靈：

我問上帝，甚麼是真正的人生？上帝說，完成自我使命，成就他人義務的便是真正的人生。

我又問，所謂「完成自我使命」、「成就他人義務」又都是甚麼呢？上帝說：這範圍是很廣泛的，然而其根本基調不外是「公理與正義」……我更進一步的問，這「公理」與「正義」底定義又都怎樣呢？上帝聽了閉口無語、兩眼迫切的瞧著我，我又更追問時，上帝竟狡猾的笑起來了。61

其後續寫成，美化殖民侵略的〈美子底哀愁〉描寫日本少婦美子鼓勵松田為「公理」、「正義」投入滿洲事變：

「你是一為公理、為正義而奮鬥的男兒，人格是偉大的，前途正不可限量，上帝是祝福你的。那麼，你就努力奮鬥去吧！」美子又這樣鼓勵他。62

在松田因戰爭負傷，美子到中國尋夫看到松田傷口時，態度有劇烈改變：

「唉呀，戰爭也太殘酷了！」顯然，美子底意志是與前大異。她哭了！

「雖然，我們因了公理與正義，也實在沒法子呀！」[63]

若同時閱讀皆提到「公理」、「正義」與「上帝」的兩篇文本，後者美化歌頌殖民侵略意味不免大為減低。

在〈滿洲的冬天〉上帝與人類矛盾再度出現，只是這次人類有了自主意志：敘述者自陳喜歡冬天，是「由於繁華變為蕭索，由於清爽轉變為嚴寒，那花草、那樹木，都是收起往日的豔容與盛裝，在那清涼冷寂裡，換上素淡的裝束。」而在冬天雪花的覆蓋下，「一切黑暗坎坷驅除盡，梟梟若朝霧，茫茫若暮煙。」因此謳歌：

真的，我愛滿洲，我愛滿洲底冬天，

滿洲底冬天是天國！

滿洲底冬天是樂園！

我愛滿洲，我愛滿洲的冬天！[64]

61 楊蔭實，〈超人日記〉（四），《大同報．滿洲新文壇》，一九三五年五月二十八日。
62 楊蔭實，〈美子底哀愁〉（四），《大同報．大同俱樂部》，一九三五年九月五日。
63 同前註。
64 楊蔭實，〈我愛滿洲底冬天〉，《大同報．大同俱樂部》，一九三五年九月十七日。

此詩或許也可以解釋為對「王道樂土」的讚美歌頌。但作者強言歡笑的背後，隱藏無聲巨大的政治肅殺陰影，或許也是讀者不該忽略的文學反諷！

五、結語：滿系文學者的精神抵抗

尾崎秀樹曾以一件軼事，嘗試說明滿洲國文學的精神本質。即包括古丁、北村謙次郎在內的日系與滿系文學者在新京小店暢飲，據北村記載，當時日系文學者誇耀地談到新近出現許多壯觀建築，又惺惺作態地說有些建築不太美觀，看了礙眼等。此時看似喝醉佯睡的古丁卻接了話：

「嗯？什麼？」他笑一笑，毫無掩飾地接著說道：「什麼？那些嗎？不必擔心，會原原本本地接受的。」說著接過女招待端來的涼水咚咚地喝了下去。[65]

北村對此事印象深刻，以為：即便日本殖民政權使盡一切心機，似乎都無法拉攏漢族人對其效忠，一切最終還是要回到「中華」懷抱。

雖然時過境遷，事實卻可以看得更明白。北村可能不了解，他對此事解讀方式，已然反映對東亞，特別是中國知識分子文化傳統認知的侷限。古丁何以能有如此堅強信心，相信日本於滿洲國一切經營將歸於虛幻？

問題並不能單自近代民族、血統、政治制度、乃至某種具現代意義視角的文化詮釋途徑得到答案。任何來自單一概念的詮釋必然都包含某種缺陷，而將產生致命誤解。必須在歷史時間軸和世界認知空間軸所交織的意義座標，透過個人情感意識的感知變化模式，即或文學性的思考與表現下，才能得到正確合理的答案。古丁自非「預言家」，也更不是「八卦先生」，然而無論持任何政治立場，只要生活在滿洲國，理解殖民文化施政原則的文學者而言，對滿洲國未來其實皆無法樂觀。但在殖民壓迫下，文學者循何種途徑才能表現超越現實利益外，人類存在的真實價值意義，卻並非容易之事。

從這個角度看，除政治宣傳品，只要是持嚴肅態度看待創作的文學者，無論創作內容、題材、意識主張為何，皆不應從政治立場加以檢視，並以愛國或漢奸文學加以分類。因為這些作品的批判意識，絕不在為一時一地政權的興衰凌替背書。在政治壓力高於滿洲國其他地區的新京文壇，表現這種特色又格外明顯。

就此亦可對滿洲國文壇左、右陣營對峙問題提出較合理的解釋：其原是文學而非政治立場問題。左翼陣營文學者常強調必須對不同身分、階級等各種現實環境加以掌握，並加以呈現，方能做出超越現實的理解及判斷，而右翼陣營卻相反以為個人面對現實時產生矛盾分歧情感，才是掌握超越意識的關鍵。持平而論，這兩種模式並無高下之分，但由於途徑差異，造成在讀者層面形

---

65 尾崎秀樹（著），陸平舟、間ふさ子（譯），《舊殖民地文學的研究・「滿洲國」文學諸相》（台北：人間出版社，二〇〇四），頁九二。

成不同社會反應與思考回饋，由此甚至可能進一步衍生為政治意識形態的對立。對力圖擺脫政治干擾，積極表現人生真實價值的滿洲國文學者來說，這毋寧說是人類複雜文化社會發展，對他們所開一個最無情殘忍的玩笑吧！

何謂「滿洲國語」？

考察雜誌《滿洲國語》的創刊及其言說

大久保明男／日本首都大學東京人文科學研究院

一、前言

在多民族、多文化、多語言的「滿洲國」，「滿洲國語」所指什麼，即所謂「滿洲國語」的概念及內涵具體包括哪些內容，是一個饒有興趣的問題。其理由，筆者認為主要有下述三個方面。

其一，日本帝國在霸占台灣、吞併朝鮮半島以後，正是借助向被殖民人民灌輸「國語」的手段（即強制普及日語教育）來強化與鞏固其殖民地統治的。然而，當一個變相的殖民地「滿洲國」出現後，這種原始的精神同化政策行將不通，統治者在此需要重新構建有關「國語」的意識形態和統治方策。「滿洲國語」正可謂是在這一背景下催生的。繼而，「滿洲國語」的蛻變演化又與日本帝國不斷擴展疆土，將其殖民地統治推向「國際化」的過程同步。所以，考察「滿洲國語」的概念與實質，是從整體上研究把握日本帝國在其廣大的殖民地範圍內推行一系列語言政策中的一個關鍵環節。

其二，研究考察「滿洲國語」問題，不僅侷限於社會語言學、日語教育學以及漢語教育史等直接相關的研究領域，它還涉及日本殖民地統治時期的政治思想史、文化統合政策、以及被殖民地統治區域的精神文化等跨領域、跨國界的諸多問題。然而，筆者更加關注的問題是，處於「滿洲國」語言環境下文學表述語言的生成與運用的機制。以往的文學研究主要集中於對文學文本的解讀，即致力於汲取文本表述的主題思想，而幾乎忽略對當時「語境」的探討與關注。但當一個「滿洲國」時空下產生的文學文本，擺在一個只在現代漢語語言規範中生活過來的讀者面前時，他（她）在閱讀行為中無疑會遭遇到諸多困惑、苦澀和讀不懂的地方。而作為研究者更應該意識到文學表述語言的「時過境遷」，否則，會導致對文本的誤讀，更難於妥當地評判作品的藝術價值。

其三，當今全球化大潮席捲世界各地，語言霸權主義也伴隨政治、經濟、軍事的權力擴張滲透到世界的各個角落，探討語言與文化的多樣性，謀求多元文化的共生共存問題意義深遠，方興未艾。因此，研究「滿洲國語」問題的意義，不只停留在歷史研究和文學研究的一個層面，從歷史中汲取經驗教訓——以史為鑑，是學術研究上更為積極的社會意義所在。

然而，令人遺憾的是，包括「滿洲國語」問題在內，對「滿洲國」時期語言問題的研究積累至今尚且寥寥無幾[1]。特別是在「滿洲國」時期以號稱研究和普及「滿洲國語」為目的而創刊的重要刊物《滿洲國語》，其存在甚至鮮為人知。此番恰逢本刊的復刻版即將在日本出版之際[2]，本文力圖對該刊的創刊背景做一概括性考察，並通過對「滿洲國」語言政策的簡要梳理以及對該刊所刊載一部分言說的分析，探討所謂「滿洲國語」的概念內涵及其意識形態的核心所在，最後就該刊突然停刊的緣由，提出筆者獨到的見解。

二、《滿洲國語》的創刊與「滿洲國」的語言規劃

月刊雜誌《滿洲國語》創刊於一九四〇年五月，刊載至一九四一年三月停刊。發行時間不滿一年。該刊的一大特色是擁有「日語版」和「滿語版」（即漢語版）兩個版本，每月幾乎同時發行，前者刊至第十一期，而後者刊至第八期終了。

《滿洲國語》的發行機關是滿洲國語研究會（新京）。該組織成立於一九三九年十月，是在滿洲建國大學教授丸山林平[3]的倡導下，由「滿洲國」民生部、滿日文化協會、以及其他文化機

---

1 可推舉為代表的先行研究有：安田敏朗，〈「満洲国」の「国語」政策（上・下）〉，《月刊しにか》，一九九五年十月號，頁八四—九一；十一月號，頁九二—九九。石剛，《植民地支配と日本語》（東京：三元社，一九九三年一月）。桜井隆，《戦時下のピジン中国語　「協和語」「兵隊支那語」など》（東京：三元社，二〇一五年八月）。從文學角度切入的有：岡田英樹，〈満洲国の言語環境と作家たち〉，岡田英樹，《文学にみる「満洲国」の位相》（東京：研文出版社，二〇〇〇年三月），第五章。大久保明男，〈「満洲国」中国語作家の語言環境と文学テクストにおける語言使用〉，王德威、廖炳惠、松浦恒雄、安部悟、黃英哲（編），《帝国主義と文学》（東京：研文出版社，二〇一〇年七月），頁二〇二—二三五。

2 岡田英樹、大久保明男（編集・解題），《満洲国語——「満洲国」の言語編成》（復刻，全六巻，金沢文圃閣，二〇一六年十一月）。

關聯合組建的研究機構。其宗旨是「滿洲國各民族為排除語言上的障礙，有必要研究和普及**滿洲國語**」。據「會章第四條」規定，研究會的事業計畫主要有以下四個方面：一，對**國語**的基礎調查及研究；二，舉辦面向公眾的**日滿雙語**講習會；三，通過利用報紙、雜誌、廣播、唱片、有聲電影等渠道普及正確的**國語**；四，出版圖書和雜誌[4]。

滿洲國語研究會成立當初的會長是榮厚，副會長是藤山一雄、森田久、谷次亨。幹事長是丸山林平、馬象圖，幹事是一谷清昭以下三十三名（兼任評議員）。主任是野村正良（常務），陳松齡（兼任）。評議員由赤冢吉次郎以下八十八名構成，其中「滿系」評議員有王度、徐長吉（古丁）、季守仁（吳郎）、單更生（外文）、趙孟原（小松）、陳松齡、陳邦直、劉爵青等人。會內另設有「日語研究委員會」和「滿語研究委員會」，前者的委員長是丸山林平，下屬委員十六名，後者委員長是杉村勇造，委員九名。辦公處設置在滿日文化協會內部。該會恰值成立一年後，即一九四〇年十月，被吸收合併到民生部滿語調查委員會（後述）。而會刊《滿洲國語》也於一九四一年三月隨之停刊。該刊雖然發行期間短暫，但在「滿洲國」官方、各研究機構、日滿雙方的作家以及文化各界人士的積極參與下，作為一份研究探討「滿洲國語」問題的刊物，其重要性是不能忽視的。

那麼，什麼是「滿洲國語」？在前引滿洲國語研究會相關文件中的「國語」又是指什麼？要了解「國語」在「滿洲國」的概念內涵，就有必要對「滿洲國」成立以來的語言規劃做一概括性梳理。

在以「民族協和」為建國方針的「滿洲國」，成立伊始有關「國語」的明確概念實際上並不存在。讓人感到意外的這一歷史事實，從登載於本刊的幾篇論文中也能得到證實[5]。這與在「滿洲國」存續的十三年半當中，連「滿洲國民」的概念都難以劃定，最終導致無法制定國籍法的事實同樣，恰恰都暴露了「滿洲國」作為國家的虛偽性。因為如果要明確「滿洲國語」或「滿洲國民」的概念，就難免會與這個國家的傀儡性實質發生致命性的衝突。

在這種情況下，無疑中國人是將漢語，日本人則是將日語，各自認定為（或想像為）自己的「國語」的。而在行政、司法、教育、大眾傳媒等方面，漢語和日語作為兩大通用語分別使用或並用（有的地區也使用蒙語）。這種語言景觀看似與當今世界上的多語言主義（multilingualism）類似，但各語言之間的地位和關係當然不是平等共存的。與這個「國家」的統治結構成正比，在中央的政府機關和主要城市裡，日語以壓倒的優勢凌駕於其他語言之上。而到了地方城鎮、農村或邊遠地區，日語的優勢逐漸減弱，甚至埋沒於其他語言之中。正因為此，才會有如下之類言詞的出現：「日系的會社員或官吏之類，滿語好的人，都被派往地方。反之，滿系日本語愈好愈有往中央集中的傾向」[6]。

---

3 丸山林平，一八九一年（明治二十四）一月生。祖籍東京市。一九三二年（昭和七）東京文理大學國語學國文學科畢業。歷任東京高等師範學校教導，文理大學講師，一九三九年（康德六）二月就任滿洲建國大學教授。參考：中西利八（編輯），《滿洲名人錄（第三版）》，滿蒙資料協會，一九四〇年十二月。

4 丸山林平，〈本會成立經過報告〉，《滿洲國語〔日語版〕》創刊號，一九四〇年五月。〈本會會章〉，同前。黑字強調部分由筆者所加。

5 如：千種達夫，〈法律文章の平易化と口語化〉，《滿洲國語〔日語版〕》第二號，一九四〇年六月。江幡寛夫，〈滿洲国に於ける日語の地位〉，《滿洲國語〔日語版〕》第四號，一九四〇年八月，等。

但是到了一九三七年、三八年左右，伴隨在「滿洲國」取消日本的治外法權和滿鐵附屬地的回歸，以及實施大規模的行政改革、學制改革等舉措，「滿洲國」的政治體制和意識形態發生了根本性的轉變。即所謂「滿洲國」的「國體」本身，由建國當初的「民族協和」逐漸轉化到向日本傾倒的「日滿一體」。這種傾向，在日本發動中日戰爭和太平洋戰爭，打出「東亞新秩序」、「大東亞共榮圈」方針和統治策略的影響下日趨鮮明。在此總體趨勢當中，語言政策上的最高任務就是更進一步地提高日語在日本統治勢力範圍內的地位，並鞏固和確保其絕對優勢。而肩負該使命的兩個相關機構——滿語調查委員會和滿洲國語研究會，也就應運而生了。

滿語調查委員會誕生於一九三八年二月，是設置在「滿洲國」政府民生部內的國家機構。它屬下有三個主要部門——政策調查班、常用語審定班、音標文字研究班。委員會的主要任務是統一「滿語」教科書和對「滿語」文字、用語的規範化，以及對漢字標音方式等問題進行調查和規劃。其中值得特別關注的動向是，該會雖然標榜以對「滿語」的規劃為活動宗旨，但在該會的成立伊始，便提出了用日語假名標示中文漢字發音的「滿洲假名」制定方針[7]。驅逐中華民國政府制定的注音字母，作為國家的語言規劃政策引進所謂能體現「日滿一德一心」的「滿洲假名」，這無疑是一起明確表明日語對漢語的侵擾和干涉的象徵性事件。因此有學者指出，這也是一種「隱蔽式的日語普及系統」[8]。「滿洲假名」標記法（另有「協和假名」、「興亞假名」、「滿語假名」等多種稱呼）幾經波折，終於在一九四四年二月被「滿洲國」文教部正式採用，並在全國推廣實施[9]。

而成立於一九三九年十月的滿洲國語研究會，是繼一九三八年一月實施的新學制，確定日語和「滿語」為「滿洲國」的兩大國語後，如前所述，以對兩大國語的研究和普及為活動宗旨的。該會在組織結構上看似平等對待「日滿」兩種語言，機關刊物《滿洲國語》也發行「日滿」雙語版。但實際上如岡田英樹教授所指出，「滿語」方面的活動萎靡不振，而雜誌「滿語版」的內容也大抵不過是應聲附和「日語版」而已[10]。或者說，恰如會長榮厚在本會成立大會致辭中強調的「尤以滿洲人之學習日本語，更屬刻不容緩」[11]之類言詞，更精確地體現了該會的實質。即，相對於「滿語」來說，研究會的重要意圖是研究和普及日語（及其對漢語的滲透方策）。

如果說，設置在「滿洲國」政府內部的滿語調查委員會作為官方機構直接承擔了學校教育等第一線對漢語的規範化和標準化任務，那麼，披著民間組織外衣新成立的滿洲國語研究會則肩負著以更寬廣的視野綜合研究「國語問題」之使命。總而言之，兩個機關的共同目標都是為了提高日語在「滿洲國」作為「國語」的地位，並加強日語對漢語的滲透和干涉。這一企圖通過觀察刊載於本刊（特別是「日語版」）上的言論即能得到證實。

6〈第五回語學試驗委員座談會〉，《滿洲國語（滿語版）》第八號，一九四一年三月，頁三七。
7〈統一國語限制漢字　組織滿語調查會　制定滿洲語假名音標文字〉，《盛京時報》，一九三八年五月十五日。
8 安田敏朗，〈「滿洲国」の「国語」政策（下）〉，《月刊しにか》，一九九五年十一月號。
9 文教部國語調查委員會，〈「満語カナ」趣意書並に解說書〉，一九四三年二月。
10 岡田英樹，〈滿洲国語研究会と雜誌『滿洲国語』について〉，《滿洲国語——「滿洲国」の言語編成》（金澤：金沢文圃閣，二〇一六年十一月）。
11 榮厚，〈滿洲國語研究之重要性——本會發會式致辭〉，《滿洲國語（滿語版）》創刊號，一九四〇年五月，頁四。

三、《滿洲國語》言論中的「滿洲國語」觀念

《滿洲國語》的創刊宗旨雖然號稱研究和普及「日滿」雙重國語，但綜覽其紙面上刊載的言論，會發現它實質上是在探討如何處置日語在「滿洲國」的地位這一核心問題。其目的當然是為了提高日語在「滿洲國」的地位，但其中浮現出來兩種不同的主張，即將日語作為「滿洲國」的「第一國語」來看待，還是作為凌駕於「滿洲國語」之上的一種「東亞公用語」來看待。而另一方面「滿語版」的基本態度是，對討論日語地位的問題漠不關心（實際上是無法置喙），其主要言論大致停滯在對「滿語」的歷史考察和探討標準化問題的層次。「日滿」雙語版《滿洲國語》的主要言論內容，實際上不外乎上述三者三種不同觀點的混淆並存，它們之間偶爾會發生衝突和交叉，但基本上是圍繞如何掌控和處置聲勢不斷膨脹的日語的言說，以及處於相對劣勢的「滿語」方面的防禦言論。以下列舉幾條具有代表性的言詞，從中分析考察該誌上「滿洲國語」的觀念及其演變。

「日語版」創刊號的執筆者陣容以會長榮厚為首，以下由副會長藤山一雄、新京中央廣播局長馬象圖、南滿中學堂的安藤基平、堀敏夫、建國大學教授丸山林平、作家吉野治夫、仲賢禮等人構成，他們分別以各自的立場闡發了對「滿洲國語」問題的見解和主張。這些成員可視為與國語或語言問題直接相關的各界代表，但其言詞論調均可謂平靜坦然，從中難以窺見統一的問題意

識和主張。至於吉野治夫甚至公開揭發批判所謂標準語的欺瞞性，並流露出對語言的人為控制政策及其施政者進行抨擊的態度。他說：「有關標準語，或誇大地說有關國語問題的思想也會受時下權力流變的影響。掌握了權勢的人或許認為從此可以控制變幻無常的語言，統一國語。但我不相信會有那種固定不變的語言模式。語言本來是隨著時間流轉而逐漸變化的東西，語言也有榮枯盛衰，也有自己的性格和疾患，也會生老病死。其去向只不過取決於周邊的環境而已」[12]。這種見解當然與該會的創辦宗旨是不相溶融的。而安藤基平在〈滿洲國語運動的提倡〉[13]一文中通過梳理「日支」兩國的國語運動史之後指出，「滿洲國」的國語運動可以先從培養人才上著手。真可謂「從容不迫」的建議。

然而，從第二期以後的誌面上這種各抒己見的自由言論氛圍便完全消失了。取而代之的是諸如以下的主張幾乎占據了整個頁面，成為主流：在日本已經成為東亞盟主的現在，隨著日本國際社會地位的提高，當然期待日語也能打入海外市場[14]；日語已經享有東亞公用語的地位，日語教育的本質也必須要在其中尋覓。那就是通過日語教育使學習者體會日本精神，從而改變中國人的精神面貌。日語教育的根本意義不在教授（日語的技術性傳授），而在於教育（陶冶和改造學生的人格和精神）[15]；學習日語不能只從實用的目的出發，而要通過語言學習加深對日本文化和

12 吉野治夫，〈流動物らしい言葉〉，《滿洲國語〔日語版〕》創刊號，一九四〇年五月，頁三九。原文日語，由筆者漢譯。以下文中引用的日語文獻如無特別註釋均同。

13 安藤基平，〈滿洲国語運動の提唱〉，《滿洲國語〔日語版〕》創刊號，一九四〇年五月，頁一八。

14 赤塚吉次郎，〈新東亜建設と日本語〉，《滿洲國語〔日語版〕》第二號，一九四〇年六月，頁二一。

日本精神的理解。日語中蘊含著日本語言的神靈，即日本人的精神寄託，這一點要使更多的中國人知曉[16]；諸如此類高唱日語「東亞公用語」論、日語教育的唯心論等論調從這一期開始層出不窮，直到該誌停刊的第十一期，幾乎在每期的誌面上幾近氾濫成災。

實際上，鼓吹日語作為「東亞公用語」的論調並不是本刊突然拋出的專利。隨著中日戰爭的戰線擴大，在日本占領區和傀儡政權的統治地區，普及日語的政策正式展開與實施，應該是從一九三九年六月左右開始的。當時日本的所謂「對支中央機關」興亞院首先提出「日語普及方策要領」，並將「日語普及的根本方針」規定為：本著「肇國的偉大精神」，即遵循「八紘一宇」理想建設新東亞的征途上「不可或缺的、恆久事業」[17]。此後，強調日語作為「東亞公用語」這一思想體系開始在日本國內和日本勢力支配下的「外地」囂風遂行，不可抑止。

日語的身價驟增，當然對自「建國」以來長期處於缺乏國語觀念和語言政策的「滿洲國」來說是一個沉重的打擊。也正是從此時期開始，有關日語的討論充斥論壇，譬如代表「滿洲國」言論雜誌之一的《滿蒙》，從誌面上不難發現與其相關的言詞[18]。而在多民族和多語言的「滿洲國」，問題所在是如何調整作為「國語」之一的日語與其他「國語」之間的關係，以及與蔓延於亞洲的作為「東亞公用語」的日語這三者之間的關係。在諸子百家般的言論中，「滿洲國」民生部編審官江幡寬夫撰寫的〈日語在滿洲國的地位〉一文[19]，堪稱是最有代表性的言論。其要旨可大致歸納如下：

一九三七年（康德四年）十月公布的各種學校規章，首次確立了日語作為國語之一的地位。但現如今，相對於滿語、蒙古語作為特定地區的國語而論，日語則是具有普遍性的（覆蓋全國範圍的）國語，其地位是至高無上的。日滿一心一體的本意既然承認了滿洲國向日本的「歸投」，那麼日語占據滿洲國語言生活的中樞，也可謂再理所當然不過了。

日語在「滿洲國」的地位變遷在這裡顯示得非常明瞭。眼下日語已經超越了「滿語」和蒙古語的地位，成為「全國公用的國語」。同時，日語也是標示「滿洲國」向日本「歸投」（歸依）的語言通道、精神象徵和文化表徵。占據「滿洲國」疆域內不同語言空間之上的日語，實質上揭示了蔓延於亞洲各地區的日語，也就是所謂作為「東亞公用語」的地位。在語言思想上與「東亞公用語」的意識形態是一脈相承的。這種對日語和「滿洲國語」的概念詮釋，譬如滿洲國語研究會幹事長，本刊中心人物丸山林平等人，均一概衣鉢相承，沿襲其說，成為本刊的一個思想主流[20]。

但從本刊的誌面上並不是完全聽不到與主流思想不同或相悖的聲音。譬如，奉天千代田小學

15 大石初太郎，〈日本語教育の本義〉，《滿洲國語（日語版）》第二號，一九四〇年六月，頁九。
16 浅川淑彥，〈日本語と日本文化〉，《滿洲國語（日語版）》第二號，一九四〇年六月，頁二三。
17 石剛，《植民地支配と日本語》（東京：三元社，二〇〇三年一月）。頁九五—九六。
18 代表性的言說如：高山照二，〈滿洲国に於ける日語普及の為の諸問題〉，《滿蒙》二四三號，一九四〇年七月。高山照二，〈再び滿洲国の日語問題を論ず〉，《滿蒙》二四七號，一九四〇年十一月等。
19 江幡寛夫，〈滿洲国に於ける日語の地位〉，《滿洲國語（日語版）》第四號，一九四〇年八月，頁二—八。
20 代表性言說如：丸山林平，〈滿洲国に於ける日本語〉，《国語文化講座》第六卷（東京：朝日新聞社，一九四二年一月）等。

教官松本重雄的文章，對「東亞公用語」一說置之不理，而提倡應該抓緊制定作為第一國語日語的教研工作策略[21]。也有主張對日語以外的語言，特別是對少數語種的教育研究工作更為重要的言說[22]。作家筒井俊一論斷，日本人也應當學習運用當地的語言讀當地人的文學，不要總依賴翻譯，致力於直接理解他人的姿態也是重要的[23]。翻譯家大內隆雄也持有同樣的觀點，在刊物上也能得到驗證。此外，不管日本的雄辯家怎樣高談闊論日語的神聖性和神通力，與其理想（空想）相差千里的是「滿洲國」的冷酷現實。大西正男的言詞正揭發了這一點，他言稱：「日語的地位雖然有提高，但至今在某些地區仍然被當作外語看待，需要在政治上和政策上加緊確定和維護日語的地位。」[24]

而在《滿洲國語》的「滿語版」上，幾乎看不到直接言及有關日語待遇問題的論說。但不難發現對日語向「滿語」侵擾和干涉表示抗議與警戒的言詞。如擔任本會幹事和評議員的作家古丁，就斷言自己的母語除了中文以外別無他者，只有中文才是治癒精神療傷和文學創作的源泉。在長久與漢語隔離的環境下，就便是一本無聊的通俗小說也會貪婪地讀下去。他說：「（讀了久違了的漢語小說）那侘傺的鄉愁，會一點點被沖淡，枯萎至今的內心，彷彿逢遇了慈雨一般，漸漸蘇生起來。漢語是我的內心的小河，潺潺地流，緩緩地流，漢話裡面，有我的詩」[25]。中國作家的這種對母語的執著與捍衛的姿態，寄精神寄託於「漢話」的表決，可視為是對日語跋扈自恣、獨攬天下這種語言環境的公開抗衡。古丁並明確表明，反對日本部分作家號召「滿洲國」作家用日語寫作的言論，以及反對廢止漢語注音字母的意見[26]。

劉超也公開批判取代注音字母的「協和假名」問世。他說：從自己的教育經驗來看，只能斷言「協和假名」無疑會以失敗而告終，因為「協和假名」沒有注音字母正確。要傳達正確的漢字發音，編寫辭典和製作唱片才是當務之急[27]。

四、《滿洲國語》的停刊緣由

如上所述，雜誌《滿洲國語》的內容，遠遠背離了研究和普及「日滿」兩大國語的創刊宗旨，實際上充斥誌面的是圍繞如何整治日語問題的議論。在「滿洲國」，語言政策的研究和制定起步較晚，作為一個正式研究國語政策問題的議論平台，《滿洲國語》應運而生。但不得不說生不逢時，《滿洲國語》剛一誕生，就被捲入到來自外界的「東亞公用語」這個狂濤駭浪中，轉瞬

21 松本重雄，〈滿洲の日本語問題〉，《滿洲國語〔日語版〕》第四號，一九四〇年八月，頁九。
22〈国立高等語学院の設置を望む〉，《滿洲國語〔日語版〕》第三號〈卷頭言〉，一九四〇年七月，頁一。
23 筒井俊一，〈翻訳論など〉，《滿洲國語〔日語版〕》第七號，一九四〇年十一月，頁一四。
24 大西正男，〈蒙疆に於ける日本語教育〉，《滿洲國語〔日語版〕》第一一號，一九四一年三月，頁一四。
25 古丁，〈「話」的話〉，《滿洲國語〔滿語版〕》第三號，一九四〇年八月，頁二。
26 有關古丁對語言問題以及應該怎樣攝取容納日本文化問題的言論和思想，請參見拙著，〈偽滿洲國作家古丁與日本文化〉，張泉（主編），《抗日戰爭時期淪陷區史料與研究》第一輯（南昌：百花文藝出版社，二〇〇七年三月），頁一七五—一八九。
27 劉超，〈從演藝說到協和假名和標準音〉，《滿洲國語〔滿語版〕》第四號，一九四〇年九月，頁五七。

就被吞沒了。雜誌創刊的時節，正與「滿洲國」向「親邦」日本急速傾斜的時期重疊。譬如，一九四〇年六月，皇帝溥儀第二次訪問日本，歸國後即宣告興建奉祀日本天照大神的建國神廟，並在同年七月，公布了《國本奠定詔書》。同月，「滿洲國」政府發表了以建設大東亞新秩序和國防國家體制為重點的基本國策綱要。

在「滿洲國」內，以行政改革和學制改革為契機，剛剛確定了日語的法定地位。而在「滿洲國」外，日語的「神化政策」卻以意想不到的速度突飛猛進。可以說正是這種國內外形勢的巨大落差，造成了《滿洲國語》雜誌上三者三樣不同的、支離破碎的內容結構。也可以說這正是雜誌短命而終的根本原因所在。

但是，雜誌為什麼在打出了「下期預告」的情況下卻突然停刊了？最後一期〈編輯後記〉中的一則消息或許道出了更切實的緣由。

> 本會副會長、國立中央博物館副館長藤山一雄先生為了滿洲文化的提高向上不惜身命。他披露的堅強信念是：「拘泥金錢，一事無成」。實在是言之有理。本會當然也不是在金錢的支撐下起步的。我們應該克服眼下的貧困家庭狀態，全面開展作為滿洲國文化運動之一翼的國語運動。[28]

從以上的言詞中可以窺見，支撐雜誌出版的經濟後盾已經步入窮途末路。

然而，把目光轉向同一時期的日本國內——圍繞「日語向海外發展」的議論愈發喧豗鼓噪，從中會發現或許是導致本刊停刊的直接要素。

一九四〇年十一月，日本帝國文部省制定了「國語對策的根本方針」，在闡明其宗旨的條文中有這樣的言詞：「對內，力圖國語的醇化統一，以資振興國民精神，鞏固新日本文化建設的基礎。對外，向大東亞共榮圈普及純正的日語，以培養東亞新秩序建設的根基」[29]。在該方針的引導下，文部省內新開設了國語科，主管有關國語調查、編寫日語教科書、召開國語審議會等事業事宜。與此同時，進一步加強了在日本的殖民地和占領地推廣日語教育的力度。「加深外地和海外的有關部門與日本國內各界的緊密合作，從日語向海外發展的未來見地來看，可謂是一個劃時代的成果，應該刮目以待」[30]——在如此期待聲中，作為擔當各項實際業務的機關，日本語教育振興會的籌建工作也於同年十二月正式開始了。

一九四一年四月，在興亞院、文部省、財團法人日語文化協會等方面的支援和呵護下，歷經召開了九次常務委員會的討論，日本語教育振興會終於正式啟動了[31]。與此同時，「就大東亞的日語教育和普及的諸問題，介紹有權威性的研究實踐，以謀求作為一個溝通日語教育工作者的聯絡機關為目的」[32]，機關刊物《日本語》也正式創刊了。在《滿洲國語》突然停刊的下個月創刊

28〈編輯後記〉，《滿洲國語（日語版）》第一一號，一九四一年三月，頁七八。
29 松尾長造，〈文部省に於ける国語対策の根本方針〉，《日本語》一卷二號，一九四一年五月。
30 堀敏夫，〈滿洲国に於ける日本語教授の動向〉，《日本語》創刊號，一九四一年四月。
31〈日本語教育振興会事業報告〉，《日本語》創刊號，一九四一年四月。
32〈雜誌「日本語」刊行要旨〉，《日本語》創刊號，一九四一年四月。

發行的《日本語》上，會發現有多數撰稿人來自於《滿洲國語》雜誌，他們跨越了兩本刊物繼續進行言論活動。另外還確認有在《滿洲國語》上盛大宣傳的「日語朗讀大會」，其日後的現場報告也刊載在《日本語》雜誌上[33]。

綜上所述，《滿洲國語》的突然停刊，可以看作是「滿洲國」的「地方」刊物在大日本帝國中央誕生的《日本語》面前，不得不採取的「自決」手段，或者是被強取豪奪，取而代之的結果。因為在大東亞共榮圈逐漸形成的背景下，日語是獨一無二的公用語，是傳播所謂日本的「言靈」（日本精神）至每個角落的思想體系。其地位和身價如此明瞭的眼下，在「滿洲國」已經沒有必要再去討論「滿洲國語」問題。

「日本語」壓倒和吞沒了「滿洲國語」，兩個刊物的名稱恰好代表兩者，也恰好顯示了雙方的主從關係。在語言問題上的這種權力結構，也再次印證了宗主國日本與其傀儡「滿洲國」的主從地位和隸屬關係。

五、《滿洲國語》的史料價值——代結語

《滿洲國語》在創刊當初以及在短暫的刊行期間內，譬如倡導尊重語言的多樣性和獨自性等，其聲音雖然孱弱，但無疑是一種理想的萌芽，它確實發生並存在過。而本刊的消失也正意味著那些孱弱的理想萌芽被徹底斬草除根。同時，一個刊物的消失也是一起暴露「滿洲國」破綻的象徵

性重大事件。「滿洲國」在成立之初，曾經誘發了無數個理想和夢幻寄託其身。但為時不久一個接一個地都破滅瓦解了。相繼政治、經濟、法律、思想等領域，語言次元的夢幻也遭遇到同樣的命運。有名無實的雜誌也許會蠱惑後世讀者，但在考察「滿洲國」的語言政策和政治思想問題上，本刊的史料價值和重要性是沒有疑問的。

本文以語言政策為中心，從一個層面考察了《滿洲國語》。期待日後出自不同角度和各種問題意識的探討考究進一步深入開展。譬如，本刊設置「日滿」雙語版本，「日語版」以研究日語和普及漢語，而「滿語版」則以研究漢語和普及日語為各自目的，將兩種語言的發話人（讀者）用這種交錯方式繫結在一起的嘗試，作為語言學習雜誌也可謂別具一格。此外，有關日語和漢語的講座、考證、論述，以及語言鑑定考試等內容，幾乎占據了雜誌篇幅的一半。這些對研究考察日中兩種語言的教育史、教育方法論、兩國語言文化的交流史和關係史等方面，都具有重要的史料參考價值。特別是對考察自清末以來日中兩種語言的接觸和融會問題，探討「滿洲國」時期文學的語言環境和文學機制等問題上，都是不可或缺的基礎史料。近年來，相關方面的研究取得了一定的進展[34]，筆者相信本刊將會更加受到學術各界的關注。

33 今井榮，〈全滿日語朗読大会〉，《日本語》一卷四號，一九四一年七月。日本語教育振興的機關刊物《日本語》發行至一九四五年一月（五卷一號）停刊。

34 如筆者近期目及的研究成果有：李素楨，《旧「満洲」における日本人を対象とした中国語検定試験の研究》（東京：文化書房博文社，二〇一三年七月）等。

聲與光的短暫交匯
「滿洲國」的電影廣播劇

代珂／日本首都大學東京人文科學研究院

一、「滿洲國」的媒體概況及相互關係

報紙作為「滿洲國」信息公開傳播的重要途徑，一直是同民眾生活息息相關的重要媒體之一。在同樣要求識字率之前提下，相較於雜誌、圖書等紙質出版物，報紙傳遞生活信息的便利性使其更易接近民眾、貼近生活自不必多言。這也正是「滿洲國」不遺餘力對報業進行多次合併並建立統一管理體系的原因。然而同樣受制於識字率，不可否認報紙的傳播能力有所侷限。

一九三三年六月滿洲電信電話株式會社（電電）成立，發展「滿洲國」的廣播事業是其主要目的之一；一九三七年八月株式會社滿洲映畫協會（滿映）成立，旨在將電影作為文化宣傳之手段推進其深入普及。從兩大國策會社的前後成立來看，似乎電影方面有所落後，然而廣播最早在一九二五年於「關東州」大連開始試驗播音，電影則幾乎在同一時期以南滿洲鐵道株式會社映畫

班為前身大力推行紀錄片宣傳政策，所以從時間上來說，廣播和電影幾乎是同時開始版圖擴張。

報紙與廣播在信息媒體層面上的關係，筆者曾有拙作進行討論[1]，本文不再贅述。簡而言之，和同時期其他地域相比，廣播的登場在「滿洲國」並未引起報業恐慌，並且報紙自始至終未將廣播視為競爭對手。因為當廣播形成氣候之時，報紙早已作為信息傳播媒體確立了絕對地位，初期的廣播甚至不得不借助報紙的宣傳才得以存續。並且由於「滿洲國」媒體政策的高度集權性，報紙和廣播在共享滿洲國通信社的信息資源之前提下形成了互助互補的共存，二者在各自發展的同時完成了更為立體的信息傳播。

報紙與電影由於性質的不同原本便分屬不同傳播領域。報紙定位在政策的宣傳和輿論的製造，而電影雖有初期的紀錄片宣傳和後期的啟民映畫政策，但畢竟主題仍是文化傳播。甚至同廣播一樣，電影的發展也離不開報紙的宣傳，各大報紙紛紛開設電影專欄便是佐證。

那麼「滿洲國」的廣播和電影又有何關聯呢？二者在性質上雖是完全不同的媒體形式，但卻有交集——他們都擔負著娛樂大眾之目的。滿映在後期關於電影的兩大方向之一便是娛民映畫，而「娛樂放送」則是電電為廣播所設立的三大支柱內容之一。更進一步說，廣播劇作為娛樂放送的重要組成部分，在內容和性質上與電影高度重合，某種意義上稱之為聲音舞台上的電影也無可厚非。

探討同為娛樂大眾而生的廣播劇和電影，也就是「滿洲國」的廣播和電影作為娛樂媒體的關聯，對於「滿洲國」時期研究來說仍有必要，填補這一空白也是本文的最大意義。因此，筆者將選取幾乎未受關注的、將電影劇本以廣播劇形式播出的電影廣播劇為對象，對劇目及其內容進行分析，通過深入個別案例來展現該現象背後之滿映與電電的合作原因及始末，還原廣播和電影在

「滿洲國」的一次交流。

二、「滿洲國」的廣播劇及其特殊型態：電影廣播劇

（一）廣播劇在電電廣播體系中的定位

電電的廣播體系中，播音內容主要被分為報導放送（新聞、時事類節目）、教養放送（演講、教育宣傳類節目）、以及慰安放送（音樂、戲劇等娛樂節目），三者分擔不同領域的不同功能，基本上借鑑了同時期日本的廣播分類體系。關於廣播劇在這一體系中的地位，在此以拙作〈「滿洲國」廣播劇及其劇本分析〉[2]中相關部分為參考做簡要介紹。

一九三八年，三大主要播音分類中，對於娛樂內容的關注程度大約占到總人數的五一．六％，而話劇（二六．〇％）則超越傳統戲劇（二一．八％）成為「最近最為關注的播音內容」第一位[3]。

---

1 代珂，〈從新聞報導看報紙和廣播在「滿洲國」的關係〉，《人文學報》NO.508，二〇一五年三月，頁一〇一—一一八。

2 代珂，〈「滿洲國」廣播劇及其劇本分析〉，大久保明男、岡田英樹、代珂（編），《偽滿洲國文學研究在日本》（哈爾濱：北方文藝出版社，二〇一六），頁二一一—二三八。

3 滿洲電信電話株式會社，《滿洲放送年鑑　復刻版第一卷》（東京：綠蔭書房，一九九七），頁九七—九九。

從這一結果可推測，當時的聽眾收聽廣播的主要動機是為尋求娛樂消遣，而由於同時期話劇的興盛，廣播劇這一新興的節目種類成為聽眾最為喜愛的播音節目。聽眾的這一回饋得到了廣播媒體的及時關注，由此成就了一九三八年廣播劇黃金時期的到來。

當時播出的廣播劇主要可分為兩類。第一類是由各話劇團進行劇本創作並編排播演的原創廣播劇；第二類是對現有文學作品進行適當改編後播出的改編廣播劇，如柯南道爾《福爾摩斯探案全集》、賽珍珠《大地》等。當然這其中也包括少數滿洲作家的作品，形式類似於廣播小說。

「滿洲國」的廣播劇自誕生之初就處於不得不在文藝性和政治性之間尋求平衡的尷尬境地。它的兩種創作模式，劇團原創和改編再創作，都受到來自文化政策（國策化）的影響。劇團原創劇目看似自由創作的結果，實際上劇作家的創作過程被約束在殖民文化政策的框架之內，有著諸多限制，造成只能取材於日常生活和感情故事這一侷限性。而從已有的文學作品中選取素材，加以改編製作，與其說是為了豐富廣播劇的類型，倒不如說是因創作束縛而面對題材單一枯燥這一問題時的無奈之舉。在這一過程中，來自政治政策的影響力一直處於膨脹狀態，嚴密的審查制度和一味的國策化也扼殺了廣播劇的藝術性和大眾性。

（二）電影廣播劇的內容及形式

鑑於以上觀點，可看出當時廣播劇的一個重要不足便是題材的匱乏。造成這一問題的原因一方面是由於政策上的限制，另一方面是創作能力和素材本身的不足。廣播劇的劇本創作主要依靠話劇團，這其中自然有個別能力突出、水準較高的劇作人，但話劇團成員大多並非職業而是在本職工作之餘的兼顧。這就造成了劇本質量的良莠不齊，甚至在後期的政策壓力下產生劇本荒的問題。可以說尋求好的劇本始終是廣播劇在「滿洲國」的一個難題。

電影廣播劇的出現在一定程度上應對了這一難題。所謂電影廣播劇，是借用滿映即將上映或已上映的電影劇本，將其進行適當調整後再播出的廣播劇。一九三八年十一月，滿映完成對試映室的改造，在內部加裝轉播設備，技術上達到了可將試映室作為播音室使用、將播音內容轉至電電廣播局進行直播的水準。該項目完成後，滿映甚至宣稱將逐步對所有上映電影進行廣播[4]。但此計畫並未得到徹底實施，此類作品的數量及內容尚在可查範圍之內[5]。現階段已知的播出作品及相關內容歸納如下[6]。

•《國法無私》（一九三八年十一月二日廣播）

編劇　楊正仁

導演　水江龍一

4〈滿映之夕〉，《大同報》，一九三八年十一月五日，第三版。

5 作品詳細內容作附錄刊載以供參考。另有一九三九年二月四日播出之《潘金蓮》，因其為拍攝京劇《五花洞》實況製作而成，並非滿映導演作品，故非本文所討論之範圍，未作列出。

6 出演人員及內容簡介參考自廣播劇播出當日刊登與《大同報》上的節目介紹，以及山口猛，《夢幻電影　滿映——甘粕正彥和電影人們》（東京：平凡社，一九八九年），頁三四六。

攝影　池田專太郎
出演　郭紹儀、李明、薛海樑、張敏
簡介　水江龍一進入滿映後的第一部作品，歌頌法治的聖潔。翻拍自日活作品《檢察官和他的妹妹》。

- 《田園春光》（一九三八年十二月二日廣播）

編劇　山川博
導演　高原富士郎
攝影　杉浦要
出演　李鶴、杜撰、張敏、崔德厚
簡介　以歌頌滿洲農村建設為主題，宣傳國策的作品。

- 《冤魂復仇》（一九三九年一月三十一日廣播）

編劇　高柳春雄
導演　大谷俊夫
攝影　大森伊八
出演　張書達、劉恩甲、李香蘭、周凋
簡介　滿映首部鬼怪電影。

•《鐵血慧心》（一九三九年三月六日廣播）

編劇　高柳春雄

導演　山內英三

攝影　杉浦要

出演　李香蘭、劉恩甲、周凋、郭紹儀、王宇培、杜撰

簡介　警官面對走私犯奮勇鬥爭的故事。同時在日本公開上映，片名《美麗的犧牲》。

•《慈母淚》（一九三九年四月四日廣播）

編劇　荒木芳郎

導演　水江龍一

攝影　藤井春美

出演　李明、張敏、李鶴、杜撰、崔德厚、王宇培、周凋、趙玉佩

簡介　圍繞歌手李麗萍及其與富家公子曹鳳閣所生之子兆鵬、以及對李麗萍有救命之恩的成財夫婦間的親情故事。翻拍自曾根純三《三個母親》。

•《真假姊妹》（一九三九年六月二十二日廣播）

編劇　長谷川濬

導演　高原富士郎
攝影　島津為三郎
出演　李明、鄭曉君、王宇培、杜撰、張敏、徐聰、季燕芬
簡介　郁芬、郁芳姊妹的母親在臨終時留下一封遺書，姊姊從遺書中得知妹妹郁芳實為富家之後，母親只是代為撫養其長大成人。姊姊毀掉遺書冒名頂替，最終釀成了一場悲劇。

•《黎明曙光》（一九三九年九月九日廣播）
編劇　荒木芳郎
導演　山內英三
攝影　遠藤瀛吉
出演　笠志眾、西村清次、杜撰、王宇培、周凋、惆長洵
簡介　滿映首次嘗試室外布景，與松竹合作的第一部作品。

以《國法無私》為首的這批電影廣播劇的播出時長均為四十至五十分鐘，並且都是在內容上做出適當調整之後的全劇播出，由影片出演人員參與實際播出是其特色（例如，《田園春光》通過新京廣播電台播出時共計時長四十分鐘，演出陣容為「滿洲映畫協會演員，編劇山川博、導演高原富士郎、劇本改編鄭嵐、劇中人扮演者：蘭芬—李鶴、家祿—杜撰、香馥—張敏、家祥—劉

恩甲」[7]，除劇本改編者鄭嵐之外，其餘皆為電影製作原班人馬）。廣播劇與電影在內容上的改變和區別，惜於雙方的一手資料均無跡可尋，難以進行細緻對比。最為可能的方法，是從一些已知的細節推斷劇目播出時的形式。

首先需要注意的是，這些廣播劇的播出時間均是在電影上映之前。以《國法無私》為例，廣播時間為一九三八年十一月，而電影的上映時間卻是一九三九年二月（《田園春光》一九三八年十二月播出，一九三九年四月上映；《冤魂復仇》一九三九年一月播出，一九三九年三月上映；《鐵血慧心》一九三九年三月播出，一九三九年九月上映；《慈母淚》一九三九年四月播出，一九三九年六月上映；《真假姊妹》一九三九年六月播出，一九三九年十二月上映；《黎明曙光》一九三九年九月播出，一九四〇年九月上映）。實際上，在作為電影廣播劇播出時，大部分電影還在拍攝或製作過程當中，後期的《鐵血慧心》、《黎明曙光》在播出時甚至還未開始拍攝。

從報紙上公布的消息和節目表中的蛛絲馬跡判斷，電影廣播劇播出的形式有兩種。一種如前文提及，從位於新京日毛大樓的滿映試映室轉播播出，如《國法無私》、《田園春光》等。這些劇目採取所謂「電影中繼」之形式，也就是將已初步製作完成的電影投入試播並同時進行轉播，如此則可直接使用影片中的角色對白，而對於必要的場景描寫則以旁白代替。但根據電影的實際製作進度，實際上還有另一種形式，即由話劇團代為播出，播出地點也並非滿映試映室，而是廣播台錄音間。如《黎明曙光》在播出之時就專門提到由於影片尚在攝製過程中，抱著「放送局先

7〈今日放送〉，《大同報》，一九三八年十二月二日，第三版。

行以話劇放送，俾國人先聆聽其故事，而後再觀覽之影片」[8]之目的，由新京放送話劇團參演播出。

三、從《國法無私》看電影廣播劇背後的媒體合作及滿映動向

（一）《國法無私》的大規模宣傳

為什麼選擇了這樣一個時間點以此種特殊形式讓這批電影與大眾接觸呢？他們的背後又隱藏著滿映怎樣的意圖呢？以下將從一九三八年十一月至一九三九年九月間的這批滿映電影廣播劇中最先播出的《國法無私》出發，嘗試對此問題進行論證。

《國法無私》作為第一部代表性作品被播出時，「從事放送人員與《國法無私》中出演人員全部出勤，由《東亞和平之道》之李明以下，郭紹儀、張敏、呼玉麟、薛海樑、王宇培等。導演水江龍一擔當」[9]。這是一次嶄新的嘗試，電影的廣播劇化意味著內容的更加充實以及形式的更加豐富，對於渴求高質量劇本的「滿洲國」廣播劇來說正是求之不得的效果。然而從前文羅列的播出和上映時間差可以看出，電影廣播劇的播出，並不完全出於豐富廣播劇劇本的目的，甚至這只是其附帶的效果之一，真正目的應是在於影片的宣傳。《大同報》在同一時期刊登的關於《國

法無私》的大量宣傳文章也從側面證明了這一點。自一九三八年十一月至次年一月，《大同報》共計就《國法無私》做出過如下報導：

一九三八年十一月二日	《國法無私》一鏡頭　以最高法庭為內景
一九三八年十一月十五日	《國法無私》主題曲確定
一九三八年十一月二十六日	金錢與貞操　《國法無私》中的一個謎
一九三八年十二月八日	滿映作品　《國法無私》本事
一九三八年十二月十三日	《國法無私》一個甜蜜的家庭
一九三八年十二月二十一日	《國法無私》預定正月上映
一九三八年十二月二十五日	時間像夢一樣的過去了　《國法無私》主演李明談
一九三八年十二月三十日	《國法無私》　闡明國法是高於私情的
一九三九年一月十四日	《國法無私》是滿映成功之片　李明張敏更成功
一九三九年一月二十一日	映畫本事《國法無私》（一）
一九三九年一月二十二日	映畫本事《國法無私》（二）
一九三九年一月二十三日	映畫本事《國法無私》（三）

8〈話劇《黎明曙光》梗概〉，《大同報》，一九三九年九月九日，第三版。

9〈滿映之夕〉，《大同報》，一九三八年十一月五日，第三版。

一九三九年一月二十五日	映畫本事《國法無私》（四）
一九三九年一月二十六日	映畫本事《國法無私》（五）
一九三九年一月二十八日	《國法無私》的感想（張敏）
一九三九年一月二十九日	《國法無私》的感想（呼玉麟）
一九三九年一月三十一日	聖上御覽　滿映《國法無私》
一九三九年二月二日	血的注射　《國法無私》與滿洲電影
一九三九年二月二日	《國法無私》的感想（呼玉麟）（崔德厚）
一九三九年二月十一日	《國法無私》的出演後感想（王宇培）

報紙上如此大規模的宣傳力度，在《國法無私》之前很少出現，並且在大面積報導的同時，還以電影廣播劇的形式進行了推廣。又有主要演員長篇大論心得，甚至影片在即將上映前還專門送至溥儀處試映。《國法無私》作為滿映眾多電影作品之一，為何受到如此重視，原因是否在於其內容的特殊？

為討論此問題，先將《國法無私》之內容梗概介紹如下。

青年檢察官馮振鐸這次負責的是名為岳玉梅的女子殺人未遂的案件。岳玉梅有一個在專門學校讀書的弟弟正倫。姊弟從小沒了父母，為使弟弟成為一個體面人物，岳玉梅不得不犧牲自己的青春。她為弟弟籌備學費，成為王宅的家政婦，不幸弟弟被病魔所纏，不得不入院治療。高額醫療費迫使岳玉梅兩次向戀慕她的主人借錢。某夜，她的主人試圖占有她，岳玉梅則用手槍射擊了主人，背上了殺人未遂的罪名。

隨著案情的進展，馮檢察官發現玉梅姊弟的身世與自己和妹妹素蘭的遭遇相似。素蘭早和會社員唐少樵訂下婚約。然而馮檢察官在一次案件調查中，竟意外發現了唐少樵等收受賄賂的黑幕。馮檢察官面臨抉擇，他將不得不對親愛的妹妹的未婚夫施以法律制裁。

岳玉梅案就要公判，馮檢察官為向妹妹道明事實真相，特別要求妹妹去旁聽。縱然那是妹妹的未婚夫，為了維護法律正義，只能拋棄一切私情義無反顧地將唐少樵繩之於法[10]。

《國法無私》作為首部司法題材電影，滿映曾多次強調為拍攝影片專門至法庭取景，還特別讓演員們事先旁聽庭審，顯示了對該影片的極度重視。從內容上來看，該片相較於滿映初期作品在劇情和人物細節刻畫上顯得更為細緻，更加具備一部完整的影片所必須的要素，對其進行大力度的宣傳自然無可厚非。這些都證明了，《國法無私》是滿映在影片拍攝上的一次挑戰。

（二）《國法無私》背後滿映的意圖和動向

為什麼選擇《國法無私》來完成這次挑戰？問題的答案可以從影片簡介中「水江龍一進入滿

10 概括自《大同報》一九三八年十二月八日，第三版。

映後的第一部作品」這句話找到線索。滿映於一九三七年八月成立，背後雖有弘報處和關東軍的支持，但面對同時期外來影片的強大攻勢，電影人才稀缺卻是亟待解決的問題，沒有實力影人的支持，電影國策會社之夢將成為一紙空談。滿映為破解僵局的首選自然是從日本引進優秀的電影人，而響應這一動向來到滿映並改變了其命運的則是曾任日活多摩川攝影所所長的著名電影製作人根岸寬一。將根岸寬一邀請至滿映的是其在早稻田大學時的好友、滿洲弘報協會理事森田久。他聽聞關東軍報導部正苦尋強化壯大滿映的人才便推薦了根岸。根岸寬一應邀統管滿映，同時還帶來了其在日活的同志，日活攝影所企劃部長牧野光雄（後任滿映製作部副部長）。

日本影界重鎮的加入，給滿映的人才引進帶來巨大變數，山口猛在《夢幻電影　滿映——甘粕正彥和電影人們》中對此事做出了細緻描述，在此簡要摘抄以做說明。

> 二人立即著手從日本引進後續人才。劇本方面有因《五名斥候兵》而享獲盛譽之日活荒木芳郎、松竹中村能行、八木澤武孝、新興電影高柳春雄；美術方面有日活堀保治、榊原茂樹。導演方面有從日活多摩川轉職至PCL之大谷俊夫，另有水江龍一、山內英三、首藤須久、津田不二夫。
>
> （中略）
>
> 這些因仰慕根岸或牧野光雄之威望投奔而來的電影人們，讓滿映的製作陣容產生了翻天覆地的變化，至此滿映也終於具備了作為電影公司的基本陣容[11]。

根岸就任滿映常務理事並兼任製作部長，給滿映帶來了一份龐大的名單。對照這份名單，可以發現《國法無私》的導演水江龍一也在其中。不僅如此，《冤魂復仇》的編劇高柳春雄和導演大谷俊夫、《黎明曙光》的編劇荒木芳郎和導演山內英三也赫然在目。《國法無私》是水江龍一進入滿映後的首部作品，那麼另外幾部被播出作品的導演又是如何狀況呢？高原富士郎於一九三八年進入滿映後拍攝《知心曲》和《田園春光》；大谷俊夫於一九三八年進入滿映後拍攝《冤魂復仇》；山內英三則在進入滿映後拍攝《富貴春夢》，《黎明曙光》是他的第二部作品，且該片由滿映、松竹首次合作，大同劇團參演，陣容堪稱豪華。

由以上信息可得出一個結論，即上述幾部電影廣播劇的出現並非滿映的一時興起，而是反映了滿映的一次有計畫、大規模的變革。根岸寬一進入滿映致使大批日本電影人慕名而來，這幾部作品正是他們渡滿之後的處女作或傾注大量精力的重要作品。對於滿映來說，這幾部作品也是其初具規模之後的首次挑戰。回到《國法無私》來看，除首次進入滿映指導拍攝的水江龍一外，演員陣容中還有自《東亞和平之道》後，由北京投身滿映首次參與演出的李明。綜合上述各點就可以看出電影廣播劇背後滿映的轉變：根岸寬一就任滿映理事使滿映具備了作為電影公司的實力，繼而針對電影難以深入民眾的僵局破冰，選擇投入優秀的電影人拍攝首批自信之作，同時通過報紙和廣播各具特色的宣傳模式為首次突破造勢。這一方面解釋了以上一批電影廣播劇在一九三八年末至一九三九年中這短暫的不到一年時間內突然出現的原因，另一方面也揭示出電影、報紙、

11 山口猛，《夢幻電影　滿映——甘粕正彥和電影人們》（東京：平凡社，一九八九年），頁五九—六〇。

廣播三大媒體在這次嘗試中的合作關係。

另外，除導演編劇之外，這一批影片當中還反映了滿映在壯大之初針對演員的一次「造星運動」。滿映為強化演出陣容，除引進實力影片製作人之外，演員的培養同樣成為當務之急。為解決這一問題滿映成立了演員培訓所，招募並培訓了一批青年演員。張敏、王宇培、劉恩甲等人便是第一批畢業生。同時吸引觀眾還需要立即可集聚關注的影星，為此滿映決定專門在外尋覓，並直接引進符合要求的演員。這一動作的結果便是「由北京投身滿映後首次參與演出的李明」。從這批作品的演員名單中，可以看到李明以及滿映首批培訓生的頻繁出現。尤其是李明擔任了數部影片的主演，在關注程度上並不弱於後來成為滿映巨星的李香蘭。滿映對李明曾寄予厚望。李明在滿映的兩年時間裡迅速成長為巨星，滿映也多次表示希望其長久留下的意願。再回到作品本身，李明受邀來到滿映之時滿映曾公開表示將為其量身打造一部影片，這部影片正是《國法無私》。

綜上所述，《國法無私》表面上是滿映對新題材的一次嘗試，背後其實隱藏了其在政策動向上的一次巨大變革，包括首批日本實力影人進駐滿映，首批自主培訓的演員投入使用，首次嘗試打造巨星。這才是《國法無私》受到前所未有的媒體關注以及作為首部電影廣播劇播出的真正原因。

並且，以《國法無私》為代表的這批電影廣播劇，還反映了在當時的電影配給和上映制度下，滿映和電電所做出的新的嘗試——如何在有限的上映時間內追求影片的效果最大化。

滿映成立後所面臨的來自電影市場的壓力眾所周知。滿映製品的影片帶著所謂文化電影的目的，一方面擔負著盡快滲入觀影群體的重任，同時還要試圖在外來影片的強大攻勢下尋求突圍的機會。無論是內容、製作以及受眾，相較於同時期的進口影片滿映作品都不占優勢。雖然在配給制度上，滿映擁有「命令影片上映」的特權，但因影片上映期間短，最長不過數日（即便是《國法無私》也僅僅獲得了正月初一至初四的四天上映期）。滿映經過改組後大幅縮短影片拍攝期到一至兩個月內，即便如此，一部影片從開始拍攝到後期製作完成，直至上映所需要的時間也少則數月多則半年甚至一年。相較於漫長的製作週期，短短數日的上映時間對滿映來說可稱得上是奢侈的浪費。面對此種情形，如何讓影片的功能最大化，使其有更多的機會與民眾接觸？將其以廣播劇的形式播出是一個不錯的選擇，這一舉措變相地延長了影片的生命，在廣播和報紙等媒體的協助下，滿映的作品可以最大限度地獲得關注，在起到宣傳效果的同時讓影片的前期投入獲得了最大效果的發揮。這也解釋了為什麼電影廣播劇選擇在上映前幾個月，而不是上映後播出。

四、小結：聲與光的短暫交匯

本文以電影廣播劇為線索，分析了它出現的原因、內容、形式，填補了並未引人注目的「滿洲國」廣播中一個小小的空白。電影廣播劇的出現，對於「滿洲國」的廣播事業來說或許不是一件大事，僅希望隱藏在其背後的滿映政策及動向上的變化可以給相關研究者在研究方向上提供新的靈感。

回到文章最開始所關注的另一個問題，即廣播和電影作為媒體間的關係，圍繞在電影廣播劇周邊的諸多現象也給出了可供分析的依據。前文已提及，從「滿洲國」新聞和廣播的角度出發，在高度集權的影響下，他們作為傳統和新興媒體並未形成競爭關係而是相互輔助。通過本文對電影廣播劇的宣傳功能的分析，可以看出即便考慮電影在內的三者關係也同樣符合這一論斷。電影廣播劇的出現在形式上豐富了廣播劇的種類自不必言，更值得關注的是它實際上是「滿洲國」電影在蓄勢待發，或者說初具規模之時通過同時期的其他媒體所完成的一次成長。

和廣播在發展之初，借助報紙的媒體力量逐漸獲得公眾認同和發展一樣，電影廣播劇同樣可以看作滿映對報紙和廣播的求助。它解決了滿映具備電影製作實力之後急需解決的三個問題：如何迅速獲得民眾關注、如何在電影上映之前將宣傳效果最大化、如何盡可能地延長影片的文化生命。對電影廣播劇的分析，側面印證了「滿洲國」的報紙、廣播和電影在動向上的高度統一。回看圍繞《國法無私》的各種報導，可以發現均為集中性、規模性的宣傳，鮮有後期觀眾反饋或電影批評之類的消息。這並不代表這些聲音不存在，滿映電影在「滿洲國」始終未獲得認可，即便在當時也評價不高，呈現如此一面倒的形勢似乎只能理解為主流媒體在特定前提下的強制展示。這自然是殖民地環境下所特有的，即媒體作用的單向性，通過各媒體的配合完成了對受眾群體的信息傳達，宣傳口徑的高度統一展現了明顯的操作痕跡，即便是作為娛樂媒體也幾乎忽視反饋的過程，忽視來自讀者、聽眾或者觀眾的聲音——這似乎是「滿洲國」各大媒體的通病。

但身為殖民地媒體的片面性並不能否定電影廣播劇的意義，尤其是其作為報紙、廣播、電影的合作成果所展示的諸多信息，對再現當時的媒體環境有重要參考價值。

之所以用「短暫」來形容，是因為就已知的調查來看，電影廣播劇的存在時間並不算長。自一九三九年九月《黎明曙光》提前上映將近一年時間由新京文藝話劇團作為「放送話劇」播出之後，滿映的電影作品似乎鮮有以此種形式同聽眾見面的機會。一九三九年末是一年前根岸就任理事長以來，滿映迎來的又一個巨大轉折點。該年十月映畫法實施，在法律層面上落實了電影製作及配給制度以及劇本審查、文化電影的拍攝方針和進口電影的上映限制等諸多事項。十一月，甘粕正彥代替根岸就任滿映理事長，根岸則降為數名理事之一。甘粕正彥帶來了滿映成立之後的最大轉變，即否定根岸當初所定下的以數量為優先的製作方向，確定「啟民」和「娛民」電影的製作方針，分別成立相關製作部門。當初協助根岸向滿映注入大量新鮮血液的牧野在甘粕的機構改革下就任了娛民映畫製作部的部長。演員方面，李明在一九三九年十一月完成《真假姊妹》的拍攝後暫時離開了滿洲影壇[12]。滿映的演員陣容也在甘粕盡量起用本土演員的號召之下，進一步加強了演員的培訓和新演員的起用。電影廣播劇在這一年遠離了廣播的舞台，它所代表的滿映的一次革新過程也在同一時間落下帷幕，而甘粕正彥的上台，將帶領滿映走向另一個方向。

電影廣播劇的出現，是一次偶然的創新，還是同時期媒體網內的共象，這一問題仍有待探索。以此為線索將當時日本殖民下的朝鮮、台灣和「滿洲國」串聯起來觀察，或許又會有新的發現。而在「滿洲國」，滿映和電電之間的合作並未終結。一九四〇年七月，滿映和電電聯手攝製了一部名為《藝苑情侶》的影片。這是一部以廣播事業為題材的電影，劇本及編劇由荒木芳郎擔

---

12 一九四〇年李明曾再次回滿映拍攝過兩部影片《愛焰》和《流浪歌女》，後者是其在滿映的最後一部影片。

任，導演大谷俊夫，講述了一名劇團演員如何通過廣播成為一名萬眾矚目的女明星的故事。電電對此片十分重視，提供新京中央廣播局作為外景拍攝地，在影片製作上給予最大程度的協助。這部電影可稱得上是滿映和電電真正意義上的事業合作，其背後的細節無論是對於「滿洲國」電影還是廣播研究都應具備重要價值。鑑於這一合作電影在研究界還未受足夠關注，本文便在此留下未完的課題，以為倉促的結尾。

附錄：幾部電影廣播劇的詳細內容（摘自《大同報》）

一、《國法無私》（一九三八年十二月八日第三版）

青年檢察官馮振鐸，是和平常一樣的，被妹妹素蘭送到大門口，就要上班去。在法院的門前下了公共汽車，這時有賣報童子在賣著朝刊口中喊著：「正式調查，問題的女性？」就在這時，法院的門前，又停了一輛護送犯人的汽車。在十分痛苦的姿影裡，由警士護送而跳下車來的，是一個女人，她就是構成問題的殺人未遂犯岳玉梅。今天就要由馮檢察官檢舉她的犯罪行為。

馮檢察官的調查室。

低著頭的岳玉梅，開始被詢問了。

「你就是十月九日，在明鶴街三號王宅家政婦謀殺主人未遂犯的主角嗎？」

「是的！」

「關於你兩次曾經借過了二百五十圓的事實當然是有的，不過，你不知道究竟男人把錢借給了你，是作怎樣的打算呢？……」

岳玉梅有一個在專門學校讀書的弟弟，名字叫做正倫，姐弟從小就死掉了父母，玉梅為了要使弟弟成為一個體面人物，當然得犧牲了自己的青春，而代替了母親的責任，她為弟弟籌備學費，就作了王宅的家政婦而從事勞動，然而，不幸弟弟在求學的中途，被病魔所纏，不得不入院治療，這樣一來，弟弟的療養費成了當前的問題，事實督促岳玉梅曾向日夜在戀慕著她的主人，兩次借了二百五十塊錢，某夜她的主人突然擁抱了玉梅，執拗的向她要求著女性所誇示於人的……岳玉梅羞怒的用手槍射擊了主人，終於殺人未遂犯的罪名，加在了她的身上。

隨著檢舉的進展，馮檢察官發現了玉梅姐弟的身世，與自己和素蘭的遭遇相似。妹妹素蘭，早就和會社員唐少樵訂立了婚約，這也是為了某事件的突發，同時又是由於馮檢察官調查的結果，竟意外判明了唐少樵等收受賄賂的暗幕。馮檢察官這次對於自己親愛的妹妹的未婚夫，不得不施以法律的裁判了。

另一方面，岳玉梅就要公判，馮檢察官因為要促使妹妹的知道事實的經過。特別要妹妹去旁聽岳玉梅的公判。

縱然那就是妹妹的未婚夫，為了維護法律的正義，也就拋棄一切私情，而實施唐少樵罪的檢查。

二、《田園春光》（一九三八年十二月二日第三版）

離都會很遠的鄉屯。

周宅是一家富戶。主人周海臣雖然是位敦厚長者，但是回想到他的致富的經過，乃是用某種陰謀陷害趙家，乘著他那失敗，才成的暴富。周宅的管家明哲，為人欠佳、狐假虎威，苦逼村民。就是在這荒年的時候，也要強收租糧。

趙家家運不幸，備嘗艱難，愈演愈烈，無法維持。主人趙明禮依其子家祿，女香馥雖竭力勞動，終久不能得好結果，被明哲所逼迫，不得已去賣馬，但是所得馬價尚不夠租糧的五分之一。

周女蘭芬與趙家祿是一對未婚夫婦，那是在趙家興旺的時候訂的婚約，男女兩邊皆歡天喜地地等候吉期，對於這蘭芬想吃天鵝肉的管家明哲，漸漸的露出他那可憎的樣子來了。

家祿雖是在鄉屯這樣勞動，結局不能償還債務，父子三人終久只有不免備受艱苦。在暗黑的夜裡留信予其妹，託其照料其父，隻身離家，到都會謀事。

一方周家管家明哲，向主人海臣談判，要求與蘭芬結婚。

主人說：「她在小孩的時節，已經許配趙家祿了。你可斷念吧。」

這樣被拒絕的明哲改口說：「從前，用欺騙的方法使得趙宅倒霉，卻成了你的發財的機會……人們運氣，皆是作惡得來的吧。我想將那件事在村中說說。」明哲的強迫，絮絮不休。

在暗中聽說這事的女兒蘭芬，恨她父親過去的虛偽，現在自己家裡雖很好，但是想到趙宅的沒落，不能坐視，她決意到都市去見家祿，同他回到鄉屯，向他賠罪。那女子也離家了。但是那會這個地方絕不是他們所想的那樣的，他們不但不能相見，家祿變成了流氓，蘭芬卻被拐子所騙作了平康里的神女。

在鄉屯呢，為救助父病，家祿的妹子香馥，舍了可憐的身體，向如虎似狼的明哲犧牲了她的貞操。這不過為了緩和一點對她父親的嚴酷催款罷了。

在都會的二人，偶然在妓館相會。形色大變，各吃一驚。細細談起來，才知一切的經過。身體雖然被污，但是精神上並無變化，又復可喜。二人遂攜手回到鄉屯去了。

在那故鄉裡開始他們的新生活了。由明哲受孕的香馥要自殺不止一次，但為兄嫂的新生活所激勵，也得入了新的生活了。

村中生活，因循敷衍，不知改進，他們一洗過去的種種惡習，而且不欲再使別人受到自己所經驗的那種悲劇，進入了新時代農民的新生活線上而存在的農事合作社，為救濟貧窮的農村去努力。

三、《冤魂復仇》（一九三九年一月三十一日第三版）

空了十五年的恐怖巨宅。老陳和老宋為了躲風避雨是不怕鬼神的。

兩個人占據了這所大宅不久，又邁入了一對青年夫婦。二人裝神弄鬼，用盡了種種方法，迫使這一雙青年夫婦日夜不安的疑神疑鬼。廚房的葡萄酒忽然失去了，臥室的天花板忽然流下了血水，這是該多麼使人驚心動魄的事情啊！

青年夫婦逃出了這恐怖而陰森的巨宅。房東老楊是為這件事情在憂慮著。如此皇麗的住宅，竟招不來房戶，每年的損失，總不算輕微。陷於焦急無計可施中，派遣了一個勇而無謀的周夥計去探虛實。

懷著鬼胎的老周，在陳宋兩人戲耍之下，從九死一生中，逃了他的性命。

巨宅有鬼，這件新聞遠近都知道了。捉鬼的懸賞布告，在街頭巷尾出現了。

陳與宋兩人，應募捉鬼的勇士，自以為是手到病除，如探囊取物，不費半點工夫。誰知道竟在這吹起陰風之夜死了十五年的幽靈，竟在陳宋兩人眼前出現。

二人對這恐怖的幽靈，最初是驚懼，繼之則安心，最後聽了幽靈的吩咐。

這幽靈是十五年前屈死在楊亂刀之下的冤魂，祇有一個女孩名字叫桂鳳。楊霸占了他的房產，又迫害他的姑娘，這沉在海底的冤仇同時囑託了老陳和老宋。

報仇雪恨之後，又從古老的家宅，挖出了珠寶藏金。恐怖的故事，才像煙一樣的結束了。

四、《黎明曙光》（一九三九年九月九日第三版）

某縣附近有王鐵梅匪團盤踞著，擾害良民，在會議中縣長和吳局長想借國軍之力殲滅匪人，可是岡參事官對於這件事還想考慮一番。

某晚，岡參事官和田中警務進行了靜靜的談話，岡的意思，因為王鐵梅在事變前是本縣的一個警務局長，事變後，被土匪苗國秀引誘入了匪團，王鐵梅的歸降是意中事，所以寧可去勸說他，不願妄動干戈，使農田變作戰場，田中也同意此點，他明天便要出去討伐，並乘機探看土匪是否有歸順之意。

田中帶隊出發了，探報在附近有某鐵匠鋪給苗匪團修理槍械的事，搜查的結果，把鐵匠和槍支都帶到宿營的農家詢問，是晚由鐵匠的口中說出，鐵梅和苗國秀不和，二人分離，王鐵梅一心想要歸降的事。正在詢問著，外面來了匪人，將房圍住，因為眾寡不敵，田中和其餘的警士全戰死了，只有張警長受了田中的口諭，去報告王鐵梅是有心降的突圍而去。張警長逃歸，報告岡參事官。岡決意要繼田中之志，乃隻身去見王鐵梅並令國軍，若三日後不得消息，即行進擊。岡王見面了，經過一番的懇談，王鐵梅允許投降，二人握了手。

一個暗影的到來，竟釀成一幕悲劇。這個暗影，正是苗國秀。他於次日晨用計將岡參事官騙到某地，用槍擊斃。王鐵梅見著苗國秀，也將苗打死。三天以後，國軍進攻，王鐵梅站在岡參事官的死體前，凝然不動，最後中彈，貫通胸部，他的部下便投降了。

・原住民、少數者與帝國・

「蕃婦」形象中的二元對立與殖民地問題

以真杉靜枝的台灣原住民族關係作品為主[1]

簡中昊／國立屏東大學應用日語學系

一、序文

本文的目的，在於以歷史與文學史之背景為主，探討真杉靜枝的台灣原住民族關係作品（以下簡稱原住民作品）中的「蕃婦」[2]形象，並藉此重新審視其原住民書寫的特徵。

如何解釋、甚至超克殖民者／被殖民者的關係，一直是日人作家的原住民書寫中的重要主題。當然，二元對立的概念並非日本獨有之物。至少從文化人類學的觀點來看，自十七世紀末

1 特別感謝匿名審查人、吳佩珍老師、柳書琴老師、劉建輝老師以及李文茹老師，在本文撰寫過程中，給予筆者諸多寶貴意見。

2 當時對於原住民女性的蔑稱。本稿中所使用的「蕃地」、「蕃人」等類似用語，皆為表述歷史事實而用，絕無任何不尊重台灣原住民族之意，特此聲明。

起，西歐文明便已經展開關於「文明－野蠻」的論述[3]。而日本加入其中，乃是自十九世紀後半始。眾所周知，福澤諭吉在《文明論之概略》中，將當時的世界分為三等：「文明」、「半開」與「野蠻」。而福澤更將「文明」解釋為一種相對概念：「即使是半開之地，如將之與野蠻相較，亦不得不稱之為文明」。靠著福澤的「巧思」，近代日本得以加入「文明國」的行列。

然而，二元對立的概念無法立即適用到殖民地台灣。因為存在於統治現場的，是隱喻著「文明序列」的三重結構：「內地人（日本人）－本島人（漢民族）－蕃人（原住民族）」。在一連串的歷史事件之後，三重結構才得以轉化為二元對立：對近代日本而言，在八瑤灣事件、牡丹社事件與「五年理蕃計畫」中反覆出現的獵首行為以及武力衝突，使得原住民族的「野蠻性」表面化，而漢民族的「未開性」就相對地隱而不現、退居其下。如此「內地人－蕃人」（即「文明－野蠻」）的圖式才得以成立。

另一方面，關於二元對立的言說之成立與展開，也跟殖民地的統治現場息息相關。最具代表性的，則莫過於一九三〇年的霧社事件。作為台灣殖民史上的大事，霧社事件同時也使得「文明－野蠻」的二元對立正式浮現於文學之中，成為原住民書寫中的重要議題。要如何解釋事件（以及其所隱喻的二元對立），成為日人作家們的重要課題。

筆者認為，在作家們詮釋此一課題時，「蕃婦」扮演著重要角色。如同後述，當局並沒有將「蕃婦問題」[4]視為引發霧社事件的要因，但是在文學作品中，「日本人男性－原住民女性」的關係經常成為創作主軸。例如事件前的佐藤春夫與事件後的大鹿卓、中村地平即描繪出各自的「蕃婦」形象，並做出不同詮釋。到了戰時，在國策的影響下，總督府創造出「莎韻之鐘」神話，用以消解殖民／被殖民者之間的對立關係。莎韻神話的風潮幾乎遍及當時所有的文學創作，而真杉靜枝便是於此時創作原住民作品。

出生於日本福井縣的真杉，嚴格來說並不能稱為灣生。然而對於在殖民地度過少女時代的她而言，或許台灣才是真正的故鄉。實際上，在她的文學生涯中，殖民地台灣也一直是重要主題。她所書寫的原住民作品，主要是以日本人女性的視角觀察原住民女性，並構成獨特的「蕃婦」形象。

迄今為止，針對真杉文學的研究，大多是以作家的個人史、精神史或是性別研究的角度加以探討。而本文將在歷史與文學史背景的前提下，將真杉描繪的「蕃婦」形象與其他作家比較，重新審思真杉的原住民書寫之特徵。

3 詳細請參照川田順造，〈「善き野蛮人」から「野生の思考」へ——『未開』社会とヨーロッパの意識——〉，二宮宏之（編），《民族の世界史9　深層のヨーロッパ》（東京：山川出版社，一九九〇），頁一九四—一九六。

4 如同後述，由於「理蕃」當局的政策引起的山地統治問題。

二、霧社事件與文學書寫：「蕃婦問題」與二元對立

（一）「蕃婦問題」的提起

一九二〇年的夏天，佐藤春夫進行了為期三個月的「殖民地之旅」，所遊歷之地包含福建、廈門以及台灣。而此次的旅行，也促成他在文學與思想上的轉變。雖然佐藤以異鄉、異文化體驗為素材的創作，大多是以漢民族為主，但發表在雜誌《改造》一九二五年三月號的〈霧社〉則獨樹一格，被視為是提及台灣山地統治問題與霧社事件的先聲。佐藤於山地旅行之際，霧社以北的「薩拉馬歐蕃」群起反抗並殺害駐在所的十九名警察官，而他也在〈霧社〉中描繪出山地當時緊張不安的氣氛，以迂迴的方式批判台灣總督府的「理蕃」政策。

〈霧社〉的主角「我」漫步於山中，而「我」所見的「蕃人」都象徵著特定的山地統治問題。比如說，負荷著無論重量與大小、「以件計價」一個五錢的行李搬運工，象徵著低工資的勞動／經濟體系。梅毒病患象徵著「性」與「文明病」的問題。鸚鵡學舌的學童們，表現出殖民地教育的本質。不但缺乏「蕃地」的物產，而且只提供最劣質的「內地」商品的物產交易所，表現出總督府對原住民族的漠不關心[5]。這些「蕃人」形象表現出佐藤敏銳的觀察力與批判精神，但

與此同時，原住民的形象也遭到扁平化／單一化：佐藤所描寫的原住民都只不過是沒有個性的「角色」，是用來表現山地統治問題的「無名者」。然而相較於「無名者」，作中也有令人印象深刻的登場人物：「口譯的蕃婦」與「賣春的少女」。

> 有一位奇異的人物，站在蕃丁們的前面。（中略）這個人長得特別高（中略）挺起胸膛，看起來威風凜凜，從腳、身高到站姿以及態度，看起來都像是男人（中略）然而當她走近時，乍看之下雖然有些令人畏懼，但骨架與外貌一見而知是女性，而且是日本人——是內地人打扮的蕃婦。[6]

「我」從旅館主人的口中聽說「蕃婦」曾與日本警察官結婚卻遭到拋棄，依照族中的慣例不可回去「蕃社」，於是當地官員雇用她權作「蕃語」口譯。「我」從「蕃婦」的身上感受到一種「威風」，令「我」感到有些「畏懼」。其後「我」遇到了兩名少女，得知她們是「蕃婦」的女兒。少女們邀請「我」進入一棟「蕃屋」，然而「我」看到屋子中有床，猜測少女們是賣春婦而拒絕進入屋中。其後，「我」跑上了一座小山丘，其中一名少女跟了過來。

5 請參考拙論，〈佐藤春夫——「魔鳥」と「霧社」における台湾原住民像〉，和田博文・黃翠娥（編），《〈異鄉〉としての大連・上海・台北》（東京：勉誠出版，二〇一五），頁三三七。

6 佐藤春夫，〈霧社〉，《霧社》（東京：ゆまに書房，二〇〇〇），頁一四六。

> 「沒有。」少女這樣回答著，抬起看著草地的眼眸，將目光投向我的臉龐，她的眼眸在月光下顯得晶瑩燦爛。我突然不自禁地一口氣衝下山丘，自己也不知道為什麼。我向自己解釋，那是因為恐怖與誘惑交錯的複雜心緒吧。[7]

與「蕃婦」相較，「我」對於「少女」的感受是截然不同的，「我」對於「屋中有床」的觀察與「賣春婦」的想像，暗示了從少女身上感受到的「恐怖」與「誘惑」，其實是一體兩面：「性」的吸引力、潛伏其下的男女情事，以及可能引發的殖民地問題。於此可以看出「蕃婦」和「少女」與其他「無名者」不同，都是可以打動「我」的心靈深處，而令讀者產生鮮明印象的角色[8]。筆者認為，藉著描寫「蕃婦」與「少女」，佐藤暗示著殖民地問題的「連鎖生產」：「蕃婦」因為遭到日人警察的拋棄，做起口譯的工作。而她所生的女兒，因為「父親的缺席」而導致生計困難、淪為娼婦——最終造成了「跨世代」的山地問題[9]。如果考慮到霧社事件與其後的相關作品，可以說〈霧社〉不僅是著眼山地問題的先驅，也樹立起「蕃婦」書寫的文學傳統：透過對原住民女性的描寫，指出山地統治問題的同時，也幽微地觸及「日本人男性—原住民女性」的二元對立圖式（以下簡稱二元圖式）。

（二）「蕃婦」形象與二元圖式

在霧社事件後書寫原住民的日人作家，大多與佐藤擁有相同的創作思維。在一九三〇年代進行相關創作的大鹿卓與中村地平，也多以「日本人男性—原住民女性」的關係作為創作主軸。大鹿本人雖然沒有到訪過台灣山地，但是他致力於描寫日本警察官和原住民女性的戀愛。而中村則是活用自己在台灣求學與旅行的體驗，以各種方式描繪原住民的形象。以下將分別以他們的作品為例，試論事件後的日人作家所寫的「蕃婦」形象。

直至戰爭結束為止，正面描寫霧社事件的作品並不多。大鹿是以描寫其他事件的方式，來詮釋日本與原住民的衝突。他於一九三〇年代前半創作一系列的原住民作品，並以其中的〈野蠻人〉獲得一九三五年的中央公論賞。在〈野蠻人〉中，大鹿透過描寫「蕃婦」的形象，表達出「野蠻」的重層性[10]。然而在此筆者想要探討的小說〈蕃婦〉，是一篇以一九一〇年初期日方討伐高雁社（位於當時新竹州大溪轄區內）為題材[11]，較不為人所知的作品。

這個男人就像狂暴的種牛一樣棘手，不好好處理不行。「噯，威藍悠諾」她從背後叫住他。「我有煩惱呢」她意識到自己接下來要說謊了，禁不住感到一陣暈眩，慌忙地隨口說下

7 同前書，一七二頁。
8〈佐藤春夫——「魔鳥」と「霧社」における台湾原住民像〉，同前書，頁三三八。
9 同上，頁三三九。
10 請參考拙作，〈大鹿卓の『野蛮人』——植民地時代における二元対立論への挑戦——〉，《日本研究》第四七集（京都：国際日本文化研究センター，二〇一三），頁一〇九—一二六。
11 河原功，〈大鹿卓「野蠻人」的告發〉，莫素微（譯），《台灣新文學運動的展開：與日本文學的接點》（台北：全華圖書，二〇〇四），頁五〇。

去。（中略）威藍悠諾伸手撫摸著懸掛在腰際的蕃刀，表情猙獰，眼裡燃著怒火。看到他如此憤怒，她心想是否挑撥過了頭，忍不住覺得有些害怕。[12]

〈蕃婦〉的大意如下：「蕃婦」撒比莫娜因為嫉妒同族的女性與日本人警察的戀情，因而挑撥「蕃人」威藍悠諾殺人，引來日方的討伐。值得注意的是，在這個作品中，「蕃婦」的形象與〈野蠻人〉中所描繪的不同，並非單純只是「野性象徵」，而是一種「魅惑之女」的形象。小說後來更描寫隘勇看到威藍悠諾，從他身上感受到「充滿敵意的暴力」以及「無人能抵的威壓」[13]。本作中的「蕃人」，是因為嫉妒以及女性的教唆而殺人的狂暴男性。

根據大鹿本人的說明，一九三三年的作品〈蕃婦〉，是在〈野蠻人〉之前的「習作」[14]。以此而言，或可說〈蕃婦〉是〈野蠻人〉之「原型」。雖然大鹿在幼時曾跟家人短暫移居台灣，然而幼時體驗恐怕對他的創作並無太大影響。先行研究指出大鹿的創作素材主要得自於好友河野密；河野是全國大眾黨（當時的日本左翼政黨）的高層黨員，在霧社事件後曾經前往當地調查。由於大鹿的創作素材主要得自於河野的調查結果，這也導致他的創作侷限在一定範圍內[15]。不過正因如此，我們或可說〈蕃婦〉中的「蕃人」形象，表現出大鹿卓——或可說是近代的日本人最原初的想像：事件是一場為了女人而引發的戰爭。這種解釋以最單純的方式表現出當時人們對於事件的猜測，也與稍後會提及的「蕃婦問題」相互連動。

相較於〈蕃婦〉，中村地平的〈霧之蕃社〉是由正面描寫霧社事件的作品。不過作品本身的敘述基調，並無法超越總督府所允許／給予的詮釋範圍，因此作中的「蕃婦」無法令人留下深刻的印象。然而，中村在另一個作品〈蕃界之女〉中所描繪的「蕃婦」形象則令人印象深刻。

混合著汗水與泥土味的體臭撲鼻而來。為了替三吉試穿衣服，伊娃輕輕地扶著他轉身那一瞬間，她柔軟、溫暖的乳房無意間碰到了三吉的指尖。忙於繫住腰帶掛鉤的伊娃，也無暇移開身體。三吉的胸中湧起一股暖流，內心鼓動，感覺彷彿自然的生命力正吹襲著自己衰弱的身體。[16]

〈蕃界之女〉的大意如下：畫家三吉在東京與「臉色陰鬱」的妻子過著不幸福的婚後生活，因而前往台灣東部旅行，遇見「蕃婦」西芭露伊娃，就此展開一段邂逅。眾所周知，中村本人因為與父親的不合以及療養神經衰弱，年少時期便前往台灣留學。可以說在他展開作家生涯前，就將殖民地台灣設定為他心中的「癒療之地」。因此，中村所描繪的「蕃婦」形象，不僅是殖民地台灣獨有的「南方風景」，也象徵了他心中的「癒療之力」[17]。另一方面，中村所描寫的「蕃人」

12 大鹿卓，〈蕃婦〉，《野蛮人》（東京：ゆまに書房，二〇〇〇），頁七四。
13 同前書，頁七九。
14 大鹿卓，《野蛮人》（東京：白鳳書院，一九四九），頁三〇三。
15 河原功，〈大鹿卓「野蠻人」的告發〉，同前書，頁五八。
16 中村地平，〈蕃界の女〉，《中村地平全集　第一卷》（東京：皆美社，一九七一），頁二七八。
17 關於中村地平的眾多前行研究皆有論及此事，可參照晚近具代表性的論著，如：岡林稔，《南方文学 その光と影：中村地平試論》（宮崎縣：鉱脈社，二〇〇二）。

是極為友善的角色。伊娃的丈夫伊揚皮塔被描繪為一個穿戴著「卡其色的青年團服」與「戰鬥帽」、「區分不出是內地人還是蕃人」、「令人喜愛」且「三吉也立刻喜歡上」的「健壯青年」。

皮塔的形象來自於作家本人的需求，同時也與總督府在霧社事件後的山地經營相關。首先，皮塔在「療癒—被療癒」的關係中，扮演的是輔佐「蕃婦」（＝療癒之力）的角色。此外，霧社事件後，總督府制定「理蕃政策大綱」，重建「理蕃」體制，確認由「教化」推行同化的方針：由「授產」跟「精神」兩方面進行[18]。駒込武引用政策大綱制定後的首任「理蕃」督學橫尾廣輔的文章〈對蕃人教化之一考察〉（《理蕃之友》，一九三三年）指出：同化並非形式，重點在於透過「國語」（即日語）教育體會日本式精神[19]。駒込更進一步指出，在一九三五年、一九四〇年的統計中，原住民族在初等教育的就學率都高於漢民族，然而即使原住民完成初等教育，畢業後也會受到原住民社會的強固文化力「感染」，「逆轉為從前的蕃人生活」，因而有必要進行社會教化，此一教化主要就是透過更進一步的「國語」教育與青年團來進行[20]。

關於前者，一九三六年，當局發布《高砂族國語講習所規定準則》，於駐在所或派出所併設國語講習所，主要教授科目為「國語」與「修身訓話」，對象為十二歲以上者，而透過交叉比對漢民族與原住民族在一九三七年、一九四二年的「國語」普及率，可以得知對原住民族的「普及」，是以年輕世代為中心，其程度非常激烈[21]。

關於後者，日本自古便存在被稱為「若連中」、「若眾組」或是「若者組」、與民眾生活擁有密切關係的青年團體。時至近代，由於明治政府認為對青年的動員也是日俄戰爭的勝利要因之一，所以在戰後大力推動成立青年團。到了一九二〇年代，在殖民地台灣各地也都已成立青年團[22]。原住民族原先便具有傳承部族傳統的青年教育機關，霧社事件後，當局將之解體並重構，改為教授「國語」或日式集體訓練的團體，其目的是在於培養山地政策的「支持者」。一九四〇年，原住民青年團已經高達四百七十團，取代山地原有的勢力者或頭目階層，隨後更被賦予軍事動員的任務[23]。〈蕃界之女〉是一九三九年的作品，說著流暢日語、穿著青年團服的皮塔，可說是象徵著霧社事件後到戰時下的「蕃人」形象之轉換：從帝國的「反叛者」轉為「擁護者」。

雖然佐藤、大鹿與中村各自描繪出不同的「蕃婦」形象，然而卻有一個共通點：他們都將自身投射在作品中的男性主角，並以此描繪「蕃婦」。佐藤春夫的〈霧社〉自不待言，〈野蠻人〉中的主角田澤也與大鹿本人有幾分相似：田澤是礦業鉅子的兒子，卻參加左翼的勞工運動。而大鹿家中代代經營造酒與船運業，後來雖然家道中落[24]，也曾是資產階級；而由與河野的關係看來，大鹿跟左翼政黨的關係也相當密切。〈蕃界之女〉的主角三吉，則被認為是中村的「分身」[25]。

18 駒込武，《總戰力與台灣——日本殖民地的崩潰》（台北：國立台灣大學出版中心，二〇一四），頁二八三—三〇七。
19 同上，頁二九三。
20 同上，頁二九三—二九四。
21 同上，頁二九四—二九六。
22 林素貞，《二〇〇二年度　財団法人交流協会日台交流センター歴史研究者交流事業報告書　日治時期原住民青年團》（東京：財団法人交流協会日台交流センター，二〇〇二），頁四—五。
23 駒込武，《總戰力與台灣——日本殖民地的崩潰》，頁二九八—三〇〇。
24 河原功，〈大鹿卓「野蠻人」的告發〉，同前書，頁四七。
25 蜂矢宣朗，《南方憧憬：佐藤春夫と中村地平》（台北：鴻儒堂出版社，二〇一〇），頁一〇三。

可以說，這三位作家都將自身投影於男主角，並以「日本人男性─原住民女性」的關係為主軸創作，其創作流程如下圖所示：

佐藤與大鹿所描繪的「蕃婦」形象，包含著他們對原住民女性的觀察與憧憬，同時也表達出他們對於殖民地統治的想像與質疑。相較於此，值得一提的是，中村是基於自身獨特的「南方憧憬」而前往台灣：中村書寫原住民之時，也是他提倡「南方文學」之際。用中村自己的話來說，「南方文學」的建設乃是主張將「明快」、「樂天性」、「動感描寫的卓越之處」、「感覺式的抒情性」、「神話式的幻想力」、「熱情的飛躍性」等「於南方產生的文學」之各種特徵，作為新的要素而活用於日本文學[26]。所以中村描寫的「蕃婦」形象，是作家個人對殖民地的觀察，同時也是其文學理念的實踐。

值得注意的是，在此一圖式中常被忽略的「蕃人」（＝原住民男性）形象，實則為使圖式得以成立的「關鍵」。比方說，相較於威藍悠諾因為嫉妒與憤怒而殺人，終於引來日方討伐，伊揚皮塔對三吉表現出友好與善意，使得三吉與伊娃的關係得以不成為「問題」。換言之，「蕃人」可說是介於「文明男性」（＝近代日本）與「野蠻女性」（＝台灣原住民）之間，使得二元圖式得

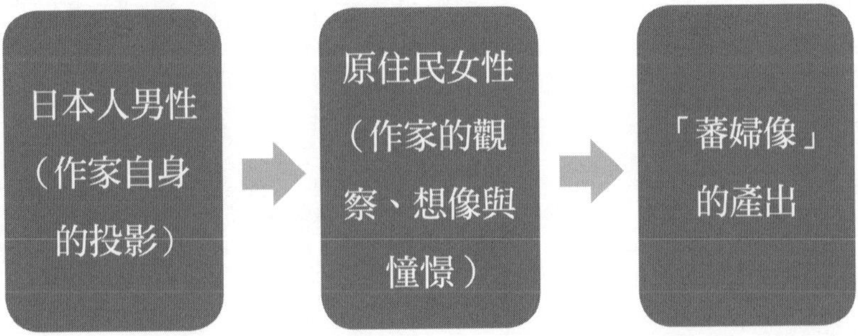

以成立的「關鍵性人物」。

三、真杉靜枝的「蕃婦」書寫

（一）真杉的「蕃婦」觀察：「文明化」的過程

真杉以其對殖民地女性的書寫而聞名，收錄在一九四一年六月與十一月出版的作品集《南方紀行》跟《囑咐》中的原住民作品，也均以「蕃婦」為主要的描寫對象。《南方紀行》分為「廣東春日記」與「台灣的土地」兩部，分別記錄了真杉的廣東訪問與台灣旅行的體驗，其中關於原住民女性的作品有隨筆〈征台戰與蕃女小台〉、〈台灣女性瞥見〉以及小說〈蕃女理韻〉。在此先以前兩者為對象，探討真杉的「蕃婦」觀察。

〈征台戰與蕃女小台〉的主角小台，是牡丹社事件中的實際人物。一八七一年，來自琉球王國的宮古與八重山群島的納貢船因為遭遇颱風吹襲，漂流到台灣南部。登岸的六十六名生存者中，有五十四名遭到排灣族的殺害，稱為八瑤灣事件。一八七四年，明治政府以此為藉口出兵討

26 中村地平，〈新しさの方向〉，《中村地平全集　第三卷》（東京：皆美社，一九七一），頁四八。

伐，稱為牡丹社事件。日軍在占領牡丹社的過程中，俘虜了一名排灣族少女，取名為「小台」，並將她送往東京接受半年的近代女子教育，其後讓她返回故鄉。小台也成為中村與真杉兩人共通的文學素材：中村曾在小說《長耳國漂流記》中以一節的篇幅介紹小台，而真杉則著有隨筆〈征台戰與蕃女小台〉，兩人都對小台返鄉後的生活感到興趣，但是著眼點則迥然有異。出於建設「南方文學」的目標，中村對原住民的「野性」抱持憧憬，而真杉的著眼點則有所不同。

我之前到訪台灣時，曾見過幾次生蕃人。在我所見的範圍內，感覺他們的文化依舊落後如同原始人。曾經體驗過東京生活的少女；要如何回到他們之間並融入生活呢？我很想知道。[27]

體驗過「文明」生活的小台能否融入「原本」的生活呢？真杉的疑問表現出對殖民地女性的關心，同時也表現出對文明與野蠻「相剋」的好奇心。相較於「文明國」日本數十年的「教化」後，時至當下的「蕃婦」比之數十年前的小台，究竟「進步」了多少呢？

真杉在〈台灣女性瞥見〉中，描寫自己在台灣旅行時見到的殖民地女性，自行回答了上述疑問。主角「我」在台北遇見了日語發音好比「印刷出來的活字」一般正確的女服務生，以及說著一口「令人驚異」的流利日語的女司機。由於一九四〇年前後是皇民化運動的最高峰，「我」所見到的「本島人」女性，可說象徵著日語普及運動的成功。然而比起「本島人」女性，真正令「我」感到印象深刻的，是一名「蕃婦」。

車站前有一位身材高大的女子，像是內地的年輕婦女一樣，將頭髮簡單大方地綁在腦後，身穿華麗浴衣，背著嬰兒。當她不經意地轉頭看向我時，我忍不住低聲驚呼。高挑的鼻梁、長型的臉蛋、濃眉與美麗的大眼睛，她是一位非常典雅的美女。（中略）即使感受到從車窗傳來許多注視自己的目光，這位蕃婦仍舊坦然接受，彷彿她生來便已習慣這一切。[28]

「我」在嘉義前往阿里山的旅途中，見到一名美貌的「蕃婦」，據說是山區駐在所的巡察之妻。比起能說一口正確流利的日文的「本島人」女性，「我」對於未曾發過一語的「蕃婦」印象更加深刻。其後「我」登上了阿里山，與當地小學校的S老師聊天，聽到許多關於女學生的好評，諸如「做什麼都很出色」、「好孩子」、「美麗的少女」等等。

筆者認為，真杉在此處對於「蕃婦」與女學生的描寫，銜接到佐藤春夫在〈霧社〉中樹立的「蕃婦」書寫傳統。在佐藤的描寫中，「蕃婦口譯」與「賣春少女」象徵的是殖民地問題的「連鎖生產」；而真杉在此處的描寫，隱喻著殖民地體制的「良性循環」：因為來自帝國本土的男性殖民者不再「缺席」，過去的「錯誤」得以修正，因而「蕃婦」也不需成為「威風凜凜」的口譯，而是化身為「雍容典雅」的美女，協助戰時山地體制的運行；而眾多接受近代教育的女學生們，也都有機會如同「我」所見的美女一般，成為下一個原住民版本的「大和撫子」。在此需特

27 真杉静枝，〈征台戦と蕃女オタイ〉，《南方紀行》（東京：ゆまに書房，二〇〇〇），頁一三七。
28 真杉静枝，〈台灣女性瞥見〉，同前書，頁一七三。

別說明的是，真杉並非企圖藉此顛覆「日本人—漢民族—原住民族」此一固有且由人種所象徵的文明位階順序，而是想要描繪一種「改良版」的「蕃婦」形象：對於「我」來說，比起口操流利日語的漢民族女性來說，「將野蠻人文明化」的過程，令人印象更加深刻。與多年前的小台不同，如今真杉所見的「蕃婦」，已經是「文明」的一員了。

乍看之下，〈台灣女性瞥見〉描寫漢民族與原住民女性的篇幅是相等的，但實際上是將重點放在後者。透過對原住民女性的描寫，〈台灣女性瞥見〉成功地發揮國策文學的功能。標題雖然是「台灣女性瞥見」，但是真杉的觀察對象也不僅限於女性。拜訪小學校之後，「我」在「山上的人們」臉上見到「與內地人相同」的「像是玫瑰般紅潤」，那是即使在平地的「健康孩子」的臉上也看不到的「血色」。從此處的描寫，可以看出比起漢民族，真杉對原住民更加抱持著親近感：比起住在平地的人們（＝漢民族），住在山地的人們（＝原住民族）才是與「內地人」（＝日本人）氣血相通者。從此處也可以看出，真杉的好感已經從「蕃婦」擴大到民族整體。

（二）〈蕃女理韻〉：問題意識的繼承與共有

在〈台灣女性瞥見〉中，描寫的是「和蕃結婚」的成功案例，在小說〈蕃女理韻〉裡，描寫的則是對於「蕃婦問題」的懷疑。「蕃婦問題」指的是總督府為了推動山地統治，獎勵日本人警察與原住民女性的「政策結婚」，卻因婚姻失敗所衍生出的各種問題。小說〈蕃女理韻〉就是一部以「蕃婦問題」為潛在背景的戀愛故事，大意如下：日人青年梶原企圖在台灣山中自殺，因得到原住民少女理韻的救助而未死，兩人更進一步相戀，卻受到官方的阻撓。故事的最後，梶原再度表示要尋死，隨後不知所蹤。而理韻生下梶原的孩子，並取名為愛子。

> 實際上，在那之後又持續搜索了好幾天，但始終不見青年的蹤影，當然令人忍不住懷疑他是否已無望生還。也只能這麼想了。——沒多久，理韻就生下了孩子，駐在所的夫婦為之取了日式姓名，稱做「愛子」，現在應該已經六歲了。[29]

如果說〈台灣女性瞥見〉是描寫殖民者眼中的原住民女性之理想形象，〈蕃女理韻〉則可說是描寫由私生子象徵的殖民地問題。吳佩珍指出，由於〈蕃女理韻〉收錄於一九三九年九月《週刊朝日》「閨秀實話讀物集」專刊號，根據實際事件改編的可能性極高，故可視為實錄小說[30]。換言之，真杉以自己的實際見聞，肯定殖民地統治實績的同時，也仍然對「蕃婦問題」抱有懷疑。

為何「蕃婦問題」會受到作家們的重視呢？在關於霧社事件的日本官方報告中，曾論及事件原因者，主要有：⑴台灣總督府〈霧社事件之顛末〉（《臺灣日日新報》一九三一年一月七日）；⑵警務局《霧社事件誌》（未公開）；⑶拓務省管理局長生駒高常《霧社蕃騷擾事件調查復命書》

29 真杉静枝，〈蕃女リオン〉，同前書，頁二六〇。
30 吳佩珍，《真杉靜枝與殖民地台灣》（台北：聯經，二〇一三），頁一四四。

（一九三〇年十一月二十八日、未公開），共三種紀錄[31]。值得注意的是，這三份報告都不甚重視「蕃婦問題」，其中僅有⑵提及「蕃婦問題」，但也並未將之視為引發事件的重大原因。也就是說，從當時的官方紀錄來看，殖民當局並不認為「蕃婦問題」是重要因素。

一個很可能的原因是，「追究原因」就意味著「追究責任」，官方報告的書寫牽涉到「中央與地方」以及「殖民地內部」的政局與政治力學關係，所以撰寫報告者為了迴避政治責任，會盡可能地將事件解釋為「突發性」而非「計畫性」的行動[32]。筆者認為，「蕃婦問題」的特殊性正於此浮現。

強制勞動與微薄薪資、不當的山地政策、特定人士之間的恩怨——從官方報告記載的原因來看，大多數的問題都可以透過對政策及人事的調整，在短期間內得到一定程度的改善，但是「蕃婦問題」可說是「與眾不同」：戀愛、結婚、生育與組織家庭——政策結婚是觸碰到人性的最深處，並且企圖將之利用。所以因為政策失敗導致的「蕃婦問題」，暴露出受到殖民地體制宰制的人性，因而成為文學創作的絕佳題材。佐藤春夫以後的作家均著眼於此，便是此故。

在上述背景下，描寫出混血兒／私生子的真杉比起大鹿跟中村，可說是更前進了一步。如同前述，在霧社事件之後的作家們，都致力描寫「日本人男性─原住民女性」的關係，以及這兩者間隱喻的殖民地問題。可以說，他們是隱然繼承／共有佐藤春夫的問題意識。於此可以看出真杉的特殊之處：獨有〈蕃女理韻〉透過對混血兒／私生子的描寫，再次提起〈霧社〉所暗示的「跨世代」殖民地問題。實際上，另一位具有台灣體驗的作家坂口䙥子在戰前與戰後，都曾以實際人物的「日原混血兒」下山一為範本，寫就小說〈時計草〉與〈蕃地〉，可說是站在「蕃婦問題」

的延長線上進行創作。而率先以此為題材的真杉，可說是介於佐藤跟坂口之間的「中介者」。

四、神話「莎韻之鐘」及其相關創作

（一）二元對立的詮釋與莎韻神話

一九三八年九月，泰雅族的少女莎韻哈韻替應召下山的警手田北正記搬送行李，途中因天氣不佳而失足滑落山谷，命喪湍急的河流之中。因為莎韻曾在國語講習所上課，而田北曾在該處授課，所以兩人可說是師生關係。總督府利用這次意外，將莎韻營造成「為了國家與恩師犧牲的少女」，除了由台北州知事藤田治郎設置紀念碑、台灣總督長谷川清為其設置紀念鐘之外，當局也致力在歌謠、劇本、電影劇本、小說及教科書當中營造「莎韻之鐘」的神話[33]。可想而知，「莎

---

31 此外尚有台灣軍司令部編刊《昭和五年台湾蕃地　霧社事件史》，然而關於原因的說明與台灣總督府《霧社事件之顛末》一致。此外，關於史料檢證，本稿主要是參照戴国輝（編著），《台湾霧社蜂起事件　研究と資料》（東京：社会思想社，一九八一）以及春山明哲（編・解說），《台湾霧社事件軍事関係資料》（東京：不二出版社，一九九二）。

32 詳細請參考春山明哲，〈昭和政治史における霧社事件〉，《近代日本と台湾　霧社事件・植民地統治政策の研究》（東京：藤原書店，二〇〇八）第五節〈拓務省と総督府の霧社事件解釈〉。

韻之鐘」是對「蕃婦問題」的回應：如同荊子馨所指出的，莎韻神話的用意乃是在「日本人男性－原住民女性」之間建構「師生」關係，作為霧社事件中「蕃婦問題」的解答[34]。然而值得注意的是，早在此之前，總督府便已展開對「日原關係」的詮釋，山路勝彥曾對此做出精闢分析。

山路指出，相較於歐洲列強的殖民地主義多以「女性」隱喻東方，日本則以「孩童」來譬喻原住民[35]。由於八瑤灣事件的影響，日人於統治初期大多將原住民想像為「獰猛的殺人者」，唯獨將蘭嶼視為「桃源鄉」，而將雅美族的「未開性」過度地浪漫化；針對後者的浪漫主義傾向，更隨著殖民統治的展開，遍及到原住民全體：從大正到昭和年間，隨著殖民地官僚深入山地，並實際接觸原住民之後，開始將之視為「純真無垢」的「可愛孩子」；從官僚們的記述看來，這種譬喻不僅用於學童及青年，有時也意指原住民全體。山路認為，這是為了讓站在殖民統治前線的官僚們，能夠在心情上更親近原住民，而實行的政治理念操作手段[36]。

山路指出，「親子」譬喻是日本的殖民主義孕育出的巧妙「裝置」。即便在霧社事件之後，總督府發表「理蕃大綱」以重建體制，也是但凡有事之際，多用「親子」之譬喻，以說明兩者關係。特別是一九二〇年代中期以降，殖民地教育已有相當的成果，青年更容易接受官方的宣傳，導致此一譬喻也深入人心[37]，從而形成同時存在於殖民者／被殖民者腦海中的「虛像」。

事實上，在戰後日人作家的原住民書寫中，「親子」關係的比喻也時隱時現，顯見此譬喻對於民間人亦有影響力[38]。但「蕃婦問題」破壞了此一「裝置」：由於對原住民族的殖民主義原理是藉由「親子」關係所建構，如果認同「蕃婦問題」是霧社事件的主因，就等於承認存在於統治現場的並非「親子關係」而是「男女問題」。莎韻神話是為了彌補此種「理論」與「現實」間的差距所建構。值得注意的是，以指導／被指導的立場來看，「師生」是十分貼近「親子」的關係——「莎韻」神話的建構，也符合總督府長期以來經營的言論戰略方向，可說是巧妙地利用突發事件，由「親子」關係重新做出的「變形」詮釋。

（二）真杉的莎韻作品及其特徵

在當時的神話風潮中，真杉創作出〈理韻・哈韻的山谷〉與〈囑咐〉兩篇小說（以下簡稱

33 「莎韻之鐘」的相關先行研究如下：周婉窈，〈「莎勇之鐘」的故事及其波瀾〉（《歷史月刊》第四六期，一九九一）、下村作次郎，〈「サヨンの鐘」物語の生成と流布過程に関する実証的研究〉（《天理大学台湾学会年報》第一一號，二〇〇二）、〈各種の『サヨンの鐘』の検討——劇本・小說二冊・シナリオ・教科書——〉（《中国文化研究》第一九卷，二〇〇二）、〈日本から逆輸入された『サヨンの鐘』の物語〉（藤井省三（等編）），《台湾の大東亜戦争——文学・メディア・文化》（東京：東京大學出版會，二〇〇二）。

34 荊子馨（著），鄭力軒（譯），《成為「日本人」》（台北：麥田出版社，二〇〇六），頁二二一—二二三。

35 山路勝彥，《台湾の植民地統治——〈無主の野蛮人〉という言說の展開——》（東京：日本図書センター，二〇〇四年），頁八三。

36 同上，頁九四—九六。山路指出，此一修辭法同時也關係到席捲日本思想界的社會進化論，著名的人類學家伊能嘉矩便以「成人」對「嬰兒」的譬喻，說明兩者之間的關係。

37 同上，頁九七—九八。山路在此舉出當時的理蕃課長石川定俊、警務局長石垣倉治及泰雅族青年的言論為例。

38 例如坂口䙥子在小說《タダオ・モーナの死》與《霧社》中，均將日人警察官與原住民青年描寫為「父子」關係。詳細請參考拙作，〈「還元」された野蛮人像——坂口䙥子の「蕃地」文学に関する一考察——〉，《天理台灣学報》第二五號（奈良：天理台湾学会，二〇一六年七月），頁一四一—一六〇。

莎韻作品），收錄於作品集《囑咐》。目前為止主要的先行研究者有李文茹及吳佩珍。前者從性／性別研究的觀點出發，認為莎韻作品富含銃後小說的性格，從而批判真杉為戰爭的協力者。後者則是以分析作中的「恩師」形象為主，並解構作中的「師生」關係與官方宣傳的差異，從而指出莎韻是如何揭露官方神話的欺瞞性質。相較於此，本文旨在藉由兩篇作品探討「恩師」與「少女」形象與其共通的特徵，藉此在佐藤春夫以來的原住民書寫脈絡中，重新思考真杉的「蕃婦」書寫之定位。

在此，先探討作中的「恩師」形象：

村西說，自己已決心將一生都奉獻給蕃人的教化事業，沒有比循循善誘未開人的清純性格，更令他內心充滿感激的工作了。「真的，蕃人啊，都擁有無瑕的心靈，無論什麼都是一教就會」、「簡直就像是天使一樣，純真無垢。我啊，就是因為打了一個不講理的官差，所以才被趕到這深山裡來。但我覺得能來到這裡，真是太好了」村西如此說道，臉龐被篝火映得通紅。他抬起濃眉，目光隨著突然劃過夜空的流星轉動，這幅光景震撼著我的心靈，令我感動無比。[39]

在〈理韻．哈韻的山谷〉中，女主角「我」所見到的「恩師」村西武美呈現出為了「教化」事業獻身的知識青年的「理想形象」。吳指出，莎韻作品中的「恩師」都因為與「內地」的家父長發生衝突而來到「蕃社」，致力於「蕃人」教育的同時，與原住民女性發生淡淡的戀情，此書寫基調繼承了佐藤春夫與中村地平的創作主軸：將台灣視為「南方憧憬」與「癒療之地」的象徵[40]。而作中「知識青年」的人物設定，也與官方神話中的「警察老師」大異其趣。吳指出，官方神話中的「警察老師」乃是殖民統治的「帝國尖兵」，可是因為對父親乃至於男性抱持著憎惡的感情而來到山地的村西，可說是「家父長制的逃兵」[41]。此外，村西在母親死後拒絕了「叔叔的照顧」（＝「父權的恩惠」）輾轉來到台灣山地，而〈囑咐〉中的「恩師」露原友二郎，也是在類似的情況下來到山地，並藉此回復創作意志；吳認為這是二十世紀初葉的現代化社會男性知識分子之間的普遍現象：企圖尋求原始力量以謀求療癒在文明社會中遭遇的精神創傷[42]。在大鹿卓的作品〈野蠻人〉中也有類似的設定[43]。

筆者十分贊同吳的論述，但同時也認為不僅如此。如同前述，大鹿跟中村都有將自身經驗投射於作中主角的傾向，所以在一定程度上，主角也反映出作家個人的殖民地體驗。然而比起將台灣視為烏托邦的男性作家，真杉擁有截然相反的台灣經驗：真杉在少女時期就奉父母之命，與比自己年長十多歲的日本人男性結婚，然而婚後生活並不愉快，為此才從台灣前往日本，投奔大阪

39 真杉静枝，〈リオン・ハヨンの谿〉，《ことづけ》（東京：ゆまに書房，二〇〇〇），頁二一一。
40 吳佩珍，《真杉靜枝與殖民地台灣》，頁一二七。
41 同上，頁一三四—一三五。「恩師」村西在作中被設定為文化學院的學生，吳指出這應是意識到實際人物西村伊作所做的設定：西村是大石誠之助（因大逆事件被處死者）的姪子，因為深受大正期自由主義思潮的影響而創立文化學院，據說其校風「極為自由」。而此設定形塑出的台灣，是一種「烏托邦」或「追求烏托邦」的象徵。
42 同上，頁一三五—一三八。
43 同上，頁一四四—一四五。

的祖父母。真杉的出道作品〈站長的年輕妻子〉，就是以自己的婚姻生活為素材。雖然真杉無法對台灣抱持著烏托邦式的夢想，然而藉由描寫殖民地台灣確立自我認同，仍舊是真杉文學的特徵之一[44]。在上述背景下，真杉將自身投影於女主角「我」，再藉由「我」的視線虛構出知識青年的「恩師」形象。因此在莎韻作品中，「恩師」都缺乏自己的個性，只是一種「模擬」後形塑出的理想形象，其目的在於為了讓「我」受到感動，而為結尾先做鋪陳。

其次，要探討作中的「少女」形象：

> 阿里山特富野蕃的一位少女莎蘭哈韻，為了替英勇應召、前往戰地的露原友二郎送行，將他的行李扛在自己纖弱的肩膀上，走在千丈深谷邊的羊腸小徑之上，不幸失足滑落、葬身千丈深谷之際，仍猶用標準的日語大喊著：露原老師萬歲！[45]

在〈囑咐〉中，「少女」完全沒有登場，而是透過新聞報導與其他角色的敘述來構成其形象。李文茹指出，在莎韻作品中的「少女」只是「推動故事劇情的符號」，透過「死亡來煽動日本男性愛國心」的樣版人物[46]。筆者贊同李的論述，但同時要更進一步指出，「少女」的形象不只由「師生」關係構成，同時也與「我」的心情相聯繫。關於這一點，可以從莎韻作品中的「鐘」來檢證。

首先引用〈理韻・哈韻的山谷〉中的一節：

我彷彿聽到，背負著鋪蓋、跟在村西身後的理韻．哈韻懸在腰際的小鐘，仍舊發出叮叮噹噹的清脆聲音，在從谷底傳來、不知究竟是河水還是狂風的呼呼聲響中，仍舊依稀可聞。當然，理韻不可能還活著。我打起精神，告訴自己：「要以決死之心工作」，然後重回畫架前，整理起畫筆的刷毛。[47]

其次引用〈囑咐〉中的一節：

我傾耳靜聽，看看是否還能聽到莎蘭身上的小鐘之聲從谷底傳來。警官問道「要不要敲敲看呢」，我也就使勁地誠心敲鐘，在心中默想露原先生的樣子，希望能將之傳達到莎蘭的心底。[48]

真杉在作品中不僅將當局實際上製作的紀念鐘，「改寫」為少女隨身攜帶的小鐘，更描寫為

44 關於這方面的論述，詳細可參考李文茹，〈植民地を語る苦痛と快楽——台湾と日本のはざまにおける真杉静枝のアイデンティティ形成——〉，《日本台湾学会報》第五號（東京：日本台湾学会，二〇〇三）。
45 真杉静枝，〈ことづけ〉，《ことづけ》（東京：ゆまに書房，二〇〇〇），頁二六六—二六七。
46 李文茹，〈『蕃人』・ジェンダー・セクシュアリティ——真杉静枝と中村地平による植民地台湾表象からの一考察——〉，《日本台湾学会報》第七號（東京：日本台湾学会，二〇〇五），頁一三八。
47 真杉静枝，〈リオン・ハヨンの谿〉，《ことづけ》，頁二一八。
48 真杉静枝，〈ことづけ〉，同上書，頁二七二。

一種「精神象徵」：「我」透過鐘聲繼承「少女」的遺志，而鐘聲與「我」的心情緊密相繫。換言之，「少女」不僅是支撐「恩師」的存在，也是補完「我」的客體。為了支撐「我」的存在，「少女」的形象消失了，只留下一片「鐘聲」。「知識青年的理想形象」與「化為鐘聲的愛國少女」——兩者皆為支撐「我」的形象而存在。

在此可以看出真杉在原住民書寫上的特徵。首先，無論是「親子」、「男女」或「師生」關係的論述，皆是沿著「日本人男性—原住民女性」的軸線進行，分別反映出「當局建構的理想形象」，或是「殖民地現場的統治問題」。男性作家們也以此軸線描繪「蕃婦」形象，其中包含對「野蠻性」的詮釋、對近代文明或殖民地統治的批判、自身的文學理想、對「南方／台灣」的想像與憧憬。但是在莎韻作品中，出現的並不是二元圖式，而是以日本人女性為頂點的三角圖形。

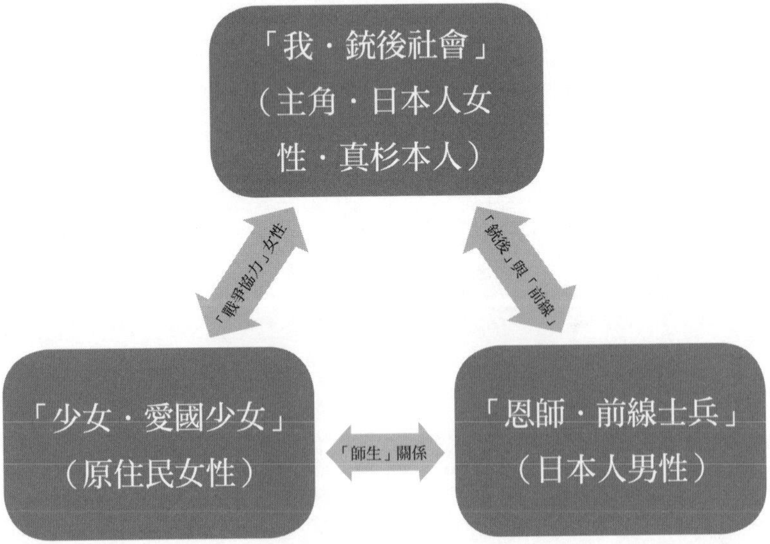

莎韻神話原本就是為了消除「男女問題」及其象徵的殖民地矛盾而被製造出來；在莎韻作品中，雖然「二元」的結構仍然並存，但是「對立」已經被淡化：這不僅是由於神話原先的「師生關係」及「犧牲美談」之效果，也是因為「少女」與「恩師」的形象都是透過「我」的觀點來呈現，無論是「愛國少女」又或是「知識青年」與「前線士兵」，都是為了感動「我」、激發「我」的愛國心而呈現一種刻板形象，成為支撐「我」的扁平化角色。

此外值得一提的是，在莎韻作品中幾無「蕃人」（＝原住民男性）的角色登場。換言之，在大鹿、中村作中使得二元圖式成立的「關鍵」消失了。筆者認為有兩個理由：第一是因為在「莎韻」神話中的「師生」關係，並不需要「蕃人」支撐才能成立。第二是因為從莎韻作品的性質看來，由「少女」與「恩師」支撐「我」便已足夠，因而在作品中並無「蕃人」的「容身之處」。

五、結語

在戰後，真杉靜枝仍然持續地書寫台灣[49]。綜觀真杉的文學生涯，殖民地台灣始終是重要的創作主題；以真杉的原住民作品而言，大多集中於戰時，無論是就深度或數量而言，都不能說是超越此前的日人作家。然而，如果將之放在自佐藤春夫以來的書寫脈絡下來看，真杉的原住民作

49 關於真杉的戰後創作，吳佩珍在《真杉靜枝與殖民地台灣》的第六章與第七章已做出精闢論述。

品仍然有其特殊性。

首先，真杉繼承佐藤以來「蕃婦」書寫的文學傳統，也一併繼承了對「蕃婦問題」的意識，這可以分為兩個面向來看：在〈台灣女性瞥見〉裡，真杉將不斷被質疑的「蕃婦問題」修正為「良性循環」，但是在〈蕃女理韻〉中，真杉又再度提出對山地統治的質疑，並藉由描寫混血兒，暗示殖民地問題的延續性。兩者都呼應到佐藤以來的問題意識，並且與其後的坂口䙥子相繫。

其次，由於真杉的殖民地經驗與創作動機跟佐藤、大鹿、中村三位作家都不相同，所以她描寫的「日本人男性」與「原住民女性」也與前述作家大相逕庭。於此，我們可以看出莎韻作品在日人作家的原住民書寫脈絡，以及國策文學中的特徵：相較於其他作家將台灣視為烏托邦的心態，真杉是在戰時的特殊情境下，將莎韻神話中的「恩師」與「少女」描寫為扁平化角色，用以支撐女主角「我」；這使得兩種角色的內涵跟過往不同，也讓既有的二元圖式變成三角圖形。如果進一步將莎韻作品放到國策文學的範疇來看，亦可看出真杉的創作特色：戰時言論皆將「後方」視作支援「前線」的客體，而從莎韻神話的立場來看，「少女」是支撐「恩師」的存在，但是在莎韻作品裡，出現了一種「主客易位」——主體是在「後方」的「我」，而應召「前線」的「恩師」與輔佐他的「愛國少女」，都只不過是補完「我」的客體而已。因此，無論是以文學史或歷史背景來看，真杉的原住民書寫都顯得獨具一格。

沉默之境

佐藤春夫未竟之行與王家祥小說中的布農族傳統領域[1]

柳書琴／國立清華大學台灣文學研究所

一、前言

本文嘗試理解高山人類學調查文獻、殖民地旅行文學、當代漢人原住民小說的文本互文性，以及三者間意義的沿襲、缺損或辨證關係。筆者以日本作家最早的台灣蕃地紀行——佐藤春夫隨筆〈霧社〉（一九二五），以及王家祥的歷史小說〈關於拉馬達仙仙與拉荷阿雷〉（一九九二）為分析主體，進而比對日本人類學者森丑之助（モリ　ウシノスケ，號丙牛，一八七七—一九二

1 本文為作者主持的科技部專題研究計畫「高山探險文本、殖民地觀光媒介與台灣原住民族再現：以濁水溪上游與玉山山區為範疇」（編號：MOST 105-2410-H-007-064，2016/8/1-2017/7/31）之部分成果。曾以〈佐藤春夫未竟之行與王家祥小說的布農族傳統領域〉為題，刊載於《瀋陽師範大學學報》社會科學版，二〇一七年第四期（總第二〇二期），瀋陽：瀋陽師範大學學報（社會科學版），並獲該刊同意收錄於本書，謹此致謝。

六）留下的高山紀行文，藉此對當代歷史小說挪用殖民文本之現象提出觀察。

筆者首先說明森丑之助對佐藤春夫蕃地之旅認知視野的影響，指出〈霧社〉之行的「未竟之地」造成何種「意義的缺損」。其次，分析〈關於拉馬達仙仙與拉荷阿雷〉如何在王家祥生態歷史主義一貫關懷下，對林古松〈玉山國家公園關山越嶺古道調查研究報告〉（一九八九年九月）進行徵引，借助新研究成果在藝文領域首次浮現沉默之境。最後，回溯森丑之助〈從深而又深的蕃社〉（〈奥の奥の蕃社より〉，一九〇八）、〈南中央山脈探險〉（一九〇九）等調查紀事，指出「森丑之助」及其文稿被翻譯、挪用與符號化的現象。在此總結說明理蕃調查文獻如何在當代原住民歷史文本化過程中轉化，重生為後殖民思考的資源。

二、「蕃通モリ」的蕃界旅行建議與佐藤春夫未竟之行

一九二〇年文學創作陷入低潮、處於失意狀態的佐藤春夫（一八九二－一九六四），在其於台灣開設牙醫的中學同學東熙市邀約下，從七月抵達到十月十五日離開，在台灣與廈門之間進行了三個多月的旅行。從一九三九年島田謹二的《華麗島文學志》到二〇一五年大東和重《台南文學》的最新研究，皆已指出這趟旅行對佐藤春夫創作生涯產生巨大影響，此後十餘年間他陸續發表多篇取材於台灣之旅的作品，不僅刺激了當時日本內地作家的南方書寫，也成為在台日本人作家外地書寫和異國情調文學的鼻祖[2]。本文不擬延續諸家對其殖民地之旅作品美學與文學史影響

力之相關討論，而將關注點移往這一趟殖民地之旅中佐藤的「未竟之行」，探討未竟之行如何使玉山山區繼續成為殖民地觀光和高山書寫遺忘的「沉默之境」？

佐藤春夫台灣之旅的具體行程及其台灣作品群，透過邱若山的詳實考察與精彩譯著，已為眾人知曉[3]。根據他的研究，一九二〇年七月六日佐藤抵達基隆後，便在東熙市迎接下，前往參觀社寮島（今和平島）及總督府博物館（今國立台灣博物館）；同時也經由東熙市引介，認識有「蕃通」之稱的台灣原住民研究者、人類學家森丑之助，以及台灣總督府民政長官下村宏。隔日，佐藤隨即南下打狗，七月底原本預計前往森丑之助推薦的阿里山、日月潭、霧社等山區，卻因暴風雨來襲將行程延後，轉往廈門、漳州。八月初至九月中旬，旅居打狗、鳳山、台南、安平、嘉義、民雄、北港、大林、二八水、集集街。九月十八日至二十五日間，完成了日月潭、霧社及能高山的行程，又於九月二十七日至十月一日間，停留台中、阿罩霧、鹿港、彰化、葫蘆屯。十月二日返回台北，借住森丑之助家中兩週後踏上歸程，十月十八日抵達神戶[4]。

佐藤春夫這趟為期百日的閩台之旅，其旅遊向度依時序可歸納為四：一、閩南之旅；二、古都台南之旅；三、霧社、日月潭、能高（能高、能高越）之旅；四、霧峰林獻堂會晤之旅。無論

2 早期研究可參考島田謹二，〈佐藤春夫氏の『女誡扇綺譚』〉，《臺灣時報》，一九三九年九月；收於《華麗島文学志》（東京：明治書院，一九九五年六月），頁三五〇—三八五。

3 邱若山兩次出版《殖民地之旅》中文譯著，分別為台北的草根（二〇〇二年九月）及前衛（二〇一六年十一月）出版，書中另附錄解說與其他參考文獻，對於推廣佐藤文學至華語圈貢獻極大。

4 佐藤春夫（著）；邱若山（譯），《殖民地之旅》（台北：前衛，二〇一六年十一月），頁二一四—二一五。本文引述時，皆採用前衛版新譯本。

何者，皆可見森丑之助的影響，其中二、三項尤為明顯。森氏不僅是佐藤閩台行程的建議者、官廳與地方協助人士的安排者，他為這位不解台灣社會與各地交通實況的新朋友，親自製作了詳細的〈旅行日程表〉。

森丑之助與佐藤春夫的關係，在二〇〇五年笠原政治提出的〈森丑之助與佐藤春夫〉一文中，獲得了全面性的揭示。他以佐藤〈霧社〉與森氏泰雅族調查報告書《台灣蕃族誌》之對位性閱讀，指出森氏豐贍的原住民族知識與超前性的族群文化觀點如何對佐藤創作產生了斑斑影響[5]。根據笠原的考察，佐藤〈霧社〉（一九二五）、〈魔鳥〉（一九二三）、〈奇談〉（一九二八年改題〈日章旗の下〉）等有關蕃地、蕃俗、原民傳說、原／日民族交往故事的隨筆，明顯受到《台灣蕃族誌》或兩人有關原住民議題的談話啟發。

筆者由此認識到——Mori與佐藤之間並非僅有現實世界中的人際關係，更是一種文學文本中的符號關係。佐藤不論是把Mori小說人物化（M氏）、直述丙牛先生、履行丙牛建議的認識之旅、敘寫其空間與對象，或改寫挪用森氏《台灣蕃族誌》之風俗傳說，抑或取材了最後半個月寄宿森氏家中的漫談，總之，森氏在佐藤台灣作品群中留下了不可抹滅的形象與足跡。佐藤之眼重疊了森氏之眼，森氏被人物化、符號化，與佐藤偕行走進文本世界中。蕃通モリ，Mori氏，成為佐藤春夫台灣之旅、南方紀行、蕃地之旅中，一種紀實又虛構的編製。可以說，森丑之助，是佐藤殖民地之旅的見證者，是隱喻，又是召喚。他真實性又符號性的存在，對日本讀者特別具有召喚力。

在佐藤閩台之旅中，〈霧社〉屬於其第二向度蕃界之旅中的代表作。一九二五年首刊於《改造》雜誌，一九三六年成為小說集《霧社》的點題之作。由於佐藤不認同總督府對霧社事件的鎮壓，特意以「霧社」一詞命名，加上多篇作品涉及殖民政策批評，導致該書在台灣被禁。《霧社》的抗議特質因而凸顯，作家直到逝世前一年多次強調：「這不是小說，是紀行加上反亂實錄所成的作品。」[6]台灣之旅系列作品之殖民主義批判意圖，在出版後被島田謹二刻意迴避，直到二十世紀七〇年代才被蜂矢宣朗、河原功、森崎光子、藤井省三、邱若山……等學者，透過《女誡扇綺譚》、《殖民地之旅》、《霧社》等作品的研究「重新發現與肯定」[7]。誠如諸家研究指出，佐藤對林獻堂等漢人領導之台灣民族運動的同情；對佐久間總督以來強硬理蕃討伐政策、沒收原住民狩獵工具、開鑿高山越嶺道路、日警娶蕃婦等不義現象的揭露，顯示帶有社會主義傾向的佐藤，試圖從殖民地本土菁英、外地日本人或一般民眾視角，理解異民族、異文化的努力。承續前述這些研究之肯定視角，接下來筆者將探討〈霧社〉中的「未竟之行」。

〈霧社〉雜揉抒情、報導與議論，此種紀行式報導文體自明治末年到大正年間，已是越境海

5 笠原政治，〈森丑之助と佐藤春夫〉，收錄於楊南郡，《幻の人類学者——森丑之助》（東京：風響社，二〇〇五年七月），頁二四九—二七四。

6 佐藤春夫，《詩文半世紀》（東京：讀賣新聞社，一九六三年八月）；以及〈受邀到台灣〉，《殖民地之旅》（台北：前衛，二〇一六年十一月），頁三八一。

7 有關佐藤春夫台灣旅行作品的評述始於日治時期，但因在殖民主義脈絡下，有嚴重的誤讀。以橋爪健、新垣宏一、島田謹二為代表的戰前評論，與作品中的社會批判意圖乖離，長期影響了該篇作品的接受和詮釋。從二十世紀七〇年代開始，不滿於這種觀點的研究陸續出現，如蜂矢宣朗、河原功、森崎光子、藤井省三、邱若山、姚巧梅、石崎等，他們使佐藤從異國情調作家的刻板化印象解放出來，揭示其同情台灣民族主義並批評總督府殖民統治與民族政策的面向。

外的日本作家常用之體裁。〈霧社〉開篇便在報導者「我」行至「集集」準備入山時，風聞「霧社的日本人因蕃人的暴動而全部被殺了」，但因為「我要經過那裡登上能高山」、「我是有心看看蕃界的山川以及蕃人的生活的」、「先前無法看到阿里山，如今若又無法到能高去的話，我的行程就將失去一大半意義和趣味了」，因而執意前往。最後，他終於登臨位於今日花蓮縣與南投縣交界的能高山，並在山上遙想嵐氣氤氳下後山彼方的太平洋。

佐藤早在一九二一年發表於《改造》的〈日月潭之旅〉（〈日月潭に遊ぶ記〉）一文開頭，已交代阿里山之行因颱風過境、道路不通被迫取消；迫使其改道從二八水（今二水）搭製糖會社私線鐵路，斷線處徒步接駁，再轉台灣電力株式會社砂石搬運車，好不容易抵達集集街，卻聽說「生蕃蜂起，霧社日本人全滅的消息」。此外，他在一九二一年〈蝗蟲的大旅行〉（〈蝗の大旅行〉）、一九二四年〈旅人〉的起頭，也反覆提到因登山鐵道柔腸寸斷而錯過「阿里山有名大森林」與遠眺新高山的壯麗景觀。

「能高行」，為佐藤蕃地之旅的北翼路徑。在被成功履行的這個路徑中，相較於〈蝗蟲的大旅行〉、〈日月潭之旅〉、〈旅行〉所記述的集集、日月潭、水社、埔里等淺山區，〈霧社〉裡的霧社、能高等山奧地帶顯然更使他欣喜。然而，它們同時賦予此行豐富意義，因為過濁水、遊日月潭、登能高之後，佐藤即可登一山而見兩蕃——邵族（水沙連社）和泰雅族（霧社）。那麼，倘使將「阿里山行」納入，森氏原本推薦的蕃界之旅將是怎樣的圖景呢？

森氏原訂〈旅行日程表〉如下：

9日　嘉義出發，宿交力坪或奮起湖
10日　抵阿里山，一宿（於阿里山事務所官舍）
11日　阿里山停留視察附近山林，遠眺新高山
12日　阿里山出發下山，途中一宿
13日　嘉義出發，宿日月潭（台灣共進會舊址改作的旅館）。在嘉義搭乘頭班車出發，在二八水換車。在湳仔換搭輕便鐵路，從新年庄起步行約十町。（後略）[8]

如果「阿里山行」沒有被颱風打亂，那麼佐藤將沿交力坪進奮起湖，再上到阿里山事務所官舍，最後「由萬歲山遠望新高山」，實現森氏的設計：「到這裡，面對台灣雄壯的大自然，整個中央山脈大觀可一覽無遺，盡收眼底。我想一定可以為您的台灣之旅留下最深刻的印象。」換言之，南翼路線同樣是蘊含了筆者認為可以簡稱為「登一山，見兩蕃」的森氏行程設計精神——鄒族和布農族。總之，綜合南北兩路，三山四蕃，兼及媲美當時瑞士高山水庫工程及世界少有之高山鐵道，還有西部殘存的阿里山森林，這些都是森氏讓佐藤「在最短時日內看盡台灣該看的地方」[9]的精心安排。

8 佐藤春夫（著），邱若山（譯），〈彼夏之記〉，《殖民地之旅》，頁三五七。根據邱若山研究，計畫受阻後，佐藤於嘉義、北港停留兩日後，於十八日沿預定之二八水路徑北上，再東進集集，十九到二十日宿日月潭，二十二日進霧社，二十三日登能高，二十四到二十五日重返霧社，二十六日經埔里往台中，完成了一週左右的北翼之旅。筆者畫線者為佐藤未實現的行程。

9〈彼夏之記〉，《殖民地之旅》，頁三五六。

佐藤似乎理解其中奧妙，故而在多篇文章不斷提出森氏的完整行程計畫，並且在北翼之旅途中頻頻懸念，一度試圖從水社附近的濁水溪谷，南望佇立群山之後的新高山。結果自然不如人意，隨行的工人也告訴他此處所見不過爾爾，遠遠不及從阿里山所見之絕美風景[10]。儘管如此，佐藤仍在能高之旅中，極力想像森氏之眼，追尋森氏之心。〈霧社〉第八節記述「我」登上能高山，宿於可能曾為佐久間總督建造的能高警察署檜木小屋，次日卻諷刺地在山頂上看見一支紀念殉職郵務蕃丁的小小木標。在第十三節更直接借用森氏之口，發出「佐久間閣下的理蕃政策，是不惜以高壓手段進行的」一語，批判佐久間總督率軍全島蕃地縱斷強行軍之舉。這位帝國作家登臨之處雖為能高越的要塞，批判的是前武官總督，然而時值三個月後八通關越開通前夕，故他批判的何嘗不是田健治郎總督呢？

濁水溪上游之中央山脈左側前山地帶，自清光緒年間漢蕃接觸頻繁，日治後以竹山、集集、日月潭、埔里、霧社為通道，加速開發與觀光化，而形成佐藤「霧社本來就是蕃界的第一大都會」之謂。相對地，玉山主峰北側之郡大溪流域、南側荖濃溪上游地帶，至一九二一年一月「八通關越」完工後才在理蕃警網下初步納入控制。玉山周圍這個地域與中央山脈南段拉庫拉庫溪上游、新武路溪（今新武呂溪）上游、楠梓仙溪上游，是森氏認為全島蕃族中「最勇悍難馴」的布農族主要分布地。直到一九三二年九月大關山事件發生為止，這片台灣心臟地域始終為抗日事件激盪之地。故而，佐藤未做的新高眺望之舉，導致了他「蕃地旅行的空白」。折翅的南翼之旅，造成了他對鄒族和布農族「族群認識的空白」，進而導致「寫作的空白」，削弱了森氏中央山脈、玉山山脈、阿里山山脈之地域關聯視野及多種族認識之設計，造成「地理的沉默」、「族群的缺席」。佐藤期待卻又錯過的絕景，並非僅是混沌未開之新高群山眾水之生態奇觀，而是帝國主義和台灣原住民族激烈碰撞、可歌可泣的現代史絕景，也是殖民與再殖民時期結束後，沉默之地被原住民小說打開的文學史絕景。直到跨越一九四九年之後的更久，佐藤未竟之行造成的「意義的缺損」才出現了迴響。

三、再現沉默之境：王家祥〈關於拉馬達仙仙與拉荷阿雷〉

王家祥（一九六六—）小說〈關於拉馬達仙仙與拉荷阿雷：一本被遺忘的人類學筆記〉，一九九二年於《自立晚報》副刊揭載，隔年榮獲吳濁流文學獎小說正獎。小說影射了與伊能嘉矩、鳥居龍藏並稱「台灣人類學三傑」的森丑之助，遁入山林後的新生及其見證的布農族抗日歷史。連載第一天，同報旋即刊出歷史學者、詩人林瑞明〈卡飛爾日·沙利丹就是森丑之助〉的驚呼：「一九九二年二月九日，事隔六十六年，終於讓我們知道森丑之助並未跳水自殺，他化身為卡飛爾日·沙利丹的布農人。我迫不及待的想讀下文。」[11]這份第一時間出現的讀者迴響，在一九九五年該作收入作者同名歷史小說集出版時被附於文末，為一九二六年七月於開往神戶之笠戶丸上失蹤

10〈日月潭之旅〉，《殖民地之旅》，頁七五。

11 林瑞明，〈卡飛爾日·沙利丹就是森丑之助〉，收入王家祥，《關於拉馬達仙仙與拉荷阿雷》（台北：玉山社，一九九六年九月），頁七二—七四。

的森氏，以及這個「英傑記述英雄」的故事更添歷史幻象，甚至掀起「森氏是否未死」的討論[12]。

〈關於拉馬達仙仙與拉荷阿雷〉，故事設定於一九九一年七月，以在葉巴哥社下馬村研究族群遷移史的敘事者「我」，從六十多歲的布農獵人受贈一本「封面燙金、皮革質感、古典精緻」的發黃日文筆記本為開端。老者無力讀解，謹守父親遺訓交給一位「人類學者」。這本筆記的記述日期從一九二七年元月一日至一九三三年四月二十三日，關注拉馬達仙仙、拉荷阿雷率領族人抗日到被迫歸順的過程，之後空白十年，一九四三年補上「太平洋戰爭，日軍氣數似乎將盡！拉荷阿雷移居復興，不久病死，享年九十歲」一句，遂戛然而止。「我」從封面上的漢字署名「丙牛」、「從一九二六年跳船開始，我便決定不再回到故鄉了。我決定拋開我的舊生命，尋找渴望已久、掙扎地想要進入我體內的新生命」、「從前那個日本人叫丑之助的，已逐漸消失在荒野之中；如今的我已成為一位叫卡飛爾日・沙利丹的布農人」，及曾協助鳥居先生進行人類學調查等內容，斷定日記主人就是當年生死成謎的森丑之助。由於強烈感受他「成為一位布農人的心願」，「我」決定保留祕密，只婉轉暗示其子——「他是一位了不起的人類學家，一位英雄，一位勇敢的布農人！」

一九二六年七月三十一日《臺灣日日新報》以〈蕃通の第一人者　森丙牛氏の死　笠氏丸から大海原の眞唯中へ躍入る〉為標題，首次報導了森氏七月四日投海的消息[13]。報載，他僅留下毛巾、手錶、雨傘和鞋子，未見遺書，在無法救援的情況下，船班繼續航向神戶，七月三十日返航後遺族與故友前往確認遺物，才證實此一惡耗[14]。同篇報導亦記載尾崎秀真認為森氏曾遊說布農族抗日蕃社移居東埔、同時向總督府相關當局提議建立「蕃人樂園」未果的事件，可能導致他自殺。八月四日下午四時，森氏的公祭以神道教形式於三板町葬儀堂舉行，包括阿部財務、坂本警務、生野交通、片山殖產各局長、堀內醫學校長、中田理蕃課長、角板山宇津木公醫……等，冠蓋雲集，並有兩名蕃人盛裝出席，尾崎則代表家屬致詞[15]。同一時間，亦有相關人士在花蓮港淨光寺為他舉辦追悼法會[16]。直到一九五三年，人類學家馬淵東一感懷其人時，仍採用諸家觀點認為森氏自殺也與一九二三年東京大地震中，其二十餘年來高山及蕃族調查成果、研究原稿、攝影照片等心血付之一炬有關[17]。

王家祥〈關於拉馬達仙仙與拉荷阿雷〉一作，假托被遺忘的日本人類學家之日記，將戰後學術界初步探知的布農族抗日史以文藝形式匯入公共領域，連載之初即引起相當注意。小說首先借

12 參見王昭文，〈感動之餘，勿忘事實：回應33期「人道移民：丑之助」一文〉，《新使者雜誌》三五期，一九九六年八月，頁六八—六九。

13 報載：丙牛氏於七月三日離家神色有異，當天下午四點登上停泊於基隆港的笠戶丸離台。隔日凌晨卻自沉於海中。參見，〈蕃通の第一人者　森丙牛氏の死　笠氏丸から大海原の眞唯中へ躍入る〉，《臺灣日日新報》，一九二六年七月三十一日，夕刊，二版。

14 楊南郡，〈學術探險家森丑之助〉，森丑之助（撰）；楊南郡（譯），《生蕃行腳：森丑之助的台灣探險》（台北，遠流，二〇〇〇年一月），頁一〇八—一〇九。

15 〈森丙牛氏葬儀〉，《臺灣日日新報》，一九二六年八月四日，日刊，五版；〈故森丙牛氏葬儀　昨日三板橋　葬儀堂で〉，《臺灣日日新報》，一九二六年八月五日，日刊，五版。

16 〈花蓮港便り／追悼法會〉，《臺灣日日新報》，一九二六年八月七日，日刊，五版。

17 埃・班德勒，〈在荒野中尋找「荒野」：人類學家森丑之助的離奇生死〉，收入劉克襄（策劃）；宋文薰（等著），《探險家在台灣》（台北：自立晚報，一九八八年九月），頁一二八—一二九。

助森氏失蹤之謎，演繹創造一位還魂、隱居、變身、佯裝為漢人之「閩籍布農族歸化者」——卡飛爾日・沙利丹。接著，大篇幅縮寫、引述林古松〈玉山國家公園關山越嶺古道調查研究報告〉（一九八九年九月）內容，以「作中作」之雙線敘事進行。一方面以當代人類學家「我」敘述翻譯與揭開日記祕密的過程；另一方面以日治人類學者「丑之助」記載關山越嶺道路修築期間爆發的布農抗日事件。最後，故事收束於「我」對日記主人的身分確認，以及對森氏一八九五年到一九二六年間在台從事人類學調查研究工作的敬意。

許多論者將這部小說視為布農族英雄史詩，或理蕃政策下崩潰的桃花源故事[18]。筆者則認為王家祥透過虛構化歷史人物、古道研究文獻徵引等敘事設計，從布農族為其傳統生存空間與狩獵文化被侵犯而誓死決戰的這種生態角度的歷史詮釋，比英雄刻畫更具反思性。

不可忽略，這是一部加了「引用書目」的小說，小說最末註明三部參考資料：〈玉山國家公園關山越嶺古道調查研究報告〉、《探險家在台灣》、《布農族語音學研究》[19]。本篇小說中的古道、地景、人文、部落與抗日史描繪，直接受惠一九八九年內政部營建署「玉山國家公園管理處」剛出土的〈玉山國家公園關山越嶺古道調查研究報告〉。根據筆者比對，一九九二年〈關於拉馬達仙仙與拉荷阿雷〉對一九八九年〈關山越嶺古道調查研究報告〉的參照援引，以關山越嶺道路開闢進程、兩大英雄從抵抗到被綏撫的經過為主。較典型的徵引與挪用，如下列日記：

（一）一九二七年五月：刻畫英雄的登場

引用內容：一九一三、一九一四年間台灣總督府槍枝沒收措施、架設通電警備網，導致拉馬達仙仙率領布農族復仇。

（二）一九二八年二月二十六日：追憶第一次血仇與復仇

引用內容：一九一四年第一次大分事件中，拉荷兄弟與拉馬達仙仙聯手縱橫於拉庫拉庫溪、新武路溪、荖濃溪上游。一九一七年拉荷兄弟移往荖濃溪上游建立抗日基地玉穗社，在八通關越修築工程中襲殺日方一百零四人。

（三）一九三二年十二月二十五日：插敘第二次血仇

引用內容：八通關越嶺道竣工後，日警為懲罰大分社及托西佑社，於一九二一年計誘反抗分子意圖一網打盡，導致拉馬達仙仙更堅決抗日。

（四）一九二七年二月十四日—一九三二年十月十一日：插敘關山越開闢進程

參考內容：一九二六年起到一九三一年止，從高雄州六龜到台東廳里壠（今關山）向中央山脈挺進之「六龜—復興」、「新武路—霧鹿」、「梅山—檜谷」、「霧鹿—州界」、「檜谷—關山」各段完工。為逮捕塔羅姆等人，另於一九三二年自葉巴哥社到坑頭社修築大崙警備線。

（五）一九三二年十二月—一九三三年一月十二日：對比拉荷兄弟之降與不降

引用內容：日警招降拉荷阿雷未果，但分化阿里曼．西肯成功，一九三二年在台東廳接受歸順儀式。

18 譬如，陳怡靜，《王家祥的歷史小說》（高雄：國立中山大學中國文學系研究所碩士論文，二〇一〇）。

19 林古松，〈玉山國家公園關山越嶺古道調查研究報告〉（南投：玉山國家公園管理處，一九八九）。劉克襄（策劃）；宋文薰（等著）《探險家在台灣》。《布農族語音學研究》一書的書名似有訛誤，尚待查考。

（六）一九三二年九月十九日—十二月二十日：順敘大關山事件

引用內容：拉馬達仙仙繼續頑強抵抗，日警加強威壓，最後被砲擊威嚇的族人向日警招供，導致塔羅姆、拉馬達仙仙及其子先後被誘捕處刑。日警燒毀伊加之蕃所有屋舍，從此禁居[20]。

如上所舉，這部小說藉由未公開發行的政府部門研究報告，透過摘引、改寫的挪用，一方面營造拉馬達仙仙與拉荷阿雷等部族的傳統領域與文化，一方面凸顯此一生存領域被兩條警備道路步步進逼包夾的慘劇。相較於佐藤春夫曾經前往的日月潭、霧社和能高山登山景點，在佐藤的未竟之地上，原住民與日本政府的關係劍拔弩張。帝國武備警力與傳統部落報復性獵殺在此短兵相接，使玉山南麓到關山周圍成為「死生繫於一線」的戰區，而其勝負自然是懸殊至極的。

比起對於傳統生存空間的再現，王家祥筆下的「丑之助」或「卡飛爾日．沙利丹」顯得扁平，有關拉荷阿雷、拉馬達仙仙的英雄刻畫也不夠考究[21]。值得肯定的則是，與佐藤春夫〈霧社〉類似，「丑之助／卡飛爾日」都被他賦予象徵性而成為了「權威的符號」。高山族群、人文、地景與歷史等內容，無論是以蕃地旅行或布農族抗日史為主題，一旦假借「モリ」或「丑之助」這個符號人物進行表述，就獲得了「人類學者」、「蕃通」、「布農之友」的權威性，一種「脫殖民的權威性」。借用還魂者「丑之助＝卡飛爾日．沙利丹．圖瑪日」的話來說，就是：「我以異於日本人的角度追蹤記載他們，期望若干年後的將來，為布農族而寫的這段歷史能公諸於世，還人清白」。在跨越一九四九年不同政權、民族、社會情境的兩位作家筆下，我們看見「森丑之助」不僅僅是一位對台灣高山、自然與民族有深刻理解與同情的人類學家，更是佐藤春夫面對二十世紀二〇年代日本讀者、王家祥面對二十世紀九〇年代中文讀者，再現蕃地與原住民族時的一種重要裝置。

這篇小說中的重要設計，是讓還魂者以閩籍漢人（白浪）的身分，卜居於英雄的故鄉——拉馬達仙仙（Lamatasinsin）的出生地「葉巴哥社」（エバコ社／Ebaho）。

布農語Ebaho，意謂山中之腹，舊址位於里漏溪（今利稻溪）合流後之新武呂溪左側的下馬。葉巴哥社與位於利稻溪南側的霧鹿霧鹿部落（ブルブル／Bulbul），更上游源流處的馬典古魯社（マテングル／Matenguru）、馬斯博魯社（マスボル／Masubol），以及位於新武呂溪中游支流大崙溪沿岸的坑頭社（カウトウ／Kotou）、大崙社（タイロン／Tairon）、凱翁社（カウトウ／Kautou）、轆轆社（ラクラク／Rakuraku）、馬加里宛（マカリウン／Makariun）、伊加之蕃（イカノバン／Ikanovan）等，隸屬當時台東廳里壠支廳，分屬今台東縣海端鄉的霧鹿村和利稻村。在拉馬達仙仙影響下的這些部落，以關山為界，和位於高雄州屏東郡的玉穗社（位於塔馬荷／タマフ／Tamahu）等荖濃溪上游部落接壤，而他們則聽從另一位施武郡群抗日英雄拉荷阿雷領導。（參見圖1、2）

何以作者讓還魂者卜居於巒蕃分布地，又何以是拉馬達仙仙出生地葉巴哥社，而非其匿居的卑南山北側抵抗地「伊加之蕃」，或是拉荷阿雷移住的關山天險「玉穗社」呢？答案與關山越嶺

20 參見王家祥，《關於拉馬達仙仙與拉荷阿雷》，頁三〇—三一、三五—三七、四〇—四一、五七—六五；林古松，〈玉山國家公園關山越嶺古道調查研究報告〉，頁六六—七三、八二—八四。

21 譬如，小說中森的年齡描述與史實不合，卡飛爾日在日記中自述四十歲生子、兒子敘述他於「光復後沒多久」的六十多歲去世。實應五十一歲生子，七十餘歲過世。

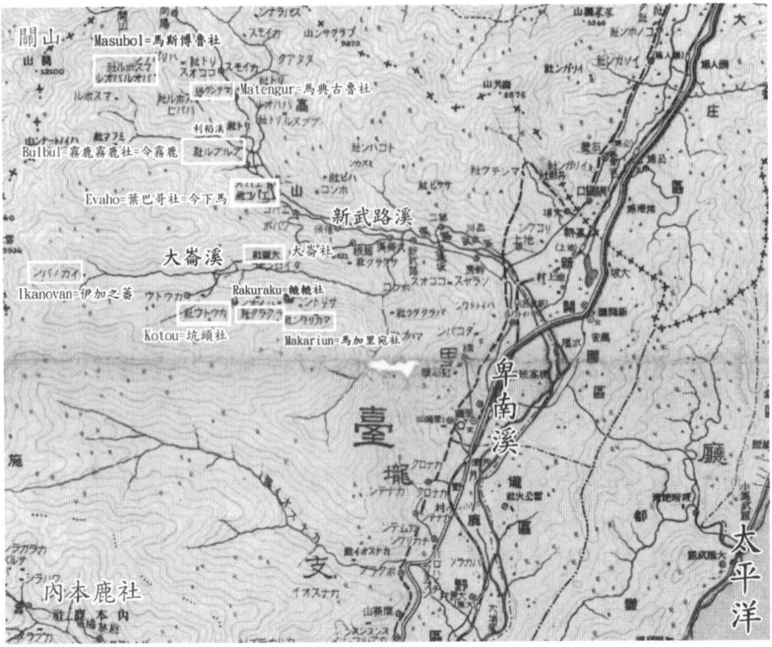

圖1　大崙溪流域拉馬達仙仙勢力範圍下的巒社群部落。底圖來源：地理資訊科學研究專題中心，台灣百年歷史地圖、1924日治三十萬分之一台灣全圖（第三版）

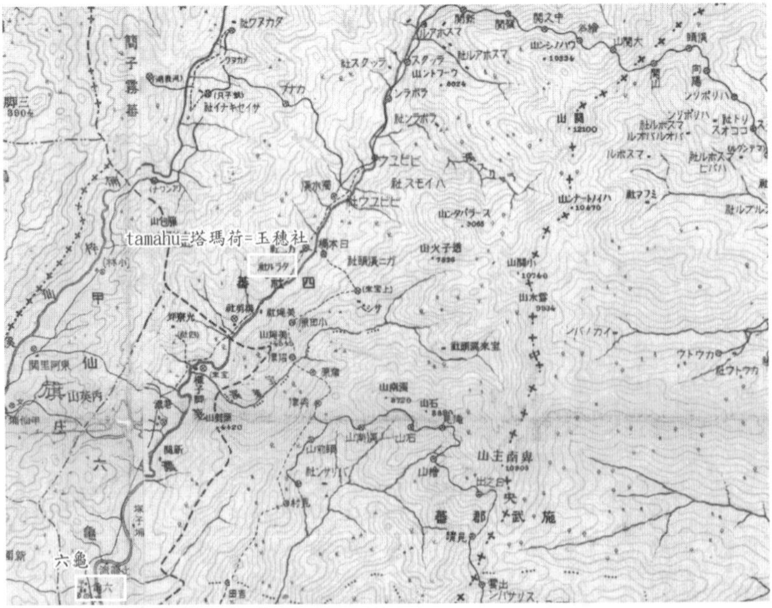

圖2　拉荷阿雷兄弟所在的玉穗部落。底圖來源：地理資訊科學研究專題中心，台灣百年歷史地圖、1924日治三十萬分之一台灣全圖（第三版）

道路的開闢有關。

繼一九一四年合歡越、一九一七年能高越開闢後，一九二一年一月西起南投廳楠仔腳萬，東到花蓮港廳玉里，全長一二五．四四公里的八通關越也宣告完工。根據官方部門十個月的激烈討論，定線於拉庫拉庫溪南岸，預計「像一把利刃一樣，插進施武郡群的心臟」的這條高山警備道路，自一九一八年六月起的一年七個月的修築期間，附近部落反日情緒高漲，「蕃害」不斷。道路開通後，依然無法綏服[22]。在此背景下，內本鹿越（六龜到鹿野）和關山越的修築，即是為了徹底綏靖布農族南翼向高山盤踞的殘存反抗勢力。

一九三一年二月主線約一七一．六公里的關山越嶺道路竣工，連玉穗天險都被繞行其上的火網監控，導致拉荷阿雷之弟阿里曼態度首先軟化。此時伊加之蕃逍遙於主道之外，依然頑強抵抗，甚至設法改造槍枝。直到一九三二年九月沙克沙克砲台試射，各社驚恐；十一月增闢「大崙支線」向側翼山區逼進，切入大崙溪兩岸部落，才瓦解其支持者塔羅姆所屬坑頭等部落之勢力。「大崙警備線」的起點正是葉巴哥社，王家祥讓「英雄故事的敘事者」擇居於此顯然有特殊意義。這種安排亦是他的虛構，因為王家祥根據〈關山越嶺古道調查研究報告〉可知，葉巴哥社因耕地狹小居民不斷移出，一九二一年已幾不成村。此後，八通關越與關山越南北包抄，從玉山南麓到關山、卑南主山間的布農族生存領域完全暴露，有如被一支利鉗箝制。王家祥藉由重生的視角，描繪曾為布農族請命未果而「死過一次」的モリ，如何復以餘生中的朝朝夕夕，緊盯這把

22 徐如林、楊南郡，《大分．塔馬荷：布農抗日雙城記》（台北：南天，二〇一〇年六月），頁九四—九五。

「山中利鉗」帶來的毀滅性悲劇：

假若關山越嶺線再次完成的話，布農族反抗部落的命運將是悲觀的。那些盤據於高山深林中的家族，居時將會因這兩條深入的越嶺道，充滿了日本警察而遭到無情的南北夾擊。[23]

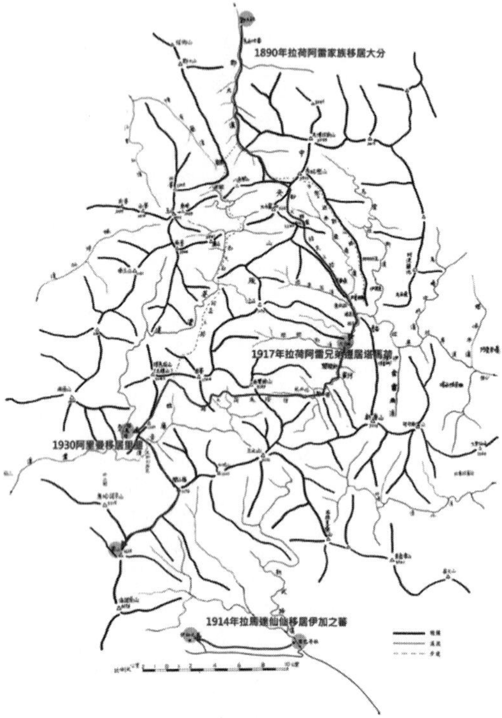

圖3　拉荷阿雷兄弟及拉馬達仙仙遷居圖（1914-1930年）。底圖來源：〈玉山國家公園布農族武裝抗日示意圖〉，徐如林、楊南郡，《大分・塔瑪荷：布農抗日雙城記》（台北：南天書局，2010年）

日治時期施武郡群與巒社群的遷徙，與佐久間總督為期兩次的五年理蕃計畫，以及越嶺道路開鑿期間引發的原住民抗爭事件息息相關。根據楊南郡《大分．塔馬荷：布農抗日雙城記》所撰，拉荷阿雷的祖父在一八九〇年劉銘傳開山撫蕃期間，從玉山北側郡大溪流域的郡大社，舉家遷移到中央山脈的「大分」（Dafun）。大分位於塔達芬溪河階地（Tadahun，溫泉之意），漢人通事以閩語讀音書寫成「打訓」（Dafun）[24]，鄰近還有位於拉庫拉庫溪北岸的巒社群大部落大崙坑社（Talunas）。爾後多年，其弟阿里曼．西肯任大分社頭目，拉荷阿雷任附近幾個部社的總頭目。大分事件後，兩兄弟於一九一七年避居位於塔馬荷的玉穗社。拉馬達仙仙也在一九一四年霧鹿事件之後，由葉巴哥社遷移到從今日霧鹿林道入山跋涉需數日的伊加之蕃（Iqanovan）[25]。（參見圖3）

從大分社到玉穗社、從葉巴哥社到伊加之蕃，這是貫穿玉山山脈與中央山脈，壓制布農反抗勢力的數條警備道路合力綏靖的地域；也是由許多有名或無名英雄及抗日的高山孤堡串連起來的抵抗戰線[26]。丑之助還魂葉巴哥社，乃是回到痒心焦思力圖避免的衝突中，住在血染的理蕃火線上，見證布農人的最後抵抗。

23《關於拉馬達仙仙與拉荷阿雷》，頁三〇。
24 徐如林、楊南郡，《大分．塔馬荷：布農抗日雙城記》，頁一七、二九。
25 楊淑媛，〈歷史與記憶之間：從大關山事件談起〉，《臺大文史哲學報》第五九期，二〇〇三年十一月，頁四五。
26 楊淑媛，〈歷史與記憶之間：從大關山事件談起〉，頁三一—六四。

透過丑之助日記，借助古道調查報告成果，王家祥發出他對日本帝國主義的批判：「我開始思考這種為土地、為生存爭戰的流血模式，不少無辜的生命因此而犧牲了，侵略他人的生存範圍而獲得利益，到底值不值得呢？」也表達對部落社會與現代國家的比較詮釋：「台灣沒有高度的鐵器文明，也使得台灣土著族群一直停留於部落形式，缺乏國家雛型的大部族出現。土地爭戰雖有，卻也幸運地避免了大規模的滅族殺伐，形成豐富多樣的部族文化。」[27]

綜上討論，佐藤春夫透過不斷召喚協助規劃旅行的森丑之助，來強化自身作品的權威感與殖民主義批判。然而由於殖民地紀行這種文類與二十世紀二〇年代帝國旅行中正在抬頭的蕃界觀光風尚接合，使得它亦被納入帝國文本、異國情調文學的脈絡進行解讀，成為日月潭名勝與蕃界觀光的加溫劑。未能成行的南翼路線，從此在文學地圖與觀光路線中沉默。直到王家祥讓森丑之助還魂，才重新打亮這一塊黑暗之地。接下來，我們將進一步探討王家祥的生態歷史敘事，如何刺激帝國文本變異為後殖民文本資源。

四、從帝國文本到後殖民文本：重返當代的森丙牛布農蕃地調查報告

在王家祥把原住民抗日事蹟文字化、文本化的過程中，拉荷阿雷、拉馬達仙仙是歷史知識，是英雄符號，也是文化論述的空間。

森丑之助、拉荷阿雷、拉馬達仙仙都煥發英雄氣質，這個共通點給予王家祥「英傑記述英

雄」的靈感，誠如他所言：

當我看到日本人拍攝被捕後的拉馬達仙仙的老照片時，我一眼就認定他是個英雄，踏在台灣高山荒野的土地上，有不屈的身軀。

布農族反抗英雄的故事深深吸引我，電影的畫面出現於腦海中；雄偉聳峙的山巒、神秘而遙遠的伊加之蕃、天險盤據的玉穗社；翻山越嶺、神出鬼沒的布農族獵人，這些波瀾壯闊的歷史時空，在台灣這塊不凡的土地上發生的，台灣人怎能不知道呢？

我清楚只有一個人可以描述他們：森丑之助。[28]

關山越嶺道路一九二六年一月動工，森氏一九二七年七月殉海，這意味了什麼？王家祥把兩者進行了聯想並逆轉事實，因而產生了〈關於拉馬達仙仙與拉荷阿雷〉這樣一則動人的故事。筆者認為，這篇小說深刻之處不只在英雄記事，更在不斷向高山離散、抗爭、宣示主體性的幾個英雄符號相連之後，所呈現的原住民傳統生活空間。

在森氏生平與著述尚不為外界詳知的二十世紀九〇年代初期，王家祥怎樣想像森丑之助呢？小說末尾列出的另一本參考文獻——劉克襄策劃的《探險家在台灣》，回答了上述問題。王家祥

27《關於拉馬達仙仙與拉荷阿雷》，頁四一—四三。
28《關於拉馬達仙仙與拉荷阿雷》，頁七一。

通過該書中的埃．班德勒〈在荒野中尋找「荒野」：人類學家森丑之助的離奇生死〉[29]（以下簡稱班德勒）一文認識モリ，特別是借鑑了其中有關森氏在中央山脈、玉山山脈的調查經歷，以及他接觸南北各族原住民族和文化後的總體觀點。

王家祥將班德勒的文章挪用於兩則日記中：第一則為一九二七年一月中旬的三處：一，「復活者」對於原住民文化的總體觀點。（班德勒，頁一二八）二，「復活者」一九〇〇年跟隨鳥居龍藏，從中央山脈楠梓仙溪上游布農族透仔火社，經阿里山鄒族的達邦社到中央山脈北側的東埔、八通關、濁水溪上游、塔路那社等調查經歷。（班德勒，頁一二五－一二六）三，「復活者」在太魯閣、木瓜溪流域等泰雅族分布區進行登山探險的經歷。（班德勒，頁一二四－一二八）第二則為一九二九年一月四日的兩處：一，「復活者」和鳥居於一九〇〇年，由枋寮附近的莽芒溪北向調查排灣族時，在力里社外看見被獵頭者的家族群情憤慨地舉行祭儀，兩人到望嘉社後看見被獵的人頭，突發奇想而偷人頭下山，欲送給潮洲警署被拒，後來帶回東京帝大當標本的經歷。二，「復活者」認為，到山地調查、探險應以「誠」字當作唯一武器，最好能說一些蕃人語言。尚未開化的他們，只是生活較「原始」，但品行崇高、真摯；社會組織「簡單」，但守秩序，社會內部和平且純潔的敘述。（班德勒，頁一二五－一二八）

埃．班德勒為何許人，該文根據又為何？一九八八年出版的《探險家在台灣》一書，對此均無介紹。不過，在二〇〇〇年楊南郡先生翻譯的《生蕃行腳：森丑之助的台灣探險》全面性地解析森氏生平、調查、著述、演講和貢獻之後，學界已清楚八〇年代有關森氏的描述，大多來自森氏《臺灣蕃族志》、《臺灣蕃族圖譜》兩本代表作[30]，以及當年他在台灣和日本的報刊、學刊、雜誌上發表的諸多文章[31]。透過楊南郡先生堅實的研究作為比對基礎，筆者發現班德勒對森丑之助調查工作與路線熟稔，廣讀其多數文稿，該文至少參考下列四篇文章：

一，森𨌉次郎〈台灣蕃地探險日記〉一五卷一七一號，一九〇〇年六月二十日。此文為〈南方蕃社に於ける人類学的研究〉的節錄，原刊於《臺灣日日新報》一九〇〇年四月二十五日到五月三日。（班德勒援引於頁一二五—一二六：與鳥居龍藏調查布農族、鄒族等經過）

二，未署名〈南中央山脈探險：森丙牛氏談話記錄〉，《臺灣日日新報》，一九〇九年一月十七日—二月四日。（班德勒援引於頁一二五：排灣族調查中偷人頭之舉）

三，森丑之助〈台灣蕃族に就て〉（關於台灣蕃族），《臺灣時報》四七、四九號，一九一三年八月二十五日、十月十五日。（森氏在台灣博物學會例會中的告別台灣演講紀錄，附錄於一九

29 埃．班德勒，〈在荒野中尋找「荒野」：人類學家森丑之助的離奇生死〉，收入劉克襄（策劃），《探險家在台灣》，頁一二三—一二九。

30 森丑之助，《台灣蕃族図》（東京：臺灣舊慣調查會，一九一五年七月）、《臺灣蕃族志．第一卷》（東京：臺灣舊慣調查會，一九一七年三月）。

31 關於森氏生平、著述與文化貢獻，參見楊南郡，〈學術探險家森丑之助〉、〈森丑之助年譜〉、〈森丑之助著作、論文目錄〉，《生蕃行腳：森丑之助的台灣探險》前揭書。

一七年三月出版的《台灣蕃族誌》卷末。
（班德勒援引於頁一二四、一二八：來台經緯、隨軍翻譯、「誠」是唯一武器）
四，森丙牛〈台灣の生番問題〉，《實業之台灣》一六卷一二號，一九二四年。
（班德勒援引於頁一二四、一二六：擔任鳥居氏助手一事對他的重要影響）

可以說，在一九九六年邱若山發表〈森丙牛考〉[32]一文之前，班德勒的這篇短文是認識森氏生平與學術事蹟的重要文獻。在這篇短文中，作者提到森氏對排灣族、泰雅族的調查較多，與布農族有關的只有一九〇〇、一九〇五年兩次。然而相關敘述卻點燃王家祥想像「森丑之助—布農人」關係的火花，他在〈關於拉馬達仙仙與拉荷阿雷〉中如此寫道：

> 一九〇〇年及一九〇五年，我曾在南部山地做了二趟旅行。南部的民族是溫和善良，令人印象深刻。如果他們會反抗，也是官逼民反吧！那二次的機緣促使我現在成為布農族人，葉巴哥社的布農族人。我不能再使用「蕃」這個字眼了。過去也許由於研究記錄的習慣使然，也由於大多數人的誤解。現在我是他們的人了，屬於他們的部族。不能再歸咎於不了解了。[33]

布農族分布之地，向來是森氏田野調查密集履踐之地。根據楊南郡〈森丑之助年譜〉可知，森氏從一八九八到一九一〇年間，總計十一次橫越布農蕃地。被班德勒提起、王家祥沿用的一九〇〇、一九〇五年兩次有關布農族的調查路徑為何呢？前者，從調查荖濃溪中上游之北岸各社開始，接著西出平野，再北上埔里、集集、東埔，一路沿清代八通關古道橫越中央山脈調查，最後東下花蓮港廳璞石閣（玉里）。後者，應為一九〇四年之誤。森氏從東部玉里沿拉庫拉庫溪入山，橫越中央山脈到西部郡大社，經八通關登新高山，再原路退回，轉往新武呂溪方面，最後下到新開園（池上）。這兩次調查被提出的原因在於，兩線連結起來大致就是當時布農族主要的分布帶，且途經拉荷阿雷兄弟之施武郡群和拉馬達仙仙巒社群的重要部落。

綜上可知，王家祥有關森氏形象與人格的想像引自班德勒的研究，而班德勒又參酌了森氏發表於台灣報紙與綜合雜誌上的調查報告與研究心得。故而，森氏著述可以說是〈關於拉馬達仙仙與拉荷阿雷〉的起源文本。然而，在輾轉相繼的互文過程中，我們也必須知道，除了一九〇〇、一九〇四年之外，班德勒短文錯過了森氏一九〇八年的調查，使得王家祥也錯失了在小說中渲染「真實且是唯一」與森氏會面過的英雄——阿里曼．西肯的機會。

森氏一九〇八年的調查，詳細記錄於〈南中央山脈探險：森丙牛氏談話記錄〉一文，隔年刊載於《臺灣日日新報》一月十七日到二月四日。楊南郡曾對該文進行如下解題：署名「丙牛氏談」的這篇訪談記，為森氏一九〇八年十二月底從南中央山脈探險歸來後，應臺灣日日新報社邀約，口述他利用觀測玉山山脈東部與南部，從中央山脈下布農族部落群，調查諸社動態時所遇到的各種驚險經過。楊南郡特別以譯者身分強調，「森氏口述時，正是他非常活躍於『蕃地』探險

32 邱若山，〈森丙牛考〉，日本天理大學台灣學會第六回研究大會發表，一九九六年。

33《關於拉馬達仙仙與拉荷阿雷》，頁二一四。

時期，雖然不是他親筆撰寫的，但行文流暢，遣詞用字仍保留他平時撰文的風格，所以讀起來很親切，很有『森丑之助的味道』」[34]。

〈南中央山脈探險〉到底是一趟怎樣之旅呢？森丑之助告訴記者：這次調查從一九〇八年十一月二十四日台北出發開始，到十二月二十二日到荖濃溪畔平地為止，總計二十五天，是他這一年中第四次的高山調查。該年一系列的調查是為解決當時在地理學上尚屬不明的Sylvia（雪山）一帶及新高山東側一帶。在前三次調查已對北部山地有了解之後，此次探險的目的指向「臨時土地調查局」完全未測量過的新高山東側（台東廳方面）及南側（蕃薯寮廳方面）。森氏此行亟欲調查和測量的這塊山區，無論在一九〇四年臨時台灣土地調查局印製的二萬分之一《台灣堡圖》，或大正年間蕃務本署手工補繪的五萬分之一《蕃地地形》中，都沒有資訊。刺激森氏雄心萬丈的，正是他眼中「只留一片空白，其地形狀況都是一片漆黑」的——玉山東側蕃地。十二月十四日，森氏完成主要行程到大崙坑社時，先遣布農使者將行程延誤的電文和一篇短文〈從深而又深的蕃社〉（奥の奥の蕃社より），帶往林杞埔（竹山）寄出。二十六日，這篇短文刊載於《臺灣日日新報》，記述重點和感想與〈南中央山脈探險〉雷同，故而〈南中央山脈探險〉可謂整合這篇隨筆及當事人口述的一篇精彩集結。楊南郡認為：「本篇南中央山脈的探險記錄，裡面包藏著戲劇性的小插曲，使人讀起來趣味盎然，愛不釋手」、「這是一篇既翔實又曲折，充滿動感的報導文學佳作」[35]。

所謂戲劇性的小插曲，指的是一九〇六年森氏在第六次橫越布農蕃地進入中央山脈最高部落調查途中，莫名捲入「台東蕃變」事件餘波，被大分社布農頭目率眾追殺一事。當時下達追殺令的頭目正是阿里曼・西肯；而這位不打不相識的施武郡社群領導人，在一九〇六年的調查過程中卻與森氏結成了好友。在布農抗日三傑中，阿里曼是森氏真正交手過並存有情誼的「英雄」，但由於九〇年代的王家祥還不解這段渾沌的歷史，因此小說中對他描述甚少，也未刻畫這位最早歸順者之心路歷程。

〈南中央山脈探險〉有一極大貢獻，就是至此首次將玉山山脈辨析為非屬中央山脈之獨立山體。筆者認為，班德勒所洞見或不見的森氏高山人類學調查報告，對王家祥的森氏想像與布農族認識產生了一定影響。森氏橫跨中央山脈到玉山山脈的高山地理與人類學調查，以及調查報告中插敘的對布農族、部落文化、山林生態的介紹、他種族文化的比較等等，很自然地流露一種傳統領域的視野。他不自覺地把布農族生存空間範疇化的敘述，在一向關注生態問題的王家祥身上激發了迴響。〈關於拉馬達仙仙與拉荷阿雷〉成功轉移了日治時期被觀光體制強化的「集集—日月潭—埔里—霧社—能高」北翼目光與泰雅想像；打開了南翼之眼，展示認識布農及原住民歷史文本化的新世界——日治時期「八通關越」與「關山越」之間的布農族的傳統領域。

「原住民傳統領域」（Indigenous Traditional Territory）一詞，在台灣出現甚晚。最早見於一九九三年第三次「還我土地運動」中提出的「反侵占、爭生存、還我土地」宣言。二〇〇二年行政院原民會為落實新夥伴關係條約，展開為期五年的傳統領域調查，為傳統領域的劃定提供了較

34 引自楊南郡，《生蕃行腳》，頁三三四—三三六，相關背景介紹參見楊南郡解題與譯註之說明。
35〈南中央山脈探險：森丙牛氏談話記錄〉，引自《生蕃行腳》，頁三三四—三三九。

具體的依據[36]。二〇〇五年公布的《原住民族基本法》第二十條，已強調「政府承認原住民族土地及自然資源權利」（包括原住民族傳統領域土地及原住民保留地）；二〇〇七年行政院草擬的《原住民族土地及海域法草案》，更詳細定義了原住民土地範圍，但此法仍在立法院審議當中，爭議不斷，以致有些原住民部落決定不待法規通過，自行公告傳統領域。

一九九二年〈關於拉馬達仙仙與拉荷阿雷〉發表之際，距一九八八年八月發起的第一次「還我土地運動」三年多，王家祥似乎受到某些影響，而在描述理蕃政策激起的抗日事件中，對於原住民生存空間的描繪敏銳。陳守金曾採訪王家祥並綜合其他訪談稿，提出王家祥何以在投入環境運動後轉向撰寫台灣歷史小說的原因[37]。王自言，一部分是受到著名日本歷史小說家井上靖的影響，另一部分則是源於個人在環境運動上的挫敗感。他發現：「要談生態、談自然還是要從人文的角度出發觀照社會現況。所以我現在寫歷史小說也是在寫生態。……歷史小說就是一種深層的生態觀察與自然寫作。」[38]故當我們仔細閱讀〈關於拉馬達仙仙與拉荷阿雷〉時可以發現，王家祥在鋪陳布農族抗爭的故事線上，其實也努力強調布農族與土地空間的密切關係、自給自足、族群內部共產共享的平靜生活等，諸如：

在我積蓄快用光之前，我開始穿上布農族的服飾，頭縷長巾、著短裙、穿獸皮；那是用我的煙斗和一名獵人換來的，也是我生平第一套布農族衣飾。往後的歲月我知道不用再交換衣物了，我打獵，自己縫製第二套獸皮衣，（後略）

我和他們（男人）一起打獵，然後回村分享獵物。布農族是共產社會，找不到餓肚子的人，美好的事物大家一起分享。[39]

〈關於拉馬達仙仙與拉荷阿雷〉亦引用森氏對布農族家族社會結構及土地命名模式的知識性敘述，加強其「寫歷史小說也是在寫生態」的實踐。譬如：「玉穗社在布農族語中稱為Tamaho，原義為露珠，意即玉穗山之容貌美麗如露珠；可見布農人的精神象徵玉穗山是一處絕美神聖的地方。」[40]王家祥也對原始部族無法抵抗文明入侵之原因進行分析，認為原始民族依賴文明後遺忘原始求生技巧，進而被文明控制，導致最後被迫為生存而戰：

> 文明方便人的生存，就如同鹽這種珍貴的物品，布農族已逐漸遺忘原始的採取方法，而依賴方便的進口。獵槍也是一例：在火槍仍未輸入的年代，布農族用原始的弓箭陷阱狩獵，如

---

36 參見官大偉、林益仁，〈什麼傳統？誰的領域？：從泰雅族馬里光流域傳統領域調查經驗談空間知識的轉譯〉，《考古人類學刊》第六九期，二〇〇八年十二月，頁一〇九—一四一；羅永清，〈臺灣原住民族傳統領域土地調查數位化方法的實踐與應用〉，《台灣原住民族圖書資訊中心電子報》第三期，二〇〇七年九月；陽美花，《「新夥伴關係」下的台灣原住民傳統領域問題：部落觀點之研究》（花蓮：東華大學族群關係與文化研究所碩士論文，二〇〇八年六月）。

37 陳守金，《王家祥及其散文研究》（高雄：高雄師範大學國文教學班碩士論文，二〇一二年一月），頁四二—四五。

38 郭玉敏採訪，〈當代成名作家訪談錄——訪王家祥〉，《台灣新文學》六，一九九六年十二月，頁二七—二八。

39 引自，《關於拉馬達仙仙與拉荷阿雷》，頁二六—二七。

40 引自，《關於拉馬達仙仙與拉荷阿雷》，頁四七—四八。又譬如，提到布農族為散居型、家族式社會；葉巴哥地名之意為在有如山稜線的肩膀位置煮食獵物肩膀之地，都非常生動。

今卻變成非得依賴獵槍不可，日本人沒收了他們的槍枝，逼得他們重新走回老路，不得不設法採用從前的狩獵技術，卻也使得獵獲物減少到只能自給自足，無法交換文明用品，而引起他們的仇恨。[41]

「歷史書寫是更深層的生態觀察與自然寫作」，是王家祥生態歷史小說的主要觀點。他的創作與八〇年代援用日治時期累積的種族與環境知識而向前推進的台灣高山生態、族群、人文研究有關，而這些人類學調查研究文獻又是理蕃政策的產物。

根據一九〇五年總督府首次戶口普查結果，全台三百萬左右人口中高山族約有十一萬三千餘人。一八九五年至一九〇二年間日治初期的理蕃政策，以消極綏撫為主。一九〇二年到一九一五年間轉為積極，鎮壓討伐在一九〇六年佐久間總督到任後推動的「五年理蕃計畫」中邁向高峰。該計畫以掃蕩生蕃、促進蕃地開發、開採山地資源為宗旨，到一九一五年為止共有兩期，主要針對分布於樟樹寶庫的「北蕃」泰雅族。經過慘烈的角板山之役、李崠山之役、霞喀羅之役、太魯閣蕃征伐戰等數十場激戰後，一九一四年佐久間總督返回日本中央述職，宣稱收繳一萬八千枝槍，使「蕃族氣焰崩落，洪荒之地今已開啟」。稍後，這位「理蕃總督」決定向南境收繳槍枝，導致「高山蕃」布農族、「南蕃」排灣族不斷焚殺駐在所、駐警及眷屬[42]。拉荷阿雷兄弟發難、拉馬達仙仙北上支援，三位少年初次聯手的第一次大分事件，也是在這種背景下爆發。一九一九年田總督上任，威壓政策配合同化政策調整，希望藉由種稻、養蠶、造林、蕃童教育、日語普及等策略轉變狩獵生活與部族文化。然而，一九一九年日月潭盆地邊緣的頭社溪與水社溪口建壩發電工程啟動，將溪水自武界地區設壩引入日月潭水庫[43]，配合警備控制、同化教育、山林資源開發，帶來更全面的衝擊。八通越完工後發生的第二次大分事件，關山越修築期新武呂溪流域的布農族反抗，一九三〇年能高越扼要點上爆發的霧社事件，不過是冰山一角。

森丑之助的調查事業及其對原住民深刻的理解，畢竟是理蕃政策的一環。他曾在〈南中央山脈探險〉中說道：「近年來理蕃事業已有大幅度進展，原來是極危險的蕃地，因為蕃社逐漸歸順而呈現一片平穩狀態。蕃地忽然變成了一個重要生產事業區，現在轉向迎接事業家從事開發、生產的機運」、「為了因應時代要求，總督府最近開始蕃地調查事業，針對幾年前臨時台灣土地調查局完成測驗後製作的台灣地圖中，未調查、未測繪的蕃地，決定做全面性的測量，以等高線圖填補空白地帶。」[44]佐藤春夫浪漫化了森丑之助，王家祥也是，然而為何是モリ，而非別人呢？

一九一三年六月二十六日，森氏在辭去在台全部官方職務返日之前的告別台灣演講中，曾經面對台灣博物學會同仁再三呼籲「研究蕃性的必要」。他認為一般人認為蕃族「沒有能力瞭解我們的道理」，因此「直到今天還不承認對方的人格」，不知道他們對於領土、國度和歸順的觀念都與清政府或帝國政府截然不同，導致強制治理過程中雙方慘重傷亡。他說道：

41 引自，《關於拉馬達仙仙與拉荷阿雷》，頁三三—三四。
42 徐如林、楊南郡，《大分・塔馬荷：布農抗日雙城記》，頁四七。
43 張素玢，《濁水溪三百年：歷史・社會・環境》（台北：衛城，二〇一四年六月）。
44〈南中央山脈探險：森丙牛氏談話記錄〉，引自《生蕃行腳》，頁三三七—三三九。

> 假定我們能夠充分地研究蕃人的習慣、感情、思想，以及民族心理，互相瞭解對方的處境，那麼在蕃人「領土」上進行「隘勇線前進」、「開鑿道路」、「開拓蕃地」或「全面沒收槍械」時，因為蕃人反抗而釀成的人命犧牲，我相信應該可以減低一些。[45]

同年他在「台灣蕃人對台灣島的影響」的演講中，也指出原住民族在保護生態豐富性及研究馬來語系人種土俗上的重要性[46]。一九一五年大分事件後，森氏提出由官方出資成立「蕃人樂園」的「自治區」構想，使其造林及生產，降緩對峙與衝突，卻未獲官方採納。一九二三年關東大地震焚毀森氏多年的蕃地調查心血，適逢佐久間財團及日本大阪每日新聞社允諾資助經費，助其完成《台灣蕃族圖譜》及《台灣蕃族志》的出版計畫。但森氏卻將資金投入東埔，企圖完成蕃人樂園，並勸導施武郡社族人移住東埔以避免官方征討。大阪每日新聞社獲知森氏的做法後，撤除贊助資金，移住構想功敗垂成，此事令森氏灰心喪志，亦促使他踏上死亡之旅[47]。

不論是佐藤春夫或王家祥，他們透過官方理蕃文獻的逆讀與互文，把「モリ」變身為理蕃政策批判符號。在他們發明「英傑還魂」或「英雄之死」的過程中，我們看見帝國文本被再脈絡化，蜿蜒注入台灣後殖民文本與當代反思的高山長河裡。

五、結論

高山治理，亦即以武力、教育、科學、道路修築、經濟開發、集團移住、新產業、觀光等手段開發高山資源與治理原住民族，乃是日本治台政策中有別於清王朝的一大特徵。佐藤以紀行文體作媒介，展開的台灣高山風景與異民族文化詮釋過程，建立在大正時期殖民地觀光制度的擴張上，而蕃地旅行又為高山治理達成基本建置後，帶動的林礦開發、電廠建設、觀光活動之一環。

森丑之助，在佐藤台灣紀行作品中作為殖民主義批判的文化符號，代表了觀看台灣的特殊視線，一種公義，一種權威。然而由於未竟之行，這種權威的意義卻產生缺損，甚或被觀光操作變形為一種商業暗示——「蕃通」人類學者推薦的台灣蕃地觀光路線。結果不免使殖民地之旅或蕃地之旅，被塗染東方主義色彩。筆者認為，折翼的〈霧社〉之旅，既是帝國境內少數民族理解脈絡下的殖民政策批判文本，也是激發殖民地觀光熱潮與原住民刻板想像的帝國文本。帶有雙面

45 森丑之助，〈台灣蕃族に就て〉，《臺灣時報》四七、四九號，一九一三年八月二十五日、十月十五日；轉引自楊南郡，《生蕃行腳：森丑之助的台灣探險》，頁五八六—五九二。

46 森丑之助，〈生蕃の台湾に及ぼせる影響及び蕃族の學術的調查〉，《東洋時報》第一七九號，一九一三年八月，轉引自《生蕃行腳》，頁五〇五—五三四。

47 楊南郡，《生蕃行腳》，頁九五。

刃效應的殖民地之旅文本特質，在其高山蕃地與原住民書寫中最為顯著，〈霧社〉正是解釋這個矛盾效應的最好切入點。這種兩面性也是解釋何以他被島田及同時代評論家誤讀時不可漏看的背景。

戰後王家祥在〈關於拉馬達仙仙與拉荷阿雷〉讓森氏還魂、變身為布農族一員，重新帶出這一塊佐藤春夫未進入的南翼之地。透過日記作者對關山越嶺道的緊張注視，帶出一個熱愛布農族的人類學家，一步步目睹自己熟稔的山域，在理蕃武力線的雙面夾擊中烽煙四起，雙方以生命付出慘痛代價，表現出後殖民文本的批判意義。一位被尊敬的人類學家的還魂，照亮一片無文字民族的地理歷史空間。モリ還魂，誕生了「モリ」符號；「モリ」符號，是進入布農抗日歷史的密碼，也是黑暗蕃地新生的一聲啼哭。

「發現」滿洲

拜闊夫小說中的密林與虎王意象[1]

蔡佩均／靜宜大學通識教育中心

一、前言

筆者在文中將「滿洲國」全境分為二個區域進行分析：第一，是中東鐵路與南滿鐵路沿線及其附屬地（【圖1】鐵路沿線深灰色區域）：此區域與旅大兩地同在日俄戰爭後割讓予日本，在性質上屬於租借區，地域風土、城市景觀、人口活動各方面的發展自一九〇五年以來受到日本帝國資本覆蓋與推動，反映了殖民主義計畫性經濟開發的特點。第二，上述區域以外的舊有東北四省政府治理地域（【圖1】淺灰色區域）：這些地區隨著一九三一年滿洲事變及一九三二

1 論文簡體版〈『發現滿洲』：拜闊夫小說中的『密林』與『虎王』意象〉發表於《瀋陽師範大學學報》社會科學版，二〇一六年第六期，二〇一六年六月，頁一三一—一三一。全文共二萬七百零七字，收入本書時因字數限制刪減約四千字，謹此說明。

年滿洲國建立，成為滿洲國領土，除了傳統城市與聚落，尚有廣大未開拓地，邊境風土景觀也相對保留得較為完整。滿洲國成立後，以上兩種社會空間皆納入統轄，但實際上卻是兩個被統治體制與鐵道貫連在一起的異質空間。蛛網密結的鐵道網象徵日本政治布局與殖民資本擴張，鐵路旅遊事業蓬勃發展的同時也輔助政府「展示滿洲」，以宣傳殖民建設成果。據筆者觀察，流亡滿洲的白俄作家拜闊夫有意識地選擇第二種地域作為小說場景，建構另一種批判性的風土話語。本文將透過上述分區概念，探討拜闊夫如何藉由書寫東北密林，辯證式地回應官方及日系作家意欲建構的滿洲建國史。

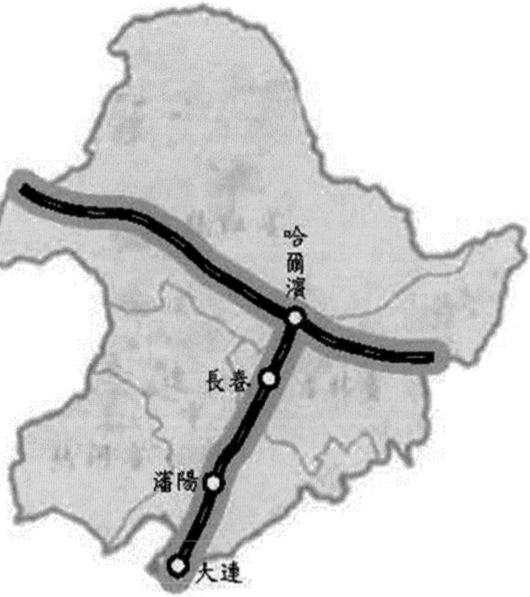

圖1　滿洲國與中東鐵路、南滿鐵路示意圖

二、作為滿洲「他者」的俄僑作家拜闊夫

清末面臨內憂外患之際，李鴻章交涉簽署的《馬關條約》與《中俄密約》，常被視為其外交履歷中的兩大敗筆。中日互換的《馬關條約》形成台灣歷史轉捩點，甲午敗戰後中國為「聯俄制日」與主張借地修路的俄國訂定《中俄密約》，則賦予俄國在中國東北修築大清東省鐵路（又稱東清鐵路、中東鐵路）及租借鐵路的特權，演變為其後「滿洲問題」的導火線。

一八九八年，中東鐵路公司在聖彼得堡設立，隔年以哈爾濱為中心，分東、西、南三線啟建。一九〇一年十一月鐵路全線接通，一九〇三年初鐵路附屬建物、設施陸續竣工，同年七月正式展開商業營運[2]。總長約二千四百公里的中東鐵路建設，除了增長俄國在滿洲的經濟勢力，也帶動鐵路總樞紐哈爾濱由松花江沿岸小漁村躍升為交通重鎮及現代化大都會。鐵路建成後，在中國東北擔任中東鐵路護路隊的俄人逾千，移居哈爾濱謀求發展的俄人逐年遞增，據一九〇三年統計，哈爾濱的俄人占全市總人口三五%[3]。當時遠在俄國高加索的步兵上校拜闊夫，也在因緣際會下前往鐵路東線服役，這個跨越國境的勤務調任成了影響他一生志業與命運的關鍵。

2 譚桂戀，《中東鐵路的修築與經營：俄國在華勢力的發展1896-1917》（台北：聯經，二〇一六年二月），頁一一一—一七七。
3 李萌，《缺失的一環：在華俄國僑民文學》（北京：北京大學出版社，二〇〇七年十一月），頁四。

拜闊夫（Байков, Николай Аполлонович, 1872-1958），筆名鼻眼鏡、外阿穆爾人、跟蹤捕獸獵人、狩獵人、自然科學家—狩獵者、漁人、流浪者……等[4]，譯名另有巴依科夫、拜克夫。一八七二年十二月出生於沙皇亞歷山大三世統治下的俄國基輔市，擁有世襲貴族身分。少時因陪同父親拜訪親友，結識著名的地理學者兼探險家普爾熱瓦利斯[5]。拜闊夫形容這場相遇是命運之約，「他的書和贈言決定了我的命運，只不過，我沒有去烏蘇里邊區，而是去了滿洲國。這位偉大旅行家的話永遠激勵著我。」[6]一九〇一年攜眷啟程前往滿洲，穿越西伯利亞大陸後，一九〇二年春抵達位於哈爾濱的外阿穆爾軍管區國境警備隊報到時，中東鐵路已近竣工。[7]

初履滿洲的拜闊夫，在綏芬河第三旅團管理兵器。這段期間他接受聖彼得堡學士院委託考察滿洲生態，並組織探險隊徒步踏查阿穆爾至朝鮮國境一帶，精密探測鏡泊湖地形、前往鍋盔山與大頭頂子等老虎棲息地觀察。一九〇四—一九〇五年間，參與日俄戰爭，一九一〇—一九一四年間，改任駐石頭河子的後黑龍步兵聯隊中隊長，因中隊擅長獵虎，「虎中隊」的別名不脛而走[8]。

一九一四年，拜闊夫將多年來對滿洲原始森林的踏查筆記、插畫、紀實攝影集結成處女作《滿洲森林》，在彼得堡付梓。此書多達四百六十四頁，含三十二幀照片，細緻描繪烏蘇里江流域的泰加林風俗及獵戶的生活哲理，也講述獵虎技巧和馴蛇經驗。

第一次世界大戰爆發後，拜闊夫結束勤務與研究，出征西班牙的加利西亞戰線。俄國十月革命中，他效力白軍，與布爾什維克黨領導的紅軍奮戰，翌年因感染傷寒被移送君士坦丁堡，於一九二〇年二月攜眷搭船前往埃及的收容所療養，此後兩年間在英軍保護下輾轉漂泊於非洲、印度、印度支那等地[9]，苦候返俄時機。一九二一年拜闊夫自海參崴登陸西伯利亞，當時正值日本海軍為支援俄國白軍推翻布爾什維克政權，派兵協助「臨時全俄羅斯政府」反共，臨時政府垮台後，日軍遭蘇維埃紅軍擊退，拜闊夫因此被迫向滿洲逃亡。

拜闊夫於一九二三年二度前往滿洲時已年逾五十，處境和以往大相逕庭。十月革命前移居中國東北的俄國人，以鐵路修建職工、服役軍人及其眷屬為主，由於俄國透過條約取得鐵路沿線與哈爾濱的行政管理權，除在心態上隱含軍事與經濟掠奪企圖，在社經地位上也較其他族群優裕。拜闊夫能夠從容游獵山水、調查生態，自是受惠於當時中俄間的政治情勢與鐵路利權。然而，十月革命與俄國內戰後，歷經波折遷徙至滿洲的拜闊夫，已成了前帝俄時代的失勢貴族、無法見容於新政權的敗戰軍官，以及時局變幻下喪失祖國的政治難民。

重返中國東北的拜闊夫，先在橫道河子擔任林場監工[10]。一九二二年，多名中東鐵路管理局的俄僑學者倡議在哈爾濱設立博物館，首先成立以中國地方官員為主的學術團體「東省文物研

---

4 杜曉梅，〈滿洲自然書寫第一人：俄僑作家巴依科夫東北寫作考〉，收錄於劉曉麗、葉祝弟（主編），《創傷：東亞殖民主義與文學》（上海：上海三聯書店，二〇一七年二月），頁五〇四—五二三。

5 參見，H・バイコフ（著）；新妻二朗（譯），〈プルジェウリスキイの遺言〉（普爾熱瓦利斯的遺言），《ざわめく密林》（密林喧囔）（東京：文藝春秋社，一九四二年三月），頁一〇五—一一九。

6 譯文轉引自左近毅（著）；葛新蓉（譯），〈俄國作家H・A・巴依科夫在哈爾濱〉，《西伯利亞研究》二八：一，二〇〇一年二月，頁五〇。

7 拜闊夫到達中國東北的時間，參見左近毅的考察，〈俄國作家H・A・巴依科夫在哈爾濱〉，頁五〇。

8 H・バイコフ（著）；新妻二朗（譯），〈虎中隊〉，《ざわめく密林》，頁一五五—一六五。

9 H・バイコフ（著）；新妻二朗（譯），〈山鷹〉，《ざわめく密林》，頁八九—一〇五。

10 中田甫（編），〈バイコフの歩んだ道と著作〉，《バイコフの森》（東京：集英社，一九九五年九月），頁三四三。

究會」[11]。研究會下設多個研究單位，進行北滿地區生物學、歷史學、民族學、文物考古調查，是近代黑龍江地區成立的第一個全面研究北滿的機構[12]。拜闊夫加入後，被選為博物館建館委員之一，且為研究會終身名譽會員。他在此期間撰寫的《鹿與飼鹿》（一九二五）、《生命之根：人參》（一九二六）、《遠東之熊》（一九二八）等調查手冊，皆由東省文物研究會出版。

一九二五年，拜闊夫回到哈爾濱，進入中東鐵路公司負責森林利權林區的監督工作。一九二八年起，在鐵路公司開辦的中學講授博物學課程，直到一九三四年離職後才專志寫作，相繼出版《滿洲密林》、《大王》、《四處流浪》、《密林喧嚷》、《篝火旁》、《夢境般的真實故事》、《牝虎》、《我們的朋友》、《滿洲獵人日記》、《樹海》、《密林小徑》、《憂鬱的大尉》等俄文創作[13]。雖然戰後尚有《獸與人》（一九五九）、《一個外阿穆爾人的筆記》（一九九七）、《中東鐵路》（一九九八）出版，但上述於滿洲國時期完成的十二冊文集是他被廣大讀者認識的重要著作。從內容和主題來看，作品包含帶有地方志與科學研究性質的風土調查筆記、回憶錄，及體現生態思維的小說，尤以首部中篇小說《大王》最廣為人知。及至一九四〇年代以前，作品被翻譯成德、英、法、捷、義、波蘭等多種語文，在歐洲享有極高評價，評論界將其文學成就與吉卜林、屠格涅夫並比[14]。

以上是拜闊夫文學「走向世界」的經過，那麼，滿洲國和日本的接受情形又是如何呢？一九三九年七月，短文〈マーシユカ〉於《滿洲浪曼》日譯刊出，這本在新京發行的文藝雜誌應是將拜闊夫介紹給日文讀者的最初推手，在滿日系作家由此開啟了認識拜闊夫生態書寫的契機[15]。一九四〇年五月，拜闊夫座談會在新京召開[16]，同年年中《滿洲日日新聞》連載了長谷川濬翻譯的

〈虎〉（即《大王》），連載結束後在大連出版日文單行本，造成極大迴響[17]。

這位多年來依附中東鐵路服役、研究，乃至執教的白俄作家，並非以鐵路城市的書寫聞名於世，他鍾情的始終是遠離鐵路幹線與塵囂的密林世界。筆者想加以釐清的是，從舊俄時代的學術勘查員，到蘇聯政權成立後的流亡僑民，作為滿洲「他者」的拜闊夫，究竟以何角度觀看並詮釋滿洲？以下將分析拜闊夫最具代表性的小說《大王》、《牝虎》，進一步探究上述問題。

---

11 徐雪吟，〈俄國皇家東方學會與東省文物研究會〉，《哈爾濱史志》五〇，二〇〇九年四月，頁三四—三五。另，多數文獻提及拜闊夫加入「滿洲研究會」，應為「東省文物研究會」之誤。
12 同前註。
13 中田甫（編），〈バイコフの歩んだ道と著作〉，頁三四七—三四八。
14 H・バイコフ，〈自序〉，收於H・バイコフ（著）；長谷川濬（譯），《偉大なる王》（東京：文藝春秋社，一九四一年四月，二版），頁四—五。北青（譯），〈拜闊夫傳〉，《青年文化》一：三，一九四三年十月一日，頁四四—四五。
15 H・A・バイコフ（著）；大谷定九郎（譯），〈マーシユカ〉，《滿洲浪曼》三，一九三九年七月二十三日，頁二六—三一。標題「マーシユカ」為文中出現的母熊名。
16 疑遲，〈拜闊夫先生會見記〉，《讀書人》「讀書人連叢1」，一九四〇年七月二十日，頁二一。
17 左近毅（著）；王希亮（編譯），〈翻譯俄國作家巴依科夫作品的日本人〉，《西伯利亞研究》二七：五，二〇〇〇年十月，頁五〇—五四。

三、生態中心主義：《大王》與《牝虎》的去政治化書寫

在中國東北長春市的一間書店裏，我看到一本剛出版的白俄作家拜克夫的《虎王》。現在依稀記得淡橘紅色封面上，印著黑色粗粗的「虎王」兩個中國字，書名上方還有一幅年幼臥虎的繪圖，據說是出自作者的手筆。

我一口氣把《虎王》讀完，然後在下一個星期裏，我利用課後的時間，又讀了第二遍。（中略）我對故事中許多場景，到今天仍有一種身臨其境的感覺，久久不能忘懷。[18]

《虎王》即《大王》別名，這是該作第一代中文讀者金仲達的自述，既可看出她溢於言表的熱愛，同時也是《大王》曾發行中文單行本的珍貴證言。更重要的是，金仲達因難忘《虎王》魅力而向純文學出版社創辦人林海音自薦翻譯，促成中譯本散佚半世紀後在台灣重行出版的機緣。金仲達，本名金琦，長春大學畢業，為作家司馬桑敦之夫人，林海音與之協商後，將《虎王》濃縮節譯為十萬字，編列為「純美家庭書庫」的青少年讀物[19]。這部被菊池寬評為滿洲密林奇譚、保存滿洲風土的特異小說[20]，究竟為不同國籍、年齡、學養的讀者開展何等宏闊視域而廣受喜愛呢？

一九四〇年六月二十五日至十月三日間，由長谷川濬日譯的《虎》，分八十五回以頭版新聞小說的形式連載於《滿洲日日新聞》夕刊，每回皆附有拜闊夫手繪插圖。依章節標題來看，小說共三十三節，第一節〈引子〉交代故事舞台與主角，在東滿大禿頂子（又稱大頭頂子）密林深處，一頭待產母虎為了孕育後代，尋找了一處遠離走獸猛禽與人類威脅的安全巢穴。二至九節講述幼虎成長、學習捕獵、為躲避人類干擾而遷居，以及在雲天之外同鷲鷹為鄰的寂靜原始森林生活。第十節〈大王的父親〉透過一則民間傳說，賦予虎王先祖來自偉人聖靈轉世、死後靈魂化為黃色蓮花的神祕色彩；又以歷史故事舉證，即便是滿清皇帝誤捉虎王，仍恭敬地放歸山林。藉由回溯中國人的老虎崇拜，說明虎王所代表的「威嚴的自然力量」[21]。此節以幼虎初長，「寬平的額頭上顯示出一個『王』字，頸背的厚毛皮上現出一個『大』字」[22]，象徵「群山和林海的統治者」——新一代大王即將登場。

十一至二十節，寫仲夏林海富饒繁茂，育養無數動植物；寫年輕虎王離巢獨立，強者生存的自然規律；也寫虎王的伴侶誤蹈陷阱身亡，憤怒哀痛的虎王決心履行「蠻荒世界的法則」，撲殺

---

18 金仲達，〈譯序〉，《虎王》（台北：純文學，一九八七年三月），頁三—四。
19 金仲達，〈譯序〉，《虎王》，頁七—八。
20 菊池寬，〈序〉，收於《偉大なる王》，頁二—三。
21 尼古拉．巴依闊夫（著）；馮玉律（譯），《大王》，李延齡（主編），《興安嶺奏鳴曲》（哈爾濱：北方文藝出版社、黑龍江教育出版社，二〇〇二年十月），頁三二一。
22 金仲達（編譯），《虎王》，頁六八。

獵戶嚴懲不義。二十一至二十四節是重要轉折，北行的虎王雄踞黑龍江岸懸崖，俯瞰興安嶺支脈的雲杉樹海與江水滔滔，目睹輪船拖著滿載木材的平底船沿江駛過：

> 外來人正從北面修建一條鐵路，穿越了群山和林海。新生活的激流注入了蠻荒之地。新來的人們興建起城市和村鎮，砍伐木材，清理原始森林。
>
> 在過去野獸可以自由自在地轉悠、馬鹿可以大聲吼叫的地方，現在從早到晚都有一條巨大的火蛇沿著鋼軌奔跑、閃光和發出轟隆的聲響。[23]

前所未見的新生活、新景象令虎王困惑，他憂傷地走回故鄉螞蟻河河谷，但見家鄉矗立著震耳欲聾的鋸木廠，軌道上爬行的怪物「兩只如眼睛似的聚光燈用耀眼的強烈光線劃破了黑暗」，「原始森林在呻吟痛哭」。虎王意識到林中統治權遭劫奪，對伐林建路、破壞棲地的「外來人」生起不可抑制的敵意。

> 車站燈火煌煌使明月無光，機械的噪音壓倒他熟悉的密林喧囂。他站起身來仰天長吼，這陣吼聲像控訴，也像對強敵的威嚇。
>
> 但是車站和村落裡的人，並沒有聽到這陣咆哮，大型火車頭汽笛的尖叫和工廠鍋爐的呼嚕聲，壓倒了他的怒吼。他感到意氣沮喪，便悄然走向密林深處去。[24]

為了發洩怒氣，虎王襲擊一名上山打獵的俄羅斯哨所士兵，當地獵戶感激「大王為他們主持公道，對那些破壞古老森林神聖的安寧、糟蹋狩獵場所的外來人進行了報復。」書中的「外來人」，泛指修建中東鐵路的俄羅斯職工與執勤士兵。須留意的是，此處對外來人的批判並非異例。書末也提及，幾個老獵人商議將無視森林法則、盜取獵物的獵戶獻祭虎王，彰顯虎王才是古老山林律法的執行者，接著虎王襲擊巡邏隊，向「所有災難和痛苦製造者」的外來人宣戰。

〈尾聲〉一節是全書高潮。被外來人槍擊胸口的虎王，強忍劇痛緩步走回山中，用盡最後力氣攀上頂峰，以腳枕頭，雙眼瞪視遠方，紋絲不動彷如熟睡。尾隨虎王上山的老獵人佟力，被這一幕震懾住而呆立著，直到日落月升，繁星閃爍，遠方傳來新年鐘響。佟力回神長跪祈禱：「我來自遠方！懷著至誠之心為服從山神的意旨而來！醒來吧，大王！」然而，虎王始終安詳伏臥崖邊，他生命裡的最後時光莊嚴且肅穆，深山老林一片緘默。佟力於朝陽初起時走下山，消失在蒼茫林海。小說以「山神大王在老爺嶺頂峰長眠而石化」的傳說作結：

有朝一日，大王要醒來。他的吼叫聲會隆隆地響徹群山和森林的上空，引起一次次的回聲。蒼天和大地均會受到震動，神聖而又燦爛的蓮花將會展瓣怒放。[25]

23 尼古拉．巴依闊夫（著）；馮玉律（譯），《大王》，頁八〇。
24 金仲達（編譯），《虎王》，頁一四二。
25 尼古拉．巴依闊夫（著）；馮玉律（譯），《大王》，頁一四五。

長谷川濬自述，當他翻譯至大王過世的段落，他也彷彿失去生命般久久不能自已，徹夜呆坐桌前直至黎明[26]，作品發人深省由此可見一斑。《大王》主要以動物視角進行敘述，這在戰前文學作品中十分少見，菊池寬稱其為「特異的新聞小說」、「滿洲的密林奇譚」，應屬允當評價。作家在書中對現代化發展進行質疑與提問，但因動物視角的設定，使得作品挑戰的對象由相繼在東北展開現代化建設的俄、日政府，擴大至人類中心主義。

此外，小說雖然缺少紀年標識，但按照書中提示，故事的開始當早於中東鐵路興建的十九世紀末葉。那時東滿密林蠻荒未開，群獸依循自然法則生活；那時沒有劃地而築的鐵路、房舍和鋸木廠，拜闊夫尚未接獲調職令前來。職是之故，《大王》的故事並非全然來自作者的真實體驗，那些原始森林的吉光片羽既包含鐵路開通後拜闊夫的實地考察，也來自他的部分想像，而親歷視點不足或許也是他採用動物視角講述故事的原因。唯有將故事建構在未及參與的時空裡，才能透過虎王之眼，對照呈顯資本主義入侵對於風土變遷產生的巨大影響；藉由自小在密林生長的虎王經歷，帶出鐵路建設前、中、後的密林環境變化。從這個意義上說，拜闊夫並未將自己排除在「外來人」之外，他對於俄國名為借地修路，實為利權掠奪與自然資源開採的行為有所覺察並做出自省。

小說尾聲，虎王佇足高崗怒視中東鐵路叱吒橫行滿洲大地，據此線索推測，此時故事時間約莫是鐵路全面啟動營運的一九〇三年，而老獵人佟力感慨「再過一二十年，那些美好的原始森林將會消失，不留下一個樹墩。再也沒有什麼美麗的景色、廣闊的空間和自由自在的生活。」[27]對照日俄戰爭後，南滿鐵路割讓日本，日本勢力正式進入東北；一九一〇至二〇年代，日本獲得多項鐵路修築權與礦產開採權，滿洲國建立後又大肆推展林業政策，佟力的話宛如一則隱語讖言。從上述特點分析深具人道關懷的《大王》，筆者認為，完成於一九三六年的《大王》，含藏了挑戰人類威權的生態中心主義、以環境倫理議題包覆反帝思維的寫作策略。拜闊夫透過神化虎王提出的詰難，在時隔四年出版的《牝虎》中有了更為曲折多元的思索。

《牝虎》主要講述四個俄羅斯人在泰加林的生活和遭遇，四人分別為有「密林之熊」稱號的勇士巴保新、「滿洲最優秀的一人狩獵家」谷利哥里、被譽為「牝虎」的谷利哥里之妻娜絲達霞，以及巴保新的至交敘述者我。小說由敘述者以第一人稱觀點展開敘述，故事舞台和《大王》同樣位於老爺嶺山脈的大頭頂子一帶，該地山麓為中東鐵路東線路段沿線車站所在地，如小說中出現的一面坡、葦沙河、橫道河子、山市、海林等站。故事開始之際，敘述者的家眷因故暫時搬回俄羅斯，根據前後情節推測，故事時間當介於中東鐵路全面營運通車，至俄國十月革命爆發前，即一九〇三—一九一七年間。

巴保新自俄國御林軍退伍，受妻子出軌打擊而離鄉至中東鐵路擔任搬運護衛兵，此後長住滿洲，庚子拳亂時護送金幣有功，後以狩獵為生，踏遍東滿各地。巴保新雖身負奇技，但輕財好酒、不拘小節，曾獨自擊斃十餘隻猛虎，在東滿密林世界中極受愛戴，更有甚者：

26 長谷川濬，〈「虎」を譯して——バイコフの眼に就て〉，《滿洲日日新聞》夕刊第一二四二三號，一九四〇年十月三日，頁四。

27 尼古拉·巴依闊夫（著）；馮玉律（譯），《大王》，頁一一四。

老爺嶺的山巔之上有座廟，廟裡燃著氣味很好的蠟燭的祭壇上，描著巴保新的像，是一個虎頭模樣的幻想巨人，並且還用漢字寫著——俄羅斯人巴保新為虎之御者，樹海中最力強偉大之人，有豪放之膽魄與靈魂。[28]

中國人獵戶將他視若虎神供奉廟裡，顯見其崇高地位。

娜絲達霞拒絕屈從家人婚配的木材商，與谷利哥里私奔至二道海林河高岸邊的窩棚定居，是處人跡罕至，每逢狩獵有成，谷利哥里才前往車站兜售獵物。遠離塵囂的兩人世界原本怡然自得，但平靜生活漸起變化，先是娜絲達霞為了解救虎口餘生的愛人，耗盡心力幾近殘廢，谷利哥里康復後因難敵誘惑而出軌、最後死於獵虎行動。娜絲達霞為常伴丈夫靈魂，執意寡居密林以母乳哺育兒子與幼虎。巴保新感佩其精神及堅韌意志，稱她「牝虎」以示敬意，此亦書名由來。

然而，娜絲達霞最終並未與愛慕她的巴保新終老密林，她隨同心儀對象走出窩棚，丈夫和取得林木利權的俄國商人合作，包攬鐵路沿線的密林開發事業。密林於她，變異為營生工具，那段徘徊山林、眺望自然之美以尋求心靈慰藉的山野生活終成遙遠回憶。數年後敘述者與她偶遇，她已是一面坡車站旁氣派大宅的女主人了。

至於巴保新，決意離開心有他屬的娜絲達霞，臨行前遙指北大洋山脈，呼喊「那就是我底故鄉，密林在招呼我，我欲換取那密林的幸福之幻想」[29]。以「密林之子」自豪的巴保新，未因情傷捨離密林，反倒將幸福的企望寄託在更偏遠幽深的山谷。書末以來自北大洋的虎王呼嘯，烘托和虎王同在的巴保新即將遠行歸來：

幽玄月夜的靜寂之中，從遠處傳來萬獸之聲，那音響像雷鳴似的，或激昂或消滅於山峽的深處。

古老的密林，恬靜地在吟著天賦無情的歌曲，同時有野獸的反覆咆哮。

在野獸的咆哮聲裡，令人感到夾雜着像巴保新那強大低音的人類之聲。[30]

巴保新果真自磅礴的密林呼嘯裡現身，為這部泰加林狩獵故事畫下句點，他也是直到故事末了，依舊與世隔絕遊獵密林的唯一主角。對比前作《大王》尾聲盼望虎王重生的祈願，作者彷彿藉此暗示，超凡英雄般在獸吼中御風歸來的巴保新，便是虎王再臨——「大王」雖死，紹繼者猶在，密林之歌將繼續傳唱。

《牝虎》表面上側重女性成長素描，看似安排了女性的自我實踐，但娜絲達霞無論是和谷利哥里在密林相守，或隨夫遷移至鐵路新市鎮，其自身存在的意義始終仰賴男性來界定。她不堪密林孤苦嫁作商人婦，走出密林、走入家庭為人妻母，藉此獲得新的自我定位和生命意義。可以說，「女性」並未成為瓦解男性主體的力量，也非解讀作品的主要切入點，小說表現的是女性面對命運的無法自主、女性之於男性的從屬狀態，《牝虎》實為一部「偽女性文體」作品。筆者認

28 拜闊夫（著）；曲舒（譯），《牝虎》（新京：新京書店，一九四三年十一月），頁一〇—一一。
29 拜闊夫（著）；曲舒（譯），《牝虎》，頁二〇六。
30 拜闊夫（著）；曲舒（譯），《牝虎》，頁二二〇。

為，《牝虎》中的「女性」是被作者放在帝國主義經濟掠奪、原始森林生態遭破壞等「大寫」議題下的輔助角色，透過一個遭現代化腳步驅逐出密林、遭鐵路經濟牽引著命運的女性成長史，帶領讀者窺見帝國主義與現代化的共謀關係，以及在新興產業發展下隨波逐流的無奈個體。作為一種邊緣位置的書寫策略，女性的身體與命運為觀察風土變異提供了批判視角。這方能解釋何以小說題名《牝虎》，但直到最後仍以山林為家的卻是「密林之熊」巴保新，而非「牝虎」娜絲達霞，相對而言，作者所認同的對象、更為嚮往的生活方式，顯然是將密林當作生命歸宿的巴保新。另一方面，現實生活中成為流亡僑民的拜闊夫，雖然渴望縱橫密林，卻只能將自己和家眷安頓在留有俄羅斯幻影的哈爾濱，若說娜絲達霞影射了作家的部分處境，那麼巴保新毋寧是他內心理想的投射了。

從《大王》以虎王為敘述視角，到了《牝虎》圍繞女性開展故事，拜闊夫未將寫作侷限在描述白俄流亡知識分子境況，或滿洲國政府統治下的社會矛盾，而是觸及了反思人類現代文明、風土變遷等生態中心主義的寬廣主題。兩書寫作時間分別是一九三六、一九四〇年，故事時間卻是十九世紀末至二十世紀初（推測是一八八七—一九〇三年間），以及一九〇三—一九一七年間；換言之，雖然故事時間相續，但這兩部於滿洲國時代出版的著作，寫的都是建國前的故事，拜闊夫向讀者展示了日本帝國主義尚未涉足的滿洲密林。若把《牝虎》看作《大王》續章，前作《大王》以生態寓言反思人類欲望如何危及自然環境，致使森林法則崩毀、萬獸之王殉難；及至《牝虎》，人地關係的改變愈加急進，不僅動物繁殖棲地遭破壞，多數人也不願安身林地。就地景而論，《大王》聚焦邊地風土，於原始世界遭遇文明撞擊之際戛然而止；《牝虎》呈現文明開發勢不可違，密林住民往鐵路市鎮移動的圖景。兩部懷舊之作，帶有作家自省「外來人」共犯群體的責任、追憶難以復返的自然景觀的主觀想望。此外，或許是密林消逝、獵場不再的風土變遷，使作者無法將滿洲拓墾、鐵路建設理想化；抑或是將自身對於當代的否定轉化投射成對過去的緬懷，《大王》和《牝虎》以重述前代密林演變，取代直陳對當前政府大興土木建設城市的真實感受。因此，動物和女性視角的運用，都可視為一種委婉的去政治化的敘述策略。拜闊夫的風土書寫，不啻為滿洲國文學裡以曲筆批判帝國主義資本剝削，卻暢銷風行的異數。

四、「密林」與「虎王」的歧義解讀

追溯拜闊夫作品廣受日文讀者喜愛的緣由，須歸因於當時任職滿洲映畫宣傳課的長谷川濬翻譯了《大王》一書，論者有謂長谷川的譯文優美流暢，精確傳達了拜闊夫的文體節奏與幽靜的森林餘韻，其後譯作皆難出其右[31]。長谷川濬（一九〇六－一九七三），自大阪外國語學校俄語科畢業後，於一九三二年渡滿工作，成為純文藝雜誌《滿洲浪曼》同人，一九三九年該誌登載隨筆〈マーシユカ〉，是他初次閱讀的拜闊夫作品。那時拜闊夫在滿洲國俄僑界已享有文名，哈爾

31 大島幹雄，《滿洲浪漫——長谷川濬が見た夢》（東京：藤原書店，二〇一二年九月），頁一五三。左近毅（著）；王希亮（編譯），〈翻譯俄國作家巴依科夫作品的日本人〉，《西伯利亞研究》二七：五，二〇〇〇年十月，頁五三。

濱高等檢查廳思想科的別役憲夫拜訪長谷川濬時，將俄文版《大王》送他，但當時長谷川濬忙於創作及宣傳李香蘭電影，未立即著手翻譯。直到一九四〇年初芥川賞作家富澤有為男來訪，他翻閱《大王》時著迷於原著插圖，兩人因此一同前往哈爾濱拜會拜闊夫[32]。此次會見令富澤更加景仰這位白俄作家的人品，有感於他「多逢磨難卻未能普遍得到世人認同」、「至少要讓日本人民認識這位作家」[33]，經富澤奔走斡旋，《滿洲日日新聞》社長迅即交涉譯權，商定由長谷川濬日譯，將小說改題為〈虎〉於夕刊頭版連載。

《滿洲日日新聞》為南滿洲鐵道株式會社出資發行的日文機關報之一，素有「滿洲第一大報」之稱，該報以大連為中心，輻射中國東北地區，自一九〇七年創刊，至一九四五年隨著日本投降終刊，存續時間將近三十八年，除朝刊、夕刊、英文版之外，又以附錄型態發行《小學生新聞》，據一九二五年滿鐵庶務部統計，發行量達四萬一千八百一十二部以上。該報代表了滿鐵背後的日本官方立場，目的是宣傳對華政策、加強輿論控制，許多中國東北地方報的新聞報導、社論觀點皆以該報為據，其權威性和影響力固不待言[34]。從報紙銷售量與閱報率來看，拜闊夫的日文長篇首發於此，無疑大為提高了作品知名度。以新聞小說連載為契機，一九四〇年五月十五日，滿洲日日新聞社為拜闊夫在新京舉辦座談會[35]，由和滿洲國政府緊密聯繫的「文話會」設宴款待，除二十餘名滿、日作家與會，關東軍參謀長暨滿洲國協和會中央本部長橋本虎之助、國務院總務廳弘報處處長武藤富男等政要也赫然在列，會中就「如何透過相互介紹日俄現代作家作品達到文化啟蒙」進行討論[36]。

不僅如此，一九四〇—一九四一年間，滿洲日日新聞社將拜闊夫作品及其捕獲的老虎標本在哈爾濱、新京、奉天、大連、北京、名古屋、東京等地巡迴展出時[37]，恰逢菊池寛為執筆滿鐵外史赴滿蒐集資料，這股「拜闊夫熱潮」引起了他的關注。菊池寛先與拜闊夫懇談，希望促成他訪日，又撰寫推薦序文、提案更改書名《虎》為《偉大なる王》（偉大的王），由東京的文藝春秋社於一九四一年三月推出單行本，次月隨即再版[38]。《偉大なる王》可謂拜闊夫文學登上日本中央文壇的開端，奠定他以寫虎蜚聲日文讀書界的地位。

同年，《小學生新聞》連載了〈滿洲の密林〉，據大連的日籍小學教師宗像英雄回憶，班上學童閱讀連載後手繪老虎畫像送給拜闊夫，雙方持續通信四年餘，直到二戰結束[39]。此外，《密

---

32 長谷川濬，〈「虎」を譯して——バイコフの眼に就て〉，大島幹雄，《満洲浪漫——長谷川濬が見た夢》，頁一三八—一五四。

33 富澤有為男，〈哈爾浜の作家・バイコフ〉，《満洲日日新聞》，一九四〇年四月十七—十八日，頁六。筆者自譯。

34 李相哲，《満洲における日本人経営新聞の歴史》（東京：凱風社，二〇〇〇年五月），頁八三—一〇一。榮元，〈『満洲日日新聞』の創刊と初代社長森山守次〉，《Intelligence》一五，二〇一五年三月，頁一八五—一九四。

35 疑遲，〈拜闊夫先生會見記〉，《讀書人》「讀書人連叢1」，一九四〇年七月二十日，頁二一。

36 エヌ・バイコフ，〈日本作家の印象〉，《藝文》創刊號，一九四二年一月一日，頁五五。

37 エヌ・バイコフ，〈日本作家の印象〉。石田仁志、早川芳枝、小泉京美，〈日本近現代文学文化における〈森〉の表象——横光利一、ニコライ・バイコフ、中上健次〉，《東洋大學人間科學総合研究所紀要》一三，二〇一一年，頁一三八。左近毅（著）；王希亮（編譯），〈翻譯俄國作家巴依科夫作品的日本人〉，《西伯利亞研究》二七：五，二〇〇〇年十月，頁五四。

38 菊池寛，〈序〉，收於《偉大なる王》，頁二—三。中田甫（編），〈バイコフの歩んだ道と著作〉，頁三四四。大島幹雄，《満洲浪漫——長谷川濬が見た夢》，頁一五四。

39 清水恵，〈函館で見つかったニコライ・バイコフ資料〉，《函館・ロシア——その交流の軌跡》（函館：函館日ロ交流史研究会，二〇〇五年十二月）。

林喧嚷》、《北滿的樹海與生物》、《牝虎》、《滿洲獵人日記》、《我們的朋友》，也接連日譯出版。一九四二年五月十二日，在「哈爾濱藝文協會」委員長、同時也是哈爾濱特務機關員香川重信[40]主持下，哈爾濱藝文協會假鐵道會館舉辦「拜闊夫文學活動四十周年紀念會」[41]。是年末，第一屆大東亞文學者大會於東京召開，經菊池寬強力推薦，拜闊夫獲選為滿洲國代表作家之一，由特務香川重信擔任隨行口譯赴會，菊池寬年前對拜闊夫的邀約就此兌現[42]。

不論是代表官方意識形態的《滿洲日日新聞》，或接受政府補助、以輔弼建國理想為宗旨的綜合性文化團體「滿洲文話會」，抑或身兼日本文學報國會理事的文壇泰斗菊池寬，如果說拜闊夫在滿、日文壇華麗登場得自官方奧援，應該不算言過其實。其獨特的俄僑身分、文學成就深受滿洲國及日本政府注目，他也因此被迫出席大東亞文學者大會。

拜闊夫追悼生態探險先驅普爾熱瓦利斯時寫過：

> 恆長歲月中，俄羅斯也好，全世界也好，總有許多變動。唯一不變的只有繁茂的密林。密林依舊喧嚷，唱著古老的歌曲……。[43]

日本文藝評論家尾崎秀樹認為，「生息在大自然中的動物和樹海的沙沙聲給予了巴伊科夫創造的喜悅」[44]，這位流亡作家因此能在無視「滿洲建國」神話的立場上塑造自己的文學。然而，對建國精神和文學統制的喧嚷置若罔聞，始終專注聆聽密林的拜闊夫，何以能夠見容於當代滿、日文壇，他筆下的東北風土如何被理解和接受？作者的書寫視角和讀者的理解之間有何差異？日本政府究竟從拜闊夫的密林世界看見了什麼風景，在什麼樣的脈絡下將他視為滿洲文學的代表，透過刻意操作使其走向「大東亞文學」？

拜闊夫自述，《大王》的滿洲虎描寫，源自他多年前至東滿狩獵探險時，依生態學角度調查及採擷密林生活者口述傳說得到的資料[45]，長谷川濬及新妻二朗也表示曾在拜闊夫家中見到他射殺的「大王」頭部標本[46]。戰後有日本研究者指出，拜闊夫採取科學方式克服未知自然的學術調查與狩獵，體現了達爾文「進化論」興起以來現代主義者的支配野心，這顯然牴觸了他意欲傳達的原始森林秩序遭現代文明崩解的批判精神，作者的立場因此面臨兩義性的撕裂[47]。筆者認為，

---

40 「哈爾濱特務機關」的正式名稱為「關東軍情報部」，香川重信於一九三五年加入，主要工作為蒐集蘇聯情報、偵查蘇滿國境的防衛情報、指導在滿的白俄人士。參見，〈対談・ハルビン特務機関——夢破れた異邦人工作　香川重信VS.筑紫平蔵〉，收入平塚柾緒（編），《目擊者が語る昭和史》第三卷（東京：新人物往來社，一九八九年五月），頁一八五—九一八。

41 王勁松，〈流寓偽滿洲國的白俄「虎人」作家拜闊夫〉，《新文學史料》二〇〇九年第四期，二〇〇九年十一月，頁一三九—一四六。中田甫（編），〈バイコフの歩んだ道と著作〉，頁三四四。

42 〈大東亞文學者大會——東亞文藝復興の秋　滿・支へ招待狀發送〉，《日本學藝新聞》一四〇，一九四二年十月一日，頁一。

43 H・バイコフ（著）；新妻二朗（譯），〈プルジェウリスキイの遺言〉，《ざわめく密林》（密林喧嚷），頁一一九。筆者自譯。

44 尾崎秀樹（著）；陸平舟、間ふさ子（譯），〈「滿洲國」文學諸相〉，《舊殖民地文學的研究》（台北：人間，二〇〇四年十一月），頁一二九。

45 H・バイコフ，〈自序〉，收於《偉大なる王》，頁四—五。

46 長谷川濬，〈「虎」を譯して——バイコフの眼に就て〉；新妻二朗，〈あとがき〉，《ざわめく密林》，頁二八八—二九〇。

47 石田仁志、早川芳枝、小泉京美，〈日本近現代文学文化における〈森〉の表象——横光利一、ニコライ・バイコフ、中上健次〉，頁一三八—一四一。

此說法過於簡單，必須參照作家的生命歷程，方能對作品中原始自然與現代文明的對立關係提出更為全面的解釋。

《大王》採取擬人化手法賦予虎王情感與思考能力，讀者跟隨大王腳蹤走過東滿大地，飽覽興安嶺、肯特阿嶺、大禿頂子、老爺嶺、鋼盔山、長白山脈的重巒疊嶂，牡丹江谷地、松花江平原的無邊遼闊，一同在俄羅斯人心中的「母親之河」黑龍江泅游、聆聽山吟海嘯，經歷出生、成長、獨立、爭逐、戀愛、漫遊、歸鄉、復仇、死亡等生命階段，讀者也與這位統馭東滿林野的王者，見證了四季遞嬗與地景變遷。形同中國民族借喻的滿洲虎「大王」向外來者發出的怒吼與反撲，何嘗不是中國的悲鳴。

除了通過擬人、神話尊崇虎王，拜闊夫筆下的密林，更是具有靈性的存在。《大王》如此描述林海：「吉林省渺無人跡的原始森林。它有著自己的歷史，自己獨特的生活，自己的習俗，自己的法則和自己的同遠古傳說相聯繫的故事。」[48]到了《牝虎》，密林更等同「神的世界」：「密林的住民，雖然不過是些簞食瓢飲的簡陋百姓，但是他們離『自然』和『神』很近，因此他們的精神是純潔的，頭腦決不污濁。」[49]刊登於《華文大阪每日》的〈不變的千古之規律　順「樹海」者生逆者死〉，更露骨地贊同密林樹海支配萬物的至高權威，以及不因強權而動搖的嚴酷密林法則：「到了滿洲國成立，對這個密林加上了新的力量。開拓了一部密林，敷設了鐵路，這樣的『林之海』變成了『林之湖』了，又野獸橫行的林區也成了移住農民的村落。但是，密林的表情與規律是沒有改變。」[50]文中揭示森林鐵路鋪設，致使林海面積縮減，昔日的動物棲地成了日本移民村，這篇譯文雖不甚流暢，卻是拜闊夫著作中少見的對滿洲國開拓政策的直言批判。

青春時代馳騁東滿山林，在那裡住了超過十年、親見密林之美的拜闊夫，終其一生對那片祕境眷戀不已，《大王》與《牝虎》出版時拜闊夫已年近七十，和妻小住在流亡俄僑群聚的哈爾濱馬家溝教堂街，屋小家貧，執教寫作維生，祖國和密林成了上一世紀的追憶。筆者認為，借助文學話語在形象建構和心理描寫的特長，其密林和虎王表徵的是一種「消失的風景」，密林既是現實意義上曾經存在的自然世界，也是作家孤絕精神狀態的象徵性空間，更是一道「擬鄉愁」裝置，拜闊夫建構出一個永恆的密林世界，藉此遙想回不去的故國、變易的風土，密林和虎王因此也是反現代文明的符號。

滿系作家疑遲參加拜闊夫座談會後，語帶激動地發表後記，他認為拜闊夫作品「把握住了北滿地方特有色彩」，讓讀者「看見滿洲的未經開墾的處女地的壯麗」，他期許北滿東部密林的狩獵事蹟能經由《大王》永留人間[51]。一九一三年生於遼寧省鐵嶺北關的疑遲，在北滿荒原度過年少歲月，精通俄語，曾翻譯高爾基作品，自中東鐵路站務員離職後，進入滿洲國國務院統計處工作[52]。和拜闊夫擁有部分相似履歷的他，透過閱讀看見已然消失的風景，「發現」了未被開墾的

---

48 尼古拉・巴依闊夫（著）；馮玉律（譯），《大王》，頁三六。

49 拜闊夫（著）；曲舒（譯），《牝虎》，頁一〇—一一。

50 H・拜闊夫，〈不變的千古之規律　順「樹海」者生逆者死〉，《華文大阪每日》七卷八期，一九四一年十月十五日，頁二九—三〇。

51 疑遲，〈拜闊夫先生會見記〉，《讀書人》「讀書人連叢1」，一九四〇年七月二十日，頁二二一。

52 小松，〈夷馳及其作品〉，收入陳因（編），《滿洲作家論集》（大連：實業印書館，一九四三年六月），頁三一七—三二六。

滿洲處女地。

綜上分析，密林擁有制裁侵犯者的靈性，那裡是大王生息於斯的故鄉，大王是滿洲山林的統治者。那麼，外來人與侵犯者所借喻的對象是誰呢？是漠視自然法則的貪婪獵戶、興建鐵路的俄國職工，還是在中國東北引爆戰火的關東軍，或是滿蒙開拓政策下前進滿洲的日本移民呢？拜闊夫將《大王》與《牝虎》的故事時間架構在鐵路開進密林前後以迴避敏感時局，但在文明與反文明、外來人與原住民、殖民者與被殖民者之間，他的立場顯然傾向後者。

《偉大なる王》的〈自序〉中有段意味深長的話：

我並不希望我的書博得日人好評，也不希望作品在日本的名聲勝過歐洲。不過，假若此書能夠獲取佳評，那是因為作品具備了現代文學前所未見的主題和題材。[53]

《大王》原著以帶有異國情調的東方神話和純淨壯麗的滿洲風土，成功在歐洲取得銷售佳績，但作品深受日文讀者喜愛卻非拜闊夫所願。然而，如同《密林喧嚷》譯者新妻二朗表露的想法：

老先生闡述身為作家的深奧想法，並指出現代青年的時弊。而我則談起日本的青年義勇隊、滿洲開拓，告訴老先生以前他狩獵的地方因為北滿振興政策，如今正要興盛發展起來。[54]

頗負盛名的翻譯家、轉向作家大內隆雄表示，在建設大東亞新文化的當前，出版《牝虎》是「民族協和的表現」[55]。外務大臣谷正之強調，《偉大なる王》富有教育意義而受許多日本讀者喜愛[56]。拜闊夫自許作品具有獨創性，是現代文學中前所未見的主題和題材，但這些特點在日本讀者眼中卻另有解讀，虎王的王者氣度和巴保新剽悍的意志力，被當作鍛鍊日本青年武勇精神的楷模；密林狩獵成了荒地開拓物語；拜闊夫文學被挪用為滿洲國「北邊振興計畫」[57]的宣傳文本；作家自身則被塑造成有功於民族協和的「白俄英雄」，以巨星姿態登上「大東亞文學」舞台。拜闊夫以去政治化的書寫策略寄寓對人類文明過度開發、掠奪自然資源的批判，卻被日本軍國主義挪用為政治化的思想教化文本，這恐怕是他始料未及的。

大東亞文學者大會結束後，拜闊夫在菊池寬創辦的《文藝春秋》上發表了遊記〈日出づる國に旅して〉（日出國之旅），表面上不著邊際地歌頌東亞新秩序建設和日本風土之美、感謝菊池寬善意款待，肯定外務大臣谷正之和內閣情報局次長奧村喜和男對日本文化的貢獻，卻對從軍作家火野葦平建議他「比照滿洲，同樣以藝術手法描寫日本的自然景緻」不置可否，話鋒一轉寫道：

53 H・バイコフ，〈自序〉，收於《偉大なる王》，頁四—五。筆者自譯。

54 新妻二朗，〈あとがき〉，《ざわめく密林》（密林喧嚷），頁二八八。筆者自譯。

55 大內隆雄，〈序〉，《牝虎》（新京：新京書店，一九四三年十一月）。

56 H・バイコフ（著）；香川重信（譯），〈日出づる國に旅して〉，《文藝春秋》二一卷二號，一九四三年二月一日。

57 一九三七年起「滿洲國」開始執行「產業開發五年計畫」經濟統制政策，一九三九年五月又推出「北邊振興計畫」，目的在於強化北邊國防。參見，解學詩，《偽滿洲國史新編》（北京：人民出版社，二〇〇八年四月），頁五四一—五四六。

> 當我散步在箱根國立公園的茂密樹林裡，不禁回想起在滿洲密林的自在時光。在高聳入天的老杉下，用力吸一口山中精氣，置身常綠樹林的沙沙聲響中，宛若聽見密林喧囔。如果說將其與密林作聯想有什麼不足之處，那就是野獸，尤其是這裡沒有偉大的王存在。[58]

拜闊夫以密林書寫開啟歐洲文化界的滿洲認識，二戰末期又因這些作品被徵召走上「大東亞文學」之路，當中既有時勢下的不得不然，也有作家自身難以全然迴避的責任。然而，即便日本官方刻意忽略拜闊夫作品對帝國主義暴力侵害的批評，將之演繹成彰揚大東亞精神的教材，但以《偉大的王》風靡日本的拜闊夫感慨當地「沒有偉大的王存在」，則無異是對日本天皇制國家主義最鞭辟入裡的嘲諷。拜闊夫文學的創作理念及其東亞傳播，終究只是一場同床異夢的各自表述。

五、結論

白俄作家拜闊夫在他視為第二故鄉的滿洲生活了五十年，他的風土書寫提供了一種理解滿洲的獨特話語。本文以其代表作《大王》與《牝虎》為分析範疇，筆者發現，在時間上，兩作以中東鐵路開通的前、中、後為故事發展時間軸，在空間上，小說展示了荒漠初開但生機盎然的滿洲原始森林生活。建國前的滿洲通過拜闊夫的生態寓言被重新憶述，那個未被破壞的生態環境，提供了一個永恆的想像歸宿，在某種程度上形成了與殖民拓墾政策背反的邏輯。作者塑造了統治東滿山林卻遭外來者槍殺的「大王」、在現代化過程中出走密林的「牝虎」、託喻作家心志的「密林之熊」等具有象徵性的角色，強烈地傳達，純淨的原始森林因人為開發而消失，自然界的法則被入侵者破壞，從心所欲的泰加林生活被開進來的帝國主義火車輾碎了。就此意義而言，他所建構出的密林世界與虎王傳說，是「滿洲文學」，而非「滿洲國文學」，他以森林法則批判了假借文明條款掠奪資源的侵略者，以去政治化的風土書寫揭示殖民主義計畫性經濟開發的不正當性。

筆者也嘗試探討拜闊夫作品中的「密林」與「虎王」這兩個多義性意象在不同語境中產生的歧義解讀。論文提出，密林世界是拜闊夫小說的「擬鄉愁」裝置，藉此再現一種「消失的風景」，讀者通過閱讀作品「發現」滿洲。對失去祖國的作者和滿系作家來說，小說中的密林封存了他們真實生活過且尚未變易的風土。然而，日本軍國主義者卻挪用上述意象，鼓吹皇道精神與大東亞文學理想，密林成了履踐滿洲國建國精神的「王道樂土」，與拜闊夫的創作宗旨背道而馳。

在日本政府刻意操作下，化身「民族協和」大使的拜闊夫，曾做過不由衷的發言，戰前也曾企圖出版反戰小說《憂鬱的大尉》未果[59]，這位遭受時代擺布的流亡作家，其畢生文學心志可見諸二戰結束後他從滿洲出逃，接受國際聯盟難民委員會援助滯留香港期間的絕筆：

58 H・バイコフ（著）；香川重信（譯），〈日出づる國に旅して〉。筆者自譯，引文中圓點標記為筆者所加。

59 上脇進，〈後記〉，《牝虎》（東京：中央公論社，一九九〇年二月），頁二七六—二七八。上脇進表示，寫於一九四三年的《憂鬱的大尉》著重描寫軍隊內部軍紀敗壞，拜闊夫希望能在日本及滿洲國出版，但出版社皆害怕特務機關查緝而拒絕委託。

像滿洲那般豐饒，沒有人怨嘆生活困苦、一切不虞匱乏，每個人都能自由自在、隨心所欲的地方已經逐漸衰敗了。恐怕不久之後，這片富裕的土地會失去一切吧。（中略）如果剛好有人接觸到了足跡遍及全滿洲，在森林中漂泊的老邁作家拜闊夫的作品，讀完之後或許就能想像及了解北滿所有民族在那得天獨厚的環境中所過的生活。[60]

60 N・A・バイコフ，〈絕筆——回想〉，《バイコフの森》，頁三二四。筆者自譯。

撫順煤礦與韓中小說

以韓雪野的〈合宿所的夜〉和王秋螢的〈礦坑〉為中心

金昌鎬／韓國江原大學中文系

一、迂迴的寫作與撫順煤礦

在一般情況下，我們可以說文學的功能是給讀者快感，揭示人生的真諦和時代的真實。可是在帝國主義統治下，殖民地作家也許可以描寫「快感」，而談論「時代的真實」是一件不容易的事。因此面對殖民主義的作家們不得不思考寫什麼、如何寫。至少憂慮國家和民族的未來、認同時代痛苦的作家，就應該考慮如何在殖民者或專橫或懷柔的殖民政策以及檢查、監視、殺害等多種控制和鎮壓手段下實踐民族文學。這些作家受到殖民主體的控制和鎮壓，承受著雙重痛苦，一方面不能揭露殖民主義時代黑暗的現實，另一方面又被迫寫不想寫的文章。滿洲國的作家李季瘋曾在其散文〈言與不言〉（一九四〇）中對殖民地知識分子的苦惱做出了如下表述：

一個人，應該說的話，一定要說；能夠說的話，一定要說。可是應該說的話，「有時卻不能夠說」，這其中的甘苦，決非「無言」之士所能領略其萬一！一個人，壓制別人應該說的話，那是惡漢；逼人說不能夠說的話，那是蠢才。所以，「言」之者，自有他「言」之道理，「不言」之者，也自有他「不言」的苦在。倘如他「言」而無何道理，「不言」而無何苦衷，這種失掉了語言的人類，就名之為「啞巴」也不為形容過甚。[1]

作為殖民地作家並不僅僅承受寫作的痛苦，甚至還要經歷寫作的原動力，即感情和感覺的衰退。〈礦坑〉的作家王秋螢曾對自己的創作經驗表達了以下感受：

似乎有人說過這樣的話，如果沒有了愛，便沒有創作，但是我覺得如果除了愛以外，憎與恨，也未嘗不能促起創作的情緒。不過一個人，假如被生活壓榨得既不能愛，也不能憎，在不憎不愛的情形下，那才一定要喪失了創作的能力。

過去的一年內，我雖然有了兩個創作集的出版，但在我創作的生活上，卻幾乎等於空白的一年。這原因也許是身心的怠倦，而故意的疏懶，但實際上，由於精神的不聾而聾，不啞而啞，同時愛而不能愛，憎又不能憎的情形中，弄得我毫無寫作的情緒，確也是最大的原因。[2]

在有「應該說的話」或「能夠說的話」而「卻不能夠說」，不是聾子而不能聽，不是啞巴而不能說的嚴峻的形勢下，殖民地作家們選擇的道路並不多。除了絕筆和流亡以外，想在殖民主義統治下繼續創作文學的作家，如果不是協力於統治體制，就只能選擇追求純文學，或者迂迴式的寫作。其中，迂迴式的寫作，是在殖民主義統治下的不能直接描寫反抗意識作家多採用的方法[3]。這種方法，因為作者和作品的不同傾向而呈現出多樣化的現象，所以很難實現規範化，「但是如果要整體地把握個別作家的抵抗方式，就能知道其中有一定的類型化。」[4]

迂迴式的寫作，在韓國和滿洲國的文學家大部分是通過鄉土文學表現出來的。在滿洲國活動的作家中，具有抵抗意識的，例如梁山丁或王秋螢等作家為了批判殖民主義近代化，並為了擺脫日本施行的帝國主義政策和文化權力的磁場而戰略地使用了鄉土文學。山丁認為「鄉土文學，是針對日本人主張『移植文學』的。」「一切暴露現實生活的作品，都是鄉土文藝。凡是描寫地方色彩濃郁的作品，凡是描寫東北人民生活的作品，都屬於鄉土文學。」[5]特別是到了一九四〇年代，滿洲國當局頒布「藝文指導要綱」，施行更嚴酷的文化政策。在這樣的情況下，中國作家們無法直接對抗文化控制，「鄉土文學便是一種迂迴的選擇。」[6]

本文旨在考察，在殖民主義文學場中使用的迂迴寫法的一種類型，擬對以撫順煤礦為題材的

---

1 李季瘋，〈言與不言〉，張毓茂（主編），《東北現代文學大系．散文卷》（上）（瀋陽：瀋陽出版社，一九九六），頁八〇。

2 王秋螢，〈《河流的底層》跋〉，張毓茂（主編），《東北現代文學大系．散文卷》（下）（瀋陽：瀋陽出版社，一九九六），頁六三六。

3 參見李春燕，〈文學的淪陷與淪陷的文學〉，馮為群（等編），《東北淪陷時期文學國際學術研討會論文集》（瀋陽：瀋陽出版社，一九九二），頁五三。金在湧，《協力與抵抗——日帝末社會與文學》（首爾：召命出版社，二〇〇四），頁一八七。

4 金在湧，《協力與抵抗——日帝末社會與文學》（首爾：召命出版社，二〇〇四），頁一八七、一九〇。

5 梁山丁，〈我與東北的鄉土文學〉，馮為群（等編），《東北淪陷時期文學國際學術研討會論文集》，頁三七〇—三七一。

韓國作家韓雪野的短篇小說〈合宿所的夜〉和中國作家王秋螢的〈礦坑〉這兩部作品進行比較研究。在這裡之所以關注撫順煤礦，因為當時撫順煤礦是東亞殖民主義近代化的明暗對照最為明顯的地方。

煤炭是鐵路、船舶、工廠等近代化產業發展所必需的資源。日本在滿洲地區開展殖民地政策中，認為最重要的地方就是撫順煤礦。日俄戰爭結束次年，日本政府為了占領市場，掠奪資源，擴張殖民組建滿鐵。他們認為撫順煤礦「對帝國的將來最為重要」，於是開始經營南滿鐵路的同時，也獲得了有「十里煤海」之稱的撫順煤礦開發權。一九〇九年日本政治家伊藤博文去哈爾濱之前曾先來到撫順，視察煤礦，表示極大的關心。之後，為擴大煤炭開採量開始開鑿露天礦，建設一座繁華的新市街和歡樂園，隨之，撫順也逐漸變成了華麗的城市。然而，光彩炫目，影子更濃，撫順有日本帝國主義建設的華麗的地區，也有在黑暗中最黑暗的煤礦。在這黑暗中，從事最危險勞動的礦工們在生活著。因此，想要進行迂迴式寫作的殖民地作家們關注該地區，這是自然而然的事情。

二、殖民地煤礦與作家的選擇

近代東亞的作家中，最先關注撫順煤礦的是韓雪野。一九二八年一月，他在首爾發行的《朝鮮之光》雜誌上發表了一部短篇小說〈合宿所的夜〉。當時，大部分的韓國普羅文學家主張，韓國文學應該採用反映人口中九成的農民及其生活的農民文學。但是，韓雪野並不是以離作家的家鄉較近的東滿地區農村，而是離家較遠的撫順煤礦為背景創作作品，是令人感到相當意外的。即使說他經歷過滿洲生活，而當時和他一樣經歷過滿洲的韓國文學家大都是描寫流浪在滿洲的朝鮮人的艱苦移居和定居的過程[7]。

那麼，韓雪野為何對撫順煤礦感興趣呢？擁有撫順煤礦的滿洲國文壇的情況如何？因為撫順煤礦位在滿洲地區，所以創作比韓國作家更多的作品？據我了解，滿洲國的鄉土文學大都刻畫了農民或城市的工人或小市民，以撫順煤礦為題材的作品只有王秋螢的中篇小說〈礦坑〉和〈小工車〉。如上所述，儘管撫順煤礦擁有地區的重要性，但以此地為題材創作的作品很少。其原因是，與其他城市、農村不同，如果不懂煤礦的特殊性和礦工的專業性，那就很難創作出與此地有關的作品。因此，正式比較兩部作品之前，我們首先要觀察兩位作家到底為什麼創作以撫順為背景的作品。

韓雪野，一九〇〇年八月出生於咸鏡道一個富裕的家庭。在富裕家庭成長的他之所以關心民

6 王越，〈歷史困境中的文學選擇——論偽滿時期山丁的「鄉土文學」主張〉，《滿洲研究》第二二集（首爾：滿洲學會，二〇一六年十二月），頁一一八。

7 通過綜合分析在滿朝鮮人的小說作品的《解放前中國流移民小說研究》可以看出這一點。據該書分析，以滿洲地區為背景的約兩百部小說大都是描寫生計型農民的作品，除此之外，還有抗日運動家、城市小市民等作品。煤礦出現的作品除了韓雪野的另一部作品〈人造瀑布〉以外，還有六個作品。參見，表彥富，《解放前中國流移民小說研究》（首爾：韓國文學社，二〇〇四年）。

族問題和社會矛盾，是因為在成長過程中經歷了以下幾個事件。一九一九年就讀於咸興法科專門學校時，因參加「三一運動」，被開除學籍。次年到北京的益智英語學校，學習英文和中文，並讀社會科學方面的書籍。一九二一年，進入位於日本東京一所大學。在這裡他鑽研社會科學的同時，接觸到了日本和西方的文學作品。一九二三年回國後當過中學教師，一九二五年發表了他的第一篇小說〈那天的夜〉，創作初期他發表的作品都是自然主義色彩濃郁的愛情小說。

轉為普羅文學，是從他移居撫順之後開始的。一九二五年春天他父親因生意失敗而突然去世，家庭面臨破產，不得不背井離鄉，與家人一起移居到了撫順。韓雪野到撫順之後，原本是為了生計而去的，但是因為未能通過身分審查，所以無法參加勞動。不過在撫順生活的這兩年裡，他親眼目睹了在煤礦勞動的下層階級的生活、把頭的橫行霸道，以及日本榨取資源和勞動的行為。他過去讀書時從書籍得到而形成的社會意識，通過撫順生活的體驗，確實鞏固了抵抗意識，開始關注勞動階級。之後，他從自然主義文學走上了普羅文學作家的道路。這些事實在他的文學活動中明顯地表露出來。他在撫順居住期間，於《滿洲日日新聞》上用日文發表了短篇小說〈初戀〉、〈合宿所的夜〉、〈黑暗的世界〉。其中〈合宿所的夜〉主要描寫，主人公礦工晚上偷看生活在隔壁的日本人小把頭和他的朝鮮人妻子，以此來化解勞動的疲勞。

作家回國後用同樣的題目發表了另一篇〈合宿所之夜〉。這篇小說的主人公曾在瀋陽的紡織工廠工作，後因為罷工來到撫順勞動，且積極宣導階級運動。有一位朝鮮老人在滿洲漂泊了數十年，期間兒子已去世，後來到撫順找工作，但因年輕人增加，老人無法跟上勞動量，所以想回家鄉，但是連路費也被把頭搶走。所以主人公給老人錢助其回國，並且主張勞動者要團結起來鬥爭。這篇小說是韓雪野剛轉到普羅文學之後所作，所以並不能說作品的完成度高。如果比較發表在《滿洲日日新聞》和《朝鮮之光》的兩部小說的話，可以說雖然題目一樣但是內容完全不同。這正是撫順的體驗對作者有著很大影響的證據之一。此外，他住在撫順的時候不但發表一些作品，還有幾篇評論向首爾投稿。例如，〈關於階級文學〉、〈普羅文學宣言〉等。當然，這些文章像許多評論家的評價一樣，對無產階級和普羅文學理論的認識處於尚未成熟的初步階段，但我們不能否認他在撫順所得到的體驗對他的文學道路產生了巨大的影響。

一九二七年回國，韓雪野參加了朝鮮無產階級藝術聯盟（KAPF），不久後被選為中央委員。這證明他在撫順所經歷過的經驗，對他的文學生涯多麼重要。另外，屬於KAPF的作家一般是在首爾或日本形成普羅文學意識，但韓雪野與別人不同，是在撫順產生的普羅文學意識，這也是他一個人獨有的特點。「他是通過迂迴的文章批判日本帝國主義的代表性人物」。[8]因此，通過他的作品可以看出他在這段時期的迂迴性的寫作面貌。

在滿洲國活動的中國作家中，以撫順煤礦為題材的作家只有王秋螢一位。他一九一三年十二月出生於撫順，父親是撫順的普通農民，但他對兒子的教育積極地支持。一九二〇年，王秋螢進入了撫順縣立第一高等小學校讀書，一九二五年進入撫順縣立初級中學，並於第二年前往瀋陽繼續深造。在這期間，他能接觸不少的文學作品，閱讀了如魯迅、茅盾等進步作家的作品，逐漸接受了「五四」新文化思想。這種新文學和新文化的衝擊，喚起了他的文學意識。

8 金在湧，《協力與抵抗——日帝末社會與文學》，頁一九〇。

一九三三年三月，王秋螢參加組織飄零社，並通過《撫順日報》文藝專欄活動。之後，在長春的《大同報》等報社擔任了編輯工作。一九三九年他在瀋陽創辦了大型文藝雜誌《文選》。翌年，他轉移到《盛京時報》社，擔任「文學」欄編輯。王秋螢不僅是文學期刊編輯，而且在文學評論和文學史編輯上也留下了顯赫功績。一九三七年由〈滿洲新文學的發展〉開始，陸續發表了〈建國十年滿洲文藝書提要〉（一九四二）等評論，一九四四年出版了被稱為滿洲國文學史研究里程碑的《滿洲新文學史料》。

雜誌編輯、評論家、文學史家等，在王秋螢的諸多身分中，樹立了作為文學家的自尊心，應該是在其發表兩本小說集之後。當時，滿洲國在「王道樂土」的政治理念下實行「國策文學」。對此，滿洲的中國文學家之間起了要正視殖民地現實的「鄉土文學」論爭，此時，許多作家開始關心滿洲的農民與農村。王秋螢主要在國策文學的磁場相對較弱的瀋陽活動，他也堅持地域文學發展的立場，並支持以梁山丁為代表的鄉土文學主張。一九四〇年夏天，王秋螢收到從長春寄來的一封信，信中梁山丁勸王秋螢提供他的作品[9]。於是，王秋螢在「近五年來寫的產物」中確定了包括〈礦坑〉在內的九篇作品，一九四一年一月《去故集》編入「文藝叢刊」第四輯。

《去故集》問世後，受到了文學界的關注，得到好評。梁山丁通過〈《去故集》的作者〉一文，對王秋螢給予讚揚：「我大膽地而又光榮地稱《去故集》的作者為小說家，相信他並不是自以為是小說家便會高傲橫行起來的某種文學青年。」[10]此外，在滿洲國活躍的日本學者大內隆雄也通過題目為〈秋螢之近作等〉的文章談過《去故集》，特別闡述了〈礦坑〉的主要內容和描寫特點：

〈礦坑〉所描寫的，是勞作於某炭坑的勞動者一家，他以珍貴的筆技，描寫為種種事端所致勞動者夫婦苦痛的命運。這種寫法，可以說仍然是前此「滿系」文學中的一個傳統，由其他多數作品裡，也會看得到的。

可，秋螢的場合，我卻明白他寫這作品的意識，我想他不敢不那末寫。他不能露骨的截出來，但他有抗議，他有提訴，我們讀這作品時，不可不以也似在聽到作者在呼訴似地來讀吧。秋螢曾在某短篇論文裡提倡地方主義，如這篇〈礦坑〉便是其地方主張之具現。[11]

王秋螢的第一部小說集《去故集》中最引人注目的作品是〈礦坑〉。這篇小說是中國現代文學史中反映礦工生活的第一部作品。作家「是東北淪陷區作家中以中篇小說表現東北產業工人苦難生活的第一人。」[12]〈礦坑〉雖然沒有直接寫出階級矛盾和民族壓迫的正面衝突，但是作家卻巧妙地以側面烘托的手法間接地暴露了日本法西斯的罪惡行徑[13]。下面將簡單地介紹〈礦坑〉的內容，僅供參考：

主人公張斌是四十一歲的礦工，之前是農夫。在礦山工作了十多年之後積勞成疾的他已經承

9 高興璠，《王秋螢評傳》（北京：現代出版社，二〇一六），頁一五九。
10 梁山丁，〈《去故集》的作者〉（一九四二），《滿洲作家論集》（大連：大連實業印書館，一九四三），頁二七七。
11 大內隆雄，〈秋螢之近作等〉，《滿洲作家論集》（大連：大連實業印書館，一九四三），頁二八二—二八三。
12 高翔，〈導言〉，張毓茂（主編），《東北現代文學大系（五）．中篇小說卷》（瀋陽：瀋陽出版社，一九九六），頁八。
13 高興璠，《王秋螢評傳》（北京：現代出版社，二〇一六），頁一七六。

受不了體力勞動，近乎廢人一樣。但是為了撫養妻子和兩個子女，忍受著監工的漫罵和鞭打繼續工作著。可惜生活並沒有好轉。有一天九歲的女兒為了幫助家裡的生計，在堆積煤礦渣子的地方撿煤塊兒的時候被從機器上掉落的石頭砸傷。為了湊治療費和生活費，張斌進入煤礦的小賣鋪偷東西，被人發現入獄後病死。張斌死後，他原本堅強的妻子也變得懦弱無助，經受不住監工的誘惑與其同居，並生下一個兒子。但是監工與自己的兒子狼狽為奸，將張斌留下的兒子虐待致死。兒子死去之後，張斌的妻子帶著女兒漫無目的地逃了出去。

一九四一年九月，他又由瀋陽文叢刊行會出版了短篇小說集《小工車》，列入「文選小叢書」第一輯。內收小說〈小工車〉、〈血債〉等八篇作品。這八篇小說中作家自己表示滿意的還是作為作品集標題的〈小工車〉。作家在〈題記〉中這樣寫道：「這裡比較我認為滿意的，除了〈小工車〉外，只好說是〈血債〉。」此外，一九四〇年底在《盛京時報》副刊上開始連載〈河流的底層〉，一九四二年五月由大連實業洋行出版部出版，但作家自己評為這部小說是失敗的。其原因在於，一九四一年三月，滿洲國弘報處頒布了《藝文指導要綱》，作家處於「精神的不聾而聾，不啞而啞，同時愛而不能愛，憎又不能憎的情形中」，「喪失了創作的能力」，不得不改變最初的動機。

三、殖民主義近代化與「暗」的描寫

一般來說，小說開頭描繪的背景可以作為把握小說整體氛圍的切入口，讀者由此可以看出在小說中反映出的作家意識。我們通過〈合宿所的夜〉和〈礦坑〉這兩篇小說的開頭，可以確認殖民主義近代化的光明和煤礦的黑暗。首先來看一下兩篇小說中描述的撫順煤礦的情景。

昨天氣溫超過零下三十度，今天也不比昨天差。在滿洲，三十餘度的寒冷天氣，絕對不是罕見的客人。[14]

這是〈合宿所的夜〉描寫的自然環境，這篇小說的時間背景為超過零下三十度的寒冷的冬季。而在〈礦坑〉開頭的時間則設定為晚秋的早晨。

秋風夾著寒冷，從那一帶連綿起落的煤山上吹下來，爬過了附近一帶的荒村。（中略）湛藍的晨空，還殘留著幾顆明亮的小星，閃著白色的微光。往村子裡去的小路上，已經落滿了

14 韓雪野，〈合宿所的夜〉，《朝鮮之光》（首爾：朝鮮之光社，一九二八年一月），頁二六。

冰涼的露珠，地上是一片潮濕。[15]

兩部作品中所描寫的時間背景有冬天和晚秋之區別。但是，兩部作品都通過嚴寒的冬天和寒冷的晚秋，暗示著作品中的人物要遭受的冷酷現實。在〈合宿所的夜〉裡如下描寫了撫順煤礦內外的風景。

到夜晚了，是煤礦王國（B市）的燦爛的夜晚。到夾在舊的小鎮和新建的城市中，那像烤餅似的扁圓型的山丘，處處可見又紅又藍的燈光。我也因被M市的紡織工廠的暴亂所困，而很像乞丐的樣子，來到這家工廠的那一天晚上，被這些燈光迷惑，以為這裡就是什麼熱鬧的城市。但是天亮後發現，這是一個黑暗的、非常可怕的地方。[16]

韓雪野小說中的撫順，是夜間被絢麗霓虹燈覆蓋的現代化城市，煤礦是各種齊全的機械設備一直不停地在採礦的地方。但是現代化的都市，機械化的煤礦，認為撫順「明亮城市」其實是主人公的幻想，「天亮之後一看」冷靜的視角準確揭示出事實的真相。其結果，才明白了因貧窮「不得不來的最後的街道」就是「可怕的街道」的事實。這是作者對撫順的視角，同時也可以說是對滿洲全域的認識。先輾轉於瀋陽、大連等大城市的工廠中，後為了維持生計認為是最後救命稻草的撫順煤礦成了「最後的街道」。這種看法可以從小說結尾出現的兩種解決辦法得知。也就是回國，或者留在當地通過鬥爭爭取、改善生活。

〈礦坑〉中也有類似這樣的描寫：

天正是濛濛亮的時候，晨霧沿著山腳與那灰黃凋落的叢林流著，那煤山上高聳空際的巨大的煙囪，也成夜沒有休息地噴吐著黑煙，遠處白茫茫的霧，黑沉沉的煙，都攪成了一片，已經分不清哪是霧，哪是煙了。[17]

在對礦山的煙筒和黑煙，夜以繼日採礦作業等場景的描寫上，兩篇小說很相似。差異是，〈合宿所的夜〉通過對比白天和黑夜反映滿洲的虛和實。〈礦坑〉中對比白與黑、霧和煙，塑造滿洲原始的自然環境和殖民主義近代化之後的滿洲，認為當時的滿洲社會正處於「哪一個是霧，哪一個是煙，難以區分」的混沌社會。

殖民地近代化的明與暗，通過居住在撫順的各民族的象徵和他們之間存在的階級差異也可以表現出來。〈合宿所的夜〉中第一個出場的主人公「我」是移居滿洲的朝鮮人。作者先是通過服裝，展示了在滿洲生活的民族之間的差異。朝鮮人礦工們穿著破爛而漏寒風的衣服，因此認為「雖然在滿洲最可憐的還是我們」的朝鮮人。這裡還有「冬季從農村來的」雖然是苦力但身上還是掛著「幾片羊皮」的中國人和「煤礦絕對的上層階級日本人」。通過對他們的描寫突出反映了

15 王秋螢，〈礦坑〉，張毓茂（主編），《東北現代文學大系（五）．中篇小說卷》，頁三八三。
16 韓雪野，〈合宿所的夜〉，《朝鮮之光》（首爾：朝鮮之光社，一九二八年一月），頁二六。
17 王秋螢，〈礦坑〉，張毓茂（主編），《東北現代文學大系（五）．中篇小說卷》，頁三八三。

滿洲民族和階級的差異。〈礦坑〉中能更進一步看到殖民地的群像。穿著破落，表情呆滯的中國勞動者形象可以說是典型的被殖民地者。

> 這都是住在這村子裡一些在煤山上挖煤的礦工。他們都有一張骯髒而愚蠢的臉，襤褸的衣裝，而且戴在頭上那用乾柳條編成如同柳罐的帽子，更顯出他們的呆相。（中略）太陽是要出來了。這時這條向煤山上去的小路走著的人又換了，多是一些婦人與孩子，他們也都像是那些礦工們一樣，穿著破碎的衣服，長著污穢的黑臉，背著一條笨重而累贅的煤油筒，這一些人們，是到煤山去撿煤渣的。[18]

〈礦坑〉中所描繪的勞動者和其家屬，監督煤礦現場的把頭都是中國人，所以與韓雪野小說不同，階級差異和民族差異不一致。但是作品通過對帝國主義的經濟掠奪，剝削勞動和由此引起的家庭破壞，倫理墮落的描寫，揭露了黑暗的現實，表現了對殖民主義的間接抵抗之意。

四、結語：求同存異

以上考察了作者的文學旅程和兩部作品的相似點。這兩部作品雖然都是以撫順為題材，兩者之間卻有十二年的距離。期間，在滿洲發生了「滿洲事變」和「滿洲國」建立等巨大的社會變化，在撫順煤礦也有工廠增建、露天礦開發、城市規模擴大等巨大變化。因此，可以想到在煤礦工作的礦工生活也會有變化。但正如上述所說那樣，被殖民的人民和被統治的階級，在生活方面可以說沒有任何變化。

問題在於觀察對象的視角。如上所述，韓雪野和王秋螢分別通過〈合宿所的夜〉和〈礦坑〉描繪了煤礦的最黑暗的一面，想要在黑暗中尋找希望。但是，一九〇九年日本作家夏目漱石參觀撫順時，感嘆道：「為了欣賞想把這條街的建築物都遷移到東京繁華街」，如果挖掘這裡的煤炭的話「還是需要一百年到二百年左右的時間。」雖然後來他成長為世界著名的作家，但當時似乎把滿洲的資源當成了掠奪的對象。還有，一九三六年一位朝鮮老師率領京城的一個高中修學旅行團走到撫順，看見巨大的露天礦和近代化的工廠設備後說：「隨著挖煤挖掘，煤炭上面的城市被陷落的景象，只是在這煤礦城市能看到的。」好像在他們的眼裡不會看到，被剝削在黑暗的礦坑裡的礦工們的生活。

比較文學的主要目的在於分析作為比較對象的原本，發現人類的共同點，可是比較對象之間一定出現差異。通過本文中比較對象韓雪野的〈合宿所的夜〉和王秋螢的〈礦坑〉可以得出以下幾種差異。

第一，作家的民族成分不同。韓雪野是一九二五年至一九二七年的時候移居到撫順的。此時已經有很多朝鮮人移居到了滿洲。所以在朝鮮社會中滿洲並不是一個完全陌生的地方。雖然如

18 王秋螢，〈礦坑〉，張毓茂（主編），《東北現代文學大系（五）．中篇小說卷》，頁三八四。

此，韓雪野和王秋螢的民族成分不同，所能理解的程度和視角會有所不同。尤其是在如同殖民主義的敏感時期，民族成分不同意味著即使在同一地方經歷了相同的事情，也會有不一樣的方式接近，也會有不同的態度表現出來。

第二，雖然兩位作家都具有強烈的民族主義和現實主義傾向，但因為活動的時代不同，所以作家的文學傾向也有所不同。「九一八事變」之後，日本為了擴大對東亞的霸權，不僅對日本列島更是對各個殖民地活躍的左翼作家和團體開始了鎮壓。住在撫順之間產生普羅文學意識的韓雪野已於事變之前開始普羅文學活動，可以大膽地寫出無產階級鬥爭。與此相反，淪陷之後活躍的王秋螢不容易進行普羅文學活動，他雖然積極描寫黑暗的社會，可是在作品的結尾中只寫出張斌的妻子和女兒漫無目的地逃出。

第三，發表的時期和地點不一樣，因此其意義也不一樣。韓雪野的作品是一九二七年回國之後在韓國發表的。王秋螢的作品是一九四一年在滿洲國發表的。發表時期相差十二年代表著什麼呢？首先是政治上滿洲國建國前後的差異和撫順煤礦機械設備現代化和採礦以及工廠規模擴大的差異。而且隨著滿洲國建立，礦業被視為國策產業，成為了滿洲近代化的象徵物。那麼殖民地人民的生活呢？簡直沒有什麼變化，反而愈來愈窮。在這裡我們可以發現韓雪野寫出作品的兩種意義，一是以位於異國的撫順煤礦為背景對祖國殖民統治加以迂迴的批評，二是對淪為半殖民地情況的中國／東北給予預先警告。王秋螢體會的撫順至少在外觀上是有所不同的。

・世變、文化媒介與記憶・

台灣古典文人的文化經營

新竹北門鄭氏家族與一九二九年全島書畫展覽會[1]

徐淑賢／國立清華大學台灣文學研究所博士生

一、前言

一九二九年，時處台灣割讓日本逾三十年，受到第一次世界大戰後左翼思潮脈動、新舊文學論爭、以及一九二七年第一屆台灣美術展覽會選出台展三少年的影響與震盪，台灣從新知識、新文學、古典文學，到傳統書畫界都經歷了一場強烈的挑戰與衝擊。

近年的研究對於新知識界與新文學運動者於此時期積極參與、組織啟蒙大眾的抵殖民運動情況已有豐碩成果，面對古典文人歷經政權轉換，在文學上力求調整，組織詩社、文社進行文化交

1 感謝中央研究院歷史語言研究所「二〇一五年黃彰健學術研究獎金」獎助，本文為「清代至日治新竹詩書畫發展與仕紳關係探討——以水田鄭家為例」計畫成果之一。

誼和串連，甚至作為社會領導階層，夾處在殖民官方與被殖民的一般民眾之間，進行種種與殖民官方的斡旋與關係經營，也有具體討論。然對於傳統書畫活動與組織的研究與評價，卻仍多呈現點狀討論。作為思考日治時期台灣文化發展，思索台灣古典文人身處肆應殖民政治、消化時代變遷的風口浪尖，傳統書畫作為社會領導仕紳的文化策略運用，其實仍有觀察與分析的空間。

回顧楊永彬、吳文星、林玉茹、李維修、黃美娥等人針對日治時期具有仕紳身分的古典文人之研究可以發現[2]，自清代至日治時期，新竹地區仕紳之身分與家族發展的崛起情況，是透過經商、參與政治、任教地方書院、編修地方志等活動，介入經濟、行政與教育等事務，主導地方的文化發展並試圖鞏固與延續家族的發展；同時以園林作為文人互動的主要空間，如林占梅的潛園、鄭用錫的北郭園，不僅皆為一時文人唱酬的重要集會場所，同時也是新竹在地詩社——梅社、竹社最初的成立地點。雖然此二社一度因為林、鄭二人逝世而轉型經營模式，甚至重組、分散成規模較小的詩社。但林、鄭二家族的力量並未因此而退出，他們仍用各種形式發揮文化的影響力。

一八九五年的割台巨變，先是讓部分文人離開台灣，內渡中國，使得詩社成員凋零，無法維繫；後又令其原有的「仕紳」、「文人」的權力與機能，被殖民體制所帶入的近代國家體制機構所取代，進而受到牽制或壓抑，強力衝擊新竹地區這批具有古典文人身分的仕紳及其家族之迭傳，並影響此地古典文學發展。雖然透過李毓嵐[3]和上述幾位代表性研究已經可知，這些具有仕紳身分的台灣古典文人，並非坐以待斃，反而藉著對殖民政治的肆應、西洋文明的迎拒、中西文化的碰撞，以及內在觀念和生活習慣的改變，迎接、消化時代的變化，並且從「地方仕紳」、

「古典文人」兩個角度，分別探討他們運用政治、經濟策略介入社會發展的情況，以及他們如何透過文學組織的再建立，重新爭取文化的發語權，但值得注意的是，此二角度的討論剛好遺漏了這批具有仕紳身分的台灣古典文人，在其生活中，同時也是社交關係中一項重要的素養與能力──書畫創作。是故本文欲以新竹北門鄭氏家族[4]在一九二九年舉辦的全島書畫展覽會為例，進行日治時期台灣古典文人文化語言與平台建立的相關探討。

2 楊永彬，《台灣紳商與早期日本殖民政權的關係：一八九五─一九四五年》（台灣大學歷史研究所碩士論文，一九九六年）、林玉茹，《竹塹地區的在地商人與活動網絡》（台北：聯經，二〇〇〇年）、吳文星，《日治時期台灣的社會領導階層》（台北：五南，二〇一二年二月）、李維修，《從素封家到社會菁英：日治時期新竹地區仕紳的社會角色變遷（1895-1937）》（新竹：新竹市文化局，二〇一五年十二月）。

3 李毓嵐，《世變與時變──日治時期台灣傳統文人的肆應》（臺灣師範大學歷史研究所博士論文，二〇〇八）。

4 關於新竹北門鄭家，可參考：林衡道（編），《影本浯江鄭氏家乘》（台中：台灣省文獻委員會，一九七八年六月）、蔡淵洯，《清代台灣的社會領導階層》（台灣師範大學歷史研究所碩士論文，一九八〇年六月）、張炎憲，〈台灣新竹鄭氏家族的發展型態〉，《中國海洋發展史論文集（二）》（台北：中研院三民所，一九八六），頁一九九─二一七、蔡淵洯，〈清代台灣的望族──新竹北郭園鄭家〉，《第三屆亞洲族譜學術研討會會議紀錄》（台北：聯合報文化基金會國學文獻館，一九八七），頁五四五─五五六、黃朝進，《清代竹塹地區的家族與地域社會──以鄭、林兩家為中心》（新店：國史館，一九九五年六月）、潘國正，《新竹文化地圖》（新竹，齊風堂出版社，一九九七年九月）、林玉茹，《竹塹地區的在地商人與活動網絡》（台北：聯經，二〇〇〇）。至於如新竹鄭家此類仕紳在台灣進入日本統治時期後之社會角色的延展或變遷，則可參考王興安，《殖民地統治與地方菁英──以新竹、苗栗地區為中心（一八九五年─一九三五年）》（台北：國立台灣大學歷史所碩士論文，一九九九）、吳文星，《日治時期台灣的社會領導階層》（台北：五南，二〇一二年二月）、李維修，《從素封家到社會菁英：日治時期新竹地區仕紳的社會角色變遷（1895-1937）》（新竹：新竹市文化局，二〇一五年十二月）等。

二、新竹詩社社群與書畫益精會

回溯清代新竹地區詩社之形成與書畫藝術的贊助情況，主要集中於客雅溪至鳳山溪的竹塹文學圈，此地先後成立竹城詩社、潛園詩社、斯盛社、竹社、梅社、北郭園吟社、竹梅吟社等詩文社團，隨著北台灣（包括台北、桃園、新竹、苗栗等地）接受書房教育、舉子日增，文人往來也日漸熱絡，其中竹社更是以科舉得第者為成員，以鄭家北郭園為集會中心；與梅社以未成名之童生為聚，多在林家潛園舉辦雅集，有分庭抗禮之勢，為清代台灣古典詩文發展的高峰時期[5]。賴明珠也指出，鄭用錫、鄭用鑑在參與文教、公共事務之外，分別對書法、繪畫有其鑽研與贊助，更曾於一八二六年共同為當時著名畫家吳鴻業[6]的《百蝶圖》題詩[7]，顯示新竹北門鄭家在清代即有透過經營詩會活動、贊助藝術創作的情況。同時期，板橋林家先後聘請呂世宜、謝琯樵、葉化成為西席，人稱「板橋三先生」[8]，他們的活動範圍遍及北台灣，不僅在詩文上與台灣各地文人多有往來，更蒐購千餘種金石拓本和數萬卷書籍，在山水畫、金石篆隸書風上，更透過拓本與其作品深深影響了新竹文人王石鵬、鄭神寶、鄭蘊石、李逸樵等人。

然而自鄭用錫、林占梅逝世，竹社、梅社沒落；以及隨著淡新、竹苗分治，光緒二十年（一八九四）設省會於台北府，與日本領台後，將政治中心定於台北，台灣古典文學發展重心與文人主要聚會逐漸由新竹轉向台北，但其原本所蓄積的深厚文化能量，仍持續在此地醞釀。

以竹社的振興進行觀察，雖然在一八九五年前後歷經幾度的衰微，成員四散、甚至停止活動，但在一八九七年櫻井勉到任新竹縣知事，積極地於潛園、北郭園，與王松、鄭毓臣、李祖訓、鄭如蘭、鄭拱辰等人宴飲，開設詩會，並於《臺灣新報》刊登唱和詩作[9]，甚至乃木希典[10]、兒玉源太郎[11]也曾造訪北郭園的氣氛下，終於一九一〇年，由鄭鵬雲、蔡啟運、鄭如蘭等人帶領，重振竹社，並且重新建立詩課活動，增進詩社活動的交誼性與競賽性[12]。並於一九一六年聯

5 清代新竹地區詩社發展情況之研究與整理，可參考：黃美娥，〈北台文學之冠——清代竹塹地區的文人及其文學活動〉，《台灣史研究》第五卷第一期，一九九八年六月，頁九一—一三九、黃美娥，《古典台灣：文學史．詩社．作家論》（台北：國立編譯館，二〇〇七年七月）、莊怡文，〈新竹知事櫻井勉漢詩中的旅台生活〉，《竹塹文獻雜誌》第五五期，二〇一三年十二月，頁三六—五六。

6 吳鴻業，字希周，一字遐齡，淡水擺接（今板橋、土城一帶）人。少好學，有才思，博覽群書，工琴，精篆刻，顏其居曰「拜石山房」。敦行寡言，語多雅趣。後閉戶習繪事。連江黃杏村客臺，素知畫，從之學，數年盡得其技。尤善畫蝶，人呼「吳蝴蝶」。嘗作《百蝶圖》，設色傳神，栩栩欲活，一時臺灣名士多獎賞之，題詠者凡二十餘人，淡水同知李嗣業為之弁首，並自序以傳。其圖嗣為里人洪雍平所得。後日人借去攝影，竟未歸趙，今佚。引自張子文（等），《臺灣歷史人物小傳——明清暨日據時期》（台北：國家圖書館，二〇〇三年十二月），頁一四五。

7 賴明珠，〈十九世紀至二十世紀前葉竹塹地區的藝術鑑賞與贊助活動——以鄭、林兩家為分析中心〉，《美學藝術學》第二期，二〇〇三年六月，頁二四—三二。

8 周明聰，《台灣書畫史上的板橋林家「三先生」：呂世宜、葉化成、謝琯樵之研究》（北京：世界圖書出版公司，二〇一三年十二月）。

9 如：洪景濃，〈奉和新竹縣知事櫻井君遊潛園北郭園原韻〉，《台灣新報》四版，一八九七年十月十五日。

10 〈蓬戶生光〉，《臺灣新報》版一，一八九七年十一月三十日。

11 〈門第增光〉，《臺灣新報》版三，一八九九年四月六日。

12 相關論述詳見詹雅能，〈詩幟重張：櫻井勉與日治前期的新竹詩社〉，《新竹文史研究論集》（台北：知書房，二〇一二年十二月），頁一四三—一九四。

合竹社、瀛社、桃社等社舉辦聯合詩社，於新竹開設大型詩會，副社長鄭神寶為此重修北郭園，並擴建日式庭園[13]，成為爾後鄭家招待官員、詩友，舉辦詩會、書畫會、展覽會等文化集會的重要據點。

細究這些活動的組成人員，除了新竹北門鄭家子弟與新竹其他地方家族人士外，也有許多不具備家族資源的個體性文人，他們在新竹進入日治時期後，成立許多區域性、地方性的小詩社，憑藉著殖民官方對漢詩活動的支持、徵詩活動的刺激，參與聯吟活動的方式，加強自己與地方具有仕紳身分的古典文人的連結。而原本具有地方影響力的家族，則在此時一面轉向資本家方向發展，一面重新整合家族文化資本，容納個體性文人與小型詩社，建立各地方詩社聯吟活動，試圖乘著殖民官方對於漢詩文交流、漢文教育的支持與編納的情勢和縫隙，爭取並發展文化發言空間。

這些爭取與發展的情況，可以透過《臺灣日日新報》的報導進行觀察，重新振興後的竹社不僅在新竹地區的詩人群與地方詩社中具有串連意義。對外，與台北瀛社、桃園的桃園吟社、台中櫟社、嘉義羅山吟社、台南南社也建立了密切關係。而在竹社多次舉辦詩歌雅集或詩人聚會的過程中，更可見書畫或琴藝的表現與欣賞穿插其中[14]，從捐贈竹社的禮品清單，有墨條、硯台等物品[15]，甚至是竹社成員李逸樵於一九二六年精選所藏名人墨蹟，出版《大東書畫集》[16]；張純甫為自己的收藏所編纂的《守墨樓書畫錄》[17]；以及本為新竹人，並與竹社交好的魏清德多次於《臺灣日日新報》刊登的書畫介紹、鑑賞相關專欄[18]，與今日《魏清德舊藏書畫》[19]與其家屬捐贈給國立歷史博物館中，展現其收藏與餽贈高達二百多位書畫家作品，都足以證明，對於日治時期古典文人與仕紳而言，不論是為了經營家族勢力或是積累個人涵養，詩歌創作、書畫揮毫、音律演奏等文學、藝術的鑑賞能力是他們的基礎素養與具有深厚文化資本的象徵，詩歌唱和與書畫題署有時是相輔相成的，是他們日常生活與人際交往間不可或缺的一部分。

在這些活動中，傳統書畫的角色漸漸重要。透過崔詠雪的研究可以明白，在一九二七年第一屆台灣美術展覽會前，台灣傳統書畫的發展，雖然一度因割台使得許多畫家內渡中國而顯得蕭條，但是由於台灣社會經濟繁榮，吸引了許多福建、廣東的書畫家渡海來台，或教授書畫、或鬻畫維生，台灣書畫家如蔡雪溪、張妙禪、朱芾亭、曹秋圃等也曾前往中國，兩地交流往返關係密切，與新式美術教育透過學校教育推廣的情況並行不悖[20]。另外由於「南畫」、「漢學」本來也是日本領台初期，日本高級知識分子的教養之一，是故如藤崎紫海等人，於台灣也曾組織過古書

13 參見〈重修北郭園〉，《臺灣日日新報》版六，一九一六年十一月六日，版六。
14 相關紀錄如：〈編輯日錄〉，《臺灣日日新報》版三，一九一一年四月六日、〈新竹通信／騷客來遊〉，《臺灣日日新報》版三，一九一一年十月四日、〈編輯賸錄〉，《臺灣日日新報》版六，一九一六年十一月七日、〈竹社大會續報〉，《臺灣日日新報》版四，一九一六年十一月二十七日等。
15 〈竹社大會及寄附〉，《臺灣日日新報》版六，一九一六年十一月二十九日。
16 關於李逸樵的書畫鑑藏，可參考柯輝煌，《日治時期的書法鑑藏、推廣及風格蛻變：新竹書家李逸樵（1883—1945）研究》（國立台灣大學藝術史研究所碩士論文，二〇一六年六月）。
17 張純甫，《守墨樓書畫錄》，未出版，現有影本存於新竹縣文化局竹塹文獻室。
18 可參考李婉甄，《藝術潮流的衝擊與交會：日治時期魏清德的論述與收藏》（國立台灣大學藝術史研究所碩士論文，二〇〇九年一月）。
19 徐國芳（主編），《魏清德舊藏書畫》（台北：國立歷史博物館，二〇〇七年十一月）。
20 崔詠雪（等編），《在水一方：一九四五年以前台灣水墨畫》（台中：國立台灣美術館，二〇〇五年二月），頁二六。

畫展、淡水館月例會、台灣書畫會展等以傳統書畫為中心，進行雅集、展覽的活動[21]，都足見傳統書畫有其獨立於詩文聚會的潛力。

相對於由日人南畫家、南畫愛好者，或台灣傳統書畫家自行籌備、舉辦傳統書畫例會與展覽會，日本殖民政府對於現代美術展覽會的引進與訊息的轉介更是不遺餘力，早在一八九九年《臺灣日日新報》刊出東京舉辦美術展覽會的訊息後，日佛（法國）交換美展[22]、佛國美展[23]、朝鮮美術展覽會[24]、日支（或稱日華）合作美展[25]等資訊在報上屢見不鮮，至一九二四年九月開始出現討論舉辦台灣本地之美術展覽會的報導[26]。一九二七年四月台灣教育會在《臺灣日日新報》刊出第一屆台灣美術展覽會徵稿須知與開辦目的，對台灣藝文界公開徵稿。報導中說明此次展覽會的收件類別為東洋畫與西洋畫兩類[27]，訂於一九二七年十月於樺山小學校舉辦，台灣第一場由官方主導之大型美術展覽會於焉展開。

與過往日人或台人進行唱酬往來的雅集活動相異，本次台展自展前就在《臺灣日日新報》出現超過七十則以上的報導，其中包括二十則以上「台展アトリヱ巡り」系列報導[28]，「アトリヱ」自法文atelier而來，指的是畫家、美術家、工藝家等藝術家工作的專門空間。這批報導的內容以介紹兩大畫類的參與畫家為主，文中首先說明畫家工作室的地點，其次針對各畫家擅長的繪畫主題、形式或特色，以及對於這次台展的看法進行訪談，並附上畫家照片，諸如李學樵、蔡雪溪、顏水龍、石川欽一郎、鹽美月吉等人都曾受訪，層層營造出第一屆台灣美術展覽會即將舉行，畫家們熱切期盼的強烈氛圍。

然而評審結果出爐，過去「成名多年而抱持樂觀態度等待成績揭曉的台籍畫家們，竟然出乎意料的全部落選」[29]，從東洋畫部入選作品圖錄觀之，可以發現其風格、筆觸偏向捕捉現實場景的自然主義，具體描繪對象、強調寫實風格、顏色運用鮮豔，和台灣傳統書畫注重技法、強調意境與風格、講究黑白交錯的哲學性色彩，並多以墨色深淺，點綴部分顏色的創作方法大相逕庭。且從台展要求參展繪畫「需裱框」方得送審，也與傳統水墨畫捲軸裝裱的方式有所不同，除了影響傳統書畫的創作形式，也間接限制了他們的參展資格。根據橫路啟子的研究[30]指出，木下靜涯在擔任第一屆台展審查員後，曾於《台灣時報》上發表〈東洋畫鑑賞雜感〉，認為此屆參賽的東

---

21 見王耀庭，〈日治時期臺灣水墨繪畫的「漢與和」〉，《日治時期台灣官辦美展（1927-1943）圖錄與論文集》（台北：台灣創價學會，二〇一〇年一月），頁九八。

22 〈日佛美術展覽會　兩國交換して開く〉，《臺灣日日新報》版二，一九二一年五月三十日。

23 〈昨日の英文欄／佛國美術展覽會〉，《臺灣日日新報》版三，一九二一年十二月十五日。

24 〈朝鮮美術展覽會〉，《臺灣日日新報》版六，一九二二年四月二十三日。

25 〈今秋九月北京で開く日支合同國際美術展覽會　佛國のサロンも東京で開催の計畫〉，《臺灣日日新報》版七，一九二三年六月一日、〈日支親善と我國　美術の紹介を併せて　日華聯合美術展覽會〉，《臺灣日日新報》版三，一九二四年三月九日。

26 〈台灣と官設美術展覽會　母國の美術季節に倣ひたい〉，《臺灣日日新報》版二，一九二四年九月十八日。

27 收件要求參見〈具體案が成つた台灣美術展覽會　十月二十八日から十日間　樺山小學校に開催〉，《臺灣日日新報》版五，一九二七年四月十四日，相較於朝鮮美術展的徵件種類為東洋畫、西洋畫、雕刻與書道，台灣美術展覽會少了雕刻與書道的類別，其實相對壓縮了台灣傳統美術創作的參賽空間。

28 「台展アトリヱ巡り」系列報導自一九二七年九月開始於《臺灣日日新報》連載，共計約二十八篇左右。

29 李善同（等），《「島嶼風情」——日治時期台灣美術之研究》（台中：國立台灣美術館，二〇〇八年六月），頁二二。

30 橫路啟子，〈日據時期的美術觀〉，http://www.srcs.nctu.edu.tw/joyceliu/TaiwanLit/online_papers/Shioya3.htm（瀏覽時間：二〇一七年五月十日）

洋畫中：

> 出自有像館的作品，一筆畫如蘭、竹、達摩畫均極幼稚，有如芥子園畫譜，抄襲而來，顯係臨摹作品，另用指甲、指頭的作品更是品質粗劣。……
>
> 並不是說文人畫稱不上是美術，只是說在奇形怪狀的蘭、竹、石頭等等一旁，無論添加任何詩詞文章，也很難被視為美術……臨摹並非全然不可，可是臨摹的描寫手法與其精神，無妨視為臨摹者的創作的話，當然，極端而言，那將會玷污了藝術……[31]

顯示其對參賽之台灣傳統繪畫的批評和不認同，並推翻了傳統書畫中對於「臨摹」、「模仿」、「題畫詩」對於整體創作所賦予的重要意義。賴明珠[32]更進一步指出，在總督府政策下的美術教育，強調繪者需正確地描繪出形體，並運用戶外寫生技法，講究繪畫表現寫實，這些特色反映在台展東洋畫部的評審委員與藝評家對繪畫的內容要求，即為追求展現南國的自然特徵[33]、本土特有的風土民情[34]、濃厚的鄉土色彩[35]等。分析台展入圍作品的創作內容，亦以描繪台灣風景作品、熱帶花卉植物、翎毛動物、漢人民俗節慶、原住民風土民情、風俗美人畫者居多。原本備受期待的李學樵、蔡雪溪、潘春源等人皆落選，而台人畫家除了陳進以〈姿〉、〈けし〉、〈朝〉，林玉山以〈大南門〉、〈水牛〉與郭雪湖以〈松壑飛泉〉入選外，其他入選者也均為日人畫家，最後得獎者也均為日人，因而造成台人畫家與台灣書畫壇的震撼，更於展後另在《臺灣日日新報》報社三樓舉辦「落選展」，以示對本次評審的不滿。

於此氛圍之下，本就長期經營傳統書畫陳列、展覽的李逸樵、鄭香圃[36]，於一九二八年五月與周春渠、李登龍、鄭雨軒[37]、鄭十州[38]、魏經龍等人籌組書畫研究機關——新竹書畫益精會[39]。五月十九日在《臺灣日日新報》刊登招募會員[40]，十二月十六日下午三時，李逸樵等人於新竹公會堂，舉行發起人磋商會，商議組織及會則，擬定會費每名二圓，並將事務所暫設新竹街西門洪德興書店[41]，頗有對抗潮流之意。

從新竹書畫益精會的初步組成名單觀察，籌組書畫會的七位成員，有三位為北門鄭家中人，其他較知名者，則有原本常與北門鄭家有長期商業或宗教上往來，並且一同參與竹社吟會雅集，

31 木下靜涯，〈東洋畫鑑查雜感〉，《台灣時報》，一九二七年十一月，頁二三—二四。

32 賴明珠，〈台灣總督府教育機制下的殖民美術〉，《何謂台灣？近代台灣美術與文化認同論文集》（台北：行政院文化建設委員會，一九九七年二月），頁二〇〇—二二〇。

33 石川欽一郎（著）；林皎碧（譯），〈台灣風景之鑑賞〉，《藝術家》二五二期，一九九六年五月，頁二九二。

34 匿名評審委員，〈評學校美展〉，《台中州教育》四：二，一九三四年四月，頁一二。

35 竹下豐次，〈評學校美展〉，《台中州教育》四：二，一九三四年四月，頁三八二。

36 鄭香圃（一八九一—一九六三），戶籍名水寶，譜名建水，以字行，又字清渠，梅癡山人，又號醉白。為鄭用鑑裔孫。

37 鄭雨軒，名淵圖，又名淵塗，字雨軒。為新竹書法家鄭蘊石之弟，出自浯江鄭家，與北門鄭家同源。

38 鄭十州（一八七三—一九三二），名登瀛。為鄭用錫曾孫。

39 關於新竹書畫益精會的介紹，亦可參考李憲專，〈由《臺灣日日新報》探討「新竹書畫益精會」始末〉，《台灣美術》一〇三期，二〇一六年一月，頁二四—四三。

40 〈書畫益精會　竹街有志籌組〉，《臺灣日日新報》版四，一九二八年五月十九日。

41 〈益精會開磋商會〉，《臺灣日日新報》版四，一九二八年十二月二十一日。

或私下進行書畫交流的北門李家李逸樵、西門周家周春渠等人。從成員背景觀之，新竹書畫益精會成員與竹社成員的重疊度高，但分析「新竹書畫益精會」的成立，卻是這些古典文人正式將書畫創作，從過往與詩社活動結合，或私下酬贈交換的模式，獨立釋放出來的一種宣告，它顯示了古典文人開始正視書畫作為一種獨立的文化交流領域，並透過報紙宣傳、招募會員，構成一個在詩社之外，特別號召具有傳統書畫創作能力與素養之古典文人的交流平台，更是新竹北門鄭家重新集結、整合了其在社會上各領域，與文學、藝術層面之勢力與影響力，甚至將之拓展至其他區域，帶動、橋接中南部書畫創作的參與和交流的布局。

三、全島書畫展覽會的傳統與現代

一九二八年新竹書畫益精會成立，經過半年多的時間累積會員，於一九二九年一月二日下午三點半，在新竹公會堂舉行發會式，同時舉辦會員的書畫展覽會。從《臺灣日日新報》的報導可知，當日參加來賓包括上海畫家李霞、新竹詩人，同時也是書畫收藏家的張純甫、中南部書畫家十餘名，以及會員四十多人。會中黃瀛豹（一九〇五—一九八九）[42]推舉鄭神寶、周春渠等十三人為益精會幹事，張純甫等九人為顧問[43]。同年三月十一日晚上八時於北郭園鄭神寶家中召開第一次幹事會[44]。一場雜揉傳統與現代，寄託台灣古典文人於詩社之外的文化交流願望的新平台逐漸浮出水面。透過張純甫〈新竹書畫益精會席上有作〉[45]、葉際唐[46]〈祝書畫益精會發會式〉詩兩首[47]可以一窺時人對此會，甚至是對書畫創作的想法：

42 黃瀛豹，字啟文，號南山老人。一九〇五年生於新竹，一九二四年就讀台中中學，同時與王石鵬學習漢文。一九二七年加入台灣民眾黨，為創黨會員與新竹支部常務委員，同時擔任《臺灣日日新報》記者。自幼喜習名人書法，擅長草書。戰後曾開設新生活社出版圖書，並任《台灣新生報》新竹分銷部主任，《心聲》半月刊發行人，亦曾任新竹市東區區長。參考：章子惠，《台灣時人誌》（台北：龍文出版社，二〇〇九年十二月）。

43 〈新竹益精會　去二日發會懇親〉，《臺灣日日新報》版八，一九二九年一月四日。

44 〈書畫益精會續報〉，《臺灣日日新報》版四，一九二九年三月十四日。這次會議的討論事宜包括：1.擬定八月十八日起五日間，在新竹第一公學校舉辦全島書畫展覽會。2.商討每月研究會的進行方式。3.預定三月二十四日在新竹城隍廟客室內舉行第一次研究會。4.將益精會事務所變更為北門鄭江立印刷所內。值得一提的是，鄭江立（一八九一—一九五九），字璧秧，號達臣，又號作舟，是鄭用錫之弟鄭用鈺的曾孫，自幼長於北郭園，與鄭神寶同為北門鄭家中人，平時常以詩、書、畫自娛，尤長山水畫，曾親至上海觀賞倪墨耕（一八五五—一九一九）的作品，十分讚賞，倪墨耕的風格也因此進入台灣的水墨畫界。倪墨耕，名寶田，字墨耕，號璧月盦主，原為商人，初學畫於王小某（一七九四—一八七七），後至上海經商，因喜海上畫派任伯年（任頤）之作，故改學任派畫法，並得其神髓，後來全島書畫展覽會所邀請之中國評審的畫派風格，幾乎與倪墨耕一致，走海上畫派風格。

45 《臺灣日日新報》，「詩壇」欄，一九二九年五月十六日，版四。

46 葉際唐（一八七六—一九四四），字文樞，新竹縣人，晚清生員。乙未割台後，隨家人內渡中國。一九二二年返台，於新竹設立書房教授漢學，一九二九年籌組讀我書社。葉氏工詩能文，曾任《詩報》編輯，並數度擔任全台擊缽聯吟大會詞宗，亦曾應宜蘭盧纘祥之邀，前往頭圍指導「登瀛詩社」，一九三三年返回新竹，一九三九年再度離台，一九四四年卒於泉州。相關生平可參考：黃旺成，《臺灣省新竹縣志稿．卷九人物志》（新竹：新竹文獻委員會，一九五五年九月），頁四二、黃美娥，《清代竹塹地區傳統文學研究》（輔仁大學中文研究所博士論文，一九九九年六月）、武麗芳，《日治時期塹城詩社淺探》（台北：萬卷樓，二〇一〇年四月），頁一三七—一四四。

47 《臺灣日日新報》，「詩壇」欄，一九二九年五月十六日，版四。

藝術崇高世漸知，風流桑梓俗能移。華堂大厦終非得，弄墨調朱且自癡。機械萬能天地窄，精神獨樂歲華遲。士生西力東漸後，明晦毋忘筆一枝。（張純甫〈新竹書畫益精會席上有作〉）

開天一畫溯庖犧，八卦圖成肇此時。究竟是書還是畫，渾然猶未見分歧。制從倉頡勝佉盧，其奈流傳世遞殊。篆籀漸微行楷盛，鍾王今日競臨摹。（葉際唐〈祝書畫益精會發會式 其一〉〈葉際唐〈祝書畫益精會發會式 其二〉）

張、葉二人分別由創會的期許，以及當時書畫的潮流進行討論與評議。張純甫的作品透過「士生西力東漸後」點出了與會人士所身處的時代，認為雖然隨著新式美術概念的傳播、台展的舉辦，使得藝術的特殊位置逐漸為人所知，並展現移風易俗之效，但站在傳統書畫創作者的角度，書畫的創作原是為了滿足自己、陶冶性情，鼓勵眾人在此時刻，勿忘自己對於書畫的掌握與認識。而葉際唐的兩首作品，則以畫、書為主題，援引庖犧一畫開天、佉盧與倉頡造字和鍾王之跡的典故，分別陳述了傳統繪畫與書法關係緊密的特質，以及當時書家對字體的喜好由篆文、籀文轉為行書、楷書的現象。而這些現象以及對書畫意義的討論，全數反映在一九二九年八月舉行全島書畫展覽會後出版的《現代台灣書畫大觀》的序言，以及其所收錄之書畫作品之中。

觀察新竹書畫益精會於一九二九年六月至七月籌備全島書畫展覽會期間，多次透過《臺灣日日新報》公告展覽會時間、大會規程、審查委員以及入選獎項和獎品，炒熱展覽會氛圍的模式，其實與前述台展營造全台畫家熱烈期待開展的氛圍有異曲同工之處。但在繳件數量上，益精會更具體說明每名展出者最多只可送交五件作品，且「均須要新作品」；另以傳統書畫慣用的裱褙、複紙與絹本作為裝裱規定。此外，更有透過書畫展覽會出售作品，進行商業活動與以銷售抽成支援書畫會營運的說明：「凡出品物，願為賣品，請通知賣價，賣約濟之出品物。該出品者，已賣約價格百分之三十，寄附本會。」在審查與獎項方面，「出品物，全部附之審查，選優秀作品，書五十點、畫五十點，共一百點，為入選。從中再選最優秀作品，書二十點、畫二十點，為特選」[48]，顯現益精會在強調全島書畫展覽會中的「傳統書畫」特質外，更以現代式展覽會包裹藝術經銷的概念進行策劃。

在展覽會的舉辦地點與收件地點上，也同樣展現此書畫展覽會中混雜現代與傳統因子的現象。全島書畫展覽會的展覽空間設定與台展相仿，擬定於官方建立的公共空間——新竹女子公學校舉辦；收件地點則訂在益精會成員周春渠、參展者周維金家族所經營的周茶茂商號（新竹西門一〇二號）附近的同春藥局（新竹西門一〇三號），具有地緣上的便利性，顯示此會運作充分動用組織成員原本固著於地方之資源的情況。

進一步觀察一九二八年八月十日至二十三日的全島書畫展覽會高峰活動期，整體運作情況也同樣呈現了上述現代性與地方傳統交雜的情形。首先從八月十日召開磋商會，推選出於新竹具有地方領導力，並長期耕耘、支援、投入詩社文藝活動的鄭神寶擔任展覽會會長，以及具有書

48〈新竹益精會籌開全島賽會〉，《臺灣日日新報》版四，一九二九年六月六日。

畫創作能力的周春渠，和兼具創作與舉辦展覽、籌組書畫會經驗的李逸樵任副會長[49]，展現了此會對於文藝活動、傳統書畫經營經驗要求的謹慎。八月十七日、十八日在新竹女子公學校開啟審查委員會，評審過程採匿名審查，全部作品之題款印章都以厚紙覆蔽，並在上面註記編號。審查委員將以點數評分，以百點為滿點，進行協同評比，以決定入選者[50]等選舉與評審過程，採取的則是現代美術競賽中力求公平、公正、公開的審議模式。貴重特殊的入選獎勵，包括特選一等至十等者賞品為純金牌，十一等至十三等為日出型玻璃棹上時鐘，十四至十六等頭丸平型玻璃棹上時鐘，十七至二十等為角型文鎮玻璃棹上時鐘[51]，除了激勸意圖甚濃外，作為禮品的「玻璃時鐘」，更顯現十足的現代性意味。

展覽會開始的第一天——一九二八年八月十九日，適逢舊曆七月十五日中元節，正是新竹地方傳統習俗上的重要祭典，新竹城隍繞境的大日子[52]，各地來觀人士眾多，或為參與新竹城隍祭，或為觀賞展覽會不遠千里，兩者人潮不可不說有相互加成之效。在將現代展覽會活動結合傳統地方祭典的情況下，新竹書畫益精會特別於新竹驛前凌雲閣左隣樓屋與賽會會場設有參觀者休憩所，更安排特約旅館，昭和福寓、新竹福寓與明英旅館以安頓觀者[53]，同時於展覽會中邀請漢樂團舉辦「納涼音樂會」[54]娛樂觀眾。李郁周曾點出這場展覽與傳統藝文活動的差異，包括展覽會前的評審規範、以豐富獎品鼓勵各地傳統書畫家參賽、在展覽會期間組織餘興活動、展覽作品標售，以及前所未有的旅館經營者捐助五十圓等情況[55]。筆者在此想更進一步指出，這些特色正再次強化了這場「傳統書畫賽會」中現代化與藝術市場化的傾向。綜觀本次全島書畫展覽會，應募書法作品共五百四十六幅，繪畫作品為二百五十六幅，合計八百零二幅。其中最積極參與的，是與嘉義羅山吟社關係密切的嘉義鴉社書畫會，以及與台南西山吟社成員組成接近的台南西山書畫會，兩會都曾於內部畫社例會時，對於參加本次全島書畫展覽會進行慎重討論[56]，也可以看出這次全島書畫展覽會對其他地區書畫會的帶動情況。

透過一九二九年八月二十五日的《臺灣日日新報》報導[57]可知，全島書畫展覽會活動期間，來自全島的參觀人數超過三萬人，售出五十餘幅作品，總收入超過六百圓，更有其他東洋

49〈新竹益精會　書畫展準備事宜〉，《臺灣日日新報》版四，一九二九年八月十三日。另有關李逸樵籌備書畫會的經驗，以及新竹書畫益精會成員於一九二八年以前受到近代美術潮流影響，開始有舉辦書畫展覽之情況，可參考黃琪惠，《日治時期台灣傳統繪畫與近代美術潮流的衝擊》（國立台灣大學藝術史研究所博士論文，二〇〇二年七月），頁六七—六八。

50〈新竹益精會　出品截收　展至八月十五日〉，《臺灣日日新報》版四，一九二九年七月三十一日。

51〈新竹益精會　書畫展覽　決定特選賞品〉，《臺灣日日新報》版四，一九二九年七月二十八日。

52值得注意的是，在同年八月的《臺灣民報》對於這場全島書畫展覽會沒有著墨紀錄，反而是在八月二十五日的報導中表示，此年度的迎城隍情況意外蕭條，不見子弟陣、大鼓陣與旋轉藝閣等行列。參見〈由來最難的新竹迎城隍蕭條極了　不景氣是大原因〉，《臺灣民報》版四，一九二九年八月二十五日。將此報導對照同日《臺灣日日新報》的內容，強調全島書畫展覽會與城隍繞境時間相近，吸引超過三萬人觀賞之情況觀之，筆者認為，可能是因為兩報對於報導內容著重點不同，《臺灣民報》著眼於敬神活動的改革契機；而《臺灣日日新報》則帶出了全島書畫展覽會與城隍繞境的關聯性。

53〈書畫益精會主開　全島書畫展　十九日起五日間開于新竹女子公〉，《臺灣日日新報》版四，一九二九年八月十七日。

54〈新竹／納涼音樂〉，《臺灣日日新報》版四，一九二九年八月二十六日。

55李郁周，《台灣書家書事論集》（台北：蕙風堂，二〇〇二年八月），頁一四。

56關於鴉社書畫會、西山書畫會的成立過程與成員名單，可參考黃琪惠，《日治時期台灣傳統繪畫與近代美術潮流的衝擊》（國立台灣大學藝術史研究所博士論文，二〇〇二年七月），頁七五—八〇。

57〈大成功の新竹書畫展　次は台北に開く豫定〉，《臺灣日日新報》版五，一九二九年八月二十五日。

美術家前來接洽，希望可以轉展台北。同年十月十五日書畫益精會委託李子瑜、葉際唐為編輯委員，輔以幹事黃瀛豹，校對、印行入選作品集寫真《現代台灣書畫大觀》一書，定價六圓，全書以最適合複製傳統書畫的珂羅版印刷（collotype printing）[58]方式印製，大小為四六倍判（188×254mm），每幅作品前皆以薄紙附上作者略歷，使閱讀者可以按圖索驥，對照書畫作品與其作者，幾乎與今日辦展的規模相當，在當時是極具現代精神。

分析《現代台灣書畫大觀》中審查員尾崎秀真所撰之書序，可以發現他將書畫益精會與全島書畫展覽會倡設與開辦，立基於「振興東華藝術」[59]，並認為新竹文風「由來為全台文化淵藪」，上可推至道光之際鄭、林兩家之提倡，強化了新竹在地文人推廣、研討傳統書畫藝術的繼承意義與開創特質。除此之外，尾崎亦言道：

> 固知詩文之中有英邁雄偉、堂皇典雅，或端莊流麗、剛健婀娜、高古簡淨、荒涼疏落、精鍊沉著、緻巧精韻諸體，人各自為家，各有特色，然未嘗不可於斯集書畫中求之也。[60]

可見其認為傳統詩文與書畫藝術的風格評論、美學概念是可以流轉運用的，說明了詩書畫之間密切的關係。而在編者黃瀛豹的序言則在陳述為人寫傳之不易後，言道：

> 書畫亦難言矣，入帖出帖、繪影繪聲，或本乎天資，或得諸學力、師友淵源，會心不遠，始有寸縑尺楮，見重於人，豈不學無術者，所能夢到乎？[61]

說明傳統書畫的學習，在單純的臨帖與模仿之外，尚需顧及天資、學力、師友切磋、派別差異的認識與累積，方有足以示人的作品，隱隱回應了木下靜涯在台展後的評論，並與張純甫提醒「明晦毋忘筆一枝」的深意相應，一面再次標舉出傳統書畫在學習歷程與新式美術的差異，另一面也是有意識地思考傳統書畫的發展。

該書所收錄之作品約一百五十幅，其中約有八十餘幅書法，六十餘幅繪畫。然書法類別中，除了鄭神寶之作帶篆體或金石體外，其餘皆為行書、草書與楷書作品，正與葉際唐所言接近，可以推測此時對於書法字體的學習風潮，行楷與篆籀可能不成比例，這也顯示鄭神寶在書畫益精會中的位置，除家族地方影響力外，也來自於他所擅長、熟習的書體與眾不同，具有特殊性。

另外，透過分析各審查委員之出身、擔任評審與彼此熟稔的原因、來台進行之活動，也能看

58 珂羅版印刷（collotype printing）是德國慕尼黑的攝影師 Joseph Albert 於一八六九年前後發明的一種印刷術，是最早的照相平版印刷方式之一。主要是以厚磨砂玻璃為版基，先塗上一層很薄的矽酸鈉為基底，再塗布一層用重鉻酸鹽和明膠溶液製成的感光膜，這層乾燥的薄膜會產生一些細微的皺紋，用它和連續調陰圖接觸拷貝，在光照下，感光膜產生不同的硬化反應（曬版），最終製成印版，進而進行印刷的工藝技術。印刷流程大致如下：原稿→拍連續調陰片→修版→準備玻璃板→塗布感光液→乾燥→曬版→印刷。

59 黃瀛豹（編），《現代台灣書畫大觀》（新竹：現代台灣書畫大觀刊行會，一九三〇年一月），未編頁。

60 黃瀛豹（編），《現代台灣書畫大觀》（新竹：現代台灣書畫大觀刊行會，一九三〇年一月），未編頁。

61 黃瀛豹（編），《現代台灣書畫大觀》（新竹：現代台灣書畫大觀刊行會，一九三〇年一月），未編頁。原文無標點，標點為筆者所點加。

出這些評審間，或透過傳統文友交際互動，或因為擔任刊物、報紙編輯、記者，或因為追求的書畫風格與審美取向相同而建立起之詩歌唱和與書畫贈答關係，其中交織的傳統特質與現代性。

依據審查委員出身地，可分為來自中國的李霞、趙藺、詹培勳、楊草仙；出身日本，但在台灣就職的尾崎秀真、西川鐵五郎、大木俊九郎、三屋大五郎，以及台灣本地名家魏清德、鄭汝南、莊太岳、蘇孝德、羅秀惠、趙雲石[62]。其中尾崎秀真（一八七四—一九五二）與西川鐵五郎（一八七八—一九四一）、魏清德（一八八六—一九六四）分別基於文友交際、工作之故而熟稔並進行書畫、詩文的創作與交流[63]。三屋大五郎（一八五七—？）則由於任職《台灣教育會雜誌》漢文欄編輯（一九〇三）的關係，又與魏清德交好，並且曾有詩唱和；後擔任《臺南新報》漢文欄主筆（一九二一），且任教台南長老教中學（今台南市私立長榮高級中學）時，與南部古典文人們建立起密切的互動網絡，更於一九二八年任嘉義書畫團體「鴉社」顧問，可見其長期與詩社、書畫愛好者的交往深度[64]。

而來自台灣本地的評審，除了前述出身新竹，任職於台北的魏清德外，尚有來自彰化鹿港，同為台中櫟社同人的鄭汝南（？—？）與莊太岳（一八八〇—一九三八），嘉義蘇孝德（一八七八—一九四三），以及台南南社的羅秀惠（一八六五—一九四三）與趙雲石（一八六三—一九三六）。他們不僅在此次書畫展覽會前，就曾多次以詩人身分，因北中南各地詩社聯吟的機會進行互動，在本次展覽會中，更以各自擅長的書體，包括章草、行草、行書、楷書、鄭板橋體（隸書參以行楷）等為品評增加公信力，凸顯自己在詩人之外的「書家」身分，如此以另一種藝術專長，標舉自己的文人身分，也回應了新竹書畫益精會特意將「書畫」獨立而出，試圖在古典詩文之外，建立島內傳統書畫創作者互動橋梁的用心。

相較於台、日籍評審間的關係，多立基在詩社、報刊、雜誌互動上，中國評審的背景、來台動機與活動顯得更為多元與複雜。以李霞（一八七一—一九三八）[65]為例，他是福建仙遊人，在地域出身上就與台灣古典文人們極為接近，加上結識曾為鄭如蘭撰寫墓誌銘的陳寶琛，與新竹北門鄭家關係不言而喻。在畫風上，李霞私淑同樣出身福建畫家華喦（新羅山人）、上官周、黃慎等人的作品，同時廣學顧愷之、張僧繇、曹不興等歷代名家之作，這些畫家之作，均與清代台灣喜好之閩習畫風一脈同源。其一九一九年前往上海，一九二二年以〈張果老倒騎驢〉、〈右軍題扇〉等作品參加上海天馬畫會所舉辦之第三屆繪畫展覽會，獲得吳昌碩「人物第一家」的讚譽，可知他備受海上畫派盛譽的情況。一九二八年東渡寓台兩年，期間擔任全台書畫展覽會評審，亦在台中舉辦過畫展。其後，多次於上海、南昌、南京舉辦畫展，觀展者、求畫者眾，甚至連德

62〈新竹益精會　書畫展覽　選審查員及賞品〉，《臺灣日日新報》版四，一九二九年七月十七日。

63 關於尾崎秀真與西川鐵五郎之往來，可參考吳文星，〈談日治時期台灣傳統書畫存續流變之背景〉，《瀛海掇英：台灣日人書畫圖錄》（新竹：清華大學，二〇一三年十二月），頁二三。尾崎秀真與魏清德之互動，可參考李婉甄，《藝術潮流的衝擊與交會：日治時期魏清德的論述與收藏》（台灣大學藝術史研究所碩士論文，二〇〇九年一月）、余美玲，〈日治時期傳統文人魏清德的書畫活動與南宗風尚之探析〉，《台灣古典文學研究集刊》第四號，二〇一〇年十二月，頁二九一—三五九、黃琪惠，《日治時期台灣傳統繪畫與近代美術潮流的衝擊》（台灣大學藝術史研究所博士論文，二〇一二年七月）。

64 關於三屋大五郎之研究，可參考李龍雯，《三屋大五郎在台之教育與文筆的研究》（國立成功大學台灣文學研究所碩士論文，二〇一二年七月）。

65 李霞（一八七一—一九三八），字雲仙，號髓石子、抱琴游子。

國人都以重金購買李霞畫冊郵寄回國，供藝術家臨摹研究[66]。李霞擅繪人物畫，關羽像尤為人所好，晚年多寓居上海。旅居台灣期間，直接接受他指導的畫家有陳湖古、陳心授、鄭玉田、張品三及范耀庚、范侃卿父女等，間接受其影響者有廖四秀、余清潭、曾浴蘭等多人。其中作品上明顯看出受李氏影響者，首推陳湖古與張品三[67]，可見全島書畫展覽會在中國評審的選擇上也考慮到畫風、知名度與市場性等問題。

另一個評審的例子是趙蘭（一八九七—一九五二）[68]，浙江溫州人，畢業於上海藝術大學。上海天馬畫會會員、新上海藝術公司成員，素隱於書畫，畫有晉唐風格，亦工篆隸。一九二三年在上海書畫會的機關誌《神州吉光集》刊有潤格[69]。一九二九年來台參與全島書畫展覽會時，寄寓新竹街西門一〇二號周茶茂商號[70]和西門一〇三號同春藥局[71]，專為揮毫，應一般之需求，後也在新竹教授繪畫，一九三〇年於彰化中華會館[72]、員林興賢書院[73]舉辦個人書畫展覽會，其同鄉好友劉紹寬（一八六七—一九四二）《厚莊日記》中曾記載趙蘭寓台期間，鬻畫頗得利市一事[74]。趙蘭離台後，先是前往新加坡執教，後又回到上海，一九三八年前往馬來西亞舉辦畫展[75]，擅長花鳥山水，又以墨蟹最為著名，屬海上畫派畫家。

此外，其他中國評審楊草仙（一八三八?—一九四四）、詹培勳（一八六四—一九四四）也都有類似趙蘭的經歷，他們與台灣古典詩人、書畫家關係友好，互動密切，如楊草仙曾臨台北、新竹、台中、台南、高雄等地，參與當地詩社活動或舉辦展覽會與揮毫會，也曾贈字林獻堂，並為林朝棟夫人楊水萍題贈壽匾。詹培勳則曾參與竹社、桃社、陶社、以文吟社的擊鉢吟會並發言述祝[76]，一九三〇年離台時，贈以〈南旋留別〉詩[77]：

思投樂土到東瀛。容易秋風歲屢更。社結竹林資教益。身棲台島吸文明。
交深永訂金蘭約。別久倍深桑梓情。三徑就荒松菊在。歸舟還借一帆輕。
折腰不願悟前期。聊借上林寄一枝。陸地風雲增客感。海濱鄒魯繫人思。
何堪雁信來催促。忍把驪歌唱別離。有幸蓬山重得到。聯吟合作早春詩。

66 參考李志茗，〈李霞與上海〉，《都會遺踪》，二〇一五年第二期，頁六四—七五。

67 參見：清華大學日治時期日人與台人書畫數位典藏計畫，「李霞」條目：http://www.lib.nthu.edu.tw/library/project/cpjtt/author04-6.htm。

68 趙藺（一八九七—一九五二），字璧城，別號雁蕩。

69 其潤格標準如下：堂幅六尺十二元、五尺八元、四尺六元、三尺四元，屏條減半，扇冊手卷每尺一元，絹綾工細加倍，餘件另議。見《神州吉光集》第五期，一九二三年八月，頁一二。

70 〈人事〉，《臺灣日日新報》版四，一九二九年七月九日。

71 〈人事〉，《臺灣日日新報》版四，一九二九年七月十九日。

72 〈人事〉，《臺灣日日新報》版四，一九三〇年五月二十三日。

73 〈人事〉，《臺灣日日新報》版四，一九三〇年六月十四日。

74 轉引自〈雙璧爭輝　亦文亦武——記趙璧、趙璧城兄弟〉，平陽新聞網，二〇一五年六月十六日。http://py.66wz.com/system/2015/06/16/012045447.shtml。

75 〈畫家趙璧城在梹開個展〉，《南洋商報》一九三八年一月六日，頁三二。

76 〈翰墨因緣〉，《臺灣日日新報》版四，一九二七年七月七日。

77 〈南旋留別〉，《臺灣日日新報》版四，詩壇欄，一九三〇年八月三十一日。

除了表達離台，與友分別的不捨之情，更期待雙方能有機會再度相遇，以詩文歡度美好時刻。後來新竹書畫益精會成員周維金出版《大陸遊記》[78]，亦收有詹培勳所撰寫的序文，足見其情誼的延續。

綜觀上述幾位中國評審，除詹培勳主要是基於古典文人交際之故來台之外，李霞、趙蘭、楊草仙三人均在此次寓台期間進行規模大小不一的個人展覽會或揮毫會，並以售畫或授畫的方式，在台進行藝術交易與交流。再者，三人均與當時上海之海上畫派有或深或淺的淵源。

當我們細究一九二〇年代間的上海書畫界，會發現他們也正面對著傳統書畫備受新式西方美術挑戰的情況。此時的海上畫派，不僅承繼著傳統書畫文人畫與民間繪畫互動後，一面在色彩的運用上走向大眾化的濃豔，題材使用市民階級喜好的鍾馗、八仙、關公、仕女等入畫。但另一面強調金石味與書法線條、筆意在繪畫中的表現，呈現一種文人與市民趣味融合的美感與風格，更在與西洋美術的交流與衝擊中思考傳統書畫的轉型可能。其中最具代表性的，就由前身為具有藝術師範性質的上海師範專科學校，轉型而成的上海藝術大學，以及探索中西融合畫風的上海天馬畫會。而趙蘭、李霞則與這兩個組織有著密切的關係。

透過這些關係，及其來台擔任全島書畫展覽會評審，在台鬻畫利市、設帳授畫結合報紙報導，加上評審之一魏清德曾託上海友人購得吳昌碩畫作一事[79]，除了證明當時台灣古典文人對上海藝壇的認識外，也間接指出歷經一九二七年台展挫折後的台灣傳統書畫，結合前述新竹書畫益精會之組成過程，顯現一股醞釀中的轉型動力，表現在具體活動與行程安排上，就是商業與文化夾雜，在鬻畫、授畫外，輔以報紙報導，進行藝術成就與名氣的炒作與宣傳；而具體繪畫和書法的風格追求，則在臨摹之上，強調長期的傳統學養累積與個人特色，並強調收藏、鑑賞的水準，透露了傳統書畫藝術市場化、專業化，並有與古典詩文同樣具有交流功能，並自成一格的現象。

一九二九年後，雖然全島書畫展覽會已經落幕，但是以新竹北門鄭家為首的新竹書畫益精會仍持續舉辦一系列地方性的書畫活動。一九三〇年四月六日、八日於新竹公會堂召開例會，再度推舉鄭神寶主持會議，十二日至十三日於東門市場開書畫展覽會[80]，十九日至二十日展於第一公學校講堂，展出作品達百幅以上[81]。往後的六月也曾召開書畫研究會，研究王羲之、南北書派論、正式落款、山水設色法等書畫理論與技巧[82]，九月六日至七日於新竹第一公學校舉辦古今書畫展[83]。一九三一年二月十七日至十九日亦開展於新竹商品陳列館[84]。值得一提的是，一九三〇年十月書畫益精會成員甚至籌刊台灣詩綜，希望將已故者編為前集，現存者編為後集，因而向全島詩人徵求詩稿以便編輯[85]，再次可見與會成員在傳統書畫與古典詩文上的雙重能力，以及將兩

78 周維金《大陸遊記》寫於一九二〇年，一九三〇年由上海大中書局出版後，運回台銷售。

79 余美玲，〈日治時期傳統文人魏清德的書畫活動與南宗風尚之探析〉，《台灣古典文學研究集刊》第四號，二〇一〇年十二月，頁二九一—三五九。

80 〈新竹書畫益精會〉，《臺灣日日新報》版四，一九三〇年四月二日、四月九日。

81 〈新竹書畫益精會〉，《臺灣日日新報》版四，一九三〇年四月十九日。

82 〈新竹書畫益精會〉，《臺灣日日新報》版四，一九三〇年六月十五日。

83 〈新竹書畫益精會〉，《臺灣日日新報》版四，一九三〇年九月一日。

84 〈新竹書畫益精會〉，《臺灣日日新報》版四，一九三一年二月十四日。

85 〈籌開台灣詩綜〉，《臺灣日日新報》版四，一九三〇年十月二十二日。

種能力所構成的文化圈進行交流，構組、建立古典文人內部文化語言勢力的企圖心。

此外，以全島書畫展覽會為核心概念的活動精神，也有其他地區的文藝、書畫團體承接，持續興辦。如一九三二年時台北南瀛新報社曾主辦全島書畫會，於十一月二十六日至十二月三日在台北教育會館展覽，新竹麗澤書畫會成員有多位入選[86]。一九三五年羅秀惠以奎社書道會名義，在台北永樂町信記茶行舉辦全島書畫會，展期原本預定為十一月二十三日起兩週，但遭遇十二月七日羅秀惠因腦溢血昏倒於圓山魯園，全會最後於十二月十八日結束[87]。

然而，即使書畫會的組成表現了台灣古典文人在傳統書畫中肆應現代性轉型的企圖，但由於台灣藝術界的現代性仍具有殖民力導入的特性，隨著殖民政策有意介入畫展與強勢主導畫風時，這些傳統書畫活動也漸失自主性。如一九四〇年的全島書畫展覽會由嘉義鴉社主催，於二月十五日至二月十七日展出於嘉義公會堂，此次書畫會特別區分四種參賽類別，包括漢字，假名，南畫、日本畫，學生部（十八歲以下參加）[88]，就完全顯現了原本希望透過傳統書畫會所建立的古典文人內部文化平台，隨著外在政治情況愈見緊張，逐漸被具有殖民性質的藝術形式滲入，無法獨立發聲，許多書畫會成員甚至紛紛轉進具有官方性質的書道協會或書畫展覽會，如台灣書道協會、台灣中部書道協會、南洲書畫協會，參與書畫競賽或擔任審查委員，顯現島內書畫展覽會於一九三〇至一九四〇年代後逐漸流向官方框架的情況。

四、結論

透過觀察一九二八年新竹書畫益精會之成立，以及一九二九年全島書畫展覽會的舉辦歷程，我們可以發現，這樣的書畫組織和展覽會，其實建立在以下幾種力量與潮流之上。首先，它的形成立基於新竹北門鄭家結合其周邊家族、文人的影響力與節點特質。透過吳文星、楊永彬、林玉茹、賴明珠、李維修、黃美娥等先行研究，我們可見清代至日治時期台灣新竹北門鄭氏家族地方勢力崛起的過程，以及其與新竹當地其他家族、地方官員在商業、文化、宗教上的互動，顯示新竹鄭家所具備的經濟與文化資本實力。只是在面對時局巨變，原本的政治、社會主導權被牽制，甚至連傳統教養累積的美學標準都受到動搖的情況下，他們重新整合家族與古典文人的文化資本，嘗試建立詩社以外的古典文人交流空間。

86〈全島書畫展覽　新竹麗澤會員　入選者頗多〉，《臺灣日日新報》版四，一九三二年十二月五日。此處之新竹麗澤書畫會，為新竹書畫益精會改組後成立。

87〈全島書畫展〉，《臺灣日日新報》版一二，一九三五年十一月二十日、〈全島書畫展　開於信記茶行〉，《臺灣日日新報》版四，一九三五年十二月一日、〈全社書道會羅秀惠氏昏跌廁所故對全島書畫展覽會閉會〉，《臺灣日日新報》版四，一九三五年十二月十八日。

88〈全島書畫展　嘉義鴉社主催〉，《臺灣日日新報》版四，一九四〇年一月八日。

其次，面對新式美術與殖民現代性帶入的美術技法、美學標準、競賽制度，這些古典文人透過舉辦全島書畫展覽會的方式，將前述固有的傳統文化資本，如書法、繪畫的教養、社團，城隍祭的進香人潮，漢樂欣賞的風雅，結合現代性的賽制、展覽模式、藝術銷售、抽成、出版、跨區域連結等方式，打造出獨立的書畫交流平台。

在此書畫交流平台的打造手法中，最值得注意的，是這些台灣古典文人所援引的外界力量。除了本地著名書畫家與日人書畫創作、鑑賞者外，他們透過邀請上海水墨、書法界創作者擔任評審，將其同樣面對傳統書畫轉型期的經驗、美學追求、創作手法與概念轉介入台。一面在書法上強調隸、楷、行、草、金石文的品鑑，一面在繪畫中表現海上畫派中，講究大眾與士人品味間取得平衡的藝術標準。這些力求多角度針對台灣傳統書畫進行審查的安排，顯示了台灣古典文人對於傳統書畫美感、藝術水準上的嚴謹態度，以及與台展評審面對傳統書畫作品時，全然不同的美學追求與認知，隱隱然與官方導入的新式美術所象徵的殖民現代性進行一場策略性的博奕。

透過這場策略性的博奕，我們可以看見一條由清代至日治，新竹北門鄭家在經濟資本經營與支援下，結合台灣古典文人的風雅養成，累積並持續加以深化的文化勢力與文化堅持脈絡，其對於這條脈絡的規劃與運營，展現在一九二九年的全島書畫展覽會上，顯示了一種台灣古典文人在日治時期以文化力抗衡殖民力的曲線抵制路線，婉曲說出自身對於官方投給的藝術美感標準上的不滿與異議，並道出台灣古典文人堅守的美學追求與藝術取向。

三〇年代日本雜誌媒體與殖民地作家的關係

以台灣／普羅作家楊逵為例

王惠珍／國立清華大學台灣文學研究所

一、前言

戰爭時期（一九三一－一九四五）殖民地文學為因應日本帝國的擴張和總動員之需，由「外地文學」重新被整編，成為帝國的「地方文學」，日本的媒體出版界也開始關注殖民地社會文化。殖民地作家趁勢逆向操作，利用日本的雜誌媒體，輸出殖民地的文化知識。根據白川的歸納，戰爭時期舊殖民地作家在日發表情況曾出現兩個高峰：第一個是一九三三年到一九三五年期間，日本普羅文學運動因受到官方鎮壓而衰退，舊普羅文學者力圖振作，積極吸納殖民地作家，才讓殖民地文學「有機可乘」並受到日本文壇的關注。第二個是一九三九年到一九四一年太平洋戰爭爆發後，因日本帝國的海外擴張政策，在大東亞共榮圈的號召下，使得東亞區域的文化現狀備受關注[1]。白川雖然勾勒出東亞殖民地作家在日本雜誌媒體發表的概況，但並未深入檢視作家、作品內容與媒體刊物之間的關係。

同樣地，藤井省三亦以宏觀視角將日本近代文藝界的「台灣熱」分成兩期：第一期是從一九三〇年代後半到一九四五年日本敗戰的十年間；第二期是一九四七年到一九六〇年代半的二十年間。他指出台灣作家活躍的領域，前者是在普羅文學和純文學的領域；後者則是大眾文學領域。但，第一期的「台灣熱」應可再細分成一九三〇年代後半與一九四〇年代前半。一九三〇年代後半日本普羅文學領域中的台灣作家，以楊逵（一九〇六－一九八五）為代表；一九四〇年代純文學領域則以龍瑛宗（一九〇九－一九九九）為代表。太平洋戰爭爆發後，殖民地的文學動員備受關注，台灣文化在日的譯介工作部分轉由在台日人文化人，例如西川滿等人接手代言，他們所發表的媒體類型與模式也不盡相同。一九三〇年代的媒體以左翼同人雜誌為主；一九四〇年代則除了同人雜誌之外，尚有一些作品則刊於大眾雜誌與綜合文化雜誌媒體。

在日本文壇出現殖民地文化知識譯介的熱潮有其主客觀因素，無論三〇年代抑或四〇年代殖民地文學熱的出現，除了作家個人前進中央文壇的主觀意願之外，尚與日本雜誌媒體對殖民地文學接納程度有關。日本普羅文學運動在一九三三年克普的代表作家小林多喜二（一九〇三－一九三三）遭刑求致死後，該文學運動隨之走向衰微。舊普羅文學者仍試圖力挽頹勢，調整文學運動的路線，創設新刊物，拉攏殖民地左翼作家，他們也把握這樣的時代趨勢，積極與日本媒體合作，拓展他們在帝國的發言空間，以利揭露殖民地被壓迫的情況。

因日本帝國的暴力驅動，致使東亞區域內部產生劇烈的文化衝突。日本文化界為重新認識東亞（雖然這些知識詮釋存在著日本知識分子對東亞認識的偏見），導致出現「朝鮮熱」、「中國熱」的出版盛況。在這波出版熱中，由於台灣的文壇規模與讀書市場、文學社群等都遠不及中國、朝鮮兩地，又面臨報紙漢文欄遭廢止的語言問題等，未見具規模的「台灣熱」。但，台灣日語作家多採單篇游擊式的發表模式，報導性的文章居多，藉由文化翻譯輸出台灣殖民地社會現況，及其特殊風土民情等文化知識。

楊逵留日期間（一九二四—一九二七）因參加佐佐木孝丸的演劇研究會，結識許多知名的日本左翼文化人士[2]。返台後，他逐漸將活動的方向從社會運動轉向文學活動[3]。他一九三四年以小說〈送報伕〉（《文學評論》一—八，一九三四年十月）一作獲獎後，積極地扮演台灣與日本文壇重要的交流窗口，成為三〇年代台、日左翼文化人交流的關鍵性人物。因此，若能釐清楊逵此一個案，將有助於我們理解當時台灣知識分子，如何藉由日本雜誌媒體建置東亞文化知識的交流平台。

為了與日本普羅文學運動同步發展，楊逵在島內外文友的聲援下，於一九三五年十一月創設台灣新文學社，十二月發行同人雜誌《台灣新文學》，並與《文學評論》、《文學案內》締結為

---

1 白川豊，〈日本雜誌に発表された旧植民地作家の文学〉，《植民地期朝鮮の作家と日本》（岡山：大学教育出版，一九九五），頁一—二〇。

2 戴國煇、內村剛介（訪問），葉石濤（譯），〈一個台灣作家的七十七年〉，彭小妍（編），《楊逵全集・資料卷》（台南：國立文化資產保存研究中心籌備處，二〇〇一），第十四卷，頁二五〇—二五二。

3 黃惠禎，〈第二章　三〇年代楊逵圖像：從社會運動到文學活動〉，《左翼批判精神的鍛鍊：四〇年代楊逵文學與思想的歷史研究》（台北：威秀資訊，二〇〇九），頁二五—一一九。

姊妹誌，成為二誌的台灣支部。但，在該誌裡除了有ナウカ出版社和文學案內社的出版品廣告之外，同時可見其他日本左翼同人雜誌的廣告[4]。另外在《台灣新文學》問卷「對台灣新文學的期待」[5]的回覆名單中，不乏是這些雜誌的主編，從友人和廣告名單中，可一窺他在日本左翼文壇的人際網絡圖。楊逵因《台灣新文學》的存續問題，一九三七年六月至九月特地再度訪日並積極寄稿至《文藝首都》、《星座》、《日本學藝新聞》等，希望與日本內地同人雜誌建立密切的合作關係[6]。

相較於在日朝鮮作家張赫宙，獲獎後他仍以台灣為主要的文化活動場域，分飾「殖民地台灣作家」、「台灣讀者」、「普羅作家」等多重身分，以「殖民地台灣作家」對日本的讀者大眾介紹台灣文壇的現況；以「普羅作家」的身分積極介入日本普羅文學界的議題討論，並擇其所需轉譯至島內雜誌媒體中，如：「文藝大眾化」、「行動主義文學」、「社會主義的寫實主義」等的倡導[7]。

楊逵在日本媒體上活躍的時期恰與日本舊普羅文學者重建、集結至完全潰散的期間完全重疊，因此他與這個階段的日本左翼系列雜誌的關係特別密切。至中日戰爭爆發前後，他在這些媒體上發表的作品約莫有三十二篇，文體類別除了小說〈送報伕〉和〈蕃仔雞〉之外，其餘的多為評論和隨筆[8]。本文將以這些雜誌媒體為討論範疇，探討三〇年代後半在殖民地作家的文化生產過程中，帝國的「媒體雜誌」究竟扮演怎樣的角色？「作者」楊逵自身如何分飾多重角色，為滿足「日本讀者大眾」的閱讀之需又如何選擇書寫內容，進行台灣文化知識的跨域輸出？本文除了關注他與這些雜誌媒體的互動關係之外，亦將進一步探討他如何將這些雜誌內容轉化成自己寫作的材料，如何翻譯介紹朝鮮作家、中國作家的言說，建立彼此的交流關係？希望以楊逵與日本媒體雜誌的個案研究，勾勒出三〇年代東亞作家們如何利用日本雜誌媒體進行區域內文化知識的交流。

4 關於楊逵與日本左翼文學運動的關係，可參閱尹子玉，〈楊逵《台灣新文學》與無產階級文學運動〉，國立清華大學台灣文學研究所（編），《第一屆全國台灣文學研究生學術論文研討會論文集》（台南：國家台灣文學館籌備處，二〇〇四），頁一七一－一九一，該文從雜誌專題、廣告進行分析，探討《台灣新文學》與當時世界性無產階級文化活動的關聯，但本文主要側重於檢討作家楊逵在東亞日語知識交流網絡中，與日本雜誌媒體的關係。

5 〈台灣の新文学に所望する事〉「1.植民地文学の進むべき道二・台湾に於ける編集者作家読者の訓言」，《台灣新文學》一卷一號，一九三五年十二月，頁二九－四〇。

6 河原功，〈楊逵の生涯——一貫とした抵抗精神〉，《翻弄された台湾文学：検閲と抵抗の系譜》（東京：研文出版，二〇〇九），頁三－一八。

7 白春燕，《普羅文學理論轉換期的驍將楊逵——一九三〇年代台、日普羅文學思潮之越境交流》（台中：東海大學日本語文學系碩士論文，二〇一二）。其中，他介紹了日本文藝大眾化的論爭和德永直、貴司山治分道揚鑣的原委、當時行動主義文學的主張，最後分析楊逵如何接收、轉化這些文學概念。本文因聚焦於楊逵與日本媒體的關係，因此有關他如何轉引日人作家的論點，將不再重複贅述。

8 請參閱文末附錄。

二、東亞知識分子的文化交流

楊逵在文章中經常引述日本報章媒體的論點，與之對話表達並提出個人觀點。其中，除了同時代的日人作家之外，朝鮮的張赫宙（一九〇五—一九九七）和中國的胡風（一九〇二—一九八五）是他最常提及的東亞作家。因此，本節將聚焦楊逵如何利用日本媒體雜誌的平台，展開他們的文化交流。

（一）楊逵與朝鮮作家張赫宙

張赫宙與楊逵是同時期活躍於三〇年代前期日本文壇的殖民地作家，張赫宙於一九三二年以〈餓鬼道〉榮獲《改造》懸賞創作獎；楊逵則於一九三四年獲獎。當時的日本評論界喜歡將兩人相提並論。對此張赫宙曾特地寫了〈給對我有所期待的人——給德永直的信〉公開回應大家對他的指教，表示無意與楊逵競爭，只想自在地當一名日語作家[9]。即使如此，細田民樹還是期待楊逵能像張赫宙一樣，「將文學最重要的點訴諸讀者」。[10]那麼，楊逵如何利用日本媒體擷取張赫宙等人所提供的文化訊息，藉以思考台灣文學的問題呢？

《文學案內》是楊逵了解朝鮮文學的知識平台之一，《文學案內》（一九三五年七月—一九三七年四月）是三〇年代傳播殖民地文學很重要的文藝雜誌，由丸山義二（一八九〇－一九五八）、貴司山治（一八九九－一九七三）發行主編，共發行十二冊。它是日本普羅文學運動從政治運動中解放出來，回歸文學路線，廣泛集結對普羅文學懷有理想的有志之士，以文學進行抵抗的一本文藝同人雜誌。其成員除了舊普羅文學者之外，亦網羅當時具進步立場的文學者。其編輯方針是立於勞動者的立場，描寫他們自身內部的生活，讓他們感受到未來，並提供滿足勞工閱讀需求的文學，進而從他們當中培養出作家。其編輯深具國際視野，除了對東亞殖民地文學之外，也對歐美等其他區域的普羅文學活動同表關心[11]。該誌的主編貴司曾表示，期待台灣作家：

> 1.在作品中清楚地描寫台灣人的民族生活（其風俗、習慣、氣氛等）。2.清楚具體地描寫台灣民族當今在經濟上、制度上、或政治上的境遇。3.描寫台灣民族在其生活中，有意無意的期待是什麼？但那不是源自作家的腦海，而是從現實的民族生活中找出來的。4.台灣人所謂的熟蕃、生蕃……即使在藝術上得描寫他們的生活不可。[12]

他除了期待在殖民地可以出現優秀的藝術作品之外，同時他也與一般日本讀者一樣，對台灣

9 張赫宙，〈私に待望する人々へ——徳永直氏に送る手紙——〉，《行動》三卷二號，一九三五年二月，頁一九〇。
10 細田民樹，〈リアリズムの正しき理解の上に〉，《台灣新文學》一卷一號，一九三五年十二月，頁三七－三八。
11 浦西和彥，〈題解〉，《《文學案內》解題・總目次・索引》（東京：不二出版社，二〇〇五），頁五－一五。
12 貴司山治，〈台灣の作家に望むこと〉，《台灣新文學》一卷一號，一九三五年十二月，頁三六。

原住民族保有高度的興趣。《文學案內》是日本一九三〇年代傳播殖民地文學很重要的文藝同人雜誌。在一九三五年十月號的「新報告」中特別提到：

《文學案內》對朝鮮、中國、台灣的文學感到同胞般的親切，希望相偕參與新時代的文學建設。朝鮮、中國、台灣的詩人、作家這裡有您的友人《文學案內》。日本的勤勞大眾期待你們不斷的通信與作品出現在這裡，我們向您伸出東洋之朝的握手。[13]

可見主編深具國際視野，強調東亞「勤勞大眾」的連帶關係，並將積極推出中國、殖民地文學的特輯。除了對東亞殖民地文學之外，也對歐美等其他區域的普羅文學活動同表關心[14]。張赫宙是當時在日朝鮮文學的代言人，在《文學案內》寫相當多介紹朝鮮文學的文章，雖然他自道在朝鮮他毫無文壇地位可言，與朝鮮文壇關係甚為緊張，但在當時他卻是殖民地的樣板作家[15]。

中國詩人雷石榆為該誌介紹中國文壇的現況，由於他與當時旅日的留學生界關係熟稔，在他的文章中還特地提及活躍於《詩歌》的台灣青年吳坤煌[16]。從兩人的文章可知，一九三五年中國左聯、朝鮮普羅藝術同盟都採組織的形式推動左翼文學運動，也與日本左翼文學運動一樣，面臨當局鎮壓而日漸式微的窘境。相對於兩人的「不在場」，楊逵卻身處台灣，文章中說明台灣文壇內部正困於創作語言和鄉土文學論爭中，並介紹在台日人為核心的台灣文藝家協會和以台灣人為核心的台灣文藝聯盟兩大團體的組織成員和活動等。

主編貴司山治（一八九九—一九七三）曾回覆《台灣新文學》創刊號的問卷，期待台灣作家創作殖民地優秀的藝術作品，並表達對台灣原住民族的興趣[17]。楊逵在《文學案內》中和張赫宙同樣扮演提供殖民地文壇訊息重要的譯介者，透過日本雜誌版面也間接促使台、鮮文壇之間的資訊得以交流。楊逵也曾提及：「新文學運動深受到資產階級報紙的影響，是眾所皆知的事實。特別是讀了本刊張赫宙氏的報導之後，更深有同感。看到朝鮮的許多報紙刊出朝鮮作家的作品，我實在羨慕。」[18]他以朝鮮媒體的情形為例，呼籲島內報紙應開放文藝版提供台灣作家發表的園地。

《文學案內》一九三六年的新年號刊出「朝鮮・中國・台灣・新銳作家集」特輯，因譯者的推薦更動計畫，中國的小說作品改刊吳組緗的〈天下太平〉（深川賢二譯）；台灣的代表作改刊賴和的〈豐作〉（楊逵譯）和張赫宙的小說〈アン・ヘエラ〉。但，預告提及卻未刊出的作品，則改於《文學案內》一九三六年五月號刊載。其中轉載葉冬日的詩作〈烏秋〉（《臺灣文藝》二：三，一九三五年三月）和楊啟東（一九〇六—二〇〇三）的詩作〈朝の市場〉（《臺灣文藝》二：二，一九三五年二月）；隔月號刊出楊逵的小說〈蕃仔雞〉、〈台灣文壇の明日を擔ふ人々〉

13 作者不詳，〈新報告〉，《文學案內》一卷四號，一九三五年十月，頁六二。
14 浦西和彥，〈題解〉，《《文學案內》解題・總目次・索引》（東京：不二出版社，二〇〇五），頁五—一五。
15 張赫宙，〈朝鮮文壇の現狀報告〉，《文學案內》十月號，一九三五年十月，頁六二—六五。
16 雷石榆，〈中國文壇現狀論〉，《文學案內》十月號，一九三五年十月，頁六八—七〇。
17 貴司山治，〈台灣の作家に望むこと〉，《台灣新文學》一卷一號，一九三五年十二月，頁三六。
18 楊逵，〈台灣文壇の現狀〉，《文學案內》一卷五號，一九三五年十一月，頁九八。

和張赫宙的〈朝鮮文壇の作家と作品〉等。台灣文學和朝鮮文學因同為殖民地文學，在日本雜誌媒體上時而互見。

上述轉載的詩作內容帶有台灣的異國色彩，畫家楊啟東的詩作充滿著台灣早市寫實的畫面性，葉冬日的〈烏秋〉（代表台灣的鳥類）的文字充滿著客家山歌的音樂性。楊逵〈蕃仔雞〉一詞則是直接「嵌入」台語詞彙，意指日人家中的台灣下女。他藉由這樣的標題挑戰日語的正統性，除了衍生出日語的混雜性之外，對日本讀者也提供了一種異國情調的想像[19]。但，若細讀小說內容卻可發現，它仍是一篇描寫台灣勞動者悲慘命運的普羅小說。

《文學案內》除了刊出台、鮮文學介紹特輯之外，也陸續刊出「哀悼魯迅之死」（魯迅の死を悼む，二：一二，一九三六年十二月）、「朝鮮現代作家特集」（一九三七年一月），連載李箕永（一八九五—一九八四）的長篇小說〈故鄉〉（一九三七年一—四月），可見該誌對東亞文學的重視。楊逵在〈談藝術中的台灣味〉[20]中討論應如何表現「台灣味」時，便以朝鮮作家李箕永的個案為例：「如果用台灣話文表現的話還可以，但要用日文抒情表達這種芳香或氣味，我想可能非常困難。舉個例來說，李箕永的作品中的朝鮮色彩之所以能比張赫宙更濃厚，據說是因為李箕永用朝鮮文寫作。」這個實例主要是他轉引《文學案內》中K．T．Y的評論，因為該文提到：

> 但直言不諱，對我們朝鮮人而言，在張赫宙的作品中感受到的朝鮮味極為淡薄，其中的原因之一或許是他不用朝鮮語寫而以日語寫作的關係。其根本的原因是作品中人物所使用的語言和描寫的問題。但，要是讀一次李箕永的作品，就可發現他自始至終都使用朝鮮語——而

且是獨特的朝鮮人的語言。[21]

一九三〇年代李箕永以探究下層庶民生活，具體描寫他們的生活樣貌著稱，並在農民小說領域中嶄露頭角。〈故鄉〉原連載於《朝鮮日報》（一九三三年十一月十五日—一九三四年九月二十一日）的長篇小說，以忠清南道天安的一處農村為小說舞台，將當時農村現況描寫得淋漓盡致，小說內容也觸及當時農村土地遭到地主階級和殖民地當局雙重奪取的經濟結構問題[22]。這樣的文學主張與揭露殖民地農村慘況的議題，與楊逵支持台灣話文創作關心農村土地問題，有其不謀而合之處。

楊逵因受到德永直等人的賞識，一九三四年以〈送報伕〉一作獲得《文學評論》第二獎（首獎從缺）並刊於《文學評論》一卷八號（一九三四年十月）進入日本文壇，之後，他便積極與該雜誌建立密切的合作交流。《文學評論》（一九三四年三月—一九三七年四月）一九三四年三月為ナウカ社刊行的文學雜誌，根據主編渡邊順三（一八九四—一九七二）的回憶，雜誌的創刊動

19 若考慮這篇作品的最初的刊載處是日本內地媒體，殖民地作家面對「日本讀者」所展現的語言策略，除了抵殖民的文學現象之外，其具混雜性日語的名詞使用更凸顯殖民地作家在日本文壇的異質性。

20 楊逵，〈藝術における『台灣らしいもの』について〉，彭小妍（編），《楊逵全集　詩文卷（上）》（台南：國立文化資產保存研究中心籌備處，二〇〇一），第九卷，頁四七二—四七三。原刊於《大阪朝日新聞‧台灣版》，一九三七年二月二十一日。

21 K‧T‧Y，〈朝鮮のプロ作家李箕永の人と作品〉，《文學案內》三卷一號，一九三七年一月，頁二四二—二四六。

22 權寧珉（編），田尻浩幸（譯），〈李箕永〉，《韓國近現代文學事典》（東京：明石書店，二〇一二），頁三五三—三五七。

機除了為解決他個人的失業問題之外，主要還是與為了實踐德永直的文學理想有關，而該誌的主要成員以舊普羅文學者為主。在納普解散前後刊行的左翼雜誌中，它是刊行最久、頁數較多的雜誌。其編輯方針在於反省過去普羅文學過於執著政治的經驗，透過這本雜誌的發行希望再集結有心者的抵抗活動[23]。繼楊逵的〈送報伕〉之後，《文學評論》於一九三五年的新年號又刊出呂赫若的〈牛車〉。根據垂水的研究，她認為〈牛車〉可能是呂赫若以新人之姿應《文學評論》「村の生活・町の生活」的徵稿，主編渡邊之所以會採用這篇作品與農民派關注農民文學有關[24]。在編輯後記如此記載：

> 創作欄的呂赫若氏是住在台灣的全新新人。曾因受到本誌募集小說中楊逵〈送報伕〉的當選刺激，台灣文壇突然活躍驚人，在此得以再介紹一位台灣的新人作家，本誌甚感自豪。這篇〈牛車〉是優於〈送報伕〉的佳作而勉於推薦。

隨後二月號的「創作月評」對〈牛車〉展開批評，壺井繁治（一八九七－一九七五）在〈文藝時評〉中提到：

> 對於最近殖民地作家開始活躍於日本文壇的現象，必須給予高度肯定。讀了發表在《文學評論》的楊達（案：逵）的〈送報伕〉、呂赫若的〈牛車〉深受感動。覺得這兩位殖民地作家的文章的共通處是樸實與素樸，雖然同是殖民地出身卻具備與張赫宙很不一樣的類型。如

果要檢討這篇文章的相異點是源自何處，的確是有意義的題目，但限於篇幅而不被允許，且留待其他機會，想將評論轉移至張赫宙〈一日〉（改造）。其實這是我第一次讀這位作家的作品。一看這篇作品就知道這位作家在文學方面頗富才能。但這篇小說文勝於質，深入挖掘現實，寫出整體複雜的各種關係，令人感到有其不適切性。〈一日〉是描寫任職於金融組織的上班族消極的一面。在這篇作品中，他的文才掌握了主人公的心理變化，表現得很生動巧妙。但讀到最後卻覺得欠缺讓讀者留下踏實深刻的感動。主人公キム・ヘーチュ作為一種上班族的類型描寫得相當巧妙，但作者卻對他的消極性批判得相當不徹底。這是作者和主人公立於同樣的消極性之上嗎？被人懷疑其曖昧性。他挖掘被夾在金融組織和農民之間，主人公因良心而苦惱的心情，在其過程如果能更加具體暴露描寫農會對農民的欺瞞政策的話，這篇將會是更有意義的作品。[25]

中條百合子（一八九九－一九五一）也在同一專欄發表〈新年號《文學評論》及其他〉提到：

23 祖父江昭二，〈解說〉，《文學評論　總目次・解說》（東京：ナウカ株式會社，一九八四），頁一－一〇。

24 垂水千惠，〈二章〈牛車〉の執筆（1934-1935）〉，《呂赫若研究：一九四三年までの分析を中心として》（東京：風間書房，二〇〇二），頁三四－七六。

25 壺井繁治，〈文藝時評〉，《文學評論》二卷二號，一九三六年二月，頁一〇六。

> 呂赫若氏的〈牛車〉是殖民地作家的作品，讓我想起前前號的〈送報伕〉。從作品整體的效果而言，可見〈牛車〉在描寫細部形象化方面所做的努力，但在打動讀者內心的力道方面，一眼便可看出他的寫作手法稚嫩。在這方面〈送報伕〉勝出。但〈牛車〉有其他令人感動之處。這些殖民地的人們……，曾經歷了數十年的苦痛歲月，諷刺現實的是，現在要將曾是他者的國語成為殖民地大眾的語言，更為廣泛地傳達到勞動大眾的心中並流露而出的事實。讓我聯想到烏克蘭文學發展的方式，我們由衷地高興殖民地進步作家的抬頭。[26]

從壺井的評論篇幅的比例與深入度，便可知一九三〇年代日本文壇對張赫宙作品的重視程度，將它視為殖民地文學的代表類型。楊逵的〈送報伕〉則是他們在評價呂赫若的〈牛車〉重要的參考值。中條也看到了在殖民地以大眾語言書寫的困境。楊逵雖然不是〈牛車〉刊於《文學評論》的推薦者，但卻是台灣作家前進中央文壇重要的前導者。

當時旅日的賴明弘與郭天留（劉捷的筆名）以台灣讀者的身分繼之在「讀者評壇」上發聲。賴明弘在〈指導殖民地文學吧！〉提到：

> <u>刻苦再刻苦較朝鮮晚一年，我台灣作家也進入了日本文壇</u>。在《文評》看到我的友人楊逵的名字時內心實在非常高興。為了進入日本文壇我們拚命地努力競爭，最後由楊君先馳得點。我們首先慶祝台灣文學的新發展，當然我們台灣人不應為日本作家認可而滿足。（中略）我們期盼日本普羅作家能以溫暖的手提攜，培育並指導殖民地文學。[27]（畫線為筆者所

標示）

從這篇短文中可知殖民地作家之間存在著前進中央文壇的競爭關係，同時他們與日本普羅文學界之間，又有上下位階的指導關係。

高爾基在全蘇作家大會中發表的〈談蘇維埃文學〉的論述，郭天留（劉捷筆名）發表了〈高爾基與殖民地文學〉回應之，文中引用〈全蘇作家大會報告〉（ナウカ社版）的內文反思殖民地文學（台灣）的問題：

在日本普羅文學與諸殖民地的關係，幾乎從未被考慮過，最近殖民地的出身者逐漸想參與出現其中，是個應該關注的現象。但現階段的殖民地文學活動（特別是台灣）與韃靼作家寫給高爾基的書信所提到的完全一樣，「我們的藝術從形式逐漸……成形，但卻得不到作家、評論家、主編的理解。即使現在我們仍被視為『為人種學提供展件者』。我們的作品從他們看來是『附屬出版』、『勉強的選擇品』，有意識地將我們製造成民族政策的產物」……。在台灣從前述高爾基的演說中受教很多，但尚處於低水準的形式中，鄉土性的內容藉由社會主義寫實主義的創作方法，想創造普羅藝術，以期逐漸接近母國的普羅藝術。[28]

26 中條百合子，〈新年號の《文學評論》その他〉，《文學評論》二卷二號，一九三六年二月，頁一一七。
27 賴明弘，〈植民地文学を指導せよ！〉，《文學評論》一卷九號，一九三四年十一月，頁三七。
28 郭天留，〈ゴリキイと植民地文学〉，《文學評論》二卷三號，一九三五年三月，頁一三〇—一三一。

這篇文章也一針見血地指出當時殖民地作家前進中央的困境，他們似乎只能接受中央文壇評論者「未成熟」、「質樸」的評語，以「逐漸接近母國的普羅藝術」自我期許，其中隱藏著殖民地作家的諷刺與無奈。

楊逵與《文學案內》的關係，除了代表台灣作家在雜誌上介紹台灣文壇現況，翻譯台灣作家作品之外，同時也積極閱讀該雜誌，關注日本普羅文學界的討論議題，接收朝鮮文學的資訊，並轉介至台灣島內的文化界，以喚起台灣讀者對朝鮮文學的關注，另外，在台灣文學者與日本左翼雜誌《文學評論》的關係中，扮演著前導者的角色。

(二)楊逵與中國作家胡風

楊逵留日期間（一九二四—一九二七）剛好與中國左翼作家胡風的訪日期間（一九二九—一九三三）錯開，因此兩人未曾謀面，但日本雜誌媒體卻成為他們重要的交流媒介，由於胡風的譯介促使楊逵的作品在中國的左翼文學界較為讀者所熟知。

加拿大中國文化學院院長文學博士江亢虎（一八八三—一九五四）於一九三四年八月二十二日至九月九日曾受邀來台，返中後他將在台遊歷見聞撰寫成《臺游追記》[29]。楊逵因不滿他在台宣揚文化復古的論述，而在《臺灣新民報》上撰文駁斥，他站「藝術大眾化」的立場強調「白話文」的普及性和現代性[30]。之後，他又在《文學評論》重新描寫當天衝突的情景[31]。雖然江的遊記裡也記載了這段插曲，卻辯稱清楚抗議者的意圖，未提及自己在會場中動怒退場之事。

胡風在《文學評論》上閱得此文，將部分內容直接翻譯成中文轉引於〈存文〉[32]，藉以批判江亢虎在中國推動的「存文會」。《文學評論》成為中、日這兩位普羅文學者批判江亢虎「文化復興」論述的資訊交流平台。胡風又於一九三五年六月譯出〈送報伕〉，刊於《世界知識》（二：六）。一九三六年四月出版的《山靈──朝鮮台灣短篇集》收入了台灣作家楊逵的〈送報伕〉和呂赫若的〈牛車〉、朝鮮作家李北鳴的〈初陣〉（《文學評論》二：六），皆是刊於《文學評論》的作品。

除了《文學評論》之外，《星座》也是胡風與楊逵重要的交流平台。在中日戰爭爆發後《星座》主編矢崎仍前往上海與中國作家展開交流[33]。返國後，他進一步媒合《星座》與王照統等人的《中國文藝》締結姊妹誌，日譯《中國文藝》的發刊辭。胡風在中國得知矢崎在日遭逮捕時，也於《七月》週刊（三，一九三七年九月二十五日）撰文[34]詳述兩人往來邀稿的經過，聲援獄中

29 江亢虎，〈41　會場花絮〉，《臺游追記》（上海：中華書局，一九三五），http://www.tonyhuang39.com/tony1027/tony1027.html（2015.02.15檢索）。江亢虎訪台始末等可參閱許俊雅的〈江亢虎《臺游追記》及其相關問題研探〉，《文與哲》十七期，二〇一〇年十二月，頁四五七─四九六。

30 楊逵，〈江博士講演評──白話文と文言文に就いて──〉，《楊逵全集　詩文集（上）》，第九卷，頁九五─一〇二。（手稿，發表於《臺灣新民報》，一九三四年，日期不詳）。

31 楊逵，〈町のプロフィル〉，《文學評論》一卷十號，一九三四年十二月，頁八五─八六。

32 胡風，〈存文〉，梅志、張小風（整理輯注），《胡風全集》（湖北：人民出版社，一九九九），第四卷，頁三〇─三二。原刊於《太白》二卷二期，一九三五年。

33 近藤龍哉，〈胡風と矢崎弾：日中戦争前夜における雑誌『星座』の試みを中心に〉，《東洋文化研究所紀要》一五一號，二〇〇七年三月，頁五五─九五。

的矢崎。

矢崎在《台灣新文學》創刊號的問卷中期待雜誌能刊出：「有關殖民地政策的批判性小說、殖民地的歷史過程與風俗史為著重點的小說」[35]。一九三七年楊逵訪日期間也積極地在這本文藝同人雜誌《星座》上發表文章。它雖然只是一本小型的文藝同人雜誌，但其內容卻含括中國、台灣等跨域的文藝活動，企圖推展該誌在東亞地區的流通。楊逵曾於「星座クラブ」欄中發表過〈文學與生活〉[36]，文中他除了提及日本普羅作家的論述之外，也關注日本同人雜誌與中國現代文學者的交流現況。當時中國新人作家蕭軍（一九〇七—一九八八）的小說在日正備受關注，他亦購讀蕭軍的《第三代》，並將讀後感寫成〈《第三代》及其他〉，發表於保高德藏主編的《文藝首都》（五：九），文中他除了肯定蕭軍沒有紳士意識，小說無欺瞞性和通俗性之外，還特地轉引胡風發表於《星座》的〈我的心情〉[37]，說明殖民地作家、地方作家亦如中國現代作家般，雖然不受日本中央文壇的關注，但卻希望透過作品讓日本的「進步的讀者」了解他們在各自的土地上如何受到壓迫，又如何奮起自我改造的過程，並致力於文學的社會性和大眾化。之後，楊逵也撰文積極回應雜誌《星座》編輯所提出的「民族主義再檢討」[38]和「對綜合雜誌的期待」[39]的問卷議題。

胡風與楊逵雖分屬中、台的左翼作家，但他們卻利用日本的雜誌媒體《文學評論》、《星座》作為交流的資訊平台，譯介援引彼此的文章，形成東亞左翼文學運動的連帶感，藉以引發讀者的共鳴。

三、與日本媒體建立的合作模式

楊逵的《台灣新文學》與ナウカ社、文學案內社、時局新聞社、土曜日社等的合作關係可以從廣告中窺其一、二[40]，各社提供的廣告費是雜誌重要的收入之一。但，筆者希望透過楊逵的文章內容，釐清他如何轉引日本雜誌媒體的內容、《台灣新文學》的編輯內容與日本雜誌媒體的關係？他又如何爭取日本媒體的版面，尋求台灣知識在日傳播？以下試以ナウカ社的《文學評論》和《日本學藝新聞》的例子說明。

從《台灣新文學》刊出ナウカ社出版品廣告的頻率，招募雜誌同人的經營模式到《台灣新文學》雜誌的實質內容，都可見《文學評論》對它的影響痕跡。楊逵擔任《臺灣文藝》主編時，

---

34 胡風，〈憶矢崎彈——向摧殘文化的野蠻的日本政府抗議〉，《胡風全集》，第四卷，頁五五—五九。

35 矢崎彈，〈台灣の新文學に所望する事〉，《台灣新文學》一卷一號，頁三二—三三。

36 楊逵，〈文学と生活〉，《星座》三卷八號，一九三七年八月，頁六三—六五。

37 胡風，〈私の気持〉，同上註，一九三七年八月，頁二〇—二一。

38 楊逵，〈日本主義への質言二三〉，《星座》三卷九號，一九三七年九月，頁一八—一九。

39 楊逵，〈日本主義への質言二三〉，《星座》三卷九號，一九三七年九月，頁一八—一九。〈総合雜誌に待望するもの〉，《星座》三卷九號，一九三七年九月，頁五一—五二，接頁三七。

40 尹子玉，〈附錄　《台灣新文學》雜誌廣告一覽表〉，頁一八九—一九一。

就曾直接刊出《文學評論》的主編德永直的回信內容，這篇評論是當時少數日人在台提及〈送報伕〉的文章[41]。《台灣新文學》創刊後，他也不時轉引《文學評論》的論述觀點並轉引文章內容，藉此達到為雜誌置入性行銷的目的。

楊逵除了直接轉引雜誌文章內容之外，甚至將《文學評論》的譯文直接整篇轉載，《台灣新文學》一卷八號（一九三六年九—十月合併）的高爾基紀念專輯即是一例。特輯中收入五篇作品只有高野英亮的〈高爾基的教訓〉和健的〈高爾基的道路〉[42]是雜誌編輯新添的文章，其他文章皆為日本內地現成的譯文。高爾基文本在東亞的譯介傳播邊界，因《台灣新文學》的直接轉載而擴及到殖民地的文化知識界。

除了左翼同人雜誌之外，楊逵亦活躍於日本的新聞小報上。在他積極經營聯繫之下，《日本學藝新聞》（一九三五年十一月五日—一九四三年七月一日）成為刊出最多台灣文化界消息的日本報刊媒體。《日本學藝新聞》川合仁致力於發展該刊物成為獨立的「學藝新聞」小報，其發展可分成四個階段[43]，楊逵主要活躍於「確立期」（一九三五—一九三九），在這個時期該報提供了許多有關殖民地文化人士在日活動的消息，在「同人雜誌めぐり」報導系列中，也介紹了《台灣新文學》，簡述同人的活動概況[44]。執筆者山本和夫亦在〈同人雜誌の動向〉評述張文環發表於《台灣新文學》三月號的〈豬的生產〉[45]。

《日本學藝新聞》的「地方文化」欄在一九三七年四月二十日開始出現台灣地方消息的刊載，分別由「台中支局」和「台北支局」負責發送新聞稿，報導當時台灣文化界的各種消息。楊逵等人積極從台灣為該誌的「地方文化」欄中提供台灣島內文化界的消息，時以「台灣支局」發訊，採「新聞報導」的形式撰文，批評殖民地的語言、同化政策等。在〈「模範村」的實體　部落振興會的工作〉、〈嚴懲不諳國語〉[46]中作者直揭殖民政策擾民之舉的荒謬性，在日本內地的媒體版面上宣洩對殖民者的不平之鳴。

一九三七年因楊逵訪日期間《日本學藝新聞》特地刊出「特輯台灣文化」，報刊主編在「編輯室」也特別宣稱：「獲得上京的楊君的協助才得以編輯地方文化的第一輯，今後也想推動包括鮮滿的特輯，因此，絕對需要地方文化人、雜誌同人諸賢的協助。」但，這樣的合作計畫，卻因楊逵在日被捕而未能實現，台灣文化界與《日本學藝新聞》的關係也就此告終。

張赫宙也在該報上介紹朝鮮文學，一九三八年他改寫朝鮮古典文學〈春香傳〉在日出版，並由村山知義等人改編成戲劇巡迴公演，為此他寫了一些導論性的文章進行宣傳[47]。另一位李文園也是該刊物中積極介紹朝鮮文化的發訊者，文章聚焦在朝鮮文化與朝鮮語問題的報導[48]。隨著

---

41 河原功，〈十二年間封印されてきた〈新聞配達夫〉——台湾総督府の妨害に敢然と立ち向かった楊逵〉，《翻弄された台湾文学：検閲と抵抗の系譜》（東京：研文出版，二〇〇九），頁四三—六三。

42 健，〈ゴーリキイの道〉，《台灣新文學》一卷八號，一九三七年九月，頁二九。

43 香內信子、香內三郎，〈解說〉，《《日本學藝新聞》解說・總目次・索引》（東京：不二出版社，一九八六），頁五—一六。

44 作者不詳，〈同人雜誌めぐり（六）『台湾新文学』〉，《日本學藝新聞》十六號五版，一九三六年十一月十五日。

45 山本和夫，〈同人雜誌の動向〉，《日本學藝新聞》二五號四版，一九三七年三月二十日。

46 作者不詳，〈模範村の實體　部落振興會の仕事〉、〈国語不解者に鐵槌〉，《日本學藝新聞》三三號六版，一九三七年六月十日。

47 張赫宙，〈《春香傳》餘談〉五二號五版，一九三八年三月一日和劇評〈有樂座九月劇評〈春香女傳〉に寄せる感想〉一一六號三版，一九四一年九月十日等。

中日戰爭的戰火蔓延，一九三九年末因「中國稱呼運動」的提出，有人呼籲應將「支那」改成「中國」，提出「朝鮮人」一詞的歧視問題，並質疑為何當時稱呼「台灣人」一詞未出現這個問題呢[49]？主要是因為在日台、鮮移民人口質量不同，也導致日本人對台灣人、朝鮮人的稱呼和態度有所差異，顯然當時日本輿論界將台灣視為朝鮮問題的重要參照組。

總之，楊逵與日本媒體的合作關係，不僅在經營上與他們有合作關係，也透過轉引部分內容達到宣傳雜誌效果，甚至因直接轉載雜誌譯文，而受到當時日本翻譯文學的影響。楊逵無論在台或訪日皆積極經營與日本小報媒體的關係，利用有限的版面譯介輸出台灣文化訊息，進行對殖民地當局的批判，提高了台灣在日本媒體的能見度。

四、日本文壇文學議題的參與

楊逵對於日本文壇的文學議題，一直擁有相當高的敏感度，並積極掌握其中的文學論述的論爭重點，進而吸收、轉介到台灣文壇。然，楊逵顯然不只是單純地譯介輸入，他也試圖以「普羅文學者」、「讀者」、「雜誌同人」的身分提出己見直接介入日本文學界的討論。因此，本節試以利用楊逵發表在日本雜誌上的文本，歸納他如何參與其中。

（一）提倡文藝大眾化

楊逵曾為了回應李張瑞在《台灣新聞》（一九三五年二月二十日）提出「普羅文學因知識分子而興盛，優秀的藝術作品多凌駕於大眾之上」的質疑，而在《文學評論》上發表〈摒棄高級的藝術觀〉[50]，藉以讓日本讀者間接了解台灣民眾對文藝大眾化的理解與爭論之處。接著，他又以「讀者」之姿，在《新潮》上發表了〈傾聽讀者的聲音〉（《新潮》三二：四，一九三五年四月）、〈歪理〉（三二：六，一九三五年六月）兩篇短文，肯定雜誌開放短評專欄給讀者，因為「藝術的鑑賞本來就屬於大眾」，又直接轉引權五郎在《東京日日新聞》「蝸牛的觀點」中〈職業代表的評論〉的論述，並附和之。且在〈歪理〉中，以普羅文學派的立場反駁藝術派杉山平助在〈冰河的哈欠〉中提出純文學難解的「歪理」。之後，他又將這兩篇文章集結成一文[51]直接發表於

---

48 李文園在《日本學藝新聞》的發表情況如下：〈「朝鮮藝術賞」第一回賞の発表を見て〉八四號三版，一九四〇年四月二十五日、〈文学と言語「半島語」の問題について〉八五號三版，一九四〇年四月十日、〈半島新聞論：諺文紙はどこへ行く〉八七號三版，一九四〇年六月十日、〈半島新聞再論：民間諺文紙を弔ふ〉九三號六版，一九四〇年九月十日、〈朝鮮文化(1)〉一一二號五版，一九四一年七月十日。關於李文園的人物背景目前仍有待釐清。

49 作者不詳，〈朝鮮と半島〉，《日本學藝新聞》七四號一二版，一九三九年十一月十日。關於「朝鮮人」應該稱為「半島人」的議題引起爭辯，在《都新聞》亦刊出〈「朝鮮」と「半島」お手町氏に答へる〉（一九三九年十月二十九日）之後，《日本學藝新聞》的編輯才刊出此文進行答覆。（《都新聞》資料由大村益夫教授提供，謹此致謝）。

50 楊逵，〈お上品な藝術観を排する〉，《文學評論》二卷五號，一九三五年五月，頁一六三—一六五。

51 楊逵，〈摒棄高級的藝術觀〉，同前註，頁一七七。但《楊逵全集》只譯介刊於日本雜誌的版本，《台灣新聞》版未見。

台灣島內媒體上，藉以宣揚「文藝大眾化」的概念，未刻意區分日本和台灣「讀者大眾」異質性因地制宜調整內容。

楊逵以「雜誌同人」之身分以書信體撰寫〈寫給「文評獎」評審委員諸君〉[52]一文，與日本同人展開對話交流。他強調大眾雜誌之所吸引讀者的「大眾性」有其值得借鑑之處，甚至直接引述同誌的〈勇敢的士兵帥克的文壇突襲〉[53]的最後一段內容，希望評委能夠關注既能描寫真相又能吸引「讀者大眾」的作家作品，藉以發揮普羅文學對社會的影響力。

在文藝大眾化論爭中如何獲得「大眾」一直是爭議的焦點之一，即是如何吸引一般「讀者大眾」關注普羅文學。由於台灣讀書市場欠缺「日語讀者大眾」，因此楊逵所提出的「讀者大眾」有其曖昧性[54]。他在日本媒體發表的文章中，大都直接挪用日本台灣「讀者大眾」的概念展開論述；但，他在殖民地的文學實踐過程中，卻試圖與資本主義媒體爭奪「讀者大眾」，以翻譯《三國志》與《水滸傳》作為爭奪、教化大眾的手段[55]。因為殖民地的大眾讀者除了反法西斯主義、資本主義之外，尚得面對抵殖民等更為複雜的問題。

(二)提倡行動主義文學

楊逵亦藉由日本的雜誌媒體掌握當時日本文壇行動主義文學的論述，並積極投稿抒發己見參與其中。《行動》（一九三三年十月—一九三五年九月）發刊時正值普羅文學運動退潮，文藝復興之際，該誌雖試圖與普羅文學的政治性劃清界線，但並不徹底。雜誌的成員雖以藝術派為主，但其主張仍獲得左翼文學者的共鳴，一九三四年下半年作為推動行動主義文學運動的機關誌才開始受到關注[56]。《行動》的主編豐田三郎也曾簡短回覆《台灣新文學》中的問卷：「期待台灣文學（不是殖民地文學）的發展。最重要的是應有獨自的基礎，為此有必要確立意識形態與發表機構。」[57]

一九三五年楊逵以「健兒」在《行動》上連續發表了〈為了時代的前進〉（三：二）、〈擁護行動主義〉（三卷三號）兩篇文章，他肯定《行動》設置「我的論壇」提供一般讀者投稿之舉，但由於這本雜誌是藝術派的刊物，他也期待一般讀者也能關注描寫殖民地的〈送報伕〉，藉此進行自我宣傳。在後者的文論中，他主要表達自己對日本文壇行動主義文學論爭的理解與立場，他肯定行動主義文學的積極性，並對舊普羅文學者教條主義式的批評不以為然，主張為了達到「文藝大眾化」的目的，普羅文學者需要拉攏進步的自由主義者。因此，他在島內發表〈檢討行動

52 楊逵，〈文評賞審查委員諸氏に與ふ〉，《文學評論》三卷三號，一九三六年三月，頁一六八—一七三。
53 吞氣放亭，〈勇敢なる兵卒シュベイルの文壇突擊〉，《文學評論》三卷二號，一九三六年二月，頁一〇七—一〇九。
54 垂水千惠，〈台湾人プロレタリア作家楊逵の抱える矛盾と葛藤について〉，《国文学：解釈と教材の研究》五四卷一號，二〇〇九年一月，頁四〇—五〇。
55 陳培豐，〈殖民地大眾的爭奪——〈送報伕〉、《國王》、《水滸傳》〉，《台灣文學研究學報》九期，二〇〇九年十月，頁二四九—二九〇。
56 野口富士男，〈行動〉，小田切進、日本近代文學館（編），《日本近代文學大事典》五卷（東京：講談社，一九七七），頁一〇二—一〇三。
57 豐田三郎，〈台灣の新文学に所望する事〉，《台灣新文學》一卷一號，頁三八。

主義〉（《臺灣文藝》二：三，一九三五年三月）並直接轉引舟橋發表於《經濟往來》二月號的〈論主動精神〉對「台灣讀者」介紹日本內地行動主義文學論爭的問題。

他也在《時局新聞》（一九三四年一月—一九三六年七月）發表〈進步的作家與共同戰線——對《文學案內》的期待〉（一一六，一九三五年七月二十九日），期許《文學案內》主編貴司山治應當將行動主義文學也納進「進步作家的同盟戰線」。

在《台灣新文學》也可偶見《時局新聞》的廣告，他之所以在此刊物投稿或許與中西伊之助（一八八七—一九五八）有關。中西於一九三七年四月底至十月十七日左右曾訪台。他訪台的真正目的，根據垂水的推測，不僅只是為了撰寫《台灣見聞記》，應該與日本無產黨的成立有關，楊逵之所以接待當時來訪的中西應與任職於《大阪朝日新聞》台北支局的浦田丈夫有關[58]。

總之，楊逵不只在島內媒體上介紹「文藝大眾化」、「行動主義文學」等概念，他也主動撰文投稿至非左翼的雜誌媒體參與討論，藉此讓台、日的讀者了解彼此的理解與觀點。

五、殖民地台灣社會的報導與批判

楊逵在日本媒體的評述會因其身分和發言位置的改變，而調整主張的重點，他除了扮演殖民地「文學」的譯介者、同時還扮演殖民地「社會」的報導批判者。根據他報導的主題，大致可歸納為台灣大地震的災難報導和對殖民地教育現況的報導與批判。

（一）台灣大地震的報導

楊逵的〈台灣震災地慰問踏查記〉[59]，被視為台灣報導文學史的濫觴之作。《社會評論》（一九三五年二月—一九三六年七月）亦是ナウカ社發行的刊物，在一九三六年因為政治鎮壓發行至第十八號即休刊，戰後為了啟蒙和普及馬克思主義才又復刊發行。在這篇作品中楊逵以「報導人」的身分觀察報導於一九三五年四月二十一日發生在新竹、台中的大地震災情。報導內容除了參閱《台灣新聞》的報導消息之外，他也與台灣文藝聯盟的一行人前往災區探訪文友，親臨現場報導災情和從事實地的救災工作，文中附上四張災區照片，文末以日記的形式條列「實地調查日記」（二十三日—三十日）記錄災區現況。

震災三個月後，一九三五年七月楊逵與台灣文藝聯盟的友人仍持續關心災後重建的問題，發表〈逐漸被遺忘的災區——台灣地震災區劫後情況〉[60]於日本左翼媒體《進步：La progreso》（由

58 垂水千惠，〈中西伊之助と楊逵——日本人作家が植民地台湾で見たもの〉，横浜国立大学留学生センター（編），《国際日本学入門》（橫濱：成文社，二〇〇九）。楊逵如何將行動主義文學轉介至台灣文壇的過程，可參閱白春燕的碩論，頁七〇—八三。

59 楊逵，〈台灣震災地慰問踏查記〉，《楊逵全集　詩文卷（上）》第九卷，頁二〇四—二一七。原刊於《社會評論》一卷四號，一九三五年六月。

60 楊逵，〈忘れられゆく災害地——台湾震災地のその後の状況〉，同前註，頁二六七—二七一。原刊於《進步：La progreso》二卷七號，一九三五年七月。

現代文化社出版的「進步」的綜合文化雜誌，標題為世界語，發刊期間由一九三四年至一九三五年），揭露未被列入災區民眾的生活慘況、漫無章法的重建、保正私藏物資等問題。

楊逵藉由這場災難報導對外傳達台灣震災和災後重建的社會訊息，在日本雜誌媒體上進行個人報導文學的實踐。同時，在島內媒體發表的短文最後卻提及：「有些問題仍待考察，詳情我已寫於台中新報和東京ナウカ發行的《社會評論》，請參照之。」[61]藉此順便為雜誌《社會評論》進行廣告宣傳。

（二）殖民地的教育問題報導與批判

一九三七年楊逵的長女楊秀俄（一九三〇年出生）適值入學的年齡，但她卻歷經兩次入學考試才通過。身為父親的楊逵為此撰寫一詩[62]安慰她。中西也在〈台灣吟詠行〉的短歌中記上一筆[63]。當時楊逵顯然對殖民地的初等教育情況和殖民地學童的教育權有其切身之感，成為他重複書寫的命題。他利用日本雜誌篇幅報導實情，希望喚起日本的「讀者大眾」關注殖民地的教育問題。

楊逵在以京都為據點的同人雜誌《土曜日》[64]發表了〈小鬼的入學考試——台灣風景（一）〉（三二，一九三七年五月五日）。文中楊逵語帶諷刺地說希望將台灣觀光局未介紹的「台灣風光」介紹給雜誌讀者。文中敘述Y先生（應是楊逵）因帶女兒參加公學校入學考試，在現場直擊家長為了讓小孩擠進公學校窄門的焦慮等各種風景。

之後，楊逵又發表〈緩和考試壓力的方法〉於《人民文庫》（二：一〇，一九三七年九月）

的「市井義談」專欄上，這篇文章也是批判台灣初等教育問題的文章，其中指出殖民地的「公學校」和「小學校」教育的差別問題，不會因為中學考試只考一科日本歷史而解決，初等教育嚴重不足致使入學考試競爭激烈，呼籲當局應增建學校。不准設私校又查禁漢文書房的情況，台灣文化豈能發展？

另外，楊逵也在《現代新聞批判》發表〈台灣舊聞新聞集〉分成五次連載（九六—一〇〇，一九三七年十一月一日—一九三八年一月一日）。他雖然謙稱自己是一「市井小民」，為回應媒體主編的要求，他以台灣人唯一的喉舌《臺灣新民報》的報導為題材，較無顧忌地表達個人所見所聞，反思事件發生的本質性問題，直指當局強迫貧農義務勞動，是造成小孩被燙死的悲劇原因。殖民當局假借各種名義剝削民力強刮民財，卻不見媒體批判。他又直批殖民當局推動國語運動的強制性，卻忽視初等教育需求的矛盾處。以諷刺戲謔的筆致描寫台灣百姓使用剛學會的「國語」時，因同音異義詞招致誤會受罰的情況。「土地疑案非疑案」是直接轉引《臺灣新民報》一九三七年十二月六日的報導，說明「台灣農民組合」過去曾對此進行過抗爭，同時質疑殖民當局與民爭地的非正當性。

---

61 楊逵，〈台灣大震災記——感想二三——〉，《臺灣文藝》二卷六號，一九三五年六月，頁二五。

62 楊逵，〈悲しむな——娘へ与える——〉，《楊逵全集　未定稿卷》，第十三卷，頁四三七—四三九。

63 張家禎，《中西伊之助臺灣旅行及書寫之研究：兼論一九三七年前後日本旅臺作家的臺灣象》（台中：靜宜大學台灣文學所，二〇〇八年八月），頁一一四。短歌：「公学校にはいれぬといふいとし子をなぐさむる詩かく父に会ひけり」。

64 作者不詳，〈地方文化誌　土曜日〉，《日本學藝新聞》二一號四版，一九三七年二月十日。

楊逵以報導人的身分在這些具有反抗色彩的日本媒體刊物上，報導台灣社會現況批判殖民當局的教育政策、國語政策、土地政策等，藉以引起日本「讀者大眾」了解台灣民眾真實的生活現況，並喚起他們對殖民地人民處境的同情。藉以建置日本左翼媒體與殖民地媒體資訊的交流平台。

六、結論

綜觀上述三〇年代殖民地作家楊逵與日本雜誌媒體的關係，可知他在獲獎後，便以「楊逵」（楊達）、「楊貴」、「林泗文」、「揚」、「健兒」等筆名代表台灣作家在日本的雜誌媒體上發聲，同時透過「日語」轉引、介紹東亞各地的作家、建置台日文壇資訊等交流平台。他因雜誌性質和編輯等媒體之需，扮演多重角色譬如：殖民地台灣作家、普羅作家、讀者等的身分。在文壇議題的論述中「普羅作家」的立場明確；在報導介紹性的作品中，「台灣作家」的身分鮮明可見；時而代表殖民地的「讀者」闡述「大眾」的意見。

楊逵在日發表的雜誌幾乎都是在日本普羅文學運動衰退期所創設的刊物，除了少數報刊型的刊物之外，刊行的時間大多只維持兩、三年。日本左翼文學者為了延續日本的普羅文學運動，積極栽培殖民地的橋梁性人物，廣納殖民地文學，擴展運動的邊界。楊逵藉此主動地透過與他們的合作提攜，試圖建立台灣文化界與日本雜誌媒體的合作連帶關係，譯介台灣文藝界的消息，扮演翻譯輸出台灣文化知識的角色。他除了實際參與賴和小說〈豐作〉的翻譯工作之外，也化身為殖民地的文化翻譯者，將台灣的庶民日常話語轉譯成書寫日語，生動寫實地再現殖民地的社會現狀和台灣民眾對殖民政策的不滿。受限於殖民地當局的檢閱制度，日本媒體成為他開展殖民地抗議論述的批判空間，揭露當局推動的殖民政策的壓迫性和殖民地教育的窘境，看似據實以報的內容，其中卻夾雜作者的諷刺與批判的積極性作為。

至於跨域的東亞交流，楊逵利用日本媒體所提供的資訊交流平台，掌握中國、朝鮮等地普羅文學運動的發展情勢。他與中國作家胡風以文會友，彼此譯介轉引雜誌內容，展開文字上的實質交流。另外，他也因《文學案內》、《星座》的特輯介紹，了解中國文壇的發展現況、蕭軍等人在日的文學評價等。再則，殖民地朝鮮文壇也是楊逵重要的他山之石，他藉由張赫宙等人在日的譯介和翻譯作品，認識朝鮮現代文學的發展與成就，並刺激他思考台灣文學的發展問題，例如發表媒體不足和創作語言的問題等。在殖民地台灣推動普羅文學運動，存在著種種現實的限制與困難，最終他仍得面對台灣的「讀者大眾」和找尋台灣文化的主體性。但，因中日戰爭爆發，迫於各種主客觀因素，《台灣新文學》於一九三七年停刊，之後，他選擇在「首陽農場」過著晴耕雨讀的生活伺機而動。

日本帝國在東亞的影響勢力隨著戰場的擴大而不斷擴張，帝國的欲望亦隨之膨脹。在日本的報紙雜誌上有關東亞各地的風土民情與文化知識的介紹傳播更形活絡，日本的徵用作家、報紙的戰地記者、雜誌的特約撰稿人紛紛出籠，前往東亞戰區和殖民地，實地進行文化觀察和戰爭宣傳。四〇年代殖民地作家與日本的雜誌媒體又發展出有別於三〇年代以左翼同人雜誌報刊為主的互動模式，關於中日戰爭爆發後台灣作家與日本媒體的交流情況將留待另文再行處理。

【附錄】三〇年代楊逵在日刊物發表目錄

時間	標題	日本雜誌刊物	備註
1934.10	〈新聞配達夫〉	《文學評論》1－8	
1934.1	〈町のプロフィル〉	《文學評論》1－10	
1935.2	〈時代の前進の為めに〉	《行動》3－2	健兒
1935.3	〈行動主義の擁護〉	《行動》3－3	健兒
1935.4	〈讀者の聲を聞け！〉	《新潮》32－4	
1935.5	〈お上品な藝術觀を排す〉	《文學評論》2－5	
1935.6	〈屁理窟〉	《新潮》32－6	楊貴
1935.6	〈台灣震災地慰問踏查記〉	《社會評論》1－4	
1935.7	〈忘れられゆく災害地——台灣震災地のその後の狀況——〉	《進步》2－7	

1935.7.29	〈進步的作家と共同戰線——「文學案內」への期待〉	《時局新聞》第116號	筆名誤植為楊達
1935.10	〈台灣の文學運動〉	《文學案內》1—4	
1935.11	〈台湾文壇の現狀〉	《文學案內》1—5	
1935.11	〈台灣文壇の近情〉	《文學評論》2—12	
1936.6	〈蕃仔雞（小說）〉	《文學案內》2—6	
1936.6	〈台湾文壇の明日を担ふ人々〉	同上	
1936.1	〈豐作〉（翻譯）	《文學案內》2—1	賴和原作
1936.3	〈文評賞審查委員諸氏に與ふ〉	《文學評論》3—3	
1937.4.20	〈台灣文化の現勢——初等教育に試驗地獄〉	《日本學藝新聞》第28號「地方文化」欄	
1937.4.20	〈新聞漢文欄廢止〉	同上	
1937.5.5	〈チビの入學試驗台灣風景（その一）〉	《土曜日》第32號	筆名誤植為「楊達」
1937.6.10	〈『模範村』の實體——部落振興會の仕事〉	《日本學藝新聞》第32號「地方文化」	

1937.6.10	〈國語不解者に鐵鎚〉	同上	
1937.7.10	〈特輯 台灣文化台灣文学を語る〈パパイヤのある街〉その他〉（座談）	《日本學藝新聞》第35號「台灣文化特輯」	
1937.7.10	〈輸血〉	同上	揚
1937.7.10	〈ルポルターチュ 行商人〉	同上	林泗文
1937.8	〈文學と生活〉	《星座》3－8	筆名誤植為「楊達」
1937.9	〈『第三代』その他〉	《文藝首都》5－9	筆名誤植為「楊達」
1937.9	〈試驗地獄の緩和方法〉	《人民文庫》2－10	
1937.9	〈新日本主義への質言二三〉	《星座》3－9	
1937.9	〈綜合雜誌に待望するもの〉	同上	
1937.11.1～1938.1.1	〈台灣舊聞新聞集〉	《現代新聞批判》第96號至100號	

歷史記憶與成長敘事

論馬尋的《風雨關東》

岡田英樹／日本立命館大學
鄧麗霞 譯／立命館大學大學院文學研究科

曾在偽滿洲國發表文學作品，並在文壇留名的多數中國人作家，在一九五七年開始的「反右派鬥爭」中均成為被批判的對象，之後又在「十年浩劫」的「文化大革命」中遭遇了殘酷的命運。關於本稿論及的馬尋，在〈馬尋小傳〉中被這樣敘述道，「一九五八年六月被劃為右派分子，撤職，降下六級，留用察看，到農場勞動」[1]。一九八四年四月，《關於馬尋同志右派問題的複查結論和處理意見的複查的決定》下達，「實際歷經長達二十六年才徹底糾正了這一個錯案」[2]。他的經歷絕非特異，而是「在滿」作家誰也沒能逃脫的苦難。

二十世紀八〇年代，隨著名譽的逐漸恢復，這些老作家們再次執筆，寫下空白的偽滿時代

1 馬馳，〈馬尋小傳〉，《馬尋文集》（北京：求真出版社，二〇〇九年十月），頁三二八—三二九。
2 馬馳，〈馬尋小傳〉，《馬尋文集》（北京：求真出版社，二〇〇九年十月），頁三二八—三二九。

的回憶，為當時文化狀況相關的事實提供證言，為究明實態而做出努力。儘管一九一〇年出生的這些作家們所剩時間並不多，但他們中仍有人憑餘生的體力和精力留下了大作。如「文革」中堅持寫作的李克異（袁犀）的長篇小說《歷史的回聲》[3]，劉遲（疑遲）留下的長篇小說《新民胡同》[4]；還有以非小說形式記錄人生體驗的作家，如田琳（但娣）的《三入煉獄：一個留日女作家的沉浮》[5]，王度（杜白雨）的《日本留學時期文學活動風雲錄》[6]。偽滿時期，受日本支配言論不能自由的狀況下，仍堅持執筆吐露內心苦惱，揭發社會黑暗的作家們，在恢復創作自由後，急迫想參與新時代的寫作，力圖通過回憶來補寫自己青春時代的空白。本文通過介紹老作家馬尋（金音）的長篇小說《風雨關東》[7]，嘗試追尋老作家的思想。

一、馬尋與《風雨關東》

馬尋（一九一六—二〇一二），本名馬家驤，偽滿時期用過驤弟、金音等筆名。一九一六年九月二十四日，出生於遼寧省瀋陽市的朱爾屯農村。一九三〇年，入瀋陽興權中學，與學友姜靈非（未名）、成雪竹（成弦）等一同出版同人誌《南郊》，同時開始創作詩歌。一九三二年，升學進入瀋陽第一師範學校，並與上述二位再次組織「冷霧社」，編輯並刊行《民報》的文藝欄〈冷霧〉[8]。一九三四年，考入吉林高等師範學校，學習美術與音樂。一九三八年畢業後，連同家人赴任齊齊哈爾女子師範學校（後改為女子國民高等學校），任教音樂、美術、國語。一九四二年，舉家遷移長春，擔當五星書林出版社的編輯，編輯了《青年叢書》、小說集《滿洲作家小說集》（一九四四年）等。一九四五年一月，轉入「滿映」製作腳本。此期間，他出版了詩集《塞外夢》[9]、《朝花集》[10]、小說集《教群》[11]、《牧場》[12]。抗日戰爭勝利後，馬尋擔任「滿映」後身「東北電影製片廠」的製作處長、創作研究室副主任，進入東北畫報社（現遼寧美術出版社）。

---

3 李克異的《歷史的回聲》，由中國青年出版社、廣東人民出版社於一九八一年二月，作為遺作出版。小說以沿海州為舞台，以清末帝政俄國西伯利亞鐵道建設為題材的作品，據說是構想中的四部作品的第一部，構想中是要描寫包含日本支配時期在內的東北歷史性巨篇。還沒等到單行本完成，一九七九年五月原稿執筆中的李克異突然逝世。

4 劉遲的《新民胡同》，由時代文藝出版社於二〇〇一年十二月出版。小說以歷史悠久店鋪密集的長春新民胡同為舞台，描寫了集聚在居酒屋的京劇演員、講談師等百姓的生活，還有日本士兵、特務等登場的緊張的偽滿時代的長春。《新民胡同》自完成到出版經歷了長達十年之久的時間。

5 聽聞其原稿，透過諾曼．史密斯（Norman Smith）教授在加拿大出版。

6 王度（杜白雨）的《日本留學時期文學活動風雲錄》，記錄了自己留日時期因有參加左翼文學活動的嫌疑，被日本警察拘留的體驗。受王度先生託付，筆者將其原稿在日本出版。詳見，岡田英樹（編著），《留日學生王度的詩集與回想錄——「滿洲國」青年的留學記錄》，「滿洲國」文學研究會，二〇一五年七月。

7 馬尋的《風雨關東》，由中國文聯出版社於二〇〇五年二月出版，原題為《失了影子的時代》，執筆於一九八三年，完成於一九九五年。二〇〇五年，為紀念抗戰勝利六十周年，改名為《風雨關東》出版。

8〈冷霧〉為週刊。此專欄還有爵青的投稿。

9《塞外夢》，益智書店，一九四一年七月。

10《朝花集》，大地圖書公司，一九四三年，未見。

11《教群》，五星書林，一九四三年十一月。

12《牧場》，大地圖書公司，一九四四年十一月。

《風雨關東》中的「關東」是指關外、東北、東北三省，在日本是指「滿洲」。作品分為序曲、第一部（十八章）、第二部（二十章）、第三部（二十四章）、尾聲。各部分都附有短詞，採用中國傳統的章回體小說體裁。每一短章都有場面的切換，情節的展開也很迅速。作品舞台輾轉瀋陽（奉天）、吉林、長春（新京）、齊齊哈爾、大連、鞍山市千山、日本奈良等等。此外，作品中描寫了學校（如興權中學、吉林高等師範學校），抗日戰場，地下活動，文化界（文學、「滿映」），千山的佛教、道教世界等。

開頭「序曲」章名〈弧形火光和球形怪物（瀋陽九一八之夜）〉，描寫了關東軍向北大營發射砲彈，爆發柳條湖事變（九一八事變）的情形。「尾聲」中，描寫了在「密蘇里號」甲板上進行的日本國代表團的投降文書調印式，即該小說描寫了一九三一年九月至一九四五年九月的關東動亂期的歷史巨篇。第一部以瀋陽興權中學為舞台，第二部以吉林高等師範學校為舞台，第三部描寫畢業後散落在各地的青年人的活動。可以說是從十歲至二十歲一代的年輕人的青春群像。以下介紹該作品的梗概。

興權中學在籍的崔柏、金雨、蕭艾（小艾子）是被稱作「大小哥仨」的三人組。崔柏性情耿直又有正義感，接二連三地惹出事件；金雨一個勁兒地作詩，是對政治鈍感的文弱青年；小艾子因優柔寡斷的性格經受不住金錢和晉升的誘惑，墮落為權力的爪牙甚至出賣友人。故事是在與這三人相關的各種人物的登場中逐漸演進的。舒先生、范先生、李鳳岐先生及于天柱技師等愛國人士，計畫趁李頓國聯調查團訪問事件發生地瀋陽之時，蒐集日軍謀略的證據。崔柏借學友方錐的德國製相機，偷拍瀋陽街面日軍的鑾行及日軍貼出的布告等。但是崔柏因街頭散發的抗日傳單而情緒激動，喊起「打倒日本帝國主義，誓死不做亡國奴！」[13]的口號，被日軍逮捕。因為事變倖存者霍德厚曾被迫協助關東軍爆破鐵道，李先生等人即使負傷也執意保護並陪伴證人，並攜帶其他物證與李頓調查團會面。被引渡至憲兵隊加以拷問的崔柏，因「某位大人物」（方錐、方姝兄妹的父親方思夷，是省主席掌握著實權，偽滿洲國時期被邀請當了民生部大臣）說情被無罪釋放。但是，向李頓調查團提供日軍罪狀的人開始遭到彈壓，崔柏等人逃出瀋陽。轉移至長春的崔柏，借用興權中學時代幫助過他住宿的東北軍葛天虎的名字，假裝侍者潛伏在豐豐旅館（關於聚集在該旅館的文化人的交流後述）。同級的江小勃病弱，十歲喪母，由父親江之明（東北軍第七旅團第三營第九連隊長）親手養育大。柳條湖事變之際，因目睹父親所屬的北大營被砲彈擊中的光景，江小勃在狂亂中從校舍的陽台跌落後骨折。其後，得知父親帶著部下葛天虎、周東山等人突破了關東軍的包圍網，與馬占山率領的游擊隊合流後，小勃便和農民霍德厚一起追隨父親北上。以上為第一部的概要。

吉林郊外的八百壟開設了「滿洲國立高等師範學校」。在此，興權中學的「三兄弟」：辭去豐豐旅館侍者從師範學校中退的崔柏（改名為葛天虎），已經和小翠結婚的金雨，回到故鄉農村的小艾子，三人再次相聚。作為他們的新朋友——蒙古人學生額爾登科塔古（額爾登）、沉著冷靜的林明、來自關東州旅順綽號「二鬼子」的尉遲恭、日本人學生椎名滿、因父親在偽滿當高官而與崔柏對立的佐佐木習一等陸續登場。在小艾子入學之際，妹妹的丈夫盛文慶因留日時代的恩

13 馬尋，《風雨關東》（北京：中國文聯出版社，二〇〇五），頁五四。

師佐佐木有三的推舉，當上文教部督學官。因此，在佐佐木兒子習一面前，小艾子抬不起頭，甚至成為反滿抗日活動敵對勢力習一的爪牙。校內成立了通過收聽深夜收音機中文短波，聽取關內或世界消息的收聽小組。此後，該組織發展為傳讀禁書的「聽讀小組」。而指導該祕密組織的便是崔柏和林明。某個深夜，佐佐木在黑暗中潛入「收聽小組」現場，被崔柏攆出。而承擔這一連串事件的罪名，被憲兵隊逮捕的竟是尉遲恭。尉遲恭為了抵抗自己被蔑視為「二鬼子」，甘代他人受罪。平岩晴美是大連西崗公學堂的教師，聽說戀人尉遲恭被逮捕的消息，急忙趕往吉林，但被逮捕後的尉遲恭在拘留所立馬被虐殺了。晴美收拾了戀人的遺物，為他在奈良市老家的附近建衣冠塚而回鄉。學友們也學習晴美，在八百壟的山東義園（移住東北後去世的山東省出身者的墓地）的一角為尉遲恭建了衣冠塚，悼念為大義而殉身的犧牲者。另一方面，方姝因父親方思夷背叛民族的行為感到恥辱，又因父親的巧言救出所愛之人崔柏，卻反被崔柏所恨，於一九三六年四月為自己尋求新的天地，選擇了去奈良女子高等師範學校留學的道路。哥哥方錐也出於對父親的反抗而離家去了北京。為尋找父親而外出的小勃，作為楊靖宇率領的抗聯部隊的一員開展游擊戰，成長為一名革命戰士，並且在部隊中，與父親江之明再會。父親在馬占山投降後，也一直指揮抗日游擊隊戰鬥。此後，受部隊指示回到吉林，改名為江宏濤，與朝鮮族戰友少年朴良哲一起，潛入永茂寫真館指導地下活動。林明、崔柏等與小勃取得聯絡，開展學園的地下工作，卻被小艾子告密，於是小勃和朴良哲危在旦夕時逃離吉林避難。在高等師範學校，校園內建造了神社，並在神社前開奉納武術大會。進行對決的是崔柏和佐佐木習一。事前小勃與林明，勸崔柏不要惹風波把勝局讓給佐佐木，而崔柏不以為然連續刺中對手，擔任裁判的軍人教官柚木龜二郎不認可結果要求重新比試。在會場的一片騷然中，佐佐木將崔柏「一棍」刺中，比賽結束。此外，作為「漢系代表」在訪日修學旅行報告大會上登台的崔柏，將準備好的日語原稿讀完後，突然用中文說道：「我是中國人，為什麼要說日本話？——我的親人、好友，生離、死別，都離開我而去……」，「還我親人，還我好友……還給我，還給我」[14]，近乎發狂的呼喊聲以至會場一片騷動。這是因為崔柏就在此前得知父親在東安死亡，受到了打擊，又聯想起方姝、小勃、尉遲恭等。崔柏事件還未平息，三日後的十二月二十四日畢業式結束，學生們各自去了自己的就職地。以上為第二部的梗概。

讓訪日報告會會場陷入混亂的崔柏，被取消畢業資格，在教國民道德的須鄉久吉教員家當「書生」。在實施思想感化教育和勞動改造教育的名目下，崔柏被剝奪了所有的學習時間，像男僕一樣被任意驅使。在平岩晴美的援助下崔柏計畫逃往關內，就在此時，須鄉家發生了火災，崔柏被背上縱火犯的黑鍋，於是從吉林開始逃亡。之後，崔柏受到地下共產黨的指導，化身為漁民、礦夫從事地下活動。但由於被撫順街上小艾子，還有當上特務中尉的佐佐木習一發現，崔柏從護送車上逃走，更名為弘一法師隱居千山，並與方姝相遇。平岩晴美想幫助崔柏逃脫，在山海關等待崔柏到達的時候，被小艾子發現，並被帶回長春。晴美受父親的命令處於軟禁狀態，又被逼迫與堂兄結婚，於是從家裡出走，訪問方姝後逃往千山，與方姝再會的一年後病死。

在對崔柏的愛剪不斷理還亂的狀態下，方姝與留日學生阮迪生結婚。兩人都是以漢奸為父之

14 馬尋，《風雨關東》（北京：中國文聯出版社，二〇〇五），頁二七〇。

身。但是，阮因被懷疑與「凌升事件」[15]有牽連，而和父親阮俊德同時被捕。在嚴刑拷問下，阮得了精神分裂症。方姝和疾病纏身的丈夫一同轉移至齊齊哈爾，寄身親戚方雲亭家中，但阮迪生跌落河中溺水而死，方姝喪失了所有希望，入千山尼寺，出家為尼。

金雨從高等師範學校畢業後，分配到齊齊哈爾龍沙的女子國民高等學校。在那裡，金雨不僅創作詩歌，還著手寫小說。金雨將電影腳本《藝人狂夢記》寄送「滿映」並被錄用，其才能得以認可。關於「滿映」時代的金雨，後述。

林明在長春女子國民學校就職，與音樂教師杜娥相遇。杜娥聚集學生組織祕密的青年讀書會傳讀禁書。林明受到地下黨指導者老邱的忠告：

> 杜娥有愛國熱情，追求進步，是個好姑娘。你們要好，誰能有什麼意見呢？——只是，她參加的那個青年讀書會，是友黨的一個周邊組織！
>
> （中略）
>
> 這個組織比較龐大，這裡的大城市幾乎都有。當然，這是樁有意義的工作。只是，最近有的地方已經暴露的……[16]

林明接受此忠告後，放棄與杜娥的婚約，在危險逼近的時候，幫她逃往關內，加入平西八路軍的衛生兵。在部隊中，杜娥與方錐相遇。小勃與朴良哲因「三一五事件」[17]被逮捕，李先生也因此事件犧牲。之後的兩人，被送進哈爾濱郊外平房裡的「七三一部隊」，並被日軍用毒氣殺死，以防蘇軍進攻時暴露祕密。小艾子當上了長春第一國民高等學校的教務主任。但妹妹的丈夫盛文慶，移情於「滿映」演員華燕芬，與小艾子的妹妹離婚在即。面對爭辯的小艾子，盛提出支付精神補償費一千元，並承諾一年後保證提拔他為校長或是視學官，於是小艾子欣然接受了。離婚後的妹妹自殺，小艾子在特務佐佐木的指使下，找到平岩晴美，協助逮捕崔柏，儼然成了官憲的走狗。

二、反滿抗日畫卷

小說中，很容易推測到，作為「三兄弟」之一的金雨的原型是作者馬尋。除了馬尋從齊齊哈爾到長春，最初在五星書林編輯部任職的部分經歷未能在作品中體現外，作品中金雨的經歷幾乎與作者相重合，這一點讀了「關於作者馬尋」的內容後便能認同。之所以將編輯部時代的經歷忽略，可能是作者想著眼於「滿映」內部的描寫。另外，黎瑛在金雨面前，稱讚金雨的詩作：

15「凌升事件」是指一九三六年四月在興安嶺北省省長凌升（達斡爾人）等四人因「反滿通蘇」的罪名被處刑的事件。
16 馬尋，《風雨關東》（北京：中國文聯出版社，二〇〇五），頁三四一。
17 所謂的「三一五事件」，是指一九三八年三月十五日，對共產黨和抗日組織進行大彈壓，逮捕三百八十七人的事件。

最近，我看你的詩和過去大有不同了。比如《非常雜草》中那首〈看太陽〉（順口吟來）：

看太陽
是想一看初升的
卻總是看落日
立江邊
聽蛙鳴
……
依我看，這詩既不朦朧也不晦澀，而是一首振聾發聵之作，很樸素，樸素就美……[18]

此處介紹的詩，正是金音《吉林詩草》（八首）中的其中一首〈看太陽〉。這樣看來，小說原型說是決定性的。那麼作為自己化身的金雨，作者將他打造為何種類型的青年呢？

金雨對寫詩以外的時局大事，從來是不感興趣的。今天，走在看小勃的路上，聽到顯示侵略者勝利的嚎叫，卻有點不寒而慄了。[19]

我呢，但願能做到兩耳不聞世事，一心只寫詩文。莎士比亞的十四行，霍甫特曼的自由體，魏爾侖，李金髮的朦朧，聞一多的格律，這便是我的天地。[20]

如此描繪出的作者自畫像，與在日本統治下挺身鬥爭的青年相比，無疑是異質的存在。關於金雨的資質，作者如此描寫：

> 他從高師畢業任教，應該說是作偽滿洲國奴化教育工具的開始，但他不認為真的能成為這種工具。他非若尉遲恭的凜然大義，葛天虎的大智大勇，林明的嬉笑怒罵，以及椎名滿的恭謹審慎。但他詛咒邪惡，一貫以「哀莫大於心死」自惕，四年八百壟生活，自己心不死，未被奴化，那麼，也就不會奴化更年輕的人，使之心死。[21]

以上是金雨赴任齊齊哈爾女高時，描述金雨決意的部分。格外愛詩，熱衷於創作，與周圍的勇敢鬥爭相比只能是旁觀者的金雨，拒絕出賣良心淪為奴隸，唯獨沒有喪失對未來希望的金雨，這便是馬尋描繪的偽滿洲國時代的自畫像。因此，金雨只能是時代的配角，而俠肝義膽傾情武術的超級英雄崔柏才符合主人公的位置。從興權中學時代到千山的弘一法師，其活躍的經歷中明顯有作者的主觀設置，可以說充滿了表演性。

18 馬尋，《風雨關東》（北京：中國文聯出版社，二〇〇五），頁二〇四。
19 馬尋，《風雨關東》（北京：中國文聯出版社，二〇〇五），頁一八。
20 馬尋，《風雨關東》（北京：中國文聯出版社，二〇〇五），頁一二九。
21 馬尋，《風雨關東》（北京：中國文聯出版社，二〇〇五），頁二七四。

但作者塑造的崔柏是「魯莽的勇者」，他自問道，「能夠成為像林明、小勃那樣能深思熟慮而又有鋼鐵紀律的人嗎？」[22]小說通過在偽滿洲國共產黨的抗日史的框架中講述各個人物的成長故事，如自幼懦弱飽受欺負的孩子，在抗日聯軍中得到鍛鍊，茁壯成長的小勃；因雙親從事革命事業，被寄養在伯父家，但中學時受到繪畫教師鄭如壽的薰陶，九一八事變後加入共產黨的林明；以前與尚德（楊靖宇）一起行動，在離開興權中學後，巡迴指導各游擊隊，並安排各地地下鬥爭的指導者李先生（李鳳岐）等。與此同時，小說中將指導地下抗日鬥爭的國民黨表述為「塹壕中的戰友」、「友黨」，設置的蒙古人學生額爾登、朝鮮人士兵朴良哲等人的登場，表現出了抗日戰線上的「民族協和」。

以上是該小說的中心，故事的骨骼部分。但作者馬尋所傳遞的資訊並不只限於提示「反滿抗日畫卷」。

三、原型的探索——偽滿洲國的文化界

雖然金雨未被設定為主人公，但詩人金雨的出場，使得描繪當時的文藝界成為可能。這應該是作者馬尋創作的動機之一。首先從探索登場人物的模型開始。當然，是在意識到虛構的前提下的模型探索。

（一）關於文藝界

1. 馮雪非

金雨被馮雪非發表在《奉天民報》上的詩〈鄉愁〉感動，二人決定在《奉天民報》上開設名為「雨雪」的文藝欄，專門編輯詩。馮比金雨長一年，是美術專業學校的學生。這一點和馬尋、成雪竹、姜靈非組織社團，刊行《冷霧》的事實相一致。二人名字中各取一字化身「雪非」登場，且〈鄉愁〉一詩作為姜靈非的作品也是現實存在的。作品中馮因貧困和鴉片中毒而英年早逝，現實中金音於一九四三年九月，為悼念三十歲早逝的姜靈非寫下了〈想念靈非〉[23]這篇追悼文。大概是作者歷經了七十年的歲月，還想著將英才詩人的夭折記錄下來。

2. 伍朗太與黎瑛夫婦

這對夫婦的最初登場，是崔柏使用假名，裝扮侍者潛身於長春豐豐旅館的時候。伍朗太是該

22 馬尋，《風雨關東》（北京：中國文聯出版社，二〇〇五），頁二八六。
23 金音，〈想念靈非〉，《藝文志》創刊號，一九四三年十一月，頁九八—一〇八。

旅館的出資者，日滿文化協會的理事，雜誌《新天地》的主編；妻子黎瑛是作家，並已經出版了小說集《南北街》。如此介紹的話，可以推測出這對夫婦以吳郎（李守仁）、吳瑛（吳玉瑛）為原型創作的。吳郎編輯的是《斯民》，吳瑛的小說集為《兩極》[24]。黎瑛在金雨面前發牢騷道：「又因為我是女性，多得些喝彩聲，開個什麼會總是把我抬出來。有時真感到無聊。」[25]——這或許是吳瑛的真心話。此處所說的「會議」最有可能是指吳瑛不得已參加的「第一回大東亞文學者大會」。在這之後，長春的文化狀況主要通過黎瑛之口講述。

3. 郗融

在豐豐旅館投宿的旅客中，崔柏最為信賴的是作家郗融。當他傾吐煩惱，思考進入以奴化教育為目的的吉林高等師範學校是否有意義時，郗融鼓勵他「以敵之矛攻敵之盾啊！」[26]。此後，郗融被長春警察逮捕，並成功脫獄。背著須鄉家縱火事件的「黑鍋」逃跑的崔柏，與在瀋陽街從事地下活動的郗融相會，並從他口中聽說了脫獄的經過：被警察拘留的郗融，與作家柯東、W一同被押往資料室。特高科的老大大塚大尉命令他們檢閱書籍和雜誌——揭發反滿抗日思想。他們暗地遵循「拋出老的，保護新的」[27]的原則，開始檢閱資料，郗融則鑽了監視的空子成功逃脫。

此越獄劇情與李季瘋的經歷是有重疊之處的。季瘋因「一二三〇事件」被逮捕後成功越獄，但又被警察再次逮捕，並和獄友作家關沫南、王光逖一同被命令檢閱文藝雜誌。三人商量後一致秉著「保護新人，揭發老手」的原則，將檢閱結果整理後上交。但由於季瘋成功鑽空逃脫，該檢閱工作被中止了[28]。李季瘋的兩次越獄震撼了長春街，為大多數人所知。但是關於檢閱的詳細描寫，是馬尋於八〇年代才融入創作中的。並且，將王光逖取其姓的首字母W代替，或許是因為考慮到王在戰後移居台灣的緣故吧。

> 那一篇篇犀利的雜文，宛如一通通激情的戰鼓，呼喚徬徨的青年；又像一把把匕首，剖割黑暗的社會。文章激勵青年勿因苦悶而自棄，努力充實自己，自能從迷霧中透見霞光，在艱辛裡尋出生路。為了能夠發表，文章難免迂迴晦澀，但那思想卻是明白的[29]。

這是崔柏從白蒂手中借了郄融最近出版的雜感集，讀完後發表的感想。可以說這是依據李季瘋雜感集《雜感之感》[30]的內容而寫的評語。

---

24 吳瑛，《兩極》（新京：益智書店，一九三九）。

25 馬尋，《風雨關東》（北京：中國文聯出版社，二〇〇五），頁二〇四。

26 馬尋，《風雨關東》（北京：中國文聯出版社，二〇〇五），頁一〇六。

27 馬尋，《風雨關東》（北京：中國文聯出版社，二〇〇五），頁三七一。

28 關於李季瘋的越獄事件，參照拙論，〈首都警察的特務工作實態〉，《續・偽滿洲國文學》（續・文學にみる「滿洲國」の位相）（東京：研文出版社，二〇一三年八月）。

29 馬尋，《風雨關東》（北京：中國文聯出版社，二〇〇五），頁一〇五。

30 李季瘋，《雜感之感》（新京：益智書店，一九四〇年十二月）。

4. 田庚・賈甯・商之子

以下是黎瑛對金雨講述的長春的文學狀況：

> 長春文場有人給分成兩派：以賈甯、商之子為首的「文思」派和以田庚為首的「文采」派。前者主張筆和紙，也就是寫和印；後者主張鄉土文學。「文思」派兩位主要人物和日本人打得火熱。「文采」派是民間人士，時時擔心遭暗算。
>
> 賈甯呢？有人認為他是日本人派在文化人中的特務。又聽說，商之子原在華北從事左翼文學活動，後被通緝，他和賈甯日本話都是特等，文章呢，各有千秋吧。
>
> 賈甯被稱為鬼才，商之子的雜文一個勁兒模仿魯迅。
>
> 田庚認為商之子的小說是失了味的鹽！可是，商之子說：田庚的小說，是素材主義。[31]

黎瑛描述的長春文壇的狀況，和八〇年代後研究的關於鄉土文學論爭的框架正相吻合。即古丁（商之子，古丁使用過「史之子」的筆名）和爵青（賈甯）為中心的《藝文志》派，與山丁（田庚，山丁本名梁夢庚）為中心的《文選》、《文叢》派的對立與抗爭。爵青是特務的傳言得以確認，古丁在北京大學學習時，參加北方左翼作家聯盟，被逮捕後變節也是事實。但比起對商之子，黎瑛對賈甯的評價更為嚴厲：

我認為，他們兩位都被日本人所利用，也都在利用日本人。商之子徘徊在十字路口，賈甯卻已落入陷阱中了。——兩人飛揚跋扈，目空一切，文人無行嘛！[32]

作者意在表達對《藝文志》派的古丁、爵青的嚴厲批判，和對山丁（田庚）的好意，並強調了吳郎夫婦和金音的密切聯繫：

田庚近年來，除和伍朗太、黎瑛夫婦編輯《文采》大型叢刊外，還主編不定期的《詩刊》。金雨的長詩〈江上夢〉就刊於《詩刊》第二期，整整占了一期篇幅。[33]

將此與現實相對照的話，《文采》可以視為現實中的《文叢》，《詩刊》是《詩季》，長篇詩〈江上夢〉是金音的〈塞外夢〉來閱讀。這首長篇詩是金音的代表性詩作。

5. 豐豐旅社

此外，還有一些可作為證據的細節。崔柏假裝侍者潛伏的長春豐豐旅館，是伍朗太、黎瑛夫婦相遇的地方，是觀察很多投宿的文化人的場所。關於這家旅館，有這樣的描寫：「三馬路路

31 馬尋，《風雨關東》（北京：中國文聯出版社，二〇〇五），頁二〇五。
32 馬尋，《風雨關東》（北京：中國文聯出版社，二〇〇五），頁二〇五—二〇六。
33 馬尋，《風雨關東》（北京：中國文聯出版社，二〇〇五），頁三七五。

口」處，特色是有很多老常客，「一是『文化人』多（文化人這個稱呼，當時頗為流行），故被稱為『文化店』；二是打官司的人多，又曾叫它『官司店』」[34]。另外，與吳瑛交好的山丁留下這樣的回想：

> 我常常去吳瑛家，她家在西三馬路的入口福峰旅館二樓。（中略）她家就像「文藝沙龍」，在那兒大家一邊討論，一邊定期、不定期地刊行讀物，編輯叢書。

再列出一個決定性的證據。柳書琴、蔡佩均兩位學者於二〇〇九年訪問馬尋，進行訪問調查後將馬尋的口述筆記整理發表了。其中，馬尋描述了從齊齊哈爾到長春時的情形：

> 一九四二年，我攜妻兒一家人到了長春，最初住在作家吳郎、吳瑛夫婦投資的福峰旅社，找到住處後才搬離。[35]

豐豐旅館毫無疑問就是以福峰旅館為原型的。

6.「滿洲文藝家愛國崛起大會」

第二十章描寫了聚集了包括「日系」、「滿系」在內的多數的文藝家，召開「滿洲文藝家愛國崛起大會」的場面。以下是參加大會的金雨所見的大會風景。

商之子以「滿系」作家總管身分，用特等日本話哇啦哇啦致詞後，另一個「滿系」作家次總管賈甯，用次特等日本話哇啦哇啦作了長篇發言。（中略）

低頭默坐在一角的金雨，恨不得變成個耳聾目盲的白癡。

——哀莫大於心死！金雨心裡這樣反覆地叫著，對自己，也對會場每一個和他相同處境的人。[36]

黎瑛被事先指定作為作家代表上台發言。發言稿是伍朗太擬就、商之子審定的。全篇充滿了介乎通不通之間的日語。黎瑛總算糊里糊塗地照本宣科念完下台了。黎瑛汗流浹背，癱在座位上，再沒有抬起頭來。[37]

該大會的範本應該是一九四三年十二月四至五日，即「大東亞戰爭二周年」之際，由「滿洲藝文聯盟」主辦的「全國決戰藝文家大會」。的確，吳瑛代表「文藝」發表了意見，但是沒有看到古丁、爵青致詞的紀錄。古丁做了「全聯」與「第二回大東亞文學者大會」的報告[38]。

---

34 馬尋，《風雨關東》（北京：中國文聯出版社，二〇〇五），頁九三。

35 馬尋（口述）；柳書琴、蔡佩均（整理），〈從「冷霧」到《牧場》：戰時東北文壇回眸——馬尋訪談錄〉，《抗戰文化研究》第四輯，二〇一〇年十二月，頁二九四。

36 馬尋，《風雨關東》（北京：中國文聯出版社，二〇〇五），頁四〇二。

37 馬尋，《風雨關東》（北京：中國文聯出版社，二〇〇五），頁四〇三。

該大會結束後，參加大會的十七名中國人作家被召集開座談會「怎樣寫滿洲？」古丁作為司會全權主持了會議，爵青展開雄辯，其他參加者包括馬尋（金音）也被迫做了發言。想必作者將兩個會議的場面進行合體後，刻畫出支配文壇的古丁、爵青的形象。

7. 兩名鴉片中毒者

通過黎瑛的話、金雨的體驗，作者對《藝文志》派的古丁、爵青展開了嚴厲批判。籠罩在偽滿洲國文壇的氣氛，或許就是這樣。批判「藝文志」派的急先鋒——山丁，更嚴厲地譴責古丁、爵青。以下便是金雨與田庚對話的場面：

> 你是很有才華的，金雨。
> 若說才華，我遠比不上當年的馮雪非，也比不上現在你們長春的賈甯。別提賈甯了，寡人有疾，寡人有癮，抽上大煙，把柄就握在日本人手裡了。做人沒有一點骨氣，不如一條狗！
> 金雨感慨萬端：兩個大人才，一雙癮君子。馮雪非昨天死了，賈甯呢？金雨對兩人的墜落深表惋惜。[39]

此處作為對賈甯的批判材料，使用了暗示其「鴉片中毒患者」的詞語。同樣，馮雪非的死因也歸為鴉片中毒。雖說是虛構的作品，但在一定程度上，小說的人物是特定的，作者將兩人設定為鴉片中毒的患者應該也是有證據的。但是，筆者還沒有找到印證小說真偽的材料，這將作為筆者今後的研究課題。

（二）關於電影界

因為金雨轉入「滿映」，因此對電影界做一定的記述也成為可能。在電影界也做一個人物原型的探索。

1. 汪策與妻子郭敏

關於汪策，小說中這樣描寫道：從話劇團的演出家到「滿映」電影監督，「汪策在滿映和一些同好，組織了戲劇研究社，從日本、上海各地搜集進步戲劇書刊，還組織上演過改了劇名的阿英的劇本《群鶯亂飛》，終於被捕。」[40]汪策在「滿映」結束了自己悲壯的一生：

---

38 關於「全國決戰藝文家大會」，《藝文》（日語）創刊號（一九四四年一月）和《藝文志》（中文）第一卷第三期（一九四四年一月）中刊載了其紀錄。

39 馬尋，《風雨關東》（北京：中國文聯出版社，二〇〇五），頁三七五。

40 馬尋，《風雨關東》（北京：中國文聯出版社，二〇〇五），頁三六九。

> 審訊時，他受到敵人的百般折磨和侮辱，過了不久，他說：士可殺不可辱。他頭撞暖氣片，流血過多致死。[41]

這應該是以王則為原型創作的。王則向「滿映」提出辭職電影監督一職，逃往北平，但因探訪妻子回「滿洲」時，被逮捕後遭到毒殺。因此，金雨謀得「滿映」職位，來向他打招呼的女演員郭敏，應該就是王則的妻子張敏：

> 田庚領金雨來到家屬宿舍郭敏大姐家裡。這郭敏，原來是汪策的遺孀。她和父母同住，身邊還有個汪策的遺腹子。郭敏是個溫柔大方，為人正派的擅長扮演老太婆的演員。[42]

這樣的記述，與以演技派著名的張敏的實像幾乎不謀而合。

2. 黃學謙

製作處長黃學謙作為被大多數「滿系」腳本家厭惡的「二鬼子」而登場：

> 人們討厭他的有三：一是滿口關東州的怪腔怪調；二是他在日本留學時娶個日本老婆；三是他動不動就給你個「國策」主題，讓你寫出劇本來。最後一條是最大的討厭。[43]

這應該是以姜學潛為原型的。姜有日本留學的經歷，並與日本女性結婚。姜在協和會工作的時候，受到甘粕正彥賞識，因此在「滿映」活躍，最後爬上製作部次長的位置。雖有被警察逮捕的經歷，但由於甘粕的活動被釋放。他是國民黨員，在「滿映」被接收時，作為與共產黨對決到底的人物，在中國不受好評。據說姜於一九四七年四月，共產黨進入長春城之際自殺了。

3. 華燕芬・章天紱・楊柴

作品中描寫了金雨與著名女演員華燕芬會面的場景。盛文慶就是被她迷得神魂顛倒，與小艾子的妹妹離婚，最終釀成了自殺事件。她口口聲聲說「我是個獨身主義者！」[44]田庚說，想與她結婚的男人有很多，是豔聞較多的女演員，金雨則對這個「妖女」避之唯恐不及。考慮到作者在參考原型時，也使用了真人的一部分實名，因此原型很可能就是季燕芬。她和張敏一樣，是「滿映演員訓練所」的第一期生，是當時很有人氣的演員之一。

台灣出身的監督章天紱應該是指張天賜。他於一九〇九年出生於福建省漳州市，原籍為台灣，是腳本家也是為數很少的監督之一。與日本人合作創作國策電影腳本的楊柴，雖難以斷定，但有可能是指張我權。他曾用熙野的筆名與八木寬、長畑博司組合創作過腳本。

41 馬尋，《風雨關東》（北京：中國文聯出版社，二〇〇五），頁三六八。
42 馬尋，《風雨關東》（北京：中國文聯出版社，二〇〇五），頁三八四。
43 馬尋，《風雨關東》（北京：中國文聯出版社，二〇〇五），頁三八二。
44 馬尋，《風雨關東》（北京：中國文聯出版社，二〇〇五），頁三八三。

4. 腳本家的實態

田庚告訴金雨關於腳本家的生活，說是只要向製作處長彙報過，在自家執筆創作也是可以的。每週只需出勤一回，鑑賞外國電影，和大家侃侃而談後便可散會。

這便是山口猛指出的「作為國策公司對時間嚴守的滿映，可是其製作部，特別是腳本相關的因工作特點，卻未必要求人員到公司辦公。雖然以此為藉口偷懶的同僚也有」[45]，所謂腳本家職場規則的依據。但是，就「偷懶的同僚」，中國人方面也執有一詞。田庚接著上面的說明，這樣說道：

> 「滿系」腳本員想要自己的腳本拍成片子，那比登天還難。即使你嘔心瀝血，寫出個你自己認為滿不錯的東西，也會讓「日系」腳本員七改八改，改成你自己也莫名其妙的四不像。況且，有誰不要臉寫「國策」腳本呢？這樣，日子久了，「滿系」腳本員心照不宣，個個自宅執筆。拿滿映的錢，幹自己的活。大家寫小說，寫詩……就是不寫腳本。[46]

可以說，這反映了在「滿映」的「滿系」腳本家的一部分立場。但是，作為腳本家，存在著自食其力的中國人，特別是古裝片的腳本，是中國人獨自的舞台。古裝片第一作《龍爭虎鬥》（一九四一）便是姜衍（資料中多以為是姜學潛的筆名，正確的應該是杜白雨的筆名）的腳本，獲得了好評。山丁也以梁孟庚的名字創作了《巾幗男兒》、《歌女恨》的腳本並被拍攝成電影。

金雨也被布置了以「勤勞奉公」為主題創作腳本，但並沒有找到金音完成腳本的痕跡。

四、日本人形象

作品中出現了幾個有良知的日本人。在描寫這一時代的作品中，出場的日本人一般都是集侵略者殘忍於一身，被定型化了的日本人。但馬尋卻嘗試描寫了貼近中國人，並暗中支持中國人抵抗的日本人。

以下，平岩晴美訪問在吉林國民高等學校工作的椎名滿，在小食堂邊吃午飯邊交談的情形：

我們日本人在這裡做了些什麼？善良的青年，硬是被折磨得死的死，瘋的瘋，半死不活的……我來吉林，坐在火車上，心裡特別不是滋味。我覺得每一樣罪過，都有我一份兒。我有時候也有你這個念頭，覺得日本在中國幹的每一件壞事，都和自己有關。但是，冷靜下來好好想想，所有的罪過沒有你的份兒，也沒有我的份兒。

但是，在中國老百姓眼裡，哪一個日本人不是壞蛋？我剛才到八百壟山東義園去了，那窮孩子小牛說：日本小姐怎麼和中國學生——交朋友？……

平岩晴美激動地說下去：「報上說南京成立中華民國臨時政府了，我們的軍隊已經占領了

45 山口猛，《幻のキネマ滿映——甘粕正彥と活动屋群像》（東京：平凡社，一九八九年八月），頁一四一。
46 馬尋，《風雨關東》（北京：中國文聯出版社，二〇〇五），頁三八五。

武漢三鎮，我認為，占領全中國也不意外，但是那以後呢？那以後的以後呢？……」

「晴美小姐，我們還是不談這些吧。」椎名滿四下望了望，輕聲說。

平岩晴美似乎沒有聽到椎名滿的話，又說：「也許有一天，我們日本人誰也做不成中國人的朋友！」

我但願有一天，我們都能公開的、大大方方地成為中國人的朋友。[47]

晴美的戀人尉遲恭受拷問被虐殺，她本人也是協助崔柏等人抗日的女性。椎名滿，父親曾經參加日本的左翼文學運動被逮捕，在椎名滿十六歲時死於獄中。

以下場面描寫的是剛抓住崔柏又讓他逃跑的警察，喊出相關人物進行審問，以搜集崔柏的罪證。而被抓的日本人的證言如下：

阿部良：「葛天虎是個人才！我一生最愛人才。得天下英才而教育之，乃一樂也。——是的，信不信由你。」[48]

並且對莫須有的嫌疑，日本人一一做了反論並這樣說道：

我是個日本人，是個科學家，一個深願有些成就的生物學者。我是天皇陛下的臣民，縱令不是最忠良的臣民，也絕非滅絕人性的劊子手……一切酷刑只能摧殘我的肉體，聖化我的心靈；莫須有的陷害，只能暴露你們的殘忍和空虛！[49]

椎名滿：「崔柏是個愛國者嗎？回答是可以肯定的。正如你們提醒過我的一樣，我父親也是個愛國者。愛國有什麼可以責備的呢？至於我，不過是一個愛國者的同情人而已。……是的，儘管是同情，卻沒什麼幫助。這恐怕是我一生的憾事了。」[50]

阿部是高等師範學校的教員，雖對政治保持著距離，但有不失作為學者矜持的硬漢一面。作為憲兵隊調查的場面雖有含糊之感，但確是描寫了擁護崔柏的日本人像。

在偽滿洲國，顯然存在著殖民者與被殖民者、以軍事力量和政治權力為背景的支配者與被支配者的構造。但是，就百姓（相對於國策比較自由的人）階層而言，超越民族之牆為相互了解而努力的日本人確實是存在的。但是，這樣的「日中交流」的取材仍是困難的。儘管如此，馬尋創作的有良知的日本人形象的小說，除此之外還有兩篇：一篇是一九七九年執筆的〈遠方的鄰居〉[51]。一九三七年冬，赴任龍沙女子中學校的音樂教師梁有聲，與同僚酒井健結為親交。酒井大膽地批判時局，對學校當局毫不客氣地吐露不滿。梁雖然與酒井產生共鳴，卻因感到危險而避

47 馬尋，《風雨關東》（北京：中國文聯出版社，二〇〇五），頁三二四。
48 馬尋，《風雨關東》（北京：中國文聯出版社，二〇〇五），頁四一五。
49 馬尋，《風雨關東》（北京：中國文聯出版社，二〇〇五），頁四一六。
50 馬尋，《風雨關東》（北京：中國文聯出版社，二〇〇五），頁四一七。
51 馬尋，〈遠方的鄰居〉，《當代》，一九八〇年第二期，前揭《馬尋文集》所收。

開了毫無顧忌的交往。以下的會話便顯示了酒井與梁內心的偏差：

「我們為什麼不能成為朋友呢？我們是同時代人，我們都有良知良能，都有共同的愛好，我們都是人海中的小魚小蝦，我們為什麼不能自由自在地在一塊兒遨遊呢？……」

「……」

「也許你在想，不知什麼時候，你會被我出賣，你受苦，而我卻逍遙法外！」

（中略）

我說：「我願意做你的朋友，不過，我是沒出息的人，讓我們做個不問政治的朋友吧！」

酒井，酒井突然哭泣起來了。[52]

某日，梁有聲將從日本留學的友人那兒得到的在上海、日本出版的「進步雜誌、新刊小說、詩集」的一部分借給女學生，因此被憲兵隊逮捕。因為她們在學園內成立了「文學之友」的地下組織，進行反滿抗日活動，而酒井和梁則被當作她們的指導部。酒井因在獄中受到拷問，身體殘疾被送還日本。對酒井被逮捕拷問事件一無所知的梁，在日中邦交恢復後，從酒井的遺族那兒得知，他擔心梁有聲的安危。為了和他成為親交留下了《心哪，飛向那遠方的鄰居住》的手記。

另一篇作品是〈奇葩——香田淳子的愛情〉[53]。以龍沙女子中學的音樂教師梁有聲聽聞的，以日本人女性香田淳子的多舛命途為中心。淳子是京都帝國大學經濟學部教授香田清張的妹妹。「中國的哥哥姐姐們是熱愛自己國家的人，是值得同情，值得幫助的！」[54]這樣的清張教授，積極支援譚國煥、丁淑雲等留學生們的地下活動。同班的方啟先，也受其影響走近運動。另一方面，每天無憂無慮對政治不上心的淳子，開始傾慕大學入學考試為自己補習的啟先。在留學生的政治活動被嚴格監管的情況下，方啟先寄給友人的〈義勇軍進行曲〉[55]的樂譜被潛伏在校內的間諜發現，一舉被揭發。淳子得到允許與受拷問而精神異常的啟先見面，她按照憲兵指示想說服啟先寫下自白書，稱自己愛「滿洲國」。啟先極其憤怒完全喪失了理智，撲向淳子要勒死她。

精神異常的啟先被送返龍沙後，淳子從日本來看望他。淳子對梁有聲講述時帶著自責的語氣。

> 我做了最難容忍的蠢事！我成了法西斯的幫凶，我無異在迫使一個正義志士變成無恥的叛逆。[56]

最後淳子在睡著的方啟先身旁服毒自殺。

此處登場的梁有聲、金雨很明顯就是指馬尋。通過「有良知」的日本人形象傳達的資訊只有一個，即在民族對立的殖民地國家，男女之間的愛情（尉遲恭和平岩晴美、方啟先與香田淳

52 馬尋，〈遠方的鄰居〉，《馬尋文集》（北京：求真出版社，二〇〇九年十月），頁三一五。
53 〈奇葩——香田淳子的愛情〉，《春風文藝叢刊》，一九八〇年第二期，前揭《馬尋文集》所收。
54 馬尋，《風雨關東》（北京：中國文聯出版社，二〇〇五），頁二八九。
55 日本稱〈義勇軍行進曲〉，一九三五年田漢作詞、聶耳作曲的抗日歌曲，中華人民共和國成立後的國歌。
56 馬尋，〈奇葩——香田淳子的愛情〉，《馬尋文集》（北京：求真出版社，二〇〇九年十月），頁二九九。

子），或者朋友之間的友情（崔柏等人與椎名滿、梁有聲與酒井健）的成立是何等之困難。有時會因為暴力被割裂，有時因不能理解相互的心情不能填埋雙方間的溝壑。但是作者馬尋執著於描寫想要真誠地跨越民族間壁壘的日本人。在偽滿洲國，這樣的日本人或許是「奇葩」。

在有等級有歧視的社會，真心想要理解中國人的日本人在馬尋的記憶裡深深扎根。他回憶起瀋陽師範學校時代所敬愛的日本人教師時說道：「這位老師讓我了解，日本人的好壞不可一概而論。」此外，對於吉林高等師範學校有很多日本籍教員，他說道：「可略分為兩派，一派專注於學術不問政治，另一派好調查學生的思想。這部分經歷我也將之寫入長篇小說《風雨關東》中了。」[57]憑藉這樣寶貴的記憶，馬尋創作了平岩晴美、椎名滿、酒井健、香田淳子，以及阿部良等日本人形象。「我但願有一天，我們都能公開的，大大方方地成為中國人的朋友！」[58]馬尋強烈地期待這一時代的到來。

五、以歌描繪日本風景

從作者經歷也能看出，馬尋在師範學校學習音樂和美術，在女高還負責教授這些科目。作者的音樂造詣很深，該小說中還插入了當時流行的歌謠曲。留日女學生方姝，在若草山散步時，一位喝醉的中年男子用沙啞的聲音唱道：

跨過大海——屍浮海面
跨過高山——屍橫郊野[59]

寫完歌詞的開頭部分又附加道：「對此厭惡已極的少女，但願她的耳朵失靈。她急走幾步」。無疑這是模仿自《萬葉集》中大伴家持的歌〈海行かば〉（信時潔作曲，一九三七年）。

海行かば水漬く屍（越過大海會變成浸水之屍）
山行かば草生す屍（跨過高山會變成生草之屍）
大君の辺にこそ死なめ（要死就死在天皇陛下足下）
かへりみはせじ（絕不回首後退）

這首歌作為準國歌，在收音機播放「玉碎」新聞之前必定會播發，是日本人無人不知的軍歌。此外，緊接著登場的是一位唱著「連少女的同學都會唱的〈九段坂〉」的老年女性。這首歌歌詞：

57 馬尋，《風雨關東》（北京：中國文聯出版社，二〇〇五），頁二九二。
58 馬尋，《風雨關東》（北京：中國文聯出版社，二〇〇五），頁二九九。
59 馬尋，《風雨關東》（北京：中國文聯出版社，二〇〇五），頁二〇七。

從上野車站來到九段坂
我心情急切，有路難辨
我手扶拐杖，走了一整天
來到九段坂
我來看望你呀，我的兒[60]

這首應該是石松秋二作詞，能代八郎作曲的〈九段之母〉（一九三九年五月）。原文如下：

上野駅から　九段まで
勝手知らない　焦れったさに
杖を頼りに一日がかり
倅來たや　逢いに來た

聽到這兩首歌的方姝感慨道：

那中年男子唱「視死如歸」，這老婦人哼「為你高興」，把替窮凶極惡的軍國主義者當炮灰視為無上榮耀，難道這不是齣悲劇嗎？[61]

由此可見，作者不但理解這首著名歌曲的主旨，還記得在〈九段之母〉之後，有這樣一段歌詞：「こんな立派な　御社に／神と祀られ　勿体なさよ／母は泣けます　嬉しさに」（犧牲後能在這偉大的神社裡，像神一樣被供奉的待遇，母親因欣喜而流淚），「鳶が鷹の子　生んだ様で／今じゃ果報が　身に余る」（如鳶鳥生出雄鷹一般，無上光榮）。置身於偽滿洲國的中國人，對戰時傳唱的軍歌也是耳熟能詳[62]，可以說馬尋通過將這首歌寫入作品，巧妙地刻畫了被染上戰時色彩的日本人的日常生活和心情。

六、結語

作為作品論，本論在結構上顯得有些沒有條理。該小說是以讚美崔柏為中軸的青年們不屈鬥爭和哀悼其中犧牲的人們的「反滿・抗日畫卷」為主題的作品，而對「『滿洲國』的文化界」和

60 馬尋，《風雨關東》（北京：中國文聯出版社，二〇〇五），頁二〇七—二〇八。

61 馬尋，《風雨關東》（北京：中國文聯出版社，二〇〇五），頁二〇七—二〇八。

62 記憶中戰時，日本國內軍歌通過無線電放送、學校教育浸透到國民中。那在偽滿洲國，日本的軍歌是以怎樣的型態傳播的呢？不但是日本人，就連中國人也對軍歌耳熟能詳嗎？這是一個有意思的研究課題，現介紹一則資料。東方國民文庫的其中一冊《滿洲國民歌曲集》第一輯（藤山一雄編，滿日文化協會，一九三九年二月二十日）。該書由國務院總務廳官星野直樹作〈序〉，收錄了一百一十一曲歌詞與樂譜（令人驚訝的是開頭為〈君之代〉，第二首才是偽〈滿洲國國歌〉）。除了在偽滿創作的日語、中文歌外，還採錄了〈愛國行進曲〉、〈軍艦行進曲〉（軍艦マーチ）、〈婦人愛國之歌〉等有名的日本軍歌。此外，還有在本小說中出現的〈荒城之月〉、〈埴生之宿〉。馬尋作為齊齊哈爾女子師範學校的音樂教師，很可能得教授這些歌曲。

「日本人的登場」分析的內容是作品的支流。對主流還停留在介紹，而熱衷於支流是研究者的興趣。在虛構的小說中尋找研究課題，可謂是作品論的「邪道」。筆者偏要踏上這條「邪道」，是因為想從作者馬尋留下的「遺囑」中，汲取筆者所能看到的內容作為研究課題。本稿中未能展開的，如作品中的尉遲恭和黃學謙被稱為「二鬼子」。眾所周知，中國人暗地裡喊日本人為「日本鬼子」以表輕蔑。在偽滿洲國，對關東州在住的中國人表示輕蔑，將其視作日本人的「弟分」而稱呼其為「二鬼子」。內海庫一郎的回想中也提到「『二大伯』是日本人的綽號，『三叔』是指朝鮮人，『金大哥』是指金州（旅順、大連）的大哥。這三者便是所謂的偽滿洲國政府。」[63]雖表現上會有不同，但對關東州出身者存在蔑視是事實。筆者曾使用「大連意識」與「新京意識」，論述了關東州在住的日本人及「建國」後「渡滿」的日本人之間，對「國家」建設和國策的認識感受到的差異[64]。如馬尋與內海指出的，正好與此相反的是中國人。即至偽滿洲國成立的二十多年中，作為日本租借地的關東州在住的中國人，對日語感到親切，與日本文化共存。對同胞的感情，通過「二鬼子」、「金大哥」的蔑稱表現了出來。這樣的文化風土在文學創作的世界有怎樣的投影呢？這也是筆者從這篇小說中汲取出的研究課題。

63 內海庫一郎，〈酒友古丁追想〉，收於岡田英樹，《續・偽滿洲國文學》（續・文學にみる「滿洲國」の位相）（東京：研文出版社，二〇一三年八月），頁三九〇。
64 岡田英樹，〈大連イデオロギーと新京イデオロギーの相克〉，《文学にみる「満洲国」の位相》（東京：研文出版社，二〇〇〇年三月），頁八一—一二四。

心的戰爭

蕭金堆〈命運的洋娃娃〉中的戰爭記憶與台韓友誼

崔末順／國立政治大學台灣文學研究所

一、前言

本文擬以蕭金堆（一九二七—一九九八）[1]先生描述日據末期台灣青年自願從軍的短篇小說〈命運的洋娃娃〉為考察對象，探討殖民地台灣人民的戰爭記憶，以及由此所產生對祖國想像和國家認同的轉移樣貌。蕭金堆的這篇小說於一九四八年以日文〈命運の人形〉篇名，刊登於「銀鈴會」的同人誌《潮流》，不過卻因刊物在發行五期後停刊，小說連載兩回即告中斷。其後一九五五年[2]，作者稍做內容修正之後，再以〈命運的洋娃娃〉的篇名收錄於作品集《靈魂的脈搏》[3]裡。檢視相關研究，可知學界針對《潮流》及「銀鈴會」的研究已累積有相當豐碩的成果[4]，但

1 蕭金堆的作品多以蕭翔文或筆名淡星署名發表。

針對〈命運的洋娃娃〉的相關研究則尚不多見，因此在了解早期反映戰爭經驗的文學方面，總有稍嫌不足之感。

有關台籍日本兵的史實研究，在戰後國民政府撤退來台以至採行反共白色恐怖政策期間，很長一段時間都被視為禁忌，因此相關小說的創作或口述歷史的整理研究，都得等到一九六〇年代後期甚至更晚才得有進展，儘管如此，這篇小說卻於較早時期即創作出版，加上自傳性格也非常濃厚，可以說是窺探投入太平洋戰爭的台灣青年內心的絕佳材料。

日本自一九三七年中日戰爭開打之後，不僅在日本境內，同時也在殖民地台灣建構總動員體制[5]，推動皇民化運動，試圖將台灣人改造成日本人，以充實人員戰力。被稱為同化主義強化版的皇民化政策，隨著戰爭場面的擴大，而逐步提高其人力、物力和心力的動員強度，具體作為包括改正宗教和社會風俗，推動全面普及日語的國語運動，推行改姓名政策[6]，以及在軍事上採取強行動員的志願兵制度[7]。戰爭時期日本對台灣人民實施的軍事動員，大致分為三個階段：初期為自一九三七年到一九四二年的軍伕和軍屬動員，第二階段為一九四二年推出的特別志願兵制，最後為一九四五年實施的徵兵制。按照日本厚生省所做統計，透過此三階段動員的台籍日本兵總數超過二十萬人，當中有三萬三百多人戰死沙場[8]。

在被動員的軍事人力當中，台灣青年能被甄選成為航空兵者，算是特殊狀況。從一九三四到一九四〇年的少年飛行兵招募期間，台灣人能夠進入航空飛行學校的機率微乎其微。除了錄取標準非常嚴格之外，由於軍方的航空飛行學校學生一向被視為帝國的正式軍人，礙於殖民地台灣的相關法規及特殊考量，因此台灣人要考取就更為困難。根據資料所示，至一九三八年才出現第

2 有關《靈魂的脈搏》的出版時期有幾個說法：在一九九五年發行的詩集《相思樹與鳳凰木》（嘉義：嘉義市立文化中心，一九九五）自序中，蕭金堆先生自己提到該本作品集出版於一九五二年；不過同書中的「蕭翔文簡介」中卻敘述為一九五一年出版；在「蕭翔文寫作年表」中又提為一九五二年。另外，《靈魂的脈搏》的出版頁標記的卻是民國四十四年（一九五五）五月出版。

3 蕭金堆，《靈魂的脈搏》（台南：人文出版社，一九五五）。該作品集收錄了〈命運的洋娃娃〉、〈呑蝕〉、〈風波後的微笑〉、〈芥川呂志中尉〉、〈新生〉等小說以及〈山的誘惑〉等四篇詩作。

4 林亨泰（主編），《台灣詩史「銀鈴會」論文集》（彰化：台灣磺溪文化協會，一九九五）；張彥勳，〈荊棘之路：兼談創辦銀鈴會的經過〉，《笠》四期，一九四六年十二月，頁一四—一五；〈從「銀鈴會」到「笠」〉，《笠》一〇〇期，一九八〇年十二月，頁三〇—三三；〈探討「銀鈴會」時代的重要詩人及其創作路線〉，《笠》一一一期，一九八二年十月，頁三五—四三；〈銀鈴會「潮流」作品簡介〉，《文學界》一六—一七期，一九八五年十一月—一九八六年一月，頁七三—八七、一〇四—一一六；林亨泰，〈「銀鈴會」的史話〉，《臺灣文藝》一一八期，一九八九年七月，頁六—一二；葉維廉，〈臺灣五十年代末到七十年代初兩種文化錯位的現代詩〉，《臺灣文學研究集刊》二期，二〇〇六年十一月，頁一二九—一六三；張瑜珊，《「邊緣」或「潮流」——從「銀鈴會」討論跨語一代的發生與發聲》（國立交通大學社會與文化研究所碩士論文，二〇一〇年七月）；簡弘毅，〈跨越歷史的相會：專訪「銀鈴會」成員朱實先生〉，《臺灣文學館通訊》三三期，二〇一一年十二月，頁一二八—一三一；蔡明諺，〈戰後初期台灣新詩的重構——以銀鈴會和《潮流》為考察〉，《台灣文學研究學報》二〇期，二〇一五年四月，頁四一—七一。

5 戰時動員體制分兩個階段實施：第一階段為一九三七年十月開始進行的「國民精神總動員運動」；第二階段為一九四一年一月由「皇民奉公會」負責推動的皇民化運動。

6 從一九四〇年二月十一日開始實施的改姓名政策，有條件地以國語常用家庭或具有皇國臣民資質和公共精神的人為優先實施對象。

7 有關皇民化運動的具體面貌，參考周婉窈，《海行兮的年代：日本殖民統治末期臺灣史論集》（台北：允晨文化，一九九三）。

8 有關參與戰爭的台灣人名稱，除了「台籍日本兵」以外，尚有「台灣人日本兵」、「台灣人元（原）日本兵」、「元（原）台灣人日本兵」等。參考姚錫林，《台籍日本兵的記憶建構與認同敘事》（國立成功大學台灣文學系碩士論文，二〇一〇），頁一一。

一位台籍少年飛行兵張彩鑑（一九二二—一九四四），他是首位取得日本軍事院校入學資格，並完成訓練任官的台灣人，後來被派到緬甸作戰。之後為數不多的台灣少年航空兵，或被派往滿洲和蘇聯邊境、中南半島等地擔任偵察任務，或以特攻隊員身分前往菲律賓作戰[9]。本文擬討論的〈命運的洋娃娃〉主角人物張淵泉是個志願學徒兵，他入伍經過短暫的航空訓練後，即被派上戰場，最後卻成為自殺特攻隊的隊員。仔細讀了這篇小說之後，可知小說主要描述主角人物在軍隊受訓及作戰期間所受的差別待遇，以及由此產生的心理矛盾和精神苦悶情形，因此本文擬順著情節發展，追蹤人物的這些心理狀態和精神面貌，並聚焦於心理狀態的變化和故事中的台韓友誼情節，來觀察此變化所引起人物對民族認同和「祖國」想像的轉移過程，據此思考被動員參戰的殖民地台灣人民的戰爭經驗以及其記憶的歷史意義。

二、〈命運的洋娃娃〉的主要內容和人物的心理狀態

整篇小說由九個部分敘事構成，而這九個部分先後以阿拉伯數字標記，其中一和九屬於外部框架，以敘述者「我」的視角拉出主角人物張淵泉，並把他的過去經歷引入到故事內部；而二至八的部分則屬於故事的核心內容，以張淵泉的口吻敘述自己從入伍到投入戰場以及終戰後返家的經驗。故事一開始提到「我」從彰化到台南的車上，看到傍座乘客閱讀的報紙刊登朋友張淵泉獲得青年節徵文第一名的消息[10]，張淵泉是他省立師範學院[11]時期的老同學，也是在同一宿舍一

起生活過的朋友，因此「我」開始想起學生時代和張淵泉認識的經過。當時「張」念史地系，但卻每天苦練排球，以超乎尋常的方式虐待自己的身體。因此大家都好奇，總想知道原因，而只有「我」得以在一個偶然機會，聽到他親口訴說自己的戰爭經歷和記憶。張淵泉邊看日記邊說著自己投筆從戎以及軍旅生活的整個過程，因此小說相當仔細地交代了軍隊移動、駐屯的場地和日期等各個細節。以下是張淵泉的故事：

一九四四年日本軍閥為了挽救已呈頹勢的戰況，想要重振旗鼓在各戰線發動反攻，因而向全國的青年學生呼籲參戰，鼓吹從軍。特別在「不沉的航空母艦」台灣，由於接近主要戰場南海，他們更積極向民眾宣傳守護天空為男子漢應負使命的思想。當時「我」[12]正就讀彰化S商業學校，雖然眼見日本同學為了救國志願加入海軍，擔任飛行預科練習生，但心裡並未曾有特別想法。不過上學時每天聆聽校長、軍事教官和教師鼓吹從軍的訓話，以及對台灣學生無動於衷的詰難，年輕心裡開始產生動搖。同年六月，「我」看了陸軍省、文部省共同推薦的電影《鴉片戰爭》，對英國侵略中國的史實內容大感憤怒，因此為了驅逐霸占亞洲的歐美帝國主義國家勢力，並為共同建設亞洲人的亞洲，乃決意從軍。踏入軍旅生涯的「我」，經由台北、基隆到達日本岐

9《台灣學通訊》八一（國立台灣圖書館，二〇一四年五月十日），頁一八—一九。

10 政府為了紀念廣州起義的黃花崗七十二烈士，將每年三月二十九日定為青年節，一九四九年撤退到台灣之後，也持續辦理盛大的慶祝活動，徵文比賽也是其中一項。

11 省立師範學院於一九四六年創立，為台灣師範大學的前身。

12 小說採取框架結構，內外故事都以第一人稱視角敘述，因此論文中出現兩個「我」，這裡的「我」是指張淵泉。

阜的航空學校，接受為期六個月的基本訓練後，被編入東京郊外調布飛行場的四三一二師部隊，沒過多久隨即投入戰場。小說花了相當多的篇幅描繪在此過程中「我」因為是台灣人所受到的歧視和偏見，以及因日、台籍士兵之間的矛盾所引起的徬徨心理和苦悶精神景象。除此以外，講述「我」與同處相同境遇的朝鮮學徒兵之間的情誼關係，在小說中也占有相當大的比重。小說中朝鮮士兵的登場，關係到主角人物的認同轉移，因此，考察主角人物的內心狀態以及他與朝鮮人之間的友誼情形，當有助於正確把握該篇小說的主題意識。

另外，這篇小說係以愛情故事貫穿情節。張淵泉決意志願從軍時，向平日心儀的女學生素香要到當護身符用的洋娃娃禮物，此後他無論在戰場或戰後復員期間，手中都不曾離開這個洋娃娃，他認為洋娃娃能保護他的性命，讓他熬過恐懼和苦難的歲月，同時也能抵住日本女性的誘惑，小說使用「命運的洋娃娃」的篇名，應即立意於此。對素香的愛情嚮往或軍旅生活，乃至戰爭體驗，在小說中並非獨立存在，而是隨著他心理狀態的起伏變化，貫穿其間。其實張淵泉的心理矛盾和徬徨，從他入伍持續到整個戰爭期間，以至他對「祖國」想像和認同的轉移情形，都有著密切關係。

按照小說的時間順序來看，人物的心理矛盾從他決定志願從軍時即已開始。當時學校為了鼓吹學生從軍，整個校園營造出滿滿的救國熱潮，「我」每天在學校受到「揚棄筆桿，緊握操縱桿」、「校門通營門，通南海，一直通到靖國神社」（二九）[13]等宣傳口號的鼓舞，內心不時會湧出激昂澎湃之心，對日本宣傳維護亞洲和平的說法，也認為有其高貴的價值。但另一方面，面對台灣的殖民地狀況，無論在校內或校外，台灣人受到的差別待遇和侮辱未曾中斷，「我」也常為此感到怨懟與憤怒，因而在此兩種感覺和情緒、想法糾結之間，難以做出抉擇。當時日本學生受到救國熱潮的鼓舞，紛紛做出從軍選擇，台灣青年起初並不為所動，但是天天面對著校長、教官、教師們帶有強制脅迫性的精神訓話，例如他們對台灣學生說「你們這樣算是日本人嗎？你們能在這裡安心讀書，是誰庇護你們呢？現在正是向他們報答的絕好機會呀！」（二九），以及最後動員國策宣傳電影來激發青年的衝動心理，在此環境下，台灣學生的心理逐步動搖，而「我」就在這種漩渦之中決定自願從軍。在這種過程中，「巧妙的宣傳有時迷惑了我」（三〇），或被校長訓話受到感動，決心「要做個切切實實的日本人」（三〇），不過在日常生活中看到日籍教師和學生對台灣學生「難堪的侮辱和無理的橫暴，我的腦裡就如編張著蜘蛛網似的迷亂」（三〇）。早上起床時還決心要當個切切實實日本人的想法，在經受到白天的許多卑屈遭遇，到了晚上睡覺時，即因怨嘆殖民地人民的苦難命運而開始反悔，如此「反覆不已的矛盾現象」（三〇），幾乎每天都在上演，足見普遍存在當時殖民地台灣青年的矛盾心理狀態。如此，擁護日本將歐美帝國主義逐出亞洲，以維持地區和平的從軍念頭，不時與因為不平等現實生活而對日本人的遲疑心理，交互擺盪，糾結掙扎，「我」的內心始終感到茫然與苦悶。之後觀看國策宣傳電影《鴉片戰爭》後，對帝國主義英國的敵愾同仇之心不覺油然而生，而「暫時解放我精神的苦惱」（三一），尤其是看到林則徐站在燃燒猛烈的火焰前，睜大著眼睛說：「你瞧！五十年或是百年以後，中國一定會將你們紅毛人從東洋趕出去！」（三一）的最後場景，一股壓不住的怒火直衝腦

13 括弧中的數字為作品集《靈魂的脈搏》的頁數，以下皆是。

鬥，激動得他淚珠盈眶，熱血奔騰，於是他義無反顧地相信了日本軍閥口中太平洋戰爭的目的，接受了日本的戰爭論述。也就是說，「我」相信了「驅逐霸占亞洲的歐美帝國主義國家的勢力，建設亞洲人的亞洲」（三二）的宣傳[14]，豁然解開長久以來對日本抱持的疑惑態度，決心志願從軍。儘管如此，志願從軍的動機和決心，並非植基在堅定的信念上，而是被周遭氛圍渲染，受到戰爭宣傳的鼓舞所致。小說中安排「我」決心成為堂堂正正的日本人，並且陶醉在為國家為天皇獻出生命的崇高愛國精神裡，同時也不忘強調猶豫不決的徬徨心理。事實上，這與一九四二年實施特別志願兵制度後台灣青年普遍的心理狀態極為類似，與該時期口述歷史間的重疊性非常高[15]，相當具有真實感。

「我」的另一個從軍動機來自對支配天空的航空兵所持的憧憬，以及渴望得到女生關懷的心理[16]。該時期台灣小說也有類似的志願兵故事，當時青年普遍認為志願從軍相當榮耀，例如，在出兵典禮上，女學生會熱情獻花歡送，而且會透過報紙和懸掛布條方式大力宣傳，如此小說情節安排，確實也符合當時的實際情形[17]。小說中，「我」對很多女學生向接受飛行訓練的海軍航空隊揮手的情景，一直都感到羨慕不已，因此希望自己出征時，也能獲得女學生贈送的千人針或祈求平安的洋娃娃，藉此接近心儀的對象。可見青年時期莫名的憧憬所引發的衝動性決定和想討好女生的青春心理，的確足以成為自願入伍的一個理由。如此的觀念性和茫然的決定，在之後「我」的軍旅生活中，也成為持續造成內心苦悶和心理矛盾的火種。

「我」經由台北和基隆，到日本開始展開兵營生活，不過整個受訓和投入實戰期間，信念的動搖和心理矛盾並未消滅，理由還是出在日本軍隊對台籍兵的差別待遇上面。例如，上官因貪腐私賣軍隊日用糧食，以致台籍士兵飲食不足，或者日兵經常以驕慢自私帶有民族優越感的輕蔑口氣辱罵台籍兵，因此「我」終究無法相信所謂「八紘一宇」或「大東亞共榮圈」的理想性說法，認為那只是日本軍閥所編織出來的狡猾欺瞞伎倆。如此在物質上、精神上的差別待遇導致心理苦悶，讓「我」失去了在軍隊生活的意義和目標，原本以卓越成績和健康身體而自負的個性和積極的人生觀也逐漸變得消極悲觀。由此心中的「嘆息」和「苦悶」，而「靈魂似乎飄浮在虛空之中，找不到一個歸宿，我覺得在這裡一日，就犯一日的罪禍，我的生活變得太沉寂。因此我常為自己找尋生活的目標而努力，但愈努力找，愈找不到。我的頭腦似乎被一張網纏住了，我幾乎要發瘋了。精神的不安，使我對過去覺得無所謂的訓練也感覺到耐不住的痛苦，我有時候想自殺……」（三六）如此的精神苦悶和目標喪失，以及因自責引起的發狂和自殺念頭，可以用一句話來整理，那就是「心的戰爭」。小說除了一次的空襲場面之外，對主角人物實際參與戰鬥的內容，幾乎沒有特別著墨，因此作品雖以戰爭和從軍作為寫作題材，但可以確信作者真正想要傳達的是在人物的心理所進行的戰爭，也就是人物為了解決心理矛盾，內心不斷掙扎的熾烈苦悶和徬

14 隨著戰況的推移，日本建構了不同的戰爭論述和意識形態。參考崔末順，〈戰爭時期臺灣文學的審美化傾向及其意義〉，《海島與半島：日據臺韓文學比較》（台北：聯經，二〇一三），頁三〇一—三三三。

15 姚錫林，《台籍日本兵的記憶建構與認同敘事》（國立成功大學台灣文學系碩士論文，二〇一〇），頁三三—五〇。

16 例如，張文環的〈頓悟〉、陳火泉的〈道〉等小說中也有男性主角人物為了討女性歡心和肯定而志願從軍的內容。

17 殖民政府動員大規模的人員在火車站搖著日章旗熱烈歡送從軍隊伍，他們唱起軍歌〈替天征不義〉、〈誓勝出鄉〉，並吶喊著天皇萬歲，報章媒體也依例熱烈報導從軍盛況。周婉窈，〈美與死——日本領臺末期的戰爭語言〉，《海行兮的年代：日本殖民統治末期臺灣史論集》，頁一八六—二一三。

徨，才是這篇小說的主要敘事和核心內容。

如此充滿苦惱的內心，一旦碰到日籍士兵蔑視台灣人和台灣女性，馬上引爆為身體衝突，此時只有愛情和友誼才是讓他支撐下去的力量。素香的洋娃娃給了他精神慰藉，實際上也帶來了救命奇蹟，有一次他躲在防空壕時，想起忘了將洋娃娃帶在身上而折回營隊，此時碰巧遭到美軍空襲，其他士兵都不幸陣亡，獨獨他幸運躲過死亡的威脅。此時洋娃娃不僅是他精神上的依靠，也結結實實救了他一命，可說是名實相符的護身符。

另外，與朝鮮人士兵孫立榮之間的友誼也是他非常重要的精神慰藉。孫立榮的從軍歷程也跟「我」的情況類似，同樣是青年的衝動心理和對航空兵的莫名憧憬所致，也因為如此，他們兩人都同樣陷入內心苦悶，承受著嚴厲的自責和煎熬。由於同樣作為殖民地人民的悲哀和對自己貿然從軍的後悔，以及成為特攻隊員後，必須在緊迫的狀況中面對死亡恐懼，他們透過寫短歌、交換短歌來互相打氣，而且由於他們之間已建立起友誼，之後在與日籍兵發生衝突時，台灣和朝鮮人士兵都能站在一條線上共同面對，相互安慰，甚或相互取暖。

歷經三個月的航空兵訓練後，他們一起被分發到航空隊，依然維持著友情，持續保持連絡，特別是當時美軍已占領了塞班島，開始攻擊日本本土的工業都市，「我」和孫立榮所屬師團都被賦予保衛首都東京的任務。在鹿兒島知覽特攻基地成為自殺特攻隊隊員後，他們必須近距離面對死亡威脅，心中的煩悶和精神焦慮更加沉重，不禁對當初自願從軍的魯莽行為感到懊惱、後悔。「起初，我被火焰一樣激烈的熱情所陶醉，不顧一切地出征，可是一旦找不到『死』的意義，對『生』的留戀，便猛烈地湧出來，它和死的暗影糾纏在一起，使我戰慄。」（四二）隨著如此的心理軌跡，「我」對日本所建構的戰爭神話，即所謂「散華」[18]的意義感到苦笑，還不時加以嘲弄。同時為了紓解精神苦悶和寂寞，只好每天跑向山上溜達，或者望著鹿兒島灣的大海想念台灣，甚至還幻想著如有出戰機會，將把飛機從衝向沖繩的美軍戰艦，掉頭開往靠向台灣的海岸，讓它自爆。

如此精神上的苦悶，加上對故鄉和素香的思念，以及對自己漂泊異地的鬱悶與絕望，他透過三十一字的短歌來宣洩情緒，並與在同一處境的孫立榮分享閱讀。有一天，「我」聽到孫立榮偷開飛機逃亡後在海岸被擊落的消息，震驚之餘，認為他的行為必定是以死亡來解決心理矛盾的一種無奈選擇。「不知道他想要飛到他的故鄉，朝鮮，或是要投到已占領沖繩島一部分的美軍，但我總是知道，他這樣死裡求生的冒險行動，是要賭死解決矛盾的生活，他再也忍不住做與他心理相背的工作。」（四六）

孫立榮的心情正是「我」的心情，因此從他的行動裡他獲得無限的勇氣，心裡的鬱悶也一時解開了，不過「我像失去了什麼似的，整天跑到各處，打聽他的消息」。（四六）後來知道他被送往鹿兒島的陸軍病院治療，便要求隊長給予一天的事假去探望，但最終卻沒被批准。忍耐一段時間之後，「我」終於忍不住道出心裡的話：「我們都相信日本，相信日本為了亞洲的和平而戰的，所以我們才從遙遠的地方來，想以死來貢獻日本，這不是最高的犧牲嗎？但您也知道，日本

18「散華」為戰爭語言，是指士兵的死亡。當時報紙上常可看到「作為護國之花散落了」或「作為靖國之櫻花散落」為題的報導。日本和殖民當局採用一套崇高美麗的戰爭詞彙來隱蔽及刻畫戰爭死傷的殘酷事實，給兵役和戰爭塗上一層浪漫、榮耀，甚至是超越的色彩。有關戰爭語言，參考周婉窈，〈美與死——日本領臺末期的戰爭語言〉。

的士兵對我們怎麼樣，我們是為了與他們同一個目的而來的，但他們老是欺負我們，侮辱我們，軍隊裡尚如此，可知在台灣的日本人又是如何對付台灣人，幾乎將台灣人當作奴隸，這樣的日本人毫無疑問，對南方占領地的住民，一定更兇吧！為什麼南洋的島嶼，節節地失守呢？認為沒有得到住民的擁護，才變成如此，誰會相信這樣胸襟狹窄的日本人會拯救亞洲人呢？」（四七）孫立榮傷勢嚴重，上半身都被灼傷，皮膚也開始潰爛，兩隻手脫臼，身軀顯得消瘦許多，幾乎不成人樣，但「我」的眼中看到的是「他的眼光像醒悟了的高僧一般，放出嚴肅純潔慈愛的光輝，鎮靜而且安詳，毫無暗影」。（四八）探訪孫立榮之後，「我」的心裡負擔彷彿也跟著獲得解決般感到輕鬆，可見此時他逐漸擺脫了死亡的恐懼和良心的責備。

戰爭以日本戰敗結束，接著開始進行復員工作。「我」在日本等待遣返台灣的機會，這時雖然消解了參與戰爭的內心自責，不過目睹日本人對中國人的蔑視和偏見，還是感到一股沉重的負債感。在復員期間日本境內的中國人，屢屢必須面對日本人敵視的眼神，「我」看到此種情景，開始思考亞洲真正的和平之路何在？以及往後自己的社會任務又該是如何的問題。他思索再三，認為國與國之間的相互認識才是亞洲和平的基礎，並期許自己能扮演起中日兩國之間的橋梁角色。他認為只有如此才能在五十年被殖民的歷史經驗中獲取教訓，而這也才是記憶這段被殖民歷史的最好方式。「我」在戰場上深受的精神苦悶，固然隨著戰爭結束飄逝消散，但是這又與戰後台灣人要面對的歷史課題，以及要如何接受中國作為祖國，有相當深層的關係。對「我」來說，戰爭意味的並不是實際的戰鬥經驗，而是得不斷反問自己是誰？我為什麼會在這裡？這些問題不僅困擾著「我」，且一再被反覆提問，是一場躲避不開的「心的戰爭」。這個狀況並不是「我」

個人的特殊問題，而是無論自發性或被強迫參加戰爭的台灣青年所共同面對的普遍性問題。

三、台韓友誼與「祖國」認同的轉移

閱讀過小說之後，讀者容易推測到小說內容相當部分與作者蕭金堆的生平重疊。如同小說人物張淵泉的經歷一樣，蕭金堆先生也是彰化出身，一九四二年進入台中州立彰化商業學校就讀，一九四四年以十七歲的年紀志願從軍，擔任陸軍特別幹部候補生航空兵，戰爭末期又以特攻隊員身分投效戰場。期間如小說內容一樣，輾轉待過日本的調布、知覽、八日市等地的飛行場，接受飛行訓練。不僅如此，蕭先生也與張淵泉一樣，用短歌代替家信。戰後的經歷也幾乎與小說內容一致，一九四六年回到台灣之後，就學於省立師範學院史地系，且以〈我所認識的祖國〉獲得台灣廣播電台徵文第一名。可以說，蕭金堆生平重要事蹟與小說內容完全一致，包括人物生平、志願參戰、駐屯地方等，可見這篇小說的自傳性格非常濃厚[19]。此外，從一九四四年到一九四六年之間的戰爭推移情況，例如美軍的動向、蘇聯的宣傳、日本本土的決戰態勢，以及戰後的復員狀

19 有關蕭金堆的一生，參考蕭撝今，〈哀思與追念——蕭翔文先生生平事蹟（一九二七年十二月十五日—一九八八年七月四日）〉及岩上，〈燃燒而木訥的鳳凰花——蕭翔文詩文學與生活〉，《笠詩刊》二〇七期，一九八八年十月，頁八四—八五及頁九七—一〇二；《相思樹與鳳凰木》中的「蕭翔文寫作年表」。另外，在《潮流》刊載的版本中，女性人物的名字為「碧雲」，此也與作家蕭金堆妻子的名字相同。

況，也都符合歷史事實，因此可以這麼說，這篇小說的創作係以實際事實和親身體驗為基礎。如前面所提，這篇小說不僅自傳性濃厚，在描寫台灣青年志願兵的心理狀態、志願動機等方面也相當寫實，因而，往後無論在戰場，抑或終戰後面臨國家認同的問題上面，都具有了解實際情況的參考價值。對經歷過被殖民經驗的台灣人來說，這些問題乃切身的歷史課題，因此考察人物所經歷的「心的戰爭」如何改變國家認同和對祖國的想像，乃是相當重要的議題。

如前節所述，「我」的精神苦惱和心理徬徨，肇因於無論是在學校或社會，普遍都受到作為殖民地人民的不平等待遇所致，而這些對日本人或殖民支配的不滿，很自然地發展到自我摸索和民族認同上面。「我」在學時即使拿第一名的成績，級長職務也因台籍身分不得不讓給日籍同學擔任；目睹日籍教師或同學侮辱台灣同學而在心裡留下不可磨滅的傷痕時，漫步在S市的貧民窟，聽著胡琴聲，此時不自覺地就流露出自己的漢族身分認同。「胡琴悠悠的聲音，浮游在滄茫的暮霞裡，像是在傾吐貧窮人的抑鬱似的。我常常流著淚水，被這古來東方的單調旋律所鎮懾，神不守舍地，而像一塊木塊似的呆立著。胡琴的怨聲，像一條蛇咬喫我的心靈深處，那淒怨的聲音，像是思慕祖國的台灣人的聲音，在這裡我深深地感覺到，身為殖民地人民的悲哀。」（三〇）此外，讓他下定決心志願從軍的直接原因——電影《鴉片戰爭》，雖然被拿來作為呼訴亞洲團結的宣傳品，但是「我」在看完電影後淚濕衣襟甚至滿腔怒火的理由，主要還是因為看到中國被英國強迫簽訂不平等條約，而感到委屈憤慨。

「我」從軍後駐屯日本各地開始受訓和投入戰場的過程中，最難受的就是必須忍受寒冷天氣和微量配給的飯菜。台籍士兵在飢寒交迫之時，一到晚上休息時間就聚在一起，談論家鄉食物，聊以畫餅充飢。話語間，談到紅龜年糕和紅桃年糕，不禁垂涎欲滴，暫時忘卻飢腸轆轆。而且回想著故鄉的食物，似乎「可聞到中國五千年歷史的味兒，那古典似的形狀，印在表面的風雅的花樣，以及貼在底面的香蕉葉子，都是完全屬於漢民族的。」（三六）如此對日本軍隊的不滿和懷疑愈深，「我」的信念也跟著產生動搖，而逐漸體認到與日本屬不同民族的事實。「自稱是世界無比的日本軍隊的內容，竟是這樣嗎？這樣度量狹隘的民族，那裡能負起指導亞洲人建設亞洲人的亞洲呢？就連對於信賴日本，想要和日本人死在一起的台籍士兵也以一種民族優越觀來對待。」（三六）他的思考已發展到懷疑甚至否定自己志願參戰的決心。

在此情況之下，「我」所認識的朝鮮籍士兵孫立榮，除了成為談心分擔苦悶的朋友以外，更是在民族認同上可以走同一步調，可以與日本做出區隔，也可以讓台灣人或韓國人[20]的自我定位相互印證的夥伴。「我」與他之所以熟識，是因孫立榮為了凍傷的同鄉士兵，偷偷翻越圍牆到外面的朝鮮人村落討藥，不幸回來時被發現，關在兵倉裡，而「我」剛好那天值兵倉衛兵班，負責監視他。與他聊天時發現，他的處境和心情跟自己相當類似，話題投機，相談甚歡，從此成為要好的朋友。孫說自己是柏林世運馬拉松冠軍孫基禎的姪子，還說自己要志願參軍時，叔叔曾強烈反對，但他當時深信日本軍閥的宣傳，執意從軍，如今想起叔父曾經說過「一旦在軍隊生活就馬上會發現自己是韓國人」的話，就不勝唏噓。「我」與孫立榮之間因交心而產生的友誼，對「我」來說，既是心靈的寄託，又是喚醒自己與日本人的民族認同有別，浮現出不同祖國想像

20 小說中標記為韓國人而不是朝鮮人，應該是作者於一九五五年創作或改寫時對韓國歷史發展情形有了新的認知。

的晨鐘。因此，「兩人握著手，發誓將來一定互相幫助，以便對付兇狠的日本士兵，從此台籍士兵與韓籍士兵常常採取聯合的行動。」（三七）有一次，在伊吹山進行步兵訓練，他在睡夢當中隱約聽到談笑聲而起身，發現來自台灣的日籍士兵正跟其他日籍士兵說，台灣人吃的是毫無黏性的在來米，台灣的女人很噁心，她們的臉被太陽曬得像黑木炭一樣，赤腳布滿著被蚊蟲咬過的赤污痣。聽得「我」立刻想起素香的臉，就一邊撫摸著吊在腰間的洋娃娃，一邊去打那日籍士兵。「過去對我本身的侮辱，我總是切齒咬唇地忍受下去，但對整個台灣人的名譽，即使被殺，我也要幹下去，我覺得整個台灣人的怨憤都凝在我的拳頭裡，我一面打，一面流淚。」（三九）再也不因個人的絕望或不滿而憤怒，而是要為全體台灣人奮鬥。經歷過這些事情，「我」從入伍前即想當個堂堂正正日本人的決心，開始變得脆弱，內心的民族認同想像也逐漸轉移到漢族。可以說，「我」的不滿和苦惱愈深，不同於日本人的民族認同和祖國想像也成正比例地遞增。

日本的戰況愈來愈為惡化，美軍的空襲也變得頻繁，「我」被編入自殺特攻隊裡，死亡恐懼開始嚴重侵襲「我」的內心，此時台籍士兵躲在防空洞裡講台灣話，如此「我們覺得透過台灣話，可以接觸到祖國的靈魂」（四〇）。有一天，他們在洞裡聊天，談話間有人擔心被炸死後會沒人認出自己是台灣人，這時有人就說「你們看自己的最小的腳指甲吧！如果是台灣人在指甲的一隅，另有一點點小指甲疊在上面，但四腳（日本人）絕沒有這種寶貝，所以可以從此認出我們是台灣人，我們是漢民族。」（四〇）藉著言語和身體特徵區分與日本不同的身分認同，且由此形成了一種連帶感，強化了共同體意識[21]，進而憑以克服死亡的恐懼。在此基礎上，他們不再相信日本的戰爭宣傳和動員論述。被選中執行特攻任務的可能性逐漸升高時，戰隊長召集台籍士兵，請他們吃酒和享用豐盛食物，並向他們精神喊話：「不了解日本精神的日本人不算是日本人，不過雖然是外國人，但能理解日本精神的卻可算是日本人。」（四〇）不過，這些精神喊話，對台籍士兵來說，已經起不了任何作用。「我們表面裝著誠實而嚴肅的態度，似乎被感動似的聽著，但心裡卻不斷地喚著：『漢民族的身體，怎樣會流出大和民族的血呢？我們絕不會再被欺瞞啦！』」（四〇—四一）可見日本在台灣建構的皇民意識和所推動的皇民化運動，此時已經完全幻滅。

面對死亡的恐懼，再加上當初決定從軍時的名分已經褪色，「我」開始陷入悲傷情緒的深淵裡，只能透過短歌來消解內心的不安與愁苦，在此過程中，鄉愁以及對素香的想念變成了「對於祖國中國莫大的思慕」（四五）。也就是說，死亡的陰影逼進，恐懼感愈來愈高張，求生存的渴望也變得強烈的同時，「我」更感覺到自己身為中國人的事實。「死的暗影，愈深深地映在我的心裡，我愈深深地意識著我是中國人，好像體內的『血』，在如此嚷著，但我現實的生活本身卻是違背祖國的行為，這種矛盾，怎能不使我發出精神上的苦惱呢？」（四五）早前的良心苛責已發展為背叛祖國的自責，有了自己不同於日本人的漢族認同之後，「我」開始不再接受日本為祖國，且漢族認同也進一步轉移為對中國的認同，視中國為真正的祖國。

一般認為，戰後台灣人的國家認同，係因國民政府強力的意識形態教育所形塑而成，但這篇小說所演示的故事情節和人物心理變化，似乎讓我們有必要去思考，作為殖民地的台灣青年在鋪天蓋地的皇民化運動和戰爭動員現實當中，他們的實際體驗對身分認同和祖國想像所帶來的影響

21 這種血緣上的認同，可以說符合哈伯馬斯〈道德發展與自我認同〉中所提的「自然認同」階段。

為何？這樣的思考，或可從作者的詩作中得到印證，譬如在〈祖國〉和〈心的祖國〉中，它所呈現從「法的祖國」和「血的祖國」，轉移至「心的祖國」的心路歷程，其中前兩個階段正好可對應到小說中的內容[22]。

戰爭結束後開始復員工作，台灣青年的日本國籍不再被承認，「我」離開了短暫寄宿的日本朋友家，來到名古屋參與「華僑聯合會」的活動，並與兩位同樣來自台灣的青年以作為中國人的身分，開始為台灣和祖國的建設服務。「我」在胸前佩帶著華僑徽章，時時提醒自己是個中國人，藉此規範自己的行為，保持大國民應有的風度。當時「我」因還不會說國語只能講台灣話，因此在街頭或車上碰到日本人時，都能感覺到他們異樣的眼光，甚至聽到他們用輕蔑的口吻說支那人。每當碰到這種情況時，起初還以蔣總統「以恩報怨」的德政教訓忍耐下來，但日本人若進一步挑釁，讓人實在難以忍受時也只得還以顏色。終戰後留在日本碰到的這些種種事情，讓「我」開始思考什麼才是中日之間相互了解、相互和解的方法，同時也更堅定著我的中國祖國認同，因此對「我」來說，台灣的未來和中國的未來是往後要一起思考的重要歷史課題。

當時在岐阜飛機工廠宿舍裡住著被日軍抓來的中國人，戰時他們每天都被趕到可能遭到轟炸的最顯著目標——飛機工廠去工作，平時被日軍虐待更如家常便飯，但戰後他們遵照蔣總統的號召，並沒有做出報復行為。有一次「我」和一行人前去慰勞他們，意料之外地他們不僅熱烈歡迎我們，還教我們講國語和唱國歌，讓我們確認了血濃於水的同胞之情。「我們雖然頭一次來這裡，但覺得好像回到自己的家裡，毫無拘束，一切都很自然」；「不久的將來，我們都會投在祖國的懷抱裡，呼吸著芬芳濃郁的祖國的空氣，我們都感動得流淚出來。」（六〇—六一）可知台灣青年戰後在日本親眼目睹中日之間的矛盾之後，對中國的祖國認同愈來愈為明顯。「我」認為終戰後日本人之所以仍然敵視中國、輕蔑對待中國人，主要是日本人始終認為他們的戰敗是美國投下原子彈所致，與中國的抗戰無關，這使得「我」開始思考將來該如何矯正他們的日本中心主義歷史觀。思前慮後，認為只有中國和日本相互攜手合作與交流，亞洲的和平才有可能，而這也將是「我」未來一生必須努力的方向。具體作為，「我」認為透過文學可以搭起中日兩國人民之間互相理解的橋梁，因此回到台灣後，考進史地系就讀，開始走上文學創作之路[23]。

台灣成為中日兩國之間橋梁的說法，實際上是殖民地時期日本對台傳播的殖民論述之一，雖然此前後兩個時期的論述目的不同，但小說人物憑著戰爭期和戰後的生活經驗，體會出作為亞洲和平的台灣角色，可說深具意義。不過，小說又把它單純地連結到「以恩報怨」政策的解釋上，認為「蔣總統的以恩報怨的德政寬大，所以像人類平常不覺得太陽空氣，以及水給他的恩德一般，很多日本人都對此不會切實感念。」（五七）雖然大大減弱了以切身經驗為基礎所建立的歷史性意義，不過從中也可以看出人物的中國認同確實明顯。由於這篇小說在反共意識和白色恐怖鼎盛的一九五五年出刊，加上作者本身又受到「銀鈴會」事件的牽累[24]，因此小說所呈現的祖國

22 兩首詩都收錄於《相思樹與鳳凰木》。透過此兩首詩和其他如〈地圖〉、〈理想與現實〉等詩的內容來看，此三個層次的祖國認同，應是從日本、中國到台灣。

23 一九四六年當時省立師範學院的史地系隸屬文學院。

24 一九四九年受到四六事件影響，「銀鈴會」多數成員遭到逮捕，作者也是其中一人。詳細經過，參考蕭翔文，〈楊逵先生與力行報副刊演講稿〉，收錄於《相思樹與鳳凰木》，頁二九八—三〇五。

認知，不禁讓人懷疑是否別具用意。即使如此，在亞洲和平相關的思考上，我們無法否認這一切都是從本身的戰爭體驗而來，從中也能確認這才是長達五十一年被殖民的台灣歷史留給人物的教訓和意義所在。

在復員期間「我」不僅持續受到日本人的輕蔑和侮辱，同時也經歷了來自同族中國人的誤解和迫害。例如，因揭發來自中國的華僑聯合會理事長貪污，被他派來的一群同夥毆打，生命受到威脅，不過，比起肉體上的痛楚，「我」卻對有這些人存在的祖國未來感到憂心，認為「曾經不知多少烈士，在月亮照耀著的原野裡，為祖國流血，但這些家伙，對於抗戰，既沒有貢獻，光復後便利用同胞用鮮血爭取的權利，蹂躪自己的人。淚水不由地濡沾著兩頰，並不是為了肉體的痛苦，我為了祖國的前途流淚。」（六二）雖然受到同胞的攻擊而受傷，但他不認為這是中國人和台灣人之間的對立，而是無法避免的社會現實，呈現出與之前對日本的看法大不相同的視野。如此完全認同於中國的國家意識，回到台灣之後也並未改變。譬如在得不到素香關愛而痛苦不堪的日子裡，他苦練排球，強健身體，試圖振作起來，為的就是想對苦難的祖國盡一分心力。

小說中的素香可以說是讓他從所有煩惱苦悶和徬徨無助中支撐下去的存在者，因此，當他回到台灣發現她的無心無情後，簡直如同晴天霹靂，讓他的生存意志再度面臨試煉。他像瘋子般埋頭苦練排球，也是為了忘掉失戀的痛苦。不過一如結尾所見，其實素香態度的丕變，是為了鍛鍊他的意志故意裝出來的，最後還是與他結婚，成就了愛情。因此，素香送給他洋娃娃，促使他在經歷過多重的試煉後，最終獲得甜美的愛情，這就似乎隱喻著唯有經歷過戰爭的痛苦，才能找到真正的自我和國家認同。「我雖然在名古屋時，已隱約地預感著，我在腦筋裡美麗的想像，總有一天會被現實磨折，但我現在已經經過現實，明確地知道，健全的愛情，不能在觀念裡完成，而要不斷地填補新的血液，新的內容來培養它，充實它，康寧的祖國，不是等別人建設的，需要靠自己的血汗建設出來。」（六六）也就是說，如同沒有現實基礎一廂情願的愛情，一旦面對殘酷現實很容易就招致瓦解，因茫然的憧憬和衝動選擇的從軍，也會在面對殖民現實時，精神上感到痛苦，因此無論是愛情或國家認同，只有親身經歷之後，才能切實獲得。作者想要傳達的小說主題，應該就在於此。

四、結語

本文以一九五五年出版的台灣小說〈命運的洋娃娃〉作為對象，考察了殖民地台灣青年的戰爭體驗，以及由此形成的祖國想像以及民族認同。整理本文所討論出來的論點如下：首先，台灣青年的志願從軍，並不單純是皇民化運動強力推動下的結果，更該說是日本藉口從西方帝國主義國家手中保衛亞洲的戰爭論述所發揮出來的效果。這樣的戰爭論述，當然是為了動員殖民地人民所建構而來的，當然利用《鴉片戰爭》電影所描繪的歷史事實來大力宣傳，確實也牽引了不少台灣青年的自發性意願。不過，無論在社會或學校，普遍存在的殖民地差別待遇和輕蔑視線，依然製造出青年不滿和憤怒的情緒，而這也成為一股逆向拉引戰爭論述的無形力量。特別是在從軍後的軍旅生活之中，一再受到的不平等待遇，加上因面臨戰爭的死亡恐懼，逐漸讓台灣青年對日本建立的戰爭理念產生懷疑。信念動搖甚至消失之際，心中浮現的是對自己志願從軍背叛民族的行為感到愧疚，這引發青年產生快要發瘋或想要自殺的精神問題。這些台灣青年的戰爭體驗，文中我把它命名為「心的戰爭」。如此極度的精神痛苦，雖然以寄託愛情和來自屬相同處境朝鮮士兵的友誼得到稍許緩解，但同時卻也讓青年轉移為省察自我身分和對祖國的認同上面。這個過程，首先從不同於日本語言、風俗習慣、飲食和身體特徵的台灣人對漢族認同的確認和驗證，再逐漸轉移到尚未具體成形、尚未基於現實的祖國想像，直到戰爭結束，才理所當然地接受中國為自己的祖國。此認同經過就如作者詩作中所重複呈現的，從「法的祖國」到「血的祖國」的認同確立過程。其中最為重要的，如同洋娃娃所作提示，無論是愛情抑或祖國想像，如果是從茫然的憧憬和衝動性做出選擇，最終仍將幻滅，不可獲得；唯有經過實際體驗，才能擁有具體的實質效果。我認為這篇小說的主題即在於此，同時也是作者想要強調的歷史認知，亦即所謂故事的出發點——亞洲和平，透過實際的戰爭經驗，導出了中日兩國相互理解、和平協力的結論。依靠亞洲內部的努力來解決亞洲問題的說法，不僅是台灣人面對戰爭應有的反思，進而可作為台灣淪為殖民地五十年的歷史教訓，而此認知和教訓，我認為目前仍然還是有效的視角。

由於本文主要是從殖民地台灣人的戰爭體驗角度來探討小說〈命運的洋娃娃〉，還留下未及討論的兩個問題。一是重要人物孫立榮的相關問題，以小說濃厚的自傳性格來看，充分可以相信孫立榮為實際人物，而且小說中的孫立榮清楚交代自己的身分背景，他說自己是一九三六年柏林世運馬拉松冠軍孫基禎的姪子，也提到叔父孫基禎極力反對他志願從軍。他甚至還提到孫基禎「要跳入終點時，故意用寬厚的肩膀向前推，以便掩住在胸部的太陽旗。他雖然獲得冠軍，名聲轟動一時，但他想到是代表日本並不是代表韓國時，亡國的悲哀便像推到海灘的海水一般浸沾著他的心……。」（三七）這種敘述，真實性非常高，因為孫基禎當時在頒獎典禮上，刻意用月桂樹來遮蔽日章旗，受訪時也說自己是朝鮮人[25]。在戰爭末期成為自殺特攻隊員之後，孫立榮無法再忍受精神上的苦惱，偷開飛機逃亡卻被擊墜受傷。終戰後張淵泉再度去醫院探訪時，他已經回去朝鮮，後來小說結尾處提到他在漢城保衛戰中不幸身亡，指的應該是韓國戰爭。他在鹿兒島陸軍病院住院時，對張淵泉交代，如果自己在軍事審判中被處死刑，那麼自己隨身攜帶的洋娃娃和所寫的短歌，就要拜託他交給仁川高等女學校的金麗華。雖然終戰後沒有機會再次見面，小說結尾還交代他已經死亡的訊息，以及張淵泉希望未來能替孫立榮寫傳記，還有敘述者「我」隱約看到張淵泉的腰帶綁著兩個洋娃娃等內容，在在都告訴我們孫立榮這個角色是個實際人物的可能性很高，我想這點未來應該不難查證。不過無論孫立榮是否為實際人物，他的故事足以讓我們了解到太平洋戰爭當時台灣和韓國志願從軍的學徒兵心理狀態，以及因屬相同處境所產生的連帶意識。

另一個問題一如前言所提，這篇小說是在戰後初期一九四八—一九四九年的台灣文人同人誌《潮流》所刊登的未完載小說，後來經增補、改寫，收錄在一九五五年出版的單行本作品集裡。這個時間點，可說與戰爭結束後國民政府撤退來台接著採行白色恐怖的時期重疊。這個歷史背景

25 當時由朝鮮人主持的《朝鮮中央日報》和《東亞日報》刊載孫基禎的領獎照片時，刻意將胸前的日章旗模糊處理，而引起日本警察的注意。事後，相關記者遭到逮捕，兩報也都因此被迫停刊，孫基禎也受此事件連累被綁回國，此事後來被稱為「日章旗抹消事件」。一九三六年台灣報紙並未提到孫基禎相關事件，只報導他得到馬拉松冠軍的消息。參考〈忍從苦節の成功り日本軍榮冠獲得〉，《臺灣日日新報》，一九三六年八月十一日，第二版。

可要求在兩個層面上進行更進一步的分析和考察：一是與一九四八年版本之間的仔細比對；另一是參酌作者受到白色恐怖牽連的經歷，進一步深入分析人物的祖國想像和民族認同的諸多問題。不過由於本文只侷限在一九五五年版本，並集中探討其中的戰爭經驗，因此未能同時詳細地研究作家，期待這些問題能留到未來再進行深一層的討論。

安壽吉解放前後「滿洲」敘事中的民族認識[1]

以與其他民族的關係為中心

李海英／中國海洋大學朝鮮語系

一、引言

偽滿洲國朝鮮作家代表安壽吉在偽滿洲國滅亡前夕回到家鄉朝鮮咸興，因病療養了三年，於一九四八年南下，作為「越南者（指從朝鮮來到韓國的人）」及「戰爭受害者」一員，融入了韓國社會。偽滿時期，安壽吉結識了廉想涉，這使他在人生地不熟的韓國，有幸在《京鄉新聞》文化部謀得記者一職，而他亦無法再以偽滿朝鮮代表作家的身分從事文學活動。偽滿時期，朝鮮作家中惟有他出版了個人作品集《北原》，在《滿鮮日報》的文藝欄中發表了長篇小說〈北

1 本研究獲得二〇一四年韓國教育部及韓國學中央研究院（韓國學振興事業團）「海外韓國學重點研究基地」項目資助。（AKS-2014-OLU-2250004）本文初刊於韓國核心期刊《韓民族文化研究》五〇輯，二〇一五年六月。

鄉譜〉，也惟有他在偽滿洲國中國詩人吳郎所擔任編輯的中國雜誌《新滿洲》（一九三九年創刊）「在滿日滿鮮俄各系作家展」（一九四一年十一月刊）中刊登了短篇小說〈廚女〉。作為朝鮮作家中的中堅力量及代表作家，他的這些輝煌成績隨著偽滿洲國的滅亡成為了歷史，身在韓國的安壽吉不過是相對於他人而言，就業較為順利的「越南者」及「戰爭受害者」而已，如今他需要作為獨立國家韓國的民族主義作家對自己重新定位。

在這一背景下，從一九五九年到一九六七年，安壽吉歷時八年之久創作了長篇小說〈北間島〉[2]，正是這部代表作，使安壽吉從偽滿洲國的朝鮮作家、甚至「越南者」作家、「戰爭受害者」作家，成功轉型為韓國民族主義作家[3]。

對該部作品，安壽吉本人所做的說明頗耐人尋味：

> 我作品的出發點在於發掘我國農民及民族在偽滿地區的生活，六年前完結的〈北間島〉，算是將我在偽滿時期的中短篇零散作品進行了規模上的擴大及綜合。揭示民族受難史的該作品，其基礎亦在於「如何活」，「如何活才是正確的生活」，這一點自不待言。[4]

這段話告訴我們，〈北間島〉在安壽吉的創作過程中，有著「完結篇」的意義，是「偽滿時期中短篇」的綜合性作品。同其在偽滿時期的作品一樣，〈北間島〉亦是一部展現偽滿地區朝鮮民族的受難史，探尋安壽吉寫作中一貫追求的「如何活」這一主題的作品。雖然安壽吉本人也表明了上述的觀點，但他在韓國所寫的〈北間島〉與他在偽滿時期所創作的小說，雖然同是偽滿地區經歷的敘事化，但二者之間卻存在著很大的斷層。人們普遍認為，這是他迫於當時韓國社會的民族主義等各種理念。有關〈北間島〉內部存在明顯敘事斷層及結構不穩定的分析也基於此。當然，在偽滿洲國這一超越了一國的廣袤之地，他對民族及國家的思考方式，與解放後在所定居的民族國家對民族及國家的思考方式不可能相同。[5]

金允植的《安壽吉研究》[6]首次對安壽吉在偽滿時期所創作的小說與〈北間島〉之間的斷層，以及〈北間島〉內部的斷層進行了深入研究。金允植認為，安壽吉在偽滿時期的小說具有鮮明的偽滿御用文學特點，在這一背景下，〈北間島〉反映出安壽吉對自己在偽滿時期的行為感到

---

2 安壽吉（一九一一—一九七七）的〈北間島〉原計畫自一九五七年十二月起在《文學藝術》上以三卷形式連載，但因該雜誌的停刊未能發表，隨後在《思想界》一九五九年四月刊，一九六〇年四月刊，一九六三年六月刊上分別發表了一、二、三卷，並於一九六七年完成了第四卷和第五卷，屆時該作品得以完成。

3 從韓國文壇對〈北間島〉的積極評價中也可以了解到這一點。一九五九年四月〈北間島〉第一卷連載後，隨即在《思想界》五月刊上，以特輯形式刊登了四位主要評論家對該作品的評價，他們一致稱讚該作品，並表示重新發現了安壽吉文學。（參見郭鐘元〈再談技巧要領〉、鮮于輝〈這是一部名著〉、崔一秀〈紀念碑性質的巨作〉、白鐵〈又一部現實主義．讀北間島有感〉，《思想界》，一九五九年五月）。這部作品被譽為「解放後十餘年來我國文學史上最優秀的作品」（白鐵〈序〉，《北間島（上）》，首爾：三中堂，一九八三，頁三），「足以成為民族文學一大基石的巨作」（申東漢《批評文學漫步》，首爾：自由文學社，一九八一，頁一六五）。當然也有金禹昌等發表評論，批評其未能凸顯作品人物性格（金禹昌，一九八二），但與「民族之魂」、「民族之抵抗」、「民族主體性」等概念相結合的評價仍占主流。（金鐘郁，〈歷史的忘卻與民族的想像〉，《國際語文》第三十輯，二〇〇四，頁二七七。）

4 安壽吉，《一棵藜》（首爾：文藝創作社，一九七七），頁二三九。

5 金美蘭，〈「滿洲」，或對自治的想像力及安壽吉文學〉，《尚虛學報》第二五輯，二〇〇九年，頁三〇二。

6 金允植，《安壽吉研究》（首爾：正音社，一九八六）。

羞愧，蘊含了贖罪及自我反省意識。二十一世紀以來，眾多學者對此紛紛發表了各種觀點，他們認為：〈北間島〉是反映生存法則的日常理念與歷史理念間的衝突及抗衡[7]；是對偽滿時期行蹤的掩飾[8]；是基於二十世紀五〇年代至六〇年代，韓國社會的民族主義集體理念及意欲恢復在滿民族主體性的「民族敘事」[9]；受迫於二十世紀五〇年代至六〇年代韓國社會主流理念[10]，如民族主義的影響[11]與反共理念的介入[12]等。這些研究大部分都著眼於〈北間島〉所象徵的民族主義理念上，細緻地分析了該理念是如何同貫穿安壽吉文學中的內部主線——「如何活」的問題，即如何同生存法則產生正面衝突的。他們認為正是這種衝突才引起了敘事上的斷層，乃至結構上的不穩定。本文贊同上述觀點，旨在以與其他民族的關係為中心，來分析安壽吉解放前後的「滿洲」敘事中民族主義重要表現之一的民族認識。事實上，還沒有作家像安壽吉一樣把關注的重心放在民族認識，特別是與其他民族的關係上。安壽吉小說的兩大軸線——民族主義理念及生存法則，都在與其他民族的關係中得以體現。〈稻〉和〈北間島〉是解放前後安壽吉「滿洲」敘事中的兩部重要作品。這兩部作品都描寫了失去民族國家庇護，為了在中國和日本的夾縫中生存，而竭盡全力的朝鮮人困惑的處境和選擇上的矛盾。有關安壽吉小說中這種複雜的民族關係，迄今為止的研究只是簡單地將其歸結為生存法則或民族主義理念的強化，忽視了「民族關係」這一複雜層面。本文通過對安壽吉小說中民族關係的細緻分析，旨在探討安壽吉解放前後的「滿洲」敘事中所體現的民族認識。

二、偽滿洲國「民族協和」的實現：紐帶與距離感

安壽吉偽滿時期小說中所體現的民族關係大體上都以「民族協和」為基礎。眾所周知，偽滿洲國的建國理念便是「王道樂土」和「民族協和」[13]。「民族協和從一方面反映出歷史上偽滿的特別之處，即數十個民族集團的共處」，「偽滿洲國標榜開放性、國際主義，這些使人聯想到全球化時代背景下某些國家的多文化主義、美國的『大熔爐』。」[14]偽滿洲國此種「民族協和」，對於當時殖民地朝鮮的部分敏感作家而言，是對開始在朝鮮境內強化的「內鮮一體」的一種迴避途徑。南次郎成為殖民地朝鮮的總督後，從一九三六年開始大力推行「內鮮一體」，「內鮮一體」與偽滿洲國的「五族共和」均為日本帝國主義的支配理念，但兩者之間存在著微妙的斷層和

7 韓壽永，〈「滿洲」的文學史象徵及安壽吉〈北間島〉中所表現的「移散」問題〉，《尚虛學報》第十一輯，二〇〇三年。

8 金鐘郁，〈歷史的忘卻與民族的想像〉，《國際語文》第三〇輯，二〇〇四年，頁二七七。

9 李善美，〈「滿洲」體驗與「滿洲」敘事的關聯性研究〉，《尚虛學報》第十五輯，二〇〇五年。

10 金美蘭，〈「滿洲」，或對自治的想像力及安壽吉文學〉，《尚虛學報》第二五輯，二〇〇九年，頁三〇二。

11 金鐘郁，〈歷史的忘卻與民族的想像〉，《國際語文》第三〇輯，二〇〇四年，頁二七七。

12 金在湧，〈安壽吉的「滿洲」體驗及再現的政治學〉，《偽滿研究》第十二輯，二〇〇五年。

13 韓錫政，《偽滿洲國建國之再解讀》（釜山：東亞大學出版部，二〇〇九），頁一三三—一四二。

14 韓錫政，《偽滿洲國建國之再解讀》（釜山：東亞大學出版部，二〇〇九），頁一三六。

空隙[15]，殖民地朝鮮的部分作家敏銳地覺察到這一點。在「內鮮一體」的政策下，幾乎沒有餘地可以表達「我不是日本人，是朝鮮人」的想法，但在偽滿洲國，這樣表述的空間卻很大。為了逃避朝鮮境內「內鮮一體」的壓迫，進而遷往偽滿洲國的作家中，最具代表性的便是廉想涉。

廉想涉對偽滿洲國的「民族協和」抱有很高的期望，這一點從他為安壽吉個人作品集《北原》所撰寫的序中可以看到。廉想涉在序中，對於排斥朝鮮作家作品的偽滿洲國文壇進行了尖銳的批判，「我們想真正落實和諧精神，參與偽滿洲國的建設計畫，並為之做出貢獻，但這需要日本及偽滿在這方面進一步加強聯繫和協調，需要有能接受先進經驗及教訓的途徑，而偽滿洲國的文藝團體誕生已有三—四年，朝鮮作家及作品一直游離於圈外，造成這一現狀的原因和理由不得而知，這種情況不得不說是一種畸形。」[16]廉想涉主張「若想真正落實和諧精神」不管以何種形式，都應包含朝鮮作家及作品。廉想涉還稱「若偽滿洲國文藝界對朝文作品不感興趣，那文壇中可謂是存在著不合法現象，因此我相信偽滿文壇一定會對此表示歡迎」[17]，即根據「民族協和」精神，即便是用朝文寫作的作品，在偽滿洲國的文壇上也應被接受，若因為是朝文作品而遭偽滿文壇排斥的話，這便有悖於「民族協和」精神。從這裡我們可以看出廉想涉所堅持的立場。他意欲通過「民族協和」來確保朝鮮作家在偽滿文壇上的權利。他主張「若非因是朝文作品無法參與文藝運動，則無需吵嚷。」[18]換言之，即根據「民族協和」精神，朝文作品也有正當的資格和權利參與偽滿洲國的文藝活動。

而安壽吉看待「民族協和」卻與之有所不同。偽滿時期，他同偽滿洲國文藝雜誌《新滿洲》編輯——詩人吳郎見面時稱，「我們彼此的處境都一樣，相互協作開展文學活動吧。」[19]這充分表明安壽吉把中國作家當作了聯合對象。而實際上，安壽吉偽滿時期小說中的滿人形象大部分也是積極的、對朝鮮人友好的。就連在展現移民開拓史〈晨〉中的胡地主也是一個憐憫朝鮮佃農，頗具人情味的人物。反觀惡人卻是同為朝鮮人的管家朴致萬。而在同為描述偽滿移民開拓史的崔曙海小說中，中國地主與朝鮮人民間的階級對立和民族矛盾貫穿其中，中國地主無一例外都是惡人形象，與之形成鮮明對比。當然，這也許是由於安壽吉與崔曙海的移民時間和家庭背景不同，個人移民經歷存在差異。而幾乎與安壽吉在同一時期，移民到了同一個地方——間島龍井的姜敬愛，在小說中刻畫的中國地主形象極其卑鄙無恥。姜敬愛的丈夫是學校教師，她在家相夫教子，生活安穩。實際上她也同安壽吉一起參與「北鄉會」等活動，兩人之間頗有交情。但在她的小說〈鹽〉中登場的中國地主蹂躪朝鮮女性並將其趕出家門。因此貫穿於安壽吉小說中，對於中國地主及原住民的友好視線，若單從移民時期的不同或個人經歷的差異上說明，略顯牽強。

---

15 日本在朝鮮的支配理念是「內鮮一體」，而其在偽滿的支配理念則為「五族協和」，有關二者間的斷層及空隙的深入研究如下：田中隆一，《偽滿國民的創造與在滿朝鮮人問題　滿洲，東亞融合的空間》（首爾：昭明出版，二〇〇八）。尹輝卓，〈偽滿洲國的民族協和運動與朝鮮人〉，《韓國民族運動史研究》第二六輯，二〇〇〇年。申奎燮，〈在滿朝鮮人的「滿洲國」觀及日本帝國像〉，《韓國民族運動史研究》第三六輯，二〇〇三年。金在湧，《東亞視角下的「滿洲國」朝鮮人文學　文明的衝擊與近代東亞的轉換》（首爾：京辰出版社，二〇一二）。韓錫政，《偽滿洲國建國之再解讀》（釜山：東亞大學出版部，二〇〇九）。

16 廉想涉，〈《北原》序　安壽吉〉（延吉：延邊大學朝鮮文學研究所編，二〇〇六），頁五八三。

17 廉想涉，〈《北原》序　安壽吉〉（延吉：延邊大學朝鮮文學研究所編，二〇〇六），頁五八三。

18 廉想涉，〈《北原》序　安壽吉〉（延吉：延邊大學朝鮮文學研究所編，二〇〇六），頁五八三。

19 安壽吉，《龍井・新京時代　安壽吉》（延吉：延邊大學朝鮮文學研究所編，二〇〇六），頁六〇九—六一〇。

安壽吉看待中國地主、原住民及官吏的視線是友好而寬容的，事實上在其中篇小說〈稻〉集中且明確地體現出了這點。〈稻〉以朝鮮農民與滿人（漢族）農民間由於稻田開墾問題發生流血衝突的「萬寶山事件」為中心展開。通過這篇小說可以了解到安壽吉所處的位置，即其與崔曙海及姜敬愛相區別，同時與廉想涉「民族協和」觀點相區別的認識角度。〈稻〉一文中，在朝鮮農民遷往梅峰屯的初期，當地滿人佃農誤認為他們是來搶占自己所種土地和家園的入侵者，半夜三更對他們進行了襲擊，雙方發生了流血衝突。衝突的過程中，朴添知的兒子益秀被當地人打死。益秀死了之後，他們才在當地蓋起房子，開墾水田，定居了下來。

> 當地人不論男女老少全都出來看熱鬧了。也有上了年紀的當地人跪坐在益秀墳前默哀，婦女們拿出年糕和酒招待當地人，把煎餅分給孩子們。
>
> 方致遠也受到了招待。他看著農樂表演，感到非常羨慕。移民來的人沒有侵占自己耕種的土地，反而開墾了貧瘠的荒地，種滿了水稻。當地人默默讚嘆他們的手藝，饒有興致地觀看著表演，他們敲鑼打鼓盡情玩樂的樣子充滿了活力。[20]

上述引文描述的是移民後第一年，水稻取得了大豐收，梅峰屯的朝鮮移民們在益秀墳前祭祀，並表演農樂來予以慰藉，當地原住民觀望這一切的景象。移民初期由於益秀的死，朝鮮移民沒有再遭到當地人的襲擊，他們挖水路，種水稻，按照益秀的遺言，獲得了水稻豐收。當地原住民對「沒有侵占自己耕種的土地，反而開墾了貧瘠的荒地，種滿了水稻」的移民手藝默默讚嘆的同時，理解並接納了他們。「上了年紀的當地人跪坐在益秀墳前默哀」，體現當地人對於益秀的死表示歉意，意味著他們最終接納了朝鮮移民。以益秀的死為代價，朝鮮移民們得以在梅峰屯安定下來，開墾水田，並與當地原住民達成和解。從這裡我們可以看到偽滿時期安壽吉所處的位置。即安壽吉認為，只有以益秀的死為代價，朝鮮移民才得以確保在「滿洲」居住的權利。他的這個觀點，隱含著因為「滿洲」對於朝鮮移民而言是別人的土地這一認識。「滿洲」的主人是占人口大多數的原住民，朝鮮人為了生存不得不遷往「滿洲」居住，因此他們必須使當地人認可他們對開拓「滿洲」所做的貢獻，獲取「滿洲」真正主人——當地居民的理解和原諒，確保在「滿洲」居住的權利。移民與原住民的和解，對中國的了解和客觀的視角，以及與中國人的共存思想便是〈稻〉的主要內容。蘇縣長是一個用抗日思想武裝頭腦的新型政界人士，他把朝鮮農民稱為日本帝國主義的走狗，千方百計想把他們驅逐回國，小說對蘇縣長進行了非常客觀的描寫。

> 民國十七年（昭和三年），蔣介石北伐成功，從同年十月十日起，在東三省也懸掛上青天白日旗不過半年光景的時候，他們認為要對一直以來買官賣爵的腐敗政治進行整改，要開展基於三民主義的新型有力政治，便開始選拔所謂的菁英分子派往地方。
>
> 蘇縣長便是其中被選拔出來的一員。
>
> 他從北京的大學畢業後，便去了東京某大學攻讀政治，不管是從知識、氣度，還是政治意

20 安壽吉，《稻　安壽吉》（首爾：寶庫社，二〇〇六），頁二八七。

> 識方面而言，都可謂是進步人物。
>
> 韓縣長和楊縣長都是拿錢買的官，如果說他們是只要給錢，也能讓死刑犯無罪釋放，只要有關係再困難的事兒也會應允的政治家，那嚴格執行國策，盡心搞政治的蘇縣長則有足夠的資格被提拔。從中國國家層面上來看如此，但對於梅峰屯的人而言，隨隨便便的韓縣長或楊縣長比起菁英分子來反而更合適。
>
> 蘇縣長的政治目標便是排日。他用排日思想把自己武裝了起來。[21]

首先，安壽吉對蔣介石北伐成功後實施新政予以了積極評價，這與認為偽滿建國之前處於軍閥體制的暴政之下，「新滿洲國」是針對軍閥體制暴政而提出的解決方案這種主張[22]完全不同。雖然對〈稻〉是否蘊含了親日思想仍有爭議，但它體現出安壽吉並未完全被偽滿洲國的理念所影響。特別是對於蘇縣長的描寫，作品沒有以朝鮮人的視角，而是站在了中國的國家立場上。作品中稱站在中國這一國家立場上，應該提拔像蘇縣長這樣，具有強烈民族意識的人為官，對中國的軍閥政治改革，弘揚愛國主義、民族主義進行了相對積極客觀的評價。但對於梅峰屯人而言，這種堅定的民族主義反而讓人覺得不便和拘束，倒是腐敗官員敷衍了事的作風更讓人覺得自然些。中國的排日思想雖給身分模糊的在滿朝鮮農民帶來了不好的影響，但面對日本的侵略，大肆宣揚排日的中國立場倒也能讓人充分理解。這便是安壽吉的觀點。這也是安壽吉與同樣描寫朝鮮人偽滿移民開拓史的李泰俊和李箕永的不同之處。

作者對「滿洲」當地人持友好態度，甚至能理解他們針對於在滿朝鮮人的排外立場，這一理解他人的視角在〈北鄉譜〉中發展為對滿人和漢人稱兄道弟，相互理解，彼此關心的期望。

> 「哈哈哈，老潘，今天呢，不是最後一天插秧。我們朝鮮人插秧結束那天是最高興的一天。不過馬家屯人不都聚在一塊兒吃午飯啊，弟弟可真沒意思。」
>
> ……
>
> 「我們雖沒去過朝鮮，不過聽說過，知道朝鮮不錯。和大哥，還有我們馬家屯的人打交道，知道朝鮮人是好人。」
>
> ……
>
> 其實馬家屯僅有四戶「滿洲」人，潘成槐是其中一戶。他天性率真耿直，在眾多的朝鮮農戶中間生活，他的朝鮮話自然而然說得不錯，對於朝鮮人的生活和感情也都一清二楚。和老康的交情甚好，兩人以兄弟相稱。[23]

上述引文中，偽滿洲人潘成槐用「聰明的朝鮮語」描述馬家屯朝鮮人的插秧場面，並稱插秧歌很有趣，這一場面頗有意思。另外，潘成槐雖沒去過朝鮮，但他說「知道朝鮮不錯」，和馬家

---

21 安壽吉，《稻　安壽吉》（首爾：寶庫社，二〇〇六），頁三〇四—三〇五。在由延邊大學朝鮮文學研究所編，寶庫社出版的《安壽吉》中，安壽吉解放前的原著按照當時的拼寫隔寫法，本文為方便讀者對隔寫法進行了調整，原文表述不變。

22 韓錫政，《偽滿洲國建國之再解讀》（釜山：東亞大學出版部，二〇〇九），頁一四一。

23 延邊大學朝鮮文學研究所（編）；安壽吉（著），《北鄉譜　安壽吉》（首爾：寶庫社，一九九〇），頁五三〇—五三一。

屯人打交道，「知道朝鮮人是好人」。在同一個村子裡共同生活，彼此間來往交流，自然就會了解朝鮮人，這是理解性的視角。對於包括潘成槐在內的馬家屯「滿洲」當地人而言，朝鮮不再是爭奪自己的耕地、破壞生活的日本走狗，而是應該像兄弟一樣和睦相處的人群。潘成槐對朝鮮人的插秧歌很感興趣，提出想學學，而老康也讓潘成槐教自己滿人歌曲，兩人說好「彼此輪流」。兩個人一起唱歌，都覺得對方的歌曲有意思，想學習，讓對方教自己，這個場面無疑是一個理解、寬容他人的鄰家視角。

而〈北鄉譜〉中日本人與朝鮮人的關係則不太和諧、緊張且模糊不明。

沙道美不知是因為微醺心情大好，還是因為相信朋友，吐露了他平時對朝鮮人的看法。（走私鴉片、地下交易、不穩定、不講義氣、不守信、不健康、不負責任……）朋友嘴裡念叨著普遍公認的朝鮮人缺點，心裡估摸著沙道美最後也會如此說，便默默地坐著聽他說。沙道美看朋友靜靜地坐著，許是覺得是因為自己說的話不太中聽，便笑稱：

「啊哈哈，我這樣胡說八道得被高尚你打耳光啦。」

「哪兒啊，我們朝鮮人的缺點可不止這些。都說批評勸善是朋友給予的指導，就憑您有批評勸善這一想法，我們也得虛心聽取啊……」

……

「嗨，高尚你也太過了，給我戴上批評勸善這頂帽子……，這比打耳光更厲害……」

……

朋友和沙道美一起喝起了酒，有關朝鮮人缺點的事例他看過無數，聽過無數，耳朵都磨出了繭子，而關於這個話題，只是聊了個開頭便不了了之，他一方面又覺得頗為萬幸。[24]

省公署事務官日本人沙道美同吳燦九的對話並未直達內心，而是浮於表面。在偽滿洲國，日本人和朝鮮人不是水平關係，而是指導與被指導、啟蒙與被啟蒙的垂直關係，彼此都有一種距離感。對受幫助的朝鮮人而言，這並不是件愉快的事情，反而讓人感到不自在、有負擔，這種距離感同前文所述的，與中國人之間的和諧紐帶意識有著明顯區別。這體現了在偽滿洲國朝鮮人和日本人所處的地位不同，分屬於不同的利益集團。本來朝鮮人不可能成為「日本帝國的臣民」，更不用說是在「別人的土地」偽滿洲國了。朝鮮人不得已移民至「滿洲」，開墾水田定居下來，但這只是迫於生計，絕非是為了日本侵略者，他們同日本的關係也同「滿洲」人一樣，不過是被支配者。在安壽吉內心深處，他堅定地認為，「滿洲」，即偽滿洲國的真正主人，不是現在擁有支配權的日本人，而是滿人，即占了大部分人口比例的滿族和漢族等「滿洲」原住民。若是從「滿洲」真正主人是滿人（漢族、滿族、蒙古族等）這一觀點來看，所有的問題都將不言自明[25]。這一點同〈稻〉中為取得在偽滿洲國的土地上開墾水田定居生活的權利，必須以益秀的死為代價的小說背景是一致的。基於這種認識及觀點，安壽吉在解放前的「滿洲」敘事展現出複雜而又微妙

24 延邊大學朝鮮文學研究所（編）；安壽吉（著），《北鄉譜　安壽吉》（首爾：寶庫社，一九九〇），頁四三五。

25 李海英，〈安壽吉長篇小說〈北鄉譜〉的現實認識〉，《韓國現代文學研究》第四三輯，二〇一四年，頁四一九。

的民族關係。即，安壽吉解放前的「滿洲」敘事在「民族協和」這一大框架下，表現出與中國人的紐帶關係，以及與日本人的距離感這一微妙的民族關係，正是由於這一點，不能簡單地斷言安壽吉偽滿時期文學具有某一方面的傾向。

三、來自偽滿的戰爭受害者民族主體性的確立：抗爭與妥協

如果說安壽吉解放前「滿洲」敘事在「民族協和」的大背景下，表現出對中國人的理解，甚至還表現出很強的紐帶意識，那麼，解放後，他在韓國創作的「滿洲」敘事代表作〈北間島〉則以樹立來自偽滿的戰爭受害者的民族主體性為目標，展現了激烈的民族抗爭。作為一名自偽滿返回故國的戰爭受害者，安壽吉在五〇—六〇年代的韓國處於邊緣位置。〈北間島〉是他為進入社會中心而嘗試確立來自偽滿的戰爭受害者民族主體性的敘事。關於這一點，在李善美[26]、金美蘭[27]的論文中有詳細論述。此布局也被認為是安壽吉解放前「滿洲」敘事與〈北間島〉敘事上的斷層。〈北間島〉以確立來自偽滿的戰爭受害者民族主體性為目標，其民族抗爭表現在兩個方面。一是與清朝人的抗爭，另一便是抗日獨立戰爭。

若說〈北間島〉始於第一代移民李漢福所宣稱的「間島是我們的土地」也不為過。他因鬧饑荒，悄悄渡江來到了間島種土豆，並因為此事被當官的抓走，面對鐘城府使，他振振有辭：「江對面是我們的土地，我過江到我們的土地上，算什麼越江罪啊？」李漢福以「深深印在他腦

海裡」的，他「深信不疑」的爺爺所說的話，換言之，以對歷史記憶的方式，確立對土地的所有權。李漢福的爺爺堅稱「滿洲是我們民族的發祥地，一千多年前的高句麗和之後的渤海時期是我們版圖的中心地」，作為實際證據，他還提到了長白山界碑。在李漢福心裡，爺爺就是「聖人」，爺爺的話「刻骨銘心」。

自李漢福過江種田起，歷經四代的〈北間島〉移民史始於一八七〇年。這屬於朝鮮人移民「滿洲」的初期階段。事實上，這一時期，「滿洲」並無明確的邊境意識，清朝人同朝鮮人零零散散地在邊境附近生活。但因法律上實施了封禁令，凡是越境的都被處以越境罪。一八八一年封禁令解除後，中國政府欲通過在「滿洲」生活的朝鮮農民來實現「滿洲」開發，朝鮮人在滿居住變得合法化，但必須入清朝籍，另須剃髮易服。而這種有條件的合法化馬上遭到了朝鮮政府的反對。因此，以邊境為中心散居朝鮮人的管理問題，變成了國家間懸而未決的外交問題。這些雖然是和移民們日常生活密切相關的措施，但由於屬於國家間的外交問題，並不能輕易得以解決。在國家之間談判的同時，朝鮮人認為圖們江對面的「滿洲」地區是新開闢的土地，集體遷移的農民多了起來[28]。小說〈北間島〉在文中引入了上述國家間的邊境爭端，並借農民李漢福之口說出「間島是我們的土地」，對間島的歸屬問題下了定論。這一部分作為小說開頭，整整用了三十五頁，而在大概描繪偽滿時期方面則用了約十頁，作者不惜花大筆墨來描述這一部分，可見對其

---

26 李善美，〈「滿洲」體驗與「滿洲」敘事的關聯性研究〉，《尚虛學報》第十五輯，二〇〇五年。

27 金美蘭，〈「滿洲」或對自治的想像力與安壽吉文學〉，《尚虛學報》第二五輯，二〇〇九年。

28 參看金春善，〈十九世紀八〇—九〇年代清朝「移民實邊」政策與韓國移民實況研究〉，《韓國近現代史研究》，一九九八年。

非常重視。因此，此時他們的「滿洲」移民不再是為了生存依附於「別人的土地」，而是為了守護「自己的土地」，是一種堂堂正正、頗為神聖的行為。這個敘述與其偽滿時期小說〈稻〉中，朝鮮人以益秀的死為代價才取得在梅峰屯定居的權利，兩者間有很大的差異。主張擁有間島主權的〈北間島〉移民史，始於朝鮮人移民初期，這與三〇年代大規模開展的日本開拓移民無關。如上所述，認為朝鮮農民的「滿洲」移民是為「滿洲」開發、「滿洲」開墾所做的犧牲和貢獻，將其用自豪驕傲的筆調來刻畫，貫穿了安壽吉偽滿時期的小說。從他在偽滿時期長篇小說〈北鄉譜〉中以偽滿洲國建國前後為分水嶺，對建國前移民的朝鮮農民進行了積極的評價，但對偽滿建國後，「乘坐京義線」來到「滿洲」身著洋裝的朝鮮人則抱著批判的眼光上也同樣可以發現這一點。這體現了安壽吉欲將朝鮮農民的「滿洲」移民，與日本開拓移民政策下的集體移民區別對待的想法。就此而言，安壽吉小說中表現的「滿洲」移民，與刻畫殖民地時期棄農農民「滿洲」移民的代表性作品——李泰俊的〈農軍〉中所表現的「滿洲」移民，是完全不同的「滿洲」體驗[29]。於此我們可以重新認識到「越境耕種」與二十世紀五〇—六〇年代欲通過「滿洲」移民史來恢復民族主體性的「滿洲」論調直接相關。通過理直氣壯地跨江來到「我們的土地」耕種這一設定，〈北間島〉欲確立以李漢福家為代表的「滿洲」朝鮮人移民的民族主體性，這同樣是為確立以安壽吉為代表的來自「滿洲」群體的主體性。這是因為通過日本入侵大陸的殖民地時期朝鮮棄農農民的「滿洲」移民，很難確立來自「滿洲」群體的民族主體性[30]。

間島主權問題的變化，帶來了朝鮮人與清朝人間關係的變化。首先在剃髮易服、入清籍等問題上，李漢福老漢非常堅決。「我親眼看到了長白山的石碑，清朝要求的入籍問題從一開始就是不可理喻的。」[31]

> ……但那樣的話，就成了進去前自己就先承認了這地方是清朝領土。明知道這是我們的土地怎麼能那樣做？這是以李漢福老漢為中心的人們的想法。
>
> ……但問題是大家都一致主張這是我們的領土嗎？還是承認了這是別人的之後再進去？現在是緊要關頭。這個地區明明是我們的土地。不管政府是軟弱，還是腐敗，把我們的家園，大家流血流汗開闢的這塊農田獻給他國，再從他們那兒拿到土地證明，就目前來說可能算是一個權宜之計，但對於子孫後代而言，這只是一個有力證據，證明給他們提供了給清朝人當僕人的機會……[32]

從上述引文中可以看到，在入籍問題上，李漢福自始至終都在堅持「間島是我們的土地」這一觀點，因此問題不在於剃髮易服及地方主人，而是「入籍」本身就是放棄「我們土地」的行為。主張擁有土地即領土主權的這一觀點，與因不願剃髮易服而不能入籍，是不同層次的問題。

---

29 安壽吉的偽滿體驗與殖民地時期移民過來的朝鮮農民有所不同，相關具體研究參看李善美，〈「滿洲」體驗與「滿洲」敘事的關聯性研究〉，《尚虛學報》第十五輯，二〇〇五年，頁三六六—三七〇。

30 李善美，〈「滿洲」體驗與「滿洲」敘事的關聯性研究〉，《尚虛學報》第十五輯，二〇〇五年，頁三六八。

31 安壽吉，《北間島》（首爾：學園出版公社，一九九七），頁四〇。

32 安壽吉，《北間島》（首爾：學園出版公社，一九九七），頁四七。

與因剃髮易服導致民族魂的缺失相比，國家主權問題的層次更高，即屬於守衛「我們土地」的問題。曾在偽滿時期小說中所體現的，為了生存與中國人實現和諧乃至共存的思想，在該小說中絲毫沒有體現。有的只是民族主體性及與之相矛盾的生活現實，即生存法則而已。金允植稱其為「幻想性民族主義」[33]，李漢福的這種幻想性民族主義傳到了他的孫子昌潤一代。廣華寺的鄉藥事務所要搬去飛鳳村，對此昌潤內心矛盾的場面完全繼承了他爺爺李漢福的基本主張。

崔三豐一伙的勢力日漸龐大，似乎能清楚看到居民們迫於其權勢不知所措的樣子。但這並不是全部。居民簽名蓋章向清政府請願的事實，意味著我們是隸屬於清政府的百姓。能這樣屈服嗎？從爺爺那輩起開始的抗爭，就要這樣糊里糊塗地舉手投降，落下帷幕嗎？昌潤擔心的就是這個。[34]

昌潤認為，為了飛鳳村的發展是好事，但須將此事向清政府請願，即意味著須將清政府作為政府部門，但如此一來便是承認了這裡是清朝的土地。但昌潤已經通過地方主人崔三豐和盧德心拿到了佃農制土地證，開始了土地耕種。這說明，事實上，昌潤已經承認了這是清朝的土地，即便他拒絕為鄉藥事務所的搬遷向清政府請願，這一事實也不會改變。因此昌潤所主張的，不過是原則性地重複李漢福老漢的觀點而已。而他的這種原則性觀點是根深柢固的。他小時候在清朝地主董福山的地裡偷土豆被抓，遭到羞辱，被編了辮子、穿上了清朝服裝，爺爺李漢福因此受到打擊離世。這段悲傷的記憶，使昌潤從內心對於清朝人充滿了憎惡和懷疑。

這種原則性的觀點，記憶裡與清朝人矛盾、憎恨和懷疑，使他在面對日本這一共同敵人時，理解並承認私塾先生趙夫子韓清所主張的聯合抗日有道理，但卻不能痛快接受。昌潤在稽查處遇到了中國革命黨青年，青年說「韓國人、清國人一樣」，並談到韓國人同中國人的紐帶關係，昌潤對此表示認同並接受，但這一紐帶思想在〈北間島〉的敘事方面並未起到推動作用，也未能重點體現。朝中紐帶思想未能深入提及的原因，在於從二〇年代後期起，共產主義者成了間島地區抗日運動主流，〈北間島〉大致提到了三〇年代之後即偽滿時期，但對於他們的活動卻在小說中幾乎沒有涉及，而實際上間島地區朝中紐帶關係的實質性確立源於共產主義者的活動[35]。

〈北間島〉中為確立來自偽滿的戰爭受害者的民族主體性，而展現的另一民族抗爭，體現在抗日獨立運動上。〈北間島〉第四卷及第五卷中的間島「三一三萬歲運動」、鳳梧洞戰役、青山里戰役、十五萬元事件等都是在間島地區實際開展過的抗日獨立運動，小說全文用了相當大的篇幅對此進行大力渲染。另外指揮青山里戰役的金佐鎮將軍、指揮鳳梧洞戰役的洪範圖將軍及李範奭將軍等，在韓國獨立運動史上占有重要地位的獨立運動家們，在小說中沒有任何鋪墊，直接進

33 金允植，《安壽吉研究》（首爾：正音社，一九八六）。

34 安壽吉，《北間島》（首爾：學園出版公社，一九九七），頁一一七。

35 有關安壽吉〈北間島〉中幾乎未涉及共產主義者活動的原因，金在湧在《安壽吉的「滿洲」體驗及再現的政治學》中進行了深入研究。同樣刻畫了朝鮮人偽滿移民史的中國朝鮮族作家李根全在其《苦難的年代》中以曾為二〇年代後期至三〇年代中期間島地區抗日運動主流的共產主義者活動為中心對移民史進行了再構建，而這裡重點刻畫的是朝中紐帶思想。

入讀者視野，與民族主義者李漢福家的子孫——昌潤的弟弟李昌德、第四部及第五部主人公昌潤的兒子正洙等直接扯上了關係。對此許多研究人員對〈北間島〉敘事上的斷層，甚至於結構上的不穩定提出了批評，認為這是「迫於理念的現實」，歷史事件凌駕於日常生活之上，破壞了日常性，小說結構不穩定等。從這裡我們可以看出，安壽吉為了將偽滿移民史以抗日獨立運動史為中心進行敘事而煞費苦心。移民「滿洲」的朝鮮農民絕非僅僅為了生存而生存，和生存相比他們積極投身並支持抗日獨立運動，為之獻出了生命，這是安壽吉想要表達的。以此意欲改變韓國社會對五〇—六〇年代來自「滿洲」的戰爭受害者的普遍認識，即擺脫「非正當行業從事者」、「鴉片走私者」、「親日分子」等負面形象。通過「琿春事件」、「天寶山金礦事件」、「間獐岩事件」等日本帝國主義在間島屠殺平民的歷史事件，展現了遷至間島的朝鮮農民所受到的血腥鎮壓，最大限度地凸顯了在偽滿同日本人的民族抗爭。

但在小說末尾曾身為獨立軍的正洙主動向日本警察自首，度過五年的牢獄生活後當上了教師，回歸到了正常生活。不得不說這在極大程度上影響了來自「滿洲」的戰爭受害者主體性的確立。更何況正洙是聽了昌潤的勸告，而昌潤曾堅持「間島是我們的土地」這一原則性觀點，拒絕向清人低頭。當然，正洙自首後，在審訊過程中遇到了戰鬥中被捕的金景文戰友，他內心飽受自責和羞愧的煎熬，對於警官們的審訊既未服服貼貼地配合，也未積極地為自己辯解，結果被判得比預想的要重。另外，他感到自豪想讓爺爺李漢福老漢看到自己在庭上大義凜然的樣子。但無論如何，這也無法改變身為獨立軍的李正洙主動向日本警察自首的事實。〈北間島〉雖然刻畫了日本對間島的侵略及對朝鮮良民的血腥屠殺，描繪了李漢福一家的李昌德、李正洙參加獨立軍英勇戰鬥，以及韓國獨立運動史上的凱旋神話青山里戰役和鳳梧洞戰役，對於該敘事進行了濃墨重彩的渲染，但另一方面又表現了對日本無言的妥協，這種對日妥協作為生存法則的一部分，牢牢地發揮著作用。透過李漢福孫子昌潤的變化可以很好地發現這一點。

……但是現在已經這樣了還能怎麼辦？再說我們老百姓有什麼能力啊？結果還不是得生活。俗話說不怕被虎叼，只要不慌神。國運衰敗，反正都得依照他國法律生存，我覺得日本人的法律比中國人的要好。

……我也是一想起中國人就恨得咬牙切齒……從那以後每次去你家玩，你因土豆所遭受的一切都會浮現在眼前。因此……

……因此，我的意思是要反正都得依照他國法律的話，我不想按清朝法律來。

……

能看出賢道並非就願意按照日本法律行事。雖不能完全同意他說的，但也找不出說詞來批評賢道的想法有錯。若是私砲隊或黃巾時的昌潤，自是很討厭清朝的土豪官吏，對日本則更加厭惡，會用一句話下結論……但現在的昌潤，是當初的霸氣不再了嗎？還是上了年紀的原因？抑或是因為在同清朝土豪官吏切切實實爭奪吵鬧的過程中，他看待現實問題的目光變得穩重了……

……

……你以為我喜歡才打算依照日本法啊？國家政權一半以上都握在日本手裡，在這種情況下也只能這樣。即便如此，這裡還能苟且活命。日本人在他們所謂領事館的地方高高懸掛他們的國旗，那有什麼關係？要使他們能保護我們，就讓他們那樣唄，我們反能利用這一點。36

上述引文通過昌潤和賢道的對話，表現出賢道對清朝和日本的現實主義想法，這亦是當時聚集在龍井周圍的在滿朝鮮人的想法。賢道說與清朝法律相比，他打算按日本法律行事，對此昌潤雖不贊成他所說的，但也找不出說詞來反駁說他錯了。當然昌潤雖然「自是很討厭清朝的土豪官吏，對日本則更加厭惡」，但他無法將自己的想法具體地表達出來以說服賢道，就連他自身對此也缺乏明確的批判意識。此外賢道還提起他年幼時的土豆事件，主張不能依照清朝法律行事，對此昌潤更是無話可說。

結果昌潤被賢道說服，搬家至龍井附近的大橋洞。當然主要原因在於飛鳳村清朝土豪地主作威作福，而大橋洞是既沒有清朝官吏，也沒有日本領事館的朝鮮人居住區。另一個主要原因是搬到大橋洞後，昌潤首次拿到了自己名義的稻田土地證。間島合約簽訂之後，開放地區之內的土地可以以朝鮮人的名義取得所有權，大橋洞雖不是開放地區，但因是朝鮮人開墾的土地，也可以像開放地區一樣擁有土地所有權。

……但佃農制下的土地所有權證不過是地方主人同土地所有者之間的協議文書性質，並不具備清政府強大的法律效力。

現在昌潤有了自己名義下的、受法律保護的土地證。他雖不樂意依照日本法律辦事，但能

> 擁有自己名義的土地證，他仍是感到非常可貴的。毫無疑問，從飛鳳村搬到這裡的原因之一就是能擁有法律保障的土地。
>
> 並且同飛鳳村相比，這能讓人更安心地生活。[37]

上述引文很好地說明了昌潤所處的境地。昌潤曾堅持間島是「我們的土地」，即朝鮮的土地，拒絕入清籍，未能取得清政府承認的正式土地所有權。但他依照日本法律在大橋洞取得了自己名義的土地證。昌潤在飛鳳村時，由於拒絕加入清政府國籍，未能直接擁有土地，通過地方主人，簽訂了佃農制協議，佃農制土地證是不受清政府強大法律保障的土地所有權證。與之相比在大橋洞依據日本法律取得的土地證是受法律保護的，「同飛鳳村相比，這能讓人更安心地生活」。在飛鳳村，只要加入了清籍，便能像崔三豐和盧德心那樣正式擁有土地，但昌潤拒絕了入籍。原因便在於間島是「我們的土地」，若入了籍，便是承認了間島是清政府的領土。但這次他在大橋洞毫不猶豫地按照日本法律拿到了土地證。在賢道說自己情願依照日本法而不依清朝法律時，昌潤認為「自是很討厭清朝的土豪官吏，對日本則更加厭惡」，並未同意賢道所說的。但他在大橋洞依據日本法律拿到土地證時，意味著最終他也像賢道所說的眾多朝鮮人一樣，默認了賢道的話，在現實面前低頭，逐漸屈從於日本的間島侵略政策。

---

36 安壽吉，《北間島》（首爾：學園出版公社，一九九七），頁一五八—一五九。

37 安壽吉，《北間島》（首爾：學園出版公社，一九九七），頁一九六。

如上所述，在〈北間島〉中來自「滿洲」的戰爭受害者民族主體性的確立，通過與清朝人的民族抗爭及抗日獨立戰爭來實現，但同時又默認了為了生存而對現實的無言妥協。其中與清朝人的關係是通過堅持原則性的抗爭，在生活中向現實低頭的同時，內心卻不認為是妥協。

（如果從一開始就住在這裡的話？）

回想起在飛鳳村受的罪，這句話不知道被東奎重複了多少遍。要加入清籍、要剃髮易服、要把殺人犯抓來、抓不到的話要上交糧食……

昨天是父親的忌日，晚上在祭祀的時候，他頭腦中又冒出了這種想法。

（如果一開始就住在這裡的話，爸爸也不會那樣。）

因為讓崔三豐變成半個中國人的原因在於代表入籍，而這一問題在這兒根本不可能存在。[38]

崔七星家為能在飛鳳村安定下來和清人攜了手，他們家的孫子東奎對父親崔三豐變成半個中國人這件事情感到既悲痛又惋惜。小說中表明成為「半個中國人」，即對清人的妥協，是其子孫東奎也無法忍受的恥辱。與之相比，對日本的妥協，則是雖不能夠，但為了生存不得不接受的無奈之舉。這種絕望和妥協最終使獨立軍正洙主動向日本警察自首。作品的前半部分站在「背叛」的道德高度，對與清人聯手的崔七星一家進行了辛辣批判，而對於張治德一家卻用了「適應」一詞，其道德標準顯得模糊不清[39]。這種與清人及日本人間的關係，一樣是其偽滿時期小說中所體現的與清人間的紐帶關係，與日本人間的距離感有很大不同。這大概是因為偽滿時期一方面要通過日本的審核法，而安壽吉對親日不可避免會有心理負擔。但韓國「稱來自偽滿的人是需要救助的可憐同胞，將其統稱為戰爭受害者」，「在韓國他們的親日歷史並不是個大問題」[40]。因此〈北間島〉雖全面刻畫了抗日獨立運動，但同時也不可避免地體現出安壽吉「滿洲」體驗的原型，即對日本的妥協。

四、結論

目前與安壽吉「滿洲」敘事相關的研究大多單純以生存法則或民族主義為中心，將其歸結為理念的強化，卻忽視了民族關係這一複雜層面。本文從此處著眼，通過對安壽吉「滿洲」敘事的詳細分析，研究了安壽吉解放前後「滿洲」敘事中所體現的民族認識。

安壽吉偽滿時期小說中所體現的民族關係大體以「民族協和」為基礎，但對於「民族協和」，安壽吉的視角與當時在偽滿朝鮮作家中有指導資格的廉想涉不同。如果說廉想涉想通過「民族協和」在偽滿文壇上確保朝鮮作家與其他在滿民族作家擁有同等權利，而與確保這種權利相比，安壽吉更關注與中國作家的紐帶關係。在他偽滿時期的小說中，對中國人懷著友好和理解

38 安壽吉，《北間島》（首爾：學園出版公社，一九九七），頁二七六。
39 金鐘郁，〈歷史的忘卻與民族的想像〉，《國際語文》第三十輯，二〇〇四年，頁二九六。
40 金美蘭，〈「滿洲」，或對自治的想像力與安壽吉文學〉，《尚虛學報》第二五輯，二〇〇九年，頁二八九—二九〇。

的目光，紐帶思想也較為凸顯。與之相反，同日本人之間的關係則顯得不太和諧、緊張、模糊不明，有很明顯的距離感。這是因為在安壽吉的內心深處他堅定地認為，「滿洲」的主人，即偽滿洲國的真正主人，不是當前處支配地位的日本人，而是滿人，即「滿洲」的原住民，占人口絕大多數的滿族和漢族。

安壽吉在其解放後「滿洲」敘事代表作〈北間島〉中，以確立來自「滿洲」的戰爭受害者的民族主體性為目標，展現了激烈的民族抗爭，其一就是與清朝人之間的抗爭，另一便是抗日獨立運動。首先〈北間島〉始於移民一代李漢福「間島是我們的土地」這一宣言，因此同清朝人的民族抗爭便不可避免。這一根本上的原則性理念，主導了整部小說。面對日本這一共同敵人的侵略，中朝間的紐帶思想被提及，在間島地區真正體現中朝紐帶思想是共產主義者活動，而小說卻排除了這一點，因此這在敘事方面未能深入體現。另一民族抗爭是通過抗日獨立運動來體現的，可以看出安壽吉欲以抗日獨立運動史為中心來實現偽滿移民歷史的敘事化。曾為獨立軍的正洙主動向日本警察自首的事實，勸兒子正洙自首的昌潤的變化，表明他們逐漸屈從於日本間島侵略政策這一事實，這是因為安壽吉的偽滿經歷原型在悄然發揮作用。

如上所述，安壽吉解放前後「滿洲」敘事中所表現的朝鮮人與清朝人、與日本人的關係有著很大不同。如果說安壽吉解放前的「偽滿」敘事體現了同清朝人的紐帶思想及與日本人的距離感，解放後的〈北間島〉則展現了與清朝人間的原則性對抗，通過抗日獨立運動表現了與日本人間的抗爭，同時也表現了對日本無言的妥協。這是因為偽滿時期一方面要通過日本的審核法，而安壽吉對親日不可避免會有心理負擔。但在韓國，來自「滿洲」的戰爭受害者的親日歷史並不被視為是個大問題。因此〈北間島〉雖然全面刻畫了抗日獨立運動，但不可避免的是，安壽吉偽滿經歷的原型，即對日本的妥協被隱晦地表現出來。

聯經評論

東亞文學場：台灣、朝鮮、滿洲的殖民主義與文化交涉

2018年6月初版　　定價：新臺幣580元

主編	柳書琴
叢書編輯	張擎
內文排版	極翔企業公司
校對	蘇暉筠
封面設計	陳文德
編輯主任	陳逸華

出版者	聯經出版事業股份有限公司	總編輯	胡金倫
地址	新北市汐止區大同路一段369號1樓	總經理	陳芝宇
編輯部地址	新北市汐止區大同路一段369號1樓	社長	羅國俊
叢書主編電話	(02)86925588轉5321	發行人	林載爵
台北聯經書房	台北市新生南路三段94號		
電話	(02)23620308		
台中分公司	台中市北區崇德路一段198號		
暨門市電話	(04)22312023		
台中電子信箱	e-mail：linking2@ms42.hinet.net		
郵政劃撥帳戶第	0100559-3號		
郵撥電話	(02)23620308		
印刷者	世和印製企業有限公司		
總經銷	聯合發行股份有限公司		
發行所	新北市新店區寶橋路235巷6弄6號2樓		
電話	(02)29178022		

行政院新聞局出版事業登記證局版臺業字第0130號

本書如有缺頁，破損，倒裝請寄回台北聯經書房更換。　ISBN 978-957-08-5054-3 (平裝)
聯經網址：www.linkingbooks.com.tw
電子信箱：linking@udngroup.com

國家圖書館出版品預行編目資料

東亞文學場：台灣、朝鮮、滿洲的殖民主義與文化交涉/柳書琴主編．初版．新北市．聯經．2018年6月（民107年）．488面．14.8×21公分（聯經評論）
ISBN 978-957-08-5054-3（平裝）

1.東方文學　2.文學評論　3.文集

860.7　　106022896